Yukio Mishima

Schnee im Frühling

Roman

Aus dem Japanischen
von Siegfried Schaarschmidt

Carl Hanser Verlag

Bei der Namensschreibung folgt die Übersetzung dem japanischen Brauch,
d. h. die Familiennamen stehen vor den Vornamen.

Titel der Originalausgabe: Haru no yuki
erschienen als erster Band der Tetralogie »Hōjō no umi«
(»Das Meer der Fruchtbarkeit«)
im Verlag Shinchō-sha, Tōkyō 1969

ISBN 3-446-14395-5
Alle Rechte vorbehalten
© 1985 Carl Hanser Verlag München Wien
Schutzumschlag: Klaus Detjen, unter Verwendung eines Fotos
aus der Sammlung von Ludwig Hoerner
Satz: Fotosatz Otto Gutfreund, Darmstadt
Druck und Bindung: May + Co, Darmstadt
Printed in Germany

I

Als in der Schule die Rede auf den russisch-japanischen Krieg kam, fragte Matsugae Kiyoaki seinen engsten Freund, Honda Shigekuni, ob er sich eigentlich noch an Ereignisse von damals erinnere; aber auch Shigekunis Gedächtnis war unsicher, und nur dunkel entsann er sich, wie man ihn einmal bis ans Tor mitgenommen hatte, um dort einem Laternenumzug zuzuschauen. Dabei waren sie beide in dem Jahr, in dem der Krieg zu Ende ging, elf gewesen, müßten sich also, fand Kiyoaki, etwas deutlicher erinnern können. Andere in der Klasse, die so großartig aus jener Zeit berichteten, pflegten ihre gewiß ebenfalls lückenhafte Erinnerung daran wohl einfach mit dem auszuschmücken, was sie von den Erwachsenen darüber gehört hatten.

Aus der Matsugae-Familie waren damals zwei Onkel von Kiyoaki gefallen. Noch jetzt erhielt die Großmutter für diese beiden Söhne eine Hinterbliebenenrente, verbrauchte jedoch das Geld nicht, sondern legte es auf den Hausaltar.

Vielleicht kam es daher; das Bild jedenfalls, das Kiyoaki aus all den Fotoalben über den russisch-japanischen Krieg am meisten berührte, war eines vom 26. Juni 1904, betitelt »Totenfeier für die Gefallenen bei Delisi«.

Diese Aufnahme, ein sepiafarbener Druck, unterschied sich grundsätzlich von den anderen chaotischen Kriegsfotos. Die Komposition war erstaunlich malerisch; ja, den Figuren eines Gemäldes vergleichbar, hatte man Tausende von Soldaten so geschickt ins Bild gebracht, daß sich aller Effekt auf eine hohe hölzerne Grabstele in der Mitte konzentrierte.

Den Hintergrund bildeten sanfte, dunstverhangene Berge; linker Hand stiegen sie, breit auf die Ebene gelagert, in Stufen an, verschwammen jedoch weiter rechts mit einzelnen kleinen Gehölzen auf den rauchig gelben Horizont zu, und nun schien zwischen den Baumreihen, die sich statt der Berge am rechten Rand zu erheben begannen, der fahle Himmel hervor.

Im Vordergrund ragten mächtige alte Bäume auf, sechs an der Zahl, in sich wohlproportioniert und in angemessenen Abständen voneinander. Um was für Bäume es sich handelte, war nicht auszumachen; hoch aufgereckt, beugten sich die Laubmassen ihrer Wipfel in schmerzlichem Trotz dem Wind.

Die Ebene schimmerte bis weit in die Ferne hinein, vorn war das struppige Gras zusammengetreten.

Genau in der Bildmitte konnte man sehr klein die hölzerne Stele, den Altar mit dem aufgeblähten weißen Tuch und die darauf aufgestellten Blumen erkennen.

Sonst nichts als Soldaten, abertausend Soldaten. Die im Vordergrund hatten, und zwar so, daß die von den Kappen herabgezogenen hellen Nackentücher und die über die Schultern geführten schrägen Lederriemen zu sehen waren, ausnahmslos den Rücken gekehrt, nicht streng in Reihen formiert, sondern aufgelöst, in Gruppen, und ließen die Köpfe hängen. Nur einige wenige Soldaten vorn in der linken Ecke hatten wie die Figuren auf einem Renaissancegemälde ihre düsteren Gesichter dem Betrachter zugewandt. Und links hinten, einen riesigen Halbkreis bis ans Ende der Ebene beschreibend, drängte sich zwischen den Bäumen Gruppe um Gruppe Soldaten, so zahllos, in einer so unübersehbaren Menge, daß keiner mehr von dem anderen zu unterscheiden war.

Die Soldaten im Vordergrund, die Soldaten im Hintergrund, sie alle waren von einem seltsam schwermütigen Glanz überspült; hell schimmerten die Konturen ihrer Gamaschen und Stiefel, leuchteten die Linien ihrer gebeugten Nacken und Schultern. Und wenn über dem ganzen Bild etwas unnennbar Ergreifendes lag, so rührte es daher.

Jeder einzelne brachte seine wie Wogen anbrandenden Gefühle dem kleinen weißen Altar in der Mitte, den Blumen, der Totenstele entgegen. So begann aus dieser ungeheuren, die Ebene bis an ihr Ende ausfüllenden Masse ein einziger, in Worte nicht zu fassender Gedanke seinen riesigen Ring, einen Ring wie aus schwerem Eisen, fester und fester um das Zentrum zusammenzuschließen.

War es auch nur ein altes, sepiafarbenes Foto, die Trauer, die es erregte, wollte einem wie unendlich erscheinen.

Kiyoaki war achtzehn.

Aber daß er bei dergleichen schmerzlichen und bedrückenden Vorstellungen so empfindsam zu reagieren vermochte, darauf hatte, muß man wohl hinzusetzen, die Familie, in der er geboren und aufgewachsen war, kaum einen Einfluß ausgeübt.

Es hätte schon schwergehalten, in dem weitläufigen Wohnsitz auf einer Anhöhe in Shibuya überhaupt jemanden zu finden, der ihm in der inneren Haltung ähnlich gewesen wäre. Und es stand zu vermuten, daß Kiyoaki auch nie zu einem jungen Mann von solcher Sinnesart herangewachsen wäre, hätte nicht sein Vater, der Marquis, beschämt über den niederen Rang, den man als *Samurai*-Familie noch zu Ende der *Bakufu*-Zeit gehabt, seinen Stammhalter in der Kindheit dem Hause eines Hofadligen anvertraut.

Das Anwesen des Marquis Matsugae erstreckte sich über ein ausgedehntes Gelände am Stadtrand Shibuyas. Auf einem Areal von nahezu fünfzig Hektar prunkten zahllose Ziegeldächer, eines schöner als das andere.

Das Haupthaus war von japanischer Bauweise, doch in einer Ecke des Parks lag ein prächtiges Gebäude im westlichen Stil, das ein englischer Architekt errichtet hatte; und wenn es hieß, Villen, die man mit Schuhen betreten dürfe, gäbe es, angefangen mit der Residenz des Marschalls Ōyama, nicht mehr als vier, so war eine von ihnen die der Matsugaes.

In der Mitte des Parks befand sich vor dem Hintergrund eines mit Ahorn bestandenen Berges ein großer Teich. Auf ihm ließen sich Bootspartien unternehmen, er hatte sogar eine Mittelinsel, auch blühten da Wasserlilien, und man konnte die schmackhaften *Junsai*-Blätter pflücken. Im Haupthaus ging die Halle auf diesen Teich hinaus, in der Villa das Speisezimmer.

Die Zahl der Steinlaternen, die allenthalben am Ufer und auf der Insel aufgestellt waren, reichte an die zweihundert heran; auf der Insel standen drei gußeiserne Kraniche, einer hatte den Kopf gesenkt, die beiden anderen blickten zum Himmel auf.

Von der Höhe des Ahornbergs herab ergoß sich ein Wasserfall, stürzte in mehrere Kaskaden über den Abhang, schoß unter steinernen Brücken hindurch und endete in einem von roten Sado-Steinen umstellten, flachen Becken, um dann, bevor es in den Teich abfloß, mit seinem Wasser die Wurzeln der Schwertlilien zu umspülen, die zu ihrer Zeit die schönsten Blüten aufsteckten. Aus dem Teich konnte man Karpfen, auch Winterkarauschen angeln. Und der Marquis hatte erlaubt, daß zweimal im Jahr die Kinder aus der Volksschule ihren Ausflug hierher machten.

Wovor sich Kiyoaki, von den Bedienten eingeschüchtert, in seiner Kinderzeit gefürchtet hatte, waren die Alligatorschildkröten gewesen. Als sein Großvater krank gelegen, hatte man ihm, damit er wieder zu Kräften käme, hundert davon geschenkt, und im Teich, worin man sie ausgesetzt, hatten sie sich zahllos vermehrt; sollte so eine – pflegten die Bedienten zu erzählen – einmal einen Finger geschnappt haben, kriegte man ihn nie wieder heraus.

Auch einige Teehütten waren vorhanden, desgleichen ein großer Billardraum. Und auf der Rückseite des Haupthauses stand ein Zypressenwäldchen, das hatte der Großvater gepflanzt; dort gab es reichlich Yamswurzeln zu ernten. Von den Pfaden durch das Wäldchen führte der eine zum hinteren Tor, der andere aber zog sich einen flachen Hügel hinan und endete oben auf einer weiten Wiesenfläche vor einem Schrein, den man im Hause als den »Palast« oder *Omiyasama* bezeichnete. Es wurden darin der Großvater sowie die beiden Onkel verehrt. Steinerne Stufen, steinerne Laterne, steinernes *Torii,* wie es die Regel gebot; unten jedoch an der Steintreppe, rechts und links, wo üblicherweise die Löwen sitzen sollten, waren zwei weißbemalte Artilleriegranaten aus dem russisch-japanischen Krieg aufgestellt.

Etwas unterhalb dieses Schreins befand sich ein Inari-Heiligtum, davor eine herrliche Glyzinienpergola.

Da der Todestag des Großvaters auf Ende Mai fiel, standen, wenn sich die Familie hier zur Gedächtnisfeier versammelte, die Glyzinien stets in voller Blüte, und um der hellen Sonne auszuweichen, drängten sich die Frauen unter der Pergola. Da geschah es dann, daß auf die um einen Hauch sorgfältiger als sonst geschminkten, weißen Frauengesichter der lila Schimmer der Blüten wie ein feiner Schatten des Todes fiel.

Ah, die Frauen ...

Tatsächlich lebten in diesem Hause mehr Frauen, als einer zu zählen vermochte.

Den Vortritt hatte selbstverständlich die Großmutter, sie bewohnte einen vom Haupthaus etwas entfernten Ruhesitz, und acht zu ihrer Bedienung abgestellte Zofen warteten ihr auf. Ob Regen, ob Sonnenschein, es war der Brauch, daß Kiyoakis Mutter morgens, nach ihrer Toilette, in Begleitung zweier Dienerinnen der Großmutter ihre Visite machte.

Bei dieser Gelegenheit pflegte die alte Dame die Erscheinung der Schwiegertochter eingehend zu betrachten, ihre gütigen Augen halb zu schließen und etwa zu sagen: »Diese Frisur, finde ich, steht dir aber gar nicht. Versuch es doch morgen einmal mit der europäischen Art des Hochsteckens. Kleidet dich bestimmt besser.« Und kam sie dann am nächsten Morgen mit einer solchen Hochfrisur, so hieß es: »Nein, Tsujiko, du bist eben eine Schönheit ganz in der alten japanischen Weise, und dazu paßt das nicht. Wie wäre es also morgen mit einem *Marumage*-Knoten?« Daher wechselte, soweit sich Kiyoaki erinnerte, die Frisur seiner Mutter unaufhörlich ihr Aussehen.

Der Friseur mitsamt seinen Gehilfen hatte in dem Hause ständig zu tun, sich natürlich in erster Linie um das Haar der Marquise, aber auch um die Frisuren der über vierzig Dienstmädchen zu kümmern; nur ein einziges Mal hatte er sich für männliches Haar interessiert, und zwar damals, als Kiyoaki im ersten Mittelstufenjahr am Gakushū-in, der Adelsschule, als Schleppenträgerpage beim Neujahrsempfang im Kaiserpalast Dienst tun sollte.

»Mag ja sein, daß in der Schule Bürstenschnitt Vorschrift ist; heute bei Hofe und zu einer solchen Prunkgala jedenfalls geht das nicht.«

»Aber wenn ich sie länger wachsen lasse, werde ich dafür getadelt.«

»Schon gut. Ich will sehen, daß ich etwas Fasson hineinkriege. Schließlich tragt Ihr zwar einen Hut, doch wenn Ihr ihn absetzt, werdet Ihr dann im Vergleich zu den anderen jungen Herren bedeutend männlicher wirken.«

Das war leicht gesagt; immerhin war der Kopf des dreizehnjährigen Kiyoaki so kurz geschoren, daß er blau schimmerte. Die Zähne des Kammes, mit dem ihn der Friseur bearbeitete, peinigten ihn, Haaröl durchdrang seine Haut, aber dieser Mensch mochte wie sehr auch immer seine Geschicklichkeit herauskehren, im Spiegelbild war an dem Kopf keinerlei Veränderung gegenüber vorher zu bemerken.

Dennoch erreichte es Kiyoaki, daß er beim Bankett als ein geradezu außergewöhnlich schöner Knabe gepriesen wurde.

Einmal hatte Kaiser Meiji selbst dieses Haus mit seinem Besuch beehrt. Dabei waren im Park zur Unterhaltung des hohen Gastes *Sumō*-Ringkämpfe veranstaltet worden, wozu man rings um einen gewaltigen Gingkobaum Vorhänge gezogen hatte, und vom Balkon im Obergeschoß der westlichen Villa aus hatte Seine Majestät den Athleten zugeschaut. Damals – so erzählte Kiyoaki dem Friseur – sei ihm erlaubt worden, vor dem Kaiser zu erscheinen, und dieser habe ihm den Kopf gestrichelt; es seien zwar seither und bis zu seinem Pagendienst jetzt zu Neujahr bereits vier Jahre vergangen, aber er meine, möglicherweise werde Seine Majestät sich doch noch an sein Gesicht erinnern.

»Wirklich? Hat also auf dem Scheitel des jungen Herrn die Hand des Himmelssohns geruht!« Der Friseur rutschte auf der *Tatami*-Matte rückwärts, und in feierlichem Ernst klatschte er vor diesem noch ein wenig kindlichen Hinterkopf verehrend in die Hände.

Das Gewand eines Schleppenträgerpagen bestand aus einer Jacke und einer bis über die Knie hinabreichenden Hose, beide aus dem gleichen tiefblauen Samt; rechts und links auf der Brust waren vier Paar großer, weißer Pompons aufgenäht, und dieselben weichen, weißen Pompons waren auch an den beiden Ärmelaufschlägen sowie an der Hose angebracht. An der Hüfte hing das Schwert, und die weißbestrumpften Füße steckten in schwarzen Lackschuhen mit Knopfverschluß. Vorn in der Mitte war zu einem breiten Überkragen aus weißer Spitze eine weißseidene Schleife geschlungen, während ein mit einer großen Feder geschmückter Zweispitz im Stile Napoleons an Seidenkordeln auf dem Rücken baumelte. Unter den Söhnen der Adelsfamilien wurden für die Zeremonie jeweils mehr als zwanzig und nur solche mit guten Leistungen ausgewählt; abwechselnd trugen sie während der dreitägigen Neujahrsfeierlichkeiten zu viert die Schleppe der Kaiserin oder zu zweit die Schleppe einer kaiserlichen Prinzessin. Kiyoaki hatte einmal die Schleppe der Kaiserin, einmal die der Prinzessin Kasuga getragen.

An die Schleppe der Kaiserin beordert, waren sie über die von

Palastdienern mit Moschus durchräucherten Korridore in feierlicher Gemessenheit bis zur Audienzhalle geschritten, und solange die Kaiserin vor Beginn des Banketts Audienz gewährte, hatten die vier Pagen dienstbereit hinter ihr gestanden.

Die Kaiserin war eine überaus würdige und unvergleichlich kluge Dame, doch begann sie damals, sie mochte knapp sechzig zählen, bereits zu altern. Demgegenüber war die Prinzessin Kasuga eben um die Dreißig und in ihrer Schönheit, ihrer Anmut, ihrer sicheren Haltung eine Erscheinung wie eine voll erblühte Blume.

Noch jetzt, wenn er daran dachte, sah Kiyoaki weniger die in eher einfachem Geschmack gehaltene Schleppe der Kaiserin vor sich als vielmehr diejenige der Prinzessin, eine Schleppe aus weit fallendem, von schwarzen Tupfen überflogenem, weißem Pelz, ringsum mit unzähligen Perlen besetzt. An der Schleppe der Kaiserin waren vier, an der Schleppe der Prinzessin zwei Schlaufen befestigt, und da Kiyoaki und die anderen Pagen es oft durchexerziert hatten, machte es durchaus keine Mühe, die Hand in der Schlaufe im vorgeschriebenen Schritt hinterherzugehen.

Das Haar der Prinzessin war lackschwarz und schimmerte wie nasses Gefieder; hinten aber, hochgesteckt, verschmolz es – so schien es ihm jedenfalls – in kaum merklichem Übergang mit dem üppig weißen Nacken und schuf so die Verbindung zu den aus der dekolletierten Robe matt hervorglänzenden Schultern. Die Prinzessin hatte einen so aufrechten, so sicheren und entschiedenen Gang, daß sich der Schleppe niemals auch nur ein Schwanken ihres Körpers mitteilte, und doch meinte Kiyoaki wahrzunehmen, daß dieses wie ein Fächer vor ihm aufgeschlagene blendende Weiß nach den Klängen des Orchesters bald hervortauche, bald versinke, gleichsam wie zwischen unbeständigen Wolken der Firnschnee auf dem Gipfel jetzt aufscheint, jetzt sich verbirgt. In diesem Augenblick und zum ersten Male in seinem Leben offenbarte sich ihm da das schwindelerregend köstliche Wesen weiblicher Schönheit.

Prinzessin Kasuga hatte die Schleppe reichlich mit französischem Parfüm besprühen lassen, so daß dieser Duft den altmodischen Geruch des Moschusräucherwerks überdeckte. Es war unterwegs in einem Korridor, als Kiyoaki ein wenig stolperte, was zur Folge hatte, daß die Schleppe – wenn auch nur für einen Augenblick – nach der einen Seite gezerrt wurde. Die Prinzessin wandte sich mit einer winzigen Drehung des Kopfes um, und wie zum Zeichen dafür, daß sie ihn keineswegs zu tadeln gedenke, warf sie dem kleinen Missetäter ihr sanftestes Lächeln zu.

Nun hatte sich freilich die Prinzessin nicht so deutlich umgewandt, daß dies daraus zu verstehen gewesen wäre. Auch dann kerzengerade aufgerichtet, hatte sie lediglich den Saum der einen Wange um eine Spur zur Seite geneigt und ein dort eingeschriebenes leichtes Lächeln zu erkennen gegeben. Gleichzeitig aber war eine kleine Haarsträhne auf die hohe, weiße Wange gerieselt, war im Winkel ihres schmalgeschnittenen Auges nun wie ein schwarzer, glitzernder Funke ein Lächeln aufgeflackert, und daneben, als wäre nichts vorgefallen, unschuldig die reine Linie ihrer schöngeformten Nase ... Sekundenlang nur und in einem Winkel, der noch längst kein Profil ergab, von dem fürstlichen Antlitz her ein Leuchten: wie wenn man beim Blick schräg durch einen klaren, geschliffenen Kristall flüchtig einen Regenbogen zittern sieht.

Marquis Matsugae übrigens, als er beim Bankett den Sohn erblickte, als er die lichte Gestalt seines so prächtig gekleideten Sprößlings betrachtete, genoß die Befriedigung, endlich verwirklicht zu sehen, was er sich lange Jahre erträumt. Restlos ausgeräumt war damit die Furcht, die das Herz des Marquis beherrscht hatte: daß er als bloßer Blender nur um einen Rang bemüht gewesen wäre, der es gestattet, den Kaiser bei sich zu empfangen. In der Gestalt des Sohnes zeigte sich dem Marquis die enge Verbindung zwischen Kaiserhaus und Neuadel, erschien ihm die Vereinigung zwischen den früheren Hofaristokraten und den einstigen *Samurais* endgültig vollzogen.

Auch freute es den Marquis zunächst, daß sich die Leute während des Banketts in so lobenden Worten über seinen Sohn aussprachen; schließlich jedoch wurde er unruhig. Kiyoaki war mit seinen dreizehn Jahren viel zu schön. Im Vergleich selbst zu den anderen Pagen und ohne im mindesten parteiisch zu urteilen: Kiyoakis Schönheit mußte einfach auffallen. Seine blassen Wangen wirkten wie vor Aufregung leicht gerötet, fein hoben sich seine Brauen ab, die noch kindlich angespannten, weit aufgerissenen Augen waren von langen Wimpern umsäumt und hatten einen dunklen, schon fast verführerischen Glanz.

Aufgestört von dem Gerede der Leute, war dem Marquis zum ersten Male aufgegangen, welche außerordentlichen Reize sein Erbe besaß, dann aber auch, einen wie flüchtigen, vergänglichen Eindruck diese Schönheit machte. Ein Gefühl der Unsicherheit kündigte sich in seinem Innern an. Da er jedoch ein überaus optimistischer Mensch war, vermochte er dieses Gefühl, zumindest für den Augenblick, ebenso rasch wieder loszuwerden.

Um so tiefer hatten sich solche Ängste in der Brust jenes Iinuma festgesetzt, der, damals siebzehn, ein Jahr vor dem Auftritt Kiyoakis als Schleppenträger ins Haus gekommen war.

Mit Empfehlungen der Mittelschule in seiner Heimat Kagoshima und in dem Ruf, ein sowohl in seinem Studieneifer wie auch in seiner körperlichen Konstitution vorzüglich geeigneter junger Mann zu sein, war Iinuma der Familie Matsugae als Kostgänger und Tutor zu Kiyoakis Verfügung zugeschickt worden. Da der Vater des Marquis Matsugae in Kagoshima als eine kühne, trotzige Gottheit geachtet war, hatte sich Iinuma das Leben im Hause des Marquis einfach nach seinem Bild von diesem Toten vorgestellt, wie es ihm daheim und in der Schule vermittelt worden war. In dem einen Jahr jedoch, das er jetzt hier war, hatte der Luxus im Hause Matsugae das Bild in seinem Kopf völlig umgestürzt und die Gefühle des naiven Jungen tief verletzt.

Soweit es die anderen betraf, konnte er immerhin die Augen verschließen; allein Kiyoaki gegenüber, der ihm ja anvertraut worden war, brachte er das nicht fertig. Kiyoakis Schönheit, seine Schwächlichkeit, seine Art zu empfinden, zu denken, Interessen zu haben – nichts davon war nach Iinumas Geschmack. Auch die Haltung von Marquis und Marquise in Fragen der Erziehung mußte ihn mit Entsetzen erfüllen.

›Sollte ich Marquis werden, ich würde meinen Sohn gewiß nicht auf diese Weise erziehen. Was hält eigentlich, frage ich mich, der Marquis von den Lehren, die ihm sein Vater noch auf dem Sterbebett erteilt?‹

Die Riten für den Verstorbenen vollzog der Marquis zwar durchaus korrekt und pünktlich; aber es kam höchst selten vor, daß er sonst seinen Vater einmal erwähnte. Iinuma hatte davon geträumt, der Marquis werde weit häufiger von seinen Erinnerungen an den Toten sprechen, werde dabei, wenigstens bis zu einem gewissen Grade, zärtliche Gefühle des Gedenkens zu erkennen geben; in diesem einen Jahr indessen war auch diese Hoffnung zunichte geworden.

Am Abend, nachdem Kiyoaki nach Erledigung seines Schleppenträgeramtes zurückgekehrt war, gaben der Marquis und die Marquise für alle im Hause ein Festessen zu Ehren des Ereignisses. Schließlich kam die Zeit, daß der Dreizehnjährige, die Wangen von dem ihm mehr scherzweise aufgezwungenen Reiswein gerötet, ins Bett drängte, und Iinuma half ihm ins Schlafzimmer kommen.

Der Junge kroch unter die seidene Bettdecke, ließ den Kopf auf das Kissen fallen, er atmete heiß. Zwischen den kurzen Haaren und den Ohrläppchen, wo die Haut so dünn war, daß man den zerbrechlichen gläsernen Organismus darunter zu erkennen meinte, traten zuckend die blauen Adern hervor. Die Lippen waren selbst hier in dem dämmrigen Licht noch rot, und der zwischen ihnen hervorgestoßene Atem machte ein Geräusch, das sich anhörte, als wollte dieser Knabe, der doch offenbar die Bitterkeit des Leidens überhaupt nicht kannte, rein aus Übermut nachempfundene Qualen besingen.

Und dazu die langen Wimpern, die wie bei einem Wassertier weichen, beweglichen Augenlider ... Iinuma begriff, daß er von einem solchen Gesicht nicht die Begeisterung, nicht die Treueschwüre erwarten konnte, wie sie – am Abend nach der Erfüllung einer so ruhmreichen Aufgabe – bei jedem mannhaften Jüngling selbstverständlich gewesen wären.

Zudem begannen sich Kiyoakis zur Decke hinauf weit geöffnete Augen mit Tränen zu füllen. Und als er dann diese feuchten Augen auf sich gerichtet sah, war das Iinuma zwar im Grunde zuwider, doch überzeugte es ihn immerhin von seiner eigenen Treue. Kiyoaki schien es zu warm zu werden, er versuchte die ebenmäßigen, rötlich blanken Arme hinter dem Kopf zu verschränken; aber Iinuma zog den Kragen an Kiyoakis wattierter Überjacke ein wenig höher und meinte: »Sie werden sich erkälten, junger Herr. Sollten jetzt besser schlafen.«

»Hör mal, Iinuma, mir ist heute was Dummes passiert. Wenn

du es meinem Vater und meiner Mutter nicht weitersagst, erzähl ich es dir.«

»Ja, was denn?«

»Als ich heute die Schleppe der Prinzessin trug, bin ich ein bißchen gestolpert. Aber da hat die Prinzessin gelächelt und hat mir verziehen.«

Die Leichtfertigkeit, mit der er das sagte, der Mangel an Verantwortungsgefühl, das in den feuchten Augen aufblitzende Verzücken – Iinuma erschien das alles ungeheuerlich.

2

Kein Wunder, daß Kiyoaki jetzt mit achtzehn Jahren in Vorstellungen befangen war, die ihn von seiner Umgebung zunehmend isolierten.

Nicht nur von seiner Familie sonderte er sich ab. Seit man sich im Gakushū-in bemühte, die Art und Weise, in der der Rektor, General Nogi, dem Kaiser Meiji freiwillig in den Tod nachgefolgt war, als ein Beispiel nobelster Gesinnung in die Schülerköpfe einzupflanzen und immer stärker auf eine Tradition der Erziehung drang, die sich, wäre der General einer Krankheit erlegen, in so übertriebener Form nie geäußert hätte, begann Kiyoaki, ohnehin ein Feind alles Militärischen, diese Schule mit ihrer penetrant spartanischen Atmosphäre zu verabscheuen.

Was Freundschaften betraf, so hatte er lediglich mit seinem Klassenkameraden Honda Shigekuni vertrauteren Umgang. Natürlich gab es viele, die sich gern mit Kiyoaki angefreundet hätten; doch die jugendliche Derbheit seiner Altersgenossen lag ihm nicht, und während er ihrer wilden Sentimentalität, in die sie sich etwa beim Absingen der Schulhymne hineinsteigern konnten, aus dem Wege ging, fühlte er sich innerlich allein von dem für seine Jahre erstaunlich ruhigen, unauffälligen und vernünftigen Honda angezogen.

Andererseits konnte man nicht gerade behaupten, daß Honda und Kiyoaki in Erscheinung und Temperament einander ähnlich gewesen wären.

Honda besaß ein Äußeres, das ihn älter machte und, bei

überaus durchschnittlichen Gesichtszügen, eher würdevoll wirkte; sein Interesse galt den Rechtswissenschaften, und er verfügte über eine scharfe Intuition, eine Begabung, die er jedoch für gewöhnlich vor anderen zu verbergen pflegte. Soweit oberflächlich erkennbar, war bei ihm von Sinnlichkeit nicht die geringste Spur; gleichwohl machte er gelegentlich den Eindruck, als lauschte er einem Geräusch, mit dem tief drinnen die Feuer loderten, die Holzscheite knackten. Das war immer dann der Fall, wenn er seine etwas kurzsichtigen Augen plötzlich halb zusammenkniff, die Brauen runzelte und den sonst so fest geschlossenen Mund ein wenig öffnete.

Vielleicht könnte man sagen, Kiyoaki und Honda waren Blüte und Blatt an einer aus derselben Wurzel hervorgewachsenen Pflanze, so völlig verschieden von Gestalt. Kiyoakis Naturell lag ungeschützt zutage, er war von einer leicht verletzlichen Nacktheit; die noch nicht zum Impuls seines Handelns gewordene Sinnlichkeit nahm er – wie ein vom ersten Frühlingsregen übergossener junger Hund die nasse Nase, die nassen Augen – einfach hin. Honda dagegen hatte offensichtlich sehr früh schon begriffen, was das menschliche Leben bedroht, und wich also diesem so heiteren Regen aus, krümmte sich lieber unter das schützende Dach.

Daß die beiden indessen die denkbar besten Freunde waren, darüber bestand kein Zweifel, und da es ihnen nicht genügte, sich Tag für Tag nur in der Schule zu sehen, verbrachten sie ihre Sonntage regelmäßig so, daß einer den anderen besuchte. Weil aber der Wohnsitz der Matsugaes, versteht sich, bei weitem größer war und auch reichlich Gelegenheit zum Herumstrolchen bot, kam zumeist Honda hierher.

An einem Oktobersonntag – man schrieb das Jahr 1912 oder das erste der Ära Taishō, und eben begann sich das Laub an den Bäumen zu färben – erschien Honda auf Kiyoakis Zimmer und fragte, was er von einer Bootsfahrt unten auf dem Teich halte.

In normalen Jahren hätten sich um diese Zeit allmählich schon die Gäste gedrängt, um das Schauspiel des roten Ahornlaubs zu genießen; doch seit dem Tod des Kaisers Meiji im Sommer enthielten sich die Matsugaes aller auffälligen gesellschaftlichen Verpflichtungen, und erst recht der Garten machte den Eindruck tiefer Abgeschiedenheit.

»Na schön. Drei Personen gehen in das Boot, da kann uns ja Iinuma herumrudern.«

»Wieso? Dazu brauchen wir doch keinen. Ich werde rudern«, sagte Honda, und dabei sah er wieder den jungen Mann mit den düsteren Augen und der strengen Miene vor sich, der ihn soeben schweigend, mit einer aufdringlichen Höflichkeit, vom Eingang aus bis vor Kiyoakis Zimmer geführt hatte, obwohl das bei ihm, Honda, wirklich nicht nötig gewesen wäre.

»Du kannst ihn nicht leiden, stimmt's?« fragte Kiyoaki und lächelte.

»Nein, nicht daß ich ihn nicht leiden könnte, ich werde ihn nur nie begreifen.«

»Er ist jetzt schon sechs Jahre hier; also habe ich mich daran gewöhnt, daß er einfach da ist wie die Luft zum Atmen. Auf gegenseitiges Verständnis lege ich wirklich keinen Wert. Trotzdem, dieser Mensch opfert sich für mich auf, er ist treu, fleißig, zuverlässig.«

Kiyoakis Zimmer war im Obergeschoß des Haupthauses das letzte ganz hinten. Ursprünglich japanisch eingerichtet, hatte man es durch Teppiche und Möbel in einen Raum westlichen Geschmacks verwandelt. Honda setzte sich auf die Fensterbank, mit einer Körperdrehung hatte er das volle Panorama mit Ahornberg und Teich und Mittelinsel vor Augen. Still lag die Wasserfläche in der Nachmittagssonne. Die kleine Bucht, in der das Boot vertäut war, befand sich genau unter ihm.

Dann wieder sah er forschend auf das gelangweilte Gesicht des Freundes. Was immer sie unternahmen, nie ging Kiyoaki voran; doch kam es vor, daß er, lustlos zunächst, dann durchaus seinen Spaß daran hatte. Folglich mußte ihn Honda zu allem überreden, mußte ihn mitschleppen.

»Kannst du das Boot sehen?« fragte Kiyoaki.

»Natürlich kann ich's sehen«, erwiderte Honda und wandte sich mißtrauisch um...

Was Kiyoaki in diesem Augenblick eigentlich hatte sagen wollen?

Nun, wenn es denn erklärt sein muß: er wollte zu verstehen geben, daß er an nichts Interesse habe.

Längst empfand er sich selber als so etwas wie einen kleinen, giftigen Dorn, der in die knochige Hand seiner Familie eingedrungen war. Und das deshalb, weil er sich eine gewisse Eleganz beigebracht hatte. Wie eine Ameise die Flut, so ahnte er voraus, daß diese bis noch vor fünfzig Jahren unbemittelte Familie einfacher und derber Provinz-*Samurais,* wenn sich nach ihrem raschen Aufstieg jetzt mit seinem, Kiyoakis, Heranwachsen erst einmal ein wenig Verfeinerung einschleichen würde, augenblicklich Symptome eines rapiden Verfalls zeigen mußte, anders nämlich als Familien aus dem alten Hofadel, die von Grund auf immun waren gegen jede Eleganz.

Ja, Kiyoaki war ein feiner Dorn. Dabei wußte er sehr gut, daß sein Herz, das das Grobe verabscheute und das Feine bejubelte, in Wahrheit zu nichts taugte, daß es war wie entwurzeltes Gras. Nicht daß er sie willentlich zerstörte. Nicht daß er willentlich gegen sie verstieß. Aber für die Familie war sein Gift ganz ohne Zweifel ein Gift; ein Gift, das keinem nützte. Diese absolute Nutzlosigkeit ist also, dachte der schöne Jüngling, gleichsam der Sinn, mit dem ich in diese Welt geboren wurde.

Sich einzubilden, dieses subtile Gift sei seine Daseinsberechtigung, gehörte zur Arroganz des Achtzehnjährigen. Er hatte den festen Vorsatz, seine schönen weißen Hände zeitlebens nicht schmutzig zu machen, sich keine Schwiele zu holen. Dazusein wie die Fahne, nur für den Wind. Nur zu existieren für die immer fließenden, die zwecklosen, die totgeglaubten und doch wiederaufgelebten, die schwach erschienenen und doch wiederaufgeflammten, die weder auf Kurs noch auf Resultat bedachten Gefühle, die nach seiner Meinung die einzige Wahrheit waren für ihn...

Und deshalb: kein Interesse für irgendwas. Eine Bootsfahrt? In was für einem Boot denn? Für seinen Vater war das eine aus dem Ausland importierte, modisch gestaltete, grün und weiß gestrichene Gondel. Für seinen Vater war das Kultur, ein Körper, in dem die Kultur Gestalt angenommen.

Und für ihn? Ein Boot. Na und...?

Honda jedenfalls mit seiner angeborenen Intuition verstand Kiyoakis Verstummen in solchen Augenblicken sehr gut. Obwohl vom selben Jahrgang wie Kiyoaki, war er bereits ein junger Mann, noch dazu einer, der entschlossen war, um jeden

Preis ein *brauchbarer* Mensch zu werden. Er hatte sich schon für seine Rolle entschieden. Kiyoaki gegenüber bemühte er sich stets, einigermaßen dickfellig und derb zu erscheinen; er wußte, daß er mit dieser absichtlich burschikosen Art bei dem Freund genau richtig ankam. Überhaupt schluckte Kiyoaki dergleichen künstliche Köder erstaunlich bereitwillig. Selbst von einem Freund.

»Du solltest endlich ein bißchen Sport treiben«, sagte Honda geradeheraus. »Ein großer Bücherleser bist du zwar nicht, und trotzdem siehst du so erschöpft aus, als hättest du an die zehntausend Schwarten durchgearbeitet.«

Kiyoaki lächelte und schwieg. Allerdings, Bücher las er keine. Aber Träume hatte er, Nacht für Nacht. Und so unendlich viele Träume, daß er von dieser Lektüre stärker mitgenommen war wie von zehntausend Büchern.

... Letzte Nacht zum Beispiel. Da hatte er im Traum seinen eigenen, aus rohem Holz gefertigten Sarg gesehen. Dieser stand in einem sonst völlig leeren Zimmer mit breiten Fenstern. Draußen vor den Fenstern eine purpurblaue Morgendämmerung; Gezwitscher der Vögel, das diese Dämmerung erfüllte. Eine junge Frau mit schwarzem, lang herabhängendem Haar lehnte vornübergeneigt an dem Sarg, in ihren schmalen, geschmeidigen Schultern ein Schluchzen. Er hätte der Frau gern ins Gesicht geschaut, konnte jedoch nur den wie der Fuji-Berg geformten Haaransatz auf der schmerzlich blassen Stirn erkennen. Der Holzsarg war zur Hälfte von einer ringsum mit zahlreichen Perlen verzierten Decke aus geflecktem Leopardenfell verhüllt. In einer der Perlenreihen hatte sich der erste milchige Schimmer des anbrechenden Tages gefangen. Statt des Weihrauchs schwebte in dem Zimmer wie von reifen Früchten der Duft eines europäischen Parfüms.

Kiyoaki sah das alles übrigens aus der Luft, von oben her, überzeugt zugleich, daß in dem Sarg sein eigener Leichnam lag. Aber so sicher er sich dessen war, er wollte unbedingt einen Blick hineinwerfen, wollte die Bestätigung haben. Allein, sein Leben war im Begriff, wie die Mücke am Morgen mitten in der Luft geschwächt die Flügel hängen zu lassen, denn in den vernagelten Sarg zu schauen, das schaffte er einfach nicht.

... Indem er sich davon immer heftiger irritiert fühlte,

erwachte er. Und auch diesen Traum hatte Kiyoaki danach in seinem heimlich geführten Traumtagebuch notiert.

Schließlich gingen die beiden doch hinunter zur Anlegestelle und lösten das Heckseil des Bootes. Die Wasserfläche vor ihnen flackerte vom Widerschein der zum Teil schon geröteten Laubmassen des Ahornbergs.

Das wilde Geschaukel des Boots beim Einsteigen rief in Kiyoaki die ihm so überaus vertraute Empfindung von der Unbeständigkeit dieser Welt hervor. Im gleichen Augenblick war ihm, als spiegelte sich das Innerste seines Herzens, heftig zuckend zwar, doch mit aller Deutlichkeit, auf dem weißen Dollbord des frischgestrichenen Bootes. Das machte, daß er fröhlich wurde.

Honda stemmte das Ruder gegen die Steineinfassung des Ufers und brachte so das Boot aufs freie Wasser hinaus. Die scharlachrote Oberfläche zerbrach, sanftes Wellengekräusel erweiterte Kiyoakis lässige Gedankengaukeleien. Dieses dunkle Rauschen des Wassers: wie eine dreiste Stimme tief aus der Kehle. Er stellte sich vor: eine Nachmittagsstunde an einem Herbsttag in seinem achtzehnten Jahr, und sie wird nie wiederkommen, sie gleitet unwiderruflich dahin.

»Wollen wir uns mal die Insel ansehen?«
»Lohnt sich nicht. Du wirst enttäuscht sein.«
»Ach, red doch nicht! Los geht's!« rief Honda, wobei er sich mit dem ganzen Oberkörper in die Riemen legte, so daß die energische Stimme eine heitere Jungenhaftigkeit bekam, wie sie seinen Jahren entsprach.

Kiyoaki, während in seinen Ohren undeutlich von jenseits der Mittelinsel herüber der Wasserfall tönte, blickte mit starren Augen in die Tiefe des Teiches hinunter, in der freilich wegen des Grundschlamms und der roten Reflexe nicht viel zu erkennen war. Doch wußte er ja: dort unten schwammen die Karpfen, auch hielten sich auf dem Boden unter Felsen die Alligatorschildkröten versteckt. Noch einmal blitzten schwach die Ängste aus der Kinderzeit in ihm auf und verlöschten wieder.

Die Sonne schien warm, sie fiel auf die ausrasierten, jugendlichen Nacken. Es war ein stiller, ein ereignisloser, wohltuender Sonntag. Und dennoch meinte Kiyoaki nach wie vor, diese

Welt, gleichsam ein wassergefüllter Ledersack, habe unten ein kleines Loch, und meinte zu hören, wie durch das Loch Tropfen um Tropfen die Zeit wegrinne.

Sie erreichten die Mittelinsel, auf der zwischen Kiefern ein einzelner Ahorn wuchs. Sie stiegen über die Steintreppe zum Rasenrondell auf der mit den drei eisernen Kranichen bestandenen Kuppe hinauf. Sie setzten sich zu Füßen jener beiden Kraniche, die wie zu einem Schrei ihre Hälse erhoben hatten; dann ließen sie sich auf den Rücken fallen und blickten hinauf in den klaren Spätherbsthimmel. Grashalme bohrten sich ihnen durch die *Kimonos* in die Schultern; für Kiyoaki ein grausamer Schmerz, für Honda ein Gefühl, als sei seinem Rücken ein Feldlager bereitet aus den süßesten, angenehmsten Qualen, die es zu erdulden gelte. Und wie oben die Wolken zogen, bewegten sich in beider Augenwinkeln die von Wind und Regen verwitterten, von weißem Vogelkot beschmutzten, eisernen Kranichhälse in ihren schönen, lang gekurvten Linien mit.

»Ist das ein herrlicher Tag! Wird in unserem Leben, schätz ich, nicht oft sein, daß wir einen Tag haben wie diesen, so herrlich, so unbeschwert«, dachte Honda, von irgendeiner Vorahnung erfüllt, und sagte es auch laut.

»Du sprichst vom Glück?« fragte Kiyoaki.

»Ich erinnere mich nicht, daß ich ein solches Wort benutzt hätte.«

»Na, dann ist es ja gut. Ich jedenfalls hätte viel zuviel Angst, so was laut herauszusagen. So was Gefährliches.«

»Weil du wahrscheinlich schrecklich habgierig bist. Die meisten Habgierigen machen einen traurigen Eindruck. Was willst du eigentlich noch mehr?«

»Irgend etwas Endgültiges. Was, das weiß ich nicht«, erwiderte der ungewöhnlich schöne, noch in überhaupt nichts entschiedene Jüngling mit träger Stimme. So sehr sie miteinander befreundet waren, manchmal fühlte er sich in seinem ungezügelt eigensinnigen Wesen durch Hondas scharfes analytisches Temperament, durch seine Art, sich im Gespräch so sicher, so ganz als der »vielversprechende junge Mann« zu geben, belästigt.

Plötzlich wälzte er sich herum, so daß er jetzt mit dem Bauch auf dem Rasen lag, hob den Kopf und starrte über den Teich hinüber auf den Streifen Park vor der Halle des Haupthauses. Schrittsteine führten zwischen weißem Sand zum Ufer hinab, das an dieser Stelle kunstvoll verschlungene Buchten bildete, von einer Reihe von Brücken überspannt. Dort hatte er eine Gruppe von Frauen entdeckt.

3

Kiyoaki tippte dem Freund auf die Schulter, um seine Aufmerksamkeit in jene Richtung zu lenken. Auch Honda drehte den Kopf herum und nahm zwischen den Grashalmen hindurch die Gruppe jenseits der Wasserfläche aufs Korn. So lagen die beiden auf der Lauer wie zwei junge Scharfschützen.

Kiyoakis Mutter unternahm ihre Spaziergänge, wann immer sie Lust darauf verspürte; aber in der Regel wurde sie dabei nur von ihren Kammerzofen begleitet, während sich heute zwei Besucherinnen, eine ältere und eine jüngere, unter die Gruppe gemischt hatten und unmittelbar hinter der Marquise einhergingen.

Die Mutter, die ältere Dame und die Zofen waren in unauffällig gemusterte *Kimonos* gekleidet, lediglich die jüngere der Besucherinnen trug einen blaßblauen mit irgendwelchen Stickereien, und ob überm hellen Sand oder am Wasser, stets leuchtete diese Seide kalt und fahl wie bei Tagesanbruch der Himmel.

Einmal trieb mit dem Herbstwind ein Gelächter herüber; offenbar hatte man Probleme mit den unregelmäßigen Schrittsteinen. Ein allzu unschuldiges Lachen zwar, das etwas gekünstelt klang, ja genau das Lachen, das Kiyoaki an den Frauen im Hause nicht ausstehen konnte; immerhin bemerkte selbst er, daß Honda, wie der Hahn, wenn er die Hühner gackern hört, davon ein Glitzern in die Augen bekam. Und die beiden Achtzehnjährigen zerknickten mit ihrer Brust die wehrlosen, herbstlich dürren Halme unter sich.

Kiyoaki war überzeugt, daß das Mädchen in dem blaßblauen *Kimono* jedenfalls so nie lachen würde. Jetzt hatten die Zofen die Marquise und ihre Gäste bei den Händen gefaßt und begannen unter vergnügtem Schwatzen den steilen Weg hinaufzusteigen, der als Verbindung zwischen Teichufer und Ahornberg absichtlich über einige steinerne Brücken führte, und damit war die Gruppe für die beiden hinterm Grasgestrüpp verschwunden.

»Ihr habt ja wirklich eine Menge Frauen im Haus! Bei uns sind es bloß Männer«, versuchte sich Honda für seinen Eifer zu entschuldigen und sprang auf. Diesmal beobachteten sie weiter westwärts durch die Kiefern hindurch das langsame Vorrücken der Gruppe. Der Ahornberg hatte nach Westen zu eine breite Mulde; dort stürzte der im ganzen neunstufige Wasserfall bis zur vierten Kaskade herab, um hierauf in Richtung auf das flache Becken zwischen den roten Sado-Felsen umgeleitet zu werden. Eben waren die Frauen im Begriff, das Becken auf den Schrittsteinen davor zu überqueren; das Ahornlaub an dieser Stelle stand bereits in seiner vollen Färbung, und während von der kleinen neunten Kaskade selbst die aufstiebenden Wasserperlchen noch verdeckt waren durch das Gebüsch, malte es sich im Becken ringsum dunkelrot. Als er aus der Ferne den hellen, gesenkten Nacken jener blaßblau Gekleideten erblickte, die, von einer Zofe an der Hand geführt, über die Schrittsteine ging, kam Kiyoaki der ihm unvergeßlich gebliebene volle und weiße Nacken der Prinzessin Kasuga wieder in den Sinn.

Nach Überqueren des Beckens verlief der Pfad für eine kurze Strecke flach am Teichufer entlang, das sich nun immer weiter der Mittelinsel näherte. Hatte Kiyoaki sie bis dahin mit schwärmerischen Blicken verfolgt, so erkannte er jetzt im Profil der blaßblau Gekleideten Satokos Züge und war enttäuscht. Warum nur hatte er so lange nicht bemerkt, daß dies Satoko war? Allzu blindlings, schien es, war er besessen gewesen von der Überzeugung, es müsse eine schöne Fremde sein.

Da also der Gegner seine Illusionen erfolgreich zerstört hatte, bestand für Kiyoaki keine Notwendigkeit mehr, die Tarnung weiter aufrechtzuerhalten. Er erhob sich, wobei er die Grassamen von seiner *Hakama*-Hose klopfte, trat dann ganz aus den tiefhängenden Kiefernzweigen hervor und rief: »Ooih –!«

Angesichts Kiyoakis so plötzlicher Munterkeit reckte sich auch Honda verwundert auf. Hätte er die Eigenart des Freundes, auf einen zerstörten Traum mit heiterer Laune zu reagieren, nicht gekannt, würde Honda wohl gemeint haben, die Initiative sei ihm tatsächlich einmal aus der Hand genommen worden.

»Und wer ist es?«
»Satoko natürlich. Habe ich dir ihr Foto nie gezeigt?«
Selbst in der Betonung, mit der er das sagte, kam zum Ausdruck, wie wenig er bei diesem Namen empfand. In Wahrheit war das Mädchen am Ufer eine Schönheit. Kiyoaki jedoch schien dies einfach nicht zugeben zu wollen. Deshalb nämlich, weil er wußte, daß Satoko ihn liebte.

Es dürfte unter Kiyoakis Bekannten keinen gegeben haben, der seine wenig schöne Art, einen ihm in Liebe zugetanen Menschen so geringzuschätzen, ja mit einer geradezu eisigen Verachtung zu behandeln, früher und gründlicher durchschaut hätte als Honda. Nach Hondas Vermutung handelte es sich bei der darin liegenden Überheblichkeit um den Ausdruck eines Gefühls, das sich, seit Kiyoaki dreizehnjährig zuerst öffentlichen Beifall für seine Schönheit erfahren, auf dem Grund seines Herzens heimlich ausgebildet hatte wie ein Schimmel. Eine silberweiße Schimmelblüte, die auf Berührung wie Glöckchen zu klingeln schien.

In der Tat mochte auch die bedenkliche Faszination, die Kiyoaki als Freund auf Honda ausübte, eben hierin ihre Wurzel haben. Nicht wenige Klassenkameraden waren bei dem Versuch, Kiyoakis Freundschaft zu erwerben, gescheitert und schließlich von ihm verspottet und erledigt worden. Honda, auf Kiyoakis ätzendes Gift geschickt reagierend, hatte als einziger das Examen bestanden. Eine Täuschung vielleicht, aber die Abneigung, die ihn gegenüber dem düsteräugigen Tutor Iinuma erfüllte, rührte daher, daß er gerade auf dessen Gesicht den bekannt vertrauten Ausdruck des Gescheiterten zu entdecken glaubte.

Was Ayakura Satoko betraf, so war Honda ihr bisher nie begegnet, wußte jedoch aus Kiyoakis Erzählungen über ihre Herkunft gut Bescheid.

Die Familie Ayakura, eines jener achtundzwanzig Häuser, die früher die kaiserliche Leibwache gestellt, führte sich zurück auf Namba Yorisuke, den angeblichen Begründer einer zur Fujiwara-Zeit beliebten Form des höfischen japanischen Fußballs oder *Kemari*. Unter Namba Yorinori spaltete sie sich als eigenständige Familie ab, und der Ayakura der 27. Generation, nachdem er Kammerherr geworden, siedelte nach Tōkyō über, wo er im Stadtbezirk Azabu ein ehemaliges *Samurai*-Haus bezog; er war bekannt als ein Meister im *Kemari* und im Verfassen von *Waka*-Gedichten, und sein Erbsohn, bereits im jugendlichen Alter mit der Juniorenstufe des Fünften Hofrangs ausgezeichnet, hatte schließlich einen Stand erreicht, der ihn selbst zum Staatsrat befähigte.

Marquis Matsugae, in seiner Bewunderung für das Höfische, dessen die eigene Familie ermangelte, hatte wenigstens der nächsten Generation eine dem Hochadel gemäße Verfeinerung zu vermitteln gewünscht und deshalb, nachdem er die Zustimmung seines Vaters eingeholt, Kiyoaki als kleinen Knaben der Familie Ayakura anvertraut. Kiyoaki war dort ganz in der Atmosphäre der Hofaristokratie untergetaucht, verwöhnt von der um zwei Jahre älteren Satoko; und bis zu seinem Schuleintritt hatte er sonst keinen Gefährten, keinen Freund gehabt als Satoko. Graf Ayakura – nie vermochte er den weicheren Kyōto-Dialekt abzulegen – war ein außergewöhnlich gütiger, sanfter Charakter und hatte schon den kleinen Kiyoaki die Dicht- und Schreibkunst gelehrt. Im Hause der Ayakuras pflegte man sich noch jetzt bis tief in die Nacht hinein am *Sugoroku*-Brettspiel aus der klassisch-höfischen Epoche zu vergnügen, und den Gewinnern überreichte man – Geschenk der Kaiserin – kleine bunte Teekuchen.

Insbesondere hatte der Graf zur Fortsetzung der höfischen Ausbildung veranlaßt, daß Kiyoaki seit seinem fünfzehnten Jahr dem zu jedem Neujahr im Kaiserlichen Amt für Poesie stattfindenden *Waka*-Wettstreit beiwohnte, bei dem er selbst als Preisrichter fungierte. Auf Kiyoaki hatte dies zunächst wie eine reine Pflichtübung gewirkt, mit zunehmendem Alter jedoch – wann genau, das wußte er nicht mehr – war ihm dieser Zugang zu einer altüberlieferten höfischen Übung zur Herzensangelegenheit geworden.

Satoko war jetzt zwanzig. In Kiyoakis Fotoalben konnte man die bisherigen Stufen ihrer Entwicklung in allen Einzelheiten verfolgen, angefangen mit Bildern aus den Kindertagen, auf denen Satoko und Kiyoaki einträchtig Wange an Wange zu sehen waren, bis zu einem aus jüngster Zeit, als sie Ende Mai am Schreinsfest vor dem *Omiyasama* der Matsugaes teilgenommen hatte. Um die Zwanzig herum ist ein Mädchen am schönsten, doch noch hatte Satoko nicht geheiratet.

»Das also ist Satoko? Aha, und wer ist die alte Dame in dem mausgrauen Umhang, um die sich alle so bemühen?«

»Ja, warte... aber natürlich: Satokos Großtante, die Äbtissin. Mit der komischen Haube auf dem Kopf hab ich sie zuerst gar nicht erkannt.«

Ein wirklich überraschender Besuch; ja, es müßte, überlegte Kiyoaki, das erste Mal überhaupt sein. Nur Satokos wegen hätte seine Mutter das nicht veranstaltet; offenbar war sie auf diese Führung durch den Park verfallen, um der Äbtissin des Gesshūji-Tempels ein Vergnügen zu bereiten. Tatsächlich war es wohl so gewesen, daß Satoko der Äbtissin zur Feier ihres seltenen Aufenthalts in der Hauptstadt bei den Matsugaes das bunte Herbstlaub hatte zeigen wollen.

Es hieß, die Äbtissin sei damals, als er im Hause der Ayakuras gelebt hatte, überaus freundlich zu Kiyoaki gewesen; doch aus jener Zeit war ihm nicht das geringste in Erinnerung geblieben. Als Mittelschüler hatte er einmal eine Einladung zu den Ayakuras erhalten und sie bei der Gelegenheit, wenn auch nur ganz kurz, gesehen, entsann sich allerdings noch gut ihres blassen, vornehm-gütigen Gesichts und ihrer zwar sanften, doch ehrfurchtgebietenden Art zu sprechen.

Auf Kiyoakis Schrei waren die Frauen am Ufer eine wie die andere stehengeblieben. Deutlich war zu erkennen, wie sie sich über die beiden jugendlichen Gestalten verwunderten, die da plötzlich auf der Insel aus dem hohen Gras neben den eisernen Kranichen auftauchten wie die Piraten.

Da seine Mutter einen kleinen Fächer aus ihrem *Obi* zog und damit, indem sie auf die Äbtissin wies, eine Geste der Verehrung andeutete, machte Kiyoaki von der Insel herab eine tiefe Verbeugung, auch Honda schloß sich an, und die Äbtissin dankte zurück. Hierauf winkte die Marquise mit geöffnetem Fächer; vom gespiegelten Ahornlaub erglühte das Gold auf dem Fächer leuchtendrot, und Kiyoaki verstand, daß er den Freund überreden und mit ihm im Boot zum Ufer übersetzen sollte.

»Satoko läßt sich wirklich keine Gelegenheit entgehen, zu uns zu kommen. Hauptsache, so eine Chance wirkt nicht gar zu gesucht. Na, man kann ja auch seine Großtante vorschieben«, brummte Kiyoaki, während er Honda hastig dabei half, das Boot loszumachen, und es klang wie ein Vorwurf.

Honda indessen fragte sich, ob Kiyoakis Behauptung, er müsse die Äbtissin begrüßen, nicht eine bloße Rechtfertigung für die Eile sei, mit der er zum anderen Ufer strebte. Allein schon die Art, wie er half, wie er sich, als irritiere ihn das besonnene Vorgehen des Freundes, mit seinen hellen, zarten Händen an dem rauhen Heckseil zu schaffen machte, gab hinlänglich Grund für solchen Verdacht.

Im Boot dann, als Honda mit dem Rücken zum jenseitigen Ufer losruderte, waren die vom Widerschein der roten Wasserfläche wie benommen wirkenden Augen Kiyoakis geradeaus gerichtet, wichen jedenfalls den Blicken des anderen mit einer Nervosität aus, daß man den Eindruck haben konnte, er wolle aus einer unter Jungen dieses Alters üblichen pubertären Eitelkeit den Freund nicht merken lassen, wie die sensibelsten Zonen seines Inneren einem weiblichen Wesen gegenüber reagierten, das ihn in seiner Kinderzeit allzugut gekannt, allzusehr auch gefühlsmäßig beherrscht hatte. Immerhin war nicht ausgeschlossen, daß Satoko damals sogar das kleine, weißknospende Stempelchen an seinem Körper zu Gesicht bekommen hatte.

Sowie Honda das Boot ans Ufer heranlaviert, bedankte sich Kiyoakis Mutter bei ihm und sagte: »Nun, Herr Honda, Sie sind ja wirklich ein tüchtiger Ruderer!«

Die Marquise war eine Dame mit einem ovalen Gesicht, in dem die Augenbrauen wie ein wenig bekümmert nach der Mitte zu anstiegen, und auch wenn sie lachte, verrieten diese immer sorgenvollen Züge noch nichts von einem empfindsamen Naturell. Sie konnte ebenso praktisch wie schwerfällig sein, und nachdem sie sich einmal dazu erzogen hatte, die schroffe Unbekümmertheit und Zügellosigkeit ihres Mannes als gegeben hinzunehmen, war sie außerstande, bis in die feinen Fältchen in Kiyoakis Wesen vorzudringen.

Satoko ihrerseits verfolgte, seit Kiyoaki aus dem Boot geklettert war, jede seiner Bewegungen mit unverwandt auf ihn gerichteten Augen. Mochten diese zielbewußten, klaren Augen anderen gelegentlich heiter und nachsichtig erscheinen, Kiyoaki schreckte doch immer wieder vor ihnen zurück und hatte wohl auch so unrecht nicht, wenn er aus Satokos Blicken Kritik zu lesen meinte.

»Heute gibt uns Hochwürden die Ehre, und ich hoffe, wir werden manches erbauliche Wort zu hören bekommen, wollte aber vorher unseren Gast zum Ahornberg begleiten; und da mußt du einen so barbarischen Schrei ausstoßen! Nein, war ich entsetzt! Was habt ihr eigentlich auf der Insel getrieben?«

»Nichts Besonderes. Haben uns den Himmel angesehen«, beantwortete Kiyoaki absichtlich unklar die Frage seiner Mutter.

»Den Himmel angesehen? War denn da was im Himmel?«

Die Marquise pflegte keinen Hehl daraus zu machen, daß ihr vom Naturell her das Verständnis für unsichtbare Dinge einfach abging, und Kiyoaki hielt das für die einzige Stärke seiner Mutter. Um so grotesker, daß gerade sie sich so beflissen zeigte, fromme Predigten anzuhören.

Mit einem zurückhaltenden Lächeln, ganz nur der Gast, lauschte die Äbtissin diesem Wortwechsel zwischen Mutter und Sohn.

Und Satoko starrte, wie von dem Schimmer gebannt, auf die schweren, schwarzen Haarbüschel, die über Kiyoakis weiche Wangen fielen, auf dieses Gesicht, das sich mutwillig weigerte, zu ihr herüberzusehen.

Hierauf brachen nun alle gemeinsam auf und stiegen den Bergpfad hinan, bewunderten das rote Ahornlaub, versuchten nach ihren Stimmen die Vögel auszumachen, die in den Wipfeln zwitscherten. Die beiden jungen Männer, wie sehr sie auch ihre Schritte verlangsamten, hatten sich wie von selbst an die Spitze gesetzt und waren der Gruppe der Frauen mit der Äbtissin in der Mitte bald ein Stück voraus. Honda benutzte die Gelegenheit, zum ersten Mal etwas über Satoko zu sagen, und als er ihre Schönheit pries, meinte Kiyoaki: »So? Findest du?« Eine Bemerkung, die in ihrer nervösen Gleichgültigkeit zu verstehen gab, daß es seinen Stolz verletzt haben würde, hätte Honda Satoko häßlich genannt. Offenbar war Kiyoaki der Ansicht, eine Frau, die in irgendeiner Beziehung zu ihm stehe, ob nun er selbst sie bewundere oder nicht, habe einfach schön zu sein.

Der Zug war schließlich bis dicht unter den Gipfel des

Wasserfalls gelangt; von einer Brücke aus blickte man auf die mächtige, oberste Kaskade, und eben genoß die Marquise wohlgefällig die Lobeshymnen der Äbtissin, die dies zum ersten Male sah, als man – und es war Kiyoaki – jene unglückverheißende Endeckung machte, durch die vor allem dieser Tag den Beteiligten in Erinnerung bleiben sollte.

»Nanu, wieso spritzt denn ganz da oben das Wasser so auseinander?«

Jetzt bemerkte es auch die Marquise, und indem sie mit geöffnetem Fächer die durch die Bäume blitzende Sonne abhielt, schaute sie hinauf. Was hatte sich der Gartenmeister für eine Mühe mit der Anordnung der Steine gegeben, um die Kaskade harmonisch zu gestalten! Doch nicht deshalb, damit sich nun am Gipfel oben das Wasser genau in der Mitte so häßlich zerteilte. Möglich zwar, daß dort ein Felsen war, der ein Stück vorsprang; aber das hätte die Form des Wasserfalls nicht derart zerstören dürfen.

»Ja, wie nur?« wandte sich die Marquise in ihrem Gefühl der Ratlosigkeit an die Äbtissin. »Fast sieht es aus, als wäre irgend etwas dazwischengeraten...«

Die Äbtissin schien das Gewisse sofort ausgemacht zu haben, schwieg jedoch und lächelte nur. Es wäre natürlich an Kiyoaki gewesen, rücksichtslos und deutlich zu sagen, was er da oben sah. Allein, er zögerte aus Furcht, eine solche Entdeckung könnte die allgemeine Stimmung verderben. Außerdem war ihm klar, daß ja bereits jeder es erkannt hatte.

»Nach meinem Dafürhalten ist es ein schwarzer Hund«, erklärte Satoko ehrlich und geradezu, »und sein Kopf hängt nach unten.« Da brach unter den Frauen eine Erregung aus, als hätten sie das erst jetzt begriffen.

Kiyoaki war in seinem Stolz verletzt. Mit einem Mut, den man von einer Frau zunächst nicht erwarten würde, hatte Satoko den unseligen Hundekadaver beschrieben; und in der Art, wie sie das getan, in dem ihr eigenen sanften und doch gespannten Tonfall, in einer maßvollen Klarheit, die die Dinge abzuwägen weiß nach ihrer Bedeutung, hatte sie bei aller Direktheit genau die richtige Vornehmheit gezeigt. Und diese Vornehmheit allein, lebendig und frisch wie Früchte in einem gläsernen Gefäß, genügte, daß Kiyoaki sich seines eigenen Zauderns schämte und daß er vor Satoko, vor der Kraft des wirklich Gebildeten erschrak.

Seine Mutter hatte den Zofen unverzüglich befohlen, den pflichtvergessenen Obergärtner herbeizurufen, und gleichzeitig die Äbtissin um Entschuldigung für die Ungebührlichkeit gebeten; die Äbtissin jedoch in ihrer Barmherzigkeit machte einen seltsamen Vorschlag.

»Was auch immer meine Augen sehen, es liegt darin ein Sinn beschlossen. Lassen Sie uns rasch das Tier in die Erde senken, ihm einen Grabhügel aufrichten. Ich werde eine Totenmesse lesen.«

Vermutlich hatte der Hund, verletzt bereits oder krank, oben an der Quelle trinken wollen, war dabei ins Wasser gefallen, und die Strömung hatte hn fortgerissen und dann den Kadaver zwischen die Felsen über dem Wasserfall geschoben. Honda war beeindruckt von Satokos Mut; gleichzeitig war ihm, als sähe er das alles ganz nah vor seinen Augen: die von Wolken kaum überflogene Bläue des Himmels droben über dem Wasserfall, den vom klaren Wasser überstäubten, ins Leere hängenden pechschwarzen Hundekadaver, sein glänzendes, durchnäßtes Fell, in der geöffneten Schnauze die weiß blinkenden Zähne, den tiefroten Rachen.

Daß sich der Ausflug ins bunte Ahornlaub unversehens in ein Hundebegräbnis verwandelt hatte, schien für alle, die anwesend waren, eine durchaus kurzweilige Abwechslung, und das Betragen der plötzlich wieder recht munteren Kammerzofen verriet eine kaum verhüllte Frivolität. Jenseits der Brücke, in einem Pavillon im Stile berühmter Wasserfall-Teehütten, gönnte man sich eine Pause und wartete, daß der herbeigeeilte Obergärtner, nachdem er sich wortreich entschuldigt hatte, den gefährlichen Hang bestieg, den triefenden Kadaver des schwarzen Hundes herunterholte und ihn dann in einem an geeigneter Stelle ausgehobenen Loch begrub.

»Ich werde ein paar Blumen pflücken gehen. Kiyo ist wohl so gut und hilft mir dabei, nicht wahr?« sagte Satoko, indem sie damit den Beistand der Zofen von vornherein ausschloß.

»Was für Blumen nimmt man denn für einen Hund?« fragte Kiyoaki widerstrebend.

Die anderen lachten. Die Äbtissin hatte jetzt ihren Überwurf abgelegt und stand da in ihrem purpurvioletten Priestergewand mit der Stola darüber. Man meinte zu spüren, wie die Gegenwart einer so erhabenen Person die Unheilsdrohung zusehends milderte, als würde durch sie ein düsteres Vorkommnis in einen großen Strahlenhimmel hinein fortgesogen.

Selbst die Marquise lachte nun schon und sagte: »Daß Euer Hochwürden ihm eine Messe lesen, ist doch wohl ein Segen für den Hund. So wird er im nächsten Leben gewiß als ein Mensch wiedergeboren werden.«

Inzwischen ging Satoko vor Kiyoaki her den Bergpfad entlang, und mit ihrem scharfen Blick hatte sie bald entdeckt, daß hier und da noch Enziane blühten. Kiyoaki indessen fiel außer welken Wildchrysanthemen nichts in die Augen.

Satoko beugte sich beim Blumenpflücken ungeniert vornüber, so daß unter ihrem blaßblauen *Kimono* eine üppig herangereifte Hüfte zu ahnen war, wie man sie an dem sonst so schmalen Körper nicht erwartet hätte. Worauf Kiyoaki widerwillig bemerkte, daß durch seinen kristallklaren, vereinsamten Kopf eine leichte Trübung wie vom Grundsand zog, der bei aufgewühltem Wasser in die Höhe wirbelt.

Als sie genügend Enzian gesammelt hatte, richtete sich Satoko plötzlich auf, um sich gleich darauf Kiyoaki, der ihr, die andere Seite absuchend, gefolgt war, in den Weg zu stellen. In dieser allzu nahen Distanz schwebten vor Kiyoaki Satokos edle Nase und ihre großen, schönen Augen, in die er nie zu schauen gewagt, undeutlich wie ein Traum.

»Angenommen, Kiyo, ich wäre auf einmal nicht mehr da. Was würdest du tun?« fragte Satoko rasch und mit leiser Stimme.

4

Übrigens pflegte Satoko seit langem schon mit einer solchen, nur andeutenden Redeweise die Leute zu erschrecken.

Gewiß spielte sie nicht bewußt Theater; aber noch ihre Späße, die den Zuhörer von Anfang an von ihrer Harmlosigkeit überzeugten, konnte sie, ohne auch nur eine Miene zu verziehen, so ernst und so bekümmert vorbringen, als offenbare sie etwas ungeheuer Wichtiges.

Selbst Kiyoaki, und er dürfte doch daran gewöhnt gewesen sein, fragte unwillkürlich und wie unter Zwang zurück: »Daß du plötzlich nicht mehr da wärst... Was meinst du damit?«

Zweifellos, genau diese Frage, die so gleichgültig klang und dennoch voller Besorgnis war, hatte sich Satoko gewünscht.

»Nein, nein, das kann ich dir nicht sagen.«

Und schon hatte sie in das helle Wasser im Gefäß seines Herzens einen Tropfen schwarzer Tusche geträufelt. Zur Abwehr war keine Zeit geblieben.

Kiyoaki sah Satoko mit durchdringenden Augen an. Immer war es das gleiche. Sie behandelte ihn so, daß er sie haßte. Ihn so plötzlich und ohne jeden Anlaß in eine Unruhe zu stürzen, deren Wesen er nicht zu begreifen vermochte! Der Tuschetropfen in seinem Herzen breitete sich unaufhaltsam aus, das Wasser begann sich gleichmäßig aschgrau zu verfärben.

Satokos ein wenig melancholisch gespannter Blick flackerte für einen Augenblick.

Als sie zurückkamen, wunderten sich alle, daß Kiyoaki so entsetzlich schlecht gelaunt war. Da hatten die vielen Frauen im Hause der Matsugaes wieder Stoff für ihre Klatschgeschichten.

Kiyoakis selbstsüchtiges Herz hatte die merkwürdige Neigung, eine Unruhe, die an ihm fraß, gleichzeitig auch selber noch großzuziehen.

Wäre es ein liebendes Herz gewesen und hätte dessen beharrliche Ausdauer besessen, wie gut würde es einem jungen Mann angestanden haben. Nun, auf ihn traf das nicht zu. Und wohl wissend, so stand zu vermuten, daß er eher auf den Samen einer düsteren, dornenreichen Pflanze als auf den einer schönen Blume flog, hatte Satoko eben jenen Samen ausgesät. Kiyoaki tränkte den Samen, ließ ihn keimen, und bald hatte er an allem anderen das Interesse verloren, wartete nur, daß sein ganzes Innere von den aufschießenden Trieben überwuchert würde. Er kultivierte seine Unruhe, ohne den Blick davon abzuwenden.

Man hatte ihm ›Anteilnahme‹ gewährt. Und nun war er, williger Gefangener seiner schlechten Laune, wütend auf Satoko, daß sie ihm damit ein so unlösbares Rätsel aufgegeben, wütend auch auf die eigene Unentschlossenheit, daß er nicht auf der Stelle versucht hatte, zuzupacken und das Rätsel zu lösen.

Er war sich sicher: als er mit Honda auf der Mittelinsel im Gras gelegen, hatte er gesagt, er wünsche sich ›irgend etwas Endgültiges‹. Was, das hatte er nicht gewußt; aber in dem Augenblick, da dieses hell leuchtende ›Endgültige‹ schon fast mit Händen zu greifen schien, waren Satokos blaßblaue Ärmel dazwischengekommen und hatten ihn in den Sumpf des Unentschiedenen zurückgestoßen. Jedenfalls beliebte es Kiyoaki sich einzubilden, so wäre es gewesen. Ja, er wollte einfach glauben, daß Satoko ihn an jeden weiteren Schritt gehindert habe, obwohl in Wahrheit das Licht jenes ›Endgültigen‹ wahrscheinlich in einer für seine Hand unerreichbar weiten Ferne nur geflackert hatte.

Was ihn am wütendsten machte, war der Umstand, daß ihm alle Wege zur Klärung dieses Rätsels und dieser Unruhe verstellt waren durch seinen eigenen Stolz. Hätte er zum Beispiel jemand fragen wollen: »Was mag Satoko damit gemeint haben, daß sie sagte: ›Wenn ich mal nicht mehr da wäre...‹?« (und er hätte ja nur so und nicht anders fragen können) – das einzige Resultat wäre doch gewesen, daß man ihn eines tiefen Interesses Satoko gegenüber verdächtigt hätte.

›Wenn ich wüßte, wie ich es anstellen könnte, wie es jemandem begreiflich zu machen wäre, daß dies mit Satoko oder sonstwem überhaupt nichts zu tun hat, daß dies Ausdruck meiner eigenen, ganz persönlichen Unruhe ist...‹

Nachdem er das wieder und wieder überdacht hatte, liefen Kiyoakis Gedanken nur noch im Kreise herum.

In solchen Zeiten wurde ihm selbst die sonst so verabscheute Schule zu einem Ort der Entspannung. Die Mittagspausen pflegte er stets mit Honda zu verbringen; dabei langweilten ihn Hondas Gesprächsthemen. Denn seit Honda später an jenem Tag mit allen anderen gemeinsam im Salon des Haupthauses den Worten der Äbtissin vom Gesshūji-Tempel gelauscht hatte, war er davon völlig gefesselt. Und so predigte er nun Kiyoakis Ohren, die damals die frommen Darlegungen an sich hatten vorüberrauschen lassen, das alles noch einmal in seiner eigenen Interpretation und Punkt für Punkt.

Das Seltsame war, daß die Reden der Äbtissin auf ein verträumtes Wesen, wie Kiyoaki es besaß, nicht den geringsten Eindruck gemacht, umgekehrt aber einem rationalen Kopf wie Honda neue, frische Energien vermittelt hatten.

Seit seinen Anfängen gehörte der in der Nachbarschaft von Nara gelegene Gesshūji – für einen Nonnenkonvent eine Seltenheit – zur Hossō-Schule des Buddhismus, deren Lehrmeinung Honda natürlich fasziniert haben mußte; indessen hatte die Äbtissin absichtlich nur ganz einfache und leichtverständliche Geschichten zitiert, um ihre Hörer zur höchsten Schwelle des »Nur-Bewußtseins« hinzuführen.

»Da war zum Beispiel«, meinte Honda, »die eine Parabel, von der die Äbtissin sagte, der tote Hund im Wasserfall habe sie darauf gebracht. Kein Zweifel übrigens, daß dabei auch ihr freundliches Mitgefühl gegenüber eurer Familie eine Rolle spielte. Und ihr altmodischer Kyōto-Dialekt mit seinen höfischen Brocken, dieses weiche Idiom, das wie ein leise im Wind schwankender Vorhang, eigentlich ausdruckslos, so unendlich vielfarbig in seinen hellen Nuancen flimmern kann: ein Tonfall, der den Eindruck ihrer Erzählung noch erheblich verstärkte. Wenn du verstehst, was ich meine... Ja, und die Parabel? Sie handelte von einem Mann namens Yuan Xiao aus dem alten China der Tang-Zeit. Unterwegs zum berühmten Gaoyu-Berg, um den Buddha-Pfad zu suchen, geschah es ihm, daß die Nacht hereinbrach, und er bereitete sich zwischen Gräbern ein Lager. Da er mitten in der Nacht erwachte, war ihm die Kehle wie ausgedörrt; also schöpfte er mit der Hand Wasser aus einer Grube an seiner Seite und trank davon. Noch nie hatte er ein so reines, so kühles, so wohlschmeckendes Wasser getrunken. Hierauf schlief er wieder ein, und als es Morgen geworden und er die Augen aufschlug, beschien das erste Tageslicht jene Stelle, woraus er nachts das Wasser geschöpft, das er getrunken hatte. Es war, was er nie erwartet hätte, Wasser gewesen, das in der Hirnschale eines Toten vom Regen zurückgeblieben war. Yuan Xiao kam Übelkeit an, und er erbrach sich. Aber er erkannte dadurch diese Wahrheit: Wo Wünsche existieren, haben die Dinge Vielfalt; wo die Wünsche ausgelöscht sind, ist eine Hirnschale allem anderen gleich... Eine schöne Geschichte, an der mich vor allem das eine interessiert: ob Yuan Xiao nach einer solchen Erkenntnis fähig war, noch einmal von demselben Wasser zu trinken und es genauso wohlschmeckend zu finden? Mit der Reinheit ist es ja doch das gleiche. Findest du nicht? Eine Frau mag ein noch so liederliches Stück sein, der reine Jüngling kann eine reine Liebe zu ihr empfinden. Nur, wenn er erst erfahren hat, was für eine Schlampe sie ist, wenn er begreift, daß lediglich seine Reinheit nach ihrem Geschmack die Welt ihm gemalt hat – ob er dann imstande sein wird, dieselbe Frau mit demselben reinen Gefühl auch weiter zu lieben? Sollte das möglich sein, wäre es herrlich, oder? Sollte es möglich sein, die innere Vorstellung und die äußere Welt so fest miteinander zu verweben – ich fände es phantastisch. Denn was würde das anderes bedeuten, als daß diese Hand den Schlüssel zu den Geheimnissen der Welt gefunden hätte?«

Daß Honda, wie er so redete, die Frauen noch nicht kannte, war offenbar, und auch Kiyoaki, der sich ebenso wenig auf Frauen verstand, wußte dieser wunderlichen Logik nichts entgegenzuhalten, doch irgendwie spürte er, daß er jedenfalls, im Gegensatz zu Honda, in Wahrheit seit seiner Geburt schon den Schlüssel zur Welt besaß. Woher diese Selbstsicherheit kam, das war nicht auszumachen. Ein zum Träumen geneigtes Naturell, ein bei allem Dünkel so rasch von Unruhe erfüllter Charakter und mit dieser schicksalhaften Schönheit begabt, ahnte er doch tief eingebettet in seinem weichen Körper einen Edelstein; und deshalb vielleicht, weil dann und wann von diesem Edelstein ein Leuchten aus seinem Inneren heraffunkelte, mochte er, litt er auch nicht an Schmerzen oder an einem Geschwür, so etwas haben wie den Stolz eines Kranken.

Was die Geschichte des Gesshūji-Tempels betraf, so hatte Kiyoaki weder ein Interesse daran, noch war er darüber näher informiert. Honda hingegen, ohne irgendwelche Verbindung dazu, war in die Bibliothek gegangen und hatte nachgeforscht.

Dieser Tempel, eine relativ späte Gründung, war zu Beginn des 18. Jahrhunderts errichtet worden. Eine Tochter des Higashiyama-tennō, des hundertdreizehnten Kaisers, hatte sich, als sie sich in Trauer um ihren früh verschiedenen Vater im Tempel Kiyomizu-dera der Anrufung des Kannon-Bodhisattvas gewidmet, unter dem Eindruck der von einem alten Priester aus dem Jōjū-in erläuterten Lehre vom »Nur-Bewußtsein« schließlich ganz dem Hossō-Buddhismus geweiht; doch nachdem sie sich den Kopf hatte scheren lassen, war sie nicht etwa in einen der bereits bestehenden, kaiserlichen Äbtissinnen vorbehaltenen Tempel eingetreten, sondern hatte einen neuen gestiftet, der ein Ort der Gelehrsamkeit sein sollte, und war so zur Begründerin des jetzigen Gesshūji-Tempels geworden. Dieser hatte zwar seine Besonderheit als Nonnenkonvent der Hossō-Schule bislang gewahrt; dagegen war die Tradition, daß eine kaiserliche Prinzessin an seiner Spitze zu stehen habe, mit der vorigen Äbtissin erloschen, und Satokos Großtante war, wiewohl ihrer Abstammung nach mit dem Kaiserhaus verbunden, als erste aus dem Vasallenadel zu diesem Amt aufgestiegen...

Plötzlich wandte sich Honda abrupt Kiyoaki zu und fragte: »Matsugae, was ist neuerdings bloß mit dir los? Ich kann reden, wie ich will – du bist einfach nicht bei der Sache.«

»Ich? Wie kommst du darauf?« gab, einigermaßen überrumpelt, Kiyoaki undeutlich zurück. Mit seinen schönen, klaren Augen sah er den Freund an. Daß er ihn für hochmütig halten könnte, machte ihm nichts aus; aber er hatte Angst davor, sich seinen Kummer anmerken zu lassen.

Spräche er jetzt offen heraus, war er sicher, Honda würde sich rücksichtslos in sein Herz hineindrängen wollen, und Kiyoaki, nicht bereit, wem auch immer ein solches Vorgehen zuzugestehen, hätte augenblicklich diesen seinen einzigen Freund verloren.

Honda jedoch hatte sofort begriffen, was in Kiyoaki vorging. Und daß er, wenn er die Freundschaft mit ihm fortzusetzen gedächte, die derberen Vertraulichkeiten einschränken mußte. So etwa, wie es nicht erlaubt ist, seine Hand auf eine frischgestrichene Wand zu legen und dadurch einen Abdruck zu hinterlassen. Daß er, sollte der Fall eintreten, blind zu sein hatte selbst für den Todeskampf des Freundes. Dann vor allem, wenn es ein außergewöhnlicher Todeskampf wäre, der durchs Verschweigen an Vornehmheit noch gewinnen könnte.

Wie sich da Kiyoakis Augen mit einer Art von inbrünstigem Verlangen füllten, das noch mehr mochte Honda an ihnen. Wie sie ihn anschauten, flehentlich: laß alles so an dieser ungenauen, schönen Küste... Hier zum ersten Male, in dieser eisigen, vom Zerbersten bedrohten Situation, in dieser erbärmlichen, um die

Freundschaft feilschenden Konfrontation war Kiyoaki der Bittsteller, war Honda der über Schönheit richtende Betrachter. Genau das aber ist der Zustand, in dem sich zwei Menschen gegenüberstehen und einander schweigend anschauen, es ist das Wesen dessen, was man mit dem Namen Freundschaft benennt.

5

Ungefähr zehn Tage später – gelegentlich pflegte Kiyoakis Vater, der Marquis, früher nach Hause zu kommen – nahmen, was selten geschah, Eltern und Sohn zu dritt das Abendessen ein. Da sein Vater europäisches Essen bevorzugte, wurde das Diner im kleinen Speisesaal der Villa serviert, und der Marquis stieg persönlich in den Keller, um den Wein auszuwählen. Er hatte Kiyoaki mitgenommen und erklärte ihm ausführlich Name und Sorte der verschiedenen Weine, die bis an die Decke des Vorratsraums gelagert waren; welcher Wein zu welchem Essen paßte, und daß dieser da nur dann gereicht werden durfte, wenn ein Mitglied des kaiserlichen Hauses zu Gast sein sollte. Erläuterungen, die er stets mit dem größten Vergnügen erteilte, und nie hatte Kiyoaki seinen Vater fröhlicher gesehen als bei der Vermittlung solch unnützer Kenntnisse.

Während des Aperitifs erzählte seine Mutter mit offensichtlichem Stolz, wie sie zwei Tage zuvor mit einem jungen Stallknecht im Einspänner nach Yokohama zum Einkaufen kutschiert war.

»Daß man selbst in Yokohama in europäischen Kleidern noch angestaunt wird, nun, das hat mich ja doch überrascht. Und denkt euch, einige zerlumpte Kinder liefen hinter unserer Kutsche her und riefen: ›Fremdenflittchen, Fremdenflittchen!‹«

Sein Vater machte eine Andeutung, als ob er Kiyoaki zum feierlichen Stapellauf des Schlachtschiffs »Hiei« mitnehmen wollte, sagte das aber so, als hielte er es für selbstverständlich, daß Kiyoaki ablehnen würde.

Hiernach bemühten sich beide, Vater und Mutter, verzweifelt um weitere gemeinsame Gesprächsstoffe, was sogar Kiyoaki deutlich wurde, bis sie schließlich aus irgendeinem Grunde auf die Vollmondzeremonie vor drei Jahren, als Kiyoaki fünfzehn geworden war, zu sprechen kamen.

Es war dies ein alter Brauch, bei dem man in der siebzehnten Nacht des achten Monats (nach dem Lunarkalender) den Mond auf den Wasserspiegel eines nagelneuen Holzkübels scheinen läßt, den man dazu nebst Opfergaben im Garten aufgestellt hat; wer aber im Sommer seines fünfzehnten Jahres Wolken auf dem Wasser im Kübel erblickt, über dessen ganzem Leben, so heißt es, steht Unheil geschrieben.

Durch das Gespräch der Eltern kam auch Kiyoaki die nächtliche Szene damals wieder deutlich in Erinnerung.

Mitten auf der schon taunassen, vom Geschrill der Zikaden erfüllten Wiese stand der neue Holzkübel mit dem Wasser, davor zwischen Vater und Mutter er selber im wappengeschmückten *Hakama*-Hosengewand. Die kleine, runde Wasserfläche hatte ringsum die Bäume, dahinter die Dächer, den Ahornberg, kurz, die ganze so abwechslungsreiche Landschaft des Parks, in dem man eigens alle Lichter gelöscht, in eines geglättet und zusammengepreßt. Genau mit dem hellschimmernden Kübelrand aus Zypressenholz war diese Welt zu Ende; jenseits davon begann eine andere Welt. Und die Vorstellung allein, daß hier zur Feier seines Fünfzehnten sein künftiges Schicksal befragt werden sollte, ließ Kiyoaki meinen, er sähe die eigene, nackt auf der Tauwiese ausgesetzte Seele vor sich. Ihm war, als breitete sich vom Kübelrand nach innen zu sein Inneres aus; aber was wäre mit dem Äußeren, das demnach nun jenseits des Kübelrandes lag?

Da keiner ein Wort sagte, dröhnte ihm das Geschrill der über den ganzen Park verteilten Zikaden in den Ohren wie nie zuvor. Seine Augen waren unverwandt auf den Kübel gerichtet. Zuerst war das Wasser im Kübel schwarz, von Wolken überzogen wie von Tang. Dann begannen allmählich die Tangschwaden zu fluten, fast meinte er, ein schwaches Leuchten durchscheinen zu sehen; da verschwand es wieder.

Wie lange mochte er gewartet haben? Auf einmal schließlich zerbrach die unbestimmte, wie geronnene Dunkelheit des Wassers im Kübel, und genau in der Mitte spiegelte sich klein und klar der Vollmond. Jubelrufe wurden angestimmt; seine Mutter, die nun erleichtert mit dem Fächer den Mückenschwarm von ihrem *Kimono*-Saum verjagte, rief aus: »Bin ich froh! Das heißt also doch Glück für unseren Jungen.«

Hierauf sprach einer nach dem anderen Kiyoaki seine guten Wünsche aus.

Dennoch hatte Kiyoaki Angst, zum wirklichen Mond am Himmel oben aufzuschauen. Noch immer betrachtete er nur die runde Scheibe auf dem Wasser, diesen Mond, der wie eine goldene Muschelschale tief und tiefer in sein eigenes Inneres hinuntersank. Soeben hatte ein einzelner Mensch mit seinem inneren Ich einen Himmelskörper erbeutet. Mit dem Kescher seiner Seele einen goldfarbig schimmernden Falter gefangen.

Aber die Netzmaschen der Seele sind zu weit; würde der einmal gefangene Falter nicht wieder entfliegen? Er, der Fünfzehnjährige bereits, fürchtete den Verlust. Und die Furcht, etwas zu verlieren, kaum daß er es gewonnen hatte, wurde zu einem wesentlichen Charakterzug dieses jungen Mannes. Wie groß aber erst seine Furcht, sich vorzustellen, er müßte – nachdem er einmal den Mond gewonnen – dann doch in einer Welt leben ohne Mond! Angenommen selbst, er hätte diesen Mond gehaßt...

Verschwindet aus einem Kartenspiel auch nur eine einzige Karte, so geht ein Riß durch die Ordnung der Welt, der durch nichts mehr zu beseitigen ist. Kiyoaki insbesondere fürchtete, daß ihn schon der geringe Verlust eines einzigen Teils der Ordnung in einen Nebel eingeschlossen hätte, in dem die Ordnung, wie wenn bei einer Uhr ein winziges Zahnrädchen fehlt, auch als Ganzes nicht mehr funktionieren könnte. Nachzuforschen etwa nach der einen verschwundenen Karte, nach einem bloßen Stück Karton, das trotz Aufbietung aller Energien verloren bliebe, würde das Kartenspiel als solches zur dringlichsten Sache der Welt erheben, als gelte es den Kampf um eine Königskrone. Zwangsläufig arbeiteten seine Gefühle, seine Empfindungen in diese Richtung, und er hatte kein Mittel, sich ihnen zu widersetzen.

... Während er sich an die Vollmondzeremonie in seinem fünfzehnten Sommer zurückerinnerte, merkte Kiyoaki, daß er unversehens an Satoko denken mußte, und er erschrak.

In diesem Augenblick und zur rechten Zeit trat unterm Rascheln seiner *Hakama*-Hose aus Sendai-Seide der Haushofmeister ein und meldete, das Essen könne aufgetragen werden. Sie gingen ins Speisezimmer hinüber und nahmen ihre Plätze ein, vor sich das kostbare, Stück für Stück mit dem Wappen verzierte Tafelgeschirr, das man eigens in England hatte anfertigen lassen.

Seit seinen Kindertagen waren Kiyoaki die fremden Tischmanieren vom Vater unnachsichtig eingeschärft worden, und da die Marquise mit den europäischen Speisen noch immer nicht zurechtkam, war jetzt Kiyoaki der einzige, der sich völlig natürlich und fehlerlos benahm; denn die Manieren seines Vaters hatten etwas von dem übertriebenen Gehabe dessen behalten, der gerade erst aus Übersee zurückkehrt.

Als die Suppe aufgetragen war, begann die Marquise in einem eher behaglichen Tonfall: »Mit Satoko ist das ja wirklich eine dumme Geschichte. Heute morgen bekomme ich die Nachricht, daß man einen Boten mit dem ablehnenden Bescheid losgeschickt hat. Dabei hatten sie doch die ganze Zeit den Anschein erweckt, als wäre über das Ja entschieden.«

»Sie ist schon zwanzig, oder? Na, wenn sie sich weiter so eigensinnig aufführt, wird sie sitzenbleiben«, erwiderte der Marquis. »Hätten wir uns also umsonst bemüht.«

Kiyoaki horchte auf.

»Aber welchen Grund könnten sie denn haben?« fuhr sein Vater unbekümmert fort. »Möglicherweise meinen sie, die beiden paßten der Herkunft nach nicht zusammen; doch wenn die Ayakuras auch eine noch so hochgeborene Familie wären, so wie sie heute dastehen, müßten sie, finde ich, mit Freuden und ohne Rücksicht auf Stand und dergleichen zustimmen – ist ja ein begabter Kopf, der junge Mann, und bei seinen Zukunftsaussichten im Innenministerium...«

»Ich bin völlig deiner Ansicht. Und deshalb bin ich es leid, noch irgend etwas für sie zu tun.«

»Andererseits haben wir dieser Familie gegenüber eine Dankesschuld abzutragen für ihre Sorge um Kiyoaki; auch fühle ich mich verpflichtet zu überlegen, wie ihnen wieder aufzuhelfen wäre. Besser, wir würden ihnen einen Vorschlag machen, bei dem sie auf gar keinen Fall ablehnen könnten.«

»Ich frage mich wirklich, ob es eine so ideale Partie überhaupt gibt.«

Kiyoakis Gesicht war unterm Zuhören immer heiterer geworden. Hatte sich doch damit das Rätsel restlos gelöst.

›Angenommen, ich wäre auf einmal nicht mehr da...‹ Satokos Worte hatten also einfach nur diesen Heiratsantrag gemeint. Und da sie an jenem Tag innerlich fast geneigt gewesen, dem Antrag nachzugeben, hatte sie wohl unter Anspielung darauf Kiyoakis Haltung ausforschen wollen. Wenn sie nun, wie aus dem Bericht seiner Mutter hervorging, zehn Tage später den Antrag formell zurückwies, war Kiyoaki der Grund hierfür ebenso überzeugend deutlich: sie hatte es getan, weil sie ihn liebte.

Damit war der Himmel über seiner Welt wieder reingefegt, war die Unruhe verschwunden, klar und unsichtbar geworden wie Wasser in einem Glas. Zehn Tage lang hatte er den kleinen, friedlichen Garten nicht zu betreten gewagt; endlich konnte er in ihn zurückkehren, konnte sich fallenlassen.

Kiyoaki überkam das ungewöhnliche Gefühl eines unendlichen Glücks, und dieses Glück – daran gab es für ihn keinen Zweifel – rührte daher, daß er eben seine Klarheit wiedergefunden hatte. Als wäre die eine vorsätzlich versteckte Karte in seine Hand zurückgekehrt, das Kartenspiel wieder vollständig. Als wären die Spielkarten wieder nur Spielkarten und sonst nichts. Ein so helles Glücksgefühl, daß es nicht zu beschreiben war.

Wenigstens jetzt für diesen einen Augenblick hatte er den Angriff der Sentimentalitäten erfolgreich abgeschlagen.

Marquis und Marquise indessen, zu unempfindlich, um das plötzliche Glücksgefühl des Sohnes wahrzunehmen, starrten noch immer über den Tisch hinweg einer dem anderen ins Gesicht. Der Marquis in das mit den ansteigenden Brauen so bekümmert wirkende Gesicht seiner Frau. Sie in das kräftige, rötliche Gesicht ihres Mannes, das eigentlich auf Energie zu deuten schien, unter dessen Haut sich jedoch eine unentschlossene Trägheit verbarg.

Wenn dann das Gespräch zwischen seinen Eltern einmal aufzuleben schien, hatte Kiyoaki wie gewöhnlich den Eindruck, sie vollzögen irgendein Ritual, brächten feierlich und unter geziemender Wechselrede den Göttern heilige *Sakaki*-Zweige dar, die sie sorgfältig nach dem Glanz auf ihren Blättern auswählten.

Dergleichen hatte sich seit seinen Kindertagen zu ungezählten Malen vor Kiyoakis Augen abgespielt. Nie kam es dabei zu hitzigen Spannungen. Nie brandeten die Leidenschaften auf. Dennoch wußte seine Mutter genau, was hierauf folgen würde, und wußte wiederum der Marquis, daß sie es wußte. Wie der Sturz den Wasserfall hinab; aber bevor sie stürzten, glitten sie, die Hände verschlungen und ohne jede Vorahnung auf ihren Gesichtern, auf dem sanften Wasserlauf dahin, in dem sich der blaue Himmel und die Wolken spiegelten.

Wie erwartet, sagte der Marquis, während er den Kaffee nach dem Diner hastig hinunterschlürfte: »Na, Kiyoaki, wie wär's mit einer Partie Billard?«

Und darauf die Marquise: »Da darf ich mich wohl zurückziehen.«

An diesem Abend berührten Ausflüchte solcher Art den glücklichen Kiyoaki nicht im geringsten. Die Marquise ging ins Haupthaus hinüber, Vater und Sohn begaben sich zum Billardraum.

Von den eichenholzgetäfelten Wänden nach englischem Vorbild einmal ganz abgesehen, war dieser Raum vor allem berühmt wegen eines Porträts von Kiyoakis Großvater und eines großen Ölgemäldes, das die Seeschlacht im russisch-japanischen Krieg darstellte. Das überdimensionale Porträt, die Arbeit eines seinerzeit in Japan weilenden Schülers des für sein Gladstone-Bildnis bekannten Engländers Sir John Millais, zeigte in einer einfachen Komposition die aus einem dunklen Hintergrund heraustretende, prächtig gekleidete Gestalt des Großvaters; durch eine Malweise jedoch, in der sich realistische Strenge und Idealisierung maßvoll die Waage hielten, hatte es der Künstler geschickt vermocht, unbeugsame Würde, wie sie einem vom Volk als getreue Stütze der Reichserneuerung verehrten Manne anstand, mit jener Liebenswürdigkeit zu verbinden, in der er, bis hin zu den Warzen auf der Wange, der Familie vertraut gewesen. Und immer, wenn aus der Heimat in Kagoshima ein neues Kammermädchen kam, wurde es zunächst vor dieses Porträt geführt, um ihm seine Reverenz zu erweisen. Wenige Stunden vor dem Tod des Großvaters – niemand hatte diesen Raum betreten, auch waren die Schnüre an der Aufhängung durchaus nicht mürbe gewesen – war plötzlich das Porträt mit einem weithin hörbaren Gepolter von der Zimmerwand gefallen.

In dem Billardraum standen drei Spieltische mit Tafeln aus italienischem Marmor; niemand in diesem Haus spielte das Drei-Ball-Billard, das sich seit dem chinesisch-japanischen Krieg allmählich durchgesetzt hatte, und auch Vater und Sohn benutzten vier Bälle. Der Haushofmeister hatte bereits zwei Bälle, einen roten und einen weißen, an beiden Seiten in der vorgeschriebenen Entfernung aufgelegt; jetzt überreichte er dem Marquis und dem jungen Herrn die Queues. Kiyoaki starrte auf die Spielfläche, während er die Kuppe seines Queue mit der aus Italien importierten, mit Vulkanasche gehärteten Kreide einrieb.

Der rote und der weiße Elfenbeinball auf dem grünen Tuch lagen still da, doch machten ihre runden Konturen einen ein wenig verschwommenen Eindruck. Kiyoaki empfand keinerlei Interesse für diese Bälle. Wie im gleißenden Mittag auf menschenleerer Straße irgendwo in einer unbekannten Stadt sah er die Bälle vor sich: sonderbare, sinnlose Gebilde, die dort plötzlich aufgetaucht waren.

Der Marquis erschrak wie immer über die teilnahmslosen Blicke seines schönen Sohnes. Ja, selbst an einem so glücklichen Abend wie an diesem hatten Kiyoakis Augen einen solchen Ausdruck.

»Übrigens«, sagte sein Vater, dem endlich ein Gesprächsthema eingefallen war, »demnächst kommen zwei siamesische Prinzen nach Japan, sie sollen am Gakushū-in ihre weitere Ausbildung erhalten. Wußtest du davon?«

»Nein.«

»Da sie vermutlich dein Jahrgang sind, habe ich im Außenministerium vorgeschlagen, man möchte es doch einrichten, daß sie einige Tage bei uns wohnen. Ihr Land hat sich in letzter Zeit erheblich vorwärtsentwickelt; die Sklavenhaltung ist abgeschafft, man baut Eisenbahnen. Solltest dich also mit ihnen anfreunden.«

Kiyoaki betrachtete den Rücken seines Vaters, während dieser, über den Tisch gebeugt und mit der vorgetäuschten Beherztheit eines zu fett gewordenen Leoparden, den Stock handhabte, und auf einmal stieg ein kleines Lächeln wie sprudelnd in ihm auf. Das war, als hätten sich in seinem Herzen das Glücksgefühl und jenes unbekannte, tropische Land, so wie sich rote und weiße Elfenbeinbälle leicht küßten im Zusammenstoß, ein wenig zu berühren versucht. Und er hatte den Eindruck, die kristallische Abstraktheit seines Glücksgefühls finge den unerwarteten, grün funkelnden Widerschein der Tropenwälder ein, um plötzlich die lebhafteste Färbung anzunehmen.

Angesichts des Eifers, mit dem der Marquis dabei war, hatte Kiyoaki von vornherein keine Chance gehabt. Nachdem jeder fünf Stöße getan, trat sein Vater unvermittelt vom Tisch zurück und sagte genau das, womit Kiyoaki gerechnet hatte: »Ich werde jetzt noch ein Stück spazierengehen. Und du?«

Kiyoaki erwiderte nichts.

Hierauf meinte der Marquis gegen alle Erwartung: »Oder begleitest du mich bis ans Tor? Wie damals, als du noch ein Kind warst?«

Verblüfft richtete Kiyoaki seine schwarz funkelnden Pupillen auf den Vater. Wenigstens hatte es der Marquis fertiggebracht, seinen Sohn in Erstaunen zu versetzen.

Die Geliebte des Vaters wohnte in einem der Häuser außerhalb des Tores. Zwei der Häuser waren von Europäern bewohnt, und da jedes im Gartenzaun ein Pförtchen hatte, das auf das Anwesen der Matsugaes führte, kamen die ausländischen Kinder nach Belieben herüber, sich hier zu vergnügen. Nur beim Haus der Geliebten war an der Hinterpforte ein Schloß, und das Schloß war längst verrostet.

Vom Eingang des Haupthauses bis zum Tor waren es ungefähr neunhundert Meter. Als Kiyoaki klein gewesen, hatte der Vater, wenn er seine Geliebte aufsuchte, ihn oft an der Hand mitgenommen bis vor das Tor, um sich dort von ihm zu trennen und ihn mit dem Diener zurückzuschicken.

Da der Marquis, sobald er in Geschäften das Haus verließ, stets die Kutsche benutzte, war bei seinen Ausflügen zu Fuß das Ziel jedem klar. Selbst Kiyoaki hatte in seinem Kinderherzen so etwas wie ein Unbehagen darüber empfunden, daß er dann vom Vater ein Stück mitgenommen wurde. Er hatte sich im Grunde verpflichtet gefühlt, um der Mutter willen den Vater wieder mit zurückzuschleppen, und war wütend gewesen über sich, daß er die Kraft dazu nicht besaß. Seine Mutter sah es natürlich gar nicht gern, wenn Kiyoaki den Vater auf solchen »Spaziergängen« begleitete; aber der Marquis packte den Jungen einfach bei der Hand und ging los. Und der Kleine begann zu begreifen, daß der Vater stillschweigend voraussetzte, er, Kiyoaki, würde seine Mutter verraten.

In einer kalten Nacht im November einen Spaziergang zu machen, war höchst ungewöhnlich.

Der Marquis, nachdem er dem Haushofmeister seine Befehle erteilt hatte, schlüpfte in den Mantel. Auch Kiyoaki zog beim Verlassen des Billardraums den mit den Goldknöpfen der Schule besetzten Zweireiher über. Das lila Seidenkreppbündel mit dem Geschenk haltend, wartete draußen der Haushofmeister, der bei diesen »Spaziergängen« seinem Herrn in einem Abstand von zehn Schritten zu folgen hatte.

Es schien ein heller Mond, in den Wipfeln der Bäume ächzte der Wind. Der Marquis schenkte der gespensterhaften Gestalt des Haushofmeisters Yamada hinter seinem Rücken nicht die geringste Beachtung; Kiyoaki aber, beunruhigt, warf doch einmal einen Blick zurück. Ohne Havelock trotz der Kälte, nur im üblichen *Hakama*-Gewand und das lilaseidene Bündel in den weiß behandschuhten Fingern, kam Yamada auf seinen ein wenig unsicheren Füßen einhergestolpert. Die Brillengläser blinkten im Mond, sie schienen wie von Reif bedeckt. Kiyoaki hatte keine Ahnung, ob dieser so überaus treu ergebene Mann, der den ganzen Tag mit fast niemandem ein Wort wechselte, irgendwelche und wie viele abgetane Leidenschaften, rostig gewordene Federn, in seiner Brust verbarg. Und dennoch, weit eher als der immer lebhafte, umgängliche Marquis, war es dieser kalte und teilnahmslose Sohn, der anderen das Vorhandensein von Gefühlen zugestanden hätte.

Der Ruf der Eulen, das Rauschen in den Kiefern – es kam Kiyoakis ein wenig vom Wein erhitzten Ohren vor, als vernähme er das schmerzlich-trotzige Stöhnen der vom Wind geschüttelten Baumriesen auf jenem Kriegsfoto mit der Totenfeier für die Gefallenen. Der Vater träumte unter dem kalten Nachthimmel vom Lächeln eines warmen und weichen, zart getönten Körpers, das ihn dort in der Tiefe des Dunkels erwartete; der Sohn indessen dachte ans Sterben.

Leicht angetrunken und ausschreitend, daß von der Spitze seines Spazierstocks die Kiesel aufgewirbelt wurden, sagte plötzlich der Marquis: »Mit Amüsements ist bei dir wohl nicht viel los, wie? Ich, in deinem Alter, was hatte ich da schon für Frauen! Weißt du, demnächst nehme ich dich mal mit, wir lassen uns eine Menge *Geishas* kommen; wirst sehen, so was tut einem gelegentlich gut. Meinetwegen kannst du auch noch ein paar von deinen Schulfreunden einladen.«

»Nein, das möchte ich nicht.«

Er sagte das, ohne zu überlegen, und dabei schüttelte es ihn. Gleich darauf hatten seine Füße aufgehört sich zu bewegen, als wären sie auf dem Erdboden festgenagelt. Seltsam, auf ein Wort des Vaters zerbrach sein Glücksgefühl in tausend Stücke wie eine gläserne Vase, wenn sie herunterfällt.

»Was ist los mit dir?«

»Erlaube bitte, daß ich hier umkehre. Gute Nacht.«

Kiyoaki drehte sich auf den Fersen um und ging mit raschen Schritten zurück in Richtung auf den Hintereingang des Haupthauses, dessen Lichter – obwohl weiter entfernt als die düster brennenden Laternen vor der Villa – ihm durch die Bäume entgegenblinkten.

Kiyoaki verbrachte die Nacht schlaflos. Die Geschichte mit seinem Vater und seiner Mutter bekümmerte ihn allerdings nicht im geringsten.

Er sann einzig auf Rache an Satoko.

›In eine böse Falle hat sie mich gelockt und mich so gepeinigt, zehn volle Tage lang. Sie wollte nichts außer dem einen: mich dadurch quälen, daß sie in meinem Herzen einen Sturm anfachte. Ich muß mich an ihr rächen. Aber mit Täuschungsmanövern zu arbeiten wie sie, jemand auf so heimtückische Weise zu verletzen, das bringe ich nicht fertig. Was dann? Das beste, ich gäbe ihr zu verstehen, daß ich genauso gemein von den Frauen denke wie mein Vater. Bloß frage ich mich, ob ich der Kerl bin, ihr mündlich oder in einem Brief solche Beleidigungen an den Kopf zu werfen, daß es sie wirklich hart genug träfe. Daran fehlt es mir; feige, wie ich bin, unfähig, anderen einmal so richtig zu zeigen, wie es in mir aussieht. Und ihr nur zu bedeuten, daß sie mich nicht interessiert, das dürfte bei ihr nicht ausreichen. Da bliebe ihr noch zuviel Spielraum für alle möglichen egoistischen Mutmaßungen. Ich muß sie verächtlich machen. Muß sie so herunterreißen, daß sie nicht wieder hochkommt. Dann erst wird sie bereuen, daß sie mich gequält hat...‹

Doch aus allen seinen Überlegungen ergab sich für Kiyoaki kein konkreter Plan.

Um das Bett in seinem Schlafzimmer waren zwei sechsteilige Wandschirme mit Gedichten des Han Shan aufgestellt, auf dem Zierregal am Fußende hockte auf einer Sitzstange ein Papagei aus grüner Jade. Kiyoaki lag es nicht, sich für Rodin oder Cézanne zu begeistern, die neue Mode jetzt; er war ein in Geschmacksfragen eher passiver Mensch. Während er, unfähig einzuschlafen, seine Augen auf den Papagei konzentrierte, traten an den Fittichen die feinen Schnitzspuren deutlich hervor, glühte ein durchsichtiges Leuchten aus dem rauchig grünen Inneren des Vogels, und er hatte den verwirrend befremdlichen Eindruck, gleich werde sich der Papagei unter Zurücklassung einer nur noch undeutlichen Silhouette aufgelöst haben. Bis er begriff, daß von außen durch die Fenstervorhänge ein zufälliger Mondstrahl auf den Papagei zu treffen schien. Hastig riß er die Vorhänge beiseite. Der Mond stand hoch am Himmel, sein Licht ergoß sich über das ganze Bett.

Eine fast frivole Pracht. Kiyoaki mußte an den kalten Seidenschimmer jenes *Kimonos* denken, den Satoko getragen, und er sah in diesem Mond wieder wie damals dicht vor sich Satokos große, schöne Augen. Der Wind übrigens hatte sich gelegt.

Kiyoakis Körper brannte wie Feuer, ja, er hatte den Eindruck, die Ohren dröhnten ihm vor Hitze, und das lag nicht allein an der Heizung; er schob die Decken weg, er öffnete sein Nachtgewand über der Brust. Doch noch immer war ihm, als ließen die in ihm lodernden Flammen ihre Speerspitzen auf seiner Haut tanzen, und es gäbe kein anderes Mittel, als sie mit dem kalten Mondlicht zu übergießen. Schließlich fuhr er mit den Armen aus dem Gewand, so daß er halbnackt dalag, kehrte dem Mond einen vom Grübeln ermüdeten Rücken zu und vergrub sein Gesicht im Kissen. Aber um so heißer pochten die Adern an den Schläfen.

Kiyoaki badete die unvergleichlich weiße, glatte Blöße seines Rückens im Mondlicht. Wie dabei die Helle mehr oder weniger unterscheidbare Hügel und Täler aus diesem weichen Körper modellierte, wurde zugleich deutlich, daß die Haut eines noch nicht ganz erwachsenen Jünglings, anders als die einer Frau, den Hauch einer gewissen Strenge hat.

Vor allem an seiner linken Seite nahe der Achsel, wohin der Mond ein wenig tiefer eindrang, ließ ein geheimnisvolles Zukken, vom Herzschlag ausgelöst, das Weiß der Haut aufleuchten, daß es blendete. Kiyoaki hatte dort drei winzig kleine Leberflekken. Doch war nun von diesen drei so winzigen Punkten, gleichsam wie von den drei Gürtelsternen im Orion, unterm Mondlicht nichts mehr zu sehen.

6

In Siam war 1910 die Herrschergewalt von Rama V. auf Rama VI. übergegangen, und bei einem der Prinzen, die jetzt zum Schulbesuch nach Japan gekommen waren, handelte es sich um einen jüngeren Bruder des neuen Königs und Sohn Ramas V. Sein Titel lautete Praong Chao, mit Namen hieß er Pattanadid, und auf englisch wurde er üblicherweise angesprochen mit *Your Highness Prince Pattanadid*.

Der ihn begleitende Prinz, achtzehnjährig wie er selber, war – als ein Enkel Ramas IV. – sein Vetter und eng mit ihm befreundet; er nannte sich mit Titel Mom Chao und mit Namen Kridsada. Prinz Pattanadid rief ihn bei seinem Kosenamen »Kri«, wurde jedoch von diesem – in schuldigem Respekt vor dem Rang in der Thronfolge – mit »Chao P.« angesprochen, englisch also »Chao Pi«.

Beide waren sie eifrige und fromme Anhänger des Buddhismus; für gewöhnlich jedoch nach englischer Etikette gekleidet, sprachen sie auch ein ebenso vorzügliches Englisch. Der neue König nun hatte aus Furcht vor einer allzu starken Verwestlichung der Prinzen den Plan gefaßt, sie in einem Land wie Japan ausbilden zu lassen, und die Prinzen selbst waren durchaus nicht dagegen gewesen; nur daß Chao Pi so lange von Kris jüngerer Schwester getrennt wäre, das als einziges hatte einigen Kummer verursacht.

Die Liebe dieser zwei jungen Leute war das Entzücken des Hofes, und da das Verhältnis bereits so weit gediehen war, daß man für den Zeitpunkt, an dem Chao Pi zurückkehren würde, die Hochzeit festgelegt hatte, gab es im Grunde hinsichtlich der Zukunft keinerlei Ungewißheit; die Betrübnis, die sich Prinz Pattanadid bei der Abreise anmerken ließ, mußte deshalb recht ungewöhnlich erscheinen, noch dazu in einem Land, in dem man Leidenschaften nicht allzu offen zur Schau zu tragen pflegt.

Inzwischen hatte die Seereise, hatte der tröstende Beistand des Vetters den jungen Prinzen von seinem Trennungsschmerz einigermaßen kuriert.

Als Kiyoaki den Prinzen zum ersten Mal daheim begegnete, machten sie ihm, der eine wie der andere, mit ihren jugendlich frischen, dunklen Gesichtern einen eher viel zu vergnügten Eindruck. Bis zu den Winterferien durften sie die Schule besuchen, wie es ihnen beliebte; vom Jahreswechsel an sollten sie dann regelmäßig am Unterricht teilnehmen, doch ihre offizielle Aufnahme in die Klasse war erst für Beginn des neuen Schuljahrs im Frühling vorgesehen, vorausgesetzt, sie würden bis dahin die japanische Sprache beherrschen und hätten sich an die japanische Umgebung gewöhnt.

Im Obergeschoß der Villa hatte man für die Prinzen zwei aneinandergrenzende Gästezimmer hergerichtet. In der Villa deshalb, weil dort eine aus Chicago importierte Dampfheizung installiert war. In der Zeit bis zum Abendessen, zu dem sich die Familie Matsugae vollständig versammelte, benahmen sich Kiyoaki und die Gäste recht steif gegeneinander; aber als nach dem Diner die jungen Leute allein waren, wurde man rasch miteinander vertraut, und die Prinzen zeigten Kiyoaki Fotos von Bangkok mit goldschimmernden Tempeln und herrlichen Landschaften.

Während Prinz Kridsada, obwohl im gleichen Alter, noch etwas eigenwillig Kindliches an sich hatte, war Kiyoaki glücklich, in Prinz Pattanadid einen Charakter zu entdecken, der ebenso zu Träumen neigte wie er selber.

Bei einem der Fotos handelte es sich um die Gesamtansicht des unter dem Namen Wat Po bekannten Klosters, das eine Kolossalstatue des im Sterben liegenden Buddha beherbergt, und da es von Hand kunstvoll koloriert war, hatte man wirklich den

Eindruck, als sähe man das alles unmittelbar vor Augen. Im Hintergrund ein kräftig blauer Tropenhimmel, in dem sich Kumuluswolken türmten; hier und da verstreut die wirren Blattmassen der Kokospalmen; vorn, von kaum zu beschreibender Schönheit, die Klosteranlage selbst in ihrem Gold und Weiß und Rot: an dem von zwei vergoldeten Wächtergottheiten beschützten Tor die roten, goldgeränderten Türflügel; von da aus die weißen Mauern, die weißen Pfeilerreihen bis obenhin bedeckt mit einer Überfülle feinster, vergoldeter Reliefschnitzereien; die Häufung dann der von kompliziertem Schnitzwerk in Gold und Rot übersponnenen Giebel und Dächer; auf dem Gipfel im Zentrum schließlich der funkelnd in den Himmel aufsteigende dreigeschossige Stupa. Ein Bau, der einem das Herz höher schlagen ließ.

Daß Kiyoaki seine Bewunderung für solche Schönheit ganz unverhohlen in seiner Miene zu erkennen gab, freute die Prinzen. Und plötzlich bekam Prinz Pattanadid in seine schmalgeschnittenen und in ihrer Schärfe zu seinem friedfertig sanften Gesicht so gar nicht passenden Augen einen Ausdruck, als sähe er weit in die Ferne; worauf er sagte: »Ich mag diesen Tempel auch am liebsten, und sogar unterwegs auf dem Schiff nach Japan habe ich manchmal von ihm geträumt. Da stiegen die goldenen Dächer mitten aus dem nächtlichen Meer, stieg nach und nach der ganze Tempel herauf; doch weil sich das Schiff unterdessen weiterbewegte, hatte es jedesmal, wenn der Tempel schließlich vollständig zu sehen war, schon wieder einen zu großen Abstand davon. Von Wellen überspült, glitzerte der schwimmende Tempel vom Licht der Sterne; das wirkte, wie wenn nachts fern überm Meer die junge Sichel des Mondes aufgeht. Ich legte meine Hände zusammen, um vom Deck aus ein Gebet hinüberzuschicken; und – seltsam ist das im Traum – über diese Ferne hin und obwohl doch Nacht war: die feinen Schnitzereien traten in ihrem Gold und Rot und mit allen Einzelheiten mir vor die Augen... Ich habe Kri davon erzählt, habe gesagt, daß es mir vorkommt, als folge uns der Tempel nach Japan; aber Kri hat mich verspottet und gelacht: das werde wohl eine andere Erinnerung sein, die mich verfolge. Damals war ich wütend auf ihn; heute allerdings meine ich fast, er hatte recht. Letzten Endes ist alles Heilige aus demselben Stoff wie unsere Träume und

Erinnerungen und besteht in dem Wunder, daß uns Dinge, die uns zeitlich und räumlich entrückt sind, dennoch vor Augen erscheinen. Zudem haben die drei, das Heilige, die Träume und die Erinnerungen, das eine gemeinsam, daß man keines von ihnen mit Händen berühren kann. Wenn wir von dem, was wir berühren können, einen einzigen Schritt zurücktreten, wird es zu etwas Heiligem, wird es ein Wunder, erhält es etwas unwahrscheinlich Schönes. Alles und alle Dinge besitzen das Heilige; doch da unsere Finger sie berühren, sind sie verderbt. Wir Menschen sind wahrhaftig wunderliche Wesen. Was immer wir mit den Fingern berühren, schänden wir, und dabei haben wir etwas in uns, das zum Heiligen werden kann.«

»Chao Pi drückt sich sehr kompliziert aus, in Wahrheit aber spricht er nur von der Geliebten, von der er sich trennen mußte. Zeig doch Kiyoaki mal ein Foto von ihr!« meinte Prinz Kridsada, indem er den Vortrag unterbrach.

Prinz Pattanadids Wangen schienen sich zu verfärben, obwohl das bei seinem dunklen Teint nicht recht auszumachen war.

Kiyoaki bemerkte sein Zögern, und um den Gast nicht zu bedrängen, fragte er: »Träumen Sie öfter so? Ich führe ein Tagebuch über meine Träume.«

Chao Pis Augen leuchteten auf. »Oh, wenn ich Japanisch könnte, würde ich Sie bitten, mich das lesen zu lassen.«

Als Kiyoaki sah, wie er mühelos – und übers Englische – mit seiner selbst Honda gegenüber nie eingestandenen Begeisterung für Träume das Herz des anderen erreichte, empfand er eine allmählich wachsende Zuneigung zu Chao Pi. Gleich darauf jedoch, nachdem das Gespräch ins Stocken zu geraten drohte und er den Grund hierfür aus den belustigt zwischen ihnen beiden hin- und hergehenden Augen des Prinzen Kridsada abzulesen versuchte, begann er zu ahnen, daß er etwas falsch gemacht, daß er hätte darauf drängen müssen, das Foto zu sehen. Offenbar hatte Chao Pi das von ihm erwartet.

So sagte Kiyoaki schließlich: »Zeigen Sie mir doch bitte das Foto von jenem Traum, der Sie verfolgt.«

Wieder mischte sich Prinz Kridsada ein. »Meinen Sie den Tempel oder die Geliebte?« Und obwohl von Chao Pi dieses unbedachten Vergleichs wegen getadelt, streckte er noch aufdringlicher den Kopf vor, wies mit dem Finger auf das inzwischen hervorgeholte Foto und gab ungebeten seine Kommentare dazu ab. »Prinzessin Chantrapa ist, müssen Sie wissen, meine jüngere Schwester. Chantrapa bedeutet soviel wie ›Glanz des Mondes‹. Gewöhnlich nennen wir sie aber Ying Chan, das heißt Prinzessin Chan.«

Als er das Foto betrachtete, war Kiyoaki ein wenig enttäuscht; entgegen dem, was er sich vorgestellt, war dies ein Mädchen wie irgendeines. Angetan mit einem weißen Spitzenkleid im europäischen Schnitt, im Haar ein weißes Band, um den Hals eine Perlenkette, und dazu mit einem so ernsten Gesichtsausdruck – hätte man behauptet, es sei das Bild einer Schülerin aus der Mädchenklasse des Gakushū-in, niemand würde daran gezweifelt haben. Zwar hatte es eine gewisse Anmut, wie das Haar in schönen Wellen bis auf die Schultern herabfiel; doch die etwas starren Brauen, die wie erschreckt weit aufgerissenen Augen, die wie die Blumen in der heißen Trockenzeit nach Wasser lechzenden, leicht aufgebogenen Lippen, all das voll einer Kindlichkeit, der die darin liegende eigene Schönheit noch nicht bewußt geworden. Natürlich hatte auch das einen bestimmten Reiz. Aber es war darin noch zuviel von der glücklichen Selbstgenügsamkeit eines kleinen Vögelchens, das im Traume nicht daran denkt, daß es eines Tages fliegen wird können.

›An ihr gemessen, ist Satoko hundertmal, tausendmal mehr eine Frau‹, stellte Kiyoaki unbewußt seine Vergleiche an. ›Ja, daß sie mich dazu bringen kann, sie zu hassen, liegt wahrscheinlich gerade daran, daß sie schon viel zu viel eine Frau ist. Und außerdem ist Satoko viel schöner und weiß von ihrer Schönheit. Überhaupt weiß sie alles. Unglücklicherweise bin nur ich grün und unerfahren.‹

Chao Pi, als läse er aus Kiyoakis unverwandt auf das Foto gerichteten Augen die Absicht, ihm sein Mädchen wegzunehmen, streckte plötzlich seine bernsteinfarbene Hand aus und zog das Foto zurück; dabei an dieser Hand einen grün funkelnden Schimmer gewahrend, wurde Kiyoaki zum ersten Mal auf den prächtigen Ring aufmerksam, den Chao Pi trug.

Um einen viereckig geschliffenen, dunkelgrünen Smaragd von vielleicht zwei oder drei Karat zeigte der mächtige Ring die halb tierhaften Fratzen zweier in Gold modellierter *Yaksha*-Wächterdämonen; und daß Kiyoaki etwas derart Auffallendes übersehen hatte, verdeutlichte seht gut sein mangelndes Interesse an anderen Leuten.

»Das ist mein Monatsstein, ich bin ja im Mai geboren. Ying Chan hat ihn mir zum Abschied geschenkt«, erklärte, wieder mit einiger Verlegenheit, Prinz Pattanadid.

»Wenn Sie im Gakushū-in so ein prächtiges Stück tragen, kann es sein, daß man Sie tadelt und Sie ihn abziehen müssen«, warnte Kiyoaki, worauf die verschreckten Prinzen einen eifrigen Disput in ihrer heimatlichen Sprache begannen, um zu überlegen, was mit dem Ring geschehen sollte; sofort darauf aber sich für ihre Unhöflichkeit, unbewußt in ihre Sprache verfallen zu sein, entschuldigten und den Inhalt ihres Gesprächs auf englisch wiedergaben. Kiyoaki versprach, er werde seinen Vater bitten, ihnen bei einer guten Bank einen Safe zu vermitteln. Nun gaben sich die Prinzen noch vertrauter als zuvor, und nachdem auch Prinz Kridsada ein kleines Foto von seiner Freundin vorgezeigt hatte, bestürmten sie Kiyoaki und wollten endlich ein Bild von dem Mädchen sehen, in das er sich verliebt habe.

Zu seiner eigenen Überraschung ließ ihn eine jugendlich eitle Laune erklären: »In Japan ist es zwar nicht üblich, daß man miteinander Fotos austauscht, aber bestimmt werde ich Sie demnächst mit ›ihr‹ bekannt machen...« Ihnen die Fotos von Satoko in den seit seiner Kinderzeit ununterbrochen geführten Alben zu zeigen, hatte er beim besten Willen nicht den Mut.

Ja, er begriff. Plötzlich wurde ihm klar, daß er, obwohl man ihn all die Zeit als den schönen Jüngling gelobt und mit Bewunderung überschüttet hatte, bis jetzt zu seinem achtzehnten Jahr in der Langeweile dieses Adelssitzes eingeschlossen gewesen war und keine andere Freundin besaß als Satoko.

Satoko freilich, Freundin und zugleich auch Feindin, war nicht die aus dem Honig zärtlicher Gefühle allein geformte Puppe, wie die Prinzen dergleichen aufzufassen schienen. Kiyoaki spürte Zorn in sich aufsteigen, einen Zorn auf sich selbst und auf alles, was ihn umgab und umzingelte. Noch in jenen Bemerkungen des leicht betrunkenen Vaters damals auf dem »Spaziergang«, so wohlwollend sie gemeint sein mochten, war – das empfand er jetzt – ein geringschätziges Lächeln gewesen über den einsamen, in Träumen befangenen Sohn.

Was er bisher aus stolzer Selbstgefälligkeit ignoriert hatte, begann nun auf einmal seine Selbstgefälligkeit zu verletzen. Die dunkle Haut der munteren südländischen Prinzen, ihre Augen, aus denen mit scharfem Stich die Klinge des Sinnlichen blitzte, und ihre Hände, diese langen, schmalen, bernsteinfarbenen Hände, die trotz der Jugend in der Kunst der Zärtlichkeiten schon so erfahren schienen – all das, wollte es Kiyoaki vorkommen, rief ihm zu: ›Wie? Du in deinem Alter hast keine Geliebte?‹

Obwohl er das gar nicht konnte, hatte er, nach Kräften um eine gelassene Vornehmheit bemüht, erklärt: »Bestimmt werde ich Sie demnächst mit ›ihr‹ bekannt machen.«
Aber wie sollte er es anstellen, auf welche Weise vor den neuen Freunden aus der Fremde mit Satokos Schönheit triumphieren?
Nach langem Zögern hatte Kiyoaki schließlich tags zuvor einen Brief voll wilder Beleidigungen an Satoko geschrieben. Noch haftete ihm der Wortlaut dieses Briefes, jede einzelne der kränkenden Formulierungen, die er, damit sie ganz präzise wären, wieder und wieder umgeschrieben hatte, fest im Gedächtnis.
›... bedauere ich es sehr, daß ich, um mich Deiner Einschüchterungsversuche zu erwehren, einen solchen Brief schreiben muß...‹ Mit diesem Hieb hatte er begonnen. Und weiter: ›Du hast mir ein törichtes Rätsel aufgegeben, hast es mir unter der Vorspiegelung, es gehe da um etwas ganz Entsetzliches, in die Hand gedrückt, ohne auch nur den geringsten Hinweis darauf, wie es aufzulösen wäre, und so meine Hand gelähmt und unfähig gemacht zu allem anderen. Daß Du aus einem spontanen Motiv gehandelt haben könntest, muß ich bezweifeln. Deinem Verhalten fehlte jede Liebenswürdigkeit; von Zuneigung nicht zu reden, war noch nicht einmal eine Spur von Freundschaft darin zu entdecken. Was das eigentliche Motiv betrifft, das Dir wohl selbst nicht bekannt ist, so war es natürlich auf ein ganz bestimmtes Ziel ausgerichtet; doch mag dies hier aus Gründen der Höflichkeit unausgesprochen bleiben. Das eine allerdings glaube ich jetzt sagen zu dürfen: all Deine Bemühungen und Pläne sind dahin wie der Schaum auf dem Wasser. Denn um ehrlich zu sein: so unglücklich ich war, habe ich nun (und indirekt verdanke ich das Dir) eine entscheidende Schwelle des

Lebens hinter mich gebracht. Auf wiederholte Einladung meines Vaters war ich im Viertel der Blumen und Weiden, bin also den Weg gegangen, den jeder Mann unvermeidlich gehen muß. Deutlicher gesagt: ich habe mit einer *Geisha,* die mir mein Vater verschaffte, eine Nacht verbracht. Ein Vergnügen, das die gesellschaftliche Moral einem Mann ja ausdrücklich zugesteht. Diese eine Nacht hat mich glücklicherweise völlig verändert. Ja, meine Vorstellungen von der Frau verkehrten sich schlagartig ins Gegenteil; ich lernte, sie als ein kleines, wollüstiges Tier zu behandeln, mit ihr zu spielen und sie dabei für nichts zu achten. Ich glaube, es ist dies eine hervorragende Belehrung, die einem die Gesellschaft zuteil werden läßt; und auch ich, der ich bisher meinem Vater in seinen Ansichten über das weibliche Geschlecht nicht beizupflichten vermochte, bin zu der klaren Erkenntnis gelangt, daß ich, mag ich wollen oder nicht, rein körperlich nun einmal der Sohn meines Vaters bin. Wenn Du bis hierher gelesen hast, wirst Du Dich möglicherweise vom konservativen Standpunkt her, wie er in der nun für immer vergangenen Meiji-Zeit üblich war, sogar über einen Fortschritt meinerseits freuen. Wirst möglicherweise vergnügt lächelnd erwarten, daß meine körperliche Geringschätzung für die Professionelle meine geistige Achtung für das reine Weib nur noch steigern werde. Nein! Das auf keinen Fall. Mit jener einen Nacht (und Fortschritt heißt eben fortzuschreiten) habe ich das alles durchbrochen und bin davongestürmt, hinaus in eine von noch keinem betretene Wildnis. Dort ist kein Unterschied mehr zwischen *Geisha* und Dame von Stand, zwischen Jungfrau und Prostituierter, zwischen den Ungebildeten und jenen aus der Gesellschaft der Blaustrümpfe. Alle Frauen sind nichts anderes als verlogene und wollüstige kleine Tiere. Das übrige ist Schminke. Das übrige ist Kostüm. Es fällt mir nicht leicht, aber ich muß Dir gestehen: auch Dich halte ich nun für nicht mehr als *one of them,* als eine von ihnen. Begreife bitte: jener brave, unschuldige, lenkbare, so leicht zu hätschelnde und nette Kiyo, wie Du ihn seit Kindertagen gekannt, ist tot für immer...‹

Die beiden Prinzen schienen es etwas verdächtig zu finden, daß Kiyoaki, obwohl es so spät noch nicht war, plötzlich eine gute Nacht wünschte und das Zimmer verließ. Natürlich war Kiyoaki Gentleman genug, zuvor mit einem höflichen Lächeln kurz die Betten der beiden Gäste und auch anderes aufmerksam zu überprüfen, hierauf nach irgendwelchen noch offenen Wünschen zu fragen und dann erst in aller Form sich zurückzuziehen.

›Warum habe ich in einer solchen Stunde keinen, der zu mir hält?‹ dachte er, während er in sich versunken über den langen Verbindungskorridor von der Villa zum Haupthaus hinübereilte.

Unterwegs kam ihm ein paarmal der Name Hondas in den Sinn, aber seine eigensinnigen Ideen über Freundschaft ließen ihn diesen Namen wieder auslöschen. Die Fenster des Ganges klirrten vom Wind, eine Reihe düsterer Lampen zog sich bis weit hin. Aus Furcht, er könnte von irgendwem dabei ertappt werden, wie er bei solchem Wind dahineilte und zu keuchen anfing, blieb Kiyoaki an einem Knick des Ganges stehen und atmete ruhig durch. Den Ellbogen gegen den mit Schnitzereien im Meanderstil verzierten Fensterrahmen gestützt, gab er sich den Anschein, als schaute er in den Park hinaus, und dabei versuchte er verzweifelt, Ordnung in seine Gedanken zu bringen. Anders als der Traum ist die Wirklichkeit ein Stoff, der sich in gar keiner Weise modellieren läßt. Er mußte sich einen Plan zu eigen machen; keine unklar umherschweifenden Empfindungen mehr, sondern ein Konzept wie eine runde, schwarze Pille, ordentlich zusammengepreßt und mit augenblicklicher Wirksamkeit. Allzu heftig spürte er sein Unvermögen, und aus dem ungeheizten Zimmer gekommen, zitterte er von der Kälte auf dem Korridor.

Er legte seine Stirn an die klirrende Fensterscheibe, um vom Park etwas zu erkennen. Es war kein Mond in dieser Nacht, Ahornberg und Mittelinsel bildeten eine einzige schwarze Masse; nur so weit, wie die düsteren Lichter vom Korridor her reichten, war undeutlich die vom Wind gekräuselte Wasserfläche des Teiches auszumachen. Er bildete sich ein, die Alligatorschildkröten hätten ihre Köpfe herausgestreckt und starrten zu ihm herüber. Ein Schauder überlief ihn.

Er kehrte zum Haupthaus zurück, und als er im Begriff war, die Treppe zu seinem Zimmer hinaufzusteigen, begegnete er seinem Tutor Iinuma, dem er ein unsäglich mißvergnügtes Gesicht schnitt.

»Die verehrten Gäste haben sich wohl bereits zur Ruhe begeben?«

»Hm.«

»Und der junge Herr geht auch schlafen, wie?«

»Ich habe noch zu arbeiten.«

Iinuma, er war bereits dreiundzwanzig, besuchte auf der Abenduniversität die letzten Kurse. Offenbar kam er eben aus den Vorlesungen, unter dem einen Arm trug er einige Bücher. Er machte eine Miene, die nun, in der Blüte seiner Jahre, nur immer trübseliger wurde; sein Körper, mächtig und düster wie ein Schrank, erschreckte Kiyoaki.

Auf seinem Zimmer dann, ohne erst den Ofen anzuzünden, bald sich setzend, bald wieder unruhig aufspringend, verwarf er die Ideen, die ihm im Kopf aufstiegen, eine um die andere, nur um sie aufs neue hervorzuholen.

›Jedenfalls muß ich mich beeilen. Oder wäre es schon zu spät? Ich muß es schaffen, daß ich sie, der ich einen solchen Brief geschrieben habe, in den nächsten Tagen den Prinzen vorstelle als zärtlich liebende Freundin. Und das in einer Form, als wäre es das Natürlichste von der Welt.‹

Auf einem Stuhl lagen ungeordnet die Abendzeitungen, die zu lesen er keine Zeit gehabt. Als er eine davon wie unabsichtlich aufschlug, fiel sein Blick auf eine *Kabuki*-Anzeige des Teigeki, des sogenannten Kaiserlichen Theaters, und er bekam Herzklopfen.

›Richtig, ich könnte die Prinzen ins Teigeki ausführen. Und außerdem, den Brief, den ich gestern abgeschickt, hat sie ja wahrscheinlich noch gar nicht erhalten. Also vielleicht doch noch Hoffnung. Mit Satoko zusammen ins Theater zu gehen, werden die Eltern nicht erlauben, aber es könnte ja sein, daß wir uns zufällig getroffen haben.‹

Er stürzte aus dem Zimmer, sprang die Treppe hinab und rannte bis nahe an den Haupteingang; bevor er die Telefonkabine betrat, warf er einen verstohlenen Blick hinüber zum hell erleuchteten Tutorenzimmer seitlich des Eingangs. Iinuma schien zu arbeiten.

Kiyoaki hob den Hörer ab und nannte der Vermittlung die Nummer. Sein Herz schlug laut, alle Langeweile war wie weggefegt.

»Ist da bei Ayakura? Ach, dürfte ich wohl Fräulein Satoko sprechen?« bat er, nachdem sich am anderen Ende eine vertraute Altfrauenstimme gemeldet hatte.

Aus dem fernen Azabu durch die Nacht herüber klang die durchaus höfliche Erwiderung der Alten etwas mürrisch. »Der junge Herr Matsugae, wenn ich nicht irre? Entschuldigen Sie, bitte, aber jetzt, so spät...«

»Schläft sie etwa schon?«

»Wie belieben?... Nun, man wird zwar noch nicht zur Ruhe gegangen sein, nehme ich an...«

Da Kiyoaki jedoch hartnäckig blieb, kam Satoko schließlich an den Apparat. Das Heitere in ihrer Stimme machte ihn selig.

»Was denn, Kiyo, du? Um diese Zeit?«

»Ja, weißt du, ich habe dir nämlich gestern einen Brief geschrieben. Aber nun möchte ich dich um etwas bitten: wenn er ankommt, dieser Brief, öffne ihn auf keinen Fall! Versprich mir, daß du ihn sofort ins Feuer werfen wirst!«

»Ich begreife allerdings nicht recht, worum es geht...«

Kiyoaki, der zu spüren meinte, daß Satoko trotz ihres friedfertigen Tonfalls bereits wieder auswich, die Dinge im unklaren zu lassen versuchte, wurde nervös. Dabei hatte – in dieser Winternacht – ihre Stimme die gerade richtige volle und warme Reife wie eine Aprikose im Juni.

»Na, und wenn auch. Du brauchst mir ja sonst nichts weiter dazu zu sagen, mir nur zu versprechen – daß du den Brief, sobald er ankommt, auf der Stelle und ungeöffnet ins Feuer wirfst.«

»Schon recht.«

»Du versprichst es mir – ganz bestimmt?«

»Aber ja.«

»Und dann noch eines, um das ich dich bitten wollte...«

»Jedenfalls ein Abend heute, an dem du allerlei auf dem Herzen hast, wie, Kiyo?«

»Tu mir den Gefallen und besorge dir für übermorgen Karten für das Teigeki; du kannst ja zur Begleitung deine alte Kammerfrau mitnehmen.«

»Ach...«

Plötzlich verstummte Satokos Stimme. Kiyoaki fürchtete schon, sie würde ablehnen; gleich darauf jedoch bemerkte er, daß er etwas übersehen hatte. In der derzeitigen finanziellen

Situation der Familie Ayakura mußte, so ging ihm auf, offenbar auch eine Ausgabe von zwei Yen fünfzig Sen pro Person bedacht werden.

»Entschuldige vielmals, ntürlich schicke ich dir die Karten. Ich nehme etwas auseinanderliegende Plätze; denn wenn wir in einer Reihe säßen, hätten wir nur unter den neugierigen Blicken der Leute zu leiden. Ich gehe übrigens mit zwei thailändischen Prinzen ins Theater, sie sind meine Gäste.«

»Wirklich lieb von dir. Die Tadeshina, nehme ich an, wird begeistert sein. Ja, ich komme also gern«, sagte Satoko und zeigte ganz offen ihre Freude.

7

Als Honda in der Schule Kiyoakis Einladung für den folgenden Tag ins Teigeki erhielt, machte zwar der Umstand, daß die beiden Prinzen aus Siam mitkommen würden, einen etwas unbehaglichen Eindruck auf ihn, doch nahm er mit Vergnügen an. Daß dabei eine *rein zufällige* Begegnung mit Satoko herbeigeführt werden sollte, das allerdings hatte Kiyoaki dem Freund nicht gestanden.

Daheim beim Abendessen erzählte Honda seinen Eltern von der Einladung. Sein Vater hielt das Theater überhaupt für nicht gerade wünschenswert; andererseits war er der Ansicht, er könne seinem Sohn, nachdem dieser achtzehn geworden, keine Fesseln anlegen.

Hondas Vater war Richter am Obersten Gerichtshof, man bewohnte ein Haus in Hongō, und stets herrschte in diesem Haus, unter dessen vielen Zimmern einige auch sogenannte »westliche Räume« im Geschmack der Meiji-Zeit waren, eine Atmosphäre der Rechtschaffenheit. Mehrere Studenten wohnten und arbeiteten im Hause, Bücherspeicher und Studierzimmer quollen über von Gedrucktem, selbst in den Korridoren reihten sich die goldenen Schriftzeichen auf dunklen Lederrücken.

Seine Mutter war eine Frau, die ebenfalls wenig von Vergnügungen hielt; sie war im Büro des Patriotischen Frauenvereins tätig, und sie dachte eher mit Widerwillen daran, daß sich ihr Sohn so eng mit dem Sohn einer Marquise Matsugae angefreundet hatte, die nicht einmal die Spur einer wirklichen Aktivität besaß.

Doch von diesem Punkt einmal abgesehen, war Honda Shigekuni hinsichtlich seiner Schulzeugnisse, seines häuslichen Fleißes, seiner Gesundheit, seines jederzeit korrekten Auftretens ein Sohn, an dem es nichts auszusetzen gab. Seine Mutter war vor sich selbst wie vor anderen stolz auf diese Frucht ihrer Erziehung.

Alles in diesem Haus bis hin zu Möbel und Gerät war mustergültig. Die eingetopften Zwergkiefern am Eingang, der Stellschirm mit dem Schriftzeichen »Harmonie«, die Rauchutensilien im Salon, die mit Fransen versehene Tischdecke und so weiter, ja, selbst der Reisscheffel zum Beispiel in der Küche, die Handtuchstange in der Toilette, die Federschale im Studierzimmer und auch die verschiedenen Briefwaagen – jedes Stück war von einer nicht zu beschreibenden Vorbildlichkeit.

Dies galt sogar für die Gespräche im Hause. In den Familien des einen oder anderen Freundes konnte man noch seinen Spaß etwa an jenem kauzig schwatzenden Alten haben, der mit großem Ernst einer ebenso ernsthaft lauschenden Zuhörerschaft erzählte, wie er einmal im Fenster zwei Monde gesehen, auf sein lautes Geschrei aber der eine Mond sich in seine eigentliche Gestalt eines Dachshundes zurückverwandelt und Reißaus genommen hätte. Im Hause der Hondas hielt der strenge Blick des Familienoberhaupts auf Ordnung, und noch der ältesten Magd wäre es untersagt worden, dergleichen Ammenmärchen zu erzählen. Sein Vater war einst lange in Deutschland gewesen und hatte dort die Rechtswissenschaften studiert; also hing er einer Vernunft an, wie sie den Deutschen eigentümlich ist.

Wenn Honda Shigekuni das Haus des Marquis Matsugae mit dem eigenen verglich, schien ihm eines kurios. Dort führte man ein Leben im westlichen Stil, waren die aus Übersee importierten Dinge, die sich im Haus befanden, nicht zu zählen; hingegen machte die Familienatmosphäre einen überraschend altväterischen Eindruck. Umgekehrt spielte sich das Alltagsleben in der eigenen Familie durchaus auf japanische Weise ab, doch im Geistigen war vieles nach westlicher Art. Selbst darin, wie sein

Vater mit den Hausstudenten umging, unterschied er sich völlig von den Matsugaes.

Auch an diesem Abend, nachdem er sich für Französisch, seine zweite Fremdsprache, präpariert hatte, blätterte Honda noch ein wenig in den teils auf französisch, teils auf englisch oder deutsch publizierten Gesetzessammlungen, wie er sie über die Buchhandlung Maruzen zu beziehen pflegte; sozusagen im Vorgriff auf jene Wissenschaft, die er an der Universität studieren würde, aber auch weil es seinem Temperament entsprach, alle Dinge stets bis an ihre Quellen zu verfolgen.

An den Ideen des europäischen Naturrechts, die ihn so lange gefesselt hatten, empfand er, nachdem er die Äbtissin des Gesshūji-Tempels gehört, allmählich keine rechte Befriedigung mehr. Gewiß, seit diese Denkkategorien mit Sokrates aufgekommen waren, hatten sie durch die Schriften des Aristoteles einen tiefen Einfluß ausgeübt auf das römische Recht; ja, sie hatten, von der christlichen Lehre des Mittelalters streng systematisiert, in der Aufklärung abermals eine solche Verbreitung erlangt, daß man geradezu von einer Epoche des Naturrechts sprechen konnte; und mochte es gegenwärtig auch stiller geworden sein um sie, so gab es doch keine andere philosophische Perspektive, die eine so ungebrochene Kraft bewiesen hätte wie eben das naturrechtliche Denken, das in den geistigen Strömungen wechselvoller zwei Jahrtausende gleich einer Welle immer wieder aufgetaucht war, wenn freilich auch in jeweils neuem Gewande. Zweifellos manifestierte sich hierin die älteste Tradition des europäischen Glaubens an die Vernunft. Und dennoch, Honda konnte sich des Eindrucks nicht erwehren: mochten das noch so hartnäckige fortdauernde Vorstellungen sein – ihre klare, apollinisch-humane Komponente war doch diese ganzen zwei Jahrtausende hindurch von den Mächten der Finsternis bedroht gewesen.

Nein, nicht nur von den Mächten der Finsternis. Bedroht auch von einem die Augen noch weit stärker verführenden Glanz, von dem – so war zu vermuten – diese so klaren Ideen ein um das andere Mal restlos und säuberlich fortgesogen worden waren. Oder wäre die Welt der Rechtsordnung am Ende nur nicht imstande gewesen, eine die Finsternisse mit umfassende Lichtflut in ihr System zu integrieren?

Trotzdem war es nun nicht etwa so, daß die Vorstellungen der in der Romantik des 19. Jahrhunderts wurzelnden historischen Rechtsschule oder gar der volksrechtlichen Richtung Honda gereizt hätten. Mochte das Japan der Meiji-Zeit nach einer solchen aus dem Historismus hervorgegangenen, nationalistischen Rechtswissenschaft verlangt haben; Honda indessen richtete im Gegenteil den Blick auf die universalen Wahrheiten, die doch dem Recht zugrunde liegen müßten. Und obwohl ihn eben deshalb das derzeit wenig beachtete Naturrechtsdenken fasziniert hatte, ließ er neuerdings, um die einer Rechtsuniversalität gezogenen Grenzen zu erkunden, seine Gedanken lieber andere Regionen durchschweifen; etwa indem er es für möglich hielt, daß – falls das Recht über das naturrechtliche, aufs antike Menschenbild fixierte Denken hinaus vorstieße zu weit allgemeineren Wahrheiten (vorausgesetzt, es gäbe diese) – das Recht als solches in sich zusammenbrechen könnte.

Für einen jungen Mann recht typische, abenteuerliche Gedankengänge. Andererseits war es nur natürlich, daß er, ermüdet von der hinter dem modernen geschriebenen Recht so unbeweglich aufragenden, ja, wie eine in den Lüften schwebende geometrische Konstruktion die Erde scharf beschattenden Welt des römischen Rechts, gelegentlich Lust verspürte, der Enge des vom Meiji-Japan so getreulich übernommenen westlichen Rechtssystems zu entfliehen und sich ganz anderen und weit älteren Rechtsordnungen Asiens zuzuwenden.

Gerade zur rechten Zeit von Maruzen zugesandt, schienen die »Gesetzbücher des Manu« in einer französischen Übersetzung von L. Delongchamps genau das zu enthalten, was Honda in seiner skeptischen Stimmung ansprechen mußte.

Die Gesetzbücher des Manu, kompiliert vermutlich in der Zeit zwischen 200 vor bis 200 nach Christus, stehen am Anfang der altindischen Gesetzessammlungen und haben für Anfänger des Hinduismus noch heute Gültigkeit. Die zwölf Bücher und insgesamt 2684 Artikel bilden ein allumfassendes Kompendium über Religion, Sitte, Moral und Recht; beginnend mit einer Deutung der Weltschöpfung und ausführlich bis hin zur Bestrafung von Raub und zur Regelung von Erbteilung, zeigt dieses asiatisch-chaotische Universum in der Tat einen augenfälligen Unterschied im Vergleich zum System des christlich-mittelalterlichen Naturrechts mit seinen wohlgeordneten Entsprechungen von Makrokosmos und Mikrokosmos. Aber wie im römischen Recht – im Gegensatz zu modernen Rechtsbegriffen – das Klagerecht auf der Vorstellung basierte, daß dort kein Rechtsanspruch, wo keine Rechtserstattung möglich ist, beschränkten auch die Gesetzbücher des Manu, indem sie den für das Auftreten vor den Gerichten der großen Könige und Brahmanen gültigen Regeln folgten, die Anklagefälle auf nichtbezahlte Schulden und weitere achtzehn Artikel.

Honda begann sich einzulesen, fasziniert von der für diese Gesetzessammlung charakteristischen schönen, bildhaften Sprache: wenn selbst in der doch so prosaischen Prozeßordnung die Art, wie der König durch die Beweisaufnahme Recht und Unrecht erkennt, mit dem Vergleich beschrieben wird, »so nähert sich der Jäger den Tropfen des Blutes nach dem Lager des wunden Hirschs«, oder wenn, bei der Aufzählung der Pflichten des Königs, gesagt wird, er möge seine Gnade ausgießen über das Reich, »gleichsam wie Indra in den vier Monden der Monsune den fruchtbaren Regen regnen läßt«. Und schließlich war Honda auf jenes seltsame letzte Buch gestoßen, das Dinge enthält, die weder zu den Regeln noch auch zu den Edikten gehören.

Der kategorische Imperativ des westlichen Rechts gründet sich ausschließlich auf die menschliche Vernunft. Die Gesetzbücher des Manu jedoch verweisen da mit der größten Natürlichkeit, ja als sei dies die selbstverständlichste Sache von der Welt, auf ein der Vernunft nicht zugängliches kosmisches Gesetz, nämlich auf das der Seelenwanderung.

»Das Tun erwächst aus dem Körper und dem Wort und dem Willen; und sie sind es, die auch die Folgen, gute wie böse, hervorbringen.«

»Die Seele geht in dieser Welt Verbindungen ein mit dem Körper; da sind zu unterscheiden drei Arten: die guten und die mittleren und die bösen.«

»Was aus der Seele folgt, fällt zurück auf des Menschen Seele; was aus dem Wort folgt, fällt zurück auf sein Wort; was aus dem körperlichen Tun folgt, fällt zurück auf seinen Körper.«

»Wer schuldig wird im körperlichen Tun, wird im nächsten Leben Baum sein oder Gras; wer schuldig wird im Wort, wird

Vogel sein oder Tier; wer schuldig wird in der Seele, wird auf der untersten Stufe wiedergeboren werden.«

»Derjenige, der gegenüber allen Wesen die dreifache Beherrschung von Wort und Wille und Körper bewahrt, dazu auch ganz die Leidenschaft unterdrückt und den Zorn, wird die Vollendung, das heißt die letzte Befreiung erlangen.«

»Die aus Rechtem und Unrechtem folgende Richtung seiner persönlichen Seele mit der eigenen Klugheit genau beachtend, sollte der Mensch stets das zu erreichen trachten, was Gesetz ist.«

Hier werden also wie im Naturrecht Gesetz und moralisches Handeln gleichgesetzt; aber es besteht ein Unterschied insofern, als diese Begriffe auf dem vom Verstand schwer erfaßbaren Kreislauf der Wiedergeburten beruhen. Mit anderen Worten: es wird hierbei nicht an die menschliche Vernunft appelliert, sondern gedroht mit einer Art schicksalhafter Vergeltung, und vielleicht konnte man von einer Rechtsidee sprechen, die – im Vergleich zu den Grundvorstellungen des römischen Rechts – weniger auf die menschliche Natur vertraute.

Honda war nicht darauf aus, diese Probleme weiter und weiter zu durchgrübeln, sich in die dunklen Tiefen im Denken der Alten zu versenken; doch entdeckte er, daß er es – als Jurastudent auf der Seite derer, die das Recht fixieren – bei seinem nicht zu unterdrückenden Zweifel, ja einem Gefühl des Unbehagens gegenüber dem modernen geschriebenen Recht, gelegentlich nötig haben würde, in Doppelbelichtung zu dem kodifizierten, so komplizierten und tristen Gerüst vor seinen Augen den weiten Ausblick auf die göttlich erhabene Vernunft im Naturrecht wie auch auf die Grundgedanken der Gesetzbücher des Manu zu genießen, gleichsam wie im Anschauen des klar blauenden Taghimmels dort und hier des vom Sterngefunkel erfüllten Nachthimmels.

Wahrhaftig eine seltsame Wissenschaft, die Jurisprudenz! Mit Maschen, so fein, daß noch die unbedeutendsten alltäglichen Schritte ausnahmslos einzufangen waren, hatte sie – der habgierigste Fischer, der sich denken läßt – zugleich ein weitmaschigeres Netz seit alters ausgeworfen bis hinauf zum Kreislauf des gestirnten Himmels und der Sonne.

In die Lektüre versunken, hatte Honda ganz vergessen, wie

die Zeit verrann; nun bemerkte er mit Erschrecken, daß er sich allmählich schlafen legen mußte, wenn er anderntags nicht übermüdet und mit griesgrämigem Gesicht Kiyoakis Einladung Folge leisten wollte.

Als er an diesen so schönen, dabei so rätselhaften Freund dachte, lief ihm angesichts der Vorstellung, wie schrecklich monoton seine eigene Jugend verlief, ein leichter Schauder über den Rücken. Undeutlich erinnerte er sich auch an das aufschneiderische Gerede anderer Schulkameraden: wie sie einmal in einem Gion-Teehaus mit zu Bällen zusammengerollten Sitzkissen gegen eine Herde junger *Geisha*-Schülerinnen Zimmerrugby gespielt hätten.

Gleich darauf fiel ihm eine Episode ein, die sich in diesem Frühjahr zugetragen hatte; mit den Augen Fremder betrachtet eine gewiß unerhebliche Geschichte, für die Familie Honda jedoch eine welterschütternde Affäre. Zum zehnten Todestag der Großmutter hatte in dem Tempel in Nippori, zu dem die Familie gehörte, eine Gedächtnisfeier stattgefunden, und danach waren die Verwandten, die daran teilgenommen, zu Hondas als dem Haupthaus der Familie gekommen.

Fusako, für Shigekuni eine Cousine zweiten Grades, war unter allen Gästen die jüngste gewesen und dazu eine hübsche und heitere Person. Daß in dem in seiner Atmosphäre so dunklen Haus der Hondas das helle Lachen eines solch jungen Mädchens erklang, mochte sonderbar genug erscheinen.

Ungeachtet des zeremonialen Anlasses rückte die Erinnerung an die Tote in die Ferne, nahmen die fröhlichen Gespräche der so selten versammelten Verwandten kein Ende, und statt von der Verblichenen redete ein jeder lieber von den Kindern, die in den einzelnen Familien neu hinzugekommen waren.

Die über dreißig Gäste schauten bald in dieses, bald in jenes Zimmer im Hause, immer wieder erstaunt darüber, daß sie, wohin sie kamen, vor allem auf Bücher stießen. Einige meinten, sie wollten gern einmal Shigekunis Arbeitszimmer sehen; sie kamen heraufgestiegen und setzten sich um seinen Schreibtisch. Aber dann verließen sie einer nach dem anderen unbemerkt das Zimmer wieder, und plötzlich waren Fusako und Shigekuni allein zurückgeblieben.

Die beiden saßen auf dem lederbezogenen Sofa an der Wand.

Shigekuni in seiner Gakushū-in-Uniform, Fusako in ihrem langärmeligen, lila *Kimono*. Als die anderen gegangen waren, wurden beide einigermaßen verlegen, auch Fusakos fröhliches Lachen verstummte.

Shigekuni überlegte, ob er ihr vielleicht ein Fotoalbum zeigen sollte, aber leider wußte er nicht, wo sie waren. Zudem wollte ihm scheinen, Fusako wäre auf einmal schlechter Laune. Bis dahin hatte er an ihrem so überaus lebhaften Auftreten, an ihrem unaufhörlichen, lauten Lachen, an der Art, in der sie ihn, den um ein Jahr älteren, mit Worten neckte, überhaupt an ihrem unruhigen Betragen keinerlei Gefallen gefunden. Zwar besaß Fusako die schwere, warme Schönheit einer Dahlie im Sommer, aber insgeheim dachte er bei sich, daß er eine wie sie jedenfalls nie zur Frau nehmen würde.

»Ach, ich bin müde. Du nicht auch, Shige?«

Ehe er recht begriff, daß sie das gesagt, knickte Fusako etwa in Höhe der bis weit herauf gebundenen *Obi*-Schleife wie eine stürzende Mauer vornüber, und schon ruhte ihre stark duftende Schwere, das Gesicht darin vergrabend, auf den Knien von Shigekuni.

Shigekuni war verwirrt, er starrte hinab auf die geschmeidige Last, die seinen Schoß bedeckte. Eine lange Zeit, schien es, blieb das so. Tatsächlich war ihm, als hätte er nicht die Kraft, diesen Zustand auch nur irgendwie zu verändern. Und Fusako machte ebenfalls nicht den Eindruck, als dächte sie daran, ihren Kopf jemals wieder zu bewegen, nachdem sie ihn einmal so vertrauensvoll auf des Vetters Schenkel in der dunkelblauen Sergehose gebettet hatte.

Da wurde die Schiebetür aufgestoßen, und unerwartet trat mit Onkeln und Tanten seine Mutter ein. Sie wechselte die Gesichtsfarbe, Shigekunis Herz raste. Fusako hingegen wandte gemächlich die Augen auf sie, um dann wie ermattet den Kopf zu heben.

»Ich bin entsetzlich müde, und Kopfschmerzen habe ich...«

»Oh, das tut mir leid. Darf ich dir eine Tablette geben?« sagte die eifrige Vertreterin des Patriotischen Frauenvereins, und dabei hatte sie den Tonfall einer freiwilligen Krankenschwester.

»Nein, danke, so schlimm ist es auch wieder nicht.«

Diese Episode, bald beliebter Gesprächsstoff unter den Verwandten, kam glücklicherweise seinem Vater nicht zu Ohren; dafür wurde Shigekuni von seiner Mutter tüchtig gerüffelt, und für Fusako war es nun natürlich unmöglich geworden, das Haus der Hondas jemals wieder zu besuchen.

Honda Shigekuni allerdings würde sich für immer der heißen, schweren Stunde erinnern, die damals auf seinen Knien verronnen war.

Doch obzwar Fusako mit ihrem Körper, mit *Kimono* und *Obi*, auf ihm gelastet hatte – wirklich erinnerlich blieb ihm allein die Schwere ihres schönen und so labyrinthischen Kopfes. Vom weiblich weichen Haar umschlungen, hatte sich dieser Kopf wie ein Räuchergefäß auf seine Knie gedrängt und ihm dabei ein Gefühl verursacht, als versengte ihn durch den blauen Stoff hindurch die Glut. Diese Hitze, eine Hitzewelle wie von einer fernen Feuersbrunst – was mochte das gewesen sein? Fusako hatte ihm durch die Glut in diesem Porzellangefäß eine mit Worten nicht wiederzugebende, schrankenlose Vertraulichkeit geoffenbart. Und dennoch, die Schwere ihres Kopfes hatte etwas Strenges, Tadelndes gehabt.

Aber Fusakos Augen?

Da sie mit ihrem Gesicht schräg auf seinen Knien gelegen, hatte er unmittelbar unter sich in ihre weit geöffneten Augen schauen können, die, leicht verletzlich und feucht, wie voller kleiner, schwarzer Tröpfchen gewesen waren. Und dabei schwerelos wie Falter, die sich für eine kurze Weile niedergesetzt. Das Flattern der langbewimperten Lider wie das Flügelflattern der Falter. Die Pupillen wie das geheimnisvolle Gefleck auf den Schwingen...

So gewissenlose, so ihn bestürmende und doch gleichgültige, jederzeit zum Auffliegen bereite, wie in der Wasserwaage die Blase bald in die Schräge, bald in die Balance gleitende, jetzt zerstreute, dann konzentrierte, so ohne Unterlaß sich wandelnde Augen hatte Shigekuni noch nie gesehen.

Koketterie war das auf keinen Fall. Mehr als vorher, da Fusako gelacht und gescherzt hatte, meinte er nun erkennen zu müssen, daß ihre Blicke, soviel einsamer geworden, mit einer geradezu unsinnigen Präzision das ziellose Hinundhergeflacker in ihrem Inneren widerspiegelten.

Und auch das Süße, Duftende, das bis zur Verwirrung

aufstieg von ihr, gehörte gewiß nicht zu einem vorsätzlichen Flirt.

Was aber könnte es gewesen sein, das jene lange, fast schon dem Unendlichen nahe Zeit so lückenlos ausgefüllt hatte?

8

Von Mitte November bis zum 10. Dezember standen im Hauptprogramm des Teigeki-Theaters nicht die üblichen populären Stücke, in denen auch Schauspielerinnen auftraten, sondern *Kabuki*-Dramen mit so berühmten Akteuren wie Baikō und Kōshirō, und Kiyoaki hatte sich dafür entschieden, weil er glaubte, so etwas sei für ausländische Gäste interessanter; tatsächlich aber wußte er über das *Kabuki* nicht eben gut Bescheid. Von den beiden Stücken des Abends, »Allgemeine Chronik vom großen Aufstieg und Fall« und »Der Tanz der Löwenfamilie«, hatte er noch nie gehört.

Er hatte deshalb Honda überredet, in der Mittagspause in der Bibliothek die Texte herauszusuchen, so daß er vorbereitet war, den siamesischen Prinzen die Stücke zu erklären.

Für die Prinzen war es nicht mehr als eine Sache der Neugierde, daß sie sich fremdländisches Theater ansahen. Sobald an diesem Tag die Schule aus war, kehrte Kiyoaki mit Honda nach Hause zurück, und Honda, nachdem er nur eben den Prinzen vorgestellt worden war, gab auf englisch einen kurzgefaßten Inhaltsbericht von dem, was man am Abend zu sehen bekäme; doch die Prinzen gaben sich gar nicht erst den Anschein, daß sie sich so weit darauf einzulassen gedächten.

Kiyoaki spürte aus der Zuverlässigkeit des Freundes, aus seiner so betonten Ernsthaftigkeit, eine Art von Entschuldigung und nachsichtigem Lächeln. Für keinen von ihnen waren die Stücke des Abends das eigentliche, wunderbare Ziel. Nur, wenn Kiyoaki geistesabwesend war, so wegen seiner Unsicherheit, ob Satoko nicht am Ende doch das Versprechen gebrochen und den Brief gelesen hatte.

Der Haushofmeister meldete, daß die Kutsche bereitstehe. Die Pferde wieherten in den winterlichen Abendhimmel hinauf, weiß dampfte es aus ihren Nüstern. Im Winter rochen die Pferde nicht so streng, und die Hufeisen klirrten, wenn sie über den gefrorenen Boden trabten; im Winter hatten die Pferde eine gespannte Kraft in sich, die Kiyoaki begeistern konnte. Ein Pferd, das im jungen, frischen Laub galoppierte, ist ein dumpf dunstendes Tier; aber ein Pferd, das durch den Schneesturm jagt, ist selbst wie der Schnee, der Nordwind hat die Pferdegestalt in den wirbelnden Atem des Winters verwandelt.

Kiyoaki liebte es, in der Kutsche zu fahren. Vor allem, wenn er innerlich unruhig war, weil ihn dann das Rütteln des Wagens aus dem der Unruhe eigenen hartnäckig genauen Rhythmus brachte; zudem machte es ihm Vergnügen, unmittelbar vor sich über den Pferdehinterteilen, die nackter schienen als die Pferde selber, die Schweife fliegen zu sehen, die wütenden Mähnen zu beobachten und wie vom Geknirsch der Gebisse der Geifer in blasig schimmernden Fäden seitwärts trieb, gleichzeitig aber so unmittelbar hinter dieser animalischen Robustheit die Eleganz des Kutscheninneren zu empfinden.

Kiyoaki und Honda hatten Mäntel über ihre Schuluniformen gezogen, die Prinzen steckten in Paletots mit riesigen pelzbesetzten Kragen und froren doch.

»Wir sind gegen Kälte sehr empfindlich«, sagte Prinz Pattanadid mit gedankenverlorenem Blick, »einen Verwandten von uns, der zum Studium in die Schweiz ging, haben wir gewarnt vor der Kälte dort; aber daß es in Japan so kalt ist, das wußten wir nicht.«

»Sie werden sich gewiß rasch daran gewöhnen«, versuchte Honda, schon recht vertraut, ihn aufzumuntern.

In der Stadt, wo sich in den Straßen die Leute in ihren Havelocks drängten, wehten schon jetzt die Werbefahnen für den Jahresschlußverkauf, und die Prinzen erkundigten sich, ob irgendein Fest gefeiert würde.

Um die Augen der beiden Prinzen schlug seit ein, zwei Tagen wie dunkel aufgeschminkt das Heimweh durch. Im Betragen war selbst dem heiteren, ja ein wenig leichtfertigen Prinzen Kridsada etwas davon anzumerken. Natürlich gaben sie sich nicht so rücksichtslos, daß es Kiyoakis Gastfreundschaft verletzt hätte; aber er hatte doch beständig das Gefühl, ihre Seelen trieben losgelöst hinaus aufs hohe Meer. Und das empfand er eher als angenehm. Hielt er doch ein Herz, das, eingemauert ins körperliche Hier und Jetzt, nicht aufzufliegen imstande war, für so recht bedauernswert.

Aus der im Winter früh hereinbrechenden Abenddämmerung über dem Palastgraben in Hibiya blinkte undeutlich das dreigeschossige, weiße Gemäuer des Teigeki-Theaters auf und kam näher.

Als die Gesellschaft anlangte, war für das erste Stück, das zu den neueren gehörte, bereits der Vorhang aufgegangen; doch konnte Kiyoaki Satoko entdecken, die mit der alten Tadeshina zwei, drei Reihen schräg hinter ihm saß, und sie grüßten einander kurz mit den Augen. Daß Satoko gekommen war, auch das Lächeln, das über ihr Gesicht huschte, genügte, um Kiyoaki das Gefühl zu vermitteln, alles sei vergeben.

Dieser Einakter, in dem irgendwelche Generäle der Kamakura-Zeit bald von rechts, bald von links auftraten, erreichte Kiyoakis Augen nur wie durch einen Dunstschleier, so glücklich war er. Befreit von jeder Unruhe, nahm sein Selbstgefühl auf der Bühne nichts anderes wahr als den Widerschein des eigenen Glanzes.

›Heute abend ist Satoko schöner als je. Besser konnte sie sich dafür nicht zurechtmachen. Sie hat mir den Gefallen getan, eben so zu kommen, wie ich es mir wünsche.‹

Während er dergleichen unablässig für sich wiederholte, empfand er, daß das ein ganz unwahrscheinlicher Zustand war: sich nicht umdrehen zu können nach Satoko und dennoch immer hinter sich ihre Schönheit zu spüren. So geborgen, so reich, so getröstet, schien ihn das Schicksal gesegnet zu haben.

Was Kiyoaki – wie übrigens nie bisher – für diesen Abend gewollt, war Satokos Schönheit und sonst nichts. Genau betrachtet, schien ihm Satoko nicht einfach irgendeine Schönheit. Mochte sie bislang auch nicht offen aggressiv geworden sein, so hatte er von ihr doch den Eindruck wie von einer Seide, in der mit Sicherheit eine Nadel steckt, oder von einem Brokat, der ein rauhes Unterfutter verdeckt; kurzum, sie erschien ihm als eine Frau, die ihn ohne Rücksicht auf seine Gefühle mit ihrer Liebe verfolgte. Gegen eine heraufsteigende Morgensonne, die, alles andere als friedlich, ungeduldig auf sich selbst bedacht war, und um ihren kritischen, durchdringenden Strahlen durch keinen

Spalt den Einfall zu ermöglichen, hielt Kiyoaki die Läden seines Herzens fest verschlossen.

Es kam die Pause. Und alles entwickelte sich völlig natürlich. Zunächst flüsterte Kiyoaki Honda zu, Satoko sei zufällig auch da; aber es war sofort deutlich, daß Honda, der sich flüchtig nach hinten umgewandt, an diesen Zufall nicht glaubte. Um so beruhigter war Kiyoaki, als er Hondas Gesichtsausdruck beobachtete. Er bezeugte in aller Aufrichtigkeit die Freundschaft, die Kiyoaki für die ideale hielt, daß nämlich ein Freund keine allzu übertriebene Ehrlichkeit verlangen solle.

Unter lebhaftem Geplauder drängten die Besucher hinaus ins Foyer. Sie gingen unter den Kronleuchtern hindurch; drüben vor den Fenstern, durch die unmittelbar gegenüber der nächtliche Palastgraben und die steinernen Wälle zu sehen waren, traf man sich. Kiyoaki glich sich selber nicht, als er mit glühenden Ohren Satoko den beiden Prinzen vorstellte. Er hätte dies natürlich auch in einer gleichgültigen Haltung tun können, doch versuchte er in seinen Formen jenen Zustand naiver Begeisterung zu imitieren, in dem damals die Prinzen von ihren Geliebten gesprochen hatten.

Daß er überhaupt fähig war, so die Empfindungen anderer zu kopieren, als wären sie seine eigenen, war zweifellos in der Freiheit begründet, die sein augenblicklich erleichtertes Herz ihm vergönnte. Und weil seine angeborene Gefühlslage eine melancholische war, erreichte er Freiheit dadurch, daß er sich so weit wie möglich von dieser entfernte. Denn schließlich: er empfand ja keinerlei Zuneigung für Satoko.

Die Tadeshina, Satokos alte Kammerfrau, die sich ehrerbietig im Schatten eines Pfeilers hielt, hatte sich umgedreht und ließ ihren Nacken sehen, über dem – wie um den Entschluß zu bezeugen, den Ausländern keinerlei Entgegenkommen zu erweisen – der mit einem Pflaumenmuster bestickte Unterkragen fest zusammengezogen war. Kiyoaki war froh, daß sie mit ihrer schrillen Stimme nicht in irgendwelche Dankesworte für die Einladung ausbrach.

Die beiden Prinzen hatten in Gegenwart der schönen Satoko ihre gute Laune sogleich wiedergefunden, aber ebenso rasch auch an Kiyoaki eine Art ungewöhnlichen Verhaltens bemerkt. Ohne im Traum daran zu denken, daß es sich dabei um die gewollte Kopie seiner eigenen naiven Begeisterung handeln könnte, fand Chao Pi, daß sich Kiyoaki zum ersten Mal ehrlich und völlig natürlich so benähme, wie es sich für einen jungen Mann gehört, und er spürte Sympathie für ihn.

Honda seinerseits bewunderte Satoko, die, obwohl sie keinerlei Fremdsprache beherrschte, vor den beiden Prinzen eine weder demütige noch hochfahrende und doch vornehme Haltung zeigte. Umgeben von den vier jungen Männern, bewegte sie sich in ihrem dreifach geschichteten Kyōto-Kimono völlig ungezwungen, eine Erscheinung, anmutig und würdevoll wie ein *Ikebana* im *Rikka*-Stil.

Abwechselnd richteten die beiden Prinzen auf englisch ihre Fragen an Satoko, und Kiyoaki dolmetschte; dann wandte sich Satoko, wie um seine Zustimmung einzuholen, an Kiyoaki und hatte dabei ein Lächeln, das über das hier angebrachte Maß weit hinausging und damit Kiyoaki von neuem beunruhigte. ›Wenn ich nur wüßte, ob sie den Brief tatsächlich nicht gelesen hat.‹

Nein, hätte sie ihn gelesen, sie würde sich unmöglich so verhalten haben. Sie wäre schon gar nicht ins Theater gekommen. Daß der Brief bei jenem Anruf noch nicht eingetroffen war, stand fest; aber es gab keinen Beweis dafür, daß sie ihn auch nach Erhalt nicht gelesen hatte. Kiyoaki ärgerte sich über sich selber, daß er einfach nicht den Mut zu der Frage aufbrachte, auf die sie ihm zweifelsfrei hätte antworten müssen: ›Ich habe ihn nicht gelesen.‹

Er begann insgeheim darauf zu achten, ob, verglichen mit ihrer hellen Stimme zwei Abende zuvor am Telefon, in Satokos Tonfall, ob in ihrem Gesichtsausdruck irgendeine auffällige Veränderung zu bemerken wäre. Und wieder wehte es Sand in sein Herz.

Satokos Profil mit der zwar stolzen, aber noch nicht hochmütigen, eher wie bei einer Elfenbeinpuppe wohlgeformten Nase geriet bei jedem sanften Blick zur Seite bald ins Licht, bald in den Schatten. Normalerweise gelten Seitenblicke als vulgär; da sie aber in ihrem Falle ein wenig zögernd kamen, so als glitte das letzte Wort ins Lächeln hinüber und der letzte Hauch des Lächelns übertrüge sich in den Seitenblick, war darin das elegant Fließende ihres ganzen Mienenspiels derart eingefangen, daß es dem, der sie beobachtete, Entzücken bereitete.

An ihren etwas schmalen Lippen waren nach innen zu die schönsten Rundungen zu sehen, und die beim Lachen sichtbar werdenden Zähne fingen von den Kronleuchtern her die Lichtreflexe auf, so daß das feuchte Innere des Mundes hell schimmerte – bis wie immer eine Gruppe schmaler, geschmeidiger Finger kam, um es rasch zu verdecken.

Die Prinzen machten ihr die größten Komplimente, und als sich, auf Kiyoakis Übersetzung hin, Satokos Ohren röteten, vermochte er nicht zu unterscheiden, ob es Verlegenheit war, daß die wie zarte Regentropfen geformten, unter dem Haar ein wenig hervorschauenden Ohrläppchen erglühten, oder ob dies davon kam, daß sie dort Rouge aufgetragen hatte.

Was sich jedoch durch all das nicht verbergen ließ, war die gewisse Heftigkeit, mit der ihre Augen glänzten. Es lag darin die seltsame, durchdringende Kraft, die Kiyoaki seit je erschreckte. Und sie war der eigentliche Kern dieser schönen Frucht.

Das Klingelzeichen rief zum zweiten Stück, zum »Großen Aufstieg und Fall«. Gemeinsam kehrte man zu den Plätzen zurück.

»Unter denen, die ich, seit ich in Japan bin, gesehen habe, ist sie die schönste Frau. Was müssen Sie glücklich sein!« sagte Chao Pi mit gedämpfter Stimme, während sie nebeneinander den Gang hinunterschritten. Nun auf einmal war um seine Augen das Heimweh verschwunden.

9

Über sechs Jahre bereits war Iinuma im Hause der Matsugaes als Tutor beschäftigt, und mittlerweile waren die Hoffnungen aus seinen jungen Tagen verwelkt, begann auch der Zorn zu erlahmen oder war jedenfalls ein anderer geworden. Er selbst bemerkte, daß er nur mehr in einer Art teilnahmsloser Erbitterung zuschaute, ohne etwas zu unternehmen. Gewiß hatte die Atmosphäre in diesem Hause ihn an sich schon verändert; aber die eigentliche Ursache seines Leidens war der gerade noch achtzehnjährige Kiyoaki.

Dieser Kiyoaki würde im bevorstehenden neuen Jahr neun-

zehn werden. Brächte er ihn mit guten Noten durchs Abschlußexamen am Gakushū-in und schließlich im Herbst seines ein-
undzwanzigsten Jahres in die juristische Fakultät der Kaiserlichen Universität Tōkyō, sollte sich Iinumas Aufgabe erledigt
haben; aber seltsamerweise pflegte es selbst Marquis Matsugae
mit Kiyoakis schulischen Leistungen nicht eben genau zu
nehmen.

Wie es jetzt stand, gab es keine Aussicht auf Zulassung zur
Universität Tōkyō. Es würde Kiyoaki wohl nichts anderes
übrigbleiben, als an die Universität Kyōto oder an die Kaiserliche Nordost-Universität in Sendai zu gehen, wo – jedenfalls für
Kinder aus Adelsfamilien – die Möglichkeit bestand, sich vom
Gakushū-in weg ohne Eintrittsexamen immatrikulieren zu lassen. Kiyoakis Leistungen bewegten sich zumeist auf recht
mäßigem Niveau. Fürs Lernen brachte er nicht die Energie auf,
und ebensowenig Neigung hatte er zum Sport. Hätte er sich als
ein hervorragender Schüler erwiesen, so wäre auch Iinuma Ehre
zuteil geworden, und die Leute in der Heimat hätten ihn
bewundert; indessen war dem anfangs so eifrigen Iinuma aller
Eifer geschwunden. Nun ja, sollte Kiyoaki straucheln, würde er
noch immer Mitglied des Oberhauses werden; insofern war
seine Zukunft klar.

Zudem erbitterte es Iinuma, daß Kiyoaki sich in der Schule
mit Honda, einem der Besten in der Klasse, zusammengetan
hatte, dieser Honda jedoch ungeachtet so enger Freundschaft
nicht nur keinerlei vorteilhaften Einfluß geltend machte, sondern sich in einer Art liebedienerischen Umgangs auf die Seite
derer schlug, die Kiyoaki noch verherrlichten.

Natürlich spielte bei Iinumas Gefühlen der Neid eine Rolle.
Honda befand sich, wenigstens als Schulfreund, in einer Position, in der er Kiyoaki so nehmen konnte, wie er nun einmal
war; aber für Iinuma bedeutete Kiyoakis Dasein als solches das
prächtigste Zeugnis seines eigenen Fehlschlags, eine mahnende
Vorhaltung Tag und Nacht.

Kiyoakis schöne Erscheinung, seine Eleganz, seine eigentüm-
liche Unentschlossenheit, sein Mangel an Schlichtheit, sein
Verzicht auf jede Anstrengung, sein schwärmerisches Wesen,
seine gute Figur, seine schlanke Jugendlichkeit, seine leicht
verletzliche Haut, seine langen Wimpern über den wie träumen-

den Augen – dies alles desavouierte aufs deutlichste wieder und wieder Iinumas einstige Absichten. Er empfand schon die Existenz des jungen Herrn als eine ständige irritierende Verhöhnung.

Dergleichen frustriertes Zähneknirschen, dieses bittere Gefühl, versagt zu haben, kann bei allzu langer Dauer in einen Zustand versetzen, der dem Verehrungseifer nicht unähnlich ist. Wenn sich andere über Kiyoaki kritisch äußerten, wurde Iinuma schrecklich wütend. Und in einem ihm selbst nicht verständlichen, auch nicht zu begründenden, sondern völlig intuitiven Akt der Erkenntnis begriff er die so schwer aufzubrechende Einsamkeit des jungen Herrn.

Die Tatsache, daß Kiyoaki sich Iinuma möglichst vom Halse zu halten versuchte, hatte zweifellos damit zu tun, daß ihm das in Iinuma so ernstlich brennende Verlangen aufgefallen war.

Unter den vielen Bediensteten im Hause der Matsugaes war Iinuma der einzige, in dessen Augen ganz offen eine derart unbescheidene Begierde stand. Als einmal eine Besucherin seine Blicke bemerkte, fragte sie: »Verzeihen Sie, bitte, ist dieser Student da etwa ein Sozialist?« Aber die Marquise konnte nur hell auflachen. Schließlich wußte man, woher er kam, was er sonst trieb und wie er redete, und daß er es an keinem Tag versäumte, zum *Omiyasama,* den Schrein auf dem Hügel, zu gehen.

Dieser junge Mann, dem sonst die Möglichkeit zum Gespräch abgeschnitten war, hatte es sich zur Gewohnheit gemacht, jeden Morgen in der Frühe den *Omiyasama* aufzusuchen, um in seinem Herzen zu dem erhabenen Vater des Marquis zu reden, den er in dieser Welt nicht gekannt hatte.

Früher waren das Bittgespräche voll freimütigen Zorns gewesen; aber mit den Jahren hatte sich der Zorn allmählich in ein unaufhaltsam und ihm selbst nicht mehr überschaubar anschwellendes Mißvergnügen verwandelt, in ein Mißvergnügen, daß man damit die ganze Welt hätte bedecken können.

Er stand morgens vor allen anderen auf. Er wusch sich das Gesicht und spülte den Mund aus. Dann machte er sich im blaugestreiften *Kimono* und in der Kokura-*Hakama* auf den Weg zum *Omiyasama.*

Hinterm Haupthaus an der Unterkunft der Dienerinnen

vorbei nahm er den Pfad durch das Zypressenwäldchen. Von Eiskristallen war die Erde blasig aufgetrieben, und wenn er sie mit den Holzstegen seiner *Geta*-Sandalen zertrat, kamen reine, glitzernde Eisbröckchen zum Vorschein. Zwischen dem mit alten, braunen Nadeln vermischten trockenen Grün der Zypressen spannte sich wie Seidenflor die winterliche Morgensonne, und Iinuma meinte schon am weißen Hauch seines Atems die innere Läuterung zu erkennen. Unaufhörliches Vogelgezwitscher fiel aus dem blaßblauen Frühhimmel. Ja, die strenge Kälte, die wie mit Schwertklingen gegen seine blanke Brust im *Kimono*-Ausschnitt schlug, war genau das, was sein Herz heißer pochen ließ, und er klagte: ›Warum kommt nur der junge Herr nie mit mir!?‹

Daß er es nicht fertiggebracht hatte, Kiyoaki auch nur ein einziges Mal in diese männlichen, erquickenden Gefühle einzuweihen, war gewiß zum Teil Iinumas Schuld; daß er noch nicht einmal die Kraft aufzubringen vermochte, Kiyoaki bei seinem morgendlichen Spaziergang einfach mitzunehmen, war ebenso zum Teil Iinumas Versagen. Es gab nicht eine Gewohnheit, die er in diesen sechs Jahren Kiyoaki beigebracht hätte.

Als er den flachen Hügel hinaufstieg und aus dem Wald trat, erschien, von der Morgensonne übergossen, alles vor ihm klar und geordnet: die weite, winterlich dürre Wiese, am Ende des mitten hindurchgeführten Kieswegs der *Omiyasama*-Schrein, die steinerne Laterne, das *Torii* aus Granit, unten an der Steintreppe rechts und links die beiden Artilleriegranaten. Morgens war dieser Platz hier oben von einem einfachen und reinen Geist erfüllt, durchaus verschieden von dem Geruch des Luxus, der das Haupthaus und die Villa der Matsugaes umgab. Man fühlte sich wie in einem neuen, frisch zusammengefügten Holzscheffel. Was man Iinuma seit Kindertagen gelehrt hatte, daß nämlich das Schöne zugleich das Gute sei, fand sich auf diesem Anwesen nur im Umkreis des Todes.

Als er die Steinstufen erklommen hatte und vor dem Schrein stand, bemerkte er im heiligen *Sakaki*-Baum einen kleinen Vogel, der das schimmernde Laub durcheinanderwirbelte und dabei dann und wann seine dunkelrote Brust sehen ließ. Schließlich flog er mit einem hellen »Pink-pink« vor seinen Augen auf. Vielleicht ein Fliegenschnäpper.

›Ehrwürdiger Ahnherr‹, begann mit zusammengelegten Händen Iinuma wie immer die stumme Ansprache an den vorigen Matsugae. ›Warum nur ist es mit uns Heutigen soweit gekommen? Weshalb nur mußten Kraft und Jugend, Eifer und Schlichtheit vergehen und die Welt so erbärmlich werden, wie sie ist? *Ihr* habt *Eure* Feinde geköpft, die *Euch* mit dem Schwert bedroht, *Ihr* habt alle Gefahren durchgestanden und das neue Japan aufgerichtet, *Ihr* seid aufgestiegen zu dem Rang, der den Helden des erneuerten Reichs gebührt, und alle Macht habt *Ihr* in Händen gehalten, um schließlich einen sanften Tod zu sterben. Was sollen wir tun, damit eine Zeit wiederkehrt wie die, in der *Ihr* gelebt? Wie lange noch soll dieses schwächliche, dieses erniedrigende Zeitalter andauern? Ach, oder hätte es erst begonnen? Die Menschen denken an nichts als an Geld und Frauen. Die Männer haben vergessen, was der Weg des Mannes ist. Die Ära der reinen, erhabenen Helden und Götter schwand mit dem Hingang des Meiji-tennō. Ob je noch einmal eine Zeit kommen wird, in der jugendliche Energie so vonnöten ist wie damals? Heute, wo an jeder Ecke sogenannte Cafés eröffnen und die Leute locken, wo wegen der Sittenverwilderung unter den Studenten und Studentinnen auf der Straßenbahn besondere Wagen eingerichtet werden mußten nur für Damen, kennt keiner mehr die Leidenschaft, die mit allen Kräften um sich schlägt. Wie Espenlaub zittern die Nerven, wie Frauenhände bewegen sich die zarten Finger. Ah, warum, warum ist die Welt in einen solchen Zustand verfallen? In einen Zustand, daß das Reine in den Schmutz getreten wird? Seht, auch *Euer* Enkel, dem ich diene, ist so recht ein Kind dieser schwächlichen Zeit, und ich bin zu schwach, es noch zu ändern. Soll ich also sterben, um die Verantwortung auf mich zu nehmen?

Oder liegt es in *Eurem* Plan, ehrwürdiger Ahnherr, und *Ihr* laßt die Dinge kraft *Eurer* göttlichen Einsicht willentlich so laufen?‹

Während er, die Kälte nicht achtend, sich in stummer Ansprache so erhitzte, schaute zwischen seinem blaugestreiften *Kimono*-Kragen die behaarte Brust hervor und verbreitete einen starken Männergeruch; und er bedauerte, daß ihm kein Körper gegeben war, der seinem Willen zur Reinheit entsprochen hätte. Auf der anderen Seite fehlte gerade einem wie Kiyoaki, der einen so makellos hellen und keuschen Körper besaß, das männlich herzhafte, unverdorbene Wesen.

Und wie ihm körperlich wärmer und wärmer wurde, spürte Iinuma plötzlich mitten in seinem ernsthaften Gebet, daß unter der vom eisigen Morgenwind gebauschten *Hakama*-Hose, daß dort zwischen seinen Schenkeln eine Erregung aufzuwallen begann. Er zog einen Besen unter den Bodenbohlen des Schreins hervor und machte sich, wie toll geworden, ans Fegen.

10

Als Iinuma einmal kurz nach Jahreswechsel auf Kiyoakis Zimmer gerufen wurde, war dort Satokos alte Kammerfrau, die Tadeshina, zu Besuch.

Satoko selbst hatte ihre Neujahrsglückwünsche bereits überbracht, nun war die Tadeshina allein gekommen, ihre Gratulation abzustatten und die traditionellen Weizenfladen aus Kyōto zu überreichen, eine Gelegenheit, bei der sie heimlich auch Kiyoaki aufgesucht. Iinuma kannte die Tadeshina flüchtig, doch war es das erste Mal, daß man ihn offiziell mit ihr zusammenbrachte. Zudem begriff er nicht recht, warum das geschah.

Die Matsugaes pflegten das Neujahr sehr prächtig zu begehen. Aus Kagoshima erschien dann, nachdem sie in der Residenz des ehemaligen Clansherrn vorgesprochen hatte, eine Abordnung von mehreren Dutzend Leuten, die, dafür waren die Matsugaes berühmt, in der großen Halle unter der schwarzlackierten Kassettendecke mit Neujahrsspeisen nach Hoshigaoka-Art und zum Dessert mit Eiscreme und süßer Melone, für die Provinzlergaumen seltenen Dingen, bewirtet wurde; in Anbetracht der Trauerzeit für den verstorbenen Kaiser Meiji hatten diesmal lediglich drei Männer die Reise in die Hauptstadt unternommen. Einer von ihnen, er hatte Kiyoakis Großvater noch von Angesicht gekannt, war der Direktor jener Mittelschule, die Iinuma absolviert hatte, und es bestand die Gepflogenheit, daß der Marquis, wenn er Iinumas Reisweinschale füllte, vor dem Schuldirektor lobend erklärte: »Iinuma macht seine Sache gut.« Auch in diesem Jahr hatte sich das so abgespielt, und ebenso unvermeidlich hatten die hierauf folgenden Dankesworte des Direktors dieser Feststellung das Siegel aufgedrückt; indessen war es nun, vielleicht weil der Kreis so klein gewesen, Iinuma besonders deutlich geworden, daß es sich hierbei nur um ein unaufrichtiges, hohles, ja totes Ritual handelte.

Bisher hatte man Iinuma allerdings nie den Gratulantinnen vorgestellt, die in der Regel der Marquise ihre Aufwartung machten. Auch war es äußerst ungewöhnlich, daß eine von ihnen, wiewohl eine ältere Frau, den jungen Herrn auf seinem Arbeitszimmer besuchte.

Die Tadeshina, angetan mit einem schwarzen, zum Saum zu in bunten Motiven eingefärbten Wappen-*Kimono,* saß zwar würdevoll aufrecht auf dem Stuhl, doch war sie von dem Whisky, den Kiyoaki ihr angeboten hatte, ein wenig angeheitert, und auf ihrer nach Kyōtoer Manier dick geschminkten, weißen Stirn unter dem wie stets straff aufgesteckten Silberhaar konnte man wie die Pflaumenblüte unter dem Schnee einen Hauch von Betrunkenheit erkennen.

Sie hatte offenbar gerade von Fürst Saionji gesprochen, und nachdem sie ihre Blicke wieder von Iinuma abgewandt, kam sie unverzüglich auf dieses Thema zurück.

»Er soll, sagt man, seit seinem fünften Lebensjahr Alkohol und Tabak genossen haben. Ja, in *Samurai*-Familien läßt man den Kindern eine strenge Erziehung angedeihen; aber beim Hofadel pflegen die Eltern – nun, Sie wissen das, junger Herr – keinem irgendwelche Vorhaltungen zu machen, noch nicht einmal den Kleinsten. Deswegen nämlich, weil sie da schon gleich bei der Geburt in den Fünften Hofrang erhoben werden, also bereits als Vasallen Seiner Majestät eingestuft sind, und in Ehrfurcht vor Seiner Majestät wagen es die Eltern nicht, ihre Kinder streng zu behandeln. Dafür nimmt man es wiederum in solchen Familien mit jeder Äußerung über Seine Majestät sehr ernst; es wäre zum Beispiel völlig ausgeschlossen, selbst untereinander so ungeniert Geschichten über Seine Majestät vorzubringen wie etwa in den Häusern der *Daimyō*-Fürsten. Und da dies so ist, beobachtet auch unser junges Fräulein stets die tiefste Hochachtung für alles, was Seine Majestät betrifft. Auf ausländische Majestäten dürfte sich das freilich nicht erstrecken«, erklärte die Tadeshina unter Anspielung auf die den siamesischen Prinzen gewährte Gastfreundschaft, um dann rasch hinzuzusetzen: »Natürlich war ich Ihnen sehr dankbar, daß ich nach so langer Zeit endlich einmal wieder Theater sehen konnte; ich komme mir vor, als wäre damit meinem Leben ein gut Stück zugelegt.«

Kiyoaki ließ die Tadeshina reden, wie ihr beliebte. Tatsächlich hatte er die alte Frau eigens auf sein Zimmer gerufen, weil er die Zweifel zu klären hoffte, die ihm seit damals zu schaffen machten; und sowie er ihr den Whisky eingeschenkt, hatte er sie gefragt, ob denn sein an Satoko gerichteter Brief auch wirklich ungeöffnet ins Feuer gewandert sei. Die Antwort der Tadeshina hierauf war wider Erwarten deutlich ausgefallen: »Oh, darum also handelt es sich? Nun, unser junges Fräulein hat mir schon gleich nach Ihrem Anruf davon erzählt, und kaum war der Brief am nächsten Tag eingetroffen, habe ich ihn, ohne ihn zu öffnen, verbrannt. Wenn Sie das meinen, da seien Sie nur bitte ganz unbesorgt.«

Als er das hörte, hatte Kiyoaki das Gefühl, er wäre aus dem Dickicht heraus plötzlich auf freies Feld gelangt, und die verschiedensten und angenehmsten Projekte begannen sich vor seinen Augen abzuzeichnen. Damit, daß Satoko den Brief nicht gelesen hatte, wäre zunächst wieder alles nur beim alten gewesen; doch schien ihm, es hätten sich da völlig neue Aussichten ergeben.

Ja, Satoko selber hatte einen Schritt nach vorn getan. Sie pflegte ihre Neujahrsvisite stets an dem Tag zu machen, an dem sich im Hause der Matsugaes die Kinder aus der Verwandtschaft versammelten und an dem der Marquis, sozusagen als der Vater seiner zwei- bis zwanzigjährigen Gäste, die Kinder freundlich anhörte wie sonst nie und ihnen seine Ratschläge erteilte. Diesmal hatte Satoko die Kinder, die die Pferde sehen wollten, unter Kiyoakis Führung zum Stall begleitet.

In dem mit geweihten Strohseilen geschmückten Stall hatten die vier Pferde ihre Köpfe in die Futterkrippen gesenkt; erschreckt fuhren sie hoch und schlugen mit ihren Hufen gegen die Bretter der Boxen, wobei von ihren kraftgeladenen, glatten Rücken die ganze Energie des neuen Jahres zu blitzen schien. Die Kinder machten sich einen Spaß daraus, den Stallknecht nach den Namen der einzelnen Pferde zu fragen und halb zerbrochene Reisküchlein, die sie fest in ihren kleinen Fäusten hielten, so zu werfen, als wollten sie die gelblichen Pferdegebisse treffen. Wenn dann die Tiere mit unruhigen, blutunterlaufenen Augen auf sie starrten, genossen die Kinder das Gefühl, als Erwachsene behandelt zu werden.

Da Satoko, aus Furcht vor dem in Fäden aus den Pferdemäulern fliegenden Geifer, ein Stück entfernt unter dem düsteren Immergrün einer Stechpalme stand, überließ Kiyoaki die Kinder dem Stallknecht und trat neben sie.

Satokos Augen waren noch wie erfüllt von dem süßen Neujahrsreiswein. Man hätte also den Eindruck haben können, daß das, was sie vor dem Freudengeschrei der Kinder im Hintergrund nun sagte, von eben diesem Zustand ausgelöst worden wäre. Satoko umfing den näher kommenden Kiyoaki mit fast übermütigen Blicken, und schon sprudelte sie hervor: »Ach, was war ich neulich so glücklich! Du hast mich ja richtig vorgestellt, als wäre ich deine Verlobte. Wirklich lieb von dir. Die Prinzen mögen zwar überrascht gewesen sein, daß ausgerechnet ich altes Mädchen das sein sollte; aber mir war in dem einen Augenblick zumute, als brauchte ich, wenn ich irgendwann stürbe, nichts zu bedauern. Da hast du nun also die Kraft, mich froh zu machen, und es kommt so selten vor, daß du es auch tust. Nie habe ich ein so glückliches Neujahr erlebt. Oh, das wird ein schönes Jahr werden!«

Kiyoaki wußte vor Verwirrung nichts zu entgegnen. Schließlich fragte er mit gepreßter Stimme: »Wie kannst du nur so reden?«

»Ach, Kiyo, wenn man glücklich ist, fliegen einem die Worte so unbesonnen und wirr über die Lippen wie bei einem Stapellauf zwischen den bunten Bändern hervor die Tauben. Das wirst auch du bald begreifen.«

Und abermals hatte Satoko nach einem solch leidenschaftlichen Geständnis eine von jenen Floskeln benutzt, die Kiyoaki so sehr verabscheute. ›Das wirst auch du bald begreifen.‹ Was für eine vorausschauende Selbstsicherheit! Was für eine Überlegenheit ihm, dem kleinen Jungen, gegenüber!

Das lag nun einige Tage zurück, und jetzt also die klare Antwort der Tadeshina: Kiyoakis Herz, in Heiterkeit strahlend bis in den letzten Winkel und randvoll gefüllt mit glücklichen Vorahnungen für das neue Jahr, vergaß die düsteren Träume aus all den Nächten, als wären sie nie gewesen, und begann sich der Hoffnung auf lichte Tagträume zuzuneigen. Offenbar hatte er sich deshalb entschlossen, durch ein an ihm ungewohntes, großzügiges Verhalten alle Schatten und Betrübnisse aus seiner unmittelbaren Umgebung fortzuwischen und jedermann glücklich zu machen. Will man anderen Gnaden und Wohltaten erweisen, so braucht es dazu, wie beim Umgang mit kunstvollen Werkzeugen, eines besonderen Geschicks; Kiyoaki freilich war in solchen Augenblicken weit leichtfertiger als sonst einer.

Daß er Iinuma auf sein Zimmer hatte rufen lassen, war allerdings nicht allein aus der guten Absicht geschehen, die Schatten um sich herum zu verjagen und an Iinuma einmal ein fröhliches Gesicht zu sehen.

Eine gewisse Betrunkenheit verstärkte Kiyoakis Leichtfertigkeit noch. Zudem hatte er von der Gegenwart der Tadeshina, dieser alten Kammerfrau, obwohl sie geradezu wie ein Ausbund von ehrerbietiger, der Etikette entsprechender Höflichkeit erschien, den Eindruck, als sei an ihr wie an der Prinzipalin eines seit Jahrtausenden betriebenen Bordells jede einzelne Falte mit dem Aspik der Sinnlichkeit ausgefüllt, und in ihrer Gegenwart durfte er sich wohl einige Zügellosigkeit erlauben.

»Was die Schulaufgaben angeht, da hat mir Iinuma so gut wie alles beigebracht«, sagte Kiyoaki, bewußt an die Tadeshina gewandt. »Aber es gibt eine Menge Dinge, die er mir nicht erklärt; ja, es gibt – um bei der Wahrheit zu bleiben – eine Menge Dinge, von denen Iinuma selber keine Ahnung hat. Unter diesen Umständen wird es nötig sein, daß auf solchen Gebieten künftig Sie als Iinumas Lehrmeisterin auftreten.«

»Nein, was reden Sie da, junger Herr«, erwiderte die Tadeshina leutselig, »wo er doch schon Student ist, und ich, eine so ungebildete Person...«

»Ich meine ja auch nicht, daß es dabei um Wissenschaft gehen sollte.«

»Wollen Sie eine alte Frau verspotten? Das wäre nicht schön.«

Noch immer nahm das Gespräch seinen Fortgang, ohne daß man Iinuma einbezogen hätte. Da man ihm keinen Stuhl angeboten hatte, war Iinuma stehengeblieben. Er sah durchs

Fenster hinaus auf den Teich. Es war ein trüber Tag, in der Nähe der Mittelinsel tummelten sich Entenschwärme, kalt wirkte das Grün der Kiefern auf der Anhöhe, überhaupt hatte die mit dürrem Gras bedeckte Insel das Aussehen eines Bauern, der den wärmenden Strohumhang übergezogen hat.

Erst auf Kiyoakis Aufforderung setzte sich Iinuma zögernd auf einen Hocker, schien jedoch im Zweifel, ob denn Kiyoaki ihn bis dahin wirklich nicht bemerkt hatte. Möglicherweise, dachte er, wollte er vor der Tadeshina seine Autorität beweisen. Und eine solche neue Regung an Kiyoaki gefiel Iinuma sogar.

»Ja, weißt du, Iinuma, als Frau Tadeshina vorhin auf unsere Zofen zu sprechen kam, sagte sie, sie hätte da ganz zufällig gehört...«

»Nicht doch, junger Herr...« Mit einer flehentlichen Handbewegung versuchte die Tadeshina ihn aufzuhalten; aber es war zu spät.

»Demnach scheinst du, wenn du morgens zum *Omiyasama* pilgerst, noch eine andere Absicht zu verfolgen.«

»Eine andere Absicht...?« Auf Iinumas Gesicht machte sich eine plötzliche Anspannung bemerkbar; die Fäuste, die auf seinen Knien lagen, zitterten.

»Bitte, junger Herr, lassen Sie es gut sein«, sagte die alte Kammerfrau und kippte dabei, als hätte man eine Porzellanpuppe umgestoßen, an die Lehne ihres Stuhls zurück. Sie tat, als befiele sie eine tiefe Verlegenheit; ihre überhellen Augen mit der doppelten Lidfalte waren jedoch zu schmalen, scharfen Schlitzen geöffnet, und das Vergnügen zuckte ihr um den schlaffen Mund mit den schlecht sitzenden Kunstzähnen.

»Der Weg zum *Omiyasama* führt hinter dem Haupthaus entlang; es ist also nur natürlich, daß du dabei an den Fenstern der Zofen vorbeikommst. Nun hast du dort jeden Morgen mit der kleinen Mine Blicke gewechselt und vorgestern schließlich ihr einen Liebesbrief durch die Gitterstäbe zugesteckt. Stimmt's?«

Ohne sich Kiyoakis Worte bis zu Ende anzuhören, war Iinuma aufgesprungen. Auf seinem erblaßten Gesicht war zu beobachten, wie er seine Gefühle niederzukämpfen versuchte; es war, als knirschten die Gesichtsmuskeln bis in die kleinste Faser. Entzückt sah Kiyoaki zu, wie Iinumas sonst stets bewölktes

Gesicht von einem düsteren Feuerwerk allmählich anschwoll, nahe daran, zu explodieren. Wohl wissend, daß er litt, stellte er sich lieber vor, dieses häßliche Gesicht wäre ein glückliches.

»Ich bitte mit heutigem Tag, junger Herr – um meine Entlassung!«

Sowie er das heraus hatte, versuchte Iinuma mit raschen Schritten die Tür zu erreichen. Aber die Tadeshina – Kiyoaki meinte seinen Augen nicht zu trauen – schnellte mit einer Bewegung hoch wie eine Feder, um ihn zurückzuhalten. Plötzlich hatte die auf Haltung bedachte Kammerfrau die Beweglichkeit eines Leoparden.

»Sie dürfen hier nicht weggehen! Wenn Sie das tun – wie stehe ich denn dann da? Angenommen, mein dummes Gerede brächte den Bediensteten eines anderen Hauses dazu, um seine Entlassung zu bitten, so müßte auch ich meinen Dienst bei den Ayakuras aufkündigen, und ich bin dort schon seit vierzig Jahren. Haben Sie doch ein wenig Mitleid mit mir! Bitte, bedenken Sie einmal ganz ruhig, zu welchen Folgen das führen muß. Sie verstehen mich, nicht wahr? Die jungen Leute sind immer so schrecklich geradezu; aber da kann man nichts machen, das ist auch wieder das schöne an der Jugend.«

Und während sie Iinuma am Ärmel festhielt, brachte es die Tadeshina in der Tat fertig, ihn in ihrer so einfachen wie überzeugenden Art und mit dem ruhigen Tadel der älteren zu überreden.

Dergleichen hatte die Tadeshina in ihrem Leben oft genug getan, und sie verstand sich meisterlich darauf, durchaus bewußt, daß sie in solchen Augenblicken der Welt am unentbehrlichsten war. Ihr Selbstvertrauen als diejenige, die mit ungerührter Miene aus den Kulissen heraus für einen ordnungsgemäßen Ablauf der Dinge sorgte, hatte sich daraus entwickelt, daß sie auch bei den seltsamsten Ereignissen und Umständen Abhilfe wußte, mochte mitten in einer wichtigen Zeremonie ein *Kimono* aus den Nähten gehen, bei dem das nie zu erwarten gewesen wäre, mochte – wie peinlich! – das Manuskript einer Begrüßungsrede verlorengegangen sein. Für sie war es der Normalzustand, dies alles eher so zu nehmen, als wäre nichts geschehen; und indem sie sich als die geschickte Retterin erwies, hatte sie ihre eigentliche und praktisch unbegrenzte Rolle gefunden. Für diese unerschütterlich ruhige Alte gab es nichts in der Welt, das absolut sicher gewesen wäre. Schließlich konnte selbst in den wolkenlos heiteren Himmel eine einzige, unerwartet auftauchende Schwalbe plötzlich einen Schlitz reißen.

Und die Tadeshina war in ihren Reparaturarbeiten flink und zuverlässig; kurzum, es kam nie zu Beschwerden.

Später sollte Iinuma wieder und wieder daran denken; aber es ist nun einmal so, daß ein Augenblick des Zauderns das Leben eines Menschen völlig verändert. Dieser eine Augenblick ist wie der scharfe Knick in einem Bogen weißen Papiers; das Zaudern wird den Menschen für immer umhüllen, denn was bisher die Vorderseite des Papiers gewesen, wird zur Rückseite, wird zweifellos nie mehr zur Vorderseite zu machen sein.

Einen solchen Augenblick lang hatte, als er an der Tür von Kiyoakis Arbeitszimmer von der Tadeshina zurückgehalten wurde, Iinuma unbewußt gezaudert. Und damit war bereits alles erledigt. Scharf wie die Rückenflosse eines Fisches die Welle durchschnitt die Frage sein noch junges Herz, ob denn etwa Mine über seinen Brief gelacht und ihn anderen gezeigt, oder ob er vielleicht zufällig jemandem in die Augen gefallen war und Mine sich nun grämte.

Kiyoaki beobachtete Iinuma, wie dieser zu dem Hocker zurückkehrte, und spürte dabei einen ersten, freilich wenig rühmlichen Sieg. Iinuma seine eigene gute Stimmung zu vermitteln, hatte er bereits aufgegeben. Besser sollte er wohl so verfahren, daß er ohne Rücksichten dabei bliebe, sein persönliches Glücksgefühl zu steigern. Er war sich jetzt der Freiheit bewußt, völlig wie ein Erwachsener und in jeder Hinsicht gewandt aufzutreten.

»Ich habe das keineswegs zur Sprache gebracht, um dich zu verletzen oder etwa zu verspotten. Versteh doch: Frau Tadeshina und ich, wir versuchen ja nur, das für dich in Ordnung zu bringen. Meinem Vater werde ich von der Geschichte nichts sagen. Überhaupt werde ich alles daransetzen, daß ihm davon nichts zu Ohren kommt. Und was das weitere Vorgehen betrifft, so wird uns, hoffe ich, Frau Tadeshina mit ihrer großen Erfahrung gewiß gern helfen. Habe ich nicht recht, Frau Tadeshina? Mine ist zwar die hübscheste unter unseren Kammerzofen, und insofern ist das schon ein Problem. Aber laß mich nur machen.«

Wie ein in die Enge getriebener Spion und mit glänzenden Augen ließ Iinuma sich keine Silbe von Kiyoakis Worten entgehen; selbst jedoch schwieg er hartnäckig. Irgendwo war etwas in diesen Worten, aus dem, hätte man nachgebohrt, unter Umständen eine gewisse Unruhe aufgeschossen wäre. Doch er bohrte nicht nach, sondern nahm es hin, daß sich die Worte, wie sie waren, eingruben in sein Herz.

Noch nie hatte es Iinuma erlebt, daß das Gesicht des jüngeren so sehr den Herrn zur Schau getragen wie jetzt bei dieser ungewöhnlich großmütigen Rede. Es war im Resultat genau das, was Iinuma immer erhofft hatte; andererseits hätte er es sich nicht träumen lassen, daß dies ausgerechnet bei einem so unvermutet, so beschämend verlaufenden Zwischenfall eintreten würde.

Iinuma bemerkte mit Betroffenheit, daß er, von Kiyoaki so besiegt, genau dasselbe empfand, wie wenn er seiner eigenen fleischlichen Begierde unterlag. Ihm war, als hätte sich nach jenem kurzen Augenblick des Zauderns seine Lust, derer er sich so lange geschämt, plötzlich in aller Offenheit und Unbefangenheit mit der Treue und Ergebenheit gegenüber dem jungen Herrn verbunden. Gewiß, man hatte ihm eine Falle gestellt, man hatte ihn getäuscht. Aber aus der Tiefe schier unerträglicher Schmach und Schande hatte sich doch eine kleine Tür aus purem Gold hin zur Aufrichtigkeit geöffnet.

Und die Tadeshina mit einer Stimme, die an eine weiße Lauchwurzel erinnerte, stimmte Kiyoaki zu und meinte: »Es ist genau, wie Sie sagen, junger Herr. Trotz Ihrer Jugend haben Sie wirklich ein kluges Urteilsvermögen.«

Eine Feststellung, die Iinumas Ansicht konträr zuwiderlief; aber jetzt nahmen seine Ohren das hin, ohne es auch nur irgendwie seltsam zu finden.

»Dafür mußt du«, wandte sich Kiyoaki noch einmal an Iinuma, »künftig nicht so streng mit mir sein, sondern mir zusammen mit Frau Tadeshina zu helfen versuchen. Dann werde ich dir bei deiner Romanze auch beistehen. Wir drei sollten unbedingt zusammenhalten.«

II

Kiyoakis Traumtagebuch.

›Obwohl ich in letzter Zeit seltener Gelegenheit hatte, die siamesischen Prinzen zu treffen, träumte ich merkwürdigerweise gerade jetzt von Siam. Einen Traum zudem, in dem ich selbst nach Siam reiste ... Ich saß mitten in einem Raum auf einem prächtigen Sessel, unfähig mich zu rühren. Und als der, der ich im Traume war, hatte ich unausgesetzt Kopfschmerzen. Das mochte daher kommen, daß ich eine hohe und spitze, mit Edelsteinen reich besetzte goldene Krone trug. Über mir in dem komplizierten Deckengebälk hockte dicht gedrängt ein riesiger Schwarm von Pfauen, und dann und wann fiel von den Vögeln der weiße Kot auf meine Krone. Draußen herrschte eine brütende Hitze. Der nur von Gras bestandene, verwilderte Garten lag still unter der grellen Flut der Sonne. Überhaupt war nichts zu hören als das leise Geschwirr der Fliegen, das Schaben der harten Krallen, wenn sich gelegentlich einer der Pfauen herumdrehte, und wie er dann sein Gefieder zurechtplusterte. Der verwilderte Garten war von einer hohen Steinmauer umgeben; da sich aber in dieser Mauer breite Fensterdurchbrüche befanden, konnte ich dahinter doch immerhin die Stämme einiger Palmen und die leuchtend weißen Gebirge regloser Kumuluswolken erkennen. Als ich die Augen senkte, bemerkte ich den Smaragdring, der an meinem Finger steckte. Es schien, als wäre der Ring, den Chao Pi getragen, unversehens an meine Hand übergewechselt; auch in der Art, wie der Stein eingefaßt war von den Fratzen zweier in Gold modellierter *Yaksha*-Wächterdämonen, glich er jenem genau. Während ich beobachtete, wie von den Reflexen der Sonne draußen in dem tiefgrünen Smaragd so etwas wie Reifkristalle, eine Mischung aus hellen Flecken und Sprüngen, aufzuleuchten begannen, gewahrte ich, daß dies allmählich zu einem kleinen, lieblichen Frauengesicht zusammenschoß. Es war, als spiegelte sich hier das Antlitz einer hinter mir stehenden Frau, und ich wandte mich um; aber da war niemand. Das kleine Frauengesicht im Smaragd bewegte sich ein wenig, und hatte es zuvor ernst gewirkt, so zeigte es nun ein heiteres Lächeln. In dem Augenblick spürte ich von den Fliegen, die über meinen

Handrücken wimmelten, ein heftiges Jucken, und verwirrt schüttelte ich meine Hand hin und her, um danach noch einmal in den Stein am Ring zu schauen. Aber da war das Frauengesicht bereits verschwunden. In unsäglicher Bitternis und Trauer darüber, daß ich nicht hatte ausmachen können, wer das gewesen, erwachte ich...‹

Kiyoaki pflegte bei solchen Aufzeichnungen in seinem Traumtagebuch niemals eine persönliche Deutung hinzuzusetzen. Ob angenehme, ob böse Träume – er rief sie sich möglichst genau in Erinnerung und schrieb lediglich hin, was vorgefallen war.

In seiner Haltung, aus den Träumen zwar keinen eigentlichen Sinn herauszulesen, die Träume als solche aber sehr wichtig zu nehmen, mochte sich eine Art Unbehagen gegenüber seiner eigenen Existenz verbergen. Verglichen mit der Unbestimmtheit seiner Empfindungen im wachen Zustand, erschienen ihm die Träume durchaus bestimmt; ob seine Empfindungen *wirklich* waren oder nicht, das zu entscheiden besaß er keine Möglichkeit, während die Träume doch wenigstens eine Realität darstellten. Zudem: Empfindungen hatten keine Gestalt, Träume hingegen sowohl Gestalt wie Farbe.

Wenn er sein Traumtagebuch führte, tat er dies nun aber keineswegs aus dem Gefühl heraus, damit sein Mißvergnügen an der widerspenstigen Wirklichkeit kundzutun. Vielmehr begann ja hier die Realität ganz nach seinen Wünschen Gestalt anzunehmen.

Seit jener Niederlage hatte sich Iinuma zu Kiyoakis Vertrautem entwickelt und war, indem er von Fall zu Fall mit der Tadeshina Verbindung aufnahm, darauf bedacht, Begegnungen zwischen Satoko und Kiyoaki herbeizuführen. Kiyoaki, seinem Naturell nach durch solche Ergebenheit allein schon zufriedengestellt, begann sich zu fragen, ob er unter diesen Umständen den Freund noch nötig habe, und so war es, ohne daß sich irgend etwas ereignet hätte, Honda gegenüber zu einer Entfremdung gekommen. Nun fühlte sich Honda zwar verlassen; da er es jedoch für das Wichtigste einer Freundschaft hielt, herauszuspüren, wann man nicht gebraucht wird, widmete er all die Zeit, die er sonst mit Kiyoaki untätig verbracht haben würde, seinem Studium. Auf englisch, deutsch und französisch las er sich durch

Gesetzesbücher, wühlte in Literatur und Philosophie, und besonders begeisterte er sich für Carlyles »Sartor Resartus«, ohne indessen der christlichen Interpretation eines Uchimura Kanzō zu folgen.

An einem Schneemorgen, Kiyoaki war eben im Begriffe, zur Schule aufzubrechen, kam Iinuma, vorsichtig um sich blickend, in sein Studierzimmer. Iinumas neue Servilität hatte zwar nichts an dem melancholischen Gesichtsausdruck und Gehabe geändert, doch war daraus die Spannung gewichen, die Kiyoaki sonst so zuzusetzen pflegte.

Iinuma meldete, eben sei ein Anruf von der Tadeshina gekommen. Sie lasse sagen, Satoko habe sich über den Schnee am Morgen so gefreut, daß sie gern mit Kiyoaki in der Rikscha durch den Winterzauber fahren möchte, und sie bitte ihn, nicht in die Schule zu gehen, sondern sie abzuholen.

Noch nie in seinem Leben hatte irgendwer Kiyoaki einen solch erstaunlichen, ja kapriziösen Vorschlag gemacht. Schon fertig zum Schulgang, in der einen Hand die Mappe, stand er verwirrt da und schaute Iinuma ins Gesicht.

»Was sagst du da? Fräulein Satoko hätte sich so etwas im Ernst ausgedacht?«

»Allerdings. Da ich es von Frau Tadeshina habe, besteht daran wohl kein Zweifel.«

Seltsamerweise gewann Iinuma bei dieser Bekräftigung eine gewisse Autorität zurück; zumindest hatte er einen Ausdruck in den Augen, als werde er, falls Kiyoaki widersprechen sollte, ihm eine moralische Rüge erteilen.

Kiyoaki ließ seine Blicke rasch über die Schneelandschaft des Parks hinter seinem Rücken draußen schweifen. Satokos Vorgehen, das kein Ausweichen zuließ, hatte nicht eigentlich seinen Stolz verletzt; vielmehr spürte er eine angenehme Kühle, als hätte sie ihm rasch und mit einem geschickten Messerschnitt ein ganzes Geschwür des Stolzes herausgeschnitten. Ein neues Wohlbehagen, gerade weil sie so schnell gehandelt hatte, ohne nach seinen Wünschen auch nur zu fragen. ›Ich bin ja längst bereit zu tun, was Satoko will‹, dachte er; und dabei nahm er das Bild in sich auf von dem fein rieselnden Schnee, der, zwar noch nicht in dicken Schichten, die Mittelinsel und den Ahornberg allmählich leuchtendweiß überzog.

»Gut, ruf du also bitte die Schule an und sag ihnen, ich bliebe heute wegen einer Erkältung fort. Aber daß mein Vater und meine Mutter auf keinen Fall davon erfahren! Dann gehst du zur Rikscha-Station, suchst zwei vertrauenswürdige Kulis aus und läßt sie eine Doppelspännige für zwei Personen vorbereiten. Ich werde zu Fuß hinkommen.«

»In diesem Schnee?«

Iinuma sah, wie die Wangen des jungen Herrn plötzlich aufglühten, wie eine schöne Röte über sie hinschoß. Da er mit dem Rücken zum Fenster stand, hinter dem es unaufhörlich schneite, waren das nur Schatten auf dem Gesicht; herrlich aber, wie dieses Rot noch die Schatten durchdrang.

Iinuma war über sich selber erstaunt, daß er befriedigt zuschaute, wie dieser junge Mann, dessen Erzieher er gewesen, zwar in keiner Weise zu einem heroischen Charakter herangewachsen war, aber nun, zu welchem Ziel auch immer, mit solchem Feuer in den Augen aufbrach. Vielleicht lag eben doch in der von ihm einst verachteten Richtung, in der Richtung, die Kiyoaki jetzt einschlug, im Müßiggang also, ein hohes Prinzip, das er selber nur noch nicht entdeckt hatte.

12

Das Haus der Ayakuras in Azabu war eine ehemalige *Samurai*-Residenz, rechts und links am Langhaus-Tor hinter von außen mit Holzstäben vergitterten Fenstern befanden sich die Wachstuben; da man aber nur wenige Bedienstete hatte, schien vorn im Langhaus niemand mehr zu wohnen. Die Ziegel auf dem Dach waren nicht eigentlich vom Schnee bedeckt; eher sah es aus, als gäbe Ziegel um Ziegel dem fallenden Schnee sorgfältig die richtige Form.

Vor dem Nebenpförtchen am Tor war mit aufgespanntem Schirm eine schwarze Gestalt, vermutlich die Tadeshina, zu erkennen; doch sobald die Rikscha näher kam, verschwand sie hastig, und Kiyoaki, der die Rikscha vor dem Tor halten ließ und wartete, sah für eine Weile zwischen den Pfosten des Pförtchens hindurch nur den drinnen niederflockenden Schnee.

Als dann endlich, vom halb geöffneten Schirm der Tadeshina beschützt, die Ärmel ihres purpurvioletten Übergewands vor der Brust zusammengefaßt, Satoko gebückt durch das Pförtchen trat, machte dies auf Kiyoaki einen so gewaltigen, schier beklemmend prächtigen Eindruck, als schleppte man aus dem engen Hof eine dicke Ladung Purpur in den Schnee heraus.

In dem Augenblick, da Satoko die Rikscha bestieg, und zwar so, daß ihr Körper, von der Tadeshina und den beiden Kulis gestützt, mehr heraufgeschwebt kam, hatte Kiyoaki, der das Verdeck aufhob und sich ihr entgegenbeugte, das Gefühl, es wäre in ihr, wie sie jetzt mit Flocken auf Schultern und Haar im hereinwirbelnden Schnee ihr weiß leuchtendes, lächelndes Gesicht ihm näherte, etwas aus seinen üblichen Träumen aufgestanden und stürmte plötzlich gegen ihn an. Wahrscheinlich hatte das Schwanken des Gefährts, das auf Satokos Gewicht federnd reagierte, ein solches Gefühl noch verstärkt.

Natürlich war es die auf einmal auf ihn zukommende Wolke von Purpur, war es der aus diesen Gewändern aufsteigende Duft von Räucherwerk, und doch meinte Kiyoaki, der Schnee, der um seine eiskalten Wangen tanzte, verströmte den Duft. Vom Schwung beim Einsteigen hatte sich Satokos Gesicht dem seinen bis auf einen Hauch genähert; nun, als sie sich verwirrt aufzurichten bemühte, bemerkte er, wie sich für einen Augenblick ihr Nacken straffte. Er wirkte wie der angespannte Hals eines weißen Wasservogels.

»Sag mal, was ist nur los...? So plötzlich?« fragte Kiyoaki mit mühsam beherrschter Stimme.

»Einer unserer Verwandten in Kyōto liegt im Sterben; da sind Papa und Mama gestern abend mit dem Nachtzug hingefahren. Und ich, allein geblieben, dachte den ganzen Abend daran, daß ich dich so gern gesehen hätte; schließlich schneite es heute morgen... Auf einmal wünschte ich mir, ich könnte mit dir hinausfahren durch diesen Schnee, und da habe ich zum ersten Mal in meinem Leben eine solch selbstsüchtige Bitte ausgesprochen. Aber du verzeihst mir doch, nicht wahr?« sagte sie atemlos und mit einem kindlichen Tonfall, ganz anders als sonst.

Die Rikscha hatte sich bereits unter den Rufen der Kulis, von denen der eine zog, während der andere schob, in Bewegung gesetzt. Durch das kleine Guckfenster im Verdeck war der

Schnee draußen nur als gelbliches Fleckenmuster zu erkennen, wovon die Dämmerung im Wageninneren bald ins Dunklere, bald ins Hellere flackerte.

Über die Knie der beiden lag ein tiefgrün kariertes schottisches Plaid gebreitet, das Kiyoaki mitgebracht hatte. Abgesehen von verschütteten Erinnerungen aus den Kindertagen, war dies das erste Mal, daß sie so nahe beieinandersaßen; und doch ließ Kiyoaki sich völlig davon fesseln, wie die von einem grauen Schimmer ausgefüllten Schlitze im Verdeck, während sie sich bald ausdehnten, bald zusammenzogen, unaufhörlich den Schnee hereinlockten und die Flocken auf dem grünen Plaid zu Wassertropfen ineinanderschmolzen; oder wie das Schneegeriesel, gleichsam als fiele es auf die großen, umgeschlagenen Blätter einer Bananenstaude, auf dem Verdeck ein so unglaublich lautes, vergröbertes Geräusch verursachte.

Auf die Frage der Kulis, wohin es denn gehen solle, hatte Kiyoaki, wohlwissend, daß Satoko genauso empfand, geantwortet: »Das ist uns ganz einerlei. Lauft, so weit ihr könnt!« Als sich darauf die Zugstangen gehoben, hatten sie, ein wenig zurückgelehnt, ihre Haltung gestrafft, ohne dabei einander auch nur an den Händen zu fassen.

Indessen begannen die unter dem Plaid unvermeidlich sich berührenden Knie ein Blitzen auszusenden wie von einem Flämmchen unterm Schnee. Dabei wurden in Kiyoakis Brust von neuem lästige Zweifel laut. ›Ob Satoko jenen Brief wirklich nicht gelesen hat? Nun, die Tadeshina jedenfalls behauptet es steif und fest, und ihr muß ich wohl glauben. Wenn dem aber so ist, wäre es ja möglich, daß Satoko mich einfach als einen Mann, der noch nie mit einer Frau zu tun gehabt, zum besten hält. Ah, wie soll ich diese Demütigung überstehen?! Da habe ich nun so inständig gewünscht, der Brief möge ihr nie unter die Augen kommen; und jetzt scheint mir, es wäre doch besser gewesen, sie hätte ihn gelesen. Dann nämlich bekäme dieses verrückte Rendezvous an einem Schneemorgen seinen einleuchtenden Sinn: eine Frau unternimmt in voller Absicht den Versuch, einen in Frauengeschichten unerfahrenen Mann in Erregung zu versetzen. Und auch ich könnte mich darauf einrichten... Andererseits freilich dürfte sich die Tatsache ja wohl kaum verheimlichen lassen, daß ich noch ohne alle Erfahrung bin...‹

Das Schaukeln der engen, viereckigen Düsternis machte, daß seine Gedanken verwirrt hierhin und dorthin flogen; und um die Blicke von Satoko abzuwenden, hatte er keine andere Möglichkeit, als auf den Schnee zu starren, der auf das kleine, gelbe Zelluloid des Guckfensters fiel. Endlich schob Kiyoaki seine Hand unter das Plaid. Dort erwartete ihn mit der im warmen Nest auf der Lauer liegenden Spitzbübigkeit Satokos Hand.

Eine einzelne Schneeflocke stiebte herein und setzte sich auf Kiyoakis Braue. Als Satoko sie bemerkte und aufjauchzte, hatte Kiyoaki unbewußt sein Gesicht zu ihr umgewandt; nun spürte er einen kühlen Hauch, der sich auf seine Lider legte. Rasch schloß Satoko die Augen. Da hatte Kiyoaki dieses Gesicht, diese geschlossenen Augen genau vor sich. Nur das Kyōto-Rouge auf den Lippen glänzte ein wenig; sonst zitterte das Gesicht mit verschwimmenden Konturen wie eine Blume, die man mit der Fingerspitze leicht angestoßen hat.

Kiyoakis Herz klopfte heftig. Deutlich fühlte er, daß ihm der hohe, steife Kragen der Uniform die Kehle zuzuschnüren drohte. Nie war ihm etwas so unverständlich gewesen wie Satokos stilles, weißes Gesicht mit den geschlossenen Augen.

Satokos Hand, die unter dem Plaid die seine hielt, begann ein wenig, ein ganz klein wenig fester zuzudrücken. Hätte er dies als ein Signal empfunden, müßte es ihn abermals verletzt haben; doch so war er, von ihrer sanften Gewalt geführt, wie völlig selbstverständlich imstande, seine Lippen auf Satokos Lippen zu legen.

Im nächsten Augenblick versuchte das Schaukeln der Rikscha die Lippen wieder auseinanderzureißen. Also nahm Kiyoaki, um jeder Erschütterung zu widerstehen, instinktiv eine solche Haltung ein, daß die Stelle, an der sich die Lippen berührten, sozusagen zum ruhenden Pol wurde. Und er hatte den Eindruck, als würde um diesen Pol herum ein unsichtbarer, ungewöhnlich großer und duftender Fächer aufgeschlagen.

Währenddessen erlebte Kiyoaki zwar tatsächlich ein Außersichsein; dennoch hieß das nicht, daß er nicht auf sein Äußeres bedacht gewesen wäre. Davon ausgehend, daß seine eigene Schönheit und Satokos Schönheit gerechterweise als gleichwertig anzusehen waren, stand es nach seinem Dafürhalten außer Frage, daß nun ihrer beider Schönheit wie Quecksilberperlen in

eines zusammenfloß. Alle Verweigerung, Irritation und Schärfe
– sie waren ihrer Art nach ohne jeden Bezug zur Schönheit; und
er erkannte, daß der blinde Glaube an das isolierte Individuum
eine Krankheit war, nicht des Körpers, sondern allein des
Geistes.

Als Kiyoakis innere Unsicherheit restlos fortgewischt war, als
er sich seiner Glückssituation ganz vergewissert hatte, gewann
ihr Kuß allmählich eine stärkere Entschiedenheit. Gleichzeitig
damit wurden Satokos Lippen weicher und weicher. Aus
Furcht, er könnte völlig in diesen warmen, honiggleichen Mund
hinein aufgelöst und fortgesogen werden, hätte Kiyoaki gern
mit den Fingern irgend etwas berührt, das Form besaß. Er zog
seine Hände unter dem Plaid hervor, legte sie um Satokos
Schultern, faßte sie am Kinn. Dabei ertasteten seine Finger die
von der Haut ihres Kinns überspannten zarten, zerbrechlichen
Knochen, womit er sich wieder dieses anderen Körpers, der
Ausprägung eines Individuums vergewissert hatte, das deutlich
außer ihm selber existierte; doch diesmal steigerte das die
Harmonie des Kusses nur noch.

Aus Satokos Augen begannen Tränen zu fließen. Kiyoaki
bemerkte es daran, daß sie bis auf seine Wangen herüberrollten.
Er empfand es mit Stolz. Aber in diesem Stolz war nicht die Spur
mehr von der Befriedigung, wie sie dem nach Belieben gewährten Wohlwollen entsprang; auch an Satoko war ja nichts mehr
geblieben von der kritischen, auf den Altersunterschied pochenden Überlegenheit. Ihre Ohren, ihre Brust, die er mit seinen
Fingerspitzen berührte, jede der neu erfahrenen sanften Einzelheiten ergriff ihn. Und er lernte: dies ist Zärtlichkeit. Daß man
die wie Nebel sich so leicht verflüchtigende Sinnlichkeit dem
Gestalteten anvertraut und festhält in ihm. So dachte er jetzt an
nichts als an sein eigenes Glück. Das war das Höchste an
Selbstaufgabe, zu dem er fähig war.

Der Augenblick dann, in dem ein Kuß endet. Erfüllt von
jenem schwermütig schmerzlichen Bedauern, das, wie beim
widerwilligen Erwachen, so müde man noch ist, schließlich
doch der achatfarbenen Morgensonne nicht zu widerstehen
vermag, die durch die dünne Haut der Lider dringt. Und dabei
hatte eben da die Köstlichkeit des Schlafs ihren Gipfel erreicht.

Als ihre Lippen sich voneinander lösten, blieb eine unheilvolle

Stille zurück, wie wenn Vögel, die bis jetzt fröhlich gezwitschert, plötzlich verstummt wären. Sie konnten sich nicht in die Augen sehen, starr saßen sie da. Aber das Schaukeln der Rikscha half ihnen auf seine Weise aus dem Schweigen heraus. Indem es sie spüren ließ, daß sie noch eine Menge anderes vor sich hatten.

Kiyoaki blickte zu Boden. Wie weiße Mäuse, die aus einem grünen Grashaufen Gefahren witternd und vorsichtig um sich schauen, spähten die Spitzen von Satokos hellen *Tabi*-Socken klein und schüchtern unter dem Plaid hervor. Zudem waren sie von einer dünnen Schneeschicht überzogen.

Da seine Wangen schrecklich heiß waren, legte er, wie ein Kind, die Hand auch auf Satokos Wange und stellte zufrieden fest, daß sie genauso heiß war wie die seine. Hier allein war es bereits Sommer.

»Ich werde das Verdeck aufmachen.«

Satoko nickte.

Kiyoaki breitete die Arme weit aus und entfernte die vordere Plane. Die viereckige, vom Schnee aufgerichtete Kulissenwand vor ihnen brach wie eine fallende weiße Schiebetür lautlos in sich zusammen.

Die Kulis hatten etwas bemerkt und hielten an.

»Nein, nein, fahrt nur zu!« schrie Kiyoaki. Seinen hellen, jungenhaften Schrei im Rücken, setzten sie sich wieder in Trab. »Lauft! Lauft, was ihr könnt!«

Und die Rikscha glitt dahin, während die Männer einander anfeuerten mit ihren rhythmischen Rufen.

»Wenn uns jemand sieht«, meinte Satoko und versteckte dabei ihre noch feuchten Augen tief im Wagen.

»Was kümmert es uns?!«

Kiyoaki war erstaunt darüber, wie entschieden seine eigene Stimme klang. Er begriff. Es war ihm darum zu tun, der Welt die Stirn zu bieten.

Der Himmel, den er über sich sah, schien ein Gewoge gegeneinanderwütender Schneemassen. Die Flocken trieben ihnen beiden direkt ins Gesicht, und wenn sie den Mund aufmachten, flogen sie bis hinein auf die Zunge. So vom Schnee begraben zu werden – wie schön müßte das sein!

»Jetzt kommt er schon hier herein...«, sagte Satoko wie traumbefangen. Offensichtlich meinte sie den Schnee, der von ihrem Hals abwärts auf ihre Brüste zu tropfen begann. Dabei fielen die Flocken durchaus nicht regellos, vielmehr hatte das eine zeremonielle Feierlichkeit, und Kiyoaki spürte, wie mit dem Erstarren seiner Wangen allmählich auch sein Herz stille wurde.

Gerade hatte die Riksha eine Stelle im hügeligen, mit zahlreichen vornehmen Häusern besiedelten Kasumi-Bezirk erreicht, wo von einem unbebauten Grundstück direkt am Abhang der Blick hinüberging auf den Exerzierplatz des Dritten Azabu-Regiments. Auf der großen weißen Fläche befand sich kein einziger Soldat; aber Kiyoaki hatte plötzlich wie eine Vision die Vorstellung, dort unten spielte sich die Totenfeier für die Gefallenen bei Delisi aus jenem Fotoalbum über den russisch-japanischen Krieg ab:

Tausende von Soldaten hätten dort unten in Gruppen Aufstellung genommen, einen weiten Bogen bildend um die hölzerne Grabstele und den Altar mit dem aufgeblähten weißen Tuch in der Mitte, die Köpfe gesenkt. Anders als auf dem Foto jedoch wären all die Soldatenschultern mit Schnee bedeckt und all die Schirme an den Kappen weiß gefärbt. Und in dem Augenblick, in dem er diese Vision hatte, schien es Kiyoaki, sie alle wären in Wahrheit tote Soldaten. Die abertausend Soldaten, die sich dort drängten, hätten sich nicht nur zur Totenfeier für ihre Kameraden versammelt, sondern die Köpfe gesenkt zum Gedächtnis auch an ihren eigenen Tod...

Gleich darauf war die Vision wieder verlöscht, und nach und nach traten aus der Schneelandschaft andere, wechselnde Eindrücke hervor: wie hinter hohen Wällen, wo man den großen Kiefern schützende Strohseilpyramiden übergespannt, gefährlich schwer der Schnee auf dem Weizengelb der Seile hing; oder wie die dichtgeschlossenen Glasfenster an den meist zweigeschossigen Häusern durch einen leichten Schimmer verrieten, daß man bei Tage die Lampen brennen hatte...

»Mach bitte wieder zu«, sagte Satoko.

Als Kiyoaki die vordere Verdeckklappe schloß, kehrte die vertraute Dämmerung zurück. Aber die Trunkenheit wie zuvor stellte sich nicht mehr ein.

›Wie mag sie meinen Kuß aufgenommen haben?‹ Erneut überließ Kiyoaki sich seiner beliebten Zweifelsucht. ›Ob er ihr nicht zu hastig, zu selbstgefällig, zu kindlich oder einfach widerwärtig gewesen ist? Sicher ist, ich habe dabei an nichts als an mein eigenes Glück gedacht.‹

In dem Augenblick sagte Satoko, und ihre Worte paßten nur allzugut dazu: »Wollen wir nicht umkehren?«

›Also versucht sie doch wieder mit mir umzuspringen, wie es ihr beliebt‹, dachte Kiyoaki, und damit schon hatte er die Chance, Widerspruch einzulegen, versäumt. Hätte er ihr geantwortet: ›Nein, wir kehren nicht um‹ – der Würfel wäre ihm zugefallen. Ein schwerer Würfel, den aufzuheben er nicht gewöhnt war; ja, dieser Elfenbeinwürfel, der beim bloßen Berühren die Fingerspitzen frieren macht, war noch nicht seine Sache.

13

Nach Hause zurückgekehrt, gab Kiyoaki vor, er sei wegen einer Erkältung früher aus der Schule weggegangen; sofort erschien seine Mutter auf seinem Zimmer, er solle auf jeden Fall seine Temperatur messen, und überhaupt begann sie sich entsetzlich aufzuregen, als plötzlich Iinuma meldete, Honda sei am Telefon.

Kiyoaki hatte die größte Mühe, seine Mutter davon abzuhalten, für ihn an den Apparat zu gehen. Da er also darauf bestand, unbedingt selber zu telefonieren, bekam er eine Kaschmirdecke von hinten über die Schultern gelegt.

Honda rief von der Schulverwaltung aus an. Kiyoaki antwortete ihm mit mürrischer Stimme.

»Gewisser Umstände wegen habe ich gesagt, ich wäre heute zwar in die Schule gegangen, aber früher zurückgekehrt. Daß ich gar nicht erst in der Schule war, darf hier im Haus keiner wissen, verstehst du? ... Was denn, meine Erkältung?« Kiyoaki behielt ängstlich die Glastür der Telefonkabine im Auge und fuhr mit undeutlichem Murmeln fort: »Damit hat es nichts weiter auf sich. Morgen komme ich ja wieder in die Schule; da erzähle ich dir alles... Übrigens, nur weil ich mal einen Tag fehle, brauchst du dir doch noch keine Sorgen zu machen und anzurufen. Ich finde, du übertreibst.«

Als er auflegte, war Honda vor Ärger geradezu aufgebracht darüber, daß ihm seine gute Absicht eine so kaltherzige Erwiderung eingetragen. Einen Zorn wie diesmal hatte er Kiyoaki gegenüber noch nie empfunden. Mehr als Kiyoakis eisige, mißgelaunte Stimme, mehr als sein ungehöriger Ton hatte Honda die Tatsache verletzt, daß es eben dieser Stimme anzumerken gewesen war, wie sehr es Kiyoaki bedauerte, einmal in eine Lage geraten zu sein, in der er dem Freund wohl oder übel ein Geheimnis preisgeben mußte. Honda konnte sich nicht erinnern, ihn jemals zu dergleichen gedrängt zu haben.

Etwas ruhiger geworden, überlegte Honda: ›Und wenn du auch nur für einen einzigen Tag fehlst – ich ruf dich an, wenn ich es für richtig halte.‹

Dabei konnte er allerdings nicht behaupten, sein voreiliger, besorgter Anruf wäre allein der freundschaftlichen Zuneigung entsprungen. Tatsächlich hatte ihn ein schwer erklärliches, ungutes Gefühl getrieben, als er in der Pause über den verschneiten Schulhof lief, um in der Verwaltung das Telefon zu benutzen.

Vom Morgen an war das Pult an Kiyoakis Platz leer gewesen. Dies löste in Honda eine Bangigkeit aus, als sähe er nun vor Augen, was er längst gefürchtet. Da Kiyoakis Pult unmittelbar an einem Fenster stand, fiel die Helle des Schnees durch die Scheiben voll auf den frischen Firnisanstrich, der dieses alte, über und über von Narben bedeckte Pult überzog, so daß es gleichsam wie ein von einem weißen Tuch verhüllter, für ein Hockergrab bestimmter Sarg wirkte...

Hondas Depression hielt an, auch nachdem er nach Hause gekommen war. Dort erreichte ihn ein Anruf von Iinuma. Kiyoaki wolle sich für vorhin entschuldigen und lasse fragen, ob er nicht, wenn er ihm eine Rikscha schicke, heute abend herüberkommen möchte. Iinumas schwere, monotone Stimme vergrämte Honda noch mehr. Kurz und bündig lehnte er ab; sobald Kiyoaki wieder zur Schule kommen könne, werde man ja wohl ausführlich über alles reden.

Kiyoaki, als ihm Iinuma diese Antwort überbrachte, fühlte sich so niedergedrückt, als wäre er wirklich krank. Spätnachts rief er, ohne etwas Bestimmtes von ihm zu wollen, Iinuma noch einmal auf sein Zimmer und erschreckte ihn mit den Worten:

»An allem, weißt du, ist Satoko schuld. Es ist schon wahr, wenn sie sagen, daß eine Frau die Freundschaft zwischen Männern zerbricht. Hätte Satoko heute morgen nicht diesen eigensinnigen Plan gehabt, wäre es nie dazu gekommen, daß ich Honda so gereizt hätte.«
Über Nacht hörte es auf zu schneien, am nächsten Morgen hatte es herrlich aufgeklart. Kiyoaki setzte sich über die Bedenken seiner Familie hinweg und ging zur Schule. Er wollte früher als Honda dasein, um ihn begrüßen zu können.

Als das unbezähmbare Glücksgefühl, unterbrochen von dieser einen Nacht, einem solch strahlenden Morgen begegnete, lebte es in der Tiefe seines Herzens wieder auf, und schon hatte es ihn erneut zu einem anderen Menschen gemacht. Sowie Honda hereinkam und er auf Kiyoakis Lächeln freundlich, als wäre nichts vorgefallen, zurücklächelte, trat bei Kiyoaki, der bis dahin vorgehabt hatte, ihm von den Ereignissen des vergangenen Tages getreulich zu berichten, ein Sinneswandel ein.

Zwar hatte Honda zurückgelächelt, sonst jedoch kein Wort gesagt, während er die Schulmappe in seinem Pult verstaute. Er lehnte sich hierauf an die Fensterbank und sah hinaus auf den blitzenden Schnee. Dann schien er sich durch einen kurzen Blick auf seine Armbanduhr vergewissert zu haben, daß bis zum Unterrichtsbeginn noch gut eine halbe Stunde Zeit war, denn ohne sich einmal umzudrehen, verließ er das Klassenzimmer. Kiyoaki folgte ihm wie selbstverständlich.

Neben dem Gymnasialtrakt, einem zweigeschossigen Holzbau, waren um eine Laube Blumenbeete in einem geometrischen Arrangement angelegt; hinter den Beeten, einen steilen Abhang hinunter, führte der Weg in ein kleines Wäldchen, das ein trübes Gewässer, den sogenannten Blutracheteich, umschloß. Aber Kiyoaki konnte sich nicht vorstellen, daß Honda bis hinab zum Blutracheteich wollte. Im schmelzenden Schnee mußte der schmale Weg nur mühsam zu begehen sein. Wie erwartet, blieb Honda bei der Laube stehen, fegte den Schnee von einer Bank und setzte sich. Kiyoaki schritt quer durch den verschneiten Blumengarten und kam näher.

»Warum läufst du mir hinterher?« Die Augen wegen der blendenden Helle zusammengekniffen, sah Honda ihn lange an.

»Das war nicht recht von mir, gestern«, entschuldigte sich Kiyoaki wie nebenbei.

»Laß nur. Du hast also simuliert, wie?«

»Hm.«

Kiyoaki schob neben Honda den Schnee von der Bank und setzte sich ebenfalls.

Daß sie angesichts der Helle einander nur blinzelnd anschauen konnten, half die Gefühle zu verdecken, ja, vor allem die Verlegenheit zu vertreiben. Der Teich, der sonst zwischen den beschneiten Zweigen zu sehen war, entzog sich den Blicken, solange man an der Laube saß. Von der Traufe des Schulhauses, von dem Dach der Laube, von den Bäumen ringsum war das heitere Tropfen des Schmelzwassers zu hören. Der Schnee, der die Blumenbeete vor ihnen in unregelmäßigen Hügeln und Tälern verhüllte, war an der Oberfläche bereits verkrustet und aufgebrochen und glitzerte in der Sonne wie die rauhen Bruchstellen an einem Granit.

Honda meinte, gewiß werde Kiyoaki ihm irgendein Herzensgeheimnis offenbaren; aber er mochte sich nicht eingestehen, daß er darauf wartete. Andererseits wiederum hoffte er, Kiyoaki werde gar nichts sagen. Von dem Freund sozusagen gnadenweise in ein Geheimnis eingeweiht zu werden, hätte er schwer ertragen.

Unbewußt brach er von sich aus also das Schweigen und begann ein recht weitschweifiges Gespräch.

»In letzter Zeit, weißt du, habe ich viel über die sogenannte Individualität, über die Persönlichkeit nachgedacht. Ich zumindest glaube, in dieser Zeit, in dieser Gesellschaft, in dieser Schule bin ich, der Einzelne, anders als die anderen, und daran möchte ich festhalten können. Geht es dir nicht genauso?«

»Es geht mir allerdings genauso«, erwiderte Kiyoaki, dessen Stimme in solchen Augenblicken mehr noch als sonst von der ihm eigentümlichen Schlaffheit erfüllt, ja, unentschieden und unbeteiligt war.

»Aber wenn einmal hundert Jahre vergangen sind – was dann? Bestimmt wird man uns, und zwar ganz zwangsläufig, als eingebunden in die geistigen Strömungen unserer Zeit betrachten. Unbarmherzige Bestätigung hierfür sind in der Kunstgeschichte die Unterschiede der einzelnen Zeitstile. Da man innerhalb eines Zeitstils lebt, muß man notwendigerweise durch diesen Stil die Dinge sehen.«

»Ja, hat denn unsere heutige Epoche überhaupt einen Stil?«

»Der Stil der Meiji-Zeit ist tot; das jedenfalls, würde ich sagen, steht fest. Andererseits natürlich ist dem, der in einem Stil lebt, dieser Stil nicht sichtbar. Ich bin deswegen durchaus überzeugt davon, daß auch wir eingebunden sind in irgendeinen Stil. Das ist wie mit den Goldfischen: sie leben in ihrem Goldfischbecken und wissen es nicht. Du zum Beispiel lebst ausschließlich in einer Welt der Gefühle. Von anderen aus betrachtet, ist das unnormal; du selber aber glaubst, nehme ich an, daß du getreu deiner Persönlichkeit lebst. Nur gibt es eben nichts, wodurch sich deine Persönlichkeit, deine Individualität beweisen ließe. Das Zeugnis von Zeitgenossen ist in keiner Hinsicht zuverlässig. Was denn, wenn nun die Welt deiner Gefühle als solche die reinste Ausprägung des Zeitstils darstellte? Immerhin wäre das denkbar... Freilich haben wir dafür wiederum nicht einen einzigen Beweis.«

»Ja, wie ließe sich das auch beweisen?«

»Das kann nur die Zeit. Der zeitliche Ablauf bringt dich so gut wie mich auf den gemeinsamen Nenner; ohne daß wir es merken, werden wir unbarmherzig fortgerissen in die Gemeinsamkeit der Epoche... bis man uns schließlich dergestalt in eines zusammengeschmolzen hat, daß man auf uns weist und sagt: ›So dachten, so kleideten sich, so redeten die jungen Leute in den frühen Jahren der Taishō-Zeit.‹ Du magst die Kerle von unserer *Kendō*-Mannschaft nicht, stimmt's? Du möchtest ihnen mal so richtig deine Verachtung zeigen, habe ich recht?«

»Hm.« Während er mit Unbehagen spürte, wie die Kälte allmählich durch seine Hosen drang, beobachtete Kiyoaki, wie neben dem Gestänge der Laube die Blätter der Kamelie sanft aufglänzten, sobald der Schnee von ihnen herabgeglitten war. »Du hast recht, ich hasse sie, diese Burschen. Ich verachte sie.«

Über solche uninteressierte Reaktionen Kiyoakis wunderte sich Honda längst nicht mehr. Also fuhr er fort: »Dann versuche dir bitte vorzustellen, wie man in einigen Jahrzehnten dich mit jenen, die du so über alles verachtest, in einen Topf werfen wird. Wie man ihre wirren Köpfe, ihre sentimentalen Seelen, ihre engen Herzen, die jeden anderen als ›verweichlicht‹ verdammen, ihre Diktatur über die jüngeren Schüler, ihre schon an Wahnsinn grenzende Verehrung für General Nogi, ihre Glücksempfindungen, deren höchste es ist, allmorgendlich die Gegend um den von Kaiser Meiji mit eigener Hand gepflanzten *Sakaki*-Baum sauberzufegen – wie man all dies mit deinem Gefühlsleben großzügig zu einem einzigen Bündel zusammenschnüren wird. Auf diese Weise läßt sich die summarische Wahrheit der Epoche, in der wir jetzt leben, sehr leicht in den Griff bekommen. So nämlich, wie sich auf einem jetzt aufgewühlten Wasser, kommt es erst zur Ruhe, rasch ein deutlich erkennbarer Regenbogen aus Öl bilden wird. Ja, die Wahrheit unserer Zeit wird sich, wenn wir erst tot sind, ohne weiteres analysieren lassen; verständlich für jedermanns Auge. Und nach hundert Jahren wird man begreifen, daß diese ›Wahrheit‹ ein völliger Irrtum war, wird man uns generalisierend als diejenigen bezeichnen, die geirrt haben in ihrer Zeit. Was, glaubst du, wird man denn zum Kriterium nehmen? Zur Norm? Die genialen Gedanken der Zeit? Die Vorstellungen der großen Geister? Im Gegenteil. Die Norm, nach der eine Epoche später einmal definiert wird, ist die unbewußte Gemeinsamkeit, die uns mit jenen Burschen unserer *Kendō*-Mannschaft verbindet, mit anderen Worten: die allerpopulärste, allgemeinste Sicht der Dinge. Jede Epoche wird auf dem Niveau der Narren generalisiert.«

Kiyoaki hatte keine Ahnung, was Honda eigentlich sagen wollte. Doch während er zuhörte, begann ganz allmählich auch in ihm ein Gedanke aufzukeimen.

An den Fenstern ihres Klassenzimmers im ersten Stock waren jetzt bereits einige Schülerköpfe zu sehen. In den geschlossenen Fenstern der anderen Klassenzimmer spiegelte sich blendend die morgendliche Sonne, malte sich das Blau des Himmels. Ein Schulmorgen. Kiyoaki erinnerte sich an das Schneetreiben tags zuvor; ihm war, als hätte man ihn aus jener dunklen Welt sinnlicher Erregung gegen seinen Willen hierher in diesen hellen und heiteren, so rational angelegten Garten versetzt.

»Das ist dann Geschichte, nicht wahr?« versuchte er sich einen Zugang zu Hondas Vorstellungen zu bahnen, wobei er sich freilich über sich selber ärgerte, daß er beim Diskutieren im Vergleich zu Honda eine so schrecklich kindliche Ausdrucksweise hatte. »Was wir auch denken, hoffen, fühlen – die

Geschichte, willst du sagen, ist davon nicht im mindesten zu beeinflussen.«

»Genau das meine ich. Die Europäer zum Beispiel neigen sehr leicht zu der Ansicht, Napoleon habe der Geschichte seinen Willen aufgezwungen. Oder von deinem Großvater und seinen Mitstreitern heißt es, sie hätten die Meiji-Erneuerung bewirkt. Aber ist das tatsächlich wahr? Hat sich Geschichte jemals vom menschlichen Willen bewegen lassen? Wenn ich dich so betrachte, muß ich immer das eine denken: Du bist weder eine Größe noch ein Genie; und doch, du hast etwas, in dem du dich von anderen unterscheidest. Dir geht völlig ab, was man den Willen nennt. Von daher gesehen finde ich es interessant, über das Verhältnis zwischen dir und der Geschichte nachzudenken.«

»Jetzt wirst du ironisch.«

»Oh, das ist keine Ironie. Mir geht es dabei um die sogenannte unbewußte Teilhabe an der Geschichte. Angenommen einmal, ich besäße Willenskraft...«

»Die besitzt du ohne Zweifel.«

»... und ich hätte die Absicht, die Geschichte zu verändern. Ich würde mich mein Leben lang und unter Aufbietung aller Energien und aller Mittel bemühen, die Geschichte nach meinem Willen zu ändern; würde ferner die Stellung und die Macht erlangen, wodurch mir dergleichen möglich wäre. Es wäre trotzdem durchaus nicht sicher, daß sich die Geschichte meinen Vorstellungen fügt. Vielleicht, wer weiß, nimmt die Geschichte in hundert, in zweihundert oder auch in dreihundert Jahren eine Gestalt an, die genau meinen Träumen, meinen Idealen, meinen Absichten entspricht, und zwar ganz unerwartet und ohne die geringste Beziehung zu mir. Vielleicht hat sie dann tatsächlich ein Aussehen, wie ich es hundert oder zweihundert Jahre zuvor herbeigesehnt. Ist schön, wie meine Augen sich Schönheit vorgestellt haben, und sieht lächelnd und kalt auf mich herab, als wollte sie sich lustig machen über meinen Willen. Und die Leute werden sagen: Das ist eben Geschichte.«

»Ist das nicht nur eine Frage der Gezeiten? Daß dann schließlich die Dinge herangereift sind? Und das braucht manchmal keine hundert Jahre; wie oft geschieht dergleichen schon nach dreißig, nach fünfzig Jahren. Außerdem wäre es ja denkbar, daß, wenn die Geschichte eine solche Gestalt annimmt, deine Willenskraft mit beigetragen hat zu dieser Vollendung, einfach indem sie, nachdem du einmal tot bist, zu einem geheimen, unsichtbaren Leitfaden wird. Möglicherweise würde die Geschichte nicht einmal in Jahrzehntausenden eine bestimmte Gestalt annehmen, wenn du nicht in diese Welt geboren worden wärst.«

Kiyoaki wußte natürlich, daß er die Exaltation, die – wie er spürte – mitten in dem eisigen Wald der ihm im Grunde ungewohnten abstrakten Begriffe seinen Leib undeutlich erhitzte, Honda zu verdanken hatte. Für ihn also ein recht widerwilliges Vergnügen; aber als er auf die langen, über die verschneiten Blumenbeete fallenden Schatten der winterkahlen Bäume sah und überhaupt auf diesen weißen Bezirk ringsum, der erfüllt war vom hellen Klang des herabtropfenden Schmelzwassers, freute er sich über das in seiner Unschuld dem Schnee vergleichbare Urteil, das Honda insofern gefällt hatte, als er sein in der Erinnerung an den Tag zuvor mit aller Leidenschaft lebendige Glücksgefühl zwar gewiß bemerkt, jedoch ebenso deutlich ignoriert hatte. Vom Dach des Schulhauses polterte gerade in diesem Augenblick ein Schneebrett von der Größe einer ganzen *Tatami*-Matte, und darunter wurde das frisch glänzende Schwarz der Dachziegel sichtbar.

»Nun«, fuhr Honda fort, »wenn dann also nach hundert Jahren die Geschichte eine Gestalt annähme entsprechend meinen Vorstellungen, so würdest du das als eine Art Vollendung bezeichnen?«

»Zweifellos ist das die Vollendung.«

»Aber wessen?«

»Die Vollendung deines Willens.«

»Mach keine Scherze! Da bin ich ja längst tot. Wie ich vorhin sagte: das hat nicht die geringste Beziehung zu mir.«

»Und wenn man nun annähme, es würde sich der Wille der Geschichte vollenden?«

»Daß demnach die Geschichte einen Willen besäße? Jede Personifikation der Geschichte ist gefährlich. Nach meiner Ansicht hat weder die Geschichte einen Willen, noch hat das irgendwie mit meinem Willen zu tun. Mithin kann man das Resultat, eben da es durch keinerlei Einwirkung einer Willenskraft zustande kam, niemals als ›Vollendung‹ bezeichnen. Wie zum Beweis hierfür beginnen ja die scheinbaren Vollendungen innerhalb der Geschichte schon vom nächsten Augenblick an wieder zusammenzubrechen. Immer ist Geschichte Zusammenbruch. Um so den nächsten verlockenden Kristall vorzubereiten. Es ist, als hätten in der Geschichte Konstruktion und Destruktion denselben Sinn. Und ich weiß das alles sehr gut. Trotzdem, obwohl ich das weiß, bringt es mich – im Gegensatz zu dir – nicht dazu, meine Willenskraft einfach fahrenzulassen. Ich sage: Willenskraft; wahrscheinlich aber ist dies ein Teil meines Charakters, und ich kann gar nicht anders. Es ist schwer, das genau zu erklären. Immerhin würde ich sagen, der menschliche Wille ist seinem Wesen nach jener Wille, der die Geschichte zu beeinflussen *versucht*. Ich behaupte nicht, daß er sie *tatsächlich* beeinflußt. Denn daß er sie beeinflussen könnte, ist so gut wie ausgeschlossen; bestenfalls ist er imstande, einen entsprechenden Versuch zu unternehmen. Dazu wiederum ist nun einmal jeder Wille prädestiniert. Der Wille selbst freilich wird keinerlei Prädestination zuzugeben bereit sein. Andererseits, auf die Länge gesehen, läßt jeder menschliche Wille irgendwann nach. Man findet sich damit ab, daß die Dinge nicht so laufen, wie man denkt. Und wie interpretiert das dann ein Europäer? ›Mein Wille‹, sagt er sich, ›war schon in Ordnung, der Fehlschlag ist ein Zufall.‹ Der Zufall nun schließt das Gesetz von Ursache und Wirkung aus, und er ist das einzige Irrationale, das der freie Wille anerkennt. Deswegen, verstehst du, ist der europäische Voluntarismus nur möglich unter Einbezug des Zufalls. Der Zufall ist die letzte Zuflucht für den freien Willen, damit steht oder fällt er... Gäbe es ihn nicht, wäre der Europäer unfähig, die wiederholten Fehlschläge, das Versagen des Willens zu deuten. Der Zufall, ja, das Wagnis, auf ihn zu setzen, ist – wie mir scheint – das Wesentliche an der abendländischen Gottesidee. Wenn im Voluntarismus der Zufall als die letzte Zuflucht bei Gott liegt, so kann auch nur ein so beschaffener Gott den Menschen in seinem freien Willen ermutigen. Was aber wäre, wenn man den Zufall leugnen wollte? Wenn man annähme, es gäbe einfach keinen Raum für den Zufall, um wirksam zu werden? Nun, damit wäre dem freien Willen jede Zuflucht abgeschnitten. Existierte der Zufall nicht, so hätte der Wille die Stütze verloren, auf der er aufbaut... Versuchen wir uns doch einmal die folgende Szene vorzustellen: ein Platz am hellen Mittag, und auf ihm steht allein der menschliche Wille. Er tut, als könnte er sich aus eigener Kraft auf den Beinen halten; ja, er selbst ist in dieser Illusion befangen. Die Sonne brennt herab, kein Baum, kein Gras; nichts hat er auf diesem weiten Platz als seinen eigenen Schatten. Da erschallt von irgendwoher aus dem wolkenlosen Himmel eine Stimme wie ein Donner: ›Der Zufall ist tot! Es gibt keinen Zufall mehr! Begreifst du, Wille – du hast deine Selbstrechtfertigung für immer verloren!‹ Im selben Augenblick, in dem er diese Stimme hört, beginnt der Wille einzuschrumpfen, sich aufzulösen. Sein Fleisch verrottet und fällt von ihm ab, schon tritt Knochen um Knochen zutage, ein klarer Blutsaft rinnt herab, auch die Knochen schließlich werden weich und schmelzen. Der Wille stemmt beide Beine fest auf die Erde; doch alle Anstrengung ist umsonst. Denn jetzt zerreißt der von weißem Glanz erfüllte Himmel mit schrecklichem Getöse, und es schaut aus dem Riß, der sich aufgetan, der *Gott der Notwendigkeit* herab... Und ich kann nicht anders, als mir das so herabblickende Gesicht dieses Gottes der Notwendigkeit auszumalen als ein schreckliches und furchteinflößendes. Eine Schwäche meines voluntaristischen Charakters. Indessen, wenn es keinen Zufall mehr gibt, ist auch der Wille inhaltslos geworden, ist Geschichte nichts als der Rost, der sich auf der gewaltigen, bald sichtbaren, bald unsichtbaren Kette der Kausalität bildet; und an der Geschichte teilzuhaben, heißt dann willenlos zu agieren als ein schönes, leuchtendes, für immer unveränderliches Korpuskel, wie überhaupt dies allein der ganze Sinn des menschlichen Daseins wäre... Du wirst das, vermute ich, nicht durchschauen, wirst einer solchen Philosophie nicht folgen wollen. Das einzige, woran du mit einiger Unbestimmtheit glaubst, wird wahrscheinlich dein gutes Aussehen, dein wechselvolles Gefühlsleben, dein eher abwesender als vorhandener Charakter sein. Habe ich nicht recht?«

Kiyoaki war zu keiner Antwort fähig; doch hatte er durchaus nicht den Eindruck, daß er beleidigt worden wäre. Da er sich sonst nicht zu helfen wußte, lächelte er.

»Das ist mir das Rätselhafteste an dir«, sagte Honda mit einem so ernsten Seufzer, daß es schon fast komisch wirkte; Kiyoaki aber schaute zu, wie der Atem dieses Seufzers in der Morgensonne zu einem weißen Hauch wurde und davontrieb, und es schien ihm, als hätte darin die freundschaftliche Teilnahme flüchtig Gestalt gewonnen. Das heimliche Glücksgefühl in seinem Inneren war jetzt noch stärker geworden.

In diesem Augenblick klingelte es zum Unterrichtsbeginn, und die beiden jungen Männer erhoben sich. Aus einem Fenster im ersten Stock flog ihnen – jemand hatte den Schnee auf dem Fenstersims fest zusammengedrückt – ein Schneeball vor die Füße, der glitzernd auseinanderspritzte.

14

Kiyoaki hatte von seinem Vater den Schlüssel zur Bibliothek in Verwahrung genommen.

Ein einzelner Raum im nördlichen Winkel des Haupthauses, wurde die Bibliothek von niemandem in der Familie Matsugae sonderlich beachtet. Der Marquis war ein Mensch, der nie ein Buch zu lesen pflegte; da er dort aber die von Kiyoakis Großvater ererbten chinesischen Klassiker, dazu die europäischen Ausgaben, die er selbst aus intellektueller Eitelkeit über Maruzen bezogen und gesammelt, sowie eine Menge geschenkter Bücher verwahrte, hatte er, als Kiyoaki in die Gymnasialklassen aufrückte, diesem den Bibliotheksschlüssel mit einer so bedeutsamen Geste ausgehändigt, als übergäbe er dem Sohn eine Schatzkammer der Gelehrsamkeit. So konnte allein Kiyoaki dort ungehindert ein und aus gehen. Es gab auch – was ihm so gar nicht zu seinem Vater zu passen schien – zahlreiche Serien japanischer Klassiker und für die Jugend bearbeitete Sammelausgaben. Bei deren Publikation hatte man um Vaters Foto in großer Gala und um einige kurze Empfehlungsworte ersucht, dafür dann in goldenen Schriftzeichen »Empfohlen von Sr. Exzellenz, Marquis Matsugae« aufgedruckt und die sämtlichen Bände der Serien als Geschenk überreicht.

Auch Kiyoaki machte nicht viel Gebrauch von dieser Bibliothek. Schließlich träumte er lieber, als daß er Bücher las.

Für Iinuma jedoch, der sich einmal im Monat von Kiyoaki den Schlüssel ausborgte, um sauberzumachen, war dies der geheiligste Raum im ganzen Haus, schon allein wegen der Menge chinesischer Klassiker aus der Hand des verehrten Ahnherrn. Er sprach stets von der »ehrwürdigen Bibliothek«, und selbst sein Tonfall war dabei von einem Ausdruck des Respekts getragen.

Am Abend, nachdem Kiyoaki sich mit Honda ausgesöhnt hatte, ließ er Iinuma, der eben in die Abendvorlesungen hatte gehen wollen, auf sein Zimmer rufen und überreichte ihm wortlos den Schlüssel. Die monatliche Reinigung des Bibliothekszimmers pflegte an einem festgelegten Datum zu erfolgen, natürlich tagsüber, so daß Iinuma den jetzt zu solcher Unzeit erhaltenen Schlüssel mißtrauisch betrachtete. Auf seiner derben, fleischigen Hand ruhte er schwarzglänzend wie eine an den Flügeln verletzte Libelle...

Ein Augenblick, den sich Iinuma später wieder und wieder aus seinem Gedächtnis heraufrufen sollte.

Ach, wie nackt, wie gerupft, wie grausam zugerichtet hatte sich dieser Schlüssel hingestreckt auf seine Hand!

Eine ganze Weile überlegte er, was das zu bedeuten hätte. Er kam nicht dahinter. Als es ihm Kiyoaki schließlich erklärte, schüttelte es ihn vor Wut. Vor Wut nicht so sehr auf Kiyoaki, als vielmehr auf sich selber: daß es so weit mit ihm gekommen war.

»Gestern hast du mir geholfen, die Schule zu schwänzen. Heute bin ich an der Reihe, dir dabei zu helfen, die Vorlesungen zu schwänzen. Verlaß bitte das Haus ganz so, als ob du zur Abenduniversität wolltest. Danach genügt es, daß du hinten herumgehst, durch das Türchen neben der Bibliothek das Haus wieder betrittst, mit diesem Schlüssel die Bibliothek aufschließt und drinnen wartest. Aber du darfst auf keinen Fall Licht machen! Auch ist es sicherer, wenn du von innen abschließt. Die Tadeshina hat mit Mine alles verabredet. Sie wird Mine anrufen und fragen, bis wann denn die Duftkissen für Fräulein Satoko fertig wären; das ist das Signal. Da Mine sich auf solche Handarbeiten wie Beutelchen und dergleichen versteht, bekommt sie schließlich von allen Aufträge; und nachdem sie auch von Fräulein Satoko um Duftkissen aus Goldbrokat gebeten wurde, ist ein derartiger Mahnanruf ja nicht unnatürlich. Sobald Mine den Anruf erhalten hat, wartet sie, bis du das Haus verläßt; woraufhin sie verabredungsgemäß leise an der Bibliothekstür anklopfen wird, um dich zu treffen. In dieser Zeit nach dem Abendessen geht es recht geräuschvoll zu, und keinem dürfte es auffallen, wenn Mine einmal für dreißig, vierzig Minuten verschwindet. Die Tadeshina war der Meinung, euer Rendezvous außerhalb des Hauses zu arrangieren, sei ziemlich gefährlich und schwierig obendrein. Um einer Zofe Ausgang zu verschaffen, brauche es allerlei Ausreden, was um so leichter verdächtig wirke. Nun, jedenfalls habe ich dann, noch bevor ich mit dir darüber sprechen konnte, die Sache in die Hand genommen, und so wird Mine heute abend bereits von der Tadeshina den verabredeten Anruf erhalten. Du mußt also unbedingt in die Bibliothek gehen. Wenn nicht, wäre das ganz schrecklich für Mine.«

Von dem, was er soeben gehört, in die Enge getrieben, hätte Iinuma um ein Haar den Schlüssel aus der gefährlich zitternden Hand fallen gelassen.

In der Bibliothek war es entsetzlich kalt. Da vor den Fenstern nur die Kattunvorhänge vorgezogen waren, drang von der Außenlampe im hinteren Hof ein wenig Licht herein; jedoch war es nicht hell genug, um etwa die Buchtitel lesen zu können. Ein Modergeruch hing in der Luft; es war, als hätte man sich irgendwo an einem winterlichen, vor sich hin tümpelnden Abwasserkanal niedergehockt.

Iinuma indessen wußte im großen und ganzen auswendig, auf welchem Regal welche Bücher standen. Die japanisch gebundenen »Kommentare zu den Vier Klassikern«, von Kiyoakis Großvater regelrecht zerlesen, hatten ihre Kassetten längst verloren; aber es standen an derselben Stelle auch die Schriften des Hanfeizi, ferner »Das Testament der Gerechten« sowie »Die kurze Geschichte der achtzehn großen Daimyate«, und irgendwo daneben mußte sich jene gedruckte Auswahlausgabe nach der mittelalterlichen »Sammlung japanisch-chinesischer Gedichte« befinden, in der Iinuma – er wußte genau die Seite – einmal beim Saubermachen auf den »Gesang des Edlen« von Kaya no Toyotoshi gestoßen war. Was damals sein Herz vor allem getröstet, war aus diesem Gedicht die folgende Strophe gewesen:

Wie kannst du's ertragen, ein einziges Zimmer zu fegen?
Wie kann dir's genügen, durch Kyūshū zu wandern?
Ach, dieser Schwarm der geschwätzigen Schwalben und
 Spatzen!
Was wissen sie von den Pfaden, die der Schwan, die Wildgans
 fliegt!

Iinuma begriff. Daß nämlich Kiyoaki, weil er seine Verehrung für die Bibliothek kannte, diese absichtlich zum Ort des Rendezvous bestimmt hatte... Kein Zweifel. Schon in dem Tonfall, in dem er ihm zuvor die freundlicherweise getroffenen Vorbereitungen dargelegt, war eine eiskalte, deutlich davon bestimmte Lust zu spüren gewesen: Kiyoaki hoffte, Iinuma werde selbst und mit eigener Hand den ihm heiligen Platz entweihen. Wenn er es recht bedachte, war es seit den Kindertagen des schönen Knaben diese Fähigkeit gewesen, mit der ihn, meist wortlos, Kiyoaki vor allem erschreckt hatte. Diese Lust am Sakrileg. Eine Lust, als triebe es ihn dazu, einen Fetzen rohes Fleisch in ein weißes Votivpapier einzubinden: so Iinuma zur Beschmutzung dessen zu zwingen, was ihm doch teuer war. Verbrechen zu begehen, wie sie einst Susanoo-no-mikoto, der Sturmgott, mit Vorliebe beging... Seit Iinuma einmal kapituliert hatte, war diese Neigung Kiyoakis nur immer noch stärker geworden; und dabei – was Iinuma unbegreiflich war – erschienen Kiyoakis sämtliche Vergnügungen in den Augen der Welt schön und rein, wohingegen die seinen so angesehen wurden, als vervielfache sich in ihnen allmählich die Schwere schmutziger Schuld. Diese Vorstellung machte, daß er sich selbst um so gemeiner vorkam.

Er hörte, wie oben über der hölzernen Decke der Bibliothek aufgeregt die Ratten umherliefen; sie gaben Quietscher von sich, als wollten sie ihn begrüßen. Beim Saubermachen im Monat zuvor hatte er eine Menge stachliger Kastanienschalen über den Brettern verteilt, um die Ratten fernzuhalten; doch ohne jeden Erfolg... Und da plötzlich erinnerte sich Iinuma an das, woran er sich höchst ungern erinnerte, und es schüttelte ihn.

Sooft er Mine von Angesicht sah, verdunkelte – er mochte wischen, wie er wollte – diese Vision seine Augen wie ein Fleck. Selbst jetzt, wo Mines warmer Leib durch die Nacht unterwegs war zu ihm, mußte sich dieser Gedanke dazwischenstellen.

Möglicherweise wußte auch Kiyoaki davon, doch hatte er es nie ausgesprochen, so daß Iinuma, dem es seit langem bekannt gewesen, von sich aus Kiyoaki nichts davon erzählt. Im Hause zwar in Wahrheit kein streng gehütetes, nichtsdestoweniger ein Geheimnis, das für sich zu behalten Iinuma schwerer und schwerer fiel. Eine Marter, als liefe beständig eine Meute schmutziger Ratten in seiner Brust hin und her... Der Marquis hatte mit Mine geschlafen. Und noch jetzt gelegentlich... Iinuma stellte sich die blutunterlaufenen Augen der Ratten vor, ihre bedrückende Erbärmlichkeit.

Ihn fror schrecklich. Morgens bei seinem Gang zum *Omiyasama* konnte er sich so mannhaft in die Brust werfen, aber jetzt schlich ihn die Kälte von hinten an, klebte auf der Haut wie ein Pflaster, so daß ihn ein Schauder überlief. Mine brauchte offenbar Zeit, um eine Gelegenheit abzupassen, bei der sie unauffällig ihren Platz zu verlassen imstande war.

Je länger er wartete, desto heftiger beunruhigten ihn die andrängenden Begierden; allerlei häßliche Vorstellungen, dazu die Kälte, die Erniedrigung, der Modergeruch: genug, um sein Inneres in Aufruhr zu versetzen. Ja, ihm war, als käme dies alles wie der Kehricht im Abwasserkanal langsam auf ihn zugetrieben und versündigte sich an seiner *Hakama*-Hose aus Kokura-Seide. ›Das also sind meine Vergnügungen!‹ dachte er. Ein Mann von vierundzwanzig, einem Alter, in dem einem jedwede Ehre und glanzvolle Tat wohl anstünde...

Leise klopfte es an die Tür. Iinuma sprang so hastig hoch, daß er sich dabei böse an einem Bücherregal stieß. Er schloß die Tür auf, und Mine, leicht vornübergebeugt, schlüpfte herein. Ohne hinzuschauen, drehte Iinuma den Schlüssel wieder herum, faßte dann Mine bei den Schultern und schob sie rücksichtslos tiefer in die Bibliothek hinein.

Er wußte nicht warum, aber gleichzeitig mußte er an die schmutzige Farbe der Schneereste denken, die – zusammengeschoben und an der äußeren Holzverschalung der Bibliothek aufgetürmt – ihm zuvor aufgefallen waren. Und auf einmal spürte er das ihm selbst nicht recht erklärliche Verlangen, Mine in jenem Winkel zu verführen, der diesem Schnee am nächsten war.

Seine Phantasien machten Iinuma brutal; während er einerseits zwar zunehmend Mitleid mit Mine empfand, behandelte er sie doch in Wahrheit immer unbarmherziger, und als er sich klarzuwerden begann, daß er dies aus dem heimlichen Gefühl heraus tat, an Kiyoaki Rache zu üben, wurde ihm so erbärmlich wie noch nie zumute. Ohne einen Laut von sich zu geben, und die Zeit war schließlich knapp bemessen, ließ Mine alles mit sich geschehen; aber aus dieser willfährigen Unterwerfung meinte Iinuma die sanfte Verständnisbereitschaft eines ihm gleichgearteten Wesens zu spüren, und das verletzte ihn in seinem Herzen.

Indessen rührte Mines Nachgiebigkeit durchaus nicht daher. Tatsächlich nämlich war sie ein heiteres, leichtfertiges Ding. Das scheinbar Grimmige an Iinumas Schweigen, die verwirrte Unbeholfenheit seiner Finger – Mine gewann aus alledem eher den Eindruck einer linkischen Ernsthaftigkeit. Sie hätte nicht im Traum daran gedacht, daß er sie bemitleiden könnte.

Plötzlich, als hätte die eisige Schwertklinge des Dunkels sie berührt, empfand Mine, wie die Kälte eindrang unter ihren aufgeschlagenen *Kimono*. Die mit Lederbänden mit stumpf glänzenden goldenen Schriftzeichen und mit Buchkassetten vollgestopften Regale, die sie über sich in der Düsternis erblickte, schienen von allen vier Seiten auf sie hereinzubrechen. Es mußte schnell gehen. Sie mußte sich geschwind einkrümmen in diesen schmalen, ihr zwar unbekannten, doch sorgfältig vorbereiteten Spalt in der Zeit. Ja, sie begriff, daß es ausreichen würde, wenn sich – mochte es auch noch so unbequem sein – ihr Dasein genau diesem Spalt anpaßte, wenn sich ihr Körper gehorsam und rasch darin begraben ließe. Wahrscheinlich wünschte sie sich gar nichts anderes als das winzige Grab, das ihrem kleinen, herangereiften, von einer hellen Haut sorgfältig bedeckten Leib entspräche.

Es ist gewiß keine Übertreibung zu behaupten, Mine habe Iinuma geliebt. Wurde sie begehrt, so war sie imstande, an dem Mann, der sie begehrte, allenthalben Vorzüge zu entdecken. Zudem hatte sich Mine von Anfang an niemals an dem verächtlichen Geschwätz beteiligt, wenn die anderen Zofen über Iinuma herzogen. Sie schätzte als Frau in all ihrer Schlichtheit seine so lange Jahre hindurch gedemütigte Männlichkeit.

Auf einmal war ihr, als zöge das fröhliche Treiben bei einem Tempelfest vor ihr vorüber. Aus der Nacht tauchten die Acety-

lenlampen hervor mit ihrem stechenden Licht und dem eigentümlichen Geruch, die Luftballons, die Windräder, die buntgefärbten, süßen Reiskuchen glänzten auf, und alles verschwand wieder... Mine öffnete im Dunkeln die Augen.
»Was schaust du denn so?« fragte Iinuma irritiert.
Da lief oben über der Decke wieder die Horde der Ratten los. Ein leichtes Getrappel und dennoch voller Hast, sich mehr und mehr verwirrend, als die Ratten durch das Dunkel ihres seltsamen Ackers von einem Winkel in den anderen jagten.

15

Alle Post, die im Hause der Matsugaes eintraf, ging zunächst durch die Hand des Haushofmeisters Yamada; er pflegte sie in einer Lackschale, in die ein aus dem Familienwappen gebildetes Golddekor eingestreut war, säuberlich zu ordnen und persönlich den Herrschaften zu überbringen. Da sie dies wußte, ließ Satoko Vorsicht walten und entschied sich dafür, die Tadeshina mit dem Botendienst zu beauftragen, damit diese ihren Brief Iinuma einhändigte.

Iinuma war jetzt mit den Vorbereitungen für sein Abschlußexamen beschäftigt; doch traf er die Tadeshina und nahm den Brief entgegen, der so ohne Zwischenfall Kiyoaki erreichte.

Ein Liebesbrief Satokos an Kiyoaki.

›Noch erfüllt vom Gedenken an den Schneemorgen, hat selbst an dem wolkenlos heiteren Tag darauf in meiner Brust das glückliche Schneetreiben nicht aufgehört. Flocke um Flocke hat mir Dein Bild wiedergebracht, und um mich Deiner zu erinnern, wünschte ich mir wohl gar sehr, ich lebte in einem Land, in dem es dreihundertfünfundsechzig Tage lang ohne Unterlaß schneit. Wäre es noch die höfische Heian-Zeit, so ließest Du mir ein Gedicht zukommen, und ich schriebe Dir ein Antwortgedicht; indessen, zu meinem Erschrecken vermag das *Waka*-Gedicht, wie ich es seit Kindertagen geübt, nun kein einziges meiner Gefühle wiederzugeben. Liegt dies vielleicht nur an meinem armseligen Talent? Oh, glaube bitte nicht, mein ganzes Glück bestünde in der Freude, die Du mir durch die Erhörung meines eigensinnigen Vorschlags bereitet hast. Das wäre, als hieltest Du mich für eine Frau, die darin ihr Vergnügen findet, mit Dir nach ihrem Belieben umzuspringen, und würde mich maßlos schmerzen. Nein, was mich am meisten beglückt, war Deine herzliche Zärtlichkeit. War Deine Sanftheit, mit der Du, nachdem Du das in der Tiefe jenes eigensinnigen Vorschlags verborgene Gefühl der Ratlosigkeit erkannt, mich ohne ein einziges Wort mitgenommen hast hinaus in den Schnee; mit der Du mir den Traum erfüllt hast, der so verschämt und schüchtern in meinem Herzen aufgestiegen war. Lieber Kiyo, wenn ich an jene Stunden denke, ist mir, als bebte ich noch jetzt vor Scham und Freude zugleich. In Japan glauben wir an die Schneefrau; im europäischen Märchen, meine ich mich zu erinnern, erscheint der Schnee als ein schöner junger Mann. Deshalb mutet mich Deine Gestalt in der männlich schmucken Uniform wahrhaftig wie der Schneegeist an, der mich umarmt; ja, in Deine Schönheit einzusinken, wollte mir vorkommen wie das Glück, auf der Stelle in den Schnee fortzuschmelzen und zu sterben.‹

Als Nachschrift war am Schluß hinzugefügt: ›Versäume es, bitte, nicht, diesen Brief dem Feuer zu überantworten.‹ Bis zu dieser Zeile hin wirkte der Brief außerordentlich flüssig geschrieben; was aber Kiyoaki erstaunte, war die Tatsache, daß Satoko zwar überaus elegante Formulierungen benutzte und dennoch wie Einsprengsel auch sinnliche Ausdrücke dazwischen waren.

Nachdem er den Brief gelesen, hatte er zunächst den Eindruck, hier solle der Empfänger in Ekstase versetzt werden; beim genaueren Hinsehen dann erinnerte ihn das Ganze eher an ein Übungsbuch, aus dem Satoko in der Schule anmutig zu schreiben gelernt. Ja, es schien, als wolle sie ihn darüber belehren, daß die wahre Vornehmheit keine wie immer geartete Frivolität zu fürchten habe.

Wäre es, nach einem Vorfall wie an jenem Schneemorgen, tatsächlich an dem gewesen, daß die beiden sich ineinander verliebt hätten, würden sie dann nicht ganz natürlicherweise darauf gedrängt haben, sich jeden Tag wenigstens für einige kurze Minuten zu sehen?

Aber Kiyoakis Herz reagierte nicht auf solche Weise. Wie eine im Wind flatternde Flagge nur den Gefühlen zu leben, läßt einen, seltsam genug, eher geneigt sein, sich natürlichen Abläufen zu widersetzen. Diese natürlichen Abläufe vermitteln ja den Eindruck, daß sie unter dem Zwang der Natur zustande kommen, und so versuchen die Gefühle, eben indem sie alles Erzwungene verabscheuen, sich ihnen zu entziehen, und werden beim nächsten Mal sogar so weit gehen, die eigene, im Instinkt begründete Freiheit einzuschränken.

Wenn Kiyoaki beschlossen hatte, Satoko für eine Weile nicht zu treffen, so tat er das weder aus Selbstbeherrschung, geschweige denn deswegen, weil er etwa wie ein Experte in Liebesdingen die Regeln dieser Kunst perfekt beherrscht hätte. Es geschah gleichsam aus einer noch linkisch unbeholfenen Vornehmheit, aus einem noch unreifen, der Eitelkeit nahe benachbarten Vornehmtun. Er beneidete Satoko um ihre Freiheit, um diese fast schon frivole, aber doch anmutige Freiheit, fühlte auch, daß er ihr hierin unterlegen war.

Wie ein Fluß stets zurückkehrt in sein vertrautes Bett, begann Kiyoakis Herz sich von neuem in die Leiden zu verlieben. Seine recht eigensinnige, gleichzeitig auch strenge Gewohnheit zu träumen war dadurch geradezu irritiert, daß keinerlei äußere Umstände ihn daran hinderten, Satoko, wann immer er wollte, zu treffen, und so verdammte er die ungelegene Vermittlertätigkeit Iinumas und der Tadeshina. Ja, sie stand der Reinheit seiner Gefühle entgegen. Er bemerkte mit verletztem Stolz, daß ihm nichts anderes übrigblieb, als sich aus seiner Unschuld heraus selbstquälerische Schmerzen und eingebildete Leiden zu spinnen. Liebesschmerzen sollten ein vielfarbiges Gewebe ergeben, aber in seiner kleinen Hausmanufaktur stand nur ein einfarbiger, reinweißer Faden zur Verfügung.

›Wohin versuchen sie mich fortzureißen? Wollen sie, daß meine Liebe dieses Mal eine echte wird?‹

Doch jede Gefühlsregung gleich als ›Liebe‹ zu bezeichnen, mußte ihn abermals verdrießlich stimmen.

Selbst die Erinnerung an jenen Kuß, die einen normalen jungen Mann schon aus Eigendünkel in Ekstase versetzt haben würde, war für diesen mit seinem Dünkel viel zu sehr vertrauten Jüngling eine Affäre, die die Wunde in seinem Inneren Tag für Tag verschlimmerte.

Gewiß war ihm in jenem Augenblick eine Lust aufgefunkelt

wie ein Edelstein. Und jener eine Augenblick zumindest hatte sich, daran bestand kein Zweifel, in die tiefsten Tiefen seines Gedächtnisses eingegraben. Im Zentrum des gleichmäßig aschefarbenen, ringsum alles undeutlich verhüllenden Schnees, inmitten eines ausufernden Stroms der Empfindungen, von dem er nicht wußte, woher er kam und wo er endete, hatte der leuchtendrote Edelstein tatsächlich existiert.

Nun litt er darunter, daß die solchermaßen in seinem Gedächtnis haftende Lust und die Wunde in seinem Inneren immer mehr in einen Gegensatz zueinander gerieten. Und zu guter Letzt waren wieder nur jene ihm so vertrauten Erinnerungen da, die ihm das Herz verdüsterten. War, mit anderen Worten, auch jener Kuß in seinen Augen eine der demütigenden Erinnerungen, die ihm Satoko zu bereiten pflegte und die ihm so rätselhaft erschienen.

Bemüht, seinen Antwortbrief möglichst kühl zu halten, zerriß er mehrmals den Bogen und begann wieder von vorn. Als er schließlich, überzeugt, ein Meisterstück eiskalter Erwiderung zustande gebracht zu haben, den Pinsel zur Seite legte, bemerkte er, daß er ganz unbewußt und wie im Anschluß an den Anklagebrief von damals den Stil eines Mannes nachgemacht hatte, der sich mit den Frauen auskennt. Doch diesmal schmerzte ihn diese offenkundige Lüge, und so schrieb Kiyoaki den Brief noch einmal, schrieb ihn aufrichtig aus dem Glücksgefühl dessen heraus, der zum ersten Mal in seinem Leben geküßt hat. Es wurde ein kindlich leidenschaftlicher Brief. Er schloß die Augen, schob den Brief ins Kuvert, streckte seine feucht glänzende, kirschblütenfarbene Zungenspitze ein wenig heraus und leckte damit über die Gummierung. Es schmeckte wie eine süßliche Arznei.

16

Das Anwesen der Matsugaes war besonders berühmt für das rote Herbstlaub, doch hatte auch die Kirschblüte ihre Reize. Schon an dem knapp einen Kilometer langen Zufahrtsweg vom Haupttor her reihten sich zwischen den Kiefern zahllose Kirschbäume. Vom Balkon im Obergeschoß der Villa aus hatte man einen herrlichen Blick auf diese Allee; zugleich sah man dann all die anderen verstreuten Kirschbäume: einige neben dem riesigen Gingko im vorderen Park, einige im Kranz um den Rasenhügel gesetzt, auf dem Kiyoaki einst seine Vollmondzeremonie erlebte, einige auch jenseits des Teiches auf dem Ahornberg hier und da. Es gab viele Besucher, die der Meinung waren, in einer solchen Anordnung wirkten die blühenden Bäume weitaus schöner als in einem bis in den letzten Winkel nur mit Kirschbäumen bepflanzten Garten.

Die drei Hauptereignisse im Hause der Matsugaes zwischen Frühjahr und Sommer waren im März das Puppenfest, im April das Kirschblütenfest und im Mai die Gedenkfeier am *Omiyasama*. In diesem Frühjahr nun, weil das Trauerjahr für den verstorbenen Kaiser noch nicht abgelaufen war, sollten Puppenfest und Kirschblütenfest, so wurde beschlossen, nur im engeren Kreise begangen werden; und das zur nicht geringen Enttäuschung der Frauen. Denn seit dem Winter bereits waren aus den hinteren Gemächern immer wieder Pläne für die beiden Feste, Gerüchte auch über Unterhaltungskünstler, die man diesmal engagieren werde, durchgesickert, und dergleichen hatte natürlich die auf das Frühjahr wartenden Gemüter mehr und mehr erregt. Solche Feste ausfallen zu lassen, wäre dasselbe gewesen, als hätte man den Frühling abschaffen wollen.

Besonders das hier nach der in Kagoshima üblichen Art gefeierte Puppenfest war so berühmt, daß einmal eingeladene Europäer seinen Ruf selbst im Ausland verbreiteten und infolgedessen andere, zu dieser Jahreszeit in Japan weilende Besucher aus Übersee auf ihre Empfehlungen hin um eine Einladung baten. Von den Kerzen angestrahlt, die roten Teppiche widerspiegelnd, wirkten die wie ein kalter Frühlingstag verschlossenen Elfenbeingesichter jenes Puppenpaars, das als Kaiser und Kaiserin galt, nur noch um so unnahbarer. Er in der alten Hofkleidung mit dem hohen Hut, sie im klassischen Zwölffach-Gewand, doch mit so tiefem Kragen, daß auf dem schlanken Puppenhals ein auffallend weißer Schimmer zu bemerken war. Die hundert *Tatami*-Matten große Halle war ganz mit roten Filzteppichen ausgelegt, und von der Kassettendecke herab hingen unzählige große, bestickte Stoffbälle, sowie ringsum dicht bei dicht bunte *Oshie* mit Applikationsbildern von Genrepuppen. Eine alte *Oshie*-Meisterin namens Tsuru pflegte jedes Jahr Anfang Februar nach Tōkyō zu kommen, sich mit Eifer der Herstellung dieser Kunstwerke zu widmen und dabei alles und jedes mit der stehenden Redewendung zu begleiten: »Ja, wenn es also gefällig ist...«

Dafür, daß man sich diesmal beim Puppenfest solcher Pracht enthalten hatte, erhoffte man sich vom Kirschblütenfest, auch wenn es nicht öffentlich gefeiert wurde, doch weit mehr Gepränge, als zunächst angeordnet war. Schließlich hatte Prinz Tōin-no-miya sein inoffizielles Erscheinen ansagen lassen.

Der geltungssüchtige Marquis, dem unter den gegebenen Umständen die gesellschaftlichen Rücksichten zu schaffen machten, vernahm die Ankündigung des Prinzen mit Freuden. Wenn ein Cousin des Kaisers unter Verletzung der Trauerzeit ihn mit seiner Anwesenheit beehrte, fühlte sich auch der Marquis selbst hinlänglich gerechtfertigt.

Da Seine Kaiserliche Hoheit Prinz Haruhisa Tōin-no-miya zufällig zwei Jahre zuvor als Vertreter des Kaisers den Krönungsfeierlichkeiten für Rama VI. beigewohnt hatte, also in engerer Beziehung zum siamesischen Königshause stand, veranlaßte der Marquis, daß nun auch die Prinzen Pattanadid und Kridsada eingeladen wurden.

Der Marquis selbst war dem Prinzen Tōin-no-miya während der Olympischen Spiele 1900 in Paris nähergekommen und hatte ihn dort in die nächtlichen Vergnügungen eingeweiht; noch lange nach der Rückkehr nach Japan liebte es der Prinz, auf Geschichten anzuspielen, die nur sie beide kannten, etwa indem er sagte: »Wissen Sie, Matsugae, das Haus mit der Champagnerfontäne, das war doch irrsinnig amüsant, wie?«

Das Kirschblütenfest wurde auf den 6. April festgelegt, und sowie das Puppenfest vorüber war, begann wegen der vielerlei Vorbereitungen für jedermann im Hause der Matsugaes ein geschäftiges Leben.

Kiyoaki indessen verbrachte die Frühjahrsferien mit Nichtstun, bezeigte auch kein Interesse für eine Reise, wie sie ihm seine Eltern vorschlugen. Obwohl er Satoko nicht eben häufig traf, meinte er doch, Tōkyō nicht verlassen zu sollen, solange sie da war, nicht einmal für kurze Zeit.

Ja, er ging dem recht kalten, allmählich aber doch anbrechenden Frühling in einer von Vorahnungen erfüllten, nervösen Stimmung entgegen. Wenn ihn im Hause die Langeweile peinigte, besuchte er, was er sonst nur selten zu tun pflegte, seine Großmutter auf ihrem Ruhesitz.

Ursache dafür, daß er nicht eben oft bei ihr vorsprach, war die Tatsache, daß sie die Angewohnheit nicht abzulegen vermochte, ihn noch immer wie ein Kind zu behandeln; auch lästerte sie ihm zuviel über seine Mutter. Seit dem Tod des Großvaters zeigte die alte Dame, eine rüstige Erscheinung, mit würdevollem Gesicht und männlich kräftigen Schultern, keinerlei Neigung mehr, in der Gesellschaft aufzutreten; als lebte sie gleichsam nur in der Erwartung des Todes, aß sie kaum mehr als eine Winzigkeit, doch das hielt sie um so gesünder.

Wenn Leute aus der Heimat kamen, redete sie mit ihnen im rücksichtslosesten Kagoshima-Dialekt; mit Kiyoaki und seiner Mutter hingegen sprach sie ein mehr oder weniger schriftsprachliches, etwas holperiges Tōkyō-Japanisch, was freilich, da sie die weichen Nasallaute nicht hatte, eine eher militärisch strenge Färbung besaß. Kiyoaki meinte dabei herauszuspüren, daß sie durch das absichtliche Beharren auf ihrem Akzent insgeheim die Leichtfertigkeit zu kritisieren versuchte, die die von ihm so mühelos gebildeten Nasallaute der Tōkyōer Sprechweise für sie zu haben schienen.

»Prinz Tōin-no-miya, habe ich gehört, soll zum Blütenfest kommen?« fragte sie vom *Kotatsu*-Stövchen her, kaum daß Kiyoaki eingetreten war.

»Ja, so heißt es.«

»Ich jedenfalls werde nicht kommen. Deine Mutter möchte es zwar, aber mir ist es angenehmer, ich bleibe hier und man vermißt mich.«

Auch zeigte sich die Großmutter besorgt darüber, daß Kiyoaki seine Tage so untätig verbringe, und drängte ihn, er solle doch Jūdō treiben oder fechten; seit die alte Sporthalle abgerissen und an ihrer Stelle diese westliche Villa gebaut worden sei, habe – so bemerkte sie sarkastisch – der ›Verfall‹ der Familie Matsugae seinen Lauf genommen. Dieser Ansicht der Großmutter schloß sich Kiyoaki in seinem Herzen an. Er liebte das Wort ›Verfall‹.

»Wären deine beiden Onkel noch am Leben, dürfte es sich

dein Vater nicht so leichtmachen. Ich meine, dafür Geld auszugeben, daß man Mitglieder der kaiserlichen Familie einlädt, das ist im Grunde doch nichts als Eitelkeit. Wenn ich daran denke, wie diese Kinder auf dem Schlachtfeld gefallen sind, ohne den Luxus, das Wohlleben gekannt zu haben, vergeht mir die Lust, mich zusammen mit deinen Eltern leichten Herzens zu vergnügen. Ich lege ja sogar die Hinterbliebenenrente nach wie vor auf den Hausaltar, ohne sie zu verbrauchen. Nein, ich brächte es nicht über mich, dieses Geld auszugeben; ist mir doch, als lasse Majestät es mir zukommen als Sühne für das edle Blut, das meine Söhne vergossen haben.«

Die Großmutter liebte es, dergleichen moralische Predigten zu halten; tatsächlich aber sorgte der Marquis in allem und ohne Einschränkung für sie, sie bekam ihre Kleidung und ihr Essen, sie erhielt das nötige Taschengeld und die Dienerinnen, die sie brauchte. Kiyoaki hatte den Verdacht, sie schäme sich eher ihrer provinziellen Herkunft und vermeide deshalb jeden feineren Umgang.

Nur wenn Kiyoaki zur Großmutter ging, konnte er sich selbst und der Scheinwelt, die ihn umgab, entfliehen, genoß er das Glück, daß er in ihr, die so nahe bei ihm lebte, noch einmal den Bezug hatte zu der schlichten, vitalen Art seiner Vorfahren. Ein recht ironisches Glücksgefühl allerdings.

Solcherart waren die großen, bäuerischen Hände der Großmutter, waren ihre wie mit einem einzigen dicken Pinselstrich gemalten Gesichtszüge, waren die strengen Linien ihrer Lippen. Aber natürlich hielt die Großmutter nicht nur sittenstrenge Reden, sondern indem sie unter der über das *Kotatsu*-Stövchen gebreiteten Decke plötzlich das Knie des Enkels anstieß, sagte sie etwa neckend zu ihm: »Hör mal, was ist das bloß, daß meine Mädchen, sobald du hier bist, in einem fort miteinander zu flüstern haben? In meinen Augen bist du ja noch immer der kleine Junge mit der Laufnase. Sehen denn vielleicht die Mädchen etwas anderes in dir?«

Kiyoaki blickte hinauf zu den am Simsbalken aufgehängten, etwas unscharfen Fotos seiner beiden Onkel in Armeeuniform. Ihm war, als gäbe es nichts, was eine Verbindung herstellte zwischen diesen Uniformen und ihm selbst. Es waren Fotos aus dem vor kaum acht Jahren zu Ende gegangenen Krieg, und doch war die Distanz so groß wie bei einem Blick in die blaue Ferne. ›Mir ist es angeboren, meine Gefühle zu verschwenden, Blut werde ich gewiß nie vergießen‹, dachte er in einem Anflug von Arroganz, untermischt jedoch von einem leichten Unbehagen.

Da die Sonne voll auf den geschlossenen Papierschiebefenstern lag, fühlte er sich von der Wärme in dem Sechs-Matten-Zimmer wie im Innern eines großen Kokons aus weißem, halbtransparentem Fensterpapier, eingehüllt von dem hereindringenden Licht. Auf einmal begann seine Großmutter einzunicken, und Kiyoaki vernahm in der Stille dieses hellen Zimmers auffälliger als sonst das Ticken der Wanduhr. Während sie sich im Schlaf leicht vornüberbeugte, trat unter Großmutters kurzgeschnittenem, zur Auffärbung des Silberweiß mit einem schwarzen Puder bestreutem Haar die wulstige, glänzende Stirn stärker hervor, und es schien, als hätte sich dort eine Spur von jener Bräune erhalten, die sie sich vor sechzig Jahren in ihrer Jungmädchenzeit in der Sommersonne über der Bucht von Kagoshima geholt hatte.

Er dachte an die Gezeiten des Meeres, stellte sich vor, wie Jahr um Jahr vergehen und er selber alt werden würde, und plötzlich war ihm, als benähme ihm dieser Gedanke den Atem. Nie hatte ihn nach der Weisheit des Alters verlangt. Aber wie würde er sterben können mitten aus seiner Jugend heraus? Und möglichst ohne zu leiden. Einen eleganten Tod, so wie etwa ein sorglos über den Tisch geworfener, kostbarer seidener *Kimono* unbemerkt hinabgleitet auf den dunklen Boden.

Der Gedanke an den Tod versetzte Kiyoaki in eine Stimmung, in der er heftig den Wunsch verspürte, sofort und wenigstens für einen Augenblick Satoko zu sehen.

Er rief die Tadeshina an, und überstürzt brach er zur Begegnung mit Satoko auf. Das Gefühl, daß Satoko wirklich lebte, jung und schön, daß sie auf ihn wartete, daß auch er lebte und gleich bei ihr wäre, erschien ihm als ein Glück, sonderbar und ungewöhnlich genug, um ihn mit knapper Not bis zum Zusammentreffen aufrecht zu halten.

Dem Rat der Tadeshina folgend, gab Satoko vor, einen Spaziergang zu machen, und traf Kiyoaki auf dem Gelände eines kleinen Shintō-Schreins unweit ihres Hauses in Azabu. Als erstes dankte ihm Satoko für die Einladung zum Kirschblütenfest. Offensichtlich glaubte sie, diese Einladung gehe auf Kiyoakis Anweisung zurück. Kiyoaki, unfähig zur Aufrichtigkeit wie immer, tat, als habe er, obzwar er jetzt zum ersten Mal davon hörte, von Anfang an von der Einladung gewußt und nahm ihre Dankesworte ausweichend entgegen.

17

Nach vielerlei Überlegungen entschied sich Marquis Matsugae schließlich dafür, den Kreis der Gäste anläßlich des Kirschblütenfestes so klein wie möglich zu halten, und zu den Teilnehmern an dem zu Ehren der Kaiserlichen Hoheiten Prinz und Prinzessin Tōin-no-miya gegebenen Diner sollten lediglich die beiden siamesischen Prinzen, Baron und Baronin Shinkawa, die als engere Freunde des Hauses häufig eingeladen wurden, sowie Satoko und ihre Eltern, Graf und Gräfin Ayakura, gehören. Der Baron, derzeitiges Oberhaupt des Shinkawa-Finanzimperiums, galt in allen Dingen als die reine Kopie eines Engländers, während die Baronin, seit neuestem mit der Frauenrechtlerin Hiratsuka Raichō auf vertrautem Fuße, so etwas wie die Patronatsherrin der »Neuen Frauen« war, weshalb sich der Marquis von ihrer Teilnahme eine Bereicherung der Runde versprach.

Das Programm, das der Marquis zusammen mit dem Haushofmeister Yamada unter Beratung sämtlicher Umstände aufstellte, sah vor, daß die Kaiserlichen Hoheiten nachmittags um drei Uhr einträfen und nach einer Erfrischungspause in einem der Räume im Haupthaus durch den Garten geleitet würden; hierauf sollten wie bei Kirschblütentänzen aus der Genroku-Zeit gekleidete *Geishas* die Gäste bis fünf Uhr im Stil der offenen Gartengesellschaft unterhalten, wonach sie eine Vorstellung von pantomimischen Tänzen zu geben hätten; bei Einbruch der Dämmerung würde man dann in die Villa bitten, dort zunächst einen Aperitif reichen, um schließlich nach dem großen Diner als zweite Attraktion durch einen eigens für diesen Tag engagierten Kinematographentechniker neu aus dem Westen eingetroffene »Lebende Bilder« vorführen zu lassen und damit die Festlichkeit zu beenden.

Kopfzerbrechen bereitete dem Marquis die Auswahl des Films. Eine französische Pathé-Produktion, berühmt für die Mitwirkung von Gabrielle Robin, der gefeierten Schauspielerin von der Comédie Française, war zweifellos ein vorzügliches Werk; doch stand zu befürchten, es könnte dadurch die gewünschte Heiterkeit des Blütenfestes verdorben werden. Das seit dem 1. März als Spezialtheater für westliche Produktionen etablierte Asakusa-Lichtspielhaus hatte mit »Paradise Lost«, dem ersten Streifen, Popularität gewonnen; aber Dinge, die an einem Platz wie diesem zu sehen waren, im Hause vorzuführen, hatte ja wohl keinen Sinn. Und jene deutschen Schauerdramen würden Ihrer Hoheit, der Prinzessin, und den anderen Damen gewiß nicht gefallen. Zu guter Letzt und als jedenfalls risikolos wurde ein fünf oder sechs Spulen umfassender, realistischer Film von der englischen Firma Hepworth für gut befunden, der auf einem Buch von Dickens basierte. Er war zwar ein wenig sentimental; doch müßte, nahm der Marquis an, allein schon deswegen, weil er geschmackvoll gemacht, allgemeinverständlich dargeboten und mit englischen Zwischentiteln versehen war, jeder unter den Gästen sein helles Vergnügen daran haben.

Was aber, wenn es nun regnen sollte? Da sich von der großen Halle des Haupthauses her der volle Blick auf die Kirschblüte kaum entfaltete, würde man das Programm so abändern müssen, daß man zunächst vom Obergeschoß der Villa aus die Blütenpracht bewunderte, dort sich auch die Tanzpantomime der *Geishas* anschaute, um danach mit Aperitif und Diner fortzufahren.

Die Vorbereitungen nahmen damit ihren Anfang, daß am Teich an einer Stelle, auf die man vom Rasenhügel herab eine gute Aussicht hatte, eine provisorische Bühne aufgeschlagen wurde. Längs der Wege, die die Kaiserlichen Hoheiten bei schönem Wetter auf der Suche nach den Kirschbäumen wandeln würden, waren rotweiße Tücher aufzuspannen; doch reichte diesmal die übliche Stoffmenge bei weitem nicht. Und brauchte es schon aller Hände, um das Innere der Villa ganz und gar mit Kirschzweigen auszuschmücken und als Tafelzier eine ländliche Frühlingsszenerie zu entwickeln, so ließ sich der Eifer, mit dem, als der Vortag des Festes gekommen war, nun auch noch der

Friseur und seine Gehilfen an ihre Arbeit gingen, mit Worten einfach nicht mehr beschreiben.

Der eigentliche Festtag war zum Glück heiter, wenngleich die Sonne nicht eben blitzblank funkelte und glänzte. Bald verschwand sie, bald tauchte sie wieder hervor, und am Morgen war es zunächst sogar ein wenig kühl.

Einen in der Regel unbenutzten Raum im Haupthaus hatte man als Garderobe für die *Geishas* eingerichtet und alle verfügbaren Spiegelschränkchen dorthin transportiert. Das hatte Kiyoaki neugierig gemacht, und er versuchte einen Blick in diesen Raum zu werfen, wurde jedoch von der Oberzofe sofort wieder hinausgedrängt. Für die in Bälde eintreffenden Frauen gefegt und geputzt, war dieser Zwanzig-Matten-Raum durch Wandschirme aufgeteilt, hatte man Sitzkissen ausgelegt, schimmerte das kalte Licht der Spiegel verstohlen durch die darübergezogenen Hüllen aus buntbedrucktem Musselin, und noch schwebte nicht der geringste Duft von Kosmetika in der Luft; aber die Vorstellung allein, daß sich dies eine kleine halbe Stunde später in einen Ort verwandeln würde, an dem sich unter lieblichem Geplauder und ihrer Würde durchaus bewußt die *Geishas* aus- und ankleideten, versetzte Kiyoaki um so mehr in ahnungsvolles Entzücken. Nicht so sehr bei der im Park aufgeschlagenen Bühne mit ihren frischgeschnittenen Bohlen, sondern hier wäre, wenn erst die Wohlgerüche aufstiegen, der Ort für seine Bezauberung.

Da die siamesischen Prinzen in der Tat keine rechte Zeitvorstellung besaßen, hatte Kiyoaki ihnen sagen lassen, sie möchten sogleich nach dem Mittagessen kommen. Also trafen sie etwa halb zwei Uhr ein. Bestürzt darüber, daß die beiden Prinzen in der Uniform des Gakushū-in erschienen waren, führte Kiyoaki sie zunächst einmal auf sein Zimmer.

»Wird Ihre schöne Freundin auch kommen?« fragte, kaum daß sie eingetreten waren, Prinz Kridsada in einem lauten Englisch.

Prinz Pattanadid, als der beherrschtere, verwies seinem Cousin solche Unhöflichkeit und bat Kiyoaki in stockendem Japanisch um Entschuldigung.

Natürlich werde sie kommen, erklärte Kiyoaki, ersuchte sie jedoch, heute vor den hohen Gästen und den Eltern dergleichen

Gespräche auf jeden Fall zu vermeiden. Die Prinzen sahen einander an; offenbar wurde ihnen erst jetzt zu ihrem Erstaunen klar, daß das Verhältnis zwischen Kiyoaki und Satoko offiziell nicht bekannt war.

Die Anfangszeit, in der das Heimweh sie so sehr bedrückt hatte, war vorbei; es schien, die Prinzen hatten sich bereits recht gut an Japan gewöhnt. Nicht zuletzt dadurch, daß sie in der Uniform erschienen waren, machten sie auf Kiyoaki den Eindruck, als unterschieden sie sich in nichts von anderen Klassenkameraden. Prinz Kridsada verstand es mit großem Geschick, den Direktor des Gakushū-in zu imitieren, womit er bei Chao Pi und Kiyoaki ein herzliches Gelächter auslöste.

Dann trat Chao Pi ans Fenster, und während er hinaus auf den so veränderten Park blickte, wo hier und da die rotweißen Tücher im Wind schaukelten, sagte er ein wenig unsicher: »Ob es wohl von jetzt an wirklich wärmer wird?« Und aus seiner Stimme klang die Sehnsucht nach der glutheißen Sommersonne.

Von dieser Stimme verlockt, erhob sich Kiyoaki von seinem Stuhl. Im selben Augenblick stieß Chao Pi einen hellen, jungenhaften Schrei aus, so daß sogar sein Cousin erschrocken auffuhr.

»Da ist sie ja! Die schöne Dame, von der wir stillzuschweigen haben.«

Und dabei war Chao Pi plötzlich wieder ins Englische zurückgefallen.

Wirklich kam Satoko im langärmeligen *Kimono* mit ihren Eltern auf dem Weg am Teichufer entlang auf das Haupthaus zu. In einem herrlichen, kirschblütenfarbenen *Kimono,* nach unten hin – soviel man aus der Ferne erkennen konnte – mit einem Muster aus Frühlingsschachtelhalm und jungen Gräsern verziert; und als sie jetzt auf die Mittelinsel hinüberwies, war unter ihrem schwarzglänzenden Haar eine Spur von den hellschimmernden Wangen zu sehen.

Auf der Insel waren keine rotweißen Tücher ausgespannt; aber hinter ihr in dem noch frischen Grün entlang der Fußpfade auf dem Ahornberg flackerten solche Tücher bald auf, bald verschwanden sie wieder und warfen ihre Reflexe auf die Wasserfläche, wo sie wie rotweiße Teekuchen wirkten.

Kiyoaki bildete sich ein, er vernähme Satokos volle, weiche

Stimme; doch war das durch das geschlossene Fenster hindurch ja wohl nicht möglich.

Ein junger Japaner und zwei junge Thailänder, Gesicht an Gesicht, standen an einem Fenster und hielten den Atem an. Kiyoaki beschlich eine wunderliche Empfindung. Als übertrügen, solange er mit diesen Prinzen zusammen war, die tropischen Gefühle der beiden ihren Wellenschlag auf ihn, begann auch er selbst mühelos an seine Leidenschaft zu glauben, war ihm zumute, als könnte er sie wie selbstverständlich sogar in Worte fassen.

Ja, er war jetzt imstande, ohne Zaudern zu sich selbst zu sagen: ›Ich liebe sie. Und ich liebe sie zum Wahnsinnigwerden.‹

Nicht daß Satoko, indem sie sich vom Teich abwandte, eindeutig zu diesem Fenster heraufgeschaut hätte; aber wie sie nun fröhlich weiter dem Haupthaus entgegenschritt, hatte Kiyoaki den Eindruck, als vernarbte jetzt endlich nach sechs Jahren jenes Bedauern, das er, als Kind noch, damals darüber empfunden hatte, daß Prinzessin Kasuga ihr Profil nicht voll zu ihm herumgewandt; als sei jetzt der so lang und heiß ersehnte Augenblick gekommen.

Als wollte der schöngeschliffene Kristall der Zeit nun nach sechs Jahren unter einem ganz anderen Winkel dem Auge zeigen, zu welch unermeßlichem Leuchten er fähig ist. Kiyoaki sah, wie Satoko in der vom leichten Frühlingsdunst gedämpften Sonne hell auflachte und wie sie dann flink ihre schöne Hand, gleichsam einen weißen Bogen, in die Höhe führte und damit ihre Lippen bedeckte. Ihr schmaler Leib begann zu singen wie ein Saiteninstrument.

18

Baron und Baronin Shinkawa stellten als Ehepaar eine herrliche Mischung aus Gelassenheit und Wahnsinn dar. Während der Baron nicht die geringste Notiz nahm von dem, was seine Frau sagte oder tat, redete sie in einem fort und unbekümmert darüber, wie andere hierauf reagierten.

So benahmen sie sich zu Hause, so benahmen sie sich vor

Fremden. Der Baron, wiewohl er stets einen gleichgültigen Eindruck machte, konnte gelegentlich jemanden mit einer geradezu epigrammatischen Schärfe beurteilen, pflegte sich jedoch nie weitläufiger darüber auszulassen. Die Baronin hingegen mochte eine noch so große Flut von Worten darauf verschwenden, sie brachte es einfach nicht fertig, ein klares Bild von demjenigen zu zeichnen, über den sie eben sprach.

Sie besaßen den zweiten Rolls Royce, der jemals nach Japan verkauft worden war; darauf, daß es der zweite war, bildeten sie sich eine Menge ein, sie hielten das für schrecklich schick. Zu Hause nach dem Abendessen, wenn es sich der Baron in einem seidenen Smoking bequem gemacht hatte, ließ er das endlose Geplapper seiner Frau an sich vorüberrauschen, ohne hinzuhören.

Die Baronin gab einmal im Monat die nach einem berühmten Gedicht der Sanu no Chigami benannte »Gesellschaft von der Himmlischen Leuchte«, zu der sie die Gruppe um Hiratsuka Raichō einlud; da es aber an diesen Tagen jedesmal regnete, hatten die Zeitungen sie schon als »Gesellschaft von der Himmlischen Feuchte« verspottet. Die Baronin, die von geistigen Dingen nicht das mindeste verstand, sah dem intellektuellen Erwachen dieser Frauen mit einer Erregung zu, als hätte sie hier Hühner vor sich, die sich in den Kopf gesetzt, unbedingt Eier von einer absolut neuen Form, zum Beispiel dreieckige Eier, zu legen.

Daß man sie zur Kirschblütengesellschaft auf dem Anwesen des Marquis Matsugae eingeladen hatte, fanden die Shinkawas teils lästig, teils erfreulich. Lästig, weil sie, noch bevor sie hingingen, wußten, daß es langweilig werden würde; erfreulich, weil sie dabei insgeheim ihre perfekt westliche Lebensart demonstrieren konnten. Außerdem bedeutete für diese reiche Kaufmannsfamilie, so sehr sie die freundschaftlichen Kontakte zu den in den Ministerien tonangebenden Satchō-Clans aus dem Süden pflegte, eine seit dem alten Shinkawa üblich gewordene stille Verachtung der Provinzler das eigentliche Fundament, auf dem ihre noch junge, aber durch nichts zu erschütternde Vornehmheit beruhte.

»Wie ich Matsugae kenne, brächte er es glatt fertig, die Hoheiten mit einer Blaskapelle zu empfangen. Für diese Leute ist die Anwesenheit eines kaiserlichen Prinzen nun einmal eine Theatervorstellung«, sagte der Baron.

»Wir müssen unsere modernen Anschauungen eben für uns behalten«, erwiderte die Baronin. »Aber eigentlich finde ich so etwas ja ganz schick – heimlich neue Ideen zu haben und zu tun, als wäre nichts. Oder was meinst du? Ich stelle mir das jedenfalls sehr lustig vor, sich gelegentlich unter solche altmodischen Leute zu mischen. Allein das amüsante Schauspiel, wenn man erlebt, wie Marquis Matsugae jetzt den Prinzen Tōin-no-miya mit tiefstem Respekt behandelt, dann wieder sich so komisch freundschaftlich gegen ihn gebärdet. Bloß, was ziehe ich an? Bei hellem Tage schon in großer Abendrobe – wie sieht das aus? Vielleicht wäre ein *Kimono* mit einem Saummuster das beste, nicht zuviel und nicht zu wenig. Ich könnte mir ja von Kitaide in Kyōto rasch einen einfärben lassen, mit einem Muster etwa aus Feuerkörben vor nächtlicher Kirschblüte. Allerdings stehen mir solche Saummuster eigentlich nicht. Wobei ich mir allerdings nie darüber klar bin, ob ich mir nur einbilde, sie stünden mir nicht, und in Wahrheit stehen sie mir durchaus, oder aber ob andere ebenso finden, sie stehen mir nicht. Was meinst du denn?«

Da der Marquis hatte bestellen lassen, man möge bitte am festgesetzten Tag ein wenig vor dem für die Ankunft der Kaiserlichen Hoheiten bestimmten Zeitpunkt erscheinen, trafen die Shinkawas absichtlich fünf, sechs Minuten später ein; aber natürlich blieb auch dann noch hinlänglich Zeit bis zur Ankunft der hohen Gäste, weshalb der Baron, verärgert über dergleichen provinzielle Vorsichtsmaßregeln, bei seinem Eintritt sarkastisch bemerkte: »Na, die Kutschpferde Ihrer Hoheiten wird doch nicht unterwegs der Schlag getroffen haben?« Indessen pflegte der Baron auch seine derbsten Sarkasmen, getreu der englischen Art, stets mit ausdruckslosem Gesicht zwischen den Zähnen hervorzumurmeln, so daß ihn wohl niemand gehört hatte.

Eine Nachricht traf ein, wonach die Karosse der Kaiserlichen Hoheiten soeben das weit entfernte Tor der Matsugaes passiert habe, und man begann sich am Eingang des Haupthauses in einer Reihe neben dem Gastgeber zur Begrüßung aufzustellen. Als die Karosse in die von Kiefern umstandene Auffahrt hereinrollte, daß die Kiesel auf dem Weg beiseitespritzten, beobachtete

Kiyoaki, wie die Pferde die Nüstern blähten und die Hälse reckten und wie sich ihre fahlweißen Mähnen sträubten, als ließe eine übermächtige Woge im Augenblick ihres Zusammenbrechens die hellen Schaumkronen steigen. Gleichzeitig flackerte am Schlag der vom Frühlingsstaub leicht verfärbten Karosse das kaiserliche Chrysanthemenwappen in einem goldenen Wirbel auf und kam zur Ruhe.

Unter der schwarzen Melone, die Prinz Tōin-no-miya trug, schaute ein stattlicher, halb ergrauter Bart hervor. Und indem die Prinzessin ihm folgte, stiegen sie die Stufen hinan, hinweg über die weißen Tücher, die man, damit sie in Schuhen die große Halle erreichen möchten, ausgebreitet hatte. Natürlich waren zuvor leichte Verbeugungen ausgetauscht worden, doch sollte die eigentliche Begrüßung nach dem Eintritt stattfinden.

Als die Prinzessin an ihm vorüberschritt, fielen Kiyoaki die Spitzen ihrer schwarzen Schuhe auf, die wie die Früchte am Beerentang, wenn er sich am Strand in schaumbedeckte Tümpel nistet, wechselweise unter dem Spitzensaum ihres weißen Gewandes bald hervortauchten, bald verschwanden; das war so überaus elegant, daß Kiyoaki zögerte, in ihr schon ein wenig ältliches Gesicht aufzuschauen.

In der Halle dann stellte der Marquis den Kaiserlichen Hoheiten die Gäste des Tages vor; aber Satoko war die einzige Person, die der Prinz zuvor noch nicht gekannt hatte.

»Und eine so schöne Tochter wurde meinen Blicken vorenthalten«, sagte er vorwurfsvoll zum Grafen Ayakura.

Kiyoaki, der danebenstand, spürte, wie ihm plötzlich ein leichter, unerklärlicher Schauder über den Rücken lief. Er hatte die Empfindung, Satoko würde wie ein prächtiger Ball vor den Augen der Anwesenden in die Höhe geworfen.

Die beiden siamesischen Prinzen waren gleich nach ihrer Ankunft in Japan schon einmal dem mit Thailand wohlvertrauten Prinzen Tōin-no-miya vorgestellt worden, so daß sich sofort ein lebhaftes Gespräch ergab und er sie fragte, ob sich denn die Klassenkameraden am Gakushū-in auch wirklich freundlich gegen sie verhielten. Chao Pi lächelte und erwiderte mit vollendeter Höflichkeit: »Da sie alle uns in jeder Hinsicht mit einer Liebenswürdigkeit beistehen, als kennten wir uns seit Jahren, haben wir keinerlei Unbequemlichkeit.«

Kiyoaki, der ja wußte, daß sie außer mit ihm mit keinem befreundet waren und sich bis jetzt so gut wie noch nie in der Schule hatten sehen lassen, vernahm eine solche Antwort mit einiger Verwunderung.

Baron Shinkawa hatte vor Verlassen seines Hauses zwar seinen Geist, als wäre er aus Silber, eigens poliert; aber kaum war er unter Leuten, schlug sich die Patina der Langeweile darauf nieder. Ein einziges Gespräch dieser Art mit anzuhören, reichte aus, den Vorgang zu beschleunigen...

Endlich begannen sich die Gäste unter Führung des Marquis und Vorantritt der Kaiserlichen Hoheiten in den Park zu begeben, um die Kirschblüte zu bewundern; ohne sich jedoch nach Gewohnheit der Japaner gemischt zusammenzufinden, blieb es vielmehr dabei, daß die Damen wie selbstverständlich mit ihren Ehemännern gingen. Der Baron war bereits in einen auch von den anderen bemerkten Zustand der Lässigkeit verfallen, und nachdem er sich überzeugt hatte, daß sie nach vorn wie nach hinten genügend Abstand gewonnen, sagte er zu seiner Frau: »Bei seinen Auslandsstudien hat der Marquis an Einbildung ganz schön was dazugelernt. Man lebt also nicht mehr mit Madame und Mätresse unter einem Dach, sondern hat letztere rigoros ausquartiert in ein gemietetes Haus draußen vor dem Tor. Na, da hat er eben, schätze ich, tausend Schritte bis dorthin zu machen, unser hochnäsiger Tausendsasa. Als bliebe sich das nicht gehupft wie gesprungen.«

»Wenn man schon modern denkt, muß man darin auch wirklich konsequent sein«, meinte die Baronin. »Was immer die Leute reden mögen, man hält sich dann eben wie wir streng an die europäischen Gepflogenheiten und geht stets nur gemeinsam als Ehepaar aus, ob nun zu einer Gesellschaft oder abends zu einem kleinen Bummel. Oh, schau doch einmal! Ist das nicht hübsch, wie sich die Kirschbäume und die rotweißen Tücher vom Berg da drüben im Teich spiegeln? Stell dir aber erst einmal meinen *Kimono* vor! Der geschmackvollste unter all den anderen heute, das neueste, gewagteste Muster – den vom gegenüberliegenden Teichufer aus zu sehen, wie sein Abbild auf das Wasser fällt, muß das hübsch sein! Ach, daß man nicht die Freiheit hat, während man an diesem Ufer ist, gleichzeitig auch drüben am anderen zu sein. Oder was hältst du davon?«

Baron Shinkawa (schließlich hatte er sich als erster dafür begeistert) erduldete die so raffinierte Tortur des ehelichen Paarzwangs mit Freuden; er nahm sie hin gleichsam als seinen Passionsweg um jener Ideen willen, mit denen er und die Baronin den anderen um gut hundert Jahre voraus waren. Von Natur aus nicht der Mann, im Leben die Leidenschaften zu suchen, schien es ihm irgendwie nobler, weltmännischer, selbst in noch so schwer erträglichen Situationen heftigen Gefühlen keine Chance zur Einmischung zu geben.

Auf dem Festplatz oben auf dem Hügel kamen den Gästen in hellen Scharen die aus dem Yanagibashi-Bezirk engagierten *Geishas* entgegen, wie bei den Kirschblütentänzen der Genroku-Zeit gekleidet als stutzerhafte *Samurais* und edle Rächerinnen, als Knechte, blinde Sängerinnen, Handwerksleute, als Blumenmädchen, Holzschnitthändler, junge Burschen, Bürgertöchter, Bauerntöchter, *Haiku*-Dichter. Prinz Tōin-no-miya gab dem neben ihm stehenden Marquis Matsugae durch ein Lächeln seine Zufriedenheit zu verstehen, während die beiden siamesischen Prinzen Kiyoaki vor Vergnügen auf die Schulter schlugen.

Da sein Vater und seine Mutter vollauf damit beschäftigt waren, die Kaiserlichen Hoheiten zu unterhalten, jener den Prinzen, diese die Prinzessin, blieb Kiyoaki mit den beiden jungen Thailändern zurück; doch nun drängten sich die *Geishas* so dicht um Kiyoaki, daß er Mühe hatte, die sprachlich ja noch unbeholfenen Prinzen zu beschützen. Sich nach Satoko umzusehen, fand er keine Zeit.

»Junger Herr«, rief eine als *Haiku*-Dichter gekleidete ältere *Geisha*, »kommen Sie uns doch bitte einmal besuchen. Wir haben uns heute so unsterblich in Sie verliebt, daß es einfach grausam wäre, uns länger schmachten zu lassen.«

Die jüngeren *Geishas,* selbst jene, die Männer vorstellten, hatten um ihre Augen Rouge aufgetragen; das wirkte, als ob ihre lachenden Gesichter betrunken schwankten, und Kiyoaki hatte die Empfindung, es wäre um ihn, wie ihn nun mit dem herannahenden Abend zu frösteln begann, ein Paar sechsteiliger Wandschirme aus Seide und Stickereien und weißgepuderter Haut aufgestellt worden, durch die von dem rauhen Abendwind kein Lüftchen drang.

Was konnten diese Frauen so heiter lachen, so lustig sein; es war, als säßen sie miteinander im heißen Bad bei genau auf ihre Körper abgestimmter Wassertemperatur. Wie sie beim Reden mit den Händen gestikulierten; wie das Nicken ihrer Köpfe, als wäre in ihre hellen, geschmeidigen Kehlen ein kleines, goldenes Scharnier eingebaut, immer an der gleichen bestimmten Stelle stehenblieb; wie in ihren Blicken, wenn andere sie hänselten, für einen Augenblick zwar ein gespielter Zorn aufblitzte, ihr Mund aber weiterlächelte, bis sie dann plötzlich mit ernstem Gesicht sich für die Worte eines Gastes interessierten; oder ihre flüchtige, ein wenig hilflose Zerstreutheit, wenn sie rasch einmal mit der Hand ihr Haar richteten... Unter all diesen Posen – ganz unbewußt zog Kiyoaki den Vergleich – war die Art, wie die *Geishas* unablässig Blicke aus den Augenwinkeln verschossen, von der Satokos doch grundverschieden.

Die Augen dieser Frauen waren dabei zwar äußerst flink und fröhlich; aber ihre Seitenblicke hatten die Neigung, sich zu verselbständigen und umherzuschwirren wie lästige Insekten. Bei keiner waren sie wie bei Sakoto einbezogen in einen solch anmutigen Rhythmus.

Von ferne sah er Satoko im Gespräch mit Prinz Tōin-no-miya. Von der Abendsonne ein wenig beleuchtet, war ihr Profil von einem Mysterium erfüllt, das – man denke an den fernen Kristall, den fernen Ton einer *Koto*-Zither, die ferne Bergwand – immer die Distanz bewirkt; und da der von einem zunehmend stärkeren Abendrot verfärbte Himmel zwischen den Bäumen den Hintergrund dazu bildete, bekam die Silhouette eine Klarheit wie die des Fuji-Bergs bei Sonnenuntergang.

Baron Shinkawa führte mit Graf Ayakura eine recht wortkarte Unterhaltung, und der eine wie der andere benahmen sich so, als bemerkten sie die *Geishas* nicht einmal, die doch neben ihnen standen, um ihnen aufzuwarten. Die Wiese zu ihren Füßen war von fallenden Kirschblüten übersät; und weil eines dieser schmutzigen Blütenblätter auf der vom Abendhimmel schimmernden Spitze des gräflichen Lackschuhs liegenblieb, fiel dem Baron auf, daß Ayakura eine so zierliche Schuhgröße hatte wie eine Frau. Tatsächlich war auch die Hand des Grafen, die das Glas hielt, hell und klein wie eine Puppenhand.

Der Baron fühlte Eifersucht angesichts solcher Dekadenz. Andererseits wiederum hatte er den Eindruck, bei der völlig natürlichen, gelegentlich ein Lächeln einschließenden Gelassenheit des Grafen und seiner eigenen, nach englischem Stil gepflegten Gelassenheit waren zwischen ihnen beiden Gespräche möglich, die sich mit anderen nie ergeben würden.

»Wissen Sie«, sagte plötzlich der Graf, »unter den Tieren sind ja doch die Nager am anmutigsten.«

»Die Nager...?« fragte der Baron zurück, ohne daß er sich davon einen Begriff machen konnte.

»Nun, die Kaninchen, Murmeltiere, Eichhörnchen.«

»Halten Sie etwa dergleichen?«

»Nein, das nicht. Wegen des Geruchs im Haus, Sie verstehen.«

»Sie finden sie zwar niedlich, mögen sie aber nicht haben, wie?«

»Vor allem, sie passen in kein Gedicht. Und unser häusliches Gesetz lautet, daß nichts hereinkommt, was nicht poetisch ist.«

»Ich begreife.«

»Ja, wir haben also keine, und trotzdem finde ich diese kleinen, scheuen Lebewesen mit ihrem struppigen Fell weit hübscher als manches andere.«

»Das sind sie ja wohl auch.«

»Offenbar hat nur eben alles, was hübsch ist, zugleich einen strengen Geruch.«

»Mir scheint, da haben Sie recht.«

»Sie waren, heißt es, lange in London, Baron?«

»Ach, London. Wenn Sie dort zur Teestunde eingeladen sind, wird zunächst einmal jeder einzelne in der Runde gefragt: ›Zuerst Milch, oder zuerst Tee?‹ Es wird zwar am Ende doch verrührt, so daß es sich ganz gleich bleibt; aber ob zuerst die Milch in die Tasse kommt oder zuerst der Tee, das ist für den einzelnen ein dringlicheres und ernsteres Problem als die Politik des Landes...«

»Oh, das ist mir außerordentlich interessant.«

Nicht nur gaben sie den *Geishas* keine Gelegenheit, ein Wort einzuwerfen; auch den blühenden Bäumen – und um diese anzuschauen, war man doch gekommen – schienen sie nicht die geringste Beachtung zu schenken.

Die Marquise leistete der Prinzessin Tōin-no-miya Gesellschaft, und da die Prinzessin die alten *Nagauta*-Balladen liebte und selbst auch *Shamisen* spielte, beteiligte sich eine alte Yanagibashi-*Geisha,* bewandert in diesen Künsten, an ihrem Gespräch. Als die Marquise erzählte, wie sie irgendwann einmal bei einer Verlobungsfeier von Verwandten mit einem Ensemble aus Klavier, *Shamisen* und *Koto*-Zither die »Ballade vom Grün der Kiefern« begleitet habe, und das zu aller Begeisterung, bezeigte die Prinzessin ein großes Vergnügen hieran und meinte, da hätte sie dabeisein mögen.

Das laute Lachen, das wieder und wieder zu hören war, erscholl aus dem Mund des Marquis. Prinz Tōin-no-miya konnte es nicht sein; denn dieser legte, wenn er lachte, die Hand auf seinen schönen, wohlgestutzten Bart. Jetzt flüsterte eine ältere *Geisha,* die eine blinde Sängerin vorstellte, dem Marquis etwas ins Ohr, und der Marquis rief den Gästen mit erhobener Stimme zu: »Wollen Sie bitte die Güte haben, sich nun vor der Bühne zu versammeln; in wenigen Minuten wird dort eine Vorführung von Kirschblütentänzen beginnen...«

Diese Aufforderung auszusprechen, wäre eigentlich die Aufgabe des Haushofmeisters Yamada gewesen. So durch den Herrn plötzlich seines eigenen Amtes beraubt, zwinkerte Yamada hinter seiner Brille hastig und bekümmert mit den Augen. Zwar ließ er es niemanden merken; aber es war dies die einzige Gemütsbewegung, die er sich zur Bewältigung unerwarteter Situationen erlaubte.

Er pflegte sich in die Angelegenheiten des Herrn in keiner Weise einzumischen; also durfte umgekehrt auch der Herr an keine der seinen rühren. Da hatte sich zum Beispiel im Herbst zuvor folgendes zugetragen. Die Ausländerkinder aus den Häusern vor dem Tor hatten innerhalb des Anwesens aus lauter Spaß Eicheln aufgesammelt. Als Yamadas Kinder hinzukamen, wollten die Fremden ihnen von den Eicheln abgeben, doch sie lehnten hartnäckig ab. Es war ihnen strikt verboten worden, etwas zu nehmen, was dem Herrn gehörte. Einer der Ausländer, der diesen Wortwechsel unter den Kindern mißverstanden hatte, erschien hierauf bei Yamada, um sich zu beschweren. Yamada indessen, sobald er davon gehört, sah seine Kinder an, die eines wie das andere dastanden mit erstarrten, ernsten Gesichtern, die Lippen auf eine komisch respektvolle Weise zusammengepreßt, und lobte sie sehr...

Einen Augenblick lang mußte Yamada an diese Geschichte denken; dann schleuderte er mit seinen armseligen Beinen die Säume seiner *Hakama*-Hose zurück, stürzte sich mit einer geradezu schmerzlichen Entschlossenheit unter die Gäste und wies ihnen ungeduldig den Weg zur Bühne.

Schon erklang hinter den rotweißen Vorhängen, die man um die Bühne gespannt hatte, das zweifache Zeichen der Schlaghölzer mit einer Schärfe, als zerschnitte es die Luft und ließe das frische Sägemehl auf den Bohlen tanzen.

19

Gelegenheit für Kiyoaki und Satoko, einander allein zu sehen, erbrachten die kurzen Minuten nach den Kirschblütentänzen, bevor die Gäste in der nun voll hereinbrechenden Dunkelheit zur Villa geführt wurden. Eine Spanne Zeit, während der sich die *Geishas* wieder unter die die Tänze lobenden Gäste mischten, alle fröhlich weitertranken, dabei noch gute Weile war bis zum Entzünden der Lichter; eine Zeit auch, die angefüllt war von einem ein wenig erregten Geraune, von einer spürbaren Unsicherheit im Vergnügen.

Nachdem sie sich aus der Ferne durch ein Augenzeichen verständigt hatten, wußte Kiyoaki, daß Satoko ihm geschickt und immer in einem unauffälligen Abstand folgte. An der Stelle, wo sich der Pfad vom Hügel herab gabelte, hier zum Teich hin, dort in Richtung auf das Tor zu, war eine Lücke in den aufgespannten rotweißen Tüchern, und ein riesiger Kirschbaum, der genau dort stand, hielt fremde Augen ab.

Kiyoaki schlüpfte zuerst zwischen den Tüchern hindurch, doch Satoko wurde knapp davor von den Hofdamen aus der Begleitung der Prinzessin abgefangen, die ihr, offenbar auf dem Rückweg von einem Rundgang um den Ahornberg, vom Teich her entgegenkamen. Jetzt herauszutreten, war unmöglich, und so blieb Kiyoaki nichts übrig, als allein unter dem Baum zu warten, bis Satoko eine Möglichkeit fände, sich wieder davonzustehlen.

Nun erst, auf diese Weise sich selbst überlassen, blickte

Kiyoaki mit einem wirklichen Gefühl in die Kirschblüten hinauf.

Dicht bei dicht, wie die auf einer Klippe sich drängenden weißen Muscheln, saßen die Blüten an den einfachen schwarzen Zweigen. Der Nachtwind bauschte die Tücher am Weg, und hatte er zunächst an den unteren Zweigen gerührt, deren Blüten geschmeidig zu schwanken begannen, als ob sie flüsterten, so brachten allmählich die breit herausragenden Äste weiter oben die ganze Blütenpracht in ein herrliches, majestätisches Schwingen.

Die einzelnen Blüten waren weiß, nur an den in Büscheln treibenden Knospen schimmerte es ein wenig rötlich. Beim genauen Hinsehen ließ sich erkennen, daß die sternförmig angeordneten Staubgefäße von einem bräunlichen Rot waren und gestrafft wie der Nähfaden in den Löchern eines Knopfes.

Die Wolken und die Blässe des Abendhimmels, beide schon kraftlos, durchdrangen einander. Die Blüten verschmolzen in eines, ihre Umrisse wurden undeutlich, jetzt waren sie von der Farbe des Himmels nicht mehr zu unterscheiden. Und die Äste und der Stamm machten einen immer schwereren, immer unheimlicheren Eindruck.

Mit jeder Minute, jeder Sekunde wurden Abendhimmel und Kirschblüten miteinander intimer. Und während er zusah, spürte Kiyoaki, wie ihn eine innere Unruhe ergriff.

Wieder schien sich, meinte er, der Vorhang der Tücher vom Wind zu bauschen; doch diesmal war es, weil Satoko ihren Körper dagegendrückte und dann hindurchschlüpfte. Kiyoaki ergriff ihre Hand. Eine vom Nachtwind kalte Hand.

Als er sie küssen wollte, wehrte sich Satoko, wobei sie ängstlich um sich blickte; da sie aber gleichzeitig ihren *Kimono* vor den Moosen, die wie eine Puderschicht den Stamm des Kirschbaums bedeckten, in acht zu nehmen versuchte, konnte Kiyoaki sie ohne weiteres umarmen.

»Wir dürfen nicht. Du machst es mir damit nur schwer, Kiyo. Bitte, laß mich los!« sagte Satoko mit leiser Stimme, die durch ihren Tonfall eine noch größere Vorsicht vor der Umgebung verriet, so daß Kiyoaki über ihre Art, auch jetzt nicht den Kopf zu verlieren, ärgerlich wurde.

Kiyoaki hätte es gern verbürgt gehabt, daß sie sich hier unter dem blühenden Kirschbaum auf dem Gipfel des Glücks befanden. Sicher, der beunruhigende Nachtwind hatte seine Ungeduld noch gesteigert; doch wollte er sich vergewissern, daß er und Satoko den Augenblick einer Seligkeit erlebten, wie sie köstlicher nicht zu wünschen war. Nur konnte er das nicht, solange Satoko nicht wenigstens einen Funken Feuer zeigte. Er glich dem eifersüchtigen Ehemann, der seiner Frau zum Vorwurf macht, daß sie nicht dieselben Träume hat wie er.

Nie zuvor war ihm Satoko so schön erschienen wie jetzt, da sie, noch immer sich wehrend, in seinen Armen die Augen schloß. Ihr in so zarten Linien modelliertes Gesicht spiegelte bei aller Sittsamkeit so etwas wie die Bereitschaft, sich gehen zu lassen. Die Mundwinkel hatte sie ein wenig hochgezogen, und irritiert versuchte Kiyoaki bei dem schwachen Licht herauszufinden, ob sie weinte oder lachte; doch nun wirkten schon die Schatten von ihren Nasenflügeln auf ihn wie ein Vorzeichen des rasch nahenden nächtlichen Dunkels. Sein Blick fiel auf Satokos Ohr, das sich halb unterm Haar verbarg. Auf das Ohrläppchen war ein wenig Rouge aufgetragen, und wirklich erinnerte ihn dieses fein geformte Ohr an das kleine, korallene Tabernakel mit der eingestellten, winzigen Buddha-Figur, wovon er einmal geträumt. Irgend etwas Geheimnisvolles verbarg sich in der von der Dunkelheit schon fester in Besitz genommenen Tiefe dieses Ohrs. Sollte sich etwa dort Satokos Herz befinden? Oder steckte es nicht vielmehr hinter den feucht glänzenden, zwischen ihren leicht geöffneten Lippen sichtbaren Zähnen?

Verzweifelt überlegte Kiyoaki, auf welchem Wege er Satokos Inneres erreichen könnte. Da plötzlich, als wollte sie vermeiden, daß er sie länger so anstarrte, näherte sie von sich aus ihr Gesicht dem seinen und küßte ihn. Kiyoaki – er hatte den einen Arm um sie geschlungen – spürte in seinen Fingerspitzen die Wärme ihrer Hüfte; und er stellte sich vor, wie schön es wäre, die Nase in diese Wärme einzutauchen, eine Wärme gleichsam wie in einem Gewächshaus, in dem die Blumen alle verrottet, und dann ihren Geruch einzusaugen und daran zu ersticken. Satoko sagte kein Wort; dabei beobachtete Kiyoaki genau, daß seine Visionen ganz knapp bis vor das Ziel, die vollkommene Balance alles Schönen, gelangt waren.

Satokos schweres Haar, nachdem sie ihre Lippen von den

seinen gelöst, lag fest an Kiyoakis Uniformbrust gepreßt; und er, inmitten der Duftwolke von ihrem Haaröl, sah hinüber, wie jenseits der Vorhangtücher die Kirschblüten in der Ferne ins Silberfarbene übergingen, und meinte, der schwermütige Duft des Haaröls und der Duft der abendlichen Kirschblüte müßten der gleiche sein. Jene entfernteren Kirschbäume, die ihre Blütenfülle vor der letzten Abendhelle häuften wie fein geschichtete Reißwolle, bargen unter dem ins Silbergrau spielenden, pudrigen Weiß ganz in der Tiefe ein unheildrohendes Rot, gleichsam das Rouge, das man den Toten auflegt.

Plötzlich bemerkte Kiyoaki, daß Tränen über Satokos Wangen liefen. Kaum hatte sein unseliger Forschungseifer zu rätseln begonnen, ob dies Tränen des Glücks waren oder der Trauer, als Satoko, indem sie ihr Gesicht von seiner Brust zurücknahm und ohne auch nur die Tränen fortzuwischen, mit völlig verändertem, durchdringendem Blick, nicht die geringste Sanftheit in der Stimme, dazu ohne abzusetzen, sagte: »Oh, Kiyo, was bist du doch für ein Kind! Ja, ein Kind! Nichts verstehst du. Gar nichts. Machst dir auch nicht die Mühe, irgend etwas verstehen zu wollen. Es wäre besser gewesen, ich hätte dir alles gesagt, rücksichtslos alles. Du hältst dich für wunder wen, und dabei bist du noch immer wie das kleine Bübchen von damals. Wirklich, es wäre richtiger gewesen, ich hätte dir alles auseinandergesetzt. Aber nun ist es zu spät...«

Sowie sie damit zu Ende war, wandte sich Satoko ab, verschwand durch die Tücher und ließ den in seinem Herzen verwundeten jungen Mann allein zurück.

Was war denn geschehen? Gewissenhaft hatte sie all jene Worte aufgereiht, die ihn zutiefst verletzen mußten, hatte jene Pfeile abgeschossen, die seine Schwächen am sichersten treffen mußten, hatte ihm das wirksamste Gift verabreicht; kurzum, es war Kritik in der feinsten Substanz gewesen. Vielleicht würde er nun endlich den ungewöhnlichen Reinheitsgrad dieses Gifts bemerken, würde nun endlich zu überlegen beginnen, wieso er zu einem solch lauteren Kristall des Grolls gekommen war.

Indessen, sein Herz raste wie wild, seine Hände zitterten; und indem er, vor Gekränktheit den Tränen nahe, seine Wut austobte, war er nicht imstande, von diesem Gefühl abzurücken und irgend etwas zu denken. Zudem schien es ihm die schwierigste

Sache der Welt, daß er vor die Gäste hintreten und bis zum Ende spät in der Nacht der Gesellschaft ein gelassenes Gesicht zeigen sollte.

20

Das Diner verlief ohne jede Stockung und ging zu Ende ohne irgendwelche auffälligen Begebenheiten. Der in der Tat großzügige Marquis war zufrieden; auch zweifelte er nicht daran, daß die Gäste ebenfalls zufrieden waren. In solchen Augenblicken erschien ihm – wie aus dem folgenden Gespräch zu ersehen – der Wert, den seine Gemahlin, die Marquise, für ihn besaß, in den leuchtendsten Farben.

»Die Kaiserlichen Hoheiten«, begann der Marquis, »zeigten sich ja wohl von Anfang bis Ende äußerst wohlgelaunt. Ich habe den Eindruck, sie schieden in vollster Zufriedenheit. Was meinst du?«

»Oh, das steht außer Frage. Seine Hoheit geruhte zu versichern, man habe seit dem Hinscheiden der vorigen Majestät zum ersten Mal wieder einen so angenehmen Tag verbracht.«

»Zwar eine recht unbedachte Ausdrucksweise, aber gewiß einem echten Gefühl entsprungen. Dessenungeachtet, fandest du nicht, daß es zu lang war – vom Nachmittag bis spät in die Nacht? Daß es die Gäste ermüdet hat?«

»Nein, keineswegs. Das von dir aufgestellte Programm war so gründlich durchdacht, es lief alles so glatt, eine Kette immer wieder anderer, neuer Vergnügungen. Ich kann mir nicht vorstellen, daß irgend jemandem da überhaupt die Zeit blieb, müde zu werden.«

»Hat denn auch bei dem Film keiner geschlafen?«

»Im Gegenteil. Alle haben sie mit weit aufgerissenen Augen, ja, geradezu begeistert zugeschaut.«

»Nun, mag dem so gewesen sein – Satoko jedenfalls ist doch ein recht zartbesaitetes Wesen. Natürlich war es ein Film, der einem ans Herz rührte, aber sie als einzige hat geweint.«

Wirklich hatte Satoko während des Films rückhaltlos geweint, und als es wieder hell wurde, waren dem Marquis als erstem diese Tränen aufgefallen.

Kiyoaki kam völlig erschöpft auf seinem Zimmer an. Und dennoch, er konnte keinen Schlaf finden. Er öffnete das Fenster. Vom dunklen Teich her, bildete er sich ein, sahen die schwärzlich grünen Köpfe der dort versammelten Alligatorschildkröten zu ihm herauf...

Schließlich klingelte er, um Iinuma zu rufen. Das Examen an der Abenduniversität hatte Iinuma vor einiger Zeit abgelegt; er mußte also im Hause sein.

Als er Kiyoakis Zimmer betrat, erkannte er auf den ersten Blick, daß das Gesicht des jungen Herrn verwüstet war von Zorn und Gereiztheit.

Iinuma hatte neuerdings die Fertigkeit entwickelt, in den Gesichtern zu lesen. Früher hatte dergleichen völlig außerhalb seiner Fähigkeiten gelegen. Vor allem die ihm täglich begegnende Miene Kiyoakis vermochte er jetzt mit jener Deutlichkeit zu erfassen, mit der sich beim Blick in ein Kaleidoskop die feinen und vielfarbigen Glassplitter zusammenfügen.

Als Folge davon war auch in Iinumas innerer Einstellung dazu ein Wandel eingetreten. Hatte er einst das von Schmerz und Schwermut gezeichnete Gesicht des jungen Herrn deshalb verabscheut, weil es ihm als der Ausdruck einer unmännlichen Seele erschien, so sah er nun darin sogar so etwas wie einen gewissen Charme.

Tatsächlich paßten Glück und Freude eigentlich nicht recht zu Kiyoakis melancholischer Schönheit; hingegen wurden sie von Schmerz und Zorn eher noch erhöht. Und sobald Kiyoaki wütend oder gereizt war, malte sich darin stets wie in Doppelbelichtung auch eine Art Verlorenheit und Sehnsucht nach Tröstung. Waren dann noch dazu seine Wangen erblaßt, seine schönen Augen gerötet, seine sanften Brauen zusammengezogen, so spürte man daraus, wie eine ihrer Balance verlustig gegangene, taumelnde Seele danach verlangte, sich irgendwo anzuklammern; ja, es strich durch diese Verwüstung etwas Rührendes wie durch die Einöde ein Lied.

Da Kiyoaki kein Wort sagte, setzte sich Iinuma – was er neuerdings auch ohne Aufforderung zu tun pflegte – auf einen Stuhl, nahm die für das Diner am Abend ausgegebene Speisekarte, die Kiyoaki auf den Tisch geworfen hatte, und las. Ja, das war eine Folge von Gerichten, die er, wie er wohl wußte, nie zu kosten die Gelegenheit haben würde, und bliebe er noch Jahrzehnte im Hause der Matsugaes.

*Kirschblütengesellschaft am 6. April 1913,
im zweiten Jahr der Ära Taishō*

Menu

Schildkrötensuppe aus dem zartesten Fleisch
der Alligatorschildkröte, in der eigenen Schale serviert

Geflügelsuppe aus haschiertem Hühnerfleisch

Lachsforelle, in Weißwein gedünstet, dazu Milchsauce

Rinderrücken mit gedämpften Champignons

Geschmorte Wachteln, mit Champignons gefüllt

Gegrillter Hammelrücken mit Sellerie-Beilage

Kalte Gänseleber-Platte,
dazu Wein-Sorbet, in Ananashälften serviert

In Papier gebackenes Cochinchina-Huhn,
mit Champignons gefüllt

Spargel und grüne Bohnen in Butter

Bavarois-Creme aus süßer Sahne

Gemischtes Eis

Petits Fours

Unruhig, bald Verachtung zeigend, bald voll eines inständigen Flehens, waren Kiyoakis Augen auf den in das Studium der Speisekarte vertieften Iinuma gerichtet. Die ruhige Zurückhaltung, mit der Iinuma darauf wartete, daß er das Schweigen bräche, erregte ihn. Hätte er doch einmal den Unterschied zwischen Herr und Diener vergessen; hätte er ihm wie ein älterer Bruder die Hand auf die Schulter gelegt und gefragt, wie leicht wäre es gewesen zu reden.

Kiyoaki kam nicht auf den Gedanken, dieser Iinuma, der da vor ihm saß, könnte ein anderer sein als der Iinuma von früher. Er machte sich nicht klar, daß derselbe Mann, der ehedem seine Heftigkeit nur mühsam zu zügeln wußte, gerade eben aus einer sanftmütigeren Gefühlslage heraus Kiyoaki gegenüber den Versuch unternahm, seine ungeübte Hand nach dem ihm im Grunde unzugänglichen Bereich der feineren Empfindungen auszustrecken.

»Ich weiß nicht, ob du begreifst, wie mir heute zumute ist«, begann Kiyoaki schließlich. »Ich bin von Satoko grausam gedemütigt worden. In einer Tonart, als brauchte sie mich nicht als Erwachsenen zu behandeln, hat sie mir sozusagen an den Kopf geworfen, ich hätte mich in allem, was ich bisher getan, benommen wie ein einfältiges Kind. Ja, genau das waren ihre Worte. Absichtlich hat sie mir die abscheulichsten Dinge entgegengeschleudert. Wie konnte sie das nur tun! Ich bin am Ende. Wenn sie jetzt so redet, wäre ich demnach an jenem Schneemorgen auch bloß ein Spielzeug für sie gewesen ... Du weißt nicht zufällig, was da dahinterstecken könnte? Daß dir etwa irgend etwas über die Tadeshina oder so zu Ohren gekommen wäre ...«

Iinuma überlegte eine Weile und sagte dann: »Nein, ich wüßte mich nicht zu erinnern.«

Doch die unnatürliche Länge seiner Denkpause hatte sich wie eine Ranke um Kiyoakis erregte Nerven geschlungen.

»Du lügst. Du weißt wohl etwas.«

»Wirklich nicht.«

Dennoch geschah es bei diesem Disput, daß Iinuma etwas erzählte, von dem er bisher geglaubt, er werde es nie erzählen. Nun war Iinuma zwar fähig, an einem anderen das sichtbare Resultat einer Stimmung abzulesen, nicht aber die Reaktionen, durch die es zustande gekommen war; also konnte er sich nicht vorstellen, daß sein Bericht Kiyoaki treffen mußte wie ein Axthieb.

»Eines habe ich allerdings von Mine gehört; sie hat es nur mir unter der Hand erzählt und erklärt, ich dürfte es niemandem weitersagen. Doch da es mit Ihnen, junger Herr, zu tun hat, ist es wohl besser, ich berichte Ihnen davon. Sie erinnern sich, daß zu Neujahr am Familientag auch Fräulein Ayakura erschien. An dem Tag, an dem sich Ihr Herr Vater persönlich mit den Kindern der Verwandtschaft zu unterhalten pflegt und diese ihm Fragen stellen dürfen. Bei der Gelegenheit fragte der Herr Marquis das gnädige Fräulein wie im Scherz: ›Und haben Sie irgend etwas auf dem Herzen?‹ Worauf das gnädige Fräulein, ebenfalls wie im Scherz, erwiderte: ›Ja, ein sehr wichtiges Problem sogar. Ich hätte Sie gern einmal über Ihre pädagogischen Prinzipien befragt.‹ Soll sie gesagt haben; denn vorsichtshalber muß ich hinzufügen: diesen ganzen Vorfall hat der Herr Marquis als – nun, man spricht da ja wohl von einer Bettgeschichte –« (ein Wort, das Iinuma mit einem unsäglich schmerzlichen Unterton hervorbrachte) »– als eine Bettgeschichte unter vielem Lachen Mine geschildert, und Mine hat sie mir ohne irgendwelche Abänderungen so weitererzählt. Wie auch immer, der Herr Marquis, neugierig geworden, fragte hierauf zurück: ›Über meine pädagogischen Prinzipien – wieso das?‹ Und das gnädige Fräulein: ›Wenn ich Kiyo glauben darf, bevorzugen Sie eine praktische Erziehung und nehmen ihn ins Freudenviertel mit; jedenfalls erklärt er mit Stolz, dadurch, daß er dort gelernt habe sich zu vergnügen, sei er zum erwachsenen Mann geworden. Sollten Sie, Herr Marquis, wirklich eine solche, aller Moral zuwiderlaufende praktische Erziehung bevorzugen?‹ Tatsächlich habe das gnädige Fräulein, wie es heißt, diese nicht eben leicht auszusprechenden Dinge in ihrer üblichen Art und ohne jede Stockung vorgetragen. Worauf der Herr Marquis ihr mit lautem Gelächter geantwortet habe: ›Das nenne ich mir eine schonungslose Frage! Geradezu wie im Oberhaus, wenn die Herrschaften vom Sittenverein ihre Interpellationen einbringen. Angenommen, es wäre, wie Kiyoaki behauptet, so würde ich mich wohl zu verteidigen suchen; in Wahrheit aber wurde diese Form der Erziehung von dem Betroffenen rundweg abgelehnt. Da er, wiewohl mein Sohn, im Unterschied zu mir ein Spätblüher ist, ein Unschuldsfanatiker, habe ich freilich versucht, ihn einmal mitzunehmen; doch er hat sich strikt geweigert und ist wütend weggegangen. Immerhin interessant, daß er sich eine solche Geschichte zusammenlügt, um vor Ihnen Figur zu machen. Andererseits, ich erinnere mich nicht, ihn zu einem Mann erzogen zu haben, der gegenüber einer Dame von Stand in einem noch so vertrauten Gespräch jenes Viertel auch nur erwähnt. Ich werde ihn auf der Stelle rufen lassen und ihm den Kopf waschen. Vielleicht bekommt der Kerl dann Lust, sich zusammenzureißen und sich in den Teehäusern selbst umzutun.‹ Das gnädige Fräulein jedoch verstand es, dem Herrn Marquis mit Worten so zuzusetzen, daß er dieses übereilte Vorhaben aufgab; sie erreichte auch, daß er versprach, die ganze Geschichte zu vergessen, als hätte er sie nie gehört. Tatsächlich hielt er sein Versprechen – bis er schließlich Mine heimlich davon erzählte, unter dem heitersten Lachen, um ihr danach zu befehlen, nichts davon über ihre Lippen kommen zu lassen. Aber Mine ist nur eine Frau; also war nicht zu erwarten, daß sie es für sich behalten konnte. Sie erzählte mir die Geschichte weiter, nur mir, wie sie betonte; worauf ich ihr mit aller Schärfe zu verstehen gab, daß sie künftig unbedingt den Mund halten müsse. Da dies – sagte ich ihr – das Ansehen des jungen Herrn betrifft, wäre es sonst aus zwischen uns. Und ich glaube, nachdem ich sie so ernstlich unter Druck gesetzt habe, wird Mine gewiß nicht mehr darüber plaudern.«

Während er diesen Bericht anhörte, wurde Kiyoaki immer blasser im Gesicht. Wie einer, der sich im dichten Nebel bald hier, bald da den Kopf eingerannt hat, nach Aufgang des Nebels plötzlich eine weiße Säulenreihe deutlich vor sich sieht, meinte Kiyoaki all die bisher für ihn so schwer erklärlichen Vorgänge nun in ihren Umrissen zu erkennen.

Zunächst einmal: obwohl sie es so heftig geleugnet, hatte Satoko also in Wahrheit jenen Brief von ihm doch gelesen.

Das mochte ihr natürlich allerlei Unruhe verursacht haben; aber sowie sie zu Neujahr aus dem Mund des Marquis die Versicherung erhalten, daß dieser Brief eine Lüge war, hatte sie sich in eine Ekstase gesteigert, berauscht von ihrem »glücklichsten Neujahr«, wie sie es nannte. Damit wurde zugleich begreiflich, warum sie ihm an jenem Tag vor dem Pferdestall plötzlich ein so leidenschaftliches Geständnis gemacht hatte.

Und deshalb natürlich auch, nun völlig beruhigt, konnte

Satoko ihn dann zu jener verwegenen Fahrt durch den Schnee verführen!

Ihre heutigen Tränen, ihre beleidigende Kritik erklärten sich zwar daraus allein noch nicht; doch immerhin war jetzt das eine deutlich: Satoko hatte ihn von Anfang bis Ende belogen, hatte ihn insgeheim von Anfang bis Ende von oben herab behandelt. Welche Entschuldigung sie auch vorbrächte – niemand würde die Tatsache abstreiten können, daß sie ihm mit der grausamsten Lust begegnet war.

›Obwohl sie mir einerseits vorwirft, ich sei ein Kind, hätte sie mich andererseits zweifellos am liebsten für immer im Zustand eines Kindes gehalten. So etwas von hinterlistig! Einmal gibt sie sich wie eine anlehnungsbedürftige Frau, ohne dabei zu vergessen, wie sehr sie einen verachtet; dann wieder tut sie, als hätte sie wunder was für eine Hochachtung vor mir, und in Wahrheit will sie meine Amme spielen.‹

In seinem Zorn war es Kiyoaki völlig entfallen, daß sein Brief die ganze Geschichte ausgelöst, daß es soweit gekommen war, weil zuerst er gelogen hatte.

Er bildete sich ein, alles hinge allein damit zusammen, daß Satoko sein Vertrauen mißbraucht habe. Seinen Stolz, der ihm jetzt an der quälenden Grenzscheide zwischen Jüngling und Mann so wichtig war, hatte sie verletzt. Vom Erwachsenen aus gesehen mochte es sich um eine lächerliche Lappalie handeln (wofür die Tatsache sprach, daß sein Vater, der Marquis, darüber hatte lachen können); aber nichts ist so leicht zu verletzen wie der Stolz eines Mannes, der sich in einer Phase befindet, in der er von solchen Lappalien abhängig ist. Ob Satoko sich dessen bewußt gewesen oder nicht, sie hatte, in einer Art und Weise, der es in einem unvorstellbaren Maße an Rücksicht mangelte, diesen seinen Stolz mit Füßen getreten. Kiyoaki fühlte sich geradezu krank vor Schmach.

Iinuma beobachtete zwar mit Betrübnis Kiyoakis bleiches Gesicht und wie dieser so unausgesetzt schwieg; doch bemerkte er noch immer nicht die Wunde, die er selber ihm beigebracht hatte.

Er begriff nicht, daß jetzt er seinerseits diesen schönen Jüngling, der ihn all die vielen Jahre hindurch pausenlos gepeinigt, tief verwundet hatte, und das ohne jeden Vorsatz der

Rache. Ja, niemals zuvor hatte es einen Augenblick gegeben, in dem ihm dieser in sich zusammengesunkene junge Mann so bemitleidenswert erschienen wäre.

In einem Gefühl herzbeklemmender Sentimentalität überlegte er: er würde ihm aufhelfen, würde ihn ins Bett bringen, würde, wenn er in Tränen ausbräche, mit ihm weinen. Als Kiyoaki aber schließlich sein Gesicht hob, war es völlig trocken, und von Tränen keine Spur. Sein kalter, durchbohrender Blick ließ Iinumas Vision sofort wieder in sich zusammenfallen.

»Na gut. Du kannst also gehen. Ich will mich auch schlafen legen.«

Kiyoaki stand auf von seinem Stuhl und drängte Iinuma zur Tür.

21

Am nächsten Tag rief die Tadeshina einige Male an, aber Kiyoaki ging nicht an den Apparat.

Schließlich wandte sie sich an Iinuma und bat ihn, zu bestellen, Fräulein Satoko wünsche den jungen Herrn unbedingt persönlich zu sprechen; Iinuma jedoch, auf Kiyoakis striktes Geheiß, lehnte eine Anmeldung ab. Und obwohl beim soundsovielten Anruf Satoko selbst an den Apparat kam und Iinuma bedrängte, blieb dieser bei seiner hartnäckigen Weigerung.

Die Anrufe wiederholten sich mehrere Tage lang; eine Tatsache, die bereits die Klatschsucht der Dienerschaft erregte. Allein, Kiyoaki ließ sich auch weiterhin nicht sprechen. Da endlich erschien die Tadeshina zu einem Besuch.

Iinuma empfing sie an dem düsteren Nebeneingang, und wie um zu verhindern, daß sie das Haus beträte, setzte er sich, wobei er die Falten seiner Kokura-*Hakama* sorgfältig zurechtzog, mitten auf die Eingangsestrade.

»Der junge Herr ist abwesend. Sie können ihn nicht sehen.«
»Abwesend? Das scheint mir kaum der Fall. Ehe Sie mich auf diese Weise abfertigen, rufen Sie doch bitte Herrn Yamada.«
»Auch wenn Sie es durch Yamada versuchen – es bleibt sich gleich. Der junge Herr ist für Sie nun einmal nicht zu sprechen.«

»Das wollen wir sehen. Sie werden mich jetzt auf der Stelle einlassen, damit ich das von ihm persönlich höre.«

»Er hat sich in sein Zimmer eingeschlossen, er wird Sie gewiß nicht vorlassen. Es steht Ihnen natürlich frei, hereinzukommen; aber halten Sie es denn wirklich für gut, wenn Sie mit Ihrem vermutlich vertraulichen Auftrag entweder von Yamada bemerkt würden oder sonst im Hause Aufsehen erregten, und es käme möglicherweise so dem Herrn Marquis etwas zu Ohren?«

Die Tadeshina schwieg; haßerfüllt blickte sie auf Iinumas Gesicht, auf dem noch in diesem Dämmerlicht die rauhe Pickellandschaft deutlich hervortrat. Sie ihrerseits stand, von Iinuma aus gesehen, mit dem Rücken gegen das Geglitzer auf den Zweigen der fünfnadeligen Kiefern draußen an der in der hellen Frühlingssonne daliegenden Karossenauffahrt und wirkte, die Falten auf den gealterten Wangen unter einer dicken weißen Puderschicht begraben, wie eine Figur aus einem Bild auf gekrepptem Papier. Dazu zwischen den tiefen, schweren doppelten Lidfalten ihre Augen, die so finster und zornig funkelten.

»Nun gut. Selbst wenn dies auf einen Befehl des jungen Herrn zurückginge – nachdem Sie dermaßen streng mit mir reden, sollten Sie auf das eine wenigstens gefaßt sein: Bisher habe ich gutmütig allerlei für Sie in die Wege geleitet; doch damit – dessen seien Sie eingedenk – hat es ein Ende. Wie dem auch sei – wollen Sie bitte die Freundlichkeit haben, mich dem jungen Herrn zu empfehlen.«

Vier oder fünf Tage darauf kam von Satoko ein dicker Brief.

Dieser Brief, der normalerweise unter Umgehung Yamadas von der Tadeshina persönlich Iinuma übergeben worden wäre, um so in die Hände Kiyoakis zu gelangen, traf auf jener von Yamada ganz offen präsentierten, mit dem goldenen Familienwappen verzierten Lackschale ein.

Kiyoaki rief Iinuma eigens auf sein Zimmer, zeigte ihm den ungeöffneten Brief, und nachdem er Iinuma die Fenster hatte aufmachen lassen, legte er in seiner Gegenwart den Brief auf die Glut im Kohlebecken.

Als spielte sich vor seinen Augen irgendein kunstreiches Verbrechen ab, beobachtete Iinuma mit unverwandten Blicken, wie Kiyoakis blasse Hand, indem sie den kleinen, züngelnden

Flammen auswich, das von der Dicke des Papiers fast ersticken-
de Feuer immer wieder anfachte und dabei emsig und wie ein
kleines Tier über das in ein Rundstück aus Paulownia-Holz
eingelassene Kohlebecken hin- und herhuschte. Hätte er mitge-
holfen, wäre es gewiß besser vonstatten gegangen; doch fürchtete er, zurückgewiesen zu werden. Kiyoaki hatte ihn lediglich
als Zeugen herbeigerufen.

Dem in Schwaden aufsteigenden Rauch war nicht auszuweichen, und so fiel eine Träne aus Kiyoakis Auge. Früher hatte
Iinuma durch strenge Zucht und Tränen bei ihm Verständnis zu
erreichen gehofft; aber die schöne Träne, die jetzt und in seiner
Gegenwart über die von der Glut gerötete Wange rollte, war
ohne jegliche Hilfe Iinumas zustande gekommen. Warum nur
sah er sich vor diesem Menschen stets und in allen Fällen nie
anders als in einer Lage, die ihn seine eigene Unfähigkeit spüren
ließ?

Ungefähr eine Woche später, an einem Tag, an dem sein
Vater, der Marquis, frühzeitig zurückgekehrt war, speiste
Kiyoaki seit langem wieder einmal gemeinsam mit seinen Eltern
im japanischen Salon des Haupthauses zu Abend.

»Nein«, meinte wohlgelaunt der Marquis, »wie schnell doch
die Zeit vergeht! Nächstes Jahr wirst also auch du schon in den
Unteren Fünften Hofrang erhoben. Und dann werden dich die
Leute im Hause entsprechend zu titulieren haben.«

Insgeheim verwünschte Kiyoaki seine mit dem nächsten Jahr
auf ihn zukommende Majorennität; und es wäre durchaus
möglich gewesen, daß ein entfernter Einfluß Satokos seinen
Gemütszustand genügend vergiftet hatte, um ihm bereits in
seinem neunzehnten Jahr das Erwachsenwerden völlig zu verlei-
den. Die innerliche Ungeduld, mit der er, wie in der Kinderzeit
jedes heranrückende Neujahr an den Fingern abzählend, es nicht
hatte erwarten können, endlich erwachsen zu werden, war
längst von ihm gewichen. Mit einem fröstelnden Gefühl vernahm er die Worte seines Vaters.

Ohne von der für das Zusammensein der Familie gültigen
Regel abzuweichen, ja unter strikter Einhaltung der einmal
festgelegten Rollen: seine Mutter, die Augenbrauen bekümmert
hochgestellt, mit ihrer überaus vorsichtigen, gelassenen Kon-
versation, der im Gesicht gerötete Marquis mit seiner vorsätz-

lich die Etikette durchbrechenden guten Laune – nahm die Mahlzeit ihren Fortgang. Als daher Vater und Mutter miteinander Blicke wechselten, nur leichthin zwar, so daß von einem Wink noch nicht die Rede sein konnte, bemerkte es Kiyoaki sofort und erschrak; und auch dies allein deshalb, weil es schien, als handele es sich nicht um eine der üblichen, stillschweigenden Abreden zwischen den beiden. Kiyoaki sah seiner Mutter geradeaus ins Gesicht; sie daraufhin wich ein wenig zurück, und ein wenig verwirrten sich die Worte, zu denen sie ansetzte.

»... Nun ja, es fällt mir nicht gerade leicht, dich das zu fragen... nicht, daß es mir peinlich wäre; das wäre eine Übertreibung... Ich hätte nur einfach gern gewußt, wie du dazu stehst.«

»Wozu denn?«

»Kurzum, man hat Satoko abermals einen Heiratsantrag gemacht. Eine ziemlich heikle Geschichte, aus der man sich, wenn sie sich weiter so entwickelt, unmöglich mit einer hastigen Absage zurückziehen kann. Gegenwärtig ist Satoko, wie üblich, wieder recht unklar in ihren Gefühlen; doch glaube ich nicht, daß sie sich auch diesmal dazu wird hinreißen lassen und den Antrag so unbesonnen ausschlägt wie früher die anderen. Zumal ihre Eltern ebenfalls dafür sind, nicht wahr... Aber was nun dich angeht – du warst zwar in deinen Kindertagen mit Satoko sehr vertraut, doch hast du natürlich nichts gegen ihre Heirat einzuwenden, oder? Es wäre schön, wenn du jetzt einfach sagtest, wie du empfindest; und solltest du Einwände haben, so wäre es – meine ich – richtig, du würdest sie hier vor deinem Vater vorbringen.«

Ohne seine Eßstäbchen beiseite zu legen und ohne irgendeine Gemütsbewegung zu zeigen, erwiderte Kiyoaki leichthin: »Ich habe durchaus keine Einwände. Das geht mich ja schließlich nichts an.«

Nach einem kurzen Schweigen meinte der Marquis im Tonfall völlig ungestörter guter Laune: »Na, jedenfalls wäre jetzt noch Zeit zum Umkehren. Angenommen einmal, nur als Beispiel, rein theoretisch, deine Gefühle wären, zu einem wie winzigen Bruchteil auch immer, in die Sache verstrickt – was würdest du dann antworten?«

»Es gibt da keinerlei Verstrickungen oder dergleichen.«

»Deshalb sage ich ja: gesetzt den Fall, es wäre so... Besser freilich, wenn es nicht so ist. Da wir dieser Familie seit langen Jahren verpflichtet sind, muß ich die Geschichte jetzt nach besten Kräften und ohne Rücksicht auf mögliche Kosten bis zum endgültigen Gelingen unterstützen... Übrigens, im nächsten Monat feiern wir ja schon das *Omiyasama*-Fest; doch wenn sich die Dinge weiter so entwickeln, wird – fürchte ich – Satoko viel zu tun haben und diesmal gar nicht kommen können.«

»Wäre es unter diesen Umständen nicht geschickter, wir würden Satoko von vornherein gar nicht erst zum Fest einladen?«

»Du setzt mich in Erstaunen. Ich hatte ja keine Ahnung, daß ihr wie Hund und Katze miteinander seid.«

Der Marquis brach in ein lautes Gelächter aus, in ein Lachen, das ihm die Gelegenheit bot, diese Erörterung abzubrechen.

Im letzten Grunde war Kiyoaki seinen beiden Eltern ein Rätsel; sooft sie den von der Art ihrer eigenen Gefühlsregungen so weit entfernten Empfindungen Kiyoakis hatten nachspüren wollen, waren sie in die Irre gegangen, und also hatten sie auf diesen Versuch längst verzichtet. Neuerdings empfanden sie sogar so etwas wie einen gewissen Groll gegen die Erziehung im Hause der Ayakuras, denen sie ihren Sohn in seiner Kinderzeit anvertraut gehabt.

Sollte die feine Kultur des langärmelig gewandeten Hofadels, sollte die Eleganz, nach der sie selbst sich so lange gesehnt hatten, am Ende nur darin liegen, daß einer derart unentschlossen und schwer begreiflich wird? Wie entzückend aus der Ferne auch anzuschauen – betrachteten sie den Erfolg solcher Erziehung an ihrem eigenen Sohn, kam das der Konfrontation mit einem Rätselwesen gleich. Marquis und Marquise, so verschiedener Ansichten sie sein mochten, hatten ihr Inneres in leuchtende, unvermischte Farben nach der Art südlicher Länder gekleidet; wohingegen an Kiyoakis Herz wie einst an den Säumen der vielfach geschichteten Hofdamengewänder ein welkes Braun ins Scharlachrot, das Scharlachrot ins Grün des Bambusgrases überging, dem Auge so wenig unterscheidbar, daß es den Marquis schon ermüdete, auch nur seine Vermutungen hierüber anzustellen. Ja, allein der Anblick seines offenbar gänzlich teilnahmslosen Sohnes, der Anblick dieser kalten, nichtssagenden Schönheit ermüdete ihn. Der Marquis durchforschte sein Gedächtnis an die eigene Jugend, konnte sich jedoch nicht erinnern, daß er jemals unter ähnlich unentschiedenen, instabilen, jetzt Wellen schlagenden und gleich darauf wieder grundklaren Empfindungen gelitten hätten.

Schließlich sagte er: »Um von etwas anderem zu reden – ich denke, ich werde Iinuma demnächst verabschieden müssen.«

»Wieso das?«

Zum ersten Mal erschien auf Kiyoakis Gesicht der Ausdruck eines lebhaften Erschreckens. Das kam in der Tat unerwartet.

»Wir sind ihm natürlich für seine langjährigen Bemühungen sehr dankbar; aber du erreichst im nächsten Jahr deine Großjährigkeit, und er hat sein Examen an der Universität gemacht, so daß ich finde, es ist gerade die richtige Zeit dafür. Kommt als spezieller Grund hinzu, daß mir wenig erfreuliche Gerüchte über ihn zu Ohren gekommen sind.«

»Was für Gerüchte?«

»Er hat sich im Hause unkorrekt aufgeführt. Um es genauer zu sagen: es heißt, er habe ein intimes Verhältnis mit der Kammerzofe Mine. In alter Zeit hätte ich ihn, du verstehst, mit eigener Hand erschlagen.«

Bewundernswert die Gefaßtheit der Marquise, als sie diese Geschichte vernahm. Was das Problem betraf, so stand sie in jeder Hinsicht ihrem Gemahl zur Seite.

Kiyoaki fragte: »Von wem hast du das gehört?«

»Von wem auch immer.«

Im selben Augenblick stieg vor Kiyoaki das Gesicht der Tadeshina herauf.

»In alter Zeit hätte ich ihn mit dem Schwert niedergehauen, aber heutzutage, fürchte ich, geht das nicht mehr. Außerdem kam er mit Empfehlungen aus unserer Heimat hierher, und mit seinem Mittelschuldirektor, der uns jedes Jahr die Neujahrsglückwünsche überbringt, stehe ich auf gutem Fuße. Da ist es wohl das beste, ich lasse ihn in Frieden ziehen, um ihm seine Zukunft nicht zu verderben. Ja, ich möchte die Angelegenheit sogar so regeln, daß sie dem Schein wie der Sache nach in Ordnung ist. Also werde ich Mine ebenfalls entlassen; und wenn sie wollen, mögen die beiden heiraten. Ich werde für Iinuma auch eine Stellung suchen. Da es vor allem darum geht, ihn aus dem Haus zu bekommen, ist es wohl richtiger, wir erledigen es auf eine Weise, daß keine Bitternis zurückbleibt. Tatsache ist, daß er sich die Jahre hindurch um dich gekümmert hat; in diesem Punkt jedenfalls können wir ihm kein Versagen vorwerfen.«

»Du bist wirklich außerordentlich gütig«, sagte die Marquise, »dann noch so viel zu unternehmen...«

Kiyoaki traf zwar Iinuma an diesem Abend, doch erwähne er nichts von alledem.

Sobald er seinen Kopf auf das Kissen gebettet hatte, überlegte er hin und her und begriff, daß er nun völlig allein und einsam war. Einen Freund besaß er nur in Honda; aber ihm alles bis in die letzten Einzelheiten zu gestehen, ging ja wohl nicht an.

Später hatte Kiyoaki einen Traum. Und er dachte, während er träumte: Diesen Traum werde ich in meinem Tagebuch nie aufzeichnen können. So kompliziert war er, so unauflösbar.

Die unterschiedlichsten Personen traten auf. Ihm schien, als sähe er den verschneiten Exerzierplatz des Dritten Regiments vor sich, doch dann stand dort Honda als Offizier. Und glaubte er, plötzlich einen Pfauenschwarm auf den Schnee herniedertanzen zu sehen, so war es Satoko zwischen den beiden siamesischen Prinzen, die ihr eine goldene Krone mit langen Juwelengehängen aufsetzten. Iinuma sah er und die Tadeshina, die sich heftig stritten, schließlich aneinandergerieten und hinunterkugelten in eine tausend Klafter tiefe Schlucht. Mine kam in einer Kutsche angefahren, und der Marquis und die Marquise empfingen sie mit tiefer Ehrfurcht. Und während er sich noch darüber wunderte, trieb Kiyoaki selbst auf schaukelndem Floß über den unendlichen Ozean.

Mitten im Traum meinte Kiyoaki, die Träume, weil er sich allzutief in sie verstrickte, hätten begonnen, das Land der Wirklichkeit zu überspülen und es wäre zu einer Traumflut gekommen.

22

Prinz Harunori, dritter Sohn Seiner Kaiserlichen Hoheit Prinz Tōin-no-miya, war soeben, mit fünfundzwanzig Jahren, zum Rittmeister bei den Gardekürassieren befördert worden, und auf ihm als einer begabten, großzügigen Natur ruhte die ganze Hoffnung seines Vaters. Wie bei einer solchen Person und Erscheinung nur natürlich, hatte man ihm zur Brautwahl, ohne den Ratschlag Dritter einzuholen, die verschiedensten Kandidatinnen angetragen; doch für keine entzündeten sich seine Gefühle, und so verging die Zeit. Gerade als die Eltern des Prinzen nicht mehr ein noch aus wußten, ergriff Marquis Matsugae die Gelegenheit, sie zum Diner beim Kirschblütenfest einzuladen und ihnen wie zufällig Ayakura Satoko vorzustellen. Die Kaiserlichen Hoheiten äußerten das größte Wohlgefallen und baten in vertraulichem Gespräch, man möge ihnen ein Foto zukommen lassen; woraufhin die Ayakuras ihnen unverzüglich ein Bild Satokos im formellen *Kimono* präsentierten. Und wirklich machte Prinz Harunori, als er das Foto zu Gesicht bekam, nicht wie sonst seine sarkastischen Bemerkungen, sondern betrachtete es in stummer Verzauberung. Hiernach war auch der schwierige Punkt, daß Satoko nämlich bereits einundzwanzig war, von keiner Bedeutung mehr. Dankbar dafür, daß sie sich einst seines Sohnes angenommen, trachtete Marquis Matsugae stets danach, der abgesunkenen Familie Ayakura wiederaufzuhelfen. Der kürzeste Weg war nun jedenfalls die Verschwägerung, wenn schon nicht unmittelbar mit dem Kaiserhaus, so doch mit einer der prinzlichen Familien; schließlich handelte es sich bei den Ayakuras mit ihrer geradlinigen Abstammung von einer der uralten Leibwachefamilien um ein Haus, für das dergleichen durchaus nicht ungewöhnlich war. Was jedoch not tat, war ein gewisser Beistand; denn die Ayakuras verfügten nicht über die schier schwindelerregenden Summen, die da für vielerlei erforderlich wurden, angefangen von einer noch nicht einmal aufwendigen Mitgift bis hin zu den Geschenken, die jährlich zweimal, zum sommerlichen O-Bon-Fest und zum Neujahr, an die Gefolgsleute des Prinzenhauses zu verteilen waren. Selbst dies eingeschlossen, war die Familie Matsugaes bereit, für alles Sorge zu tragen.

Satoko ihrerseits beobachtete die Dinge, die sich um sie mit überstürzter Eile entwickelten, gleichgültig und kalt. Der April brachte nur recht wenige heitere Tage; unter einem düsteren Himmel welkte der Frühling zusehends dahin, und der Sommer kündigte sich an. Wenn Satoko aus dem bodennahen Fenster ihres schmucklosen Zimmers in dieser ehemaligen *Samurai*-Residenz, an der lediglich das Tor beachtenswert war, über den weiten, ungepflegten Garten hinschaute, gewahrte sie, daß an der Kamelie die Blüten längst abgefallen waren und daß zwischen den dunklen, harten Laubbüscheln hervor bereits die neuen Knospen drangen, oder daß am Granatapfelbaum, aus den Enden der dünnen, mit feinen Dornen bewehrten Zweige, die blaßroten Triebe schossen. Alles, was da neu sproßte, stand aufrecht; weshalb der Garten insgesamt aussah, als ob er auf Zehenspitzen stünde und sich reckte. Der Garten war gewissermaßen groß geworden.

Daß Satoko so auffällig schweigsam, daß sie so oft in Gedanken versunken war, machte der Tadeshina beträchtliche Sorgen; andererseits jedoch hörte Satoko wie ein brav daherfließendes Wasser auf jedes Wort ihrer Eltern und bemühte sich, alles korrekt zu befolgen, erhob keine Einwände mehr wie zuvor, sondern nahm das Ganze mit einem leichten Lächeln hin. Hinter dem Schirm solch willfähriger Sanftmut jedoch verbarg Satoko eine Teilnahmslosigkeit, so unendlich wie der bewölkte Himmel in jenen Wochen.

Eines Tages Anfang Mai erhielt Satoko eine Einladung zum Tee in die Sommerresidenz des Prinzen Tōin-no-miya. Es war um die Zeit, in der sie in anderen Jahren von der Familie Matsugae längst die Aufforderung zum *Omiyasama*-Fest gehabt hätte; doch diesmal kam diese, so sehnlich Satoko sie erwartete, nicht, vielmehr erschien statt dessen ein Beamter aus dem Hause des Prinzen mit einem offiziellen Einladungsschreiben, übergab es dem Hofmeister und verschwand wieder.

Nahmen sich dergleichen Vorfälle auch wie völlig natürlich aus, so waren sie doch unter strenger Verschwiegenheit bis ins einzelne geplant. Ihre in dieser Hinsicht wortkargen Eltern eingeschlossen, hatte man sich verschworen, Satoko dadurch einzukreisen, daß man ringsum den Boden, auf dem sie stand, heimlich mit verschlungenen Zauberformeln beschrieb.

Natürlich waren auch Graf und Gräfin Ayakura zum Tee in die Residenz des Prinzen mit eingeladen worden; da es ihnen jedoch allzuviel Aufhebens erschien, sich in einer Karosse der Gastgeber abholen zu lassen, stellte schließlich Marquis Matsugae freundlicherweise einen Wagen zur Verfügung. Die in den letzten Jahren der Meiji-Zeit erbaute Sommerresidenz lag am Stadtrande Yokohamas, und unter anderen Umständen würde eine Fahrt in der Kutsche dort hinaus eine fröhliche Landpartie bedeutet haben, wie sie die Familie gemeinsam nicht oft erlebte.

Der Tag war mit dem herrlichsten Wetter seit langem gesegnet, und beide, der Graf und die Gräfin, nahmen dies erfreut für ein gutes Omen. Überall entlang der Straße, über die ein kräftiger Südwind blies, flatterten die zum Knabenfest gehißten Karpfenfahnen. Unter diesen Karpfen, deren Zahl jeweils der Zahl der Kinder in einem Hause entsprach, waren sowohl große schwarze Karpfen wie auch kleine Goldkarpfen; und waren es schon nur fünf, so schienen sie Schwierigkeiten miteinander zu haben, und ihre vom Wind geblähten Leiber verloren viel von ihrer Großartigkeit. Doch über einem Haus am Abhang waren es – der Graf streckte seinen bleichen Finger aus und zählte sie durchs Kutschenfenster – sogar ihrer zehn.

»Na, der hat aber tüchtig was blühen lassen«, sagte der Graf mit einem halb unterdrückten Lachen. Auf Satoko freilich machte das einen Eindruck, als habe sich ihr Vater – was so gar nicht zu ihm paßte – einen derben Scherz erlaubt.

Überwältigend war, wie ringsum das junge frische Laub hervorgebrochen; zwischen dem tausendfachen, vom Gelblichen bis ins Schwärzliche spielenden Grün auf den Hügeln glichen die Schatten zumal unter den von der Sonne durchfluteten Ahornbäumen einem goldbrokatenen Grund.

»Oh«, rief plötzlich die Gräfin aus und heftete ihren Blick auf Satokos Wange, »da hast du ja einen Staubfleck!« Doch als sie ihn mit dem Taschentuch abwischen wollte, wich Satoko behende aus, und damit war auch der Fleck auf der Wange verschwunden. Erst jetzt bemerkte die Gräfin, daß die an einer Stelle verschmutzte Scheibe des Kutschenfensters die Sonnenstrahlen nur zum Teil passieren ließ und ein Muster auf Satokos Gesicht geworfen hatte.

Nicht daß sich Satoko über diesen Irrtum ihrer Mutter

amüsiert hätte; sie ließ kaum mehr als ein sanftes Lächeln aufscheinen. Gerade heute war es ihr unangenehm, wenn man ihr Gesicht allzu gründlich betrachtete, wenn man es musterte wie ein feinseidenes Gastgeschenk.

Da die Fenster, um die Frisuren nicht zu gefährden, fest geschlossen blieben, herrschte in der Kutsche eine Hitze wie in einem Backofen. Dazu das unaufhörliche Geschaukel, die von Mal zu Mal in den noch nicht bepflanzten Naßfeldern sich spiegelnden grünen Berge ... allmählich war sich Satoko nicht mehr recht klar darüber, was sie von der Zukunft eigentlich erwartete. Einerseits brannte sie vor Ungeduld, sich in Abenteuer zu stürzen, sich fortspülen zu lassen an einen Ort, von dem sie niemals wiederkehren würde; andererseits wünschte sie, es käme noch einmal etwas dazwischen. Bis jetzt war es noch nicht zu spät. War noch Zeit. Sie stellte sich vor, es käme im letzten Augenblick ein Brief der Verzeihung, und gleichzeitig verdammte sie alle ihre Hoffnungen.

Die Sommerresidenz des Prinzen Tōin-no-miya befand sich auf einer hohen Klippe unmittelbar über dem Meer, und zu dem im westlichen Palaststil errichteten Gebäude führte eine Marmortreppe hinan. Als die Ayakuras, vom Hofmarschall empfangen, aus der Kutsche stiegen, erblickten sie in der Tiefe drunten den von den verschiedensten Schiffen belebten Hafen und brachen in Seufzer der Bewunderung aus.

Der Tee wurde auf der weiten, nach Süden zu gelegenen Veranda gereicht, von wo aus man über das Meer hin schaute. Unzählige tropische Gewächse wucherten hier, und den Eingang flankierten zwei riesige, halbmondförmige gebogene Elefantenzähne, ein Geschenk des siamesischen Königshauses.

Dort begrüßten die Kaiserlichen Hoheiten ihre Gäste und führten sie mit heiterer Aufgeräumtheit zu ihren Plätzen. In Silbergeschirr mit dem kaiserlichen Chrysanthemenwappen wurde der Tee aufgetragen, wurden kleine, dünne Sandwiches, europäische Kuchen und andere Bisquits auf den Teetisch gestellt.

Die Prinzessin bemerkte, wie entzückend neulich das Kirschblütenfest gewesen sei, sprach dann vom Mah-Jongg und von den alten *Nagauta*-Balladen.

Der Graf, um seiner schweigenden Tochter beizuspringen,

meinte: »Zu Hause ist sie noch ganz das Kind; da läßt man sie nicht ans Mah-Jongg, nicht wahr?«

»Ja, ist das möglich?! Wir spielen es, wenn wir Zeit haben, den ganzen Tag«, erklärte die Prinzessin lachend.

Satoko konnte nun aber schlecht an das altertümliche *Sugoroku* mit den zwölf schwarzen und zwölf weißen Steinen erinnern, mit dem sie sich daheim zu vergnügen pflegten.

Der Prinz hatte es sich diesmal in einem einfachen Straßenanzug bequem gemacht. Er führte den Grafen an ein Fenster, wies auf die einzelnen Schiffe im Hafen, und wie man so etwas einem Kind erklärt, gab er dabei seine Kenntnisse zum besten: daß dieses ein britischer Frachter sei, und zwar vom Peildeck-Typ, jenes ein französischer Frachter mit einem Schelterdeck, und dergleichen mehr.

Aus der Atmosphäre hier war auf den ersten Blick zu erkennen, wie die Kaiserlichen Hoheiten peinlich bemüht waren, ein geeignetes Gesprächsthema zu finden. Jedes, auch der Sport, auch der Wein, wäre ihnen recht gewesen, hätte man sich nur in einem gemeinsamen Interesse getroffen; aber Graf Ayakura, völlig passiv, reagierte nur gerade auf das, was die andere Seite anschnitt. Auch Satoko schien es, als hätte sich die Art der Vornehmheit, die ihr von ihrem Vater anerzogen worden, nie zuvor als so nutzlos erwiesen wie eben heute. Sonst pflegte der Graf gelegentlich einen seiner unschuldigen, für ihn charakteristischen Scherze anzubringen, die freilich in keinerlei Beziehung zu dem augenblicklichen Gesprächsstoff standen; doch offensichtlich hielt er sich heute in diesem Punkte zurück.

Nach einer Weile sah der Prinz auf die Uhr, und als wäre ihm das jetzt erst eingefallen, sagte er: »Glücklicherweise wird Harunori heute auf Urlaub vom Regiment nach Hause kommen. Aber obschon mein Sohn, ist er – bitte, stoßen Sie sich nicht daran – ein etwas schroffer Mensch. Wenigstens möchte es so scheinen; dabei ist er im Grunde sehr weichherzig.«

Nicht lange danach war vom Portal her ein geschäftiges Treiben zu vernehmen, Anzeichen dafür, daß der junge Prinz soeben zurückgekehrt war.

Schließlich, mit klirrendem Säbel und unterm Knarren der Offiziersstiefel, erschien Prinz Harunori in seiner vollen, martialisch uniformierten Gestalt auf der Veranda und salutierte vor seinem Vater. Satoko machte dies im Augenblick den Eindruck einer unsäglich leeren Würde; doch war es unverkennbar, daß Prinz Tōin-no-miya das Soldatische an seinem Sohn schätzte, und sie verstand sehr gut, daß der junge Prinz seinerseits sich daran gewöhnt hatte, ganz so aufzutreten, wie es den Erwartungen seines Vaters entsprach. Tatsächlich waren seine älteren Brüder unbeschreiblich verzärtelt, und da sie sich auch im Hinblick auf ihre Gesundheit nicht eben auszeichneten, waren an ihnen alle väterlichen Hoffnungen zuschanden geworden.

Heute freilich schien Prinz Harunori mit seinem Auftreten zugleich eine gewisse Verlegenheit vor der schönen Satoko, der er zum ersten Mal begegnete, verbergen zu wollen. Sowohl bei der Begrüßung wie auch später vermied er es nach Möglichkeit, Satoko direkt anzusehen.

Auffällig war, wie mit halb zusammengekniffenen Augen der Vater das in allem lebhafte, von Stolz und Entschiedenheit erfüllte, trotz der Jugendlichkeit durchaus majestätische Gehabe seines zwar nicht eben großgewachsenen, doch von der Statur her stattlichen Sohnes verfolgte. Vermutlich war deshalb das Gerücht aufgekommen, es mangele dem in seiner Erscheinung so überaus würdevollen Prinzen Tōin-no-miya im letzten Grunde an Willenskraft.

Nun sammelte Prinz Harunori mit Leidenschaft Schallplatten mit westlicher Musik, und allem Anschein nach besaß er hierüber eine sehr eigene Meinung; als ihn aber die Prinzessin bat: »Laß uns doch irgend etwas hören«, stimmte der junge Prinz zu und begab sich in ein Nebenzimmer an das Grammophon. Unwillkürlich sah ihm Satoko nach, und in dem Augenblick, in dem er mit einem großen Schritt über die Schwelle zwischen der Veranda und dem Zimmer trat, meinte sie zu bemerken, daß sich auf den Schäften seiner blankgeputzten, schwarzen Stiefel, über die deutlich vom Fenster her das helle Licht hinglitt, selbst der Himmel draußen flüchtig abspiegelte wie Scherben eines glatten, bläulichen Porzellans. Satoko schloß ihre Augen leicht und wartete darauf, daß die Musik einsetzte. Ihr Inneres verfinsterte sich von der Unruhe des Wartens, und der winzige und kurze Laut, mit dem die Nadel auf die Platte fiel, klang ihr in den Ohren wie ein Donnerschlag.

Mit dem jungen Prinzen kam es danach noch zu diesem und

jenem leichten Geplauder, und als es Abend wurde, verabschiedeten sich die Ayakuras. Ungefähr eine Woche später erschien der Hofmarschall des Prinzen am Wohnsitz der Ayakuras; er hatte eine lange Unterredung mit dem Grafen. Das Ergebnis war, daß man die erforderlichen Schritte einleitete, um vom Obersten Adelsamt offiziell die Zustimmung zur Eheschließung zu erbitten. Das entsprechende Schriftstück wurde auch Satoko vorgelegt. Es lautete wie folgt:

> An Seine Exzellenz, den Herrn Minister am Kaiserlichen Hofe:
> In Angelegenheit geplanter Vermählung Seiner Kaiserlichen Hoheit Prinz Harunori mit Komtesse Satoko, Tochter des Grafen Ayakura Korebumi, Inhabers des Zweiten Hofrangs Unterer Stufe und Trägers des Verdienstordens Dritter Klasse, bitten wir Sie hiermit um Ihre gütige Zustimmung, bei Vorlage derselben Höchsten Ortes Rat und Fürsprache gewähren zu wollen.
> Gegeben den 12. Mai im Jahre 2 der Ära Taishō.
> Seiner Kaiserlichen Hoheit Prinz Tōin-no-miya Hofmarschall.
> gez. Yamanouchi Saburō

Drei Tage darauf traf vom Minister am Hofe diese Antwort ein:

> Dem Herrn Hofmarschall Seiner Kaiserlichen Hoheit Prinz Tōin-no-miya:
> Der Verwaltung des Prinzlichen Hauses zur Kenntnis, daß wir in Angelegenheit geplanter Vermählung Seiner Kaiserlichen Hoheit Prinz Harunori mit Komtesse Satoko, Tochter des Grafen Ayakura Korebumi, Inhabers des Zweiten Hofrangs Unterer Stufe und Trägers des Verdienstordens Dritter Klasse, geneigt sind, in Erwartung endgültigen Höchsten Einverständnisses unsere Fürsprache walten zu lassen.
> Gegeben den 15. Mai im Jahre 2 der Ära Taishō.
> Der Minister am Kaiserlichen Hofe.

Auf Grund dieser Zusicherung konnte das Gesuch zur Erlangung der kaiserlichen Einwilligung jederzeit eingereicht werden.

23

Kiyoaki war nun in der letzten Oberstufenklasse des Gakushū-in. Vom Herbst des nächsten Jahres an würde man die Universität besuchen, und es gab manchen, der bereits anderthalb Jahre davor mit der Paukerei für das Aufnahmeexamen begann. Daß dergleichen Hondas Art nicht war, gefiel Kiyoaki.

Das von General Nogi wiederbelebte System des Pflichtinternats wurde zwar im Prinzip aufrechterhalten, die Kränklichen jedoch durften als Externe die Schule besuchen; und Schüler, die wie Honda und Kiyoaki nach dem elterlichen Willen nicht ins Internat eintraten, besaßen ein entsprechend glaubwürdiges ärztliches Attest. So hatte Honda einen angeblichen Herzklappenfehler und Kiyoaki einen chronischen Bronchialkatarrh. Oft machten sie sich gemeinsam über ihre erfundenen Krankheiten lustig; da spielte Honda dann einen Herzkranken mit den typischen Atembeklemmungen, und Kiyoaki gab einen trockenen Husten von sich.

Im Grunde gab es niemanden, der ihnen ihre Krankheiten geglaubt hätte, so daß sie es also nicht nötig hatten zu simulieren. Lediglich die Unteroffiziere vom militärischen Ausbildungsstab, alles Veteranen aus dem russisch-japanischen Krieg, wichen von dieser Regel ab; von ihnen wurden die beiden boshafterweise formell wie Invaliden behandelt. Und in den Exerzierstunden hieß es dann etwa unter Anspielung auf sie, was denn wohl diejenigen Schüler, die das Internatsleben nicht ertrügen, für das Vaterland zu leisten gedächten, wenn es eines Morgens losginge.

Als er hörte, daß die siamesischen Prinzen ins Internat eingetreten seien, empfand Kiyoaki großes Mitleid mit ihnen und besuchte sie häufig mit kleinen Geschenken in ihrem Zimmer. Die beiden Prinzen, die ihm in jeder Hinsicht vertrauten, brachten wechselweise ihre Kümmernisse vor und beklagten sich vor allem über die Einschränkung ihrer Bewegungsfreiheit. Die munteren, wenig sensiblen Internatsschüler waren gewiß nicht die rechten Freunde für sie.

Honda seinerseits, obwohl von ihm lange Zeit vernachlässigt, hatte den wie einen kleinen, impertinenten Vogel wieder heranflatternden Kiyoaki aufgenommen, als wäre nichts gewesen. Und Kiyoaki schien die Tatsache, daß er Honda bisher beiseite gesetzt, im selben Augenblick bereits vergessen zu haben. Zwar kam es Honda verdächtig vor, daß Kiyoaki mit Beginn des neuen Semesters wie ausgewechselt war und eine irgendwie leere, übermütige Heiterkeit zur Schau trug; doch fragte er natürlich mit keinem Wort danach, und auch Kiyoaki erzählte nichts.

Daß er nicht einmal dem Freund sein Herz ausgeschüttet hatte, war, wie Kiyoaki sich jetzt einbildete, das einzig Schlaue in seinem Verhalten gewesen. Er brauchte sich also nicht zu sorgen, daß er in den Augen Hondas das einfältige Kind wäre, das eine Frau als Spielball benutzt; ja, ihm wurde klar: diese Sicherheit war die Ursache dafür, daß er sich, wenn er jetzt vor Honda stand, ganz frei und heiter geben konnte. Außerdem dünkte ihn der Wunsch, wenigstens Hondas Illusionen nicht zu zerstören, wenigstens vor ihm ein freier und emanzipierter Mensch zu sein, der beste Freundschaftsbeweis, durch den seine vielen anderen Unaufrichtigkeiten reichlich kompensiert würden.

Kiyoaki war über seine eigene Heiterkeit eher erstaunt. Seit damals pflegten der Marquis und die Marquise mit ihrem Sohn ganz ungezwungen über den Fortgang der Dinge zwischen dem Prinzenhaus und der Familie Ayakura zu plaudern, etwa mit offensichtlicher Belustigung zu berichten, wie das eigensinnige Fräulein bei der offiziellen *Miai*-Begegnung völlig starr gewesen sei und kein einziges Wort geredet habe. Und Kiyoaki sah selbstverständlich keinen Grund, sich über Satokos Kummer besorgt zu zeigen.

Wer über eine nur armselige Vorstellungskraft verfügt, dessen Urteil lebt unmittelbar von den realen Vorgängen; Kiyoaki hingegen, wie alle Phantasiebegabten, besaß die Neigung, sich augenblicklich in die Luftschlösser seiner Imagination einzuschließen und die Fenster bis aufs letzte zuzusperren.

»Da brauchen sie also jetzt nur noch die kaiserliche Einwilligung, nicht wahr?«

Die Stimme, mit der seine Mutter dies sagte, blieb ihm im Ohr. »Kaiserliche Einwilligung«: Worte, die eine Wirkung auf ihn hatten, als wäre da am Ende eines langen und düsteren

Korridors eine Tür, und er hörte ganz realistisch, wie das kleine, aber aus gediegenem Gold gefertigte Schloß an der Tür mit einem Geräusch wie von einem Zähneknirschen selbsttätig die Sperren öffnete.

Mit einer gewissen Faszination beobachtete Kiyoaki sich selber: wie gelassen er doch solche Berichte seiner Eltern hinnahm. Er begriff, daß er unempfindlich war gegen Zorn und Trauer, und dachte vertrauensvoll: ›Ich bin ja noch weit unverletzlicher, als ich glaubte!‹

Früher war ihm die Grobkörnigkeit in den Gefühlen seiner Eltern als etwas völlig Fremdes erschienen; jetzt jedoch empfand er Freude daran, sich deutlich in ihre Linie einzuordnen. Nicht zum Stamm der Leichtverwundbaren gehörte er, sondern zum Stamm derjenigen, die andere zu verwunden pflegten.

In der Vorstellung, daß Satokos Existenz mit jedem Tag weiter von ihm fortrückte, daß sie schließlich ins Unerreichbare verschwände, lag für ihn ein unbeschreibliches Lustgefühl. Wie man jenen den Toten geweihten Laternenschiffchen, die, ihren Schein im Wasser spiegelnd, davontreiben auf der nächtlichen Flut, in der Überzeugung nachschaut, daß die Gebete um so sicherer in Erfüllung gehen, je weiter sich die Schiffchen entfernen, wurde es ihm zum Beweis seiner Stärke, daß sich Satoko für ihn so weit entfernte wie nur denkbar.

Zeugen für seine Gefühle hatte er nun in der ganzen weiten Welt keinen einzigen mehr. Dies erleichterte es ihm, Gefühle zu heucheln. Jene ›Getreuen‹ mit ihrem fortwährenden ›Wir begreifen Sie sehr gut, junger Herr, lassen Sie uns nur machen‹ waren aus seiner Umgebung vertrieben. Und freute es ihn schon, die Tadeshina, die große Lügnerin, loszusein; um wieviel glücklicher erst war er, daß er sich von der zuletzt beinahe bis zur hautnahen Vertraulichkeit reichenden Pflichttreue Iinumas hatte befreien können. Alle Belästigungen dieser Art waren verschwunden.

Indem er davon ausging, daß Iinuma die so rücksichtsvolle Entlassung durch seinen Vater selbst verschuldet hatte, konnte Kiyoaki seine eigene Abgebrühtheit verdecken; überdies – und das verdankte er der Tadeshina – war er froh, daß er sein Iinuma gegebenes Versprechen, er werde seinem Vater kein Wort davon sagen, nicht gebrochen hatte. Das Ganze war das Verdienst dieses kristallenen, so kalten und durchsichtigen, dabei kantigen Herzens.

Ja, als Iinuma das Haus verließ... Er kam, um seinen Weggang zu melden, auf Kiyoakis Zimmer; er weinte. Sogar aus diesen Tränen noch wollte Kiyoaki allerlei Bedeutung ablesen. Es war ihm peinlich, sich vorzustellen, Iinuma könnte damit um so eindringlicher seine Ergebenheit ihm gegenüber betonen.

Ohne ein Wort zu sagen, stand Iinuma einfach da und weinte. Und eben mit dieser Wortlosigkeit schien er Kiyoaki irgend etwas mitteilen zu wollen. Ihr über sieben Jahre dauerndes Verhältnis hatte für Kiyoaki in seinem nur dunkel erinnerten und empfundenen zwölften Frühjahr begonnen; so weit sein Gedächtnis zurückreichte, stets war – so meinte er – Iinuma dagewesen. Als der Schatten neben ihm, seine ganze Knabenzeit hindurch, als ein dunkelblauer Schatten im fleckigen, gesprenkelten *Kimono*. Iinumas fortwährende Unzufriedenheit, seine fortwährende Gereiztheit und sein fortwährendes Genörgel hatten, wie gleichgültig er dagegen auch zu sein vorgab, schwer auf Kiyoakis Gemüt gelastet. Andererseits jedoch, da das alles ständig in Iinumas so düsteren und melancholischen Blicken lag, hatte Kiyoaki selbst solchen in der Jugend schwer vermeidbaren Neigungen entgehen können. Wonach es Iinuma verlangte, das flackerte stets nur als Flamme in Iinuma selber, und es war wohl eine eher natürliche Entwicklung, daß sich Kiyoaki, je mehr Iinuma dergleichen bei ihm erhoffte, um so weiter davon entfernte.

Damals, als er Iinuma zu seinem Vertrauten machte und damit aller bedrückenden Wirkung beraubte, damals vermutlich schon hatte Kiyoaki psychologisch den ersten Schritt in Richtung auf die jetzige Trennung getan. Allerdings dürften es beide, Herr und Diener, so nicht verstanden haben.

Übelgelaunt bemerkte Kiyoaki, daß, während dieser Mensch noch immer dastand mit gesenktem Kopf, aus dem Brustausschnitt an Iinumas gesprenkeltem *Kimono* im Schein der Abendsonne eine wilde und struppige Behaarung hervorschaute. Dahinter also, unter dem dicken, dem massigen, dem widerwärtigen Fleisch lag seine aufdringliche Treue eingeschlossen. Dieser Körper an sich schon strotzte von Vorwürfen gegen Kiyoaki; und noch der Schimmer in dem unebenen, picklig gefleckten Gesicht, das dem Glanz auf einem morastigen Tümpel vergleichbare dreiste Leuchten: es sprach deutlich von dem Mädchen namens Mine, das auf diesen Iinuma baute und mit ihm das Haus verließ. Welch eine Anmaßung! Der junge Herr, von einer Frau verraten, hatte allein zurückzubleiben; der Diener, der es fertiggebracht, einer Frau Vertrauen einzuflößen, zog triumphierend davon. Obendrein ärgerte Kiyoaki die von keinem Zweifel beeinträchtigte Haltung, aus der Iinumas Überzeugung zu sprechen schien, daß diese Trennung ein in gerader Linie aus seiner Pflichttreue erwachsenes Vorkommnis sei.

Indessen bewahrte Kiyoaki die aristokratische Attitüde und zeigte einen Ausdruck kühler Menschlichkeit.

»Du wirst also, sobald du auf eigenen Füßen stehst, Mine heiraten, nehme ich an?«

»Ja, das gedenke ich zu tun – ermutigt durch die Worte des gnädigen Herrn.«

»Laß mich nur den Zeitpunkt wissen, damit auch von mir ein Geschenk an euch abgeht.«

»Ich danke Ihnen.«

»Und wenn feststeht, wo ihr euch niederlaßt, kannst du mir ja einen Brief mit der Adresse schreiben. Möglich, daß ich euch irgendwann einmal überrasche.«

»Nichts würde mir eine größere Freude bereiten als Ihr Besuch, junger Herr. Aber ich fürchte, es wird nicht angehen, daß ich Sie bei uns begrüße; denn es wird eine kleine und ärmliche Wohnung sein.«

»Du brauchst dir doch mir gegenüber keinen Zwang aufzuerlegen.«

»Ach, daß Sie das zu mir sagen...«, erwiderte Iinuma und begann von neuem zu weinen. Dann zog er ein grobes, schwärzliches Stück Papier hervor und schneuzte sich damit die Nase.

Die Worte, die Kiyoaki sehr genau gewählt hatte, waren ihm glatt von den Lippen gegangen, ein gutes Beispiel dafür, daß man gerade dann, wenn hinter den Worten keinerlei Empfindung steht, den anderen um so eher rühren kann. Bislang nur seinen Empfindungen folgend, übte sich Kiyoaki neuerdings, der Not gehorchend, in der Politik der inneren Gefühle, und diese – wieder je nach Notwendigkeit – mochte auch auf ihn selber anzuwenden sein. Ja, er lernte, ein Gefühl wie einen

Panzer anzulegen und diesen Panzer dann aufs schönste zu polieren.

Dieser Neunzehnjährige, unter keinerlei Qualen leidend, von jeder Unruhe befreit, hatte von sich den Eindruck eines kühlen, zu allem fähigen Menschen. Irgend etwas war für immer zu Ende gegangen. Nachdem Iinuma ihn verlassen hatte, sah er aus dem weit geöffneten Fenster auf das schöne Spiegelbild, das von dem mit frischem Laub übersponnenen Ahornberg auf die Wasserfläche des Teiches fiel.

Er reckte den Kopf noch weiter aus dem Fenster; trotzdem aber – so dicht umwucherte das Zelkova-Gestrüpp inzwischen das Fenster – erreichte sein Blick jenes Becken nicht, in das der neunstufige Wasserfall herniederschoß. Wieder war der Teich in Ufernähe zu einem beträchtlichen Teil mit blaßgrünen *Junsai*-Blättern bedeckt; von den gelben Blüten der Wasserlilien konnte er noch nichts ausmachen, doch vor der großen Halle zwischen den steinernen Acht Brücken ließen die Schwertlilien ihre violette und weiße Blütenpracht aus den Büscheln der wie scharfe grüne Klingen wirkenden Blätter steigen.

Ein regenbogenfarbiger *Tamamushi*-Käfer – er hatte auf dem Fenstersims gerastet und begann nun, gemächlich ins Zimmer hereinzukriechen – nahm Kiyoakis Auge gefangen. Der Käfer, über dessen in Grün und Gold leuchtende, ovale Flügeldecken zwei purpurrote Streifen liefen, bewegte seine Fühler hin und her, setzte die den feinsten Laubsägeblättern vergleichbaren Beine Stückchen für Stückchen vorwärts und behauptete so inmitten der unaufhörlich verfließenden Zeit seine ganze steife und schweigende Pracht mit einer schon fast komischen Würde. Unter dem Zuschauen wurde die Faszination, die dieser *Tamamushi*-Käfer auf Kiyoakis Herz ausübte, immer stärker. Die sinnlose Bewegung, mit der der Käfer seinen so herrlich schimmernden Körper in winzigen Schritten Kiyoaki näherte, machte auf ihn den Eindruck, als wollte dieser ihn darüber belehren, wie in Glanz und Schönheit die in jedem Augenblick die realen Zustände gnadenlos verändernde Zeit zu umgehen sei. Und mit seinem eigenen Gefühlspanzer – wie war es damit? Würde er wie der Panzer dieses Käfers, leuchtend im Glanz natürlicher Schönheit und Würde, genügend stark sein, der Außenwelt Trotz zu bieten?

In diesem Augenblick bildete er sich ein, alles um ihn herum, die buschigen Bäume, der blaue Himmel, die Wolken, die Ziegel auf den Dächern, hätte sich um den *Tamamushi*-Käfer geordnet, und dieser wäre das Zentrum, der eigentliche Kern der Welt.

Die Atmosphäre beim diesjährigen *Omiyasama*-Fest war irgendwie anders als sonst.

Erstens fehlte in diesem Jahr Iinuma, der, sobald es auf das Fest zuging, stets frühzeitig mit Eifer geputzt und sich ganz allein um den Festaltar und die Stühle gekümmert hatte. Das lastete nun auf Yamadas Schultern; und diesem machte es kein Vergnügen, als Nachfolger eine Arbeit zu übernehmen, die bisher nicht zu seinen Pflichten gehört hatte, eine Arbeit außerdem, die die Sache eines weit Jüngeren gewesen wäre.

Zweitens war Satoko nicht eingeladen worden. Das bedeutete zwar nur, eine Person des engsten Familienkreises zu vermissen, und noch dazu war Satoko ja keine eigentliche Verwandte; aber unter den anderen weiblichen Gästen war keine schön genug, Satokos Stelle einzunehmen.

Als hätte die Gottheit selbst über solche Veränderungen eine nicht eben günstige Meinung gehabt, überzog sich diesmal während der Feier der Himmel mit dunklem Gewölk, und es fielen sogar Donnerschläge, so daß die Frauen, die dem Gebet an die Gottheit lauschten, aus Furcht, es könnte zu regnen anfangen, keine rechte innere Ruhe hatten. Glücklicherweise hellte sich der Himmel gerade in dem Augenblick wieder auf, als die in scharlachrote *Hakama*-Hosen gekleideten Schreinsdienerinnen herumgingen und allen die Schale mit geweihtem *Sake* füllten. Zugleich ließen heftige Sonnenstrahlen auf den vornübergebeugten, mit der dicken Puderschicht wie weiße Wasserbecken wirkenden Nacken der Frauen kleine Schweißperlchen austreten. Weiter hinten unter der Glyzinienpergola warfen indessen die dichten Blütentrauben ihre Schatten, und die Teilnehmerinnen in den letzten Reihen hatten den Vorteil davon.

Wäre Iinuma noch dabeigewesen, er hätte gewiß Erbitterung empfunden über die dem Toten von Jahr zu Jahr geringere Ehrfurcht und Trauer erweisende Stimmung des Festes. Besonders seit dem Tod des Kaisers Meiji in den tiefsten Winkel hinter dem Vorhang jener abgetanen Ära verbannt, war der vorige Matsugae, der Vater des Marquis, allmählich zu einer weit entrückten Gottheit geworden, die in keiner Beziehung mehr stand zur jetzigen Welt. Unter denen, die der Zeremonie beiwohnten, befanden sich, angefangen von Kiyoakis Großmutter als der Witwe des Toten, zwar auch viele ältere Leute; doch selbst ihnen waren die Tränen der Trauer längst versiegt.

Mit jedem Jahr war auch das Geflüster der Frauen untereinander während der langen Zeremonie immer lauter geworden, und nicht einmal der Marquis verbat es sich. Ja, er selbst spürte nun irgendwie die Bürde dieses Festes und hätte es gern in ein etwas unbeschwerteres, weniger förmliches umgewandelt. Diesmal hatte eine der Schreinsdienerinnen, ein Mädchen von den Ryūkyū-Inseln, soweit man das bei dieser dicken Schicht Schminke erkennen konnte, die ganze Zeit schon die Aufmerksamkeit des Marquis auf sich gelenkt, und als sich während der Feierlichkeiten ihre schwarzen Augen auch noch in dem irdenen Gefäß mit dem geweihten *Sake* spiegelten, war er von ihr so gefesselt, daß er sofort nach dem Ende der Zeremonie zu seinem Vetter eilte, einem für seine Trunksucht bekannten Vizeadmiral, und offenbar irgendeinen unanständigen Witz über dieses Mädchen machte; denn der Admiral lachte plötzlich laut auf und zog damit die Blicke der Umstehenden auf sich.

Die Marquise, die sehr wohl wußte, wie gut ihr bekümmertes Gesicht mit den hochgestellten Augenbrauen zu diesem Fest paßte, verzog nicht die leiseste Miene.

Kiyoaki seinerseits beobachtete die Mädchen des Hauses, die sich, im flüsternden Geplauder und immer weniger ehrfürchtig, um die Schatten der Glyzinienwogen an diesem späten Maitag versammelten, Mädchen bis hinab zur kleinsten Dienerin, deren Namen er nicht einmal kannte, Mädchen mit seltsamen, von drückender Armut gezeichneten Gesichtern, wie der Tagmond matt und bleich, ohne Ausdruck, ohne Klagen, nur zusammengerufen, um sogleich wieder an ihre Plätze verteilt zu werden; und seine geschärften Sinne spürten, daß von all diesen Mädchen her ein Hauch wie von tiefer Zärtlichkeit auf ihn zu trieb. Es war ganz deutlich ihr Körpergeruch, jener weibliche Duft, in den auch Satoko eingeschlossen gewesen. Und selbst mit einem heiligen *Sakaki*-Zweig mit seinem glatten, kräftig grünen, dichten Laub, in das aus makellos weißem Papier die Votivstreifen gebunden waren, würde sich dieser Duft schwerlich zur Gänze austreiben lassen.

24

Die Gewißheit des Verlusts tröstete Kiyoaki.

Immer schon hatte sein Herz so reagiert; verglichen mit der Furcht, etwas zu verlieren, war es ihm weit lieber zu wissen, daß er es tatsächlich verloren.

Satoko jedenfalls hatte er verloren. Nun gut. Auch sein so wilder Zorn war inzwischen verraucht. Er begann mit seinen Gefühlen außerordentlich haushälterisch umzugehen, er befand sich gleichsam in einem Zustand wie die Kerze, die beim Anzünden, statt fröhlich zu leuchten, zunächst in heißes, tropfendes Wachs zerfließt, sich dann aber, wenn die Flamme ausgeblasen, im Dunkeln durchaus nicht verlassen fühlt, sondern endlich nicht mehr fürchten muß, sie könnte sich weiter zerstören. Zum ersten Mal begriff er, daß Einsamkeit Erholung bedeutet.

Das Jahr ging in die Regenzeit. Wie der Kranke in der Rekonvaleszenz aus Übervorsicht zur Unmäßigkeit neigt, beschwor Kiyoaki die Erinnerung an Satoko absichtlich herauf, um seine innere Unempfänglichkeit zu prüfen. Er holte ein Album hervor und betrachtete die Fotos von einst, sah, wie sie beide in der Kinderzeit, weiße Schürzchen vorgebunden, nebeneinander unter dem großen Sophoren-Baum bei Ayakuras standen, und es befriedigte ihn, daß er damals als Kind bereits ein Stück größer gewesen war als Satoko. Graf Ayakura, ein begabter Schreibmeister, hatte ihnen mit Eifer die alten japanischen Schreibformen im Stil der Hosshōji-Schule des Fujiwara no Tadamichi beigebracht; erhalten geblieben war eine Rolle, auf die er sie, als sie einmal vom Üben ermüdet gewesen, zur Aufmunterung nebeneinander je ein Gedicht aus der Ogura-Handschrift der »Hundert Gedichte von hundert Dichtern« hatte schreiben lassen. Kiyoaki hatte die Verse des Minamoto no Shigeyuki geschrieben:

> Hin durch den Sturm,
> wo an felsiger Klippe
> die Woge sich bricht:
> Ach, käme die Zeit doch wieder,
> nach der ich zurück mich sehne!

Daneben stand von Satokos Hand das Gedicht des Onakatomi no Yoshinobu:

> Wenn vor den Mauern
> des Palasts die Wachfeuer,
> die nachts geflackert,
> bei Tag allmählich verlöschen:
> noch immer denk' ich an einst.

Auf den ersten Blick war zu erkennen, daß Kiyoakis Hand noch völlig kindlich war, während Satokos Zeilen eine so sichere Feinheit aufwiesen, daß man hier kaum den Pinsel eines Kindes vermuten würde. Seit er älter war, hatte Kiyoaki diese Rolle nur selten angerührt; und zwar einfach deshalb, weil hier der Abstand zwischen dem erheblich reiferen Stadium Satokos und seiner noch gänzlichen Unreife auf eine geradezu bedrückende Weise sichtbar wurde. Wenn er indessen jetzt in seiner neuen Unbefangenheit die Rolle betrachtete, wollte ihm scheinen, als besäße seine Schrift, wie kindlich auch immer, bei allem Gekritzel eine knabenhafte Munterkeit und stünde sozusagen im idealen Gegensatz zu Satokos glatter und flüssiger Eleganz. Und nicht nur das. Es kam ihm die Erinnerung, wie er damals die dick mit Tusche vollgesogene Pinselspitze unerschrocken auf das herrliche, mit Goldstaub und kleinen Kiefern dekorierte Schreibpapier hatte fallen lassen, ja, in allen ihren Einzelheiten stand ihm die Szene wieder vor Augen. Satokos schwarzes Haar war zu einer lang herabfallenden Frisur mit Stirnfransen geschnitten gewesen. Und während sie vornübergebeugt die Rolle beschrieben, während sie in übergroßem Eifer und unbekümmert darum, daß ihr das volle Haar von den Schultern nach vorn rutschte, mit ihren kleinen, schlanken Fingern den Pinsel umklammert gehalten, hatte Kiyoaki sie unverwandt angestarrt, hatte ihr liebliches, aufmerksames Profil bewundert, das zwischen den Haarsträhnen hervorgeschaut, ihre herrlichen, matt schimmernden Zähne, mit denen sie sich auf die Unterlippe gebissen hatte, ihren zwar noch mädchenhaften, aber schon klar abgehobenen Nasenrücken. Dazu der melancholisch düstere Tuschegeruch, das Geräusch des übers Papier eilenden Pinsels, raschelnd, wie von Bambusgras im Wind, der Reibstein für die Tusche schließlich mit den seltsamen Bezeichnungen ›Meer‹ und ›Hügel‹ für seinen vertieften und seinen erhöhten Teil: unsichtbar der von dem wellenlosen Gestade jäh abfallende Boden dieses Ozeans, ein stilles, tiefschwarzes Wasser, oder – wenn sich von der Schrift auf dem Tuschstein das Blattgold abgelöst und darüberhin verstreut hatte – ein Meer ewiger Nacht, auf dem sich die Strahlen des Mondes brachen...

›Also bin ich sogar fähig, mich der alten Zeiten zu erinnern, ohne davon betroffen zu sein‹, dachte Kiyoaki voll geheimen Stolzes.

Noch nicht einmal in seinen Träumen erschien ihm Sakoto. Glaubte er eine ihr ähnliche Gestalt bemerkt zu haben, so kehrte die Frau im Traum ihm augenblicklich den Rücken zu und verschwand. Und häufig spielten seine Träume auf Szenen wie etwa einer breiten Straße am hellen Mittag; dort war keine Menschenseele zu sehen.

Eines Tages richtete in der Schule Prinz Pattanadid eine Bitte an Kiyoaki: Er hätte, sagte er, gern seinen Ring zurückgehabt, den er in Verwahrung gegeben.

Das Ansehen, das die siamesischen Prinzen in der Schule genossen, war, wie man hörte, nicht eben das beste. Einerseits behinderte ihr noch keineswegs flüssiges Japanisch sie beim Lernen; und da andererseits die freundschaftlich gemeinten Scherze ihrer Klassenkameraden bei ihnen nicht ankamen, wurden sie ungeduldig und hielten sich schließlich in respektvoller Entfernung. Auch das von den Prinzen stets gezeigte unerschütterliche Lächeln kam den wilden Burschen nur seltsam vor.

Die beiden Prinzen ins Internat einzuweisen, war, so hieß es, eine Idee des Außenministers gewesen; gerüchteweise jedoch kam Kiyoaki zu Ohren, die Behandlung dieser edlen Gäste verursache dem Internatsleiter rechte Sorge. Zwar habe er alle

Mühe darangesetzt, ihnen wie den kaiserlichen Prinzen ein eigenes Zimmer zuzuweisen, die besten Betten für sie zu beschaffen und ihnen so den denkbar engsten Kontakt mit den anderen Internatsschülern zu ermöglichen; aber mit der Zeit hätten sich die Prinzen immer mehr in ihr kleines Schloß verschanzt, wären häufig nicht einmal zur Morgenfeier und zur Gymnastik erschienen, was die Entfremdung zu den Mitschülern nur noch vertieft habe. Für das alles gab es vielerlei Ursachen. Der knapp halbjährige Vorbereitungskurs unmittelbar nach ihrer Ankunft in Japan hatte nicht ausgereicht, um die Prinzen an einen in japanischer Sprache geführten Unterricht zu gewöhnen; zudem waren sie beide während dieses Vorbereitungskurses auch nicht besonders fleißig gewesen. Selbst in den Englischstunden, wo sie eigentlich hätten glänzen müssen, fiel ihnen das Übersetzen eines englischen Textes ins Japanische und umgekehrt sehr schwer.

Was nun den Ring betraf, den Marquis Matsugae von Prinz Pattanadid zur Aufbewahrung erhalten hatte, so lag er im Privatsafe des Marquis bei der Itsui-Bank, weshalb Kiyoaki sich eigens seines Vaters Siegel ausleihen mußte, um dieses bei der Bank vorzuweisen. Gegen Abend war er wieder in der Schule und suchte die Prinzen in ihrem Zimmer auf.

Es war ein schwüler, trister Tag mit einem Himmel, wie ihn nur eine Regenzeit ohne Regen bringt, und der von den Prinzen so inständig herbeigesehnte strahlende Sommer, wiewohl er nahe bevor zu stehen schien, war noch nicht zu greifen; ein Tag gleichsam, als wollte er mit seiner Schwermütigkeit ein Bild von der inneren Unruhe der Prinzen geben. Das Internat, eingeschossige, bescheidene Holzbauten, lag tief verborgen im Dämmerschatten der Bäume.

Vom Sportplatz her erscholl noch immer das beim Rugby-Training übliche Geschrei. Kiyoaki waren die aus den jungen Kehlen hervorbrechenden Rufe zur Beschwörung einer idealen Gemeinschaft zutiefst verhaßt. Rauhe Freundschaft, ein neues Menschentum, Witz und Wortspiel allerwegen und die unverbrüchliche Verehrung für das Genie eines Rodin, für die Vollkommenheit eines Cézanne... Doch dies war – Äquivalent zum traditionellen Geschrei beim *Kendō*-Fechten – nicht mehr als das Geschrei des modernen Sports. Sie litten an einem chronischen

Blutandrang in der Kehle, vor lauter Jugend rochen sie nach Stinkbaumblättern, stolz trugen sie die unsichtbaren Kappen ihrer angemaßten Selbstherrlichkeit.

Wenn er bedachte, welch unerquickliche Tage die Prinzen verbrachten, eingeklemmt zwischen den beiden Strömungen neu und alt, dazu die sprachlichen Schwierigkeiten, konnte sich Kiyoaki, selbst erleichtert, nachdem er sich befreit hatte aus der Grübelei, ein Gefühl der Sympathie nicht versagen. Und als er am Ende eines unfreundlich düsteren Korridors vor der altertümlichen Tür dieses angeblich so hochherrschaftlichen Zimmers stand, an der die Visitenkarten der beiden Prinzen befestigt waren, klopfte er nur sehr leicht an.

Die Prinzen begrüßten ihn so herzlich, daß wenig fehlte, und sie wären ihm um den Hals gefallen. Prinz Pattanadid, also Chao Pi, mit seiner gesetzten Art und der Neigung zum Träumen, war Kiyoaki schon immer angenehm gewesen; aber neuerdings war auch Prinz Kridsada, einst so leichtherzig und betriebsam, ins Schweigen verfallen, und oft schlossen sich beide in ihr Zimmer ein und unterhielten sich mit leiser Stimme in ihrer Muttersprache.

Außer Betten, Schreibtischen und Schränken für die Kleider enthielt das Zimmer keine andere Ausstattung. In der ganzen Architektur schon hatte sich General Nogis Vorliebe für den Kasernenbau deutlich niedergeschlagen. Die Wand über der hüfthohen Holzvertäfelung war einfach weiß gekalkt; eine auf einem kleinen Bord an der weißen Wand aufgestellte goldene Buddha-Figur, vor der die Prinzen ihre Morgen- und Abendandacht verrichten mochten, lenkte als einziges die Aufmerksamkeit auf sich. Die zu beiden Seiten des Fensters zusammengeschobenen Kattunvorhänge waren fleckig vom Regen.

Von den auffällig sonnengebräunten, dunklen Gesichtern der Prinzen waren jetzt in der Abenddämmerung allein die lächelnden weißen Zähne zu bemerken. Die beiden komplimentierten Kiyoaki auf den Bettrand und bedrängten ihn wegen des Ringes.

Der dunkelgrüne Smaragd zwischen den zwei tierhaften Fratzen der goldenen *Yaksha*-Dämonen verstrahlte in diesem Zimmer einen höchst befremdlich wirkenden Glanz.

Sobald Chao Pi den Ring mit einem Aufjubeln entgegengenommen hatte, schob er ihn auf seinen graziösen braunen

Finger. Einen Finger, wie zum Zärtlichsein geschaffen, zierlich, und doch mit einer feinen, federnden Kraft begabt; man hätte an den Lichtstrahl des tropischen Mondes denken können, der sich durch einen schmalen Spalt in der Tür bis weit auf das kunstvolle Parkett hereingetastet hat.

»Jetzt endlich ist Ying Chan an meinen Finger zurückgekehrt«, sagte Chao Pi mit einem nachdenklichen Seufzer.

Früher hätte sich Prinz Kridsada darüber lustig gemacht; nun aber öffnete er eine Schublade in seinem Schrank, holte das zwischen einigen Hemden sorgfältig versteckte Foto seiner Schwester hervor, und den Tränen nahe, erklärte er: »In dieser Schule wird man schon ausgelacht, wenn man sich nur das Bild der eigenen Schwester auf den Tisch stellt. Da habe ich Ying Chans Foto vorsichtshalber hier versteckt.«

Wie Chao Pi erzählte, waren bereits zwei Monate ohne Nachricht von Prinzessin Ying Chan vergangen; auch über den Gesandtschaftssekretär war nichts zu erfahren gewesen, und selbst Kridsada als dem älteren Bruder hatte man nichts über das Befinden der Prinzessin mitgeteilt. Wäre ihr etwas zugestoßen, wäre sie beispielsweise krank geworden, hätte man gewiß ein Telegramm geschickt, also mußte etwas eingetreten sein, das man sogar dem Bruder verheimlichte; und das konnte nur – für Chao Pi eine wahrhaft unerträgliche Vorstellung – eine vom siamesischen Hof eingefädelte politische Heirat sein.

Wenn er daran dachte, wurde Chao Pi das Herz schwer, und allein die Überlegung, daß morgen vielleicht ein Brief käme und die Unglücksbotschaft enthielte, ließ seine Hand beim Studium sinken. Um seinen Gedanken unter solchen Umständen Halt zu geben, war der Prinz darauf verfallen, er müsse lediglich den Ring, das Abschiedsgeschenk der Prinzessin, zurückbekommen und seine Sehnsucht mit aller Inbrunst in den dschungelgrünen Smaragd versenken.

Und wirklich schien es, daß Chao Pi, als hätte er selbst Kiyoakis Anwesenheit vergessen, den Finger mit dem aufgezogenen Smaragd jetzt deshalb neben dem auf dem Tisch liegenden Foto der Prinzessin Ying Chan ausstreckte, um so einen Augenblick herbeizuführen, in dem über Zeit und Raum hinweg ihrer beider Existenzen sich in eines verdichteten.

Prinz Kridsada schaltete die Deckenlampe ein. Dadurch begann sich der Smaragd an Chao Pis Finger im Glas des gerahmten Fotos zu spiegeln: ein matter, viereckiger Schatten von Grün, genau eingesetzt auf der linken Brustseite des weißen Spitzenkleides, das die Prinzessin trug.

»Ja, wie? Wenn man es so betrachtet...«, begann Chao Pi auf englisch und in einem Tonfall, als ob er träumte. »Sieht doch ganz so aus, als hätte sie ein Herz, das eine grüne Flamme ist. Vielleicht haben die kleinen grünen Schlangen, die im Urwald von Ast zu Ast gleiten und aussehen, als wären es bloße Ranken – vielleicht haben sie solch kleine, grüne, mit winzigen Sprüngen überzogene Herzen. Möglich wäre ja, sie hätte erwartet, daß ich irgendwann aus ihrem freundlichen Abschiedsgeschenk ein solches Gleichnis herauslese.«

»Nein, Chao Pi, das bestimmt nicht«, fiel ihm Prinz Kridsada scharf ins Wort.

»Sei nicht böse, Kri. Ich denke durchaus nicht daran, deine Schwester zu beleidigen. Ich versuche ja nur, das Geheimnis zu beschreiben, von dem ein Mensch, den man liebt, umgeben ist. Ihr Bild begnügt sich mit dem Aussehen, das sie hatte, als sie fotografiert wurde; aber der Stein, den sie mir gab – ich habe das Gefühl, als spiegelte er ihr Herz getreulich so wider, wie es jetzt in diesem Augenblick ist. In meiner Erinnerung waren ihr Foto und der Smaragd, waren ihre äußere Gestalt und ihr Herz zweierlei geworden; jetzt sind sie wieder eines. Ja, weil man selbst dann, wenn man den geliebten Menschen vor Augen hat, töricht genug ist, Äußeres und Inneres auseinanderzuhalten, sehe ich vielleicht gerade jetzt, obwohl getrennt von ihr, deutlicher als je beim Zusammensein, wie meine Ying Chan ein einziger, ein vollkommener Kristall ist. Das Getrenntsein schmerzt, aber das Miteinander kann auch schmerzen; und macht das Miteinander glücklich, so muß doch das Getrenntsein nicht unbedingt unglücklich machen. Habe ich nicht recht, Matsugae? Ach, ich möchte herausfinden, worin das Geheimnis liegt, mit dem die Liebe es schafft, wie durch einen Zauber Zeit und Raum zu umgehen. Es ist ja keineswegs so, daß wir allein damit, daß wir den geliebten Menschen vor uns haben, auch schon den lieben, der er wirklich ist; da uns dann zudem seine schöne Gestalt als die unabdingbare Form seiner wirklichen Existenz erscheint, haben wir erst jenseits von Zeit und Raum die Möglichkeit, statt uns doppelt verwirren zu lassen, uns mit doppelter Intensität seiner wirklichen Existenz zu nähern...«

Kiyoaki hatte nicht geahnt, bis in welche Tiefen die philosophischen Spekulationen des Prinzen reichen würden, doch wäre es rücksichtslos gewesen, nicht zuzuhören. Immerhin mußte er ihm in verschiedenen Punkten zustimmen. So war er zwar überzeugt, daß er sich jetzt, was Satoko betraf, ›mit doppelter Intensität ihrer wirklichen Existenz näherte‹, nämlich um zu begreifen, daß das, was er geliebt, nicht ihre wirkliche Existenz gewesen war; aber welchen Beweis hätte er dafür gehabt? Hatte er sich am Ende nicht einfach nur ›doppelt verwirren lassen‹? Und es wäre eben doch Satokos wirkliche Existenz gewesen, die er geliebt...? Leise, halb unbewußt schüttelte er den Kopf. Mit einem Male erinnerte er sich, daß ihm irgendwann in einem Traum aus Chao Pis Smaragdring das Gesicht einer seltsam schönen Frau erschienen war. Wer mochte diese Frau gewesen sein? Satoko? Oder aber die unbekannte Prinzessin Ying Chan? Oder wer sonst...?

»Von dem allen einmal abgesehen – wird denn nun endlich Sommer?« fragte Prinz Kridsada, während er bekümmert in die im Dickicht der Bäume hängende Nacht draußen vorm Fenster starrte. Hinter den Bäumen hervor flackerten die Lichter der anderen Internatsgebäude, ringsum begann es lauter zu werden: offenbar war die Zeit gekommen, daß der Speisesaal zum Abendessen geöffnet wurde. Einmal war die Stimme eines Schülers zu hören, der auf dem Pfad durch das Wäldchen hin ein Gedicht rezitierte. Er tat das in einem sorglos heruntergeleierten Singsang, und andere lachten darüber. Die beiden Prinzen zogen die Augenbrauen zusammen, als fürchteten sie die Poltergeister, die mit dem Dunkel der Nacht erscheinen...

Nun, jedenfalls hatte Kiyoaki den Ring zurückgegeben, eine Tatsache freilich, aus der sich bald darauf ein wenig erfreulicher Zwischenfall ergeben sollte.

Einige Tage später kam von der Tadeshina ein Anruf. Das Dienstmädchen meldete es Kiyoaki, doch ging er nicht an den Apparat.

Am folgenden Tag rief sie wieder an. Und wieder nahm Kiyoaki den Anruf nicht an.

Ein wenig beunruhigte ihn das zwar; andererseits setzte sich in seinem Herzen ein bestimmter Regelmechanismus in Gang: ohne bis zu Satoko vorzustoßen, blieb sein Zorn auf die Tadeshina und ihre Unhöflichkeit beschränkt. In der Vorstellung, daß die alte Lügnerin ihn abermals dreist zu täuschen versuchte, konzentrierte er sich ganz auf diesen Zorn und bereinigte so auf prächtige Weise sein leichtes Unbehagen darüber, daß er nicht ans Telefon gegangen war.

Drei Tage verstrichen. Die Regenzeit hatte eingesetzt, es goß von morgens bis abends. Als Kiyoaki aus der Schule kam, präsentierte ihm Yamada mit einer Verbeugung einen Brief auf der Lackschale; mit einem Blick auf die Rückseite des Umschlags bemerkte er zu seinem Schrecken, daß die Tadeshina ostentativ ihren Namen darauf gesetzt hatte. Der Verschluß war mit großer Sorgfalt zugeklebt, und in dem ziemlich aufgeblähten, gefütterten Umschlag befand sich, wie schon beim Anfassen zu spüren war, ein nochmals versiegelter Brief. Aus Furcht, er könnte, alleingelassen, in die Versuchung geraten, den Umschlag zu öffnen, zerriß Kiyoaki noch vor Yamadas Augen den dicken Brief in tausend Fetzen und befahl ihm, diese zu beseitigen. Sie in seinem Zimmer in den Papierkorb zu werfen, hatte er Bedenken: möglicherweise bekäme er Lust, den Brief stückchenweise wieder herauszuklauben und zusammenzusetzen. Yamada zuckte entsetzt mit den Augen hinter der Brille, sagte jedoch kein Wort.

Weitere Tage vergingen. Ärgerlich konstatierte Kiyoaki, daß ihm die Geschichte mit dem zerrissenen Brief von Tag zu Tag schwerer auf der Seele zu liegen begann. Ja, wäre es nur der Ärger darüber gewesen, daß er sich durch einen Brief, der ihn eigentlich bereits nicht mehr betraf, aus seiner Ruhe hatte aufstören lassen; weit belastender war der Verdacht, seinem Ärger könnte sich Reue darüber untermischen, daß er den Brief damals nicht entschlossen geöffnet hatte. Mochte es auch in Wahrheit Willensstärke gewesen sein, in jenem Augenblick den Brief zerrissen zu haben, im Verlaufe der Zeit begann er seine Ansicht zu ändern und sich zu fragen, ob er es nicht vielmehr aus Feigheit getan.

Beim Zerreißen des Briefes in dem unauffällig weißen, gefütterten Umschlag hatten seine Finger einen heftigen Widerstand verspürt, so als ob kräftige Leinenfäden in das Papier eingeschossen gewesen wären. Nein, daran hatte es wohl nicht gelegen. Er hatte einfach das Gefühl gehabt, wenn er nicht bewußt alle seine Willenskraft zusammenraffte, würde er nie imstande sein, den Brief zu zerreißen. Wovor war er denn aber so zurückgeschreckt?

Von Satoko noch einmal aufgestört zu werden, das war er leid. Es war ihm zuwider, daß sein Leben eingehüllt werden sollte in einen von ihrem Duft durchzogenen Nebel der Unsicherheit. Wo er doch endlich seinen klaren Verstand wiedergewonnen hatte... Dennoch – als er diesen dicken Brief zerriß, war ihm zumute gewesen, als zerrisse er Satokos hell schimmernde Haut.

An einem trotz der Regenperiode heiteren, dafür schwülen Samstag herrschte, als Kiyoaki kurz nach Mittag aus der Schule zurückkam, vorm Eingang des Haupthauses ein emsiges Treiben; die Karosse stand abfahrbereit, und die Diener verstauten in ihr in violette Seidentücher eingeschlagene mächtige Bündel, offensichtlich also Geschenke. Dabei spitzten die Pferde jedesmal die Ohren, und aus ihren gelblichen Gebissen troff der glänzende Geifer; dazu das auffällige Pulsieren der kräftigen Adern unter dem in der prallen Sonne wie mit Öl bestrichenen, schwarz glänzenden Fell ihrer Hälse.

Im Begriff, ins Haus zu treten, begegnete Kiyoaki seiner Mutter, die eben, angetan mit dem dreifach übereinandergelegten Fest-*Kimono* mit dem Familienwappen, herauskam. Er begrüßte sie mit einem: »Da bin ich wieder.«

»Oh, willkommen. Ich will gerade zu den Ayakuras, um zu gratulieren.«

»Wozu denn gratulieren?«

Seine Mutter, die es nie mochte, daß wichtige Dinge vor den Dienern besprochen wurden, zog Kiyoaki in einen dämmrigen Winkel des Eingangs, wo sich die Schirmständer befanden, und sagte mit gedämpfter Stimme: »Heute morgen ist endlich das kaiserliche Einverständnis ergangen. Kommst du nicht mit zur Gratulation?«

Die Marquise bemerkte, wie auf ihre Worte hin und noch vor einer Antwort der Funke einer düsteren Freude in den Augen ihres Sohnes aufblitzte. Indessen war sie zu eilig, als daß sie Zeit gefunden hätte, nach der Bedeutung zu forschen.

Und was sie dann, indem sie sich, schon an der Schwelle, noch einmal umwandte, mit wie immer bekümmerten Augenbrauen sagte, bewies deutlich genug, daß sie von diesem Augenblick nicht das geringste begriffen hatte. »Ein glückliches Ereignis soll man für das nehmen, was es ist. Wie sehr ihr euch auch zerstritten haben mögt, es wäre jedenfalls richtig, du würdest in diesem Fall doch höflich deine Glückwünsche vorbringen.«

»Bitte, sage meine Grüße. Hingehen werde ich nicht.«

Kiyoaki verharrte am Eingang, bis die Karosse mit seiner Mutter davongefahren war. Während die Pferdehufe die runden Kiesel mit einem Geräusch wie von einem Prasselregen auseinanderspritzen ließen, schwankte das goldene Wappen der Matsugaes zwischen den fünfnadeligen Kiefern an der Auffahrt lebhaft auf und nieder und entfernte sich leuchtend. Nachdem die Herrin fort war, fiel, so meinte Kiyoaki hinter seinem Rücken zu spüren, die Anspannung von den Dienern ab wie eine lautlose Schneelawine. Er wandte sich um zu dem ohne Aufsicht verlassen wirkenden Haus. Mit gesenkten Blicken und stumm warteten die Diener darauf, daß er einträte. Kiyoaki hatte den Eindruck, er hätte jetzt in der Tat genug Stoff zum Nachdenken, um diese riesige Leere augenblicklich damit zu füllen. Ohne die Gesichter der Diener zu beachten, eilte er mit großen Schritten ins Haus und den Korridor entlang, um je schneller desto besser sich in sein Zimmer einzuschließen.

Unterwegs schon – er glühte innerlich, sein Herz raste in einer seltsamen Erregung – starrte er auf die vor ihm aufglänzenden, erhabenen Worte »kaiserliches Einverständnis«. Man hatte nun also höchsten Ortes eingewilligt. Zweifellos waren demnach die wiederholten Anrufe der Tadeshina und der dicke Brief wie ein allerletzter Hilfeschrei vor dem Eintreffen des kaiserlichen Einverständnisses Ausdruck einer Ungeduld gewesen, schließlich doch noch Kiyoakis Verzeihung zu erbitten und sich so von der inneren Schuld zu befreien.

Für den Rest des Tages überließ sich Kiyoaki seinen wild fliegenden Phantasien. Nichts von der Außenwelt drang in ihn ein; der bis jetzt so stille, klare Spiegel war zerbrochen, sein

Herz, von einem glühenden Tropenwind verwirrt, fand keine Ruhe. Der Schatten der Melancholie, von dem seine bisherigen mäßigen Leidenschaften stets begleitet gewesen, hatten sich in dieser heftigen Glut bis auf das letzte Partikelchen zerteilt. Zu vergleichen war sein nunmehriger Zustand am ehesten noch der Ekstase. Indessen dürfte keiner unter den Affektzuständen eines Menschen so unheimlich sein wie gerade die grundlose leidenschaftliche Verzückung.

Was aber hatte denn Kiyoakis Verzückung ausgelöst? Nun, genau besehen war es das Bewußtsein, daß nichts mehr möglich wäre. Absolut nichts mehr. Der Faden zwischen Satoko und ihm war, wie wenn man eine Saite der *Koto*-Zither mit einem scharfen Messer durchtrennt, von jener blitzenden Klinge des kaiserlichen Einverständnisses unter dem Aufschrei, mit dem so eine Instrumentensaite reißt, zerschnitten worden. Eine Situation, wie er sie die lange Zeit seit seinen Knabenjahren her insgeheim immer wieder, wenn auch unschlüssig, geträumt und erwartet hatte. Und wahrscheinlich hatte die abweisend stolze, unvergleichliche Schönheit des wie Firnschnee weißen Nackens der Prinzessin Kasuga, den er beim Schleppentragen vor sich gesehen, den Grund zu diesen seinen Träumen gelegt, die Erfüllung dieser seiner Erwartungen vorausgedeutet. Daß absolut nichts möglich wäre. Eine Situation mithin, die Kiyoaki dadurch, daß er dieser überaus hartnäckigen Empfindung die unbedingte Treue gehalten, sozusagen selbst herbeigeführt hatte.

Was aber war der Grund für sein Entzücken? Tatsächlich vermochte er die Blicke nicht von der düsteren, gefährlichen, erschreckenden Gestalt dieser Wonne abzuwenden.

Allein den »Gefühlen« zu leben, die weder Richtung noch Folgen haben und die er für die einzige Wahrheit zu halten geneigt war... Möglicherweise hatte eine solche Art zu leben ihn schließlich an den dunklen, wirbelnden Strudel der Ekstase geführt, und es blieb ihm nichts anderes zu tun, als sich nun selbst in den Schlund hinabzustürzen.

Er holte noch einmal die Rolle hervor, die er mit der kleinen Satoko nach den »Hundert Gedichten von hundert Dichtern« zur Übung beschrieben, und betrachtete sie; dann überlegte er, ob nicht vielleicht auf dem Papier ein Rest von jenem Duft zurückgeblieben wäre, mit dem vor vierzehn Jahren die Kleider Satokos durchräuchert gewesen. Er beugte die Nase bis nahe auf die Rolle. Da wurden ihm aus diesem entfernten, von keinem Moder verunreinigten Duft plötzlich jene alten Tage wieder lebendig, bis in die ein bestimmtes, tief in ihn eingegrabenes, nach außen zwar machtloses und dennoch unbändiges Gefühl zurückreichte. Da waren wieder die kleinen Kuchen, Geschenke der Kaiserin, die man als Sieger beim *Sugoroku*-Brettspiel erhielt und genüßlich verzehrte, wobei sich die roten Blütenblätter, die neben der Nagespur der kleinen Zähne nur immer noch röter wurden, schließlich auch die kalt wirkenden, erhaben geformten Kanten der weißen Chrysantheme schon vom bloßen Berühren mit der Zunge auflösten zu einem süßen Brei... Da waren wieder die dämmrigen Zimmer im Hause der Ayakuras, die im Stil des kaiserlichen Palasts mit Herbstgräsern bemalten, einfachen Wandschirme, die sie aus Kyōto mitgebracht hatten, da waren wieder jene stillen Abende, und Satoko unter ihrem schwarzen Haar öffnete den Mund ein klein wenig und gähnte... Und er erinnerte sich wieder genau der melancholischen Vornehmheit, die über allem lag.

Allmählich fühlte sich Kiyoaki zu einer Vorstellung gedrängt, auf die seine Blicke zu richten er zögerte.

25

Es war wie das helle Signal einer Trompete, was da in Kiyoakis Herzen einsetzte: ›Ich liebe Satoko.‹

Ein Gefühl solcher Art – und es gab, von welchem Standpunkt aus auch immer, nicht im geringsten daran zu zweifeln – empfand er zum ersten Mal in seinem Leben.

›Anmut bricht jedes Verbot, selbst das höchste‹, überlegte er. Diese Vorstellung erst lehrte ihn nun die wahre Sinnlichkeit, die sich so lange in ihm gestaut. Ja, vermutlich hatte seine nur eben zaudernde Sinnlichkeit insgeheim die ganze Zeit über nach der Stütze einer so wirkungsvollen Vorstellung gesucht. Er hatte einfach nur eine Weile gebraucht, um die ihm eigentlich angemessene Rolle zu finden.

›Jetzt liebe ich Satoko wirklich.‹

Und allein schon die Tatsache, daß dies nun ein Ding der absoluten Unmöglichkeit war, bewies hinlänglich genug die Aufrichtigkeit und Echtheit seines Gefühls.

Vor Unruhe stand er vom Stuhl auf, dann setzte er sich wieder. Er, der sonst so viel Unsicherheit und Schwermut in sich gespürt, fühlte sich jetzt randvoll angefüllt mit Jugend. Das waren ja alles Sinnestäuschungen gewesen; er hatte sich, dachte er, von Trübsal und Empfindsamkeit in die Knie zwingen lassen.

Er öffnete das Fenster, sah auf den in der Sonne glänzenden Teich und tat einen tiefen Atemzug, sog den Geruch des frischen Zelkova-Laubs, der ihm sogleich in die Nase stieg, tief in seine Lungen ein. Die seitwärts des Ahornbergs dahintreibenden Wolken hatten ein Volumen, das ein bereits sommerliches Leuchten in sich einschloß.

Kiyoakis Wangen brannten, seine Augen funkelten. Er hatte sich zu einem neuen Menschen gewandelt. Vor allen Dingen: jetzt war er wirklich neunzehn.

26

Während er die Zeit in leidenschaftlichen Wachträumen verbrachte, wartete er sehnlichst darauf, daß seine Mutter zurückkäme. Daß sie bei den Ayakuras war, behagte ihm nicht. Als er es schließlich bis zu ihrer Heimkehr nicht mehr auszuhalten vermochte, zog er die Schuluniform aus und kleidete sich in einen leichten, gesprenkelten Satsuma-*Kimono* mit dazu passender *Hakama*-Hose. Hierauf ließ er den Diener eine Rikscha rufen.

Mit Absicht stieg er in Aoyama an der Ecke des sechsten Blocks aus und nahm die erst vor kurzem eröffnete, von dort nach Roppongi verkehrende Straßenbahn, die er an der Endhaltestelle verließ.

Wo es nach Toriizaka hinüberging, standen drei riesige Zelkova-Bäume, die letzten jener sechs, die einst dem Bezirk Roppongi, das ist »Sechs Bäume«, den Namen gegeben; und unter diesen Bäumen befand sich auch nach der Eröffnung der Straßenbahnlinie wie einst die mit großen Schriftzeichen »Riksha-Halteplatz« beschriebene Tafel, waren Pfähle aufgestellt, warteten mit ihren runden Strohhüten, in den blauen, kurzen Kitteln und Hosen die Kulis auf Fahrgäste.

Kiyoaki rief sich einen von ihnen heran, gab ihm im voraus ein überreichliches Trinkgeld und ließ sich von ihm rasch zu dem einen Katzensprung entfernten Haus der Ayakuras fahren.

Die aus England importierte Karosse der Matsugaes konnte das alte Langhaus-Tor vor dem Anwesen der Ayakuras nicht passieren. Stünde also die Kutsche davor und beide Torflügel wären geöffnet, würde das bedeuten, daß seine Mutter noch da war. Wäre aber die Kutsche weg und auch das Tor geschlossen, hieße das, daß seine Mutter bereits abgefahren war.

Als die Riksha daran vorüberrollte, war das Tor dicht geschlossen, und vor dem Tor hatte die an- und abfahrende Karosse ihre vier Radspuren hinterlassen.

Kiyoaki ließ sich wieder ein Stück in Richtung Toriizaka hinauffahren, und während er selbst in der Riksha blieb und wartete, schickte er den Kuli, die Tadeshina zu holen. Die Riksha diente ihm solange als Versteck.

Es brauchte eine ganze Zeit, bis die Tadeshina kam. Durch einen Spalt im Verdeck beobachtete Kiyoaki, daß die allmählich untergehende Sommersonne die frischbelaubten Wipfel der Bäume wie mit einem dicken, leuchtenden Fruchtsaft übergoß. Auch sah er, daß die junge Laubkrone eines riesigen Roßkastanienbaums, der nach Toriizaki zu hinter einer hohen roten Ziegelmauer hervorragte, mit unzähligen weißen, leicht rötlich schattierten Blüten besteckt war, als säße auf ihm ein Schwarm weißer Vögel. Er rief sich die Szene an jenem Schneemorgen ins Gedächtnis zurück, und eine schwer zu beschreibende Rührung ergriff ihn. Indessen schien es nicht ratsam, jetzt und hier auf eine Begegnung mit Satoko zu drängen. Und da seine Leidenschaft nun klar und eindeutig war, bestand keine Notwendigkeit mehr, jedem Gefühl sofort nachzugeben.

Als die Tadeshina, die sich in Begleitung des Kulis von einem Seitenpförtchen her näherte, unter dem jetzt aufgeschlagenen Verdeck Kiyoakis ansichtig wurde, blieb sie vor Bestürzung wie angewurzelt stehen.

Kiyoaki faßte sie jedoch bei der Hand und zog sie gewaltsam in die Rikscha.

»Ich habe mit Ihnen zu reden. Fahren wir doch irgendwohin, wo wir vor fremden Blicken sicher sind.«

»Das sagen Sie so, junger Herr... mich derart zu überrumpeln... Und dabei hat uns Ihre gnädige Frau Mutter eben erst verlassen... Dann die Vorbereitungen für heute abend, für die ganz private Feier im Hause – ich bin einfach viel zu beschäftigt.«

»Ich bitte Sie, sagen Sie dem Kuli schon, wohin es gehen soll!«

Da Kiyoaki ihre Hand nicht freigab, erklärte die Tadeshina wohl oder übel: »Nun ja, fahren Sie uns also nach Kasumi. Dort bei Nummer 3 ungefähr geht ein Weg ab hinunter zum Haupttor vom Dritten Regiment. Gleich unterhalb des Hangs, da ist es.«

Die Rikscha rollte an, und die Tadeshina, während sie mit nervöser Geste einige Haarsträhnen hochsteckte, blickte starr geradeaus. Es war zum ersten Mal, daß Kiyoaki in so enger körperlicher Berührung neben dieser dick mit weißem Puder geschminkten Alten saß – ein unangenehmes Gefühl; andererseits bemerkte er zum ersten Mal auch, wie klein, wie geradezu zwergenhaft klein sie war.

Unterm Geschaukel der Rikscha gab die Tadeshina ein unablässiges, undeutliches Gemurmel von sich, das sich anhörte wie Wellengeplätscher.

»Ah, nun ist es zu spät... zu spät für alles...«

Und dann wieder: »Hätten Sie wenigstens nur mit einer Silbe geantwortet... ehe es so weit kam...«

Da Kiyoaki darauf schwieg, redete die Tadeshina schließlich, bevor sie dort anlangten, von dem Platz, zu dem sie fuhren.

»Weitläufige Verwandte von mir haben dort ein Logierhaus für die Mädchen der Soldaten. Da geht es ziemlich eng zu, aber der Anbau nach hinten hinaus ist eigentlich immer frei, und so hoffe ich, Sie werden mir ganz offen sagen können, was Sie zu sagen haben.«

Am nächsten Tag, am Sonntag, würde sich die Gegend von Roppongi in eine regelrechte Stadt der Soldaten verwandeln; denn dann pflegten, wenn sie mit den zu Besuch kommenden Verwandten herumzogen, die Khakiuniformen die Straßen zu überschwemmen. Doch noch war es Samstag und also davon nichts zu bemerken. Während er mit halb geschlossenen Augen den Weg verfolgte, den die Rikscha nahm, war es Kiyoaki zumute, als hätten sie tatsächlich an jenem Schneemorgen die eine und andere Stelle auch passiert. Eben erinnerte er sich, daß sie damals diesen Hang gleichfalls hinuntergefahren waren; da ließ die Tadeshina die Rikscha halten.

Vor ihnen lag am Fuß des Abhangs ein im Hauptteil zweigeschossiges Haus, das zwar weder Tor noch Eingangshalle besaß, dafür einen ziemlich großen, von einem Plankenzaun umgebenen Garten hatte. Die Tadeshina warf von außen einen Blick über den Zaun hinweg hinauf zum ersten Stock. Es war ein bescheidener Bau; oben die Glastüren an der Veranda – zur Zeit schien niemand in den Zimmern zu sein – waren sämtlich geschlossen. Obwohl das Glas hinter dem Schildkrötengitter an den jeweils in sechs Scheiben unterteilten Türen völlig durchsichtig war, konnte man von dem, was drinnen vor sich ging, nichts erkennen; verzerrt spiegelte sich überall in dem groben Glas der Abendhimmel. Die Gestalt eines Dachdeckers, der auf dem Haus gegenüber arbeitete, wirkte so ins Ovale gekrümmt wie ein menschlicher Schatten im Wasser. Der Himmel selbst bekam etwas melancholisch Verschwommenes wie die Weite des abendlichen Meeres.

»Wenn die Soldaten schon da wären, müßte man irgend etwas sehen. Natürlich mieten das hier nur Offiziere«, meinte die Tadeshina, öffnete die mit engem Gitterwerk versehene Schiebetür, neben die man einen der Kindergöttin geweihten Votivzettel geklebt hatte, und machte sich durch ein Rufen bemerkbar.

Ein weißhaariger, großgewachsener Mann in den Vierzigern erschien und sagte mit einer etwas quietschenden Stimme: »Ah, Frau Tadeshina, nicht wahr? Ja, kommen Sie nur herein!«

»Ob wohl der hintere Raum für uns frei ist?«

»Aber selbstverständlich, bitte!«

Zu dritt gingen sie den rückwärtigen Gang hinunter und traten in ein Viereinhalb-Matten-Zimmer ein.

Kaum hatten sie sich gesetzt, sagte die Tadeshina, plötzlich ganz formlos und – ohne allerdings den Wirt oder Kiyoaki direkt anzusprechen – mit einem kokettierenden Unterton: »Ich muß freilich bald wieder gehen. Wer weiß denn, wie die Leute reden, wenn ich hier plötzlich mit einem so schönen jungen Mann auftauche.«

Der Raum war erstaunlich hübsch eingerichtet; in der kleinen Nische hing ein Rollbild in dem für den Teeraum üblichen Halbformat, die Schiebetüren waren im Genji-Stil. Dies stand durchaus im Gegensatz zu dem Eindruck, den man von außen gehabt hatte, nämlich dem einer billig gebauten Soldatenabsteige.

»Was wollten Sie mir sagen?« fragte die Tadeshina, sobald der Wirt gegangen war. Da Kiyoaki schwieg, fragte sie, ohne ihre Ungeduld zu verbergen, noch einmal: »Was haben Sie denn für ein Anliegen? Und ausgerechnet an einem Tag wie heute...«

»Eben weil es dieser Tag heute ist. Ich möchte, daß Sie mir eine Begegnung mit Satoko verschaffen.«

»Was sagen Sie da, junger Herr?! Dazu ist es jetzt zu spät... Wie können Sie in diesem Augenblick dergleichen im Ernst verlangen? Von heute an wird über alles und jedes nur noch höheren Orts entschieden. Nicht zu glauben – da rufe ich Sie wieder und wieder an, schreibe Ihnen sogar einen Brief, und Sie antworten einfach nicht, sondern warten diesen Tag heute ab, um das zu fordern. Schöne Scherze, die Sie sich erlauben, junger Herr.«

»Es ging ja alles von Ihnen aus«, erwiderte Kiyoaki, bemüht, so viel Würde wie möglich zu zeigen, während er auf die unter der dicken Schminke heftig pulsierenden Adern an der Schläfe der Tadeshina starrte.

Und als er ihr vorwarf, sie habe ihn heuchlerisch angelogen und seinen Brief damals in Wahrheit doch Satoko zu lesen gegeben, auch habe sie durch ihr überflüssiges Geklatsche dafür gesorgt, daß er seinen getreuen Iinuma verlor, da fing die Tadeshina schließlich – und mögen es nur Krokodilstränen gewesen sein – zu weinen an, schlug die Hände auf den Boden und bat um Verzeihung.

Hierauf holte sie ein Papiertaschentuch hervor und wischte sich damit die Augen, bis die weiße Schminke ringsum abbröckelte und über ihren Wangen deutlich die das Alter anzeigende Faltenlandschaft hervortrat, nun jedoch um so glänzender und gerötet wie ein mit Lippenstift beschmiertes, nach dem Gebrauch zerknülltes rosa Seidenpapier. In dieser Verfassung blickte sie mit ihren tränenverschwollenen Augen ins Leere und sagte: »Ja, ich habe unrecht gehandelt. Ich weiß sehr gut, daß ich, wie immer ich mich auch entschuldige, davon nie loskommen werde. Aber weniger dem jungen Herrn muß ich Abbitte leisten als vielmehr dem gnädigen Fräulein. Meine Schuld war es, daß den jungen Herrn die tatsächlichen Gefühle des gnädigen Fräuleins nicht erreichten. Was ich glaubte, so gut geplant zu haben, hat sich alles ins Gegenteil verkehrt. Versuchen Sie sich das doch bitte einmal vorzustellen: Wie das gnädige Fräulein gelitten hat, nachdem es jenen Brief des jungen Herrn gelesen. Welche Tapferkeit es das gnädige Fräulein gekostet hat, dann dennoch mit dem ahnungslosesten Gesicht vor den jungen Herrn zu treten. Und welche Erleichterung schließlich, als das gnädige Fräulein auf meinen Rat hin zu Neujahr beim Familientag den Herrn Marquis geradeheraus fragte und die Wahrheit erfuhr. Danach, sollten Sie wissen, hat sie Tag und Nacht an nichts mehr gedacht als an den jungen Herrn, hat an jenem Schneemorgen sogar – und wie peinlich ist das für eine Frau – den jungen Herrn von sich aus zur Ausfahrt aufgefordert und war dabei der glücklichste Mensch der Welt, so daß sie noch im Traum den jungen Herrn beim Namen rief. Als sie nun sah, daß durch das Bemühen des Herrn Marquis ein Heiratsantrag vom Hause des Prinzen erging, hoffte sie einzig auf die Entschlossenheit des jungen Herrn, ja, alles stellte sie Ihnen anheim; doch Sie schwiegen und ließen es geschehen. Ach, es ist mit Worten nicht zu sagen, was das gnädige Fräulein seither für Kummer, für Qualen gelitten. Noch als das kaiserliche Einverständnis kurz bevorstand, verlangte es sie mit letzter Hoffnung, das Ohr des jungen Herrn doch zu erreichen; und so sehr ich sie zurückzuhalten versuchte, sie hörte nicht auf mich, vielmehr schrieb sie unter meinem Absender einen Brief an Sie. Nun, auch diese letzte Hoffnung wurde zuschanden, und eben heute, da sie sich entschlossen hat, auf alles Verzicht zu leisten und sich zu fügen, kommen Sie – es ist wirklich zu grausam – und verlangen das von ihr. Es dürfte dem jungen Herrn bekannt sein, daß das gnädige Fräulein von klein auf eine Erziehung genossen hat, in deren Mittelpunkt stets die inbrünstigste Verehrung Seiner Majestät stand, und nachdem es einmal soweit gekommen ist, wird sich ihr Herz, fürchte ich, nicht mehr erweichen lassen...

Es ist, junger Herr, in jeder Hinsicht zu spät. Und wenn Ihr Zorn noch nicht verraucht ist, so schlagen Sie, bitte, mich, treten Sie diese alte Tadeshina mit Füßen, tun Sie mit mir, was immer Ihr Herz erleichtert! . . . Es ist nichts mehr zu machen. Es ist zu spät.«

Während Kiyoaki diese Rede über sich ergehen ließ, schnitt das Entzücken wie ein scharfes Messer in sein Herz; gleichzeitig jedoch war ihm, als wäre ihm auch das kleinste Detail davon nicht unbekannt, als hörte er vielmehr zum wiederholten Male, was er so gründlich wußte, daß es längst und mit aller Deutlichkeit in die Tiefe seines Inneren eingedrungen war.

Er hatte einen Scharfsinn gewonnen, so schneidend, wie er ihn sich immer gewünscht, aber nie besessen; er fühlte sich stark genug, diese ihn so gründlich einschließende Welt zu durchbrechen. Seine jungen Augen blitzten. ›Wenn sie damals meinen Brief, den zu vernichten ich sie gebeten habe, doch gelesen hat, sollte ich diesmal – ja, warum eigentlich nicht? – den in winzige Schnitzel zerrissenen Brief eben wieder lebendig werden lassen.‹

Schweigend starrte Kiyoaki auf die kleine alte Frau mit dem verschmierten Pudergesicht. Die Tadeshina tupfte noch immer mit dem Papiertaschentuch an ihren geröteten Augen herum. In dem immer tiefer ins Zwielicht getauchten Zimmer wirkten ihre schmalen Schultern so hinfällig, als müßten die Knochen schon vom bloßen Anfassen mit einem hohlen Laut zerbrechen.

»Es ist noch nicht zu spät.«

»Nein, es ist zu spät.«

»Bestimmt nicht. Was, meinen Sie, würde geschehen, wenn ich diesen letzten Brief Satokos der Prinzenfamilie vorlegte? Gesetzt den Fall, der Brief wäre geschrieben worden, nachdem man um das kaiserliche Einverständnis ersucht.«

Bei diesen Worten blickte die Tadeshina auf, und plötzlich wich alles Blut aus ihrem Gesicht.

Es entstand ein langes Schweigen. Als plötzlich Licht durchs Fenster hereinfiel, kam es von einer Lampe, die Gäste im ersten Stock des Hauptflügels angezündet hatten. Einmal war flüchtig ein Stück von einer khakifarbenen Militärhose zu erkennen. Draußen jenseits des Zauns blies der *Tōfu*-Händler auf seinem Tuthorn, breitete sich die Dämmerung eines Sommertages aus:

ein Abend in der Regenzeit, feucht anzufühlen wie ein Stück Flanell, obwohl heute kein Tropfen gefallen war.

Dann und wann murmelte die Tadeshina irgend etwas. Das hörte sich an wie: ›Deshalb habe ich ja gesagt, lassen Sie es lieber sein, habe ich gesagt, habe sie angefleht, sie soll's nicht tun.‹ Offenbar meinte sie, daß sie Satoko den Rat gegeben, jenen Brief nicht zu schreiben.

Dadurch, daß Kiyoaki noch immer schwieg, wuchsen seine Siegesaussichten zusehends. Es war, als richtete ein unsichtbares Tier allmählich seinen Kopf in die Höhe.

»Nun, von mir aus«, sagte die Tadeshina. »Ich werde es so einrichten, daß Sie sie noch einmal sehen. Dafür geben Sie aber bitte den Brief zurück.«

»Wunderbar. Aber sie bloß zu sehen, genügt mir nicht. Wir müssen wirklich allein sein, ungestört auch von Ihnen. Was den Brief angeht, so werde ich ihn danach zurückgeben.«

27

Drei Tage später.

Es regnete ohne Unterlaß. Auf dem Heimweg von der Schule, seine Uniform unter dem Regenmantel verborgen, begab sich Kiyoaki zu jenem Logierhaus in Kasumi. Es war ihm mitgeteilt worden, nur um diese Zeit, in Abwesenheit des Grafen und der Gräfin, könne Satoko ausgehen.

Noch nachdem er den hinteren Raum betreten, hatte Kiyoaki, aus Scheu, seine Schuluniform zu zeigen, den Regenmantel anbehalten; doch meinte der Wirt, während er ihm Tee anbot: »Solange Sie hier sind, können Sie ganz unbesorgt sein. Von Leuten wie uns, die wir der Gesellschaft den Rücken gekehrt haben, brauchen Sie nichts zu befürchten. Machen Sie es sich nur bequem.«

Der Wirt zog sich zurück. Kiyoaki sah sich um. Vor dem Fenster, durch das er neulich zum ersten Stock des Hauptflügels hinaufgesehen hatte, hing eine Sichtblende aus Bambus. Da das Fenster selbst, um den Regen nicht hereinzulassen, fest geschlossen war, herrschte eine beträchtliche Hitze in dem Raum.

Aus Langeweile öffnete er das Kästchen, das auf dem kleinen Tisch stand; da war die rotlackierte Innenseite des Deckels feucht von der Schwüle.

Daß Satoko kam, bemerkte er an dem Kleidergeraschel und einem fast unhörbar leise geführten Gespräch draußen vor den Genji-Schiebetüren.

Die Schiebetüren gingen auf, und die Tadeshina legte unter einer tiefen Verbeugung drei Finger jeder Hand auf den Boden. In dem dumpfen Tagesdämmern jenseits der Tür, die sie, sobald sie Satoko wortlos eingelassen, wieder schloß, waren wie bei einem Tintenfisch ihre flüchtig erhobenen, weißlichen Augen aufgeblitzt und verloschen.

Satoko setzte sich, diesmal überaus korrekt, Kiyoaki gegenüber. Den Kopf gesenkt, verbarg sie ihr Gesicht hinter einem Taschentuch. Da sie die eine Hand auf die *Tatami*-Matte stützte und dabei den Oberkörper zur Seite wandte, tauchte die Helle ihres gekrümmten Nackens wie ein kleiner Gipfelsee auf.

In dem Gefühl, als umschlösse sie beide das Trommeln des Regens auf das Dach, saß Kiyoaki schweigend vor ihr. Fast wollte er es nicht glauben, daß diese Stunde endlich gekommen war.

Kiyoaki war es gewesen, der sie in eine solche Situation gedrängt, in der sie kein Wort hervorzubringen vermochte. Und nie war ihm Satoko begehrenswerter erschienen als jetzt, da sie keine Möglichkeit hatte, ihn aus der Überlegenheit ihrer Jahre heraus mit Ermahnungen zu überschütten, sondern sich nicht anders zu helfen wußte, als stumm zu weinen.

Zudem war sie, in einen verlockend übereinandergeschichteten *Kimono* mit weißem Glyzinienmuster gekleidet, nicht allein eine herrliche Jagdtrophäe für ihn, vielmehr war er verzaubert von ihrer nun zum Tabu erhobenen, absolut unerreichbaren, sich absolut verweigernden und dabei, ach, so unvergleichlichen Schönheit. Ja, so hatte Satoko wirklich zu sein! Und doch war sie selbst es gewesen, die ihn dadurch eingeschüchtert, daß sie diese ihre wahre Gestalt verleugnet hatte. Oh, daß er das erleben durfte! Da vermochte sie sich, wenn sie nur wollte, in ein so göttliches, schönes Tabu zu verwandeln und hatte es die ganze Zeit über vorgezogen, die Rolle einer falschen älteren Schwester zu spielen, die den Jüngeren zwar stets hätschelt, ihn aber von oben herab behandelt.

Zweifellos hatte Kiyoaki das Angebot seines Vaters, ihn durch ein Lustmädchen ins Vergnügen einzuführen, deshalb zurückgewiesen, weil er, wie man durch die Schale des Kokons hindurch das Heranwachsen der grünlichen Seidenraupenlarve beobachtet, in dieser Satoko den innersten, göttlichen Kern ihres Wesens längst hellseherisch vorausgeahnt hatte. Möglicherweise war damals bereits, weil sich seine Unschuld mit eben diesem Kern verbinden sollte, die Welt zerbrochen, in die ihn seine unklaren Kümmernisse eingeschlossen hatten; war ein von keinem wahrgenommenes, für immer unzerstörbares Morgenrot heraufgestiegen.

Jetzt auf einmal wurde der Adel, den in seinen Kindertagen Graf Ayakura in ihm großgezogen, zur geschmeidigsten und gleichzeitig grausamsten Seidenschnur um – wie er spürte – seine Unschuld zu erdrosseln. Seine Unschuld und mit ihr Satokos Göttlichkeit. Dies also war der tatsächliche Verwendungszweck der gleißenden Seidenschnur, deren Brauchbarkeit so lange unklar gewesen.

Es war unverkennbar: er liebte sie. Er rutschte auf seinen Knien vorwärts und legte den Arm um Satokos Schultern. Eigensinnig wehrten ihre Schultern ihn ab. Oh, wie liebte er diesen Widerstand! Diesen großartigen, feierlichen, die ganze Menschenwelt egalisierenden, erhabenen Protest. Diese Verweigerung in den von zärtlichem Verlangen gepeinigten Schultern, die das Gewicht des kaiserlichen Wortes trotzig ertrugen. Es war hier allerdings eine Wunder wirkende Abwehr: seinem Arm Feuer zu verleihen, sein Herz in Flammen aufgehen zu lassen. Der von Duft umwehte, lackschwarze Schimmer in Satokos sorgfältig mit dem Kamm gesträhntem, leicht nach vorn gewölbtem Haar setzte sich fort bis hinab zu den Haarwurzeln, und als Kiyoaki einen flüchtigen Blick zwischen diese Strähnen warf, hatte er das Gefühl, als verliefe er sich in einer Mondnacht im Wald.

Kiyoaki näherte sein Gesicht ihrer vom Taschentuch nicht bedeckten, tränenfeuchten Wange. Stumm bewegte sich die widerstrebende Wange nach rechts, nach links; aber er begriff, daß diese Bewegung allzu mechanisch war, daß die Abwehr nicht ausschließlich aus ihrem Herzen, sondern von viel weiter her kam.

Er schob das Taschentuch beiseite und versuchte sie zu küssen; die Lippen jedoch, die an jenem Schneemorgen so begehrlich gewesen, widersetzten sich jetzt aufs heftigste, und schließlich ließ Satoko den Kopf ganz vornüberfallen und drängte, wie ein Vögelchen, wenn es schläft, die Lippen dicht an den *Kimono*-Kragen und bewegte sie nicht mehr.

Das Trommeln des Regens war stärker geworden. Kiyoaki, die Arme um sie gelegt, prüfte mit den Augen die Stärke ihrer Verschanzung. Der fest übereinandergelegte Unterkragen, mit Sommerdisteln bestickt, schloß bis auf ein winziges, auf der Spitze stehendes Dreieck Haut so präzise wie die Tür am Allerheiligsten; in der Mitte der breiten und hochgebundenen *Obi*-Schärpe, die sich kalt und steif anfühlte, leuchtete eine goldene Haltespange wie der Dekorbeschlag über einem Nagelkopf. Aus den Achselöffnungen hingegen und aus den Ärmeln des *Kimonos* spürte er die warme Brise ihres Körpers hervorströmen. Und diese Brise strich über Kiyoakis Wangen.

Er zog die eine Hand von ihrem Rücken ab und faßte sie fest am Kinn. Es schmiegte sich zwischen seine Finger wie ein kleiner, elfenbeinerner Springer. Noch immer naß von den Tränen, zitterten ihre schönen Nasenflügel. So konnte Kiyoaki seine Lippen ungehindert auf die ihren legen.

Plötzlich, wie wenn einer die Tür des Ofens aufreißt, flackerte die Glut in Satoko heller auf, begannen wundersame Flammen zu lodern, und da sie beide Hände frei hatte, preßte sie sie auf Kiyoakis Wangen. Während ihre Hände Kiyoakis Gesicht fortzuschieben versuchten, vermochten sich ihre Lippen von Kiyoakis Lippen, von dem Mund, den sie wegzudrängen vermeinte, nicht zu lösen. Dabei und als Folge ihres Widerstands glitten ihre feuchten Lippen bald nach rechts, bald nach links, und Kiyoaki sog das köstliche Naß in sich hinein. Auf diese Weise zerfiel schließlich die Welt der Prinzipien wie ein Stück Würfelzucker im schwarzen Tee. Hiernach begann ein unabsehbarer und süßer Prozeß der Verschmelzung.

Kiyoaki hatte keine Ahnung davon, wie man einer Frau den *Obi* löst. Die starre Trommel-Bindung auf dem Rücken widerstand seinen Fingern. Als er einfach blindlings daran herumnestelte, kamen Satokos Hände nach hinten, und obwohl sie tapfer protestieren wollten, halfen sie ihm doch auf zarte Weise. Wild verschlangen sich ihrer beider Hände am *Obi* entlang; dann endlich war die Spange geöffnet, und mit einem leisen, ringsum laufenden Knirschen schnellte der *Obi* nach vorn weg. In diesem Augenblick wirkte die endlos lange Schärpe fast so, als bewegte sie sich aus eigener Kraft. Das war der komplizierte Auftakt zu einer Rebellion, die nichts mehr aufzuhalten vermochte. Auch der *Kimono* als solcher stiftete vor allem Verwirrung, und während Kiyoaki ihn über Satokos Brust hastig aufzuschlagen versuchte, kamen die verschiedenen Schnüre so durcheinander, daß sie sich zwar hier lockerten, aber nur um sich anderswo wieder zu spannen. Dann sah er, wie sich das kleine weiße Dreieck an Satokos bewehrtem Brustausschnitt vor seinen Augen zu einer über und über schimmernden Helle erweiterte.

Satoko hatte, jedenfalls mit Worten, nicht den geringsten Einspruch erhoben. Der stumme Widerstand, die stumme Verführung waren also nicht voneinander zu unterscheiden. Sie verführte so unendlich, wie sie unendlich Widerstand leistete. Nur war da irgend etwas, das Kiyoaki vermuten ließ, die Kraft, gegen diese göttliche Erhabenheit, gegen diese Unerreichbarkeit anzukämpfen, wäre nicht allein seine eigene Kraft.

Was aber dann? Er bemerkte deutlich, wie Satokos Gesicht – die Augen hatte sie noch immer geschlossen – allmählich von einer Röte überflutet wurde, und wie sich darauf verwirrt die Schatten der Erschlaffung malten. Der nur sehr zarte, verschämte Druck auf Kiyoakis Arm, mit dem er sie im Rücken stützte, begann sich zu verstärken, bis sie, gleichsam als wäre sie zu einem weiteren Widerstand nicht mehr imstande, rückwärts auf den Boden sank.

Kiyoaki tat die Säume ihrer Gewänder auseinander. Unter dem langen Untergewand aus Musselin wurden, als er das über einem Muster aus Rauten und Schildkröten-Wolken fliegende Phönixpaar, das Gewirr des fünffarbigen Schwanzgefieders nach rechts und links beiseite schob, Satokos vielfach umhüllte Hüften ahnbar. Aber noch, so fand er, waren sie weit, zu weit entfernt. Noch gab es Schichten um Schichten von Wolken wegzufegen. Da war ein innerstes Zentrum, das in der tiefsten Tiefe die überwundenen Schwierigkeiten listig durch immer neue ersetzte; war ein Kern, der ihm, so fürchtete er, den Atem würde stocken lassen.

In dem Augenblick, in dem sich Kiyoakis Körper ihren allmählich auch wie die erste Spur einer weißen Morgendämmerung herauftauchenden Hüften näherte, glitten Satokos Hände zärtlich abwärts, um ihn zu stützen. Diese Gnade jedoch war von Übel. Im nächsten Augenblick, hatte er nun die Zone der Morgendämmerung berührt oder nicht, war für Kiyoaki bereits alles vorbei.

Nebeneinander auf dem *Tatami*-Boden liegend, sahen die beiden zur Decke des Zimmers hinauf, über der das heftige Trommeln des Regens wieder eingesetzt hatte. Das Toben in ihrer Brust wollte sich durchaus nicht beruhigen, ja, Kiyoaki spürte irgendwo eine Erregung, die sich keineswegs mit seiner Erschöpfung, geschweige denn damit abzufinden vermochte, daß etwas zu Ende sein sollte. Andererseits war freilich auch deutlich, daß zwischen ihnen – wie im allmählich dunkler werdenden Zimmer die immer längeren Schatten – ein schmerzliches Bedauern lag. Dann wieder meinte Kiyoaki, ein leises, ältliches Hüsteln draußen vor den Genji-Schiebetüren zu hören, und er richtete sich auf; doch sanft faßte ihn Satoko bei der Schulter und zog ihn zurück.

Schließlich, und ohne ein Wort zu reden, begann Satoko jenes Bedauern zu überwinden. Und jetzt zum ersten Mal begriff Kiyoaki die Freude, die es bedeutete, sich so zu bewegen, wie Satoko ihn lenkte. Alles Weitere lief dann ab wie von selbst.

Kiyoakis Jugend war augenblicklich wiederauferstanden, und diesmal glitt sie dahin auf Satokos weicher Kufe der Empfänglichkeit. Nie zuvor hatte er, von einer Frau geführt, erfahren, wie so die schwierigen Pässe hinter einem bleiben und die heiterste Landschaft sich öffnet. Da es viel zu heiß war, hatte Kiyoaki längst alles, was er angehabt, abgestreift und beiseite geworfen. Er spürte daher die Wahrhaftigkeit des Fleisches so unmittelbar und deutlich wie der Kiel eines Bootes, das sich, unterwegs zum Seetangschneiden, gegen den Widerstand des Wassers und des Tanggeschlinges vorwärts bewegt. Noch nicht einmal die Tatsache, daß sich auf Satokos Gesicht keinerlei Qualen malten, sondern, als huschte ein schwacher Schimmer darüber hin, ein kaum merkliches Lächeln erschien, machte Kiyoaki argwöhnisch. In seinem Herzen war jeder Zweifel erloschen.

Danach dann, als Kiyoaki die noch Benommene an sich preßte und Wange auf Wange legte, netzten ihre Tränen auch sein Gesicht.

Er wollte gern glauben, daß es Tränen waren, geweint vor übergroßem Glück; gleichzeitig jedoch drückten diese Tränen, die über ihrer beider Wangen liefen, wie nichts sonst das Bewußtsein aus, daß das, was sie eben getan, eine unentschuldbare Missetat gewesen war. In Kiyoaki allerdings ließ der Gedanke an das Verbrechen eine neue Beherztheit aufschießen.

Mit den ersten Worten, die Satoko sprach, hob sie sein Hemd auf und mahnte: »Komm! Du mußt dich ja nicht erkälten.«

Er wollte es ihr gewaltsam entreißen; da bog sie sich leicht zurück, drückte das Hemd an ihr Gesicht und gab es ihm erst, nachdem sie einen tiefen Atemzug getan. Das weiße Hemd war ein wenig feucht von ihren Tränen.

Er schlüpfte in die Schuluniform; schon war seine Toilette erledigt. Da erschreckte ihn Satoko damit, daß sie in die Hände klatschte. Nach einer betont langen Pause gingen die Genji-Schiebetüren auf, und das Gesicht der Tadeshina erschien.

»Sie haben mich gerufen?«

Satoko nickte und wies mit den Augen auf den *Obi,* der unordentlich an ihr saß. Die Tadeshina schloß hinter sich die Schiebetüren, und ohne Kiyoaki eines Blickes zu würdigen, kam sie stumm über die *Tatami-* Matten näher gerutscht und half Satoko, das Gewand und den *Obi* zu richten. Dann holte sie aus einem Winkel des Zimmers den Ständer mit dem Damenspiegel und ordnete Satokos Haar. Kiyoaki hätte sich unterdessen zu Tode langweilen können. In dieser von den beiden Frauen wie mit einem Ritus ausgefüllten Ewigkeit – man hatte inzwischen sogar die Lampen anzünden müssen – kam er sich auf einmal völlig überflüssig vor.

Endlich war die Prozedur abgeschlossen. In ihrer ganzen Schönheit saß Satoko da mit gesenktem Kopf.

»Junger Herr, wir müssen uns jetzt verabschieden«, sagte die Tadeshina statt ihrer. »Damit ist das Versprechen eingelöst. Bitte, vergessen Sie von nun an das gnädige Fräulein. Ich hoffe, wir dürfen jetzt, wie vereinbart, von dem jungen Herrn den Brief in Empfang nehmen.«

Kiyoaki hatte die Beine übereinandergekreuzt, er schwieg, er antwortete nicht.

»Es war verabredet. Nun, wie steht es mit dem bewußten Brief?« wiederholte die Tadeshina.

Kiyoaki schwieg weiter und sah auf Satoko, die, als wäre nichts vorgefallen, ohne ein einziges verrutschtes Härchen in ihrem prächtigen *Kimono* vor ihm saß. Plötzlich hob sie die Augen. Und ihre Blicke trafen die seinen. Ein helles, leidenschaftliches Leuchten blitzte herüber und hinüber, und sofort hatte Kiyoaki Satokos Entschluß erfaßt.

»Ich gebe den Brief nicht zurück. Ich möchte, daß wir uns wiedertreffen, wie heute«, sagte Kiyoaki, beflügelt vom Mut dieses Augenblicks.

»Aber hören Sie, junger Herr!« Aus den Worten der Tadeshina sprühte der Zorn. »Wie stellen Sie sich das vor? So etwas von einem Eigensinn, geradezu wie ein Kind... Begreifen Sie doch: das gäbe eine schreckliche Geschichte. Und bestimmt wäre es nicht nur mein Verderben allein.«

Als daraufhin Satoko der Tadeshina Einhalt gebot, war ihre Stimme ruhig wie eine Stimme aus einer anderen Welt, so daß selbst Kiyoaki, als er sie vernahm, einen Schauder empfand.

»Laß es nur gut sein, Tadeshina. Bis Kiyoaki den Brief bereitwillig zurückgibt, bleibt mir nichts übrig, als ihn wiederzutreffen wie heute. Bleibt kein anderer Weg, um dich und mich zu retten. Wenn du mich denn retten willst...«

28

Da sich, was selten geschah, Kiyoaki zu einem Besuch bei Honda angesagt hatte, weil er mit ihm ausführlich zu reden habe, bat dieser seine Mutter, für sie beide ein Abendessen vorzubereiten, und verzichtete für diese Stunden auf seine Arbeiten für das Aufnahmeexamen. Allein die Tatsache, daß Kiyoaki kommen würde, ließ in dem schmucklosen, dunklen Haus so etwas wie eine heitere Atmosphäre entstehen.

Tagsüber hatte die Sonne, durchweg von Wolken verdeckt, wie Platin geglüht, hatte eine klebrige Hitze geherrscht, und jetzt am Abend war es noch immer genauso schwül und drückend. Die beiden jungen Männer hatten die Ärmel ihrer leichten Sommer-*Kimonos* hochgestreift und unterhielten sich.

Honda hatte zwar, längst bevor der Freund kam, eine gewisse Ahnung gehabt; doch was Kiyoaki dann, als sie nebeneinander auf dem an der Wand entlang aufgestellten, lederbezogenen Sofa saßen, zu erzählen begann, machte ihm klar, daß dieser – im Vergleich zu dem bisherigen Kiyoaki – ein völlig anderer Mensch geworden war.

Zum ersten Mal sah Honda seine Augen so freimütig aufleuchten. Nun waren das unbestreitbar die Augen eines jungen Menschen; in Honda jedoch blieb ein wenig das Gefühl des Bedauerns darüber zurück, daß der von Melancholie gefärbte, meist niedergeschlagene Blick des Freundes Vergangenheit sein sollte.

Andererseits machte es Honda glücklich, daß der Freund ihm ein so gewichtiges Geheimnis in allen Einzelheiten offenbarte. Obwohl er gerade darauf die ganze Zeit gewartet, hatte er natürlich von sich aus nicht ein einziges Mal gedrängt.

Wenn er es recht überlegte, hatte Kiyoaki seine Geheimnisse, solange sie nur mit seinen eigenen, inneren Problemen zu tun gehabt, selbst ihm, dem Freund, verschwiegen, um erst jetzt, da es sich um ein wirklich schwerwiegendes Geheimnis handelte, bei dem es um Schuld und Ehre ging, offen mit ihm darüber zu sprechen; daß er von ihm unter diesen Umständen auf die Seite der Eingeweihten gezogen wurde, machte die Freude über das erwiesene Vertrauen nur größer.

Vielleicht war es nur Einbildung, aber in Hondas Augen wirkte Kiyoaki auffallend gereift; das schöne, unentschlossene Knabengesicht begann sich zu verlieren. Was jetzt aus seinen Zügen sprach, war der leidenschaftlich verliebte junge Mann; das Unwillige, Unsichere, das an seinen Worten wie an seinen Gesten zu beobachten gewesen, war davon restlos weggefegt.

Wie er mit glühenden Wangen, mit weiß blitzenden Zähnen, manchmal zögernd zwar und verschämt, aber mit kräftiger Stimme erzählte, dabei in den Augenbrauen diese siegessichere Überlegenheit, war er das perfekte Abbild des jugendlichen

Liebhabers. So gesehen, mochte man freilich den Eindruck haben, daß gerade seine innere Selbstbeschau am allerwenigsten zu ihm paßte.

Das war wohl auch der Grund, warum er, jedenfalls für Honda, viel zu rasch mit seinem Bericht zu Ende war und dieser sich zu der völlig zusammenhanglosen Bemerkung gedrängt fühlte: »Als ich dir jetzt so zuhörte, fiel mir – ich weiß nicht weswegen – etwas sehr Seltsames ein. Irgendwann einmal, wir hatten zuvor davon gesprochen, ob wir uns noch an den russisch-japanischen Krieg erinnern könnten, hast du mir, als ich dich daheim besuchte, Fotos aus jenem Krieg gezeigt. Und ich erinnere mich gut, wie du sagtest, am besten von allen gefiele dir dasjenige, das mit ›Totenfeier für die Gefallenen bei Delisi‹ unterschrieben war, ein merkwürdiges Foto, wie von einem genau inszenierten Massentheater. Damals habe ich dir, glaube ich, gesagt, ich begriffe dich nicht recht – wo du doch sonst nicht für das Strenge bist. Jetzt indessen, beim Zuhören, und sozusagen wie eine Doppelbelichtung über die schöne Liebesgeschichte gelegt, kam mir jene Szene auf der vom gelben Staub umhüllten Ebene wieder in den Sinn. Aber warum, das begreife ich eigentlich nicht.«

Während er diese Worte mit einer für ihn ungewöhnlichen Wärme, ja, wie in einem fiebrigen Zustand aneinanderreihte, war Honda über sich selbst erstaunt, daß er es mit einer Art von Bewunderung hinnahm, wie Kiyoaki Verbote übertreten und Gesetze verletzt hatte. Er, der er doch längst bei sich beschlossen hatte, ein Mann zu werden, der auf der Seite des Gesetzes steht!

In diesem Augenblick trug der Diener die kleinen Tische mit dem Abendessen für die beiden herein. Besorgt, daß die Freunde und Klassenkameraden auch ja recht zwanglos miteinander speisen könnten, hatte Hondas Mutter dieses Arrangement getroffen. Auf jedem der Tische stand auch ein *Sake*-Krüglein, und während Honda dem Freund von dem Reiswein einschenkte, bemerkte er geradeheraus: »Meine Mama war etwas ängstlich, ob dir, wo du an Feineres gewöhnt bist, unsere Küche überhaupt zusagt.«

Doch Kiyoaki aß mit sichtlichem Appetit, und Honda freute sich darüber. Hierauf gaben sich die beiden jungen Leute für eine Weile schweigend dem gesunden Vergnügen der Mahlzeit hin.

Die nach dem Essen übliche Stille des Befriedigtseins genießend, überlegte Honda, wieso das Geständnis dieser Liebe, das der gleichaltrige Kiyoaki da vor ihm ablegte, nicht etwa Eifersucht und Neid in ihm erweckte, sondern sein Herz mit einem tiefen Glück erfüllt hatte. Ja, dieses Glücksgefühl hatte ihn durchtränkt, wie in der Regenzeit ein See die ufernahen Gärten unbemerkt durchfeuchtet.

»Und was gedenkst du nun zu tun?« fragte Honda.

»Darüber mache ich mir keine Gedanken. Ich brauche immer Zeit, bis ich anfange; aber wenn ich einmal angefangen habe, bin ich nicht der Kerl, auf halbem Wege stehenzubleiben.«

Es war dies eine Antwort von der Art, wie er sie bisher von Kiyoaki nicht im Traume für möglich gehalten hätte und die ausreichte, Hondas Augen verwundert aufgehen zu lassen.

»Ah, dann hast du also die Absicht, Fräulein Satoko zu heiraten?«

»Das ist hoffnungslos. Sie haben ja schon das kaiserliche Einverständnis.«

»Möchtest du sie denn nicht trotzdem heiraten, auch unter Verletzung dieses Kaiserworts? Ihr könntet zum Beispiel ins Ausland fliehen und dort die Ehe schließen.«

». . . Das verstehst du wohl nicht«, sagte Kiyoaki zögernd, um dann in ein Schweigen zu verfallen, während dem, heute zum ersten Male sichtbar, zwischen seinen Augenbrauen wieder die alte, unklare Melancholie auftauchte.

Möglicherweise war das eine absichtliche Ausforschung gewesen, unternommen, weil Honda eben das hatte sehen wollen; doch da er es nun sah, fiel ein leichter Schatten der Unruhe auch auf sein Glück.

Er überlegte, was eigentlich in aller Welt Kiyoaki von der Zukunft erwartete, und während er das aus den sorgfältigst ausgewählten Linien fein zusammengesetzte, geradezu kunstmäßig schöne Profil des Freundes betrachtete, überkam Honda ein Schauder.

Mit seinem Nachtisch, den Erdbeeren, in der Hand, wechselte Kiyoaki den Platz, setzte sich, die Ellbogen aufgestützt, vor Hondas stets ordentlich aufgeräumten Schreibtisch und bewegte wie unabsichtlich den Drehstuhl leicht hin und her; da das Gewicht in den aufgestützten Armen lag, veränderten sein

Gesicht und die ein wenig aufgeschobene *Kimono*-Brust wie aus Mangel an Stabilität in einem fort den Winkel, dabei warf der Zahnstocher in seiner rechten Hand ihm eine Erdbeere nach der anderen in den Mund: eine Haltung, die so recht das lässige Behagen darüber zeigte, daß er der strengen Familienetikette entflohen war. Weil ihm der Zucker von den Erdbeeren auf die bloße, helle Brust gefallen war, stäubte er ihn gemächlich ab, und auf Hondas Bemerkung: »Na, da lockst du uns aber Ameisen herbei!« lachte er, den Mund voller Beeren. Ein kleiner *Sake*-Rausch hatte Kiyoakis sonst so bleiche dünne Augenlider gerötet. Und als er einmal den Drehstuhl unversehens zu weit nach einer Seite bewegt, die ein wenig rötlichen, hellen Arme aber dort, wo sie waren, beließ, verzerrte sich sein Körper um eine Spur. Es war das gleichsam, als hätte diesen jungen Mann, ihm selbst nicht bewußt, plötzlich ein unbestimmter Schmerz befallen.

Tatsächlich waren seine leuchtenden Augen unter den ebenmäßigen Brauen von Träumereien erfüllt; aber Honda spürte deutlich, daß das Leuchten in diesen Augen keineswegs auf die Zukunft gerichtet war.

Anders als sonst fühlte sich Honda gedrängt, seine grausame Ungeduld auf den Freund zu richten; er mußte selbst und mit eigener Hand durch sein Benehmen das vorige Glücksgefühl zerstören.

»Aber was willst du denn tun? Hast du dir einmal darüber Gedanken gemacht, was das für Folgen haben wird?«

Kiyoaki hob die Augen und starrte auf den Freund. Noch nie hatte Honda so strahlende und zugleich düstere Augen gesehen.

»Wozu müßte ich mir darüber Gedanken machen?«

»Nun, weil alle in deiner und Fräulein Satokos Umgebung Schritt für Schritt und Konsequenzen fordernd auf euch zurükken werden. Ihr könnt doch unmöglich wie die Libellen bei ihrem Liebesakt in der Luft schweben, ohne euch von der Stelle zu rühren.«

»Ich weiß«, sagte Kiyoaki nur und schwieg, während seine Augen, auf Nebensächliches gelenkt, in den Winkeln des Zimmers zum Beispiel die kleinen Schatten beobachteten, die sich unter das Bücherbord und neben den Papierkorb krümmten, wispernde Schatten, die mit der Nacht selbst in ein solch simples

Arbeitszimmer eines Schülers unvermerkt wie irgendwelche Leidenschaften eindrangen und sich heimlich niederkauerten. Dabei wirkten die sanften Linien von Kiyoakis schwarzen Brauen, als hätten sie nun, gleichsam gespannte Bogen aus eben jenen Schatten, endgültig ihre vollkommene Form gefunden. Aus Leidenschaften geborene, Leidenschaften verschießende Brauen. Sie schienen die Pagen zu sein, die, als Beschützer der bald düsteren, unruhigen Augen, getreulich deren Blickrichtung begleiteten wie ein aufmerksames, wohlerzogenes Gefolge.

Auf einmal war Honda in der Laune, mit einem Gedanken herauszuplatzen, der diesen Abend über in einem Winkel seines Kopfes allmählich Gestalt gewonnen hatte.

»Das war vorhin etwas verrückt von mir, nicht wahr? Ich meine, was ich da von dem Foto aus dem russisch-japanischen Krieg sagte, und daß ich mich ausgerechnet daran erinnerte, als du von dir und Fräulein Satoko erzähltest. Ich habe mir noch einmal überlegt, warum das so gewesen sein könnte. Etwas umständlich gesagt, ist es dies: Die Ära jener glorreichen Kriege ist mit der Meiji-Zeit zu Ende gegangen. Höchstens reden noch die Veteranen in unserer Militärausbildung von ihren Heldentaten, oder es wird in der Provinz abends am Feuer mit damals großgetan – so weit heruntergekommen sind die Erinnerungen daran. Und daß die jungen Leute einmal ins Feld ziehen und den Soldatentod sterben, damit ist wohl kaum zu rechnen. Nachdem es allerdings den Krieg der Tat nicht mehr gibt, hat nun statt dessen das Zeitalter begonnen, in dem Krieg geführt wird mit den Gefühlen. Dumpfe Kreaturen freilich spüren von diesem unsichtbaren Kriege nichts, ja, sie dürften, fürchte ich, noch nicht einmal davon zu überzeugen sein, daß es so etwas überhaupt gibt. Deshalb wahrscheinlich kämpfen in diesem Kriege – und er ist ja tatsächlich bereits im Gange – eigens dafür ausgewählte junge Leute. Und zweifellos gehörst du zu ihnen. Das ist wie bei jenen Kriegen früher: man ist eben jung und zieht aus, um auf dem Schlachtfeld der Gefühle zu fallen. Vermutlich das Schicksal unserer Generation, und du einer ihrer Repräsentanten... Weil dem so ist, hast du dich mit Gefaßtheit darauf gewappnet, daß du in diesem neuen Krieg sterben wirst. Habe ich recht?«

Kiyoaki ließ es bei einem flüchtigen Lächeln bewenden und antwortete nicht. Im selben Augenblick wehte, Vorbote des Regens, ein feuchter, schwerer Windhauch zum Fenster herein und strich wie mit einem breiten Pinsel ein wenig Kühle auf ihre leicht verschwitzten Stirnen. ›Entweder‹, so überlegte Honda, ›erwidert Kiyoaki deshalb nichts, weil das so klar und selbstverständlich ist, daß es keiner Antwort bedarf, oder aber er mag nicht geradeheraus antworten, weil er dem Gesagten zwar innerlich beipflichtet, die Art jedoch, wie ich es vorgebracht, allzu großspurig findet.‹

29

Als drei Tage danach der Unterricht in der Schule zufällig wegen einiger ausfallender Stunden noch vor Mittag schloß, ging sich Honda zusammen mit einem bei ihnen im Haus wohnenden und arbeitenden Studenten eine Sitzung im Landgericht anhören. Schon vom Morgen regnete es.

Sein Vater, Richter am Obersten Gerichtshof, war auch in der Familie ein strenger Mann; doch hielt er es für vielversprechend, daß der neunzehnjährige Sohn bereits vor dem Eintritt in die Universität sich mit Fleiß dem Studium des Rechts widmete, und hatte das sichere Gefühl, er könne seinem Nachfolger die Zukunft überlassen. Bisher hatten die Richter auf Lebenszeit amtiert; in diesem April allerdings war eine umfassende Reform des Gerichtswesens in Kraft getreten, und mehr als zweihundert Richter waren beurlaubt oder abberufen worden; aus Solidarität mit den unglücklichen Kollegen hatte Oberster Richter Honda um seine Entlassung gebeten, doch hatte man dem Gesuch nicht stattgegeben.

Immerhin hatte dies gefühlsmäßig zu einem Wendepunkt geführt, und in die Haltung des Vaters gegenüber dem Sohn war etwas Großzügiges, Tolerantes gekommen, vergleichbar der Zuneigung, die ein Vorgesetzter für seinen künftigen Nachfolger empfindet. Zum Vater nicht mehr aufsehen zu müssen, war für Honda ein völlig neues Gefühl; und um sich dieser Veränderung als würdig zu erweisen, widmete er sich mit um so größerem Eifer seinen Studien.

Auch die Tatsache, daß es der Vater seinem noch nicht volljährigen Sohn erlaubte, Gerichtssitzungen als Zuhörer beizuwohnen, entsprang seiner veränderten Haltung. Zu den von ihm selbst geführten Prozessen ließ er ihn natürlich nicht zu; doch stellte er es ihm frei, zusammen mit einem Jurastudenten aus dem Hause bei Zivilverhandlungen in den Gerichten ein und aus zu gehen.

Der Grund hierfür war vor allem der, daß Shigekuni, der die Jurisprudenz bisher lediglich aus Büchern kannte, mit der praktischen Arbeitsweise der japanischen Gerichte in Berührung kommen und so den juristischen Alltag erlernen sollte; zweifellos jedoch hätte der Vater gern auch geprüft, ob der Sohn an Sicherheit gewönne, wenn bei der Tatbestandsaufnahme in einem Strafverfahren das noch weiche Empfindungsvermögen des Neunzehnjährigen plötzlich mit menschlichen Verstrickungen konfrontiert würde, vor denen man die Augen verschließen möchte.

Eine gefährliche Erziehung. Verglichen indessen mit der Gefahr, der Junge könnte sich, beeinflußt durch träge Gewohnheiten und populäre Unterhaltungsmusik, nur solche Dinge einverleiben, die einem jungen, weichen Gemüt den Gaumen kitzeln, bis er sich ihnen völlig angepaßt, war hier doch wenigstens insofern ein erzieherischer Erfolg zu erwarten, als er dabei das immer gestrenge und wachsame Auge des Gesetzes leibhaftig zu spüren bekäme; ja, auch für die fachliche Ausbildung hätte dies den Gewinn, daß er sich an jene Töpfe gestellt sähe, in denen die amorphen menschlichen Leidenschaften, zähflüssig wie warme Fäkalien, im Handumdrehn und vor seinen Augen auf der kalten Flamme der Rechtsverfassung zu Fällen der Verwaltung eingekocht werden.

Während sie zu dem kleinen Sitzungssaal der Achten Strafkammer eilten, es war sichtlich allein der auf das Grün des verwilderten Innenhofs fallende Regen, der die düsteren Korridore des Gerichtsgebäudes ein wenig erhellte, fand Honda dieses gleichsam als den Abguß des Verbrecherherzens hingestellte Gemäuer – dafür jedenfalls, daß es im Namen der Vernunft fungierte – mit einem Zuviel an trister Stimmung erfüllt.

Seine dadurch verursachte Niedergeschlagenheit dauerte auch dann noch an, nachdem sie ihre Plätze in den Zuschauerreihen eingenommen hatten. Mit einem leichten Widerwillen bemerkte Honda, wie der übereifrige Student, obwohl er ihn so prompt hierhergeführt, die Nase schon wieder in die Sammlung von Präzedenzfällen steckte, die er sich mitgenommen hatte, und mit einem Gefühl, als wäre dies ein Abbild seiner eigenen inneren Leere, ließ er die Blicke über die noch unbesetzten Stühle der Richter, des Staatsanwalts, der Zeugen und des Verteidigers schweifen, die feucht schienen von der Regenluft.

So jung und nur zuschaun! Als wäre das die ihm angeborene Aufgabe.

Eigentlich hätte Shigekuni genügend innere Klarheit besitzen müssen, um davon überzeugt zu sein, daß er ein tüchtiger junger Mann war; aber seit Kiyoaki ihm jenes Geständnis gemacht, war eine seltsame Verwandlung mit ihm vor sich gegangen. Nein, nicht so sehr eine Verwandlung, vielmehr hatte sich zwischen den beiden Freunden ein unbegreiflicher Austausch der Positionen vollzogen. Da hatten sie die ganze Zeit über ihr Persönlichstes voreinander gehütet, waren bemüht gewesen, sich gegenseitig nicht das geringste zuzumuten, und auf einmal vor drei Tagen – wie einer, der genesen ist, seine Krankheit einem anderen überträgt – hatte Kiyoaki den Bazillus der Selbstbeobachtung im Herzen des Freundes zurückgelassen. Und nun, da sich dieser Bazillus sofort vermehrte, schien es, als hätte Honda die weit bessere Veranlagung zur Selbstbeobachtung als Kiyoaki.

Erstes Symptom dieser Krankheit war eine rätselhafte Unruhe.

›Ja, was könnte Kioyaki denn wirklich tun? Und ist es etwa richtig, daß ich als sein Freund einfach dabeistehe und dem Gang der Dinge ratlos zuschaue?‹

Während er auf die für nachmittags ein Uhr dreißig angesetzte Eröffnung der Verhandlung wartete, waren seine Gedanken weit entfernt von dem Prozeß, den er hier erleben würde, hatten sich vielmehr ganz auf die Fährte dieser Unruhe verlocken lassen.

›Wäre es nicht besser, ich gäbe ihm den freundschaftlichen Rat, die Geschichte sofort aufzugeben? Bisher glaubte ich, es wäre wahre Freundschaft, Kiyoakis Agonien zu übersehen und den Blick allein auf seine Anmut zu richten; sollte ich mich aber jetzt, nachdem er sich mir so rückhaltlos offenbart hat, nicht ernstlich und unter Anwendung des normalerweise zwischen Freunden üblichen Rechts auf eine auch unerbetene Einmischung darum bemühen, ihn aus der Gefahr zu erretten, die ihn so dicht schon bedroht? Und selbst wenn er danach wütend auf mich wäre, mir gar die Freundschaft aufkündigte – kein Grund für mich, es zu bereuen. In zehn, in zwanzig Jahren würde Kiyoaki mich begreifen; und angenommen, er begriffe mich nie mehr in seinem Leben, was wäre schon dabei? Offenbar bewegt sich Kiyoaki blindlings auf eine Tragödie zu. Eine Tragödie in aller Schönheit, gewiß; aber wie kann man es zulassen, daß einer sein Leben opfert für die Schönheit eines Vogelflugs am Fenster vorbei? Ja, ich muß wohl künftig mit geschlossenen Augen den einfältigen Allerweltsfreund spielen, muß, wie lästig ihm das auch sein mag, Wasser auf die Glut seiner gefährlichen Leidenschaft gießen, muß ihn mit allen Kräften daran hindern, daß er den Versuch unternimmt, sein Schicksal zu vollenden.‹

Bei diesen Überlegungen begann Hondas Kopf zu fiebern, und es wurde ihm unerträglich, hier einem Prozeß entgegenzuharren, der ihn nicht das geringste anging. Heftig verlangte es ihn, auf der Stelle davonzulaufen, zu Kiyoaki zu eilen und ihn mit viel Worten zu einem Gesinnungswandel zu überreden. Das war natürlich unmöglich, und so brannte die Erregung hierüber als ein neues Gefühl der Unsicherheit in ihm.

Wie er jetzt bemerkte, hatten sich die Zuschauerreihen bereits bis auf den letzten Platz gefüllt, und er begriff, warum ihn der Student so früh hierher geführt hatte. Da waren junge Leute, offensichtlich Jurastudenten, aber auch unscheinbare Männer und Frauen mittleren Alters, dann, mit Armbinden, die Zeitungsreporter, die betriebsam bald aufsprangen, bald wieder sich setzten. Als er sie so betrachtete, diese Leute, die sich, obwohl sie aus gemeiner Neugier hergekommen waren, feierlich gekleidet hatten und sich nun die Zeit damit vertrieben, den Bart zu zwirbeln, sinnlos mit dem Fächer zu wedeln oder sich mit dem langgewachsenen Nagel des kleinen Fingers im Ohr zu kratzen und schwefelgelbe Schmalzklümpchen herauszubefördern – da gingen Honda die Augen auf, und er erkannte die ganze Häßlichkeit des Menschen, die in der Überzeugung lag, daß man selber, wie man hier saß, bestimmt nie ein Verbrechen begehen würde. Ein Grund für ihn, sich zumindest zu bemühen, in keinem Stück solchen Leuten jemals ähnlich zu werden. Dabei waren sie alle, die auf den Zuschauerbänken saßen, gleichgültig in das monotone Licht getaucht, das wie weiße Asche von den des Regen wegen geschlossenen Fenstern her einfiel, und nur die schwarzen, glänzenden Mützenschilde der Gerichtsdiener hoben sich davon ab.

Daß dann die Menge in Aufregung geriet, war, weil die Angeklagte kam. In einen blauen Gefängniskittel gekleidet, wurde sie von den Gerichtsdienern zur Anklagebank geführt; doch konnte Honda, hinter der Mauer der anderen Zuschauer hervor, die einander beiseite stießen, um nur ja einen Blick auf ihr Gesicht zu werfen, kaum mehr erkennen als die bleichen, ein wenig dicklichen Wangen mit den auffallend eingekerbten Grübchen. Später saß sie so, daß man lediglich die altertümliche, bei weiblichen Häftlingen übliche Hyōgo-Frisur mit dem nach hinten steif abstehenden Knoten auszumachen vermochte und daneben ihre runden, fülligen Schultern, die sie zwar leicht hochgezogen hatte, aus denen jedoch keinerlei starre Anspannung zu spüren war.

Auch der Verteidiger war im Saal erschienen; man wartete nur noch auf die Richter und den Staatsanwalt.

»Das ist sie also. Nicht wahr, junger Herr, man möchte es kaum glauben, daß diese Frau eine Mörderin sein soll. Ja, es stimmt schon, wenn man sagt, auf das Aussehen eines Menschen sei kein Verlaß«, flüsterte der Student Shigekuni ins Ohr.

Wie es die Regel ist, begann die Verhandlung damit, daß der vorsitzende Richter die Angeklagte über Namen, Wohnort, Alter und Stand befragte. Im Saal wurde es so still, daß man meinte, selbst den emsig protokollierenden Pinsel des Gerichtsschreibers zu hören.

»Ich heiße Masuda Tomi, bin eine Bürgerliche und wohne in Tōkyō, Bezirk Nihombashi, Hama-chō 2, Nr. 5«, antwortete sie, ohne zu stocken; doch war ihre sehr leise Stimme schwer zu vernehmen, und aus Besorgnis, sie könnten den nun folgenden, wichtigen Punkt der Befragung nicht verstehen, beugten sich die Zuschauer wie auf Kommando vor und legten die Hand ans Ohr. Hatte die Angeklagte bis dahin rasch und ohne zu überlegen geantwortet – nun, bei der Frage nach ihrem Alter, zögerte sie ein wenig; ob absichtlich, das war nicht klar, und erst nach einer Vermahnung durch ihren Verteidiger antwortete sie etwas lauter und so, als wäre ihr das eben jetzt aufgegangen: »Ich bin einunddreißig.«

Bei dieser Gelegenheit nämlich, als sie sich zu ihrem Verteidiger umwandte, hatte Honda für eine Sekunde ihr Gesicht gesehen: auf den Wangen die losen Haarsträhnen, die großen, klaren Augen.

Den Blicken der Zuschauermenge mochte die nicht eben große Gestalt dieser Frau vorkommen wie eine Seidenraupe: halb durchsichtig und so, als würde sie eine unerwartete und verworrene Verruchtheit aus sich herausspinnen. Sie brauchte nur eine winzige Bewegung zu machen – schon malte man sich aus, wie der schweißige Tau die Achselhöhlen unter dem Gefängniskittel netzte, dachte sich Brüste, deren Warzen von einem bänglichen Herzklopfen zitterten, dachte sich ein in jeder Hinsicht unempfindliches, ein wenig kaltes und schweres Gesäß. Einen Körper, der aus all dem unzählige Fäden der Verruchtheit hervortrieb, um sich schließlich in einen Kokon des Bösen einzupuppen. O ja, diese feine Übereinstimmung zwischen Fleisch und Missetat, nicht wahr...? Denn genau das ist es, wonach es das Publikum verlangt, und von solchen Hirngespinsten einmal fortgerissen, wird ihm alles, was normalerweise die Liebe, das Verlangen des Menschen erregt, entweder zur Ursache oder aber zur Auswirkung des Bösen; so ist es dann bei einer hageren Frau das Hagere, bei einer dicklichen Frau das Dickliche, in dem sich das Böse verkörpert. Sich dazu gar noch den Schweiß vorzustellen, der von ihren Brüsten perlt... Auf solche Weise genossen die Zuschauer das Vergnügen, sich Detail um Detail das Böse in dieser Frau, dieser Kupplerin ihrer, ach, so arglosen Phantasie, zu bestätigen.

Honda, recht heikel in dergleichen Dingen, wehrte sich dagegen, daß seine eigenen Gedanken mitliefen im Strom der allgemeinen Hirngespinste, deren Richtung er trotz seiner Jugend irgendwie heraussrüte; statt dessen folgte er aufmerksam den auf die Fragen des Richters antwortenden Aussagen der Angeklagten, in denen es nun um den eigentlichen Kern des Falles ging.

Ihre Darlegungen waren einigermaßen umständlich, gelegentlich geriet die Geschichte durcheinander; soviel immerhin wurde rasch deutlich: dieser Mordfall hatte sich sozusagen automatisch aus einer Verkettung der Leidenschaften entwickelt, war das zwangsläufige Ende einer Tragödie gewesen.

»Von wann an habt Ihr mit Hijikata Shōkichi zusammengelebt?«

»Das war – ich werde es nie vergessen – genau seit dem 5. Juni letzten Jahres.«

Ihr ›ich werde es nie vergessen‹ löste unter den Zuschauern ein Gelächter aus; die Gerichtsdiener mußten zur Ruhe mahnen.

Masuda Tomi war Kellnerin in einem Speiselokal gewesen. Dort hatte sie sich mit Hijikata Shōkichi, dem Koch, angefreundet, und um für ihn, einen Witwer, der erst kurz zuvor seine Frau verloren, desto emsiger zu sorgen, hatten sie seit dem vorigen Jahr einen gemeinsamen Haushalt geführt; doch natürlich machte Hijikata keinerlei Anstalten, sie ins Familienregister eintragen zu lassen, vielmehr trieb er es, nachdem sie zusammengezogen waren, immer wilder mit anderen Frauen, und seit Jahresende schließlich hatte er ein Verhältnis mit einem Dienstmädchen aus dem Kishimoto-Restaurant im selben Hama-Viertel. Hide, das Dienstmädchen, war zwanzig, ein Ausbund an Koketterie und Verschlagenheit, und oft blieb Shōkichi ganz von zu Hause weg, woraufhin Tomi in diesem Frühjahr Hide herausrufen ließ und sie inständig bat, ihr doch den Mann zurückzugeben. Weil Hide darauf nur die Nase gerümpft, hatte Tomi sie in ihrer Erregung umgebracht.

Eine Dreiecksaffäre im üblichen Hinterhofstil, an der nichts Außergewöhnliches zu bemerken gewesen wäre; als indessen die Untersuchung in die Einzelheiten eintrat, kamen eine Menge winziger Tatsachen zum Vorschein, wie man sie im nachhinein unmöglich hätte erfinden können.

Die Frau hatte ein achtjähriges Kind; in der festen Absicht, ein wirkliches Familienleben mit Shōkichi zu führen, hatte sie den bei Verwandten auf dem Lande untergebrachten Kleinen unter dem Vorwand, er solle in Tōkyō die neue Pflichtschule besuchen, zu sich geholt. Aber Tomi, obwohl nun eine Mutter mit Kind, war bereits, ohne daß sie es gewollt hätte, auf dem Wege, der sie zur Mörderin werden ließ.

Allmählich ging es um die Aussagen zur Mordnacht selbst.
»Ach, wäre Hide doch damals nicht dagewesen! Dann wäre die Geschichte wahrscheinlich nie passiert. Sie hätte ja, als ich sie bei Kishimoto herausrufen ließ, beispielsweise bloß mit einer Erkältung im Bett liegen brauchen, und alles wäre gut gewesen... Was nun das *Sashimi*-Messer angeht, das ich dabei benutzt habe – Shōkichi ist ein Mann, dem sein Handwerk wichtig ist, und so hat er natürlich eine Menge brauchbarer Messer zu seinem eigenen Bedarf. ›Die sind für mich so gut wie für den *Samurai* das Schwert‹, pflegte er zu sagen, und nie ließ er mich oder den Jungen heran und hat sie immer selber geschliffen und gehütet. Als ich dann wegen Hide eifersüchtig war, muß er gedacht haben: ›Die sind gefährlich.‹ Und hat sie irgendwo versteckt. Mich hat das aber geärgert, daß er so gedacht hat, und gelegentlich habe ich schon mal im Scherz gedroht und gesagt: ›Auch wenn ich an deine Messer nicht herankomme – es gibt genug andere.‹ Doch eines Tages, als Shōkichi wieder lange von zu Hause weg war, habe ich im Wandschrank beim Saubermachen – da, wo ich so etwas am allerwenigsten vermutet hätte – das Bündel mit seinen Messern gefunden. Und was mich erstaunte: Sie waren ziemlich verrostet. Ich brauchte nur den Rost zu sehen, da wußte ich, wie sehr er sich an Hide gehängt hatte. Ich stand da, die Messer in der Hand, und zitterte am ganzen Leib. In dem Augenblick kam der Junge aus der Schule heim, so daß ich mich schließlich wieder beruhigte, sogar mit dem Gefühl einer richtigen Ehefrau dachte: Wenn du das *Sashimi*-Messer, an dem er am meisten hängt, zum Messerschleifer bringst, wird Shōkichi sich bestimmt freuen. Ich wickelte es in ein Tuch ein und wollte gehen, da sagte der Junge: ›Mama, wo willst du denn hin?‹ Und als ich ihm sagte, ich hätte nur eben etwas zu besorgen und er sollte brav sein und das Haus hüten, antwortete er mir: ›Meinetwegen brauchst du nicht wiederzukommen. Ich kann ja auch auf dem Dorf in die Volksschule gehen.‹ Der Junge redet aber komisch, dachte ich und fragte ihn aus; da erfuhr ich, daß die Kinder aus der Nachbarschaft über ihn gelacht und gesagt hätten: ›Dein Alter hat deine Mutter sitzengelassen, weil sie ihm auf die Nerven geht.‹ Wahrscheinlich hatten die Kinder das bloß von ihren Eltern aufgeschnappt, nicht wahr? Aber jedenfalls schien mein

Junge die Zieheltern auf dem Land mehr zu lieben als eine Mutter, über die die Leute spotteten. Plötzlich muß ich wütend geworden sein, denn ich haute ihm eine herunter, und mit seinem Geheule im Rücken rannte ich davon...«

Zu dieser Zeit – so Tomis Aussage – habe sie nicht etwa die Geschichte mit Hide im Kopf gehabt, vielmehr sei es ihr beim Weggehen allein darum zu tun gewesen, das Messer möglichst rasch geschliffen zu bekommen.

Der Messerschleifer hatte eine Menge anderer, vorbestellter Arbeit, aber Tomi lag ihm so lange in den Ohren, bis er ihr schließlich doch das Messer schliff; doch als sie aus dem Laden trat, war ihr nicht nach Heimgehen zumute, und wie benommen schlenderte sie in Richtung Kishimoto.

Im Restaurant Kishimoto hatte es, da Hide wieder einmal von sich aus freigenommen und geludert hatte und nach Mittag erst zurückgekommen war, Schelte von der Wirtin gesetzt; und eben hatte Hide, von Shōkichi beredet, tränenreiche Abbitte geleistet, so daß die Sache weitgehend beigelegt war. Als daher Tomi erschien und sagte, sie hätte gern draußen kurz mit ihr gesprochen, fügte sich Hide überraschend unbekümmert.

Bereits in den schmucken Empfangs-*Kimono* gekleidet, kam sie, mit schlurfenden *Geta*-Sandalen und die Fußspitzen nach innen gestellt wie eine vornehme *Geisha,* herangeschlendert und sagte: »Gerade habe ich es der Chefin versprochen. Daß ich nämlich ab sofort Schluß mache mit den Männern.«

In Tomis Brust stieg unwillkürlich eine unbändige Freude auf; doch wie um diese zurückzudämmen, fuhr Hide mit einem hellen Lachen gleich darauf fort: »Ob ich das auch nur drei Tage aushalten kann, weiß ich natürlich nicht.«

Tomi riß sich zusammen, so gut es gehen wollte, lud Hide in ein *Sushi*-Restaurant am nahen Flußufer ein, und während sie sie nach Kräften traktierte, bemühte sie sich, wie eine ältere Schwester auf sie einzureden. Hide jedoch lächelte nur eisig und schwieg; und als Tomi, ein wenig schon angeheitert, mit einer theatralischen Geste den Kopf senkte und sie anflehte, wandte sich Hide brüsk von ihr ab. So verging eine Stunde; draußen war es inzwischen dunkel geworden. Hide erhob sich und sagte, sie möchte im übrigen nicht wieder Schelte von der Wirtin beziehen und werde also jetzt gehen.

Warum sie beide danach das unbebaute Flußufer entlang durch das nächtliche Dunkel geirrt waren, daran vermochte sich Tomi nicht genau zu erinnern. Es schien, sie hatten, als Tomi die andere gegen ihren Willen zurückhielt, wie von selbst die Schritte in diese Richtung gelenkt. Jedenfalls war es nicht etwa so gewesen, daß Tomi sie von vornherein in der Absicht, sie umzubringen, dorthin gelockt hätte.

Nach einem erneuten kurzen Wortwechsel hatte Hide so gelacht, daß in dem nur noch auf dem Wasser des Flusses zurückgebliebenen, schwachen Abendschein die weißen Reihen ihrer Zähne sichtbar wurden, und gesagt: »Du redest immerfort, und es hilft doch nichts. Dein Gequengel wird eben Shōkichi auch verrückt gemacht haben.«

Diese eine Bemerkung sei – gab Tomi zu Protokoll – die entscheidende gewesen, und sie schilderte ihre damaligen Gefühle in der folgenden Weise: »... Als ich das hörte, stieg mir das Blut zu Kopfe. Mir war – ja, wie soll ich sagen? – mir war zumute wie einem kleinen Kind im Dunkeln: es will etwas, es tut ihm etwas unerträglich weh, reden kann es nicht, und so heult es nur drauflos wie am Spieß und strampelt mit Händen und Füßen wild um sich. Genauso fuchtelte ich mit den Armen, hatte plötzlich das Bündel aufgerissen, hatte das Messer in der Hand, und da ist eben Hides Körper im Dunkeln gegen meine herumfuchtelnde Hand gerannt, in der ich das Messer hatte. Anders kann ich das nicht sagen.«

Bei diesen Worten sahen die Zuschauer, Honda eingeschlossen, wie zum Greifen deutlich ein kleines Kind vor sich, das im Dunkeln vor tiefem Kummer mit Händen und Füßen strampelt.

Als Masuda Tomi bis dahin berichtet hatte, schlug sie beide Hände vor das Gesicht und schluchzte, dabei bebten unter dem Gefängniskittel ihre Schultern, was sich, da diese so gemütlich gerundet waren, von hinten gesehen um so erbarmungswürdiger ausnahm. Und die Stimmung unter den Zuschauern verwandelte sich nun allmählich von der anfänglichen offenkundigen Neugier in etwas, das davon völlig verschieden war.

Die vom noch immer strömenden Regen dämmrigen Fenster gossen eine traurige Helle in den Saal, und es war, als verträte Masuda Tomi auf ihrem Platz mitten im Saal – und nur sie allein

– alle die Empfindungen der lebendig atmenden, leidenden, in Schmerzen ächzenden Menschheit. Sie allein besaß sozusagen das Recht auf Empfindungen. Hatten die Zuschauer bis eben noch in ihr die dickliche, verschwitzte Dreißigjährige gesehen, so sahen sie jetzt mit stockendem Atem, mit erstarrten Augen, wie hier die Leidenschaft die menschliche Haut durchbrach, sahen ein Zucken wie bei einem lebendig aufgeschnittenen Krebs.

Sie war diesen Blicken schutzlos ausgesetzt. Das Verbrechen, das sie ohne Augenzeugen begangen, hatte nun in ihr selbst, von fremden Augen rings umstellt, Gestalt gewonnen und offenbarte so unendlich deutlicher die Merkmale des Bösen, als es im Falle des Guten oder der Tugend jemals möglich gewesen wäre. Verglichen mit der Schauspielerin auf der Bühne, die alles zeigt, was sie für zeigenswert hält, gab es an Masuda Tomi ganz ohne Frage weit mehr zu begaffen. Es war gleichsam, als würde sie der ganzen Welt als einem riesigen Publikum gegenübergestellt. Der Verteidiger neben ihr wirkte allzu armselig, als daß er ihr hätte beistehen können. Diese Masuda Tomi, klein von Gestalt, trug weder Kamm noch Haarpfeil, weder Schmuck noch einen prächtigen *Kimono,* um die Augen auf sich zu lenken; daß sie eine Verbrecherin war, mußte hinreichen, sie als Frau zu kennzeichnen.

»Sehen Sie, junger Herr, hätten wir in Japan Schöffengerichte, käme es in einem solchen Fall im Handumdrehn zu einem Freispruch. Wer ist schon einer so zungenfertigen Frau gewachsen, nicht wahr?« flüsterte der Student Shigekuni zu.

Shigekuni überlegte. Daß, wenn die menschlichen Leidenschaften einmal nach ihren eigenen Gesetzen in Gang gekommen, sie niemand mehr aufzuhalten vermöchte. Eine Theorie freilich, die nach modernem Recht, welches die Vernunft und das Gewissen des Menschen zur selbstverständlichen Prämisse macht, keinesfalls zulässig wäre.

Andererseits überlegte Shigekuni dies: daß der Prozeß, dem er anfänglich mit der Vorstellung gefolgt, daß es ihn ja nicht beträfe, nun in Wahrheit doch nicht ganz ohne eine Beziehung zu ihm war; daß er ihm vielmehr zum Mittel geworden, sein eigenes Ich zu entdecken, für das es letzten Endes keine Berührungspunkte gab mit der vor seinen Augen von Masuda Tomi herausgeschleuderten, der Glut der Lavamassen vergleichbaren Leidenschaft.

Trotz des Regens war der Himmel lichter geworden; hier und da hatten sich die Wolken gelockert, und was noch an Regen fiel, waren nun kurze Schauer. Ein Leuchten, das an den Fensterscheiben die Tropfen aufblitzen ließ, fiel herein wie ein unwirklicher Traum.

Honda hoffte, seine Vernunft werde stets ein solches Leuchten haben; doch dafür auch das Herz hinzugeben, das immer wieder dazu neigte, sich von dem heißen Dunkel verlocken zu lassen, war er nicht imstande. Dieses heiße Dunkel indessen war bloße Faszination. Besaß für ihn nichts außerdem. Auch Kiyoaki bedeutete für ihn eine Faszination. Eine Faszination, die dieses Leben von Grund auf erschütterte, in Wahrheit aber nicht mit dem Leben, sondern mit einem schicksalhaften Verhängnis verknüpft war.

Honda beschloß, die Kiyoaki zugedachte Vermahnung zunächst noch einmal zurückzustellen und abzuwarten.

30

Im Gakushū-in, es ging bereits auf die Sommerferien zu, ereignete sich ein aufsehenerregender Zwischenfall.

Prinz Pattanadid vermißte seinen Smaragdring. Daß Prinz Kridsada behauptete, der Ring sei gestohlen worden, gab dem Problem einen ernsten Anstrich; zwar tadelte Prinz Pattanadid die Voreiligkeit seines Vetters und wünschte, daß man die Sache in aller Stille geregelt hätte, doch dies machte insofern keinen Unterschied, als auch er insgeheim von einem Diebstahl überzeugt war.

Auf seiten der Schule zeigte man sich angesichts des Lärms, den Prinz Kridsada schlug, aufs höchste befremdet. Man sagte ihm, es sei einfach undenkbar, daß im Gakushū-in gestohlen würde.

Ihre Verwirrung ließ das Heimweh der beiden Prinzen nur immer heftiger werden und erreichte schließlich einen Punkt, an dem sie an Rückkehr dachten; daß es jedoch zu einer unmittelbaren Konfrontation zwischen den Prinzen und der Schule kam, hatte seine Ursache in den folgenden Vorgängen.

Während der Internatsleiter die Prinzen besorgt um nähere Auskünfte bat, verwickelten diese sich in gewisse Widersprüche. Sie hatten in der Abenddämmerung einen Spaziergang auf dem Schulgelände unternommen, waren zum Internat zurückgekehrt, zum Abendessen gegangen, und als sie danach auf ihr Zimmer gekommen, hatten sie den Verlust bemerkt. Prinz Kridsada nun erklärte, sein Vetter habe den Ring die ganze Zeit an der Hand gehabt, sei damit spazierengegangen, habe ihn dann aber, bevor sie sich zum Abendessen begeben, auf dem Zimmer zurückgelassen, und also sei der Ring während des Abendessens aus dem Zimmer gestohlen worden, wohingegen Prinz Pattanadid als der Betroffene in dieser Hinsicht so unklar war, daß er immer wieder überlegen mußte; er versicherte zwar, daß er den Ring beim Spaziergang getragen hatte, wußte aber nicht mehr, ob er ihn vor dem Abendessen wirklich auf dem Zimmer abgezogen hatte.

Dies war indessen ein wichtiger Punkt, um zu entscheiden, ob es sich um einen Verlust oder um einen Diebstahl handelte. Deshalb fragte der Internatsleiter die beiden Prinzen, wo sie denn spazierengegangen seien, und fand dabei heraus, daß sie, weil es ein so herrlicher Abend gewesen, die Umzäunung des Kaiser-Hügels überklettert, den zu betreten streng verboten war, und sich dort eine Zeitlang ins Gras gelegt hatten.

Es war ein schwülheißer Nachmittag mit gelegentlichen Regenschauern, als der Internatsleiter dieses Geständnis vernahm. Kurz entschlossen forderte er die Prinzen auf, zu dritt den Kaiser-Hügel aufs gründlichste abzusuchen.

Der Kaiser-Hügel, eine kleine, grasüberwachsene Erhöhung in einer Ecke des Exerzierplatzes, galt der Erinnerung daran, daß Kaiser Meiji einmal von da aus den militärischen Übungen der Schüler zuzuschauen geruht hatte. So war dieser Hügel – gleich nach der Terrasse mit dem vom Kaiser mit höchsteigener Hand gepflanzten *Sakaki*-Baum – zu einem der geheiligten Plätze der Schule geworden.

Diesmal nun, in Begleitung des Internatsleiters, stiegen die beiden Prinzen in aller Öffentlichkeit über den Zaun und betraten den Kaiser-Hügel; doch war der Rasen von dem leichten Regen aufgeweicht, und es stellte sich als gar nicht so leicht heraus, die knapp zweihundert Quadratmeter lückenlos abzusuchen.

Da es unzureichend erschien, sich nur diejenige Stelle vorzunehmen, wo die Prinzen gelegen und miteinander geplaudert hatten, machten die drei es so, daß sie für eine gründliche Suche die Fläche von drei Seiten her aufteilten, und während der Regen, der wieder ein wenig stärker geworden, auf ihre Rücken prasselte, arbeiteten sie sich Halm um Halm voran.

Prinz Kridsadas Benehmen war eine gewisse Widerspenstigkeit anzumerken, grollend erledigte er seinen Teil; der sanftmütige Pattanadid hingegen – schließlich ging es ja um seinen Ring – verhielt sich einsichtig, und sorgfältig um sich blickend, kam er von seiner Seite den Abhang des Hügels herauf.

Es war für den Prinzen das erste Mal, daß er jeden einzelnen Grashalm so genau betrachtete. Deswegen auch, weil anzunehmen war, daß zwar das Funkeln der goldenen *Yaksha*-Dämonen auffallen, das Grün des Smaragds jedoch nur allzu leicht in der Farbe des Grases untertauchen würde.

Der Regen rann am Uniformkragen entlang und sickerte den Rücken hinunter; Sehnsucht überkam den Prinzen nach dem warmen Monsunregen in seiner Heimat. Das hellere Grün an den Wurzeln der Halme machte ihm den Eindruck, als läge Sonne darauf; aber nirgends waren die Wolken aufgerissen, und nur die kleinen weißen Blüten der wilden Blumen im durchnäßten Rasen hatten sich, niedergebeugt von den Regentropfen, in ihren wie gepuderten Blütenblättern trotz allem ein trockenes Leuchten bewahrt. Manchmal war er den höher aufgeschossenen Pflanzen durch die gezähnten Blätter hindurch ein Schatten zu bemerken, und wenn er, obwohl er es für undenkbar hielt, daß der Ring sich so versteckt hätte, die Blätter umwendete, war es etwa ein kleiner Käfer, der sich vor dem Regen dorthin geflüchtet.

Weil das Gras so allzu nah vor seine Augen kam, begannen sich ihm die Blätter allmählich riesengroß darzustellen, ja, an die Üppigkeit der heimatlichen Dschungel während der Regenzeit zu erinnern. Plötzlich meinte er, es schwebten jene leuchtenden Kumuluswolken zwischen den Halmen, und während der Himmel hier von einem azurnen Blau war, hätte er sich da pechschwarz überzogen, und ein heftiges Gewitter käme donnergrollend heran.

Schon war es nicht mehr der Ring, wonach der Prinz mit solchem Eifer suchte. Und nach dem verlorenen, nicht zu greifenden Bild der Prinzessin Ying Chan zu forschen, wurde er, von dem Grün der einzelnen Gräser immer wieder getäuscht, allmählich leid. Ihm war zum Weinen zumute.

Um diese Zeit kamen in ihren Trainingsanzügen, die Sweater über die Schultern gehängt, die Jungen von der Sportgruppe mit aufgespannten Regenschirmen vorbei, blieben dann aber stehen, um das Schauspiel zu genießen.

Das Gerücht von dem verschwundenen Ring hatte sich bereits herumgesprochen. Nur wenige indessen bezeigten angesichts des Verlusts und der eifrigen Nachforschung ihre Sympathie oder Unterstützung, zumal es als eine unmännliche Angewohnheit galt, überhaupt einen Ring zu tragen. Als sie daher begriffen, daß es dieser Ring war, nach dem die beiden Prinzen mit gesenkten Köpfen im Regen suchten, aus Zorn freilich auch auf Prinz Kridsada, der die Behauptung vom Diebstahl aufgestellt, schleuderten die Schüler ihnen Worte voll giftigen Spotts entgegen.

Noch allerdings hatten sie den Internatsleiter nicht bemerkt. Um so erstaunter nun, als sie dessen plötzlich erhobenes Gesicht sahen, brauchten sie nur seinen mit einer widerwärtigen Sanftheit vorgebrachten Wunsch nach einer Mithilfe aller zu vernehmen, um schweigend den Rücken zu kehren und sich zu trollen.

Die drei, dem Zentrum des Hügels entgegen, rückten näher und näher aufeinander zu; sie spürten, wie die Hoffnung zu schwinden begann. Der Regen war jetzt abgezogen, ein wenig Sonne brach durch. Der nasse Rasen funkelte in den schon spätnachmittäglich schrägen Strahlen, die gegen das Licht gestellten Blattspitzen hinterließen ein wirres Schattenmuster.

In einem dieser Blattschatten erblickte Prinz Pattanadid den unverkennbaren, grünen Smaragdglanz, durchsetzt mit den typischen Flecken. Als er jedoch mit seinen nassen Händen das Gras beiseite bog, schwankten dort zwar winzige Lichtspuren über das Erdreich, lag ein goldener Schimmer auf den Wurzeln, war aber nichts, was dem Ring geglichen hätte.

Kiyoaki hörte erst hinterher von dieser vergeblichen Suche. Das Verhalten des Internatsleiters war wohl an sich durchaus aufrichtig gewesen; andererseits ließ sich nicht leugnen, daß man die Prinzen grundlos einer Demütigung ausgesetzt hatte. Tatsächlich nahmen die beiden Prinzen dies zum Anlaß, mit ihrem gesamten Gepäck das Internat zu verlassen und ins Imperial Hotel überzusiedeln; wie sie Kiyoaki gestanden: mit dem festen Vorsatz, so bald wie möglich nach Siam zurückzukehren.

Marquis Matsugae vernahm diese Geschichte von seinem Sohn, und sie ging ihm sehr zu Herzen. Eine Abreise der Prinzen nach alledem einfach zu ignorieren, würde bedeuten, daß man ihnen nie mehr vernarbende, innere Wunden beibrächte, und Japan ihnen ihr Leben lang in unangenehmer Erinnerung bliebe. Zunächst suchte der Marquis, die Gegensätze zwischen der Schule und den Prinzen zu bereinigen; eine Vermittlung, die sich allerdings, bei der verhärteten Haltung der Prinzen, zum gegenwärtigen Zeitpunkt als aussichtslos erwies. Hierauf beruhigte sich der Marquis in der Erwägung, wenn man einige Zeit warte, vor allem die Abreise der Prinzen aufhalte, werde er schon auf ein Mittel verfallen, ihre Gemüter zu besänftigen.

Die Sommerferien standen unmittelbar bevor.

In Übereinkunft auch mit Kiyoaki beschloß der Marquis, die beiden Prinzen, sobald die Ferien begonnen hätten, in die Matsugae-Villa am Meer einzuladen und sie von Kiyoaki dorthin begleiten zu lassen.

31

Da Kiyoaki von seinem Vater die Erlaubnis erhalten hatte, er dürfe Honda ebenfalls einladen, fuhren die vier jungen Leute, die Prinzen eingeschlossen, am ersten heißen Sommertag vom Bahnhof Tōkyō aus mit dem Zug ab.

Wenn sich der Marquis in diese Villa in Kamakura begab, war es üblich, daß er dort an der Station von dem Bürgermeister, dem Polizeipräfekten und zahlreichen anderen Persönlichkeiten empfangen wurde; ja, die Straßen vom Bahnhof Kamakura bis hinaus zur Villa im Hase-Viertel waren dann mit weißem Sand bestreut, den man eigens vom Strand herbeizuschaffen pflegte. Doch hatte der Marquis diesmal die Stadt im voraus wissen lassen, man möge die jungen Herren, obgleich sich selbst Prinzen darunter befänden, lediglich wie Schüler behandeln und von jedweder Begrüßung absehen, und so konnten die vier am Bahnhof in Rikschas steigen und erreichten in aller Behaglichkeit die Villa.

Wo der von Laubmassen überdachte, kurvige Weg bergauf zu Ende war, erschien vor ihnen das große, aus Steinen zusammengefügte Tor der Villa. In den Torpfeiler waren die vier Schriftzeichen »Zhong-nan-bie-ye«, »Villa des weiten Südens«, eingemeißelt, nach einem Gedichttitel des chinesischen Poeten Wang Wei.

Diese japanische »Südvilla« umfaßte ein ganzes Tal mit einem Areal von knapp dreieinhalb Hektar. Eine noch vom vorigen Matsugae errichtete strohgedeckte Klause war vor einigen Jahren abgebrannt, und der Marquis hatte unverzüglich ein mit zwölf Gästezimmern ausgestattetes, halb japanisches, halb westliches Gebäude bauen und den Garten mit der nach Süden sich öffnenden Terrasse zu einem Park im europäischen Stil umgestalten lassen.

Von der Südterrasse sah man geradeaus in der Ferne die Insel Ōshima, und die Kraterflammen des Vulkans wurden zu einem Wachfeuer weit draußen am nächtlichen Himmel. Der Strand von Yuigahama war in einem Spaziergang von fünf, sechs Minuten quer durch den Park zu erreichen. Der Marquis pflegte sich ein Hauptvergnügen daraus zu machen, von der Terrasse aus mit einem Feldstecher zu beobachten, wie die Marquise dort unten ein Bad in den Wellen nahm. Allerdings hatte man, weil die zwischen Park und Meer eingeklemmte Felderlandschaft einigermaßen störend wirkte, damit begonnen, um das südliche Ende des Parks ein Kiefernwäldchen als Abschirmung zu pflanzen, und vorausgesetzt, dies wüchse gut an, würde sich zwar der Gartenprospekt unmittelbar mit dem Meer verbinden, andererseits wäre der Marquis vermutlich seines Vergnügens mit dem Feldstecher beraubt.

An Sommertagen war dieser Ausblick von einer unvergleichlichen Großartigkeit. Indem sich das Tal in der Form eines Fächers öffnete, erschienen das Kap Inamuragasaki zur Rechten und Iijima zur Linken gleichsam als die Ausläufer der den Park nach Westen und Osten abschließenden Höhenzüge, was den Eindruck vermittelte, als gehörten sowohl Himmel wie Land, ja selbst das von den beiden Kaps eingerahmte Meer, kurzum, alles und jedes, so weit das Auge reichte, zum Territorium der Matsugae-Villa. Und was dies verletzte, waren schlimmstenfalls die sich launisch türmenden Wolken, ein gelegentlicher Vogelflug oder die übers offene Meer ziehenden Fischerboote.

In den Sommermonaten, wenn die Wolkenformationen besonders imposant wirkten, hatte man deshalb das Gefühl, als sähe man – der fächerförmige Bergeinschnitt das Auditorium, die weite Meeresfläche die Bühne – im Theater einem wild bewegten Tanz der Wolken zu. Auf der Terrasse, die – nachdem der Marquis den gegen die Dielung einer solchen offenen Fläche eingestellten Baumeister mit der herrischen Bemerkung abgefertigt hatte, die Deckplanken eines Schiffes bestünden ja schließlich auch aus Holz – im Schachbrettmuster mit besonders harten Teakhölzern ausgelegt worden war, konnte Kiyoaki einen geschlagenen Tag lang sitzen und die feinen Verwandlungen der Wolken über dem Meer beobachten.

So war es im Sommer des vergangenen Jahres gewesen.

Einmal fiel ein feierlich-pathetisches Licht bis tief in die Faltungen einer steif wie aus geschlagener Dickmilch über dem Wasser stehenden Kumuluswolke. Dieses Licht ließ die in sich schattigen Partien plastisch hervortreten, daß die so nur um so robuster und undurchdringlicher wirkten. Diejenigen Partien jedoch, wo sich in Wolkenschluchten die Lichtflut träge staute, sahen aus, als schlummerte dort eine weit langsamere Zeit als hier. Umgekehrt schien an den vom Licht eingefärbten, wilden Wolkenrändern eine unheimlich rasche, tragische Zeit abzulaufen. Beides jenseits der absoluten Grenze alles Menschlichen. Ob Schlummer, ob tragische Stürme – dort oben waren es Spiele von der gleichen Qualität.

Solange er die Augen starr darauf gerichtet hielt, trat nicht die winzigste Veränderung ein; hatte er aber auch nur eine Sekunde beiseite geblickt, war die Veränderung bereits geschehen. Unvermerkt hatte sich die kühne Mähne der Wolke verwirrt wie das Haar eines Schlafenden. Und während er unverwandt hinsah, blieb es – wie wenn einer geistesabwesend ist – bei dem zerzausten Kopf, und nichts bewegte sich.

Oder was lockerte sich da? Gleichsam wie in einer seelischen Erschlaffung waren die festen, weißen Formationen, die vom Licht so erfüllt, so prall gewesen, im nächsten Augenblick schon in die törichste, enervierteste Stimmung verfallen. Nichtsdestoweniger war dies die Befreiung. Kiyoaki konnte beobachten, daß sich die Wolkenfetzen gleich darauf zu Gruppen zusammenfanden, die wie eine wunderliche Schattenarmee zum Angriff auf den Park herangezogen kamen. Dabei verdüsterten sie zunächst den Sandstrand und die Felder, rückten dann über den südlichen Rand des Parks unaufhaltsam auf ihn vor, und als die im Stile der kaiserlichen Shugakuin-Anlage die Hänge des Parks bedeckenden breiten, geschnittenen Hecken aus Ahorn, *Sakaki,* Teestrauch, Zypresse, Seidelbast, Azalee, Kamelie, Kiefer, Buchsbaum, Maki und anderen in dichtem Gemisch gepflanzten Gehölzen – bis eben noch in der grellen Sonne ein gleißendes Farbmosaik der Blätter – nach und nach in ein leichtes Dämmern versanken, wechselte gleichzeitig auch das Geschrill der Zikaden wie vor Trauer in einen gedämpfteren Ton.

Besonders herrlich waren die Sonnenuntergänge. Alle die einzelnen Wolken, die man von hier aus sah, schienen im voraus zu ahnen, wie sie, wenn es soweit war, schließlich eingefärbt würden, ob rot oder violett, ob orange oder hellgrün. Unmittelbar vor der Einfärbung aber wurden sie vor lauter Spannung stets ganz bleich...

»Ist das ein prächtiger Garten!« rief Chao Pi, und seine Augen strahlten. »Ich hatte ja keine Ahnung, daß der japanische Sommer so schön sein kann.«

Nichts fügte sich so gut an diesen Platz wie die braune Haut der Prinzen, als sie auf der Terrasse standen. Und heute waren ihrer beider Herzen hell und heiter.

Während Kiyoaki und Honda meinten, die Sonne sei doch allzu arg, empfanden die Prinzen ihre heftigen Strahlen als geradezu sanft und zurückhaltend. Sie wurden nicht müde, die Sonne zu genießen.

»Ich schlage vor, wir nehmen ein Bad und ruhen uns ein wenig aus; danach führe ich euch durch den Garten«, sagte Kiyoaki.

»Wozu uns ausruhen? Sind wir vier nicht jung und voller Unternehmungslust?« erwiderte Kridsada.

Wahrscheinlich, überlegte Kiyoaki, war für die beiden Prinzen wichtiger als alles andere, wichtiger als Prinzessin Ying Chan und der Smaragdring, wichtiger als Freunde und Schule, daß es endlich Sommer war. Der Sommer schien dasjenige zu sein, das ihnen alles Ungenügen ausglich, allen Kummer heilte, sie für alles Unglück entschädigte.

An die noch nicht erlebte, glühende Hitze Siams denkend, spürte Kiyoaki, daß er bereits unter diesem Sommer zu taumeln begann, der wie mit einem Blitzschlag auf ihre Leiber niederfiel. Über dem Park lag das schrille Geschrei der Zikaden, der kühle Verstand verdampfte von seiner Stirn wie kalter Schweiß.

Wie sie waren, versammelten sich die vier um die Sonnenuhr in der Mitte eines weiten Rasenstücks eine Stufe unterhalb der Terrasse.

Auf dieser Sonnenuhr, einem alten Stück, in das auf englisch »1716 – Passing Shades« eingraviert war, war die verschnörkelte, wie ein Vogel mit aufgerecktem Hals geformte Bronzenadel auf die genau zwischen Nordwest und Nordost in römischen Ziffern gegebene Zwölf fixiert; doch der Schatten näherte sich bereits der Drei.

Honda, während er mit dem Finger über das »S« auf dem Zifferblatt strich, war versucht, die Prinzen zu fragen, in welcher Richtung Siam denn nun wirklich liege, ließ es aber dann aus Furcht, er könnte damit und völlig überflüssigerweise nur das Heimweh wieder wachrufen. Dabei hatte er sich unwillkürlich mit dem Rücken gegen die Sonne gestellt, so daß sein eigener Schatten auf die Sonnenuhr fiel und den Drei-Uhr-Schatten überdeckte.

»Oh, ich verstehe. So müßte man es machen«, sagte Chao Pi, als er das bemerkte. »Und wenn man es den ganzen Tag über so macht, kann man die Zeit auslöschen. Sobald ich wieder daheim bin, werde ich im Garten eine Sonnenuhr aufstellen lassen, und habe ich einmal einen besonders glücklichen Tag, soll mir ein Diener die Sonnenuhr von morgens bis abends mit seinem Schatten abdecken und so die Zeit aufhalten.«

»Da wird der Diener aber vermutlich mit einem Hitzschlag tot umfallen«, meinte Honda und ließ das heftige Sonnenlicht wieder auf das Zifferblatt scheinen, so daß der Drei-Uhr-Schatten dalag wie zuvor.

»Durchaus nicht. Die Diener bei uns zu Hause«, erklärte Kridsada, »nehmen das mit der größten Gleichgültigkeit hin, auch wenn sie den ganzen Tag über in der Sonne stehen. Und dabei ist sie bestimmt dreimal so kräftig wie hier.«

Kiyoaki stellte sich vor, die glänzend braune Haut hielte ein kühles Dunkel in den Körpern zurück. Und also vermöchten sie in diesem ihrem eigenen inneren Schatten zu ruhen wie im Schatten eines Baumes.

Mehr zufällig hatte Kiyoaki den beiden Prinzen angedeutet, wie interessant ein Spaziergang über die rückwärtigen Berge wäre; Grund genug, Honda in die Verlegenheit zu setzen, daß er, ohne seine Schweißausbrüche beruhigen zu können, hinter den anderen hinterherlaufen mußte. Mit Erstaunen bemerkte er die Energie, mit der Kiyoaki, der doch ehedem soviel Antrieb nie und bei nichts gehabt, nun auf einmal die Spitze übernahm.

Als sie jedoch die Stelle erreicht, wo nach langem Anstieg der Grat des Berges begann, wehte vom Meer her der ersehnte Wind durch die Kiefernschatten, und im Umschauen nach der drunten leuchtenden Yuigahama-Bucht war der Schweiß vom Klettern plötzlich wie fortgeblasen.

Die vier jungen Männer, wieder so lebhaft wie einst in ihren Knabentagen, gingen, Kiyoaki vornweg, den von niedrigem Bambusgras und Farnen halb zugewucherten schmalen Pfad auf dem Grat des Berges weiter. Bald darauf, indem er das vorjährige Laub unter die Füße trat, hielt Kiyoaki inne, wies mit der Hand nach Nordwesten und rief: »Schauen Sie da! Nur von hier aus kann man das sehen!«

Stehengeblieben, erblickten sie durch die Bäume hindurch die unter ihnen im Nachbartal mit ihren staubigen Häuserzeilen hingebreitete Vorstadt und entdeckten dann die darüber herausragende Gestalt des *Großen Buddha*.

Die runde Schulter der riesigen Plastik mit den großartig edlen Gewandfalten war ihnen zugekehrt, das Antlitz sahen sie nur im Profil, und die Brust vermochten sie kaum andeutungsweise jenseits der von der Schulter sanft herabfließenden Ärmellinie auszumachen; doch lag die Sonne schimmernd auf der bronzenen Schulterwölbung, und dahinter blitzte es klar und hell von jenen Strahlen, die flach auf die breite Brust auftrafen. Dazu ließ die schon schräg einfallende Sonne die einzelnen Locken auf dem Bronzehaupt deutlich hervortreten. Das an der Seite lang herabreichende Ohr wirkte wie die seltsame eingetrocknete Frucht an einem tropischen Baum.

Das Verhalten der Prinzen, die sich, sobald sie dessen nur ansichtig wurden, niederwarfen, mußte Honda und Kiyoaki verblüffen. Ohne Rücksicht auf ihre frisch gestärkten weißen Leinenhosen knieten sie auf einer dicken Schicht aus feuchtem, altem Bambuslaub und beteten vor der in der Ferne offen der Sommersonne ausgesetzten Buddha-Figur.

Kiyoaki und Honda warfen einander einen flüchtigen, weniger ehrfurchtsvollen Blick zu. Eine solche Gläubigkeit war ihnen längst so fremd, daß sie ihr eigenes Leben umsonst danach abgesucht hätten. Sie gingen nicht soweit, sich innerlich über diese löbliche Art der Verehrung lustig zu machen; immerhin aber hatten sie das Gefühl, als wären diejenigen, die sie bis heute für ihre Schulkameraden gehalten, auf einmal in eine Welt davongeflogen, die mit ihren Vorstellungen und ihrer Frömmigkeit unendlich weit von der eigenen entfernt war.

32

Nachdem sie die rückwärtigen Berge und den Park bis in den letzten Winkel durchstreift hatten, wurden die vier schließlich doch stiller, gönnten sich eine Rast in dem von der Seebrise durchwehten Salon und öffneten die aus Yokohama herbeigeschafften und im Brunnenwasser gekühlten Limonadeflaschen. Damit war die Müdigkeit bereits wieder verflogen, und von der Ungeduld getrieben, noch vor Sonnenuntergang ans Meer zu gehen, traf jeder seine Vorbereitungen. Kiyoaki und Honda banden sich, wie im Gakushū-in üblich, rote Lendentücher um, warfen sich weißbaumwollene Strandanzüge über, die im Rücken und an den Seiten offen und mit Kreuzstichen zusammengeheftet waren, setzten Strohhüte auf und warteten darauf, daß die etwas saumseligen Prinzen auch fertig würden. Als diese endlich erschienen, schauten ihre teebraun glänzenden Schultern unter den Achselbändern quergestreifter Badetrikots englischer Herkunft hervor.

Noch nie, obwohl sie so lange schon miteinander befreundet waren, hatte Kiyoaki während des Sommers Honda in diese Villa eingeladen. Ein einziges Mal im Herbst war er zum Kastaniensammeln gekommen; wenn er also jetzt mit Kiyoaki ans Meer ging, geschah es das erste Mal wieder seit jener Zeit, als sie, kleine Jungen damals, in der Schwimmanstalt des Gakushū-in am Katase-Strand gewesen, in jenen Tagen noch längst nicht die engen Freunde, die sie heute waren.

Wild stürmten die vier den Park hinunter, durch das Wäldchen mit den noch jungen Kiefern und quer über die unmittelbar an den Park anschließenden Felder zum Strand.

Als die beiden Prinzen sahen, wie Kiyoaki und Honda vor dem Schwimmen pflichtgemäß ihre Bewegungsübungen absolvierten, bogen sie sich vor Lachen. Es war dies gleichsam ein Lachen, das eine Spur von Rache dafür enthielt, daß die Freunde beim bloßen Anblick des Buddhas aus der Ferne nicht niedergekniet waren; ja, vermutlich wirkten in ihren Augen dergleichen moderne, allein auf die eigene Person gerichtete Anbetungsgesten so komisch wie nichts sonst auf der Welt.

Andererseits zeigte eben ein solches Lachen ihre unvergleichliche Gelöstheit, und tatsächlich hatte Kiyoaki die fremdländischen Klassenkameraden seit langem nicht in einer so heiteren Verfassung erlebt. Nachdem man sich nach Herzenslust im Wasser ausgetobt, passierte es Kiyoaki, daß er seine Gastgeberpflicht, sich um alle zu kümmern, vorübergehend vergaß; und da sich die Prinzen in ihrer Landessprache, Kiyoaki und Honda sich aber auf japanisch unterhielten, ließen sie sich, getrennt in zwei und zwei, auf den Sandstrand fallen.

Die untergehende Sonne, von einer dünnen Wolkenschicht verschleiert, hatte ihre vorige Heftigkeit verloren, besonders für Kiyoakis helle Haut war soviel davon genau das richtige. Naß und nur mit dem roten Lendentuch bekleidet, überließ er sich, das Gesicht nach oben, dem Sand und schloß die Augen.

Zu seiner Linken saß Honda mit gekreuzten Beinen im Sand, vor sich nichts als das Meer. Die See ging außerordentlich ruhig; dennoch faszinierte ihn der Anblick der Wellen.

Obwohl er den Eindruck haben mußte, der Meereshorizont und seine Augen befänden sich ungefähr auf gleicher Höhe, endete doch – seltsam erschien ihm das – unmittelbar vor ihm dieses Meer und begann das Land.

Während er trockenen Sand von der einen Hand in die andere fließen ließ und, war die Hand leer, unbewußt nach frischem Sand griff, fühlte sich Honda mit Herz und Auge vom Meer gefesselt.

Gleich da endete es. Das so weite und tiefe Meer, das mit so unbändiger Gewalt erfüllte Meer endete gleich da vor seinen Augen. Ob zeitlich, ob räumlich, nichts vermittelt ein ähnlich geheimnisschweres Gefühl, wie an einer Grenze zu stehen. Der Gedanke, hier an der erhabenen Grenze zwischen Meer und Land postiert zu sein – war das nicht, wie sich vorzustellen, man wäre Zeuge eines großen historischen Augenblicks, an dem ein Zeitalter überwechselt in ein anderes? Und die Gegenwart, in der sie beide, er und Kiyoaki, lebten, war ja eine Zeit des Zurückebbens, war eine Küste, eine Grenze.

Gleich da vor seinen Augen endete das Meer.

Wenn er die Ausläufer der Wellen auf dem Strand betrachtete, begriff er: hier und jetzt, nach einer langen, einer schier unermeßlichen Bemühung, hatten sie schließlich einen kläglichen Tod zu sterben. Damit endete ein überaus heroisches, ein weltumspannendes, aufs Pan-Ozeanische angelegtes Unternehmen zuletzt im Vergeblichen.

Und dennoch schien es ihm ein sanftes, ein gnädiges Scheitern. Hatten sich die alleräußersten Säume der Wellen, nachdem sich ihre Gefühlsverwirrung augenblicklich gelegt, mit der feuchten, glatten Spiegelfläche des Sands vereinigt und waren im Begriff, sich in einen leichten Schaum zu verwandeln, so wichen die Wellen selbst mit der größeren Menge ihres Wassers zurück ins Meer.

Von weit draußen aus gezählt, wo sich die Wogen mit weißen Schaumkronen zu brechen begannen, spielten in vier, fünf Stadien alle die Wellen und immer gleichzeitig die einzelnen Aufgaben durch, hoben sich und gipfelten und fielen zusammen, glätteten sich und rollten zurück.

Jene Brecher rebellierten, heulten tobend auf, wobei sie ihre olivfarbenen, glitschigen Bäuche zeigten; doch allmählich wechselte das Heulen über in ein lautes Klagen und das Klagen in ein Flüstern. Die riesigen weißen Renner wurden zu kleinen weißen Trabern, dann verschwanden die kräftigen Pferdeleiber der Linienkavallerie ganz, und es blieben zuletzt nur noch die wühlenden weißen Hufe am Gestade.

Zwei Wellenzungen, die sich ins Gehege gekommen waren wie zwei unhöflich zur Seite aufgeschlagene Fächer, hatten sich unvermerkt in die Spiegelfläche des Sands hinein aufgelöst; aber auch jetzt noch war das Bild im Spiegel in heftiger Bewegung. In einer scharfen Vertikalen fielen die nächsten weiß brodelnden Wellen mit ihren ausgestreckten Krallen darauf, was eine Spiegelung ergab wie von gleißenden Eiszapfen.

Jenseits der zurückflutenden Wellen, denen, die sich strandwärts wieder und wieder übereinanderwarfen, war keine einzige mit einem glatten, weißen Rücken. Alle auf einmal und mit dem gleichen Zähneknirschen drängten sie heran. Andererseits, als er seinen Blick über das weite offene Wasser schweifen ließ, deuchte es Honda, als wären in Wahrheit auch die gegen den Strand anlaufenden Wellen, die ihm bis jetzt so kraftvoll erschienen, letztlich nur die äußersten dünnen Ausläufer und schwach bis auf den Tod. Weiter und weiter aufs Offene hinaus wurde das Meer dichter und schwerer, nahm das an der Küste so schwache, dünnflüssige Element zu an Konzentration, geriet es unter einen allmählich wachsenden Druck, und endlich am jadefarbenen Horizont war das immer dicker eingekochte Blaugrün des Meeres zu einem festen Kristall geworden. Das Meer gab sich den Anschein von Distanz und Weite; doch eben dieser Kristall war seine eigentliche Natur. Was am Ende so als Folge der vielfach übereinanderfallenden dünnen und erregten Wellen blaugrün gerann – das war in Wahrheit das Meer . . . .
. . . .

Als Honda mit seinen Gedanken bis hierher gekommen, waren Herz und Auge ermattet, und er wandte den Blick dem neben ihm liegenden Kiyoaki zu, der, wie es schien, tatsächlich eingeschlafen war.

Kiyoakis schöne, geschmeidig helle Haut bildete deutlich einen Kontrast zu dem roten Lendentuch, das er umgeschlagen hatte; auf dem beim Atmen sich leise hebenden Bauch, am Übergang zu dem Lendentuch, war sie vom Geglitzer schon getrockneter Sandkörner und winziger Muschelsplitter ein wenig schattiert. Als Kiyoaki einmal den linken Arm hob und unter den Kopf legte, fiel Honda auf, daß an seiner linken Seite, und zwar von der an eine zarte Kirschblütenknospe erinnernden Brustwarze nach außen zu an einer Stelle, die normalerweise unterm Oberarm verborgen ist, drei kleine Punkte dicht beieinanderstanden.

Diese Punkte – sie hatten als körperliche Merkmale etwas Seltsames an sich – entdeckte er, obwohl sie sich so lange kannten, jetzt zum ersten Mal, und da sie ihm wie ein Geheimnis erschienen, das der Freund ihm unbedacht offenbart, zauderte er, sie richtig anzuschauen. Als er die Augen schloß, tauchten die drei Punkte an dem hinter den Lidern nur um so stärker von einem weißen Licht überglänzten Abendhimmel deutlich erkennbar wie in der Ferne fliegende Vögel auf. Dann war ihm, als näherte sich ihr Flügelschlag, als malten sich die Vögel in ihrer vollen Gestalt und flögen knapp über seinen Kopf hinweg.

Er machte die Augen wieder auf; der schlafende Kiyoaki atmete durch seine gutgeformten Nasenflügel, zwischen den leicht geöffneten Lippen hervor schimmerten feucht und unschuldig die Zähne. Hondas Blick glitt abermals zu den Punkten an Kiyoakis Seite. Diesmal kamen sie ihm vor wie Sandkörnchen, die in die helle Haut eingedrungen waren.

Im Augenblick endete der trockene Sandstrand unmittelbar vor Hondas Füßen, und die dem Wasser näheren Sandflächen, stellenweise noch mit Einsprengseln von trockenem, weißem Sand, waren dunkel und fest geworden; allerdings hatte sich dort von den Wellen ein schwaches Relief gebildet, waren kleine Steine, Muschelschalen und verdorrte Blätter darin eingebettet, als wären sie zu Fossilien geworden, während mit noch kleineren Steinen das zurückfließende Wasser zum Meer hin fächerförmige Spuren gezogen hatte.

Nein, es waren nicht nur kleine Steine, Muschelschalen und verdorrte Blätter. Da bei dieser Art der Einlegearbeit selbst angespülter Bärentang, Holzstückchen, Strohhalme und Schalen von der Sommermandarine Verwendung fanden, war es ja durchaus denkbar, daß sich winzige dunkle Sandkörnchen auch in die helle, gestraffte Haut an Kiyoakis Seite eingenistet hatten.

Eine irgendwie schmerzliche Vorstellung, und Honda überlegte, ob es nicht – ohne Kiyoaki aufzuwecken – eine Methode gäbe, sie wegzuwischen, aber während er sie anstarrte, hatten diese winzigen Körnchen eine so lebendige Art, den Atembewegungen der Brust zu folgen, daß ihn deuchte, es könnte sich unmöglich um Anorganisches handeln, müsse vielmehr Teil von Kiyoakis Körper sein, also vielleicht Leberflecke.

Er wußte nicht recht warum; doch fand er, die Flecke übten Verrat an Kiyoakis körperlicher Anmut.

Als hätte er die allzu intensiven Blicke auf der Haut gespürt, öffnete Kiyoaki plötzlich die Augen, sah, indem er den Kopf hob, wie forschend in das Gesicht des von der Begegnung ihrer Blicke verlegenen Freundes und sagte: »Du hilfst mir doch, nicht wahr?«

»Aber ja.«

»Offiziell bin ich hierher nach Kamakura gegangen, um die beiden Prinzen zu hüten, in Wahrheit aber, damit die Leute sagen, ich wäre nicht in Tōkyō. Verstehst du?«

»So ungefähr habe ich mir das schon gedacht.«

»Ich werde dir also gelegentlich die Prinzen überlassen und heimlich nach Tōkyō zurückfahren. Sie nicht zu sehen, das halte ich keine drei Tage aus. Natürlich sollen die Prinzen vom Zweck meines Verschwindens nichts erfahren; na, du wirst wissen, wie du das am besten anstellst – notfalls kannst du ja erzählen, ich hätte einen Anruf von zu Hause gehabt. Heute abend nehme ich den letzten Zug nach Tōkyō, und zwar Dritter Klasse, und morgen früh mit dem ersten komme ich wieder. Ich verlaß mich auf dich.«

»Geht in Ordnung«, versicherte Honda mit Nachdruck, woraufhin Kiyoaki beglückt den Arm ausstreckte, um ihm die Hand zu drücken. Dann fuhr er fort und sagte: »Beim Staatsbegräbnis für Prinz Arisugawa-no-miya wird dein alter Herr vermutlich auch dabeisein, wie?«

»Ich nehme es doch an.«

»Für mich ein Todesfall genau im richtigen Augenblick. Gerade gestern hörte ich, daß Prinz Tōin-no-miya die Verlobungsfeierlichkeiten deswegen verschieben wird.«

Von dieser einen Bemerkung des Freundes spürte Honda abermals hautnah die Gefahr, die darin lag, daß Kiyoakis Liebesgeschichte so eng mit den Staatsaffären verknüpft war.

Da kamen, die Unterhaltung der beiden unterbrechend, die Prinzen in der übermütigsten Laune herbeigerannt, und noch keuchend erklärte Kridsada in seinem holperigen Japanisch: »Was wir jetzt gesprochen haben – können Sie es sich denken? Ich habe mit Chao Pi über die Seelenwanderung geredet.«

33

Die beiden jungen Japaner hatten bei diesen Worten einander unwillkürlich angesehen; doch dem immer raschen Kridsada war es nun einmal nicht gegeben, in Ruhe die Mienen seiner Gesprächspartner zu beobachten. Anders hingegen Chao Pi, der an den vielerlei Schwierigkeiten dieses einen halben Jahres im fremden Land schwerer trug; waren seine Wangen auch nicht hell genug, um zu erröten, so schien er immerhin deutlich mit der Fortsetzung des Themas zu zögern. Und schließlich, als meinte er, dadurch höre es sich etwas kultivierter an, sagte er in seinem fließenden Englisch: »Ach, Kri und ich, wir haben uns nur eben im Scherz gefragt, was wir wohl in unserem vorigen Leben gewesen sein könnten; wo ja nach den *Jataka*-Legenden, aus denen uns in unserer Kinderzeit die Ammen dann und wann eine erzählt, selbst Buddha, noch als *Bodhisattva,* in seinen früheren Geburten bald ein goldener Schwan oder eine Wachtel, bald ein Affe oder ein König der Hirsche war. Und da ärgert mich doch Kri und behauptet, er sei ein Hirsch, ich aber ein Affe gewesen; was ich freilich bestreite, indem ich meine, er wäre der Affe gewesen und ich der Hirsch. Was würden Sie denn glauben?«

Da sie, auf welche Seite sie sich auch schlügen, jedenfalls eine Unhöflichkeit begangen hätten, lächelten Kiyoaki und Honda nur und schwiegen. Endlich, und um dem Gespräch eine andere Wendung zu geben, bat Kiyoaki, er möchte doch – sie beide hätten nämlich von diesen *Jataka*-Geschichten nicht die geringste Ahnung – eine Legende daraus erzählen.

»Gut«, sagte Chao Pi, »dann werde ich die von dem goldenen Schwan erzählen. Es ist die Geschichte von der zweiten Wiedergeburt Buddhas als *Bodhisattva.* Wie Sie wissen, hat ein *Bodhisatt-*

va als einer, der künftig die Erleuchtung zur höchsten Buddhaschaft erlangen wird, die Gestalt eines Suchenden, und Buddha selbst erschien in seinen vorangegangenen Existenzen als *Bodhisattva*. Solch ein Suchender unterwirft sich den *Paramita*-Gelübden, und indem er sich um die letzte Stufe bemüht, läßt er alle Geschöpfe der Gnade teilhaftig werden. Auch Buddha, so wird berichtet, hat, während er in verschiedenen Existenzen als *Bodhisattva* wiedergeboren wurde, eine Menge guter Taten getan. Einstmals, als Sohn eines Brahmanen geboren, nahm er aus derselben Kaste eine Frau, und nachdem er mit ihr drei Töchter gezeugt, schied er aus dieser Welt, so daß die Sorge für die Hinterbliebenen an eine fremde Familie fiel. Hierauf wurde der verstorbene *Bodhisattva* als Leibesfrucht eines goldenen Schwans wiedergeboren, ausgestattet jedoch mit jener Weisheit, durch die er sich seines vorigen Lebens erinnerte. Rasch wuchs der Schwan-*Bodhisattva* heran und war, von goldenem Gefieder bedeckt, aufs herrlichste anzuschauen. Zog dieser Vogel auf den Wassern dahin, so schimmerte seine Gestalt wie der Schein des Mondes. Flog er zwischen den Bäumen auf, so machte er das Laub an den Zweigen von innen her leuchten wie goldene Körbe. Und rastete dieser Vogel einmal auf einem Ast, so war das, als wäre außer der Zeit eine goldene Frucht gereift. Nun hatte der Schwan die Erkenntnis, daß er in seiner vorigen Existenz ein Mensch gewesen, wußte auch, daß seine am Leben gebliebene Frau und die drei Töchter bei fremden Leuten wohnten und sich durch Tagelöhnerei nur kärglich ernährten. Also dachte der Schwan bei sich: ›Jede einzelne meiner Federn kann man, wenn man sie zurechtschlägt, als eine Goldplatte verkaufen. Ich will hinfort diese Federn eine um die andere meinen armen, erbarmungswürdigen Hausgenossen darbringen, die ich in der Welt der Menschen zurückgelassen.‹ Als der Schwan die Not seiner Frau und seiner Töchter aus alter Zeit vom Fenster aus sah, wurde er von heißem Mitleid ergriffen. Frau und Töchter wiederum verwunderten sich über die Gestalt des Vogels, der auf dem Fenstersims saß und seinen Glanz verstrahlte, und sie sprachen ihn an und fragten: ›Oh, was bist du für ein schöner goldfarbener Vogel! Von wo kommst du hergeflogen?‹

›Ich bin jener, der euer Mann, euer Vater gewesen. Nach dem

Tod wurde ich als Leibesfrucht eines goldenen Schwans wiedergeboren, und damit, daß ich euch aufsuche, will ich euer mühsames Leben leichter machen‹, sprach der Schwan, gab ihnen eine Feder und flog davon. Da nun der Schwan von Zeit zu Zeit erschien und jedesmal eine Feder zurückließ, wandelte sich das Leben der Mutter mit ihren Töchtern sichtbar zum Besseren. Eines Tages jedoch sprach die Mutter zu ihren Töchtern: ›Einem Tier kann man nicht ins Herz schauen. Wer weiß denn, ob der Schwan, euer Vater, nicht irgendwann einmal seine Besuche bei uns einstellt. Sobald er jetzt wiederkommt, wollen wir ihm bei dieser Gelegenheit die Federn ausrupfen, daß keine einzige übrigbleibt.‹

›Aber nein, Mutter, das wäre gar zu grausam‹, klagten und widersetzten sich die Töchter; als indessen der goldene Schwan das nächste Mal angeflogen kam, lockte ihn die habgierige Mutter an sich, packte ihn mit beiden Händen und rupfte ihm alle seine Federn bis auf die letzte aus. Aber – und das war seltsam – sobald sie sie ausgerupft, verwandelten sich die herrlichen goldenen Federn und wurden so weiß wie die Federn des Kranichs. Da tat sie, die im vorigen Leben seine Frau gewesen, den hilflosen Schwan in eine große irdene Tonne und fütterte ihn, sehnlichst wünschend, die goldenen Federn möchten wieder wachsen; doch waren die neu hervorsprießenden Federn von ganz gewöhnlichem Weiß, und hatte der Schwan nur erst sein volles, weißes Gefieder, so flog er davon, wurde zu einem hell schimmernden Punkt, der sich in den Wolken verlor, und ist danach nie wiedergekommen... Nun, dies ist also eine jener *Jataka*-Legenden, wie wir sie von unseren Ammen hörten.«

Honda und Kiyoaki waren erstaunt darüber, daß eine solche Geschichte soviel Ähnlichkeit mit jenen Kindermärchen besaß, die man ihnen einst vorerzählt hatte; doch wandte sich das Gespräch jetzt der Frage zu, ob man denn wirklich an eine Wiedergeburt glaube.

Weder Kiyoaki noch Honda waren bisher jemals in eine Diskussion darüber verwickelt gewesen, weshalb sie sich nun einer leichten Verlegenheit nicht zu entziehen vermochten. Kiyoaki warf Honda einen kurzen, fragenden Blick zu. Eigensinnig, wie er war, nahm Kiyoaki jedesmal, wenn es zu einer

Diskussion über Abstraktes kam, diese hilflose Haltung ein, stachelte aber dafür Honda an, als gäbe er dessen Herzen einen Tritt wie mit silbernen Sporen.

»Nehmen wir aber einmal an, es gäbe so etwas wie eine Wiedergeburt«, argumentierte Honda mit Ungeduld, »nun, sofern dabei das Wissen um die vorige Existenz vorhanden ist wie eben in der Geschichte von dem Schwan, ist das recht und gut. Was aber, wenn dies nicht der Fall ist, und die einmal abgebrochene Geistestätigkeit, die einmal verlorengegangene Anschauung hat im nächsten Leben keinerlei Spuren hinterlassen, sondern es beginnt eine völlig neue, davon verschiedene Geistestätigkeit, eine denkende Anschauung ohne irgendwelchen Zusammenhang damit? Wenn, mit anderen Worten, die durch die Zeiten hindurch als eine Kette verbundenen Wiedergeburtsexistenzen nicht mehr bedeuten als einzelne, in der jeweils selben Zeit beziehungslos verstreute Existenzen? Da hat doch, meine ich, das Wiedergeborenwerden im letzten Grunde seinen Sinn verloren. Denkt man sich die Wiedergeburt als eine geschlossene Idee, dann müßte dies ja wohl eine Idee sein, die immer einige jener untereinander so beziehungslosen Anschauungen zu einem Bündel zusammenfaßt. Nun haben wir aber in Wahrheit nicht die leiseste Erinnerung an eine frühere Existenz; deshalb gleicht die Vorstellung von der Wiedergeburt dem vergeblichen Bemühen, etwas beweisen zu wollen, was einfach nicht zu beweisen ist. Denn um den Beweis dafür antreten zu können, müßten wir in der Lage sein, die vergangene Existenz und die gegenwärtige Existenz wie gleich und gleich zu betrachten, müßten anschauungsmäßig über einen Standpunkt verfügen, von dem aus eine Gegenüberstellung, ein Vergleich wirklich möglich ist; das menschliche Denken, ob es sich der Vergangenheit, der Gegenwart oder der Zukunft zuwendet, ist indessen unfähig, aus den Mauern der auf sich selbst bezogenen Anschauung als dem Zentrum seiner zeitlichen Erfahrungen auszubrechen. Im Buddhismus gibt es den sogenannten ›Mittleren Pfad‹, auf dem einer weder zum Seienden noch zum Nicht-Seienden tendieren soll. Dies wäre vermutlich ein solcher Standort; doch habe ich meine Zweifel, ob es sich bei dem ›Mittleren Pfad‹ um eine Vorstellung handelt, die der Mensch, rein von seiner organischen Anlage her, tatsächlich zu vollziehen vermag... Um noch einen Schritt weiter zurückzugehen: es müßte aber einen dritten Standort geben, von dem aus – wenn wir denn alle dem Menschen eigenen Anschauungen für bloße Illusionen halten – die mit einer Herübergeburt aus der vorigen in diese Existenz verknüpften Illusionen als solche unterscheidbar würden. Nur bliebe eben dieser dritte Standort, bliebe diese Möglichkeit eines Beweises der Wiedergeburt dem Wiedergeborenen selbst unzugänglich und ein ewiges Rätsel. Vielleicht ist ein solcher dritter Standort derjenige im Augenblick des *Satori,* der Erleuchtung; dann freilich wäre die Wiedergeburt nur dem begreiflich, der die Wiedergeburt überwunden hat, und die Einsicht in die Wiedergeburt würde just in dem Augenblick erreicht, in dem die Wiedergeburt als solche für den Betroffenen aufgehört hat zu existieren... Wir haben, während wir leben, den Tod in vielerlei Gestalt um uns. Da sind die Trauerfeiern, die Friedhöfe mit den prächtigen Blumengebinden, da sind unsere Erinnerungen an die Gestorbenen und das Sterben Nahestehender vor unseren Augen, da ist schließlich die Vorahnung des eigenen Todes. Vermutlich nehmen aber auch die Toten ebenso und in vielerlei Gestalt Anteil am Leben. An unseren Städten, Schulen, an den Fabrikschornsteinen, kurzum an allem, was sie vom Totenreich aus sehen, und an den Menschen natürlich, wie sie einer nach dem anderen sterben, einer nach dem anderen geboren werden. Ist denn, das frage ich mich, die Wiedergeburt nicht einfach Ausdruck dafür, daß – im Gegensatz zu unserer Sicht des Todes, nämlich vom Leben her – das Leben vom Tod her betrachtet wird? Also einfach nur dafür, daß sich die Blickrichtung verändert?«

»Wieso aber«, stellte Chao Pi mit der größten Ruhe die Gegenfrage, »wieso ist es dann möglich, daß sich auch nach dem Tod noch Gedanken und Gesinnungen unter den Menschen ausbreiten?«

»Das hat mit dem Problem der Wiedergeburt nichts zu tun«, entschied Honda hochfahrend mit der Ungeduld des jungen Intellektuellen.

»Was wäre da für ein Unterschied?« erwiderte Chao Pi friedfertig. »Sie geben ja wohl zu, daß eine Idee über die Zeit hinweg in anderen Individuen fortzuexistieren vermag. Dies vorausgesetzt, ist es doch keineswegs undenkbar, daß ein und dasselbe Individuum über die Zeit hinweg in sehr verschiedenen Ideen fortexistiert, nicht wahr?«

»Katze und Mensch als dasselbe Individuum? Oder, wie Sie vorhin sagten, Mensch und Schwan und Wachtel und Hirsch?«

»Nach den Vorstellungen von der Wiedergeburt wird es als ein und dasselbe Individuum bezeichnet. Da die Illusionen auch dann andauern, wenn die rein körperliche Kontinuität unterbrochen ist, steht der Annahme, daß es sich um dasselbe Individuum handelt, nichts im Wege. Aber vielleicht wäre es besser, nicht von einem Individuum zu sprechen, sondern von diesem einen ›Lebens-Strom‹... Ich habe jenen Smaragdring verloren, der für mich mit so teuren Erinnerungen verbunden war. Ein Ring ist kein lebendiges Wesen; eine Wiedergeburt wird also nicht stattfinden. Und dennoch, irgendwie hat der Verlust etwas davon. Ja, mich deucht, gerade er könnte zum Anlaß werden für ein neues Auftauchen. Möglicherweise erscheint der Ring eines Nachts irgendwo am Himmel als ein grüner Stern.«

Offensichtlich hatte in diesem Augenblick den Prinzen so der Kummer überwältigt, daß er plötzlich vom Thema abwich.

»Wer weiß das, Chao Pi, vielleicht hat sich ein lebendiges Wesen heimlich in jenen Ring verwandelt«, entgegnete arglos Kridsada. »Und ist dann mit seinen Beinen irgendwohin davongelaufen, oder?«

»Denkbar demnach, daß der Ring bereits jetzt wiedergeboren wäre als eine Schönheit wie Prinzessin Ying Chan«, meinte Chao Pi, nun völlig eingesponnen in die Erinnerungen an seine Liebe. »In Briefen von allen möglichen anderen Leuten heißt es, sie sei gesund und munter. Warum aber kommt nur von Ying Chan selber keine Nachricht? Man will mich schonen, das ist es.«

Honda seinerseits achtete auf diese letzten Worte nicht mehr; zu sehr war er damit beschäftigt, über die seltsamen Paradoxien nachzugrübeln, die Chao Pi kurz zuvor von sich gegeben. Zweifellos war eine Konzeption denkbar, die den Menschen nicht als individuelle Existenz verstand, sondern als einen lebendigen Strom. Eine Konzeption, die ihn nicht als ein statisches, sondern als ein fließendes Dasein begriff. Und was der Prinz gesagt, daß nämlich eine Idee in verschiedenen solchen ›Lebens-Strömen‹ fortexistieren kann, wie auch daß ein solcher

›Lebens-Strom‹ in verschiedenen Ideen fortzuexistieren vermag – beides wäre dann das gleiche. Weil Leben und Idee zu einem Ganzen, zu einer Identität geworden. Und würde man diese Philosophie, nach der Leben und Idee eine Einheit darstellten, erweitern, ergäbe sich wohl schließlich jene eine letzte Idee von der großen Wirbelbewegung der Fluten des Lebens, die die unzähligen Ströme des Lebens in sich zusammenfaßt, die Idee von dem, was man das ›drehende Rad‹ der Wiedergeburten, das *Samsara* nennt ...

Während Honda in solche Gedanken versunken war, scharrte Kiyoaki den allmählich von der Dämmerung überschatteten Sand zusammen und begann daraus mit Kridsada emsig eine Tempelanlage zu errichten. Aber es war nicht leicht, die in Siam üblichen Spitzpagoden und an den Dachecken die aufspringenden Schmuckziegel aus Sand zu formen. Geschickt ließ Kridsada mit Sand vermischtes Wasser heruntertropfen, bis auf diese Weise die Pagode ihre fein auslaufende Spitze hatte, zog mit größter Vorsicht, gleichsam als lockte er die dunklen, zierlichen Finger einer Frau aus dem Ärmel ihres Gewands hervor, die gebogenen Schmuckziegel aus den nassen Sanddächern. Doch die wie zuckend aufgerichteten, dunklen Sandfinger, die sich so für einen Augenblick zum Himmel streckten, wurden mit dem Trocknen im Nu bröcklig und waren schon wieder zerfallen.

Honda und Chao Pi, nachdem sie ihre Debatte beendet hatten, wandten ihre Blicke den von den beiden mit heiterer Geschäftigkeit betriebenen kindlichen Sandspielen zu. Bald brauchte der Sandtempel Laternen. Das abendliche Dunkel hatte die mit so vieler Mühe fein herausmodellierten Fassaden und die schmalen, hohen Fenster bereits eingeebnet, hatte nur noch in Umrissen erkennbare schwarze Massen von dem Tempel zurückgelassen: ein undeutliches Schattenbild, im Hintergrund die Helle, in der allein die Schaumkronen der Brandung das allmählich aus dieser Welt verschwindende Licht wie im Weiß des sterbenden Auges noch einmal zusammenzogen.

Dann plötzlich hing der Sternhimmel über den Köpfen der vier. Deutlich und klar stand die silberne Milchstraße im Zenit, und waren es auch nur wenige Sterne, die Honda mit Namen kannte, den Hirtenjungen und das Webermädchen, die den Silberstrom zwischen sich haben, und das Nordkreuz des

Schwans, der, um die beiden Liebenden zusammenzubringen, seine mächtigen Flügel breitet, wußte er dennoch sofort zu unterscheiden. Von dem Donnern der Wogen, das jetzt weit lauter zu hören war als vor Sonnenuntergang, und weil Meer und Strand, bei Tage so scharf voneinander getrennt, nun in derselben Dunkelheit in eines übergingen und sich am Himmel mit majestätischer Macht die nur immer noch zahlreicheren Sterne drängten, hatten die vier jungen Männer das Gefühl, als befänden sie sich, von all dem umhüllt, im Inneren einer riesigen, unsichtbaren *Koto*-Zither.

Und was für einer *Koto*! Sie selbst waren vier Sandkörnchen, die sich in den Resonanzkörper des Instruments verirrt hatten, in eine unergründliche Welt des Dunkels, draußen aber, da lag eine lichte, schimmernde Welt, da waren über den »Drachen« bis zur »Wolke« die dreizehn Saiten gespannt, und unvergleichlich weiße Finger kamen und berührten sie, so daß die vom gemächlichen Umlauf der Gestirne erzeugten Sphärenklänge die *Koto* erdröhnen ließen und drunten die vier Sandkörnchen zu schwingen begannen.

Die Nacht überm Meer schickte eine leichte Brise herüber. Ihr Salzgeruch und der Geruch, der von dem angespülten Seetang aufstieg, erfüllten die der Kühle ausgesetzten, nackten, jungen Leiber mit einem Gefühl, als liefe ein Schauder über sie hin. Sobald jedoch die Feuchte der Meeresbrise die Haut umschlungen hatte, brach vielmehr so etwas wie ein Feuer darunter hervor.

»Ja, gehen wir allmählich«, sagte Kiyoaki unvermittelt.

Das meinte natürlich, die Gäste zum Abendessen zu bitten. Honda indessen wußte, daß der Freund besorgt an die Abfahrt des letzten Zuges dachte.

34

Mindestens einmal alle drei Tage fuhr Kiyoaki heimlich nach Tōkyō, und wenn er zurückkam, pflegte er Honda, und nur ihm, bis ins Detail das Erlebte anzuvertrauen, teilte ihm auch mit, daß das Haus des Prinzen Tōin-no-miya die Verlobungsfeierlichkeiten nun ausdrücklich aufgeschoben hatte. Indessen bedeutete dies nicht, daß Satokos Verheiratung an irgendwelchen Hindernissen scheitern würde. Satoko machte der prinzlichen Familie von Zeit zu Zeit ihre Aufwartung, und selbst der Hausherr ließ ihr bereits die herzlichste Behandlung zuteil werden.

Nun zeigte sich Kiyoaki mit diesem Stand der Dinge durchaus nicht zufrieden. Das nächste Mal, so setzte er sich in den Kopf, wollte er Satoko in die »Südvilla« kommen lassen und hier mit ihr eine Nacht verbringen, ein abenteuerlicher Plan, zu dem er sich auch Hondas klugen Rat erhoffte. Aber allein schon beim Überlegen ergab sich eine lästige Schwierigkeit nach der anderen.

An einem sehr schwülen Abend – Kiyoaki war nach langem Wachen in einen leichten Schlummer gefallen – hatte er einen Traum, wie er ihn bisher noch nie geträumt. In solchen flachen Schlafgewässern, die so lau sind und in denen sich das von der Flut angespülte Treibgut auf eine von den Strandabfällen ununterscheidbare Weise zu Schwaden häuft, findet sich manches, das einem, wenn man hindurchwatet, die Füße ritzt.

Aus irgendeinem Grunde stand Kiyoaki – gekleidet in einen weißbaumwollenen *Kimono* und *Hakama*-Hosen vom selben Zeug, beides völlig ungewöhnlich an ihm, dazu in der Hand ein Jagdgewehr – auf einer Straße durch eine offene Ebene. Sie war nicht gerade groß, diese leicht gewellte Ebene; drüben konnte er schon die Dächer einer Häuserzeile erkennen, auch kam ein Radfahrer die Straße entlang, aber ein seltsam ergreifendes Licht lag über dem Ganzen. Eine kraftlose Helle wie vom letzten Schein der Abendsonne; und dennoch war nicht klar, ob das Licht vom Himmel ausging oder von der Erde. Ja, das Gras selbst, das die auf- und abwogende Ebene bedeckte, strahlte von innen her einen grünen Schimmer aus, und das Fahrrad, das sich entfernte, verbreitete ein silbernes Licht. Als er zufällig auf seine Füße schaute, erschienen die kräftigen weißen Bänder seiner *Geta*-Sandalen und die Adern über den Fußrücken merkwürdig hell und akkurat herausgearbeitet.

In diesem Augenblick trübte sich das Licht, und sowie der Vogelschwarm, der fern irgendwo am Himmel aufgetaucht, hoch über seinem Kopf mit wildem Gekreisch näher kam, hob

Kiyoaki das Gewehr und drückte ab. Nicht daß er aus bloßer Grausamkeit geschossen hätte. Erfüllt wie von einer unsäglichen Wut und Trauer, hatte er dabei weniger auf die Vögel als vielmehr auf das riesige blaue Auge des Himmelsgewölbes gezielt.

Hierauf fielen sämtliche Vögel getroffen herab: eine Windhose von Geschrei und Blut, die Himmel und Erde miteinander verband. Das heißt, diese unzähligen schreienden und bluttriefenden Vögel fielen, wie zu einem mächtigen Pfeiler zusammengeschlossen, unaufhörlich auf die gleiche Stelle zu: wie ein Wasserfall.

Dann plötzlich erstarrte diese Windhose und wurde zu einem bis zum Himmel hinaufreichenden, riesigen Baum. Aus den unzähligen toten Vogelleibern entstanden, war sein Stamm von einem seltsamen Braunrot; Blätter und Zweige hatte er keine. Sobald indessen die Ausformung des riesigen Baumes zur Ruhe gekommen war, hörte auch das Geschrei auf; wieder war alles ringsum von demselben ergreifenden Licht wie zuvor übergossen, und auf der Straße durch die Ebene kam, unbesetzt, ein neues, silberfarbenes Fahrrad schwankend näher.

Kiyoaki empfand einigen Stolz darüber, daß er es gewesen war, der das die Sonne Verschleiernde beseitigt hatte.

Jetzt bemerkte er, wie auf der Straße von fern her eine Gruppe ebenso weiß Gekleideter wie er selber heranzog. Feierlich schritten sie einher, und einige Meter vor ihm blieben sie stehen. Er sah, daß ein jeder von ihnen einen schimmernden heiligen *Sakaki*-Zweig in der Hand hielt.

Um Kiyoakis Körper zu reinigen, schwenkten sie diese Zweige vor ihm hin und her; das Geräusch davon hallte ihm in den Ohren.

In einem der Gesichter erkannte er zu seinem Erstaunen ganz deutlich dasjenige seines Tutors Iinuma wieder. Zudem öffnete dieser Iinuma auch noch den Mund und sprach zu Kiyoaki: ›Ihr seid eine schadenstiftende Gottheit. Daran besteht kein Zweifel.‹

Auf diese Worte hin sah Kiyoaki an sich herunter. Auf einmal lag um seinen Hals ein Schmuck aus Krummjuwelen, krapproten und solchen, die die Farbe dunkler Glyzinien hatten, und von der Berührung der Steine verbreitete sich ein Gefühl der Kälte über seine Haut. Ja, seine Brust war wie ein schwerer, flacher Felsstein.

Als er sich in die Richtung umwandte, in die die Weißgekleideten jetzt wiesen, hatte der aus den erstarrten Vogelleibern entstandene Baum üppig frisches Laub getrieben, selbst die unteren Zweige waren von lichtem Grün bedeckt.

Hier erwachte Kiyoaki.

Da der Traum so überaus ungewöhnlich gewesen war, öffnete Kiyoaki sein Traumtagebuch, in das er letzthin lange nichts mehr eingetragen hatte, und notierte die Einzelheiten so genau wie nur möglich; aber auch nach dem Erwachen loderten in ihm noch immer die Flammen wilder Tat und Kühnheit. Ihm war, als wäre er eben in diesem Augenblick aus einer Schlacht zurückgekehrt.

Um Satoko in tiefer Nacht nach Kamakura zu holen und im Morgengrauen wieder nach Tōkyō zurückzubringen, taugte eine Pferdekutsche nicht. Mit dem Zug ging es ebenfalls nicht. Und eine Riksha würde sich schon gar nicht dafür eignen. Es war auf jeden Fall nötig, ein Auto zu beschaffen.

Doch durfte das Auto aus keiner der Familien aus Kiyoakis Bekanntschaft stammen. Geschweige denn aus Satokos Kreisen. Es mußte ein Wagen sein mit einem Chauffeur, dem weder die Personen noch die näheren Umstände bekannt waren.

Und innerhalb der »Südvilla«, so weitläufig sie war, galt es, eine Begegnung Satokos mit den Prinzen zu vermeiden. Zwar war nicht klar, ob die Prinzen von Satokos Verlöbnis wußten; aber würden sie sie erkennen, könnte das sehr leicht zur Ursache für allerlei Unannehmlichkeiten werden.

Allein um diese Schwierigkeiten zu umgehen, hatte Honda allen Scharfsinn aufzubieten und eine ihm durchaus ungewohnte Rolle zu spielen. Hierzu gehörte das Versprechen, daß an Stelle des Freundes er Satoko abholen und zurückbegleiten werde.

Dabei war ihm der Name eines Klassenkameraden eingefallen; dieser, ältester Sohn des reichen Handelshauses Itsui, war der einzige unter seinen Freunden, der ein Auto zu seiner freien Verfügung hatte, und so fuhr Honda eigens deswegen nach Tōkyō, besuchte Itsui im Kōji-Viertel und bat ihn, er möchte ihm doch seinen Ford samt Fahrer für einen Abend überlassen.

Der junge Mann, ein vergnügungssüchtiger Bummelant, der in der Schule immer gerade noch so am Durchfallen vorbeirutschte, war zunächst sprachlos vor Erstaunen darüber, daß das für seine ernste Strebsamkeit bekannte Klassengenie mit einer solchen Bitte zu ihm kam. Dann erklärte er mit der größtmöglichen arroganten Ruhe dessen, der sich eine derartige Gelegenheit nicht entgehen läßt, er sei durchaus nicht abgeneigt, ihm den Wagen zu leihen, sofern er ihm nur ganz offen die Gründe nenne.

Es vertrug sich so gar nicht mit dem sonstigen Honda, aber er empfand ein Vergnügen dabei, vor diesem Hohlkopf stotternd eine in jeder Hinsicht erlogene Beichte abzulegen. Interessant war der Gesichtsausdruck des anderen, der so fest überzeugt davon war, daß Hondas vom Lügen verursachtes Stammeln sich aus einer inneren Ausweglosigkeit und einem Gefühl der Scham herleiten müsse. Mit einer Art bitteren Frohlockens nahm Honda wahr, wie leicht der Mensch der Leidenschaft, selbst der erfundenen, Glauben schenkt, während es doch so schwer ist, ihn von der Vernunft zu überzeugen. Möglich freilich, daß Honda, mit Kiyoakis Augen betrachtet, denselben Eindruck machte.

»Ich muß mich wirklich korrigieren. Daß sich bei dir in dieser Hinsicht etwas abspielt, hätte ich nie vermutet. Aber in einem Punkt treibst du noch immer Geheimpolitik. Meinst du nicht, du solltest mir wenigstens ihren Namen verraten?«

»Sie heißt Fusako«, sagte Honda und nannte unwillkürlich den Namen seiner entfernten Cousine, die er seit einiger Zeit nicht mehr gesehen hatte.

»Mit anderen Worten: Matsugae stellt dir für eine Nacht die Villa zur Verfügung, und ich leihe dir für eine Nacht den Wagen, wie? Da darf ich dich aber bitten, dich meiner zu erinnern, wenn die nächste Prüfung ansteht, nicht wahr?« Halb im Ernst beugte Itsui den Kopf. Seine Augen leuchteten nun doch freundschaftlich. In verschiedener Hinsicht hatte er mit Hondas Begabung gleichgezogen. Und Erleichterung klang aus seiner Stimme, als er, in seiner prosaischen Weltsicht bestätigt, hinzusetzte: »Es ist schließlich einer so gut ein Mensch wie der andere.«

Genau darauf hatte Honda von Anfang an abgezielt. Gleichzeitig konnte er damit rechnen, durch Kiyoakis Auftrag jene romantische Beliebtheit, auf die jeder junge Mann von neunzehn hofft, erreicht zu haben. Kurzum, es war dies ein Handel, der für keinen der drei, weder für Kiyoaki und Honda noch für Itsui, von Nachteil war.

Itsuis Ford, der allerneueste vom Baujahr 1912, gehörte dank der Erfindung des Anlassers nicht mehr zu jenen Automobilen, die den Chauffeur, weil er bei jedem Start erst einmal aus dem Wagen klettern mußte, zur Verzweiflung trieben. Es war zwar das normale, mit einer Zweigangschaltung ausgerüstete T-Modell, doch umrahmten dünne, rote Linien auf dem schwarzen Lack die Türen, und die von einem Verdeck überspannten Rücksitze zumal machten noch ganz den Eindruck einer Pferdekutsche. Um den Chauffeur etwas zuzurufen, legte man den Mund an einen Sprechtrichter, und die Stimme wurde zu einem neben dem Ohr des Chauffeurs befindlichen Horn übertragen. Auf dem Dach war außer dem Reservereifen ein Gepäckträger angebracht, so daß man längere Reisen durchaus ertragen konnte.

Mori, der Chauffeur, hatte früher die Kalesche der Familie Itsui kutschiert. Das Automobilfahren hatte er vom Chauffeur des Hausherrn gelernt, und während der Fahrprüfung bei der Polizei hatte er seinen Lehrmeister einfach draußen vor dem Eingang der Wache warten lassen; sobald er dann bei der theoretischen Prüfung auf eine Aufgabe gestoßen, die er nicht begriff, war er hinausgelaufen, ihn zu fragen, um hierauf wieder an seinen Platz zurückzukehren und auf diese Weise den Prüfungsbogen nach und nach auszufüllen.

Honda arrangierte es so, daß er spätnachts zu Itsui ging, das Automobil auszuleihen, das er dann, damit Satokos Stand unbekannt bliebe, vor jener Soldatenabsteige halten ließ, um dort zu warten, bis sie mit der Tadeshina heimlich in einer Riksha erschien. Kiyoaki hatte gehofft, die Tadeshina werde nicht mitkommen; und wirklich, wie gern sie es getan hätte, sie konnte es nicht, da ihr die wichtige Aufgabe zufiel, während Satokos Abwesenheit den Schein aufrechtzuerhalten, als schliefe diese die ganze Zeit über in ihrem Zimmer.

Die Tadeshina machte sich deutlich Sorgen, und erst nach langschweifigen Ermahnungen vertraute sie Satoko schließlich Honda an.

»Dem Chauffeur gegenüber werde ich Sie Fusako nennen«, flüsterte er Satoko ins Ohr.

Mit einem Gedonner, daß es durch das stille, tiefnächtliche Wohnviertel hallte, fuhr der Ford an.

Honda war erstaunt, wie unbekümmert, ja resolut Satoko sich verhielt. Daß sie in einem weißen Kleid westlichen Schnitts gekommen, schien ihre Entschlossenheit noch zu unterstreichen.

Für Honda war diese nächtliche Fahrt mit der Geliebten des Freundes ein sonderbares Erlebnis. Daß er, ganz nur die personifizierte Freundschaft, in einer Sommernacht in dichter körperlicher Berührung mit ihr allein in dem vom Duft ihres Parfüms erfüllten Fond eines unablässig schaukelnden Autos saß.

Sie war, wie man sagt, »die Frau eines anderen«. So sehr eine Frau zudem, daß es einer Rücksichtslosigkeit ihm gegenüber gleichkam. Deutlicher als je zuvor spürte Honda in dem ihm gewährten Vertrauen wieder auch jenes kalte Gift, das ihn und Kiyoaki von Anfang an aneinandergefesselt. Vertrauen und Verachtung waren hier nun einmal wie ein dünner Lederhandschuh über die Hand fest und wie verleimt übereinandergepaßt. Aber um Kiyoakis Schönheit willen nahm Honda es hin.

Auszuweichen war dieser Verachtung nur durch die Überzeugung von der eigenen Hochherzigkeit; und anders als jene jungen Männer vom Schlage der blinden Traditionalisten vermochte Honda kraft der Vernunft an diese zu glauben. Auf keinen Fall gehörte er zu dem Typus, der sich – wie etwa Iinuma – selber schlecht vorkam. Hätte er nur einen Augenblick so gedacht, würde das ja bedeutet haben, sich zu Kiyoakis Diener zu erniedrigen.

Ebenso selbstverständlich hatte Satoko, auch wenn sich im kühlen Fahrtwind des dahinjagenden Automobils ihr Haar verwirrte, niemals die gesetzten Regeln verletzt. Der Name Kiyoaki war zwischen ihnen beiden wie ganz natürlich zum Tabu und der Name Fusako zum Emblem einer winzigen, imaginären Intimität geworden.

. . . .

Auf der Rückfahrt war alles ganz anders.

»Oh, ich habe Kiyo etwas zu sagen vergessen«, erklärte Satoko, kaum daß das Auto unterwegs war. Doch umzukehren, ging nicht an. Wären sie jetzt nicht stracks nach Tōkyō gefahren, hätte Satoko das elterliche Haus wohl schwerlich vor dem im Sommer so frühen Tagesanbruch erreicht.

»Darf ich es ihm vielleicht bestellen?« fragte Honda.

»Ach...«, Satoko zauderte. Schließlich, als hätte sie einen Entschluß gefaßt, sagte sie: »Nun ja, berichten Sie ihm bitte, die Tadeshina habe neulich Matsugaes Haushofmeister Yamada getroffen und dabei erfahren, daß Kiyo uns eine Lüge aufgetischt hat. Sie habe herausbekommen, daß er den Brief, von dem er so tut, als besitze er ihn noch, in Wahrheit gleich damals vor Yamadas Augen zerrissen und weggeworfen hat... Das bedeute aber nicht, daß er sich der Tadeshina wegen Sorgen machen müsse. Die Tadeshina habe sich längst mit geschlossenen Augen in alles gefügt... Wenn Sie ihm soviel wenigstens sagen wollen...«

Honda, indem er sie wörtlich wiederholte, nahm diese Botschaft entgegen, ohne auch nur irgendwie nach ihrem geheimnisvollen Inhalt zu forschen.

Möglicherweise hatte seine so taktvolle Haltung an ihr Herz gerührt; jedenfalls war Satoko im Vergleich zur Hinfahrt auf einmal wie ausgewechselt und begann redselig zu werden.

»Was Sie alles für ihn tun, Herr Honda! Kiyo sollte sich als den glücklichsten Menschen der Welt betrachten – einen solchen Freund zu haben wie Sie. Unter uns Frauen gibt es nichts, was den Namen Freundschaft verdient.«

In Satokos Augen flackerte noch eine Spur leidenschaftlicher Ausgelassenheit, aber ihr Haar war wohlgeordnet, und keine lose Strähne fiel aus der Frisur.

Da Honda schwieg, senkte sie schließlich den Kopf und sagte mit umwölkter Stimme: »Mich werden Sie natürlich gewiß für ein liederliches Mädchen halten...«

»So etwas dürfen Sie nicht sagen!« erwiderte Honda in einem unwillkürlich heftigen Ton. Denn hatten ihre Worte auch nicht diesen verächtlichen Sinn gehabt, so trafen sie doch genau mit einer Szene zusammen, an die er sich eben zufällig wieder erinnerte.

Daß er, die Nacht durchwachend in getreulicher Erfüllung seiner Begleiterpflichten, weder in dem Augenblick, da er, in Kamakura angekommen, Satoko Kiyoakis Händen übergab, noch dann, als er sie von ihm zur Heimkehr zurückerhielt, auch nur im geringsten innerlich verwirrt gewesen, darauf war Honda stolz. Er durfte sich einfach keine Verwirrung gestatten. War er selbst nicht bereits durch sein Handeln in das bedrohliche Abenteuer verwickelt?

Und dennoch, als er ihnen nachgeschaut hatte, wie Kiyoaki Satoko bei der Hand faßte, um mit ihr durch den mondhellen Garten die Baumschatten entlang zum Meer hinunterzulaufen, da war es Honda gewesen, als sähe er – mochte es immer Sünde sein, wozu er seine Hand geliehen –, wie diese Sünde ihre so schöne Kehrseite zeigte und auf und davon flöge.

»Nein. Dergleichen sollte ich freilich nicht sagen. Noch dazu, wo ich mir selber durchaus nicht verworfen vorkomme. Ich weiß nicht warum. Da begehen wir, Kiyo und ich, eine so schreckliche Sünde, und doch empfinde ich nicht die Spur von einem Makel der Sünde, habe sogar das Gefühl, ich würde dadurch geläutert. Vorhin, als ich am Strand den Kiefernwald sah, deuchte mich, ich würde ihn im Leben nie wiedersehen, würde den Wind, der durch die Kiefern strich, nicht noch einmal zu hören bekommen, solange ich lebe. Augenblick um Augenblick war so herrlich rein und klar, und nichts von Reue.«

Indem sie redete, schien Satoko aus dem Gefühl heraus, sie müsse sich selbst unter Verletzung ihrer Zurückhaltung jemandem mitteilen, darauf zu brennen, daß Honda begriffe, auf welche entsetzlichen, schwindelerregenden Höhen die jedesmal für das letzte Zusammensein gehaltenen Begegnungen mit Kiyoaki führten, besonders in dieser Nacht und umgeben von der reinen, einsamen Natur. Doch es war das ein so schwieriger Versuch, als wollte man einem anderen den Tod, den Glanz eines Edelsteins oder die Schönheit eines Sonnenuntergangs beschreibend vermitteln.

Kiyoaki und Satoko waren, das allzu klare Mondlicht vermeidend, ziellos am Strand umhergeschweift. Keine Menschenseele sonst war an dem nächtlichen Gestade unterwegs gewesen, und in dem Gleißen ringsum hatte nur der von einem Fischerboot mit hoch aufgerecktem Bug auf den Sand fallende Schatten ein

Gefühl der Verläßlichkeit vermittelt. Da sich der Mondschein über das Boot ergossen, hatten die Planken etwas von einem weißen Gerippe gehabt. Und die Hand, die sie darauf gelegt, war von dem Licht wie durchsichtig gewesen.

Unter dem kühlen Wind vom Meer her waren ihre beiden Körper im Bootsschatten sogleich in eins zusammengesunken. Satoko, das doch zu auffällig schimmernde Kleid – und wie selten trug sie dergleichen – verwünschend, andererseits nicht eingedenk der Helle ihrer bloßen Haut, hatte das Weiß so schnell wie möglich abstreifen wollen, um sich in dem Dunkel zu verbergen.

So gewiß niemand zugeschaut, waren die sich auf dem Wasser wieder und wieder brechenden Strahlen des Mondes doch wie hunderttausend Augen gewesen. Satoko hatte über sich die Wolken am Himmel gesehen, die an den Wolkensäumen unsicher glitzernden Sterne. Hatte dann gespürt, wie Kiyoakis kleine, feste Brustwarzen die ihren berührt, sie liebkost, wie schließlich unter seinem Druck die ihren in die weiche Fülle ihrer Brüste eingesunken waren. Zärtlicher dies als die Berührung beim Kuß und von einer schon ein Stück jenseits des Bewußtseins liegenden Süße. Eine mit den Rändern, mit den äußersten Spitzen des Körpers wahrgenommene Empfindung ungeahnter Vertrautheit, die Satoko, nun mit geschlossenen Augen, an das Gefunkel der Sterne an den Wolkensäumen hatten denken lassen.

Von da bis zu einem Entzücken, tief wie das Meer, war es ein gerader Weg gewesen. So bänglich sie sich gewünscht, sich in das Dunkel hinein aufzulösen – bei der Vorstellung, daß dieses Dunkel ja nur eben der von einem Fischerboot gespendete Schatten war, hatte sie die Furcht gepackt. Nur ein vergänglicher, bald wieder aufs Meer hinausziehender Schatten und nicht ein Schatten wie von einem festen Haus, von einem felsigen Berg. Daß das Boot an Land gelegen, hatte nichts von sicherer Realität gehabt; und der Schatten auch hatte einem Trugbild geglichen. Jeden Augenblick, hatte sie gefürchtet, würde dieses schon recht alte, mächtige Boot lautlos über den Sand zu gleiten beginnen, um sich davonzustehlen ins Meer. Und dem Schatten des Bootes hinterher, so für immer in seinem Dunkel zu bleiben, würde sie selber zum Meer werden müssen.

Gleich darauf, in einer schweren Woge, war sie es schon geworden.

Alles rings um sie beide, dieser Mondhimmel, dieses Meeresgefunkel, dieser Wind, der über den Sand geweht, und drüben das Rauschen im Kiefernwald – alles hatte den Untergang verabredet. Hinter einem winzigen Partikel Zeit ein Schrei, ein riesiges ›Nein‹! War es das gewesen, was die Kiefern so rauschen gemacht? Satoko hatte plötzlich das Gefühl gehabt, sie beide wären umgeben, bewacht, beschützt von etwas, das sie auf keinen Fall fahrenzulassen gedachte. So wie der Öltropfen, der in ein Wasserbecken gefallen, obenauf schwimmend allein von dem Wasser zusammengehalten wird. Das Wasser jedoch wäre schwarz und uferlos und stumm, und ein einzelner Tropfen balsamischen Öls triebe auf ihm dahin, eingegrenzt in eine ausweglose Einsamkeit.

Welch ein allumfassendes ›Nein‹! Ob dieses ›Nein‹ von der Nacht selber mit ihrem Dunkel ausgegangen oder von dem ersten Schein der nahen Dämmerung, hatten sie nicht zu unterscheiden vermocht. Nur daß es zwar bedrohlich dicht an sie herangerückt war, noch aber sie nicht angefallen hatte.

Dann hatten sie sich beide aufgerichtet, dabei bis gerade eben zu den Schultern aus dem Schatten tauchend, und hatten in den im Untergehen begriffenen Mond gesehen. Und Satoko war es gewesen, als wäre dieser runde Mond das öffentlich an den Himmel genagelte Emblem ihrer Schuld.

Noch immer weit und breit kein Mensch. Schließlich waren sie aufgestanden, um ihre im Boot versteckten Kleider hervorzuholen. Da hatten sie aneinander unter ihren vom Mond erhellten Bäuchen wie letzte Reste des tiefdunklen Schattens die schwarzen Bezirke bemerkt. Und wenngleich nur einen winzigen Augenblick lang, so hatten sie doch fest und ernst darauf gestarrt.

Nachdem sie sich angezogen, hatte Kiyoaki, auf dem Bootsrand sitzend und mit den Beinen baumelnd, gesagt: »Wären wir offiziell ein Paar, brächten wir diesen Mut bestimmt nicht auf.«

»Ach, du bist schrecklich, Kiyo. Du hast es absichtlich so gewollt, wie?« hatte Satoko sich wütend gestellt. In ihrem scherzhaften Wortgeplänkel war jedoch zugleich etwas unsäglich Verlorenes gewesen. Unmittelbar dahinter hatte die Ver-

zweiflung gelauert. Satoko hatte sich tiefer in das Dunkel des
Bootsschattens gekauert, vor sich vom Bootsrand herunter die
im Mondlicht hell leuchtenden Beine Kiyoakis, und hatte ihm so
die Fußspitzen geküßt.

. . . .

»Vielleicht sollte ich Ihnen das nicht erzählt haben. Aber außer
Ihnen, Herr Honda, habe ich ja niemanden, der mich anhört. Ich
weiß, daß es entsetzlich ist, was ich tue. Trotzdem, sagen Sie
bitte nichts dagegen. Irgendwann, das ist mir völlig klar, wird
das ein Ende nehmen... Bis dahin will ich weiter so leben, mit
einem Aufschub von Tag zu Tag. Ich sehe keinen anderen Weg.«

»Also auf alles gefaßt...« Unwillkürlich hatten Hondas
Worte etwas unendlich Trauriges bekommen.

»Ja, ich bin gefaßt auf alles.«

»Matsugae wohl auch.«

»Um so schlimmer, daß er Ihnen soviel Unannehmlichkeiten
bereitet.«

In Honda erwachte ein sonderbares Verlangen, diese Frau zu
begreifen. Es war eine zarte Vergeltung: wollte sie ihn als den
›verständnisinnigen Freund‹ behandeln, mußte er umgekehrt
das Recht auf eine schonungs- und mitleidlose Analyse haben.

Indessen, welche Form des Vorgehens wäre anzuwenden, um
eine so von Liebe überfließende, anmutige Frau zu erfassen? Sie,
deren Herz, obzwar sie unmittelbar neben ihm saß, weit in die
Ferne auswich... Sein angeborener Hang, einer Sache mit Hilfe
der Logik auf den Grund zu gehen, begann sich in Honda zu
regen.

Das Geschaukel des Autos drängte Satokos Beine immer
wieder zu ihm herüber, und die Behendigkeit, mit der sie sich
hütete, daß nur ja nicht ihre Knie einander berührten, hatte
etwas so schwindelerregend Verwirrendes wie das Kreisen des
Eichhörnchens im Laufrad und versetzte sein Herz in Aufruhr.
Zumindest schien ihm, unter Kiyoakis Augen würde Satoko ein
solches Verwirrspiel gewiß nicht vollführen.

»Sie meinten vorhin, Sie seien auf alles gefaßt«, sagte Honda,
ohne Satoko ins Gesicht zu schauen. »Wie ist denn aber diese
Resignation mit Ihrem Gefühl in Verbindung zu bringen, daß
das ›irgendwann ein Ende nehmen‹ wird? In dem Augenblick, in
dem das Ende da ist, käme, finde ich, die Resignation zu spät.

Anders gefragt: Ist nicht damit, daß Sie resignieren, bereits auch das Ende da? Ich weiß, es ist eine brutale Frage, die ich Ihnen stelle.«

»Sie nehmen mich ja regelrecht ins Verhör«, erwiderte Satoko gelassen.

Unbewußt beobachtete Honda dabei ihr Profil; doch keinerlei Verwirrung war in den schönen, reinen Linien. Da sie plötzlich die Augen schloß, machte das trübe Licht von der Deckenlampe her die an sich schon langen Schatten ihrer Wimpern noch tiefer; vor dem Fenster draußen huschte in der morgendlichen Vordämmerung das üppige Laub der Bäume wie verschlungenes, schwarzes Gewölk vorüber.

Mori, der Chauffeur, der ihnen seinen ehrlichen Rücken zukehrte, hatte mit dem Steuern des Fahrzeugs vollauf zu tun. Die dicke gläserne Trennscheibe zum Führersitz war geschlossen, und solange sie nicht absichtlich den Mund dem Sprechtrichter näherten, bestand keine Besorgnis, daß er ihr Gespräch mithören konnte.

»Sie scheinen zu erwarten, daß ich imstande wäre, das Ende irgendwann herbeizuführen. Und als Freund Kiyoakis haben Sie völlig recht, so zu denken. Sollte ich es lebend nicht fertigbringen, nun, dann müßte eben mein Tod...«

Vermutlich hatte Satoko gehofft, Honda würde eine solche Art des Ausdrucks verwirrt zurückweisen; aber er, in einem eigensinnigen Schweigen, harrte ihrer weiteren Worte.

»...ja, der Zeitpunkt wird kommen, irgendwann. In einem gar nicht mehr so fernen Irgendwann. Und dann – das verspreche ich Ihnen gern – will ich kein Bedauern zeigen. Jetzt, da ich die Gnade, so zu leben, erfahren habe, will ich mich nicht für immer daran klammern. Jeder Traum endet einmal, nichts ist, was ewig währt; wie töricht deshalb zu glauben, daß man dennoch ein Recht darauf hätte. Nein, hierin unterscheide ich mich von jenen ›neuen Frauen‹... Aber angenommen selbst, es gäbe ein Ewiges, wäre es doch nur dieser Augenblick jetzt... Auch Sie werden das gewiß eines Tages begreifen.«

Honda meinte plötzlich zu verstehen, warum Kiyoaki einst Furcht gehabt hatte vor Satoko. »Sie haben vorhin gesagt, er hätte mir besser nicht soviel Unannehmlichkeiten bereiten sollen. In welchem Sinne muß ich das interpretieren?«

»Sie sind einer, der unbeirrbar den rechten Weg beschreitet. Deshalb ist es von Übel, Sie in solche Dinge hereinzuziehen. Das hätte Kiyo von Anfang an nicht tun dürfen.«

»Halten Sie mich doch bitte nicht für so erhaben. Tatsächlich gibt es zwar keine sittenstrengere Familie als die meine. Aber ich bin ja schon durch die heutige Nacht mitbeteiligt an der Schuld.«

»Daß Sie so reden, erlaube ich nicht«, unterbrach ihn Satoko in einem strengen, fast ärgerlichen Ton. »Die Schuld gehört allein uns, Kiyo und mir.«

Mochte das in Wahrheit auch gesagt sein, um Honda zu decken – es blitzte darin ein Funke von einem kalten Stolz, der sich die Einmischung Dritter verbat. Offenbar war die Schuld in Satokos Vorstellung zu einem kleinen kristallenen Lustschloß geworden, das sie mit Kiyoaki allein bewohnte. Zu einem Kristallschloß, so klein, daß es auf der Handfläche Platz hatte, ja, viel zu klein, als daß irgendwer überhaupt hätte eintreten können. Außer daß sie durch ihre Liebe es für eine flüchtige Dauer vermocht. Und ihre Gestalten, wie sie da drinnen lebten, wären von draußen winzig, jedoch in allen Einzelheiten deutlich wahrzunehmen.

Da sich Satoko plötzlich vornüberbeugte, wollte Honda sie stützen, und seine ausgestreckte Hand wurde von ihrem Haar gestreift.

»Entschuldigen Sie, bitte. Mir ist, als hätte ich, so vorsichtig ich damit war, noch Sand an meinen Schuhen. Wenn ich sie zu Hause, ohne mir dabei etwas zu denken, so hinstellte, müßte ich ja – denn die Schuhe besorgt nicht die Tadeshina – das Geklatsche der über den Sand verwunderten Mädchen befürchten.«

Honda hatte keine Vorstellung davon, wie er sich, wenn eine Dame ihre Schuhe inspizierte, verhalten sollte; also wandte er das Gesicht voll dem Fenster zu und schaute nicht hin.

Das Automobil fuhr bereits durch ein Stadtviertel Tōkyōs; der Himmel hatte sich in ein lichtes Violett verfärbt. Die Wolkenstreifen der Morgendämmerung streckten sich über den Dächern der Häuser. So sehr er wünschte, der Wagen hätte möglichst bald sein Ziel erreicht, bedauerte er doch andererseits, daß eine Nacht zu Ende ging, wie er sie in diesem Leben nie wieder haben würde. Neben sich, so leise, daß er fast an eine

Ohrentäuschung glauben wollte, hörte er, wie aus den Schuhen, die Satoko vermutlich ausgezogen, der Sand auf den Boden rieselte. Für Honda klang dies wie das anmutigste Sanduhrgeriesel der Welt.

35

Die siamesischen Prinzen schienen von dem Leben in der »Südvilla« höchst befriedigt.

Eines Abends hatten die vier für jeden einen Rohrstuhl hinaus auf die Wiese im Garten tragen lassen, um für die kurze Zeit bis zum Diner die kühle Abendbrise zu genießen. Die beiden Prinzen unterhielten sich in ihrer Muttersprache, Kiyoaki saß in Gedanken versunken, Honda hatte auf seinen Knien ein Buch aufgeschlagen.

»Wie wär's mit einem Röllchen?« fragte Kridsada auf japanisch, während er herumging und den anderen von seinen Westminster-Zigaretten mit Goldmundstück anbot.

Das am Gakushū-in übliche Codewort für Zigarette, nämlich »Röllchen«, hatten die Prinzen erstaunlich rasch gelernt. Das Rauchen war in der Schule zwar prinzipiell untersagt, doch bei den Schülern der oberen Klassen, wenigstens solange sie es nicht öffentlich taten, drückte man ein Auge zu. So war der halb im Keller gelegene Heizungsraum zur Raucherhöhle geworden und hieß allgemein nur das »Röllchen-Eck«.

Selbst die Zigaretten, die sie jetzt unter dem heiter-sanften Himmel rauchten, ohne irgend jemandes Blicke fürchten zu müssen, schmeckten deshalb noch ein wenig nach »Röllchen-Eck«, hatten das Aroma des Heimlichen an sich. Ja, daß sie in Verbindung zu bringen waren mit dem Kohlegeruch im Heizungskeller, mit dem Leuchten der im Dämmern unausgesetzt sich wachsam bewegenden Augäpfel, mit der Hast, mit der man, um einen vollen Zug zu tun, die Glut wieder und wieder aufglimmen ließ, dies alles gab diesen englischen Zigaretten erst ihren Wohlgeschmack.

Den anderen den Rücken zuwendend und während er die in

den Abendhimmel aufkräuselnden Spuren des Rauchs verfolgte, bemerkte Kiyoaki, wie die Wolkenformationen über dem Meer sich auflösten und verschwammen, wie dann das Ganze ein wenig die Farbe gelber Rosen annahm. Und auch dort meinte er ihr Bild wahrzunehmen. Satokos Gestalt, ihr Duft war für ihn in alles und jedes eingegangen; es gab keine noch so winzige Veränderung in der Natur, die ohne Beziehung gewesen wäre zu ihr. Als sich der Wind plötzlich legte und nun die laue Luft des Sommerabends auf seiner Haut ruhte, hatte er das Gefühl, Satokos nackter Leib wäre herangeschwebt und hätte sich an ihn geschmiegt. Selbst in der allmählich vom Dunkelwerden eingeholten Silhouette der Akazie mit ihrem übereinandergeschichteten grünen Gefieder war eine Spur von Satoko.

Bei Honda lag es einfach in seiner Art, daß er, um sich wohl zu fühlen, stets ein Buch zur Hand haben mußte. Was nun Kita Terujirōs »Über die Nation, oder: der wahre Sozialismus« betraf, ein verbotenes Buch, das ihm ein Student aus dem Hause heimlich geliehen hatte, so ließ das mit dreiundzwanzig Jahren angegebene Alter des Autors durchaus an einen japanischen Otto Weininger denken, und tatsächlich weckte der allzu interessant gemachte, exzentrische Inhalt Hondas Vorsicht, die Sache jedenfalls mit ruhiger Vernunft zu durchdenken. Nicht daß er radikale politische Ansichten verabscheut hätte. Nur, er selber kannte keinen Zorn. Und hier war wie eine böse, ansteckende Krankheit sozusagen der Zorn eines anderen zur Schau gestellt. Schon allein einen solchen fremden Zorn spannend dargeboten zu bekommen, war für das Gewissen eine wenig erfreuliche Situation.

Auch hatte er sich in der Absicht, seinen Acker für die mit den Prinzen geführte Diskussion über die Wiedergeburt ein wenig besser zu düngen, an jenem Morgen, nachdem er Satoko nach Tōkyō zurückgebracht, bei einem kurzen Besuch zu Hause aus seines Vaters Bücherregalen die »Einführung in die buddhistischen Wissenschaften« von Saitō Tadanobu ausgeborgt; aber schon die an den Anfang gestellte Erörterung der Lehre von der Verursachung der Leiden durch das eigene Tun war so fesselnd geschrieben, daß er sich daran erinnerte, wie er sich zu Beginn des vergangenen Winters in die »Gesetzbücher des Manu« vergraben hatte; und aus Besorgnis, ein allzu gründliches Daraufeinlassen könnte ihn in seinen Vorbereitungen für das Universitäts-Aufnahmeexamen behindern, verschob er die weitere Lektüre dieses Buches auf später.

So lagen mehrere Bücher nebeneinander auf den Armlehnen seines Rohrstuhls, wurde hier und da einmal eine Seite umgeschlagen, endlich jedoch löste Honda den Blick auch von dem auf seinen Knien geöffneten Buch, kniff seine ein wenig kurzsichtigen Augen zusammen und schaute hinüber auf den Steilhang, der den Garten nach Westen abschloß.

Während der Himmel noch hell war, stand der Hang, bereits von Schatten ausgefüllt, wie eine schwarze Barriere da. Aber oben zwischen das dichte, den Bergrücken überziehende Gestrüpp der Bäume war in winzigen Fragmenten das weiße Licht des Westens eingewebt. Der so durchschimmernde Abendhimmel, als wäre er ein mit Silberglimmer gemustertes Papier, wirkte wie das lange, unbemalte Ende einer in den Farben eines Sommertages angelegten, heiteren Bilderrolle.

Der Rauch der Zigaretten, die die jungen Leute mit einer Spur von schlechtem Gewissen genossen. Der Mückenschwarm, der wie eine Säule über der einen Ecke der Wiese stand. Die goldene Mattigkeit vom Schwimmen. Die von der Sonne gebräunte Haut...

Zwar redete Honda kein einziges Wort, doch ahnte er, daß sie diesen Tag zu den glücklichsten ihrer Jugend würden zählen können.

Den Prinzen schien es nicht anders zu gehen.

Sie taten, als nähmen sie von den Umtrieben des verliebten Kiyoaki nichts wahr; Kiyoaki und Honda wiederum gaben vor, vom Getändel der Prinzen mit den Fischermädchen am Strand nichts zu wissen, während doch Kiyoaki den Vätern der Mädchen ein angemessenes Tränengeld zusteckte. Und so, vom Großen Buddha beschirmt, dem die Prinzen jeden Morgen vom Berggipfel aus ihr Gebet darbrachten, alterte der Sommer allmählich in Schönheit.

Als der Diener auf der Terrasse erschien, einen Brief auf dem blitzenden Silbertablett (dieser Mensch, bedauernd, daß er anders als im Haupthaus hier so wenig Gelegenheit hatte, das Tablett zu benutzen, pflegte das silberne Gerät den unausgefüllten Tag über unentwegt und mit Hingabe zu polieren), war es Kridsada, der ihn als erster bemerkte.

Er sprang ihm entgegen und nahm den Brief in Empfang; doch sowie er gewahrte, daß es sich um ein an Chao Pi adressiertes, eigenhändiges Schreiben der Königinmutter handelte, hielt er den Brief mit einer scherzhaften Geste der Reverenz von sich und überreichte ihn Chao Pi, der auf seinem Stuhl sitzen geblieben war.

Das alles hatten Kiyoaki und Honda natürlich beobachtet. Indessen, sie zügelten ihre Neugier und wollten besser warten, bis der Prinz, überströmend von Glück oder in schmerzlichem Heimweh, zu ihnen träte. Deutlich hörten sie, wie der dicke Umschlag aufgerissen wurde, sahen sie das Briefpapier aufblitzen, als wäre es die weiße Befiederung eines Pfeils, der durch das Abenddämmern flöge; aber dann plötzlich, da Chao Pi mit einem dumpfen Aufschrei in sich zusammensank, sprangen sie verwirrt von ihren Stühlen auf. Chao Pi hatte das Bewußtsein verloren.

Kridsada stand da und starrte wie betäubt auf seinen Vetter, um den sich die beiden japanischen Freunde kümmerten; und als er sich endlich nach dem zu Boden geflatterten Brief bückte und ihn las, brach er in ein wildes Schluchzen aus und warf sich ins Gras. Was er jammerte, unaufhörliche siamesische Wortkaskaden, war nicht zu begreifen; unverständlich, da in Siamesisch geschrieben, auch der Inhalt des Briefes, den Honda jetzt studierte. Das einzige, das er erfaßte, war das Gefunkel des in Gold gepreßten königlichen Wappens am Kopf des Briefbogens, war dessen komplizierte Zeichnung, in der – mit drei weißen Elefanten in der Mitte – Pagoden, Fabeltiere und Rosen, Schwert und Zepter erschienen.

Chao Pi wurde von den Dienern sogleich auf sein Bett getragen, doch bereits unterwegs schlug er, noch benommen, die Augen wieder auf. Weinend folgte Kridsada dem Zug.

Kiyoaki und Honda, so unklar ihnen die Umstände waren, begannen zu ahnen, daß jedenfalls eine Unglücksbotschaft eingetroffen sein mußte. Den Kopf auf dem Kissen seines Bettes, aus seinem braunen, sich allmählich in der Abenddämmerung verlierenden Gesicht die Augen wie ein Paar rauchiger Perlen unverwandt zur Zimmerdecke gerichtet, lag Chao Pi und schwieg. Schließlich war es Kridsada, der die Gefaßtheit aufbrachte, auf englisch zu erklären: »Ying Chan ist tot. Chao Pis Geliebte, meine Schwester Ying Chan... Hätte man nur mir dies mitgeteilt, wäre es möglich gewesen, Chao Pi einen solchen Schock zu ersparen und es ihm irgendwann schonend beizubringen; aber offensichtlich war Ihre Majestät, die Königinmutter, eher in Sorge, daß sie mir einen Schock verursachen könnte, und hat deshalb Chao Pi benachrichtigt. In diesem Punkte allerdings hat sie falsch kalkuliert. Oder sie wollte aus noch tieferer Besorgnis ihn auf diese Weise erst recht dazu ermutigen, sich der vollen Trauer zu stellen.«

Dies waren Worte von einer Besonnenheit, wie man sie üblicherweise von Kridsada nicht erwartet hätte; und selbst Kiyoaki und Honda waren innerlich wie mitbetroffen von dem in seiner Heftigkeit einem tropischen Regenschauer vergleichbaren Jammer der Prinzen. Dabei hofften sie, nach dem von Blitz und Donnerschlag begleiteten Guß werde der von Tränen der Trauer glitzernde Dschungel rasch wieder in all seiner Üppigkeit weiterwuchern.

An diesem Tag wurde den Prinzen das Abendessen aufs Zimmer gebracht, aber beide ließen es unberührt stehen. Nach einiger Zeit jedoch, indem er sich der Schicklichkeit und Verpflichtung dem Gastgeber gegenüber entsann, rief Kridsada Kiyoaki und Honda herauf und übersetzte ihnen den Inhalt des langen Briefes ins Englische.

Tatsächlich war Prinzessin Ying Chan im Frühjahr erkrankt, und obwohl ihr Zustand so ernst gewesen, daß sie selbst nicht zu schreiben vermochte, hatte sie jeden gebeten, Bruder und Vetter nur ja nicht von ihrer Krankheit wissen zu lassen.

Die schönen, weißen Hände der Prinzessin »Mondglanz« waren allmählich kraftloser geworden, hatten sich schließlich nicht mehr gerührt. Wie ein Streifen kalten Mondlichts, der sich zum Fenster hereinstiehlt.

Der behandelnde Arzt, ein Engländer, hatte alle Möglichkeiten der medizinischen Kunst ausgeschöpft; trotzdem war das Übergreifen der Lähmung auf den gesamten Körper nicht aufzuhalten gewesen, und zuletzt hatte sie auch kaum mehr sprechen können. Wie Ying Chan selbst dann noch – wohl weil sie im Herzen Chao Pis in der gesunden Gestalt erhalten bleiben wollte, in der sie sich ihm beim Abschied gezeigt – mit verquältem Mund ein um das andere Mal wiederholte, man möge ihm keinesfalls ihre Krankheit melden, hatte die Umstehenden zu Tränen bewegt.

Die Königinmutter hatte sie häufig auf ihrem Krankenlager besucht, war jedoch nicht imstande gewesen, die Prinzessin anzuschauen, ohne zu weinen. Sowie sie vom Tod Ying Chans gehört, hatte sie unverzüglich die anderen zurückgehalten und erklärt: »Ich werde Pattanadid persönlich informieren.«

»Ich habe Dir eine schmerzliche Mitteilung zu machen und bitte Dich, lies dies mit Gefaßtheit«, lautete die Vorbemerkung, mit der der Brief begann. »Deine geliebte Chantrapa ist gestorben. Wie noch auf ihrem Krankenbett die Prinzessin Deiner gedacht, davon werde ich Dir später ausführlich berichten. Zunächst, laß mich dies als Deine Mutter sagen, bete ich darum, Du mögest Dich in allen Dingen in den Willen Buddhas fügen und in Wahrung Deiner kronprinzlichen Würde die Trauerbotschaft tapfer entgegennehmen. Ich verstehe durchaus die Gefühle, mit denen Du, in einem fremden Land, dies vernimmst, und ich beklage es, daß ich nicht bei Dir sein und Dich trösten darf; aber bitte, laß Kridsada mit größter Vorsicht und mit den Empfindungen eines älteren Bruders vom Tod seiner Schwester wissen. Daß ich Dir so unvermittelt diesen persönlichen Brief schreibe, geschieht, weil ich auf Deine vom Schmerz nicht zu beugende Standhaftigkeit baue. Nimm es ferner als eine Tröstung, daß die Prinzessin bis zuletzt in ihren Gedanken bei Dir war. Du wirst es gewiß bedauern, im Augenblick ihres Sterbens nicht bei ihr gewesen zu sein; aber Du solltest Verständnis aufbringen für den Wunsch der Prinzessin, in Deinem Herzen für immer ihr Bild als dasjenige einer Gesunden zu belassen...«

Chao Pi, nachdem er stumm zugehört, bis der Brief zu Ende übersetzt war, setzte sich schließlich in seinem Bett auf, wandte sich Kiyoaki zu und sagte: »Wenn ich bedenke, wie ich mich habe gehenlassen, wie ich den Ermahnungen meiner Mutter ausgewichen bin, befällt mich die Scham. Aber versuchen Sie sich doch, bitte, in meine Lage zu versetzen! Das Rätsel, das mich quält, ist nicht das Rätsel um Ying Chans Tod. Daß ich die Zeit von Ying Chans Erkrankung bis zu ihrem Tod, schlimmer noch, diese letzten zwanzig Tage, in denen Ying Chan bereits nicht mehr in dieser Welt geweilt, mit den Gefühlen einer steten Unruhe zwar, jedoch ohne auch nur einen Zipfel der Wahrheit ergreifen zu können, fähig war, in dieser Welt der Täuschungen ruhig zu leben – das ist das Rätsel. Meine Augen, die so deutlich das Leuchten des Meeres und des Strands gesehen – warum waren sie nicht imstande, die feinen Veränderungen zu bemerken, die sich in den tieferen Schichten dieser Welt ereigneten? Da verändert sich die Welt insgeheim und Schritt um Schritt, wie sich in der Flasche der Wein verändert; doch meine Augen schauen durch die Flasche und nehmen dabei nur die dunkle, funkelnde Röte wahr. Warum habe ich nicht täglich einmal wenigstens die leichte Verschiebung seines Geschmacks zu prüfen versucht? Obwohl ich den morgendlichen Wind, das Rauschen in den Bäumen, oder zum Beispiel das Flattern und das Schreien der Vögel stets mit Augen und Ohren deutlich wahrnahm, habe ich dies doch nur für den Ausdruck einer riesigen Lebensfreude genommen, für die Essenz der Schönheit dieser Welt, und nicht bemerkt, daß alles Tag für Tag aus der Tiefe herauf seine Veränderung erfährt. Angenommen, eines Morgens hätte meine Zunge einen winzigen Unterschied des Welt-Geschmacks entdeckt... ach, wenn dies geschehen wäre, hätte mir das gewiß verraten, daß diese Welt sich plötzlich in eine Welt ohne Ying Chan verwandelt hat.«

Als er bis hierher gekommen, begann Chao Pi von neuem zu schluchzen; unter den Tränen verwirrten sich seine Worte, und er brach ab.

Kiyoaki und Honda überließen Kridsada die Sorge um Chao Pi und kehrten in ihr Zimmer zurück. Indessen wollte keiner von beiden ans Schlafen denken.

»Ich habe das Gefühl, die Prinzen werden so schnell wie möglich nach Hause fahren. Es wird wohl niemand annehmen, daß sie unter diesen Umständen noch Neigung verspüren, ihre Auslandsstudien fortzusetzen«, sagte Honda.

»Das glaube ich auch«, erwiderte Kiyoaki melancholisch. Es war augenscheinlich, daß er, vom Kummer der Prinzen beeinflußt, in düstere Ahnungen versank.

»Und wenn die Prinzen abreisen, werden wir beide nicht so ohne weiteres hierbleiben können. Oder vielleicht kommen meine alten Herrschaften heraus, und wir verbringen gemeinsam den Sommer. Jedenfalls ist der Sommer unseres Glücks vorbei«, setzte Kiyoaki wie im Selbstgespräch hinzu.

Honda war sich klar darüber, daß das Herz eines liebenden Mannes nichts außer dieser Liebe aufzunehmen imstande ist und selbst das Mitgefühl mit den Leiden anderer verliert; doch er mußte zugeben, daß Kiyoakis kaltes und hartes Kristallherz von Natur aus das ideale Gefäß für die wahre Leidenschaft war.

Eine Woche später traten die beiden Prinzen auf einem englischen Schiff die Heimreise an; Kiyoaki und Honda begleiteten sie bis Yokohama. Es war um die Mitte der Sommerferien, und keiner sonst von den Klassenkameraden kam zum Abschied. Lediglich Prinz Tōin-no-miya, Siam so eng verbunden, schickte seinen Haushofmeister; aber Kiyoaki wechselte nur zwei, drei Worte mit ihm und blieb im übrigen kühl.

Beim Ablegen des riesigen Fahrgastfrachters vom Pier zerrissen sofort auch die ausgespannten, bunten Papierschlangen und trieben im Wind davon; und die beiden Prinzen waren am Heck zu sehen, wie sie neben dem flatternden Union Jack standen und unablässig mit ihren weißen Taschentüchern winkten.

Kiyoaki verharrte auf der Landungsbrücke, die die vom Westen einfallende Sommersonne heftig widerspiegelte, bis das Schiff sich auf die hohe See entfernte, alle anderen Zurückgebliebenen längst gegangen waren und Honda ihn schließlich zu drängen begann. Nicht der Abschied von den beiden Prinzen war es gewesen. In diesem Augenblick, so fühlte er, verschwand die beste Zeit seiner Jugend in der Weite des Ozeans.

36

Als der Herbst kam und die Schule wieder begann, wurden die Begegnungen zwischen Kiyoaki und Satoko immer schwieriger, und schon für einen unbemerkten Spaziergang in der Abenddämmerung hatte die Tadeshina alles mit größter Vorsicht vorzubereiten, um dann hinter ihnen her zu gehen.

Selbst dem Lampenputzer wichen sie aus. Hatte dieser, gekleidet in die hochgeschlossene Uniform der Gasgesellschaft, seine allabendliche, geschäftige Zeremonie beendet, nämlich mittels der Spitze eines langen Stabes die Stichflamme unterm Glühstrumpf der in einem Teil von Toriizaka noch vorhandenen Gaslaternen gezündet, und es war niemand in der Nachbarschaft mehr auf den Straßen unterwegs, spazierten die beiden durch die verwinkelten Hintergassen. Überall schrillten bereits die Zikaden, in den Häusern brannten die Lampen nicht eben hell. Irgendwo war zu hören, wie in einem Haus ohne besonderes Tor die Schritte des heimkehrenden Ehemannes verhallten und eine Tür laut zugeschlagen wurde.

»In ein, zwei Monaten wird es zu Ende sein. Länger, fürchte ich, wird der Prinz die Verlobung nicht hinausschieben wollen«, sagte Satoko eher gelassen, als beträfe es nicht sie selbst. »Tag für Tag lege ich mich mit dem Gedanken schlafen: morgen vielleicht schon ist es aus, geschieht das Unabänderliche; und dann schlafe ich seltsamerweise doch ganz ruhig ein. Ach, hätte ich es endlich hinter mir!«

»Schließlich werden wir ja auch nach deiner Verlobung...«

»Aber, Kiyo, was redest du da? Wenn die Schuld zu schwer wird, erdrückt sie das zärtlichste Herz. Lieber zähle ich, wie oft ich dich, bevor das unmöglich wird, noch sehen kann.«

»Also entschlossen, künftig alles zu vergessen, wie?«

»Ja. Zwar weiß ich noch nicht, wie das aussehen soll. Aber der Weg, den wir gehen, ist eine Mole; und die ist unvermeidlich irgendwo zu Ende, und das Meer fängt an.«

Genaugenommen war es das erste Mal, daß sie vom Ende sprachen.

Und beide fühlten sie sich wie die Kinder unverantwortlich für das Ende, hielten allein schon die Tatsache, daß sie sich keinen Rat wußten, daß sie über keinerlei Abwehr, keinerlei Lösung und keinerlei Gegenmittel verfügten, für die Gewähr der Lauterkeit. Dabei setzte sich, sowie sie davon sprachen, die Vorstellung vom Ende wie Rost auf ihrer beider Herzen fest und war nicht mehr zu entfernen.

Hatten sie das alles angefangen, ohne an das Ende zu denken, oder etwa gerade deshalb, weil sie das Ende ahnten? Über diesen Punkt vermochte sich Kiyoaki nicht mehr klarzuwerden. Träfe sie beide jetzt ein Blitzschlag und würde sie zu Asche verbrennen – nun gut; was aber, wenn sie weiterlebten, ohne auch nur irgendeine endgültige Bestrafung zu erfahren? Kiyoaki spürte eine Unsicherheit. ›Ob ich wohl dann noch imstande wäre, Satoko ebenso leidenschaftlich zu lieben wie jetzt?‹

Auch diese Art von Unsicherheit war für Kiyoaki neu. Sie machte, daß er Satokos Hand ergriff. Und Satoko wie zur Antwort schob ihre Finger zwischen die seinen, woraufhin er, dem dergleichen komplizierte Verschränkungen lästig waren, ihren Handteller mit einem so kräftigen Griff umschloß, als wollte er ihn zerdrücken. Satoko ließ sich mit keinem Laut den Schmerz anmerken. Kiyoaki wiederum dachte nicht daran, seinen brutalen Griff zu lockern. Und als er im Schein eines Lichts aus einem entfernten Obergeschoßfenster zu erkennen vermochte, daß sich Satokos Augen tatsächlich mit Tränen gefüllt hatten, empfand er in seinem Innern eine dunkle Befriedigung.

Dabei war er sich durchaus bewußt, daß die von klein auf eingeübte Vornehmheit die blutige Wahrheit nur verdeckte. Denn ohne Zweifel wäre es die einfachste Lösung gewesen, gemeinsam zu sterben; doch dazu hätte es weit schmerzhafterer Leiden bedurft, und noch jetzt, in jedem Augenblick, der ihnen bei ihren heimlichen Begegnungen verrann, lauschte Kiyoaki verzückt auf das, was ihm wie das unerreichbar ferne Goldglöckchengeklingel des mit jeder Übertretung nur um so tiefer werdenden Tabus erschien. Hatte er das Gefühl, als rückte er, je mehr er schuldig wurde, immer weiter ab von der Schuld... Zu denken, daß dies alles letztlich auf eine großartige Täuschung hinausliefe, ließ ihn erschauern.

»Da gehst du nun zwar mit mir spazieren, aber einen sehr glücklichen Eindruck machst du gerade nicht. Ich jedenfalls genieße das Glück jeder einzelnen Sekunde... Hast du es etwa schon über?« spottete Satoko gleichmütig und mit ihrer wie üblich klaren Stimme.

»Weil ich dich viel zu sehr liebe; deshalb habe ich das Glück längst hinter mir gelassen«, erwiderte Kiyoaki ernsthaft. Er wußte, daß er selbst bei derartigen Ausflüchten nicht mehr zu befürchten brauchte, es wäre noch irgendeine Spur von Kindlichkeit in seinen Worten.

Die Straße, die sie gingen, näherte sich dem Einkaufsviertel von Roppongi. Beim Eismann – die hölzernen Läden waren schon geschlossen – flatterte vom Vordach herab die ausgeblichene Fahne mit dem Schriftzeichen »Eis«, was im Geschrill der die Straße beherrschenden Zikaden seltsam verloren wirkte. Ein Stück weiter hin ergoß sich ein breiter Lichtschein auf das dunkle Pflaster. Der Instrumentenbauer Tanabe, Regimentslieferant, mochte einen dringenden Auftrag haben und arbeitete bis in die Nacht.

Die beiden machten einen Bogen um diese helle Stelle; dennoch stahl sich von seitwärts aus dem Fenster der Schimmer von blinkendem Messing in ihre Augen. Eine Reihe funkelnagelneuer Trompeten hing da, und unter der ungewöhnlich grellen Lampe leuchteten sie wie an einem Hochsommertag auf dem Exerzierplatz. Als würde Probe geblasen, erklang von drinnen heraus ein melancholischer, kaum angesetzter, schon wieder erstickender Trompetenton. Kiyoaki meinte, den Auftakt zu einer unheilvollen Morgendämmerung zu hören.

»Kehren Sie doch bitte um! Da vorn könnte uns die Neugier der Leute lästig werden«, flüsterte, nachdem sie unvermerkt dicht hinter ihn getreten war, die Tadeshina Kiyoaki zu.

37

Von seiten der Familie Tōin-no-miya mischte man sich in keiner Weise in Satokos Lebensführung ein; auch Prinz Harunori selbst, von militärdienstlichen Pflichten beansprucht, gab durch nichts zu erkennen, daß er, nachdem sich niemand aus seiner Umgebung darum bemühte, Begegnungen zwischen ihm und Satoko zu arrangieren, dergleichen dringlich ersehnt hätte. Nun durfte man darin durchaus kein kaltsinniges Verhalten der prinzlichen Familie sehen, vielmehr handelte es sich um eine bei solchen Verbindungen übliche Gewohnheit. Die Angehörigen waren der landläufigen Ansicht, daß es, wenn das Paar, dessen Heirat bereits fest beschlossen, allzuoft zusammenträfe, möglicherweise sogar schädlich, jedenfalls von keinerlei Nutzen wäre.

Andererseits hätte, sofern es der Familie einer künftigen Prinzessin am entsprechenden Rang gemangelt, die junge Dame um der Kenntnisse willen, die erst eine Prinzessin ausmachen, eine neue, zusätzliche Ausbildung auf verschiedenen Gebieten erhalten müssen. Im Hause des Grafen Ayakura indessen war die Erziehungstradition in allem darauf ausgerichtet gewesen, daß man die Tochter jederzeit, und ohne deswegen in Verlegenheit zu geraten, zur Prinzessin hätte erheben können. War die höfische Eleganz auf eine so natürliche Weise zur Reife gebracht worden, daß man, zu welchem Zeitpunkt auch immer, Satokos Gedichte, ihre Schreibkunst, ihr *Ikebana* als einer Prinzessin würdig hätte präsentieren können. Und hätte sie im Alter von zwölf Jahren Prinzessin werden sollen – in diesem Punkt wäre nicht das geringste zu befürchten gewesen.

Drei Dinge allein, die nicht zu Satokos bisheriger Ausbildung gehört hatten, bereiteten den gräflichen Eltern Kopfzerbrechen, und sie gedachten ihre Tochter schnellstens darin unterweisen zu lassen. Es waren dies der Gesang von *Nagauta*-Balladen und das Mah-Jongg-Spiel, beides von Ihrer Kaiserlichen Hoheit bevorzugt, sowie das Abhören von Schallplatten mit europäischer Musik, Lieblingsbeschäftigung des Prinzen Harunori. Marquis Matsugae, dem der Graf davon erzählte, schickte unverzüglich einen erstklassigen *Nagauta*-Meister zum Hausunterricht zu den Ayakuras, ließ auch ein Telefunken-Grammophon samt Musikschallplatten, soweit verfügbar, übersenden; lediglich für Mah-Jongg eine Lehrkraft zu finden, bereitete ihm einige Mühe. Obwohl selbst seit langem dem englischen Billard mit Leidenschaft zugetan, empfand er es als geradezu skandalös, daß man im Hause des Prinzen einem so plebejischen Spiel fröhnte.

Schließlich hieß er die Wirtin eines Teehauses in Yanagibashi und eine ältere *Geisha,* zwei geschickte Mah-Jongg-Spielerinnen, gelegentlich die Ayakuras aufsuchen, wo sie sich unter Beteiligung auch der Tadeshina an einen Tisch setzten, um Satoko die Anfangsgründe beizubringen; und selbstverständlich strich die *Geisha* für den weiten Weg ein hübsches Stundengeld aus der Tasche des Marquis ein.

Man hätte erwarten sollen, daß eine solche Vier-Damen-Runde, darunter die beiden aus dem Gewerbe, ein sonst so einsames Haus wie das der Ayakuras mit einem ungewöhnlichen, kurzweilig heiteren Leben erfüllt haben müßte; doch der Tadeshina war dies zutiefst verhaßt. Sie gab vor, dergleichen verletze die Würde; in Wahrheit freilich fürchtete sie vor allem, daß die scharfen Augen der beiden Professionellen Satokos Geheimnis ausspähen könnten.

Schlimmer noch, derartige Mah-Jongg-Gesellschaften bedeuten ja geradezu, daß die Spitzel des Marquis Matsugae ins gräfliche Haus eindrangen. Und wirklich brauchte es keine drei Tage, bis das so abweisend-hochmütige Verhalten der Tadeshina, das von Anfang an den Stolz der Teehauswirtin und der *Geisha* verletzte, mit deren entsprechender Reaktion dem Marquis zu Ohren kam. Der Marquis paßte die Gelegenheit ab, um dem Grafen mit aller Schonung zu erklären: »Es ist sicher gut, wenn Ihre alte Kammerfrau auf den Rang des Hauses Ayakura achtet; da es aber in diesem Falle wesentlich darum geht, sich den Liebhabereien der prinzlichen Familie anzupassen, wäre eine gewisse Kompromißbereitschaft schon wünschenswert. Diese Yanagibashi-Frauen, überzeugt, einen ehrenvollen Dienst zu erweisen, nehmen sich schließlich die Zeit, zu Ihnen zu kommen, obwohl sie außerordentlich beschäftigt sind.«

Der Graf gab den Vorwurf an die Tadeshina weiter, was zur Folge hatte, daß sie in eine sehr schwierige Lage geriet.

Tatsächlich waren die Teehauswirtin und die *Geisha* Satoko jetzt nicht zum ersten Mal begegnet. Damals bei jenem Gartenfest zur Kirschblüte hatte die Wirtin hinter den Kulissen Regie geführt, und die *Geisha* war als *Haiku*-Dichter aufgetreten.

Bei der ersten Mah-Jongg-Gesellschaft nun hatte die Wirtin dem gräflichen Paar zwar die Glückwünsche zur Verlobung ausgesprochen, auch ein übertrieben großes Geschenk überreicht und mit einem Kompliment der Bewunderung erklärt: »Nein, was haben Sie doch für eine schöne Tochter! Und nachdem sie die angeborene Grazie einer Prinzessin besitzt, wird die nunmehrige Verlobung Euer Gnaden gewiß mit höchster Befriedigung erfüllen. Daß wir die Ehre haben dürfen, ihre Gefährtinnen zu sein, soll uns eine lebenslange Erinnerung bleiben und – in aller Diskretion natürlich – forterzählt werden bis auf Kind und Kindeskinder.« Sobald sie jedoch in einem besonderen Zimmer zu viert um den Mah-Jongg-Tisch saßen, war es mit dem sozusagen offiziellen Gesicht vorbei, verschwand aus den so respektvoll auf Satoko ruhenden Blicken bisweilen der Strom der Zärtlichkeit, und das trockene Flußbett der Kritik kam zum Vorschein. Die Tadeshina meinte zu spüren, daß derselbe Blick auch ihre altmodische silberne *Obi*-Spange streifte.

Was die Tadeshina aber vor allem nervös gemacht, war die wirklich geschickte Gleichgültigkeit gewesen, mit der die Teehauswirtin das Thema gewechselt hatte, als die *Geisha* beim Zusammenstellen der Mah-Jongg-Steine wie beiläufig auf Kiyoaki zu sprechen gekommen war: »Was ist eigentlich mit dem jungen Herrn Matsugae? Ich kenne keinen anderen unter den jungen Leuten, der so fabelhaft aussähe wie er.« Dabei wäre es durchaus denkbar gewesen, die Wirtin hätte lediglich das Vulgäre an einer solchen Art der Unterhaltung tadeln wollen; immerhin jedoch...

Satoko selbst redete, wie ihr die Tadeshina eingeschärft, im Beisein dieser beiden so wenig wie möglich. Aber allzu vorsichtig, vor den Augen der auf alle die Nuancen weiblichen Gebarens vermutlich schärfer als sonstwer achtenden Frauen ihr Herz nur ja nicht zu entdecken, verursachte sie der Tadeshina sogleich eine neue Sorge. Denn würde Satoko übermäßig bedrückt erscheinen, konnte dies Anlaß zu dem verleumderischen Gerücht geben, sie gehe offensichtlich mit Widerwillen in diese Ehe. Es stand zu befürchten, daß man sie, wenn sie sich äußerlich verstellte, innerlich durchschaute, und wenn sie sich innerlich verstellte, daß man aus ihrem Äußeren zu lesen vermochte.

Die Tadeshina sah sich infolgedessen genötigt, ihre ganze, für sie so typische Verschlagenheit einzusetzen, mit dem Erfolg, daß die Mah-Jongg-Gesellschaften endgültig eingestellt wurden.

Und zwar sagte sie zum Grafen: »Es will mir, mit Verlaub, nicht recht zum Herrn Marquis passen, daß er den Anschuldigungen der beiden Frauenspersonen so ohne weiteres sein Gehör zu schenken geneigt ist. Dabei haben sie mich ihm gegenüber zweifellos deshalb des Hochmuts bezichtigt, um mir die Schuld dafür zuzuschieben, daß das gnädige Fräulein kein sonderliches Interesse bezeigt – eben weil sie, wenn das gnädige Fräulein sich nicht dafür erwärmen kann, das selber zu verantworten hätten. Wie gut es der Herr Marquis auch gemeint haben mag, es ist nicht gerade reputierlich, daß Frauenspersonen ihres Schlages hier im Hause ein und aus gehen; und da das gnädige Fräulein zudem das Abc des Mah-Jongg soweit erlernt hat, wird die

Jungvermählte jedenfalls einen Partner abgeben, einen um so liebreizenderen, wenn sie ständig verliert. Ich möchte Sie also hiermit bitten, diese Mah-Jongg-Stunden abzubrechen; sollte allerdings der Herr Marquis nicht nachzugeben bereit sein, dann darf ich wohl um meine Entlassung ersuchen.«

Dem Grafen blieb natürlich nichts anderes übrig, als einem solchen, unter Drohungen vorgebrachten Antrag zuzustimmen.

Nun war es in der Tat ja so gewesen, daß sich die Tadeshina, als sie aus dem Munde Yamadas, des Haushofmeisters der Matsugaes, von Kiyoakis Lüge hinsichtlich jenes Briefes gehört, an einem Kreuzweg befunden hatte: entweder fortan Kiyoakis Gegnerin zu sein, oder aber allem zuzustimmen und zu tun, was Kiyoaki und Satoko von ihr erwarteten. Schließlich hatte sie sich für den letzteren Weg entschieden.

Man darf wohl annehmen, daß dies aus aufrichtiger Neigung für Satoko geschah; gleichzeitig jedoch hatte die Tadeshina befürchtet, wenn sie, so wie die Dinge bereits standen, das Paar auseinanderbrächte, könnte das Satoko zum Selbstmord treiben. Also hatte sie seither die beiden in aller Verschwiegenheit nach ihrem Willen verfahren lassen und es für klüger gehalten, darauf zu warten, daß sie sich über kurz oder lang von selbst ins Unvermeidliche fügen würden; sie ihrerseits, hatte sie gemeint, täte gewiß am besten, wenn sie ihre ganze Kraft daransetzte, das Geheimnis zu hüten.

Die Tadeshina besaß die selbstgefällige Überzeugung, die Gesetze der Leidenschaft gründlich zu kennen, und es war ihre Philosophie, daß, was man nicht sieht, auch nicht existiert. Es war, mit anderen Worten, durchaus nicht so, daß sie ihren Herrn, den Grafen, oder die Familie des Prinzen, geschweige denn sonstwen, betrogen hätte. Als unternähme sie ein chemisches Experiment, wünschte sie, dieselbe Leidenschaft einerseits mit eigener Hand zu befördern, sich für ihre Existenz zu verbürgen, andererseits, indem sie das Geheimnis wahrte und alle Spuren verwischte, ihr Vorhandensein abzuleugnen. Es war dies natürlich eine gefährliche Brücke, die die Tadeshina beschritt; indessen glaubte sie fest daran, daß sie in diese Welt geboren war, um zuletzt die Dinge doch stets wieder zurechtzubiegen. Verpflichtete sie andere zunächst zur Dankbarkeit, so war es ihr ein leichtes, sie schließlich nach ihren Worten zu lenken.

Während sie hoffte, die Leidenschaft der beiden werde um so eher erschlaffen, je häufiger sie ihnen zu einem Rendezvous verhelfe, bemerkte die Tadeshina jedoch nicht, daß gerade diese ihre Hoffnung ebenfalls zu einer Leidenschaft wurde. Die einzige Vergeltung für Kiyoakis erpresserisches Verhalten wäre dann herangereift, wenn er mit der Bitte zu ihr käme, sie möchte doch, da er sich von Satoko zu trennen gedenke, ihr behutsam die Messe lesen; hätte darin bestanden, daß sie ihm die Trümmer seiner Leidenschaft vor Augen führte. Aber die Tadeshina glaubte schon selbst nicht mehr recht an diesen Traum. Wie wäre Satoko in diesem Falle zu bedauern gewesen!

Die Philosophie dieser durch nichts zu erschütternden Alten, nach der es im Leben nichts gab, dessen man hätte sicher sein können, war im Grunde zweifellos ein Appell zum Selbstschutz; wie, wird man fragen, kam es dann aber dazu, daß sie die eigene Sicherheit derart außer acht gelassen, ja, daß sie diese Philosophie zur Bemäntelung der Gefahr benutzt hatte? Nun, unvermerkt war die Tadeshina zur Gefangenen eines schwer definierbaren Lustgefühls geworden. Die beiden schönen, jungen Menschen mit eigener Hand zusammenzuführen, dann zu beobachten, wie deren so hoffnungslose Liebe immer heftiger loderte, hatte in der Tadeshina, ohne daß ihr das bewußt gewesen wäre, ein unbändiges, wildes Vergnügen ausgelöst, das jedes noch so große Risiko wettmachte.

In diesem Zustand kam es ihr vor, als bedeutete die Vereinigung der schönen, jungen Körper an sich etwas Geheiligtes, entspräche einer nur eben ungewöhnlichen Gerechtigkeit.

Der Glanz in den Augen, wenn sich die beiden sahen, der rasende Herzschlag, wenn sie aufeinander zutraten – hier war das Feuer, an dem sich das erkaltete Gemüt der Tadeshina erwärmen konnte; und also war sie um ihrer selbst willen besorgt, daß die Glut nicht erlosch. Die Wangen gar, bis kurz vor der Begegnung von Schwermut ausgezehrt – wie sie, sobald die beiden einander nur erkannten, auf einmal heller zu schimmern begannen als die Weizenähren im Juni... Ein solcher Augenblick enthielt für die Tadeshina das gleiche Wunder, wie wenn der Lahme sich erhebt oder der Blinde sehend wird.

Natürlich wäre es die Aufgabe der Tadeshina gewesen, Satoko vor allem Übel zu bewahren; aber lag der im Hause Ayakura über die Zeiten tradierten vornehmen Haltung nicht insgeheim die Lehre zugrunde, daß das, was in Verzückung versetzt, nicht böse, daß das, was sich in Poesie verwandelt, nicht unrecht sei?

Und dennoch wartete die Tadeshina gebannt darauf, daß irgend etwas geschähe. Man hätte sagen können, sie warte auf die Gelegenheit, das Vögelchen, das sie nach Futter fliegen ließ, wieder einzufangen und in den Käfig zu setzen; indessen war in diesem Warten eine Vorahnung von Unheil, von Blut und Verderben. Die Tadeshina pflegte jeden Morgen sorgfältig und nach der alten Manier ein dickes Make-up aufzulegen, die unter den Augen sich kräuselnden Fältchen mit weißem Puder, die Runzeln auf den Lippen mit irisierendem Kyōto-Rouge zu verdecken. Währenddessen wich sie ihrem Gesicht im Spiegel aus und ließ die dunklen Blicke wie fragend in die Leere schweifen. In klaren Tropfen fiel das Licht aus dem hohen Herbsthimmel in ihre Augen. Trotzdem stahl sich in ihnen zugleich die Zukunft aus der Tiefe herauf, mit einem Ausdruck, in dem eine unbezwingbare Gier zu lesen stand... Um das beendete Make-up zu überprüfen, griff die alterssichtige Tadeshina zu der sonst nie benutzten Brille und schob deren feine Goldbügel über die Ohren. Dabei bohrten sich die Enden der Bügel in die greisenhaft bleichen Ohrläppchen, so daß diese plötzlich erröteten...

In den ersten Oktobertagen erfolgte die Benachrichtigung, daß die Verlobungszeremonie im Dezember stattfinden werde. Wie in einer beigefügten Liste angedeutet, sollten die Geschenke fünf Rollen Anzugstoff, zwei Fässer vom feinsten *Sake* sowie eine Kiste frischer Meerbrassen umfassen, worunter die beiden letztgenannten keinerlei Probleme bereiteten; was hingegen den Anzugstoff für den Prinzen betraf, so übernahm es Marquis Matsugae, ihn zu beschaffen, sandte ein langes Telegramm an den Londoner Filialleiter des Handelshauses Itsui und veranlaßte, daß eine Sonderanfertigung erstklassigen englischen Tuches unverzüglich abgeschickt wurde.

Eines Morgens, als die Tadeshina Satoko wecken kam, war aus dem Gesicht der Erwachenden alle Farbe gewichen, richtete sie sich plötzlich auf, lief, indem sie den Arm der Tadeshina zurückwies, auf den Gang hinaus, und kurz bevor sie die Toilette erreicht hatte, übergab sie sich, so heftig zudem, daß das Erbrochene die Ärmelsäume ihres Nachtgewands beschmutzte.

Die Tadeshina half ihr zurück ins Schlafzimmer und vergewisserte sich, daß niemand draußen hinter den geschlossenen Schiebetüren stand.

Die Ayakuras hielten im hinteren Hof ein gutes Dutzend Hühner. Ihr Gegacker, mit dem sie den Tag ankündigten, schlug gegen die allmählich heller werdenden, papierbespannten Fenster und bildete regelmäßig die Begleitmusik, nach der der Morgen im Hause ablief. Selbst nachdem die Sonne herauf war, verstummte es nicht. Satoko, eingehüllt in dieses Gegacker, ließ ihr blasses Gesicht wieder in die Kissen fallen und schloß die Augen.

»Hören Sie, gnädiges Fräulein«, flüsterte die Tadeshina dicht an Satokos Ohr, »Sie dürfen darüber mit niemandem reden. Ich werde auch die Flecken auf Ihrem Nachtgewand unbemerkt entfernen; also geben Sie es auf keinen Fall dem Mädchen. Und um Ihre Mahlzeiten werde ich mich künftig ebenfalls kümmern, werde dafür sorgen, daß Sie, ohne daß das Mädchen etwas davon merkt, genau das bekommen, was Ihnen schmeckt. Da ich, gnädiges Fräulein, ja nur Ihr Bestes will, ist es am richtigsten, Sie verhalten sich von nun an so, wie ich Ihnen sage.«

Satoko, völlig willenlos, stimmte zu, und eine einzelne Träne floß über ihr schönes Gesicht.

Das Herz der Tadeshina aber schwamm in Seligkeit. Zum einen, weil keiner außer ihr allein diese allerersten Symptome bemerkt, zum anderen, weil sie sofort und wie selbstverständlich die Überzeugung gewonnen hatte, daß dies genau die Situation war, die sie herbeigesehnt. Nun hatte sie Satoko fest in der Hand!

Genau besehen, war die Tadeshina mit dergleichen Dingen weit mehr vertraut als mit der Welt der bloßen Gefühle. Sie war gewissermaßen die zuverlässig arbeitende Spezialistin für die unmittelbar körperlichen Probleme, und als solche hatte sie es damals, als bei Satoko die Menstruation einsetzte, auch gleich bemerkt und sie beraten. Woraus sich erklärt, daß die Gräfin, die freilich ein nur sehr spärliches Interesse für die Vorgänge in ihrer Umgebung besaß, erst zwei Jahre später und aus dem Mund der Tadeshina davon erfahren hatte.

Ständig darauf bedacht, ihre ganze Aufmerksamkeit auf Satokos Zustand zu richten, begann die Tadeshina die nach dem Auftreten des morgendlichen Brechreizes sich häufenden Anzeichen zu registrieren: Satokos Art, sich zu pudern, ihre in Vorahnung des näherkommenden Unheils zusammengezogenen Brauen, ihren Appetitwechsel, die erkennbar melancholische Mattigkeit ihrer Bewegungen; und da sie in all dem eine gewisse Vermutung bestätigt fand, steuerte sie ohne weiteres Zaudern auf eine Entscheidung zu.

»Es schadet nur Ihrer Gesundheit, wenn Sie sich so vergraben. Ich werde Sie auf einem Spaziergang begleiten.«

Aufforderungen wie diese pflegten in der Regel das Stichwort dafür zu sein, daß eine Begegnung mit Kiyoaki bevorstand. Doch jetzt, am hellen Nachmittag? Verwundert und wie fragend hob Satoko die Augen.

Anders als sonst hatte der Gesichtsausdruck der Tadeshina etwas Zurückweisendes. Sie war sich bewußt, daß ihrer Hand ein guter Ruf anvertraut war, mit dem das Ansehen des Reiches auf dem Spiele stand.

Als sie, um den rückwärtigen Ausgang zu benutzen, den Hinterhof durchquerten, war die Gräfin, die Ärmel ihres *Kimonos* vor der Brust übereinandergeschlagen, eben dabei, einer Dienstmagd zuzuschauen, die dort die Hühner fütterte. Die Herbstsonne ließ das Gefieder der in Scharen herbeieilenden Hühner erglänzen und strich wie lobend das flatternde Weiß der Wäsche auf dem Trockenplatz heraus.

Im Weitergehen, und während sie sich darauf verließ, daß die Tadeshina die Hühner vor ihren Füßen verjagen werde, grüßte Satoko leicht mit den Augen zu ihrer Mutter hinüber. Die aus dem Federgepluster bei jedem Schritt sich vorstreckenden Hühnerbeine wirkten steif und unnachgiebig. Und es war Satoko, als spürte sie zum ersten Mal diese Feindseligkeit bei Lebewesen, eine Feindseligkeit, die auf einer wie immer gearteten Affinität zwischen solchen Lebewesen und ihr selbst beruhte, und sie fand dieses Gefühl abscheulich. Einige ausgegangene Hühnerfedern trieben nahe bei ihr aufdringlich über die Erde.

»Ich darf das gnädige Fräulein auf einem kurzen Spaziergang begleiten«, sagte die Tadeshina, wobei sie sich verbeugte.

»Sie führen sie aus? Oh, da bin ich Ihnen sehr verbunden«, erwiderte die Gräfin. Nachdem die Hochzeit ihrer Tochter allmählich in greifbare Nähe gerückt war, legte sie ein entsprechend nervöses Wesen an den Tag; andererseits jedoch begann sie sich ihr gegenüber zunehmend höflicher und formeller zu verhalten. Dies geschah aus der unter dem Hofadel üblichen Zurückhaltung, und natürlich hätte sie ihre Tochter, die ja nun zur kaiserlichen Familie gehörte, mit keinem Wort mehr zurechtgewiesen.

Sie spazierten bis zu dem kleinen, den kaiserlichen Ahnen geweihten *Shintō*-Schrein im Ryūdo-Viertel, betraten den von einem Zaun aus Granitpfosten umfriedeten, engen Innenbezirk, wo soeben das herbstliche Opferfest zu Ende gegangen war, und nachdem sie vor dem mit violetten Tüchern behängten Sanktuarium die Köpfe gesenkt hatten, folgte Satoko der Tadeshina hinter die kleine *Kagura*-Tanzhalle.

»Und hier«, fragte Satoko zaghaft, »erwarten wir Kiyoaki?« Irgendwie fühlte sie sich heute von der Tadeshina eingeschüchtert.

»Nein, er wird nicht kommen. Ich habe Sie hierher geführt, weil ich dem gnädigen Fräulein etwas vortragen möchte. So jedenfalls brauchen wir nicht zu befürchten, daß uns jemand belauscht.«

Es lagen zwei, drei große Hausteine herum, Zuschauerplätze, von denen aus die *Kagura*-Bühne seitlich einzusehen war; auf einen ließ die Tadeshina Satoko sich setzen, indem sie ihren zusammengefalteten *Haori*-Überwurf über den moosübersponnenen Stein deckte und sagte: »Damit Sie sich nicht von unten herauf erkälten.«

Hierauf kam sie zur Sache und begann in einem feierlichen Tonfall: »Ich bin, gnädiges Fräulein, davon überzeugt, daß Sie, auch ohne daran erinnert zu werden, den Kaiser über alles stellen. Begnadet mit der Gunst der Majestäten, hat das Haus Ayakura durch siebenundzwanzig Generationen nach diesem Grundsatz gehandelt; es möchte also scheinen, als solle Buddha die Wahrheit gepredigt werden, wenn eine von meinem Schlage das gnädige Fräulein darauf verweist: vor einer Heirat wie der Ihren, zu der die kaiserliche Einwilligung nun einmal vorliegt, ist kein Ausweichen mehr möglich, denn sich ihr zu widersetzen, hieße sich gegen die Gnade des Kaisers zu empören. Und es gibt kein entsetzlicheres Verbrechen in der Welt...«

Allmählich ins einzelne gehend, erklärte die Tadeshina, daß sie damit keineswegs Satokos bisheriges Betragen tadeln wolle, zumal sie selbst in diesem Punkt mitschuldig geworden sei. Was unbemerkt von der Öffentlichkeit geschehe, müsse nicht unbedingt für eine Sünde gehalten und bereut werden; wiewohl es auch da eine Grenze gebe und nun, nachdem sie, Satoko, die Frucht trage, allerdings die Zeit gekommen sei, den Dingen ein Ende zu bereiten. Bisher habe sie schweigend zugesehen; da es aber so weit gediehen, gehe es nicht an, dieses Liebesverhältnis noch länger hinzuschleppen. Satoko solle sich jetzt und sofort entschließen, solle Kiyoaki für immer Lebewohl sagen und in allem entsprechend ihren Anweisungen handeln...

Endlich – und im Glauben, Satoko habe sie vollauf begriffen und es liefe alles nach Wunsch – unterbrach die Tadeshina ihre nahezu leidenschaftslose Rede und drückte das zusammengelegte Taschentuch vorsichtig auf ihre von Schweißperlen übersäte Stirn.

Um ihre streng argumentierenden Worte zu kaschieren, hatte sie eine kummervolle Mitleidsmiene aufgesetzt, hatte gar mit belegter Stimme gesprochen; doch wußte sie wohl, daß sie in Wahrheit diesem jungen Mädchen gegenüber, das ihr mehr ans Herz gewachsen war als eine leibliche Tochter, ein Gefühl wirklichen Kummers nicht aufbrachte. Eine trennende Mauer erhob sich zwischen ihrer Zuneigung und ihrem Kummer, und je liebenswerter sie Satoko fand, desto sicherer erwartete die Tadeshina, Satoko werde sich der in ihrem eigenen schrecklichen Entschluß verborgenen, so unbeschreiblich grausigen Freude anschließen. Sich dadurch von dem einen ehrfurchtsverletzenden Verbrechen zu befreien, daß man ein neues begeht. Letztlich das eine durch das andere aufzuheben und so alle beide aus der Welt zu schaffen. Dem einen Dunkel ein weiteres, eigens angerichtetes Dunkel beizumischen und daraus eine schauerliche, päonienfarbige Morgenröte heraufzuführen. Und das in aller Heimlichkeit!

Da Satoko noch immer schwieg, wurde die Tadeshina unruhig und meinte erneut: »Nicht wahr, Sie werden alles so machen, wie ich sage. Ist Ihnen das recht?«

Satokos Gesicht blieb leer; es malte sich auch nicht das leiseste Erstaunen auf ihm. Sie hatte nicht begriffen, was der feierliche Wortschwall der Tadeshina eigentlich meinte.

»So sag doch, was ich tun soll! Du mußt schon deutlicher werden.«

Die Tadeshina sah sich um, vergewisserte sich, daß das leise Scheppern des Gongs vorm Sanktuarium von keinem Besucher, sondern vom Wind ausgelöst worden war. Unter den Dielen der *Kagura*-Halle zirpte kaum hörbar eine Grille.

»Sie werden das Kind beseitigen lassen, je schneller desto besser.«

Satoko verschlug es den Atem.

»Was redest du da? Man wird mich ins Zuchthaus stecken!«

»Aber woher denn! Das überlassen Sie nur mir. Und selbst einmal angenommen, es würde irgendwie ruchbar, die Polizei wird gar nicht erst in die Lage kommen, Ihnen oder mir eine Schuld nachzuweisen. Ihre Hochzeit ist beschlossene Sache. Sobald dann im Dezember die Geschenke ausgetauscht sind, werden wir noch sicherer sein. Spätestens zu dem Zeitpunkt hat auch die Polizei begriffen, woran sie ist... Trotzdem, gnädiges Fräulein, bedenken Sie bitte das eine: wenn Sie zögern und jeder sieht erst, daß Sie schwanger sind, wird Ihnen die Welt, geschweige denn der Kaiser, gewiß nie verzeihen. Die Verlobung würde unweigerlich gelöst, Ihr Herr Vater müßte sich aus der Gesellschaft zurückziehen. Außerdem würde auch der junge Herr Kiyoaki in eine schwierige Situation geraten: da ein öffentliches Geständnis von ihm die Zukunft des Hauses Matsugae zugrunde richten könnte, bliebe ihm gar nichts anderes übrig, als Sie zu verleugnen. Dann hätten Sie, gnädiges Fräulein, alles verloren. Und das wollen Sie doch nicht, oder? Also sehe ich wirklich nur diesen einen Weg.«

»Ach, auch wenn die Polizei, sollte etwas davon durchsikkern, Stillschweigen bewahrte, der Familie des Prinzen wird es früher oder später doch zu Ohren kommen. Und wie verhalte ich mich dann bei der Hochzeit, wie danach in Erfüllung meiner ehelichen Pflichten? Kannst du mir das etwa sagen?«

»Sie werden sich ja wohl von bloßem Gerede nicht einschüchtern lassen. Schließlich liegt es ganz bei Ihnen, wie man im prinzlichen Hause über Sie denkt. Sie brauchen nur als die schöne, züchtige Prinzessin aufzutreten, und alles ist gut. Gerüchte pflegen sich rasch zu verlieren.«

»Du bist sicher, daß ich auf keinen Fall ins Zuchthaus komme oder ins Gefängnis gesteckt werde, nicht wahr?«

»Nun, ich will es Ihnen so schildern, daß Sie mir unbesorgt zustimmen können. Erstens ist es einfach undenkbar, daß die Polizei – bei ihrem Respekt vor dem prinzlichen Haus – die Sache zur Anzeige bringt. Sollten Sie dennoch Befürchtungen hegen, so bestünde die Möglichkeit, wir zögen Herrn Marquis Matsugae auf unsere Seite. Als ein Mann von Einfluß wird er das alles ohne weiteres regeln, und im Grunde geht es ja darum, eine Affäre seines Sohnes beizulegen.«

»Oh, nur das nicht!« rief Satoko aus. »Das werde ich nie zulassen. Unter keinen Umständen darfst du den Marquis oder Kiyoaki um Hilfe bitten. Damit wäre ich endgültig zu einer Unwürdigen herabgesunken.«

»Aber bitte, ich meinte doch nur, gesetzt den Fall... Zweitens schließlich bin ich fest entschlossen, mich in jeder, auch in rechtlicher Hinsicht voll vor das gnädige Fräulein zu stellen. Am besten richten wir es so ein, daß Sie, ohne von meinem Vorhaben irgend etwas zu ahnen, sich von mir überlisten lassen, das Betäubungsmittel unwissentlich einatmen und auf diese Weise in einen Zustand der Hilflosigkeit geraten. Würde dies bekannt und es käme gar zu einem Prozeß, trüge ich allein die Schuld, und die Sache wäre erledigt.«

»So oder so – es brächte mich, willst du sagen, bestimmt nicht ins Gefängnis?«

»In dem Punkte können Sie ganz beruhigt sein.«

Was diese Worte auf Satokos Gesicht auslösten – Erleichterung war es nicht. Und dann erklärte sie, völlig unerwartet: »Ich möchte ins Gefängnis gehen.«

Wie befreit lachte die Tadeshina auf. »Sie reden wie ein kleines Kind! Warum denn das nun wieder?«

»Was für Kleider trägt eigentlich eine Gefangene? Ich möchte wissen, ob Kiyoaki mich dann noch lieben wird.«

Als Satoko so abstrus daherredete, blitzten nicht etwa Tränen, sondern – die Tadeshina sah es mit Schaudern – eine wilde Freude aus ihren Augen.

Wie sehr sich diese beiden Frauen ihrem Stand nach auch unterschieden, der Mut, der ihre Herzen mächtig erfüllte, war ganz offensichtlich vom gleichen Schlage, von der gleichen Gewalt. Und nie, ob um einer Täuschung oder um der Wahrheit willen, war es mehr auf einen in Quantität wie in Qualität gleichen Mut angekommen als jetzt.

Wie ein stromaufwärts gesteuertes Boot, wenn seine Antriebskraft genau der Kraft der Strömung entspricht, eine Zeitlang auf einer Stelle verharrt, genau so – meinte die Tadeshina zu spüren – waren sie und Satoko für Augenblicke dieser Gegenwart in einer schon ungeduldigen Vertrautheit aneinandergefesselt. Ja, sie erkannten einer am anderen die gleiche Freude. Den Flügelschlag einer Freude, ähnlich dem Geflatter eines dicht über den Köpfen hinwegstreichenden Vogelschwarms auf der Flucht vor dem nahenden Sturm... Der Trauer, der Furcht, der Angst gleichend und doch verschieden von jedem dieser drei, war es ein wildes Gefühl, für das es keinen anderen Namen gab als Freude.

»Jedenfalls tun Sie, bitte, was ich Ihnen sage, nicht wahr?« schloß die Tadeshina und betrachtete dabei Satokos wie von der Herbstsonne erregten Wangen.

»Kiyoaki darf aber nicht das geringste davon erfahren. Von meinem Zustand, meine ich. Ob ich dann tue, was du sagst, oder nicht – nun, sei unbesorgt, ich werde sonst niemanden einweihen und mich nur mit dir darüber besprechen, um den Weg zu wählen, der mir der beste scheint.«

In Satokos Worten lag bereits die Würde der Prinzessin.

38

Die Neuigkeit, daß die Verlobungsfeierlichkeiten nun jedenfalls im Dezember stattfinden würden, erfuhr Kiyoaki Anfang Oktober während eines Abendessens mit seinen Eltern.

Sie bezeigten beide ein außerordentliches Interesse an dieser

Zeremonie und prunkten voreinander mit ihren Kenntnissen der alten Hofetikette.

»Graf Ayakura«, meinte die Marquise, »wird natürlich zum Empfang des Haushofmeisters ein Staatsgemach herrichten müssen; nur frage ich mich, welchen Raum er dafür auszuwählen gedenkt.«

»Nun, da man dabei stehen wird, wäre ein prächtiges Zimmer im westlichen Stil freilich das beste, vorausgesetzt, sie hätten eines; so dürfte ihnen nichts anderes übrigbleiben, als den hinteren Salon im Hause mit Tüchern auszulegen, desgleichen den Korridor vom Eingang her, und ihn dort willkommen zu heißen. Sobald der Haushofmeister in Begleitung zweier Herren aus seiner Beamtenschaft in der Karosse vorfährt, hat Ayakura mit der auf feinstem Zedernpapier geschriebenen Bestätigungsurkunde, die in gleiches Papier gehüllt und mit zwei zu Schleifen gebundenen Papierbindfäden verschlossen ist, bereitzustehen. Im übrigen erscheint der Haushofmeister in großer Gala, so daß der ihn empfangende Graf gehalten ist, ebenfalls die Adelsuniform anzulegen. Aber in all diesen Details ist Ayakura ja Experte; mithin brauche ich darüber kein Wort zu verlieren. Nur um die Finanzierung, darum sollte ich mich wohl besser kümmern.«

An diesem Abend, innerlich aufgewühlt, hörte Kiyoaki, wie das dumpfe, metallische Gerassel, mit dem seiner Liebe schließlich die Ketten angelegt wurden, über den Boden schleifend näher kam. Indessen war ihm die heitere Kraft, die ihn seinerzeit beim Erlaß des kaiserlichen Einverständnisses beflügelt hatte, verlorengegangen. Die ihn damals so stimulierende, einem weißen Porzellan vergleichbare Vorstellung, daß eigentlich absolut nichts mehr möglich sei, hatte sich inzwischen rundum mit feinen Sprüngen überzogen. Und an die Stelle des leidenschaftlichen Frohlockens, aus dem einst seine Entschlossenheit herangereift, war jetzt die Trauer dessen getreten, der das Zuendegehen einer Jahreszeit beobachtet.

War er denn etwa, fragte er sich, im Begriffe aufzugeben? Nein, das nicht. Aber während das kaiserliche Einverständnis als die Kraft gewirkt hatte, sie bis zum Wahnsinn ineinander zu verstricken, erwies sich die Bekanntgabe der Verlobung, wiewohl es sich lediglich um einen Folgeschritt handelte, als eine

Kraft, die diesmal, und zwar mit bedrohlicher Deutlichkeit, sie beide von außen her auseinanderzureißen versuchte. Gegenüber der ersteren hatte es genügt, daß er der Neigung seines Herzens folgte; wie er sich allerdings angesichts der letzteren verhalten sollte, das wußte er nicht.

Anderntags rief Kiyoaki den Wirt jener Soldatenabsteige, ihrer gewohnten Verbindungsstelle, an und bat ihn, der Tadeshina auszurichten, daß er Satoko so bald wie möglich zu sehen wünsche. Da er die Antwort bis spätestens zum Abend erwartete, ging er zwar zum Unterricht, doch rauschten die Worte vom Katheder her an seinen Ohren vorbei. Bei einem Anruf nach Schulschluß von einem Apparat außerhalb des Gebäudes aus wurde ihm die Erwiderung der Tadeshina mit den folgenden Worten übermittelt: In Anbetracht der ihm ja bekannten Umstände sei es ihr unmöglich, innerhalb der nächsten zehn Tage eine Begegnung zu arrangieren; doch werde sie, wenn sich Gelegenheit dazu biete, ihn sofort benachrichtigen, und er möge so freundlich sein, bis dahin zu warten.

Diese zehn Tage verbrachte er in sehnsuchtsvoller Pein. Deutlich spürte er: das war die Vergeltung für sein früheres Benehmen, als er Satoko so kalt behandelt hatte.

Der Herbst rückte voran; daß sich der Ahorn verfärbte, dafür war es noch zu früh, doch die Kirschbäume warfen bereits ihr mattrotes Laub ab. Besonders bitter war der Sonntag, den er, da er den Freund nicht hatte einladen mögen, allein verlebte, den Wolkenschatten zuschauend, die über den Teich hintrieben, oder verloren auf den neunstufigen Wasserfall starrend, um sich zu wundern, wieso eigentlich das ständig fließende Wasser sich nicht erschöpfte, und über das Geheimnis zu meditieren, das die Wasserteilchen miteinander verkettet. Tatsächlich kam ihm dies vor wie der Gestalt gewordene Zustand seiner Gefühle.

Eine Stimmung erbärmlichen Versagens breitete sich in seinem Innern aus; hier war ihm heiß, da war ihm kalt, beim Bewegen überkam ihn eine entsetzliche Mattigkeit, zugleich aber auch eine nervöse Hast, und es war wie eine Krankheit. Er schlenderte allein durch das weite Anwesen, wandte sich dem Pfad durch das Zypressenwäldchen hinterm Haupthaus zu. Irgendwo begegnete er dem alten Gärtner, der im Kraut vergilbte Yamswurzeln ausgrub.

Aus dem zwischen den Zypressenzweigen hindurchschimmernden blauen Himmel fiel ein Tropfen vom Regen tags zuvor und traf Kiyoakis Stirn. Ihm war, als hätte er eine Nachricht erhalten, eine so reine und leidenschaftliche, daß sie ihm ein Loch in die Stirn geschlagen, und auf einmal fühlte er sich von der Furcht, er könnte verlassen, vergessen sein, befreit. Während er nur gewartet und nichts sich ereignet hatte, waren die Ängste und Zweifel hin und her gelaufen, wie die hohlen Schritte der Menge einander durchdringend eine Kreuzung überqueren – so wild hatten seine Gedanken gearbeitet. Und selbst das Bewußtsein von seiner eigenen Schönheit war ihm darüber entfallen!

Die zehn Tage waren vergangen. Die Tadeshina hatte ihr Versprechen gehalten. Allerdings, das Armselige dieser Begegnung schnitt ihm ins Herz.

Satoko werde das Kaufhaus Mitsukoshi aufsuchen, um die Aussteuer-*Kimonos* zu bestellen. Eigentlich würde die Gräfin mitgegangen sein, doch da sie mit einer leichten Erkältung zu Bett liege, werde lediglich die Tadeshina Satoko begleiten. Man könne sich natürlich im Kaufhaus treffen; indessen sei es wenig angenehm, dabei von den Verkäuferinnen in der Stoffabteilung begafft zu werden. Er möge daher nachmittags um drei Uhr an dem Eingang mit den Löwenfiguren warten. Sobald er Satoko aus dem Kaufhaus treten sehe, solle er, ohne sich anmerken zu lassen, daß er sie kenne, ihr und der Tadeshina nachfolgen. Bald darauf werde man ein nahes, unauffälliges *Shiruko*-Restaurant betreten; wenn er sich ihnen anschließen wolle, dürfe er dort für eine gewisse Zeit mit ihr sprechen. Dem wartenden Riksha-Mann gegenüber werde man so tun, als ob man sich noch im Kaufhaus befinde.

Kiyoaki ging früher aus der Schule weg, und nachdem er den Regenmantel über die Uniform gezogen, das Schulabzeichen auf dem Kragen verdeckt und seine Uniformmütze in die Tasche gestopft, postierte er sich im Menschengewühle vor dem Eingang des Mitsukoshi. Satoko, als sie herauskam, warf ihm einen schmerzlichen, brennenden Blick zu und trat auf die Straße. Kiyoaki tat, wie ihm geheißen, und in einem Winkel des eben nicht sehr besuchten *Shiruko*-Restaurants saßen sie endlich einander gegenüber.

Zwischen Satoko und der Tadeshina, so hatte er den Eindruck, schien eine irgendwie gespannte Stimmung zu herrschen. Auch war Satokos Make-up auffälliger als sonst, und deutlich erkannte er, wie sie bemüht gewesen, sich den Anstrich von Gesundheit zu geben. Kraftlos kamen ihr die Worte über die Lippen, ihr Haar war stumpf und schwer. Kiyoaki bemerkte, daß sich das einst in so frischen Farben prangende Bild auf einmal recht verblaßt vor seinen Augen entrollte. Es unterschied sich auf seltsame Weise von dem, das er die zehn Tage lang, und mit welcher Inbrunst, herbeigewünscht hatte.

»Können wir uns nicht heute abend sehen?« fragte er ungeduldig, zugleich vorausahnend, daß er darauf unmöglich eine befriedigende Antwort erhalten würde.

»Sei doch bitte nicht so unvernünftig!«

»Was ist daran denn unvernünftig?«

Seine Worte klangen erregt, innerlich war er wie benommen.

Satoko senkte den Kopf, und schon liefen ihr die Tränen. Aus Furcht vor den anderen Gästen holte die Tadeshina ein weißes Taschentuch hervor und faßte Satoko an der Schulter. Weil ihm die Art, wie sie das tat, kaltherzig erschien, warf Kiyoaki ihr einen scharfen Blick zu.

»Sie brauchen mich gar nicht so anzustarren«, sprudelte die Tadeshina mit einiger Grobheit heraus. »Ist Ihnen, junger Herr, eigentlich nicht klar, daß ich mich auf Tod oder Leben für Sie und das gnädige Fräulein eingesetzt habe? Nun ja, Sie sind es nicht allein, auch das gnädige Fräulein bringt mir nicht das entsprechende Verständnis entgegen. Besser, ich hätte diese Welt hinter mir.«

Man hatte drei *Shiruko*-Suppen vor sie hingestellt, aber es begann keiner zu essen. An den Rändern der kleinen Lackdeckel verfärbte sich das heiße, süße Bohnenmus ins Violette, und was sich wie Frühjahrsschlamm herausgequetscht, trocknete allmählich ein.

Die Begegnung war kurz, und mit dem unsicheren Versprechen, nach abermals zehn Tagen einander wiederzusehen, trennten sich die beiden.

An diesem Abend litt Kiyoaki unendliche Qualen. Bei dem Gedanken, Satoko könnte künftig jede nächtliche Verabredung verweigern, fühlte er sich von der Welt insgesamt zurückgewiesen, waren ihm, inmitten seiner Verzweiflung, alle Bedenken, ob er Satoko noch liebe, verflogen.

Aus ihren Tränen heute hatte er begriffen: ihr Herz war sein; gleichzeitig jedoch war ihm deutlich geworden, daß von einer bloßen Seelenverwandtschaft nun keinerlei Rettung mehr kommen konnte.

Was ihn jetzt erfüllte, war die wirkliche und echte Leidenschaft. War, verglichen mit jenen Gefühlen der Liebe, die er sich bisher eingeredet, eine verworrene und unansehnliche, eine wilde, eine düstere Erregung, weit entfernt von aller eleganten Vornehmheit. Jedenfalls gewiß nicht das, woraus man Gedichte macht. Zum ersten Mal in seinem Leben wurde etwas dem Wesen nach so Ungestaltes zu einem Teil seines Ich.

Nach einer schlaflos verbrachten Nacht erschien er mit blassem Gesicht in der Schule und wurde von Honda sogleich beiseite genommen. Die eher zögernden, anteilnehmenden Fragen des Freundes hätten Kiyoaki fast zu Tränen gerührt.

»Hör zu! Sie will offenbar nicht mehr mit mir schlafen.«

In Hondas Miene malte sich eine Verwirrung, wie sie einer Nonne angestanden hätte.

»Wieso denn das?«

»Wohl weil die Verlobung jetzt auf Dezember festgesetzt ist.«

»Und da will sie enthaltsam sein, wie?«

»Anders kann ich mir das nicht vorstellen.«

Honda fehlten die Worte, den Freund zu trösten. Und schmerzlich empfand er, daß ihm, da er nicht aus eigener Erfahrung sprechen konnte, wieder einmal nichts anderes übrigblieb, als allgemeine Betrachtungen anzustellen. Wohl oder übel mußte er für Kiyoaki den Baum bis in den Wipfel erklimmen, das Land aus der Vogelperspektive überschauen und so die psychologische Analyse liefern.

»Als wir sie damals nach Kamakura holten, meintest du, du wärst dir nicht sicher, ob sie dich nicht plötzlich überbekommen hätte, nicht wahr?«

»Das war doch nur aus dem Augenblick heraus gesagt.«

»Und wenn nun Fräulein Satoko abermals eine solche Haltung einnähme, um von dir noch tiefer, noch heftiger geliebt zu werden?«

Indessen, Hondas Rechnung, nämlich zu glauben, die Beschwörung von Kiyoakis Eigenliebe könnte Tröstung bedeuten, ging nicht auf. Kiyoaki gab jetzt nichts mehr auf seine eigene Schönheit. Und noch nicht einmal etwas auf Satokos innerste Empfindungen.

Bedeutung hatten allein Ort und Zeit, wo und wann sie einander in aller Freiheit begegnen könnten, unbesorgt und von keinem gestört. Und das, stand zu befürchten, war wohl nur noch außerhalb dieser Welt möglich. Oder zumindest im Augenblick des Untergangs dieser Welt.

Nicht auf die Gefühle kam es an, sondern auf die Umstände. Kiyoakis übermüdete, mit dem Mut der Verzweiflung erfüllte, blutunterlaufene Augen träumten davon, daß die Ordnung dieser Welt um ihrer beider willen zusammenbräche.

»Es müßte sich ein gewaltiges Erdbeben ereignen. Träte das ein, würde ich ihr zu Hilfe eilen. Ein großer Krieg müßte ausbrechen. Und ich... Nein, es müßte etwas geschehen, das das Land in seinen Grundfesten erschüttert.«

»So etwas, wie du meinst, braucht jemanden, der es tut«, sagte Honda, während er diesen eleganten jungen Mann wie mitleidig betrachtete. Er hatte begriffen, daß hier ein Fall vorlag, in dem Ironie und Spott dem Freund aufhelfen würden. »Wie wär's, wenn du es tätest?«

Ehrliche Verlegenheit malte sich auf Kiyoakis Gesicht. Ein von der Liebe gehetzter Jüngling hat schließlich dafür keine Muße.

Indessen, von dem kurz aufflammenden Blitz der Zerstörung, den seine Worte trotz allem in den Augen des Freundes gezündet, war Honda doch wieder fasziniert: als liefe ein Rudel Wölfe durch das reine Dunkel dieser Augenscheine, jagende Schatten seiner rasenden Seele, noch ungeübt im Gebrauch ihrer Kräfte und von Kiyoaki selbst nicht bemerkt, für einen Augenblick nur in den Pupillen entstanden und schon vergangen...

»Was denn könnte mich«, überlegte Kiyoaki wie im Selbstgespräch, »aus dieser Klemme herausreißen? Macht vielleicht? Oder Geld?«

Daß der Sohn des Marquis Matsugae so redete, hatte für Honda etwas Lächerliches, und kalt fragte er deshalb zurück: »Nehmen wir an, die Macht könnte es – wie willst du vorgehen?«

»Ich würde alles tun, um Macht zu gewinnen. Doch das braucht Zeit.«

»Dir nützen weder Macht noch Geld auch nur irgend etwas. Du darfst nicht vergessen: du bist immer ein Freund des Unmöglichen gewesen, und daran scheitern selbst Macht und Geld. Du hast dich schließlich davon bezaubern lassen, gerade weil es unmöglich war. Habe ich nicht recht? Wäre es zu etwas Möglichem geworden – es hätte dir ja nichts mehr bedeutet, oder?«

»Aber einmal war es möglich.«

»Du sahst das Trugbild einer Möglichkeit. Sahst den Regenbogen. Was willst du noch?«

»Was ich noch will...?« murmelte Kiyoaki.

Honda hatte das Gefühl, als öffnete sich jenseits dieses abgebrochenen Satzes eine Leere, so weit, so riesig, daß er sie nicht einmal abzuschätzen vermochte, und ihn schauderte. Er dachte ›Die Worte, die wir miteinander wechseln, sind nur eine Menge Bausteine, die in tiefer Nacht in regellosem Durcheinander verstreut bei einem Neubauplatz liegen. Angesichts des Schweigens, mit dem sich über der Baustelle der gestirnte Himmel bis ins Unendliche spannt, können die Steine nicht anders, als eben auf die Weise zu verstummen.‹

Die beiden Freunde führten dieses Gespräch nach Schluß der ersten Schulstunde, einer Logikstunde, und spazierten dabei den Pfad durch jenen Wald entlang, der den Blutracheteich umschloß; jetzt, da der Beginn der zweiten Stunde näherrückte, gingen sie den eben gekommenen Weg zurück. Auf dem herbstlichen Waldpfad lag mancherlei, was in die Augen fiel. Zahllose Blätter von den Bäumen, feucht, aufeinanderklebend, mit hervortretendem, braunem Geäder, Eicheln, noch grün zerplatzte, verfaulte Kastanien, Zigarettenstummel... Zwischen all dem entdeckte Honda ein gekrümmtes, bleiches, ja krankhaft weißliches Fellbündelchen, blieb stehen und starrte darauf nieder. Sobald er begriff, daß es sich um einen toten jungen Maulwurf handelte, kauerte sich auch Kiyoaki hin, und schweigend, während die Zweige über ihren Köpfen die Morgensonne auf ihn lenkten, betrachteten sie den kleinen Leichnam in aller Ausführlichkeit.

Wenn er weißlich gewirkt, so deshalb, weil das helle Fell auf der nach oben gewandten, leblosen Brust den Blick auf sich gezogen hatte. Im übrigen war der Körper von einem Schwarz wie feuchter Samt, in den weißen Rillen der kleinen, so klugen Pfoten haftete der Schmutz. Erdreich, wie zu erkennen war, das sich beim Kratzen in die Rillen hineingefressen hatte. Das schnabelförmig spitze Maul war aufgerissen und gab den Blick nach innen frei, so daß sich hinter zwei feinen Schneidezähnen der weiche, rosarote Rachen öffnete.

In ein und demselben Augenblick mußten die beiden jungen Männer an den Kadaver des schwarzen Hundes denken, der sich damals bei Matsugaes im Zufluß zum Wasserfall verfangen hatte. Jener Hundeleiche war eine unerwartete, gewissenhafte Totenfeier zuteil geworden.

Kiyoaki, indem er ihn an dem spärlich behaarten Schwanz ergriff, legte den toten kleinen Maulwurf vorsichtig auf seinen Handteller. Der schon völlig eingetrocknete Leichnam machte ihm durchaus keinen unsauberen Eindruck. Widerwärtig jedoch empfand er das in dem erbärmlichen Körper dieses kleinen Tieres lauernde Schicksal blinder, sinnloser Fronarbeit, und die feine Struktur der geöffneten, winzigen Pfoten war ihm abscheulich.

Abermals packte er den Schwanz, stand auf, und als der Pfad näher am Teichufer vorbeiführte, warf er den toten Maulwurf unbekümmert ins Wasser.

»Wie kannst du nur!« rief Honda und runzelte über die Leichtfertigkeit des Freundes die Brauen. Aus dem auf den ersten Blick so recht schülerhaft derben Benehmen las er die grenzenlose Verwüstung, die Kiyoakis Herz erfaßt hatte.

39

Sieben Tage vergingen, acht, aber von der Tadeshina blieb jede Nachricht aus. Als Kiyoaki am zehnten Tag den Wirt jener Soldatenabsteige anrief, lautete die Antwort, die Tadeshina scheine krank zu sein und das Bett zu hüten. Weitere Tage vergingen. Da man ihm erklärte, die Tadeshina sei noch immer nicht ganz genesen, kam ihm allmählich der Verdacht, es könnte sich um Ausflüchte handeln.

Von wirren Vorstellungen getrieben, fuhr Kiyoaki nachts von sich aus nach Azabu und schlich sich zum Haus der Ayakuras. Als er unter den Gaslaternen im Toriizaka-Viertel vorbeikam, wirkten in diesem Lampenlicht seine ausgestreckten Hände kreidebleich, so daß ihn eine tiefe Mutlosigkeit befiel. Denn er entsann sich einer alten Überlieferung, nach der, wie es hieß, der vom Tode schon gezeichnete Kranke wieder und wieder seine Hände zu betrachten pflegt.

Das Langhaus-Tor am Anwesen der Ayakuras war fest verschlossen. Eine trübe Torlampe ließ selbst das verwitterte Namensschild, auf dem sich nur die schwarz getuschten Schriftzeichen abhoben, kaum leserlich erscheinen. Überhaupt war dieses Haus recht armselig beleuchtet. Und daß er über die Mauer hinweg das Licht aus Satokos Zimmer gewiß nicht zu sehen bekäme, das war ihm klar.

Von den Gitterfenstern des unbewohnten Langhauses hatte er den Eindruck, es läge auf ihnen derselbe Staub noch wie damals, als er und Satoko in ihrer Kinderzeit sich einmal dort versteckt und, aus plötzlicher Furcht vor diesen modrig riechenden, dämmrigen Räumen und voller Sehnsucht nach der Helle draußen, in die Gitterstäbe gefaßt und sich daran festgeklammert hatten. Da das Grün am Hause gegenüber mit einer so üppigen Woge ihre Augen geblendet, war das wohl an einem Maitag gewesen. Auch mußten ihre Kindergesichter noch sehr klein gewesen sein; denn das enge Gitterwerk hatte ihnen den Blick auf die Laubmassen jener alten Bäume nicht verstellen können. Dann war ein Händler mit Stecklingen vorbeigekommen. »Schöne, schöne Winden! Auberginen!« hatte er seine Pflanzen ausgeschrien, und sie beide hatten die langgezogenen Rufe unter viel Gelächter nachgemacht.

Er hatte eine Menge gelernt in diesem Haus. Und immer hatte der Duft der Tusche eine Spur von Trauer in seine Erinnerung eingemischt, so daß nun diese erinnerte Trauer in seinem Herzen ununterscheidbar verflochten war mit höfischer Vornehmheit. Die Sutren-Abschriften, Gold auf violettem Grund, die ihm der Graf gezeigt, die Herbstgräser-Wandschirme im Stil des Kyōtoer Palastes... Dinge, die einst gewiß erleuchtet gewesen von sinnlicher Frische – bei den Ayakuras lagen sie begraben unter dem Geruch von Schimmel und Alt-Pflaumengarten-Tusche. Und jetzt, da hinter dieser Mauer, die ihn ausgesperrt, die Anmut endlich in ihrem lieblichstem Glanze wiederauflebte, war er, Kiyoaki, noch nicht einmal imstande, sie mit den Fingern zu berühren.

In dem von der Straße her nur mit Mühe erkennbaren Obergeschoß erlosch ein schwaches Licht: das gräfliche Paar mochte schlafen gegangen sein. Schon immer hatte sich der Graf früh zurückgezogen. Satoko würde sicher noch nicht schlafen. Doch ihr Licht war nicht zu sehen. Kiyoaki ging an der Mauer entlang bis zum rückwärtigen Tor. Schon wollte er die Hand nach dem gelblichen, rissig eingeschrumpften Klingelknopf ausstrecken; aber dann hielt er inne.

Und beschämt darüber, daß er den Mut nicht aufgebracht hatte, kehrte er nach Hause zurück.

Einige erdrückend windstille Tage verstrichen. Und noch einige Tage dazu. Er ging zur Schule, nur um die Zeit totzuschlagen; heimgekommen, dachte er nicht ans Arbeiten.

In der Klasse war jetzt deutlich zu erkennen, wer sich – wie übrigens auch Honda – unter Aufbietung allen Fleißes auf die Universitäts-Aufnahmeprüfung im nächsten Frühjahr vorbereitete; diejenigen, die an eine Universität wollten, an der ein Eintrittsexamen entfiel, stürzten sich auf den Sport. Kiyoaki, der sich keiner der beiden Gruppen anzuschließen vermochte, wurde immer mehr zum Einzelgänger. Da er häufig noch nicht einmal antwortete, wenn die anderen ihn ansprachen, begann man ihn eher zu meiden.

Als er eines Tages aus der Schule kam, erwartete ihn der Haushofmeister Yamada am Eingang und meldete ihm: »Der Herr Marquis, nachdem er heute früher zurückgekehrt, wünscht mit dem jungen Herrn eine Partie Billard zu spielen. Er erwartet Sie im Billardzimmer.«

Das war eine höchst ungewöhnliche Aufforderung, und Kiyoakis Herz begann zu rasen.

Daß der Marquis, selten nur und wenn ihn gerade die Laune anwandelte, Kiyoaki zum Billard einlud, pflegte sonst in der Weinseligkeit nach dem gemeinsamen Abendessen zu geschehen. Wenn er jetzt am hellen Tag darauf verfiel, mußte sein Vater entweder in außerordentlich guter, oder aber in der miserabelsten Stimmung sein.

Kiyoaki selbst war tagsüber so gut wie noch nie im Billardraum gewesen. Als er jetzt die schwere Tür aufstieß, eintrat und sah, wie die durch die wie immer fest verschlossenen Rippelglasfenster hereinfallende Nachmittagssonne auf den ringsum eichenholzgetäfelten Wänden lag, hatte er das Gefühl, er käme in ein ihm völlig unbekanntes Zimmer.

Der Marquis, vornübergebeugt, zielte mit angelegtem Queue auf einen weißen Ball. Die gespreizten Finger seiner linken Hand, mit denen er das Ende des Stockes umfaßte, wirkten wie ein Elfenbeinsteg unter einer *Koto*-Saite.

Kiyoaki, er trug noch die Schuluniform, war auf der Schwelle der halbgeöffneten Tür stehengeblieben.

»Nun mach schon bitte die Tür zu«, sagte der Marquis, auf dem Gesicht einen leichten grünen Schimmer vom Bezug des Billardtischs, so daß es Kiyoaki unmöglich war, seine eigentliche Miene zu erkennen. »Und dann lies mal das da. Es ist von der Tadeshina. Ihr Abschiedsbrief.« Dabei endlich richtete sich der Marquis auf und wies mit der Queuespitze auf einen Brief, der auf einem kleinen Tisch am Fenster lag.

»Ist sie tot?« fragte Kiyoaki, und er spürte, wie seine Hand von dem Brief, den sie hielt, zu zittern anfing.

»Nein, das nicht. Man hat sie gerettet. Aber gerade, daß sie nicht gestorben ist – das eben ist das Unverzeihliche«, erwiderte der Marquis. Seinem Benehmen war anzumerken, daß er sich bemühte, den Sohn auf Distanz zu halten.

Kiyoaki zauderte.

»Na, so lies doch!« rief der Marquis, und zum ersten Mal war Schärfe in seiner Stimme.

Stehend begann Kiyoaki den auf einen langen, vielfach gefalteten Querbogen geschriebenen Brief der Tadeshina zu lesen...

»Mein Vermächtnis –

Wenn Eurer Exzellenz dieses Schreiben zu Augen kommt, wollen Sie bitte meiner gedenken als einer, die diese Welt bereits verlassen hat. Bevor ich jedoch dazu schreite, in aufrichtigster Buße für mein so schuldhaftes Betragen den Faden zu verkürzen, an dem die Kugel meines elenden Lebens hängt, beeile ich mich, Ihnen mein Vergehen in vollem Umfang zu beichten und einen letzten, schicksalsschweren Wunsch zu unterbreiten.

Was mich in eine nicht länger zu ertragende Furcht versetzt, ist die Tatsache, daß an dem gnädigen Fräulein, der Komteß Ayakura Satoko, in jüngster Zeit – eine Folge meiner Nachlässigkeit – Anzeichen einer Schwangerschaft bemerklich sind. Indem ich ihr zu einer möglichst baldigen Beseitigung riet, sie indessen hierauf in keiner Weise einzugehen bereit war, jede weitere Verzögerung aber die Gefahr einer Katastrophe vergrößert, machte ich aus eigenem Entschluß den Herrn Grafen mit sämtlichen Einzelheiten bekannt. Da der Herr Graf, außer ein um das andere Mal ›Was soll ich tun?!‹ auszurufen, zu irgendeiner Entscheidung nicht zu gelangen scheint, die Beseitigung andererseits nach gewisser Zeit von Tag zu Tag schwieriger wird und zu befürchten steht, daß sich unter Umständen selbst eine Staatsaffäre daraus entwickelt, bin ich, nachdem dies alles durch meine Pflichtverletzung verursacht wurde, zu der Überzeugung gekommen, daß mir nunmehr nichts anderes übrigbleibt, als mein Leben fortzuwerfen, um so an die Großherzigkeit Eurer Exzellenz zu appellieren.

Mag ich auch den Zorn Eurer Exzellenz erregt haben – ich flehe Sie an: Setzen Sie bitte, bitte Ihre vortreffliche Einsicht und Weisheit daran, daß die Schwangerschaft des gnädigen Fräuleins die interne Angelegenheit bleibt, für die ich sie halte. Haben Sie nochmals Nachsicht mit einer dem Tode entgegeneilenden alten Frau und wollen Sie, bitte, dem gnädigen Fräulein weiterhin Ihre Gnade erhalten. Dies wünschend, bin ich, schon im Schatten des Grabes,

                Eurer Exzellenz unwürdige Dienerin.«

Nachdem er zu Ende gelesen, schob Kiyoaki selbst die feige Beruhigung beiseite, die er einen Augenblick lang darüber empfunden hatte, daß sein Name in dem Brief nicht genannt war, und hoffte, seinen Augen, die er zu seinem Vater aufhob, wäre keine Verstellung anzumerken. Indessen spürte er, daß seine Lippen trocken waren und seine Schläfen pochten.

»Na, gelesen?« fragte der Marquis. »Die Stelle auch, in der sie mich um meine ›vortreffliche Einsicht und Weisheit‹ bittet, weil es sich bei der Schwangerschaft des gnädigen Fräuleins um eine ›interne Angelegenheit‹ handele, wie? So gut wir uns auch stehen, unser Verhältnis zu den Ayakuras rechtfertigt doch wohl nicht einen solchen Begriff. Und dennoch wagt es diese Tadeshina, von einer ›internen Angelegenheit‹ zu sprechen... Wenn du eine Rechtfertigung weißt, dann bring sie jedenfalls vor. Versuche sie hier vor dem Porträt deines Großvaters zu formulieren... Sollte sich meine Vermutung als falsch erweisen, will ich mich gern entschuldigen. Als Vater bin ich natürlicherweise nicht gerade versessen darauf, dergleichen bestätigt zu hören. Es ist wahrhaftig abscheulich genug. Eine abscheuliche Vermutung.«

Noch nie hatte er seinen Vater, diesen unbekümmerten Sanguiniker, in solchem Grimm und zugleich in solcher Größe erlebt. Hinter sich das Porträt des Großvaters und das Gemälde mit der Seeschlacht aus dem russisch-japanischen Krieg, stand der Marquis aufrecht da, während er erregt mit dem Billardstock in seine Handfläche klopfte.

Bei der Darstellung jener Seeschlacht handelte es sich um ein riesiges Ölbild, auf dem das große Wendemanöver der bei Tsushima angreifenden japanischen Verbände festgehalten war; und die tiefgrünen Wogen des Meeres bedeckten über die Hälfte der Bildfläche. Sonst, bei Nacht betrachtet und nur ungenügend vom Licht der Lampe beschienen, waren diese Wellen Kiyoaki lediglich wie die Fortsetzung des unregelmäßigen Dunkels auf den düsteren Wänden vorgekommen; jetzt am hellen Tage jedoch erkannte er zu seinem Erstaunen eine Menge neuer Details: daß da im Vordergrund in einem schweren, bedrückend dunklen Violett die Wassermassen sich türmten; daß das Tiefgrün in die Ferne hinein in lichtere Töne überging; daß hier und da weiße Gischtkronen auf den Wogen stiebten und dennoch dieses wilde, nördliche Meer sich hinter dem mit einem Schlage schwenkenden Geschwader in immer breiter werdenden Kielwasserzonen beruhigte. Die Rauchschwaden aus den Schornsteinen der Hauptflotte, die, in die Tiefe gestaffelt, den Vordergrund mit der See weit draußen verband, trieben gleichmäßig nach rechts; hinter dem kühlen Blau des Himmels war ein helles Grasgrün zu ahnen, wie es für einen Maitag an der Japan-See charakteristisch ist.

Verglichen hiermit, schimmerte auf dem Porträt des im großen Staatskleid gegebenen Großvaters Leutseligkeit durch die Haltung unbeugsamer Strenge, und es schien, als würde er selbst in diesem Augenblick Kiyoaki nicht eigentlich tadeln, sondern ihn hoheitsvoll, aber herzlich ermahnen. Diesem Porträt seines Ahnherrn jedenfalls könnte er, hatte Kiyoaki den Eindruck, rundheraus alles gestehen.

Ja, ihm war zumute, als würde hier vor den schweren Lidern, der Wangenwarze, der dicken Unterlippe dieses Großvaters sein unentschlossenes Ich – und wäre es nur vorübergehend – zur Klarheit genesen.

»Da gibt es nichts zu rechtfertigen. Deine Vermutung trifft zu... Es ist mein Kind«, vermochte er zu sagen, ohne dabei die Augen zu senken.

Die Situation, in die er sich damit gedrängt sah, stürzte den Marquis Matsugae, im Gegensatz zu der äußerlich zur Schau getragenen drohenden Haltung, in Wahrheit in eine tiefe innere Ratlosigkeit. Im Grunde war er einem solchen Fall nicht gewachsen. Obwohl also die heftigsten Verweise hätten folgen können, brachte er es lediglich zu einem monologischen Gemurmel: »Alte Intrigantin, diese Tadeshina! Mit dem einen Male nicht genug, spielt sie ein zweites Mal die Ohrenbläserin. Nun ja, damals war's der falsche Kerl von Student; aber den Sohn eines Marquis... Ich wollte, sie hätte sich wirklich umgebracht. Schlechtes Weibsstück!«

Hatte er sich sonst subtileren, inneren Problemen dadurch entzogen, daß er einfach laut darüber gelacht – jetzt, da ihn ein ebensolches dazu nötigte, wütend zu werden, wußte er nicht, wie er reagieren sollte. Denn worin sich dieser rotgesichtige, obgleich durchaus stattlich wirkende Mann aufs deutlichste von seinem eigenen Vater unterschied, war die selbst dem Sohn gegenüber hervorgekehrte Attitüde dessen, der um keinen Preis für hart und gefühllos gelten möchte. Sein Bemühen, auf eine unkonventionelle Weise wütend zu werden, hatte zwar, wie er spürte, zur Folge, daß sich der Eindruck des Unbegründeten aus seinem Zorn verlor; andererseits war er, für den Zorn nur vorteilhaft, ein von jeder Selbstbesinnung weit entfernter Mensch.

Das kurze Zögern seines Vaters machte Kiyoaki Mut. Wie aus

Ritzen das klare Quellwasser sprudelt, kamen dem jungen Mann die allernatürlichsten Worte, die er in seinem Leben je geäußert, über die Lippen.

»Denk, was du willst; Satoko ist jedenfalls mein.«

»Ist dein? Sag das doch noch einmal! Du meinst, sie gehört dir?«

Der Marquis war froh darüber, daß der Sohn für ihn den Auslöser seines Zorns betätigt hatte. Um so beruhigter konnte er nun die Fassung verlieren.

»Jetzt plötzlich kommst du damit heraus. Als hätten wir dich damals, als der Prinz Satoko den Antrag machte, nicht ausdrücklich gefragt, ob du vielleicht irgendwelche Einwände dagegen vorbringen möchtest! Und habe ich dich denn etwa nicht aufgefordert, es klipp und klar zu sagen, wenn du auch nur im geringsten in die Sache verstrickt wärst, weil man zu der Zeit ja noch zurückgekonnt hätte?«

Der Zorn des Marquis wollte teils beleidigend, teils überredend klingen, konnte aber beides nicht recht auseinanderhalten. Langsam und so, daß das Zittern seiner Hand, mit der er den Queue gepackt, deutlich erkennbar war, kam der Marquis am Billardtisch entlang näher. Zum ersten Mal keimte in Kiyoaki Angst auf.

»Und was hast du damals geantwortet? Wie? Soll ich es dir sagen? ›Da gibt es keinerlei Verstrickungen‹, hast du geantwortet. Hört sich gut an, nicht wahr? Ein Mann, ein Wort. Aber bist du überhaupt ein Mann? Ich habe es wahrhaftig schon bedauert, daß wir dir eine so verweichlichte Erziehung gegeben haben; daß dies das Resultat sein könnte, das freilich ahnte ich nicht. Die vom Kaiser abgesegnete Verlobte eines Prinzen! Und nicht genug damit, daß du sie anrührst, machst du ihr auch noch ein Kind. Schändest die Familienehre, besudelst das Ansehen deines Vaters! Ich meine, es gäbe auf der Welt keinen schlimmeren Verstoß gegen Untertanentreue und Kindespflicht. Früher, da hätte ich als dein Vater mir den Bauch aufschlitzen müssen, um vor dem Kaiser Abbitte zu leisten. Du hast über alle Vorstellung niederträchtig gehandelt, hast dich benommen wie das Vieh. Kiyoaki, was stellst du dir eigentlich vor, wie? Willst du mir wohl antworten?! Höre, Kiyoaki, wenn du glaubst, du könntest weiter trotzen...«

Kaum hatte er bemerkt, daß sein Vater die Worte nur noch keuchend hervorstieß, da versuchte Kiyoaki zur Seite zu springen, um so dem drohend erhobenen Billardstock zu entgehen; doch schon sauste ein kräftiger Hieb auf seinen Uniformrücken nieder. Ein weiterer traf seinen linken Arm, den er zum Schutz des Rückens nach hinten gebogen hatte, und der sofort taub wurde; der nächste Hieb, auf den Kopf gezielt, ging fehl und erwischte, als Kiyoaki nach der rettenden Tür strebte, das Nasenbein. Er stolperte über einen herumstehenden Stuhl und fiel, den Stuhl in seinen Armen, längelang hin. Im Nu troff ihm das Blut aus der Nase. Und der Stock hörte auf, ihn zu verfolgen.

Vermutlich hatte Kiyoaki bei jedem einzelnen Hieb kurz aufgeheult. Jetzt öffnete sich die Tür, und seine Mutter und Großmutter erschienen. Die Marquise, sie stand hinter ihrer Schwiegermutter, bebte am ganzen Leibe.

Der Marquis, noch immer den Stock in der Hand, richtete sich schwer atmend auf.

»Was ist geschehen?« fragte Kiyoakis Großmutter.

Erst bei diesen Worten bemerkte der Marquis seine Mutter, und das mit einem Ausdruck, als fiele es ihm schwer zu glauben, daß sie es sein sollte, die dort stand. Um so weniger kam ihm die Vermutung, seine Frau, nachdem sie von der Sache plötzlich Wind bekommen, könnte die Schwiegermutter herbeigerufen haben. Es war viel zu ungewöhnlich, daß sich die alte Dame auch nur einen einzigen Schritt von ihrem Ruhesitz entfernte.

»Kiyoaki hat einen entsetzlichen Fehltritt getan. Lies den Abschiedsbrief der Tadeshina dort auf dem Tisch, und du wirst es erfahren.«

»Wie, die Tadeshina hat doch nicht etwa Selbstmord begangen?«

»Als ich den Brief mit der Post erhielt und Ayakura anrief...«

»Ja, als du ihn also anriefst...?« fragte die Mutter des Marquis zurück, während sie neben dem kleinen Tisch auf einem Stuhl Platz nahm und mit einer gemächlichen Bewegung die Brille unter ihrer *Obi*-Schärpe hervorholte, um dann behutsam, als öffnete sie eine Geldbörse, den Verschluß des schwarzsamtenen Futterals aufzudrücken.

Inzwischen begriff die Marquise ihrerseits allmählich, daß die Schwiegermutter keinerlei Anstalten machen würde, den am Boden liegenden Enkel zu beachten. Offensichtlich war die alte Dame entschlossen, sich allein mit dem Marquis zu befassen. Sobald ihr dies klargeworden, eilte die Marquise beruhigt zu Kiyoaki hinüber. Er hatte bereits sein Taschentuch herausgeholt und preßte es auf die blutverschmierte Nase. Eine besonders auffällige Verletzung war es gottlob nicht.

»Und als du ihn also anriefst...?« fragte die Mutter des Marquis noch einmal, während sie schon den gefalteten Brief überflog.

In diesem Augenblick begann in dem Herzen des Marquis irgend etwas zusammenzuschrumpfen.

»Als ich ihn anrief und mich nach ihr erkundigte, erklärte mir der Graf, man habe sie mit knapper Not gerettet, jetzt sei sie auf dem Wege der Genesung; und dann fragte er mich, und zwar so, als ob er tatsächlich einen gewissen Verdacht hätte: ›Wieso wissen Sie eigentlich davon?‹ Sehr wahrscheinlich war ihm von dem an mich gerichteten Abschiedsbrief überhaupt nichts bekannt. Nun, ich riet dem Grafen natürlich, dafür zu sorgen, daß von der Geschichte, also davon, daß die Tadeshina Bromural geschluckt, unter keinen Umständen etwas an die Öffentlichkeit dringe. Aber letzten Endes war es eben doch ein recht unverbindliches Gespräch; ich konnte ja, da im Grunde Kiyoaki schuld hatte, die Verantwortung unmöglich ihm allein anlasten. Immerhin sagte ich dem Grafen, ich möchte ihn gern bei nächstbester Gelegenheit sehen, um einiges mit ihm zu besprechen. Wie auch immer, solange wir unsererseits nicht eindeutig Stellung beziehen, wird nichts geschehen.«

»Oh, das ist wahr... Das ist allerdings wahr«, sagte die alte Dame wie geistesabwesend, die Augen weiter auf den Brief geheftet.

Ihre fleischige, glänzende Stirn, ihre wie in einem einzigen Strich gemalten, kräftig konturierten Gesichtszüge und dann diese noch immer in Spuren vorhandene Sonnenbräune von einst, dieses kurzgeschnittene, nachlässig und mit einem unnatürlichen Schwarz aufgefärbte Silberhaar... all das so derb Gesunde, so Ländliche an ihr fügte sich, seltsam genug, wie eingepaßt in den viktorianischen Stil des Billardzimmers.

»Aber in diesem Brief taucht Kiyoakis Name ja nirgends auf, wie ich sehe.«

»So lies, bitte, die Stelle, wo von ›interner Angelegenheit‹ die Rede ist. Daß das eine Andeutung meint, ist doch auf den ersten Blick zu erkennen... Außerdem hat Kiyoaki mit eigenen Worten zugegeben, daß es sein Kind ist. Das heißt, du bekämst einen Urenkel. Und zwar einen illegitimen, einen Bastard.«

»Vielleicht wollte Kiyoaki jemanden schützen und hat deshalb ein falsches Geständnis abgelegt.«

»Weißt du, das redet man nicht so einfach daher. Am besten wirst du ihn wohl selber fragen.«

Jetzt endlich sah sie zu ihrem Enkel hinüber, und voller Zärtlichkeit, als spräche sie mit einem Fünf- oder Sechsjährigen, sagte sie: »Nun, Kiyoaki, hör mir einmal gut zu. Und schau deiner Großmutter, wenn du antwortest, fest in die Augen; so nämlich kannst du mich nicht belügen. Ist es wirklich wahr, was mir dein Vater eben erzählt hat?«

Kiyoaki, indem er den heftigen Schmerz im Rücken verbiß, wischte sich die noch immer blutende Nase, knüllte das gerötete Taschentuch in der Hand zusammen und drehte sich um. Gerade in seinem wohlgestalteten Gesicht wirkte, in Verbindung mit den feuchten Augen, die nur oberflächlich gesäuberte, blutverschmierte, schöne Nase unschuldig wie die nasse Schnauze eines Hündchens.

»Es ist wahr«, stieß Kiyoaki mit nasaler Stimme hervor, um rasch wieder ein neues Taschentuch, das ihm seine Mutter hinstreckte, aufs Gesicht zu pressen.

In diesem Augenblick brach seine Großmutter in Worte aus, wie man sie nie vernommen hatte, in Worte, die mit dem Hufgetrappel ungebändigt dahinjagender Pferde all das in Reih und Glied scheinbar so Wohlgeordnete frisch-fröhlich niedertrampelten.

»Er hat«, sagte die alte Dame, »die Braut eines Prinzen geschwängert! Das nenne ich mir brillant. Das bringt von den knieweichen Männern heutzutage sonst keiner zustande. Das ist doch etwas. Ganz der Enkel seines Großvaters! Dafür, daß er das getan hat, geht einer gern ins Gefängnis. Schließlich wird man ihm schon nicht den Kopf abschlagen.«

Die Großmutter war sichtlich vergnügt. Die strengen Striche

ihrer Lippen hatten sich entspannt, die Bitternis langer Jahre war daraus verschwunden; es erfüllte sie Genugtuung darüber, daß sie mit ihren eigenen Worten und auf einen Schlag all das, was sich seit Übernahme des Hauses durch den jetzigen Marquis hier angehäuft, davongefegt hatte. Nicht daß sie die Schuld daran nur dem Marquis, ihrem Sohn, gegeben hätte. Und indem sie mit jenen Kräften abgerechnet, die zehn-, ja zwanzigfach ihre alten Tage umzingelten, um sie schließlich zu zermalmen, war aus ihrer rächenden Stimme deutlich der Nachhall einer längst vergessenen Zeit des Aufruhrs vernehmbar gewesen, einer Zeit, in der niemand Haft und Hinrichtung gefürchtet und der Geruch von Tod und Zelle bis dicht an den Alltag herangedrungen war. Leute wie die Großmutter gehörten immerhin zu einer Generation, in der es den Frauen nichts ausgemacht hatte, im Fluß, während Leichen vorübertrieben, das Geschirr zu spülen. Das hatte man doch noch Leben nennen können! Und nun also war es diesem auf den ersten Blick so schwächlichen Enkel zu verdanken, daß ihr, und wie herrlich, der Traum aus jenen Tagen vor ihren Augen wiedererstand. Für eine Weile lag ein wie trunkener Ausdruck auf dem Gesicht der alten Dame, und Marquis und Marquise, einfach unfähig, auf das Ungeheuerliche zu antworten, starrten von ferne benommen auf das bäuerisch-feste, respektheischende Antlitz einer Greisin, die sie anderen nicht gern als Ahne des Hauses Matsugae vorgeführt hätten.

»Wie kannst du so etwas sagen!« erwiderte endlich, matt und als wäre er eben wieder zu sich gekommen, der Marquis. »Das bedeutet zugleich den Untergang unseres Hauses. Und auch meinem Vater gegenüber ist das unentschuldbar.«

»Das ist allerdings wahr«, entgegnete seine greise Mutter sogleich. »Woran du jetzt denken solltest, ist nicht die Abstrafung Kiyoakis, sondern wie am besten das Haus Matsugae geschützt werden kann. Das Reich ist natürlich wichtig, aber wichtig ist auch das Haus Matsugae. Schließlich besteht ein Unterschied zwischen uns und einer Familie wie den Ayakuras, die seit siebenundzwanzig Generationen von einem kaiserlichen Lehen zehrt, nicht wahr? ... Und wie also meinst du vorzugehen?«

»Ich fürchte, wir werden so tun müssen, als wäre nichts

vorgefallen, und die Dinge ihren Gang nehmen lassen, über die Verlobung bis zur Hochzeit. Was sonst?«

»Großartig, wie gefaßt du bist. Aber dazu ist es nötig, daß Satoko das Kind in ihrem Leib so rasch wie möglich los wird. Geschieht das in der Nähe Tōkyōs und die Zeitungen beispielsweise kommen dahinter, ist es aus und vorbei. Fällt uns denn nichts Besseres ein?«

»Ōsaka wäre gut«, sagte der Marquis, nachdem er einen Augenblick lang überlegt hatte. »Doktor Mori in Ōsaka würde es mit größter Diskretion erledigen. Um das Geld dafür sollte es mir nicht leid tun. Aber wir müßten einen Vorwand haben, der Satokos Reise völlig natürlich erscheinen ließe...«

»Nun, die Ayakuras haben ja dort eine Menge Verwandte, und wenn sie ihnen, nachdem die Verlobung feststeht, die Aufwartung macht, wäre das doch eine fabelhafte Gelegenheit.«

»Andererseits, sie die verschiedenen Verwandten besuchen lassen, so daß diese ihren Zustand bemerken könnten – nein, das scheint mir wenig ratsam... Halt, da kommt mir eine gute Idee. Wäre es nicht am geschicktesten, sie würde nach Nara zum Gesshūji-Tempel fahren, um sich vor der Ehe von der Äbtissin zu verabschieden? Ursprünglich war das ja ein Tempel der kaiserlichen Prinzessinnen, und wenn sie lediglich ihn aufsucht, wahrt sie damit durchaus die Form. Wie ich es auch betrachte, ist nichts Gesuchtes daran. Noch dazu hat Satoko seit ihren Kindertagen stets einen Platz im Herzen der Äbtissin gehabt... Also fährt sie zunächst nach Ōsaka, wird von Doktor Mori behandelt, ruht sich ein, zwei Tage aus und reist dann weiter nach Nara – würde ich sagen. Auch sollte wohl ihre Mutter sie begleiten...«

»Nein, das täte nicht gut«, widersprach die alte Dame heftig. »Ayakuras Gnädige steht nun einmal auf der anderen Seite. Mindestens müßte von uns auch irgend jemand mitfahren, müßte die Maßregeln des Arztes vor- und nachher genau im Auge behalten. Außerdem müßte es eine Frau sein... Nun, Tsujiko«, wandte sie sich an Kiyoakis Mutter, »so wirst du, bitte, mit ihnen reisen.«

»Ja, gewiß.«

»Als Aufsichtsperson, nicht wahr? Nach Nara brauchst du nicht mitzufahren. Sobald du sicher bist, daß erledigt ist, was zu erledigen war, kommst du unverzüglich allein nach Tōkyō zurück und erstattest Bericht.«

»Jawohl.«

»Mutter hat recht«, sagte der Marquis, »übernimm du das, bitte. Wegen des Reisetermins werde ich mich mit dem Grafen besprechen; es darf uns nicht das geringste Versäumnis unterlaufen...«

Kiyoaki war zumute, als würden, nachdem er selbst schon in den Hintergrund getreten, jetzt auch sein Tun und seine Liebe wie gestorben behandelt; als berieten Großmutter und Eltern ausführlich die Trauerfeier, unmittelbar vor seinen Augen und unbekümmert darum, daß die Ohren des Toten jedes Wort verstanden. Nein, noch vor der Trauerfeier wurde bereits einiges begraben. So war Kiyoaki einerseits der in sich zusammengesunkene Tote, andererseits das ausgezankte und geprügelte, ratlose Kind.

Alles wurde aufs beste geregelt und entschieden, unabhängig vom Willen des Täters, ohne Rücksicht auf die Vorstellungen derer von der Gegenpartei aus dem Hause Ayakura. Selbst die Großmutter, die kurz zuvor eine so wilde Rede gehalten, hatte sich nun der höchst vergnüglichen Aufgabe gewidmet, eine ungewöhnliche Situation zu bereinigen. Auch sie war im Grunde eine Natur, die zu Kiyoakis Sensibilität keine Beziehung besaß; dieselbe Fähigkeit, mit der sie in seiner entehrenden Tat einen wilden Adel entdeckte, verband sich mit dem Talent, den wahren Adel unverzüglich in der Faust zu verbergen, wenn es darum ging, die Ehre zu schützen, und es schien, dies hatte sie weniger von der grellen Sonne über der Bucht von Kagoshima, als vielmehr vom Großvater und durch den Großvater gelernt.

Der Marquis, zum ersten Mal, seit er ihn mit dem Billardstock geschlagen, blickte Kiyoaki voll ins Gesicht und sagte: »Von heute an sitzt du mir stramm auf deinem Zimmer, nimmst wieder deine Pflichten als Schüler auf und bereitest dich mit Ernst auf das Universitätsexamen vor. Du verstehst mich? Ich werde kein Wort mehr darüber reden. Du stehst an einem Punkt, an dem du dich entscheiden mußt: ob du ein Mann wirst oder nicht... Und was Satoko betrifft, so ist es natürlich ausgeschlossen, daß du sie noch einmal triffst.«

»Früher hätte man gesagt: das Tor wird zugemacht und du

wirst eingemottet. Nun, wenn du genug vom Arbeiten hast, darfst du mich ab und zu besuchen kommen«, meinte die Großmutter.

Da begriff Kiyoaki, daß sein Vater, der Marquis, sich im Augenblick in einer Lage befand, in der er die Welt fürchtete und also auch seinen Sohn nicht enterben konnte.

40

Graf Ayakura war ein Mensch, der vor Dingen wie Verwundung, Krankheit oder Tod die größte Furcht empfand.

Als ihm daher die Gräfin einen zunächst in ihre Hand gelangten Brief überbrachte, den man, beunruhigt darüber, daß sich die Tadeshina nicht erhob, morgens neben deren Kopfkissen gefunden hatte, faßte der Graf ihn beim Öffnen höchst vorsichtig mit den Fingerspitzen an, als hätte er es mit einem bakterienbehafteten Gegenstand zu tun. Einziger Inhalt war die an das gräfliche Paar sowie an Satoko gerichtete Bitte um Verzeihung für all ihre Pflichtvergessenheit, verbunden mit dem Dank für die ihr lange Jahre hindurch gewährte Gunst: die knappen Abschiedsworte einer Selbstmörderin, wie sie unbesorgt jedermann hätten zu Gesicht kommen können.

Die Gräfin rief sogleich den Arzt, während der Graf, wie nicht anders zu erwarten, durchaus keine Anstalten machte, selbst nachzuschauen, und sich lediglich hinterher die Einzelheiten von seiner Frau berichten ließ.

»Sie dürfte an die zweihundert Bromural-Tabletten geschluckt haben. Meint jedenfalls der Arzt; denn sie selber ist noch nicht wieder bei Bewußtsein. Nein, was war das für eine entsetzliche Aufregung! Bald hat sie mit Armen und Beinen wild um sich geschlagen, bald sich zusammengekrümmt wie ein Bogen. Man begreift nicht, woher die alte Frau diese Kraft nimmt. Schließlich haben wir alle sie festgehalten, und der Arzt hat ihr eine Spritze verabreicht und ihr den Magen ausgepumpt (so eine Magenspülung ist schrecklich, ich habe einfach nicht hinsehen können), aber dann war er überzeugt, sie wäre gerettet... Nun ja, eben ein Spezialist. Bevor ich auch nur irgend etwas gesagt hatte, roch er an dem Atem der Tadeshina und stellte fest: ›Aha, eine Ausdünstung wie von Knoblauch. Also Bromural.‹ Schon wußte er Bescheid.«

»Und wie lange wird es brauchen, bis sie wiederhergestellt ist?«

»Mindestens zehn Tage, meinte er, müsse sie ruhig liegenbleiben.«

»Daß mir davon aber nichts nach draußen verlautet! Du solltest die Mädchen im Haus zum unbedingten Stillschweigen verpflichten und den Arzt ebenfalls darum bitten. Und was ist mit Satoko?«

»Sie hat sich auf ihr Zimmer zurückgezogen. Sie wird sich kaum um die Tadeshina kümmern. Ein solcher Anblick könnte ihr bei ihrem augenblicklichen Zustand nur schaden; da sie andererseits mit ihr kein Wort mehr gesprochen hat, seitdem die Tadeshina uns in jene Geschichte eingeweiht, wird sie so schnell auch nicht dazu zu bewegen sein, ihr einen Krankenbesuch zu machen. Das beste wäre, finde ich, wir würden ihr das selbst überlassen.«

Daß fünf Tage zuvor, als die Tadeshina keinen anderen Ausweg mehr gewußt und dem gräflichen Paar von der Schwangerschaft Satokos Mitteilung gemacht, der Graf so enttäuschend reagiert hatte, während sie, die Tadeshina, des festen Glaubens gewesen war, er werde sie mit den heftigsten Vorwürfen überhäufen und selber aufs tiefste bestürzt sein – diese Tatsache schließlich hatte die Tadeshina in eine immer größere Unsicherheit versetzt, und sowie sie jenen Brief mit ihrem Vermächtnis an den Marquis Matsugae abgeschickt, hatte sie das Bromural geschluckt.

Vor allem aber war Satoko in keiner Weise auf die Vorschläge der Tadeshina eingegangen, und obwohl die Gefahr zugenommen von Tag zu Tag, hatte sie ihr lediglich befohlen, mit niemanden darüber zu reden; ja, es hatte den Anschein gehabt, als werde sie sich nie zu einem Entschluß durchringen. Jetzt nun, völlig am Ende mit ihrem Witz, hatte die Tadeshina unter Verrat an Satoko dem Graf und der Gräfin gebeichtet, und da war auf den Gesichtern der Herrschaften – vielleicht vor allzu großer Überraschung – nicht mehr zu lesen gewesen als etwa bei der

Nachricht, daß sich die Katze ein Huhn aus dem Hinterhof geholt.

Weder am nächsten Tag, noch auch am übernächsten Tag, nachdem er von der bösen Geschichte gehört, hatte der Graf, wenn er der Tadeshina begegnet, irgendwie darauf angespielt.

In Wahrheit sah er sich in eine höchst widerwärtige Lage gebracht. Indessen war die Angelegenheit zu bedeutend, um sie allein zu regeln, und zu beschämend, um sich mit anderen darüber zu beraten, so daß er sie, wäre das möglich gewesen, am liebsten vergessen hätte. Mit seiner Frau hatte er vereinbart, Satoko gegenüber striktes Schweigen zu bewahren, bis irgendwelche Maßregeln ergriffen würden; doch Satoko, mit geschärfteren Sinnen als je, nahm die Tadeshina ins Verhör und erfuhr so von ihrem Verrat, redete fortan kein Wort mehr mit ihr und schloß sich in ihr Zimmer ein. Eine unheimliche Stille breitete sich im Hause aus. Die Tadeshina brach jeden Verkehr mit der Außenwelt ab und ließ sagen, sie sei krank.

Selbst vor seiner Frau sprach der Graf nicht genauer über das Problem. Gewiß war es eine scheußliche Situation, war es ein Fall, in dem Eile not tat; gleichviel, er wußte sich kein Mittel, als die Sache von einem Tag auf den anderen vor sich herzuschieben, sowenig dies freilich bedeutete, daß er an Wunder geglaubt hätte.

Nun lag allerdings in dieser seiner Trägheit etwas durchaus Kunstreiches. Die Dinge für schwer entscheidbar zu halten, das zeugte, zugegebenermaßen, von einem Mißtrauen gegenüber jeder Entscheidung schlechthin; dennoch, ein Skeptiker im üblichen Sinne des Wortes war er keineswegs. Wie sehr auch immer der Gedanke daran ihn quälte von früh bis spät, verspürte Graf Ayakura doch keine Neigung, die Fülle aller ihm nur möglichen Emotionen in einer einzelnen Lösung zu investieren. Sein Verfahren, über etwas nachzudenken, ähnelte dem im Hause traditionellen *Kemari*-Fußball. Man mag ihn so hoch schießen, wie man will; jedermann weiß, daß er gleich darauf wieder zu Boden fällt. So war es einst üblich, daß man, wie jener Namba Munetate es tat, den hellen, hirschledernen Ball an der violetten Schlaufe packte und mit einem Fußtritt auffliegen ließ; schwebte er nun mühelos über das neunzig Fuß hohe Dach der kaiserlichen Thronhalle hinüber, so brachen zwar die Anwesenden in laute Begeisterungsrufe aus, doch war der Ball in dem Augenblick bereits in den Garten des Kleinen Palais gefallen.

Da eine jede Lösung Seiten hat, die den Geschmack nicht eben befriedigen, empfahl es sich, darauf zu warten, daß einem irgendwer diese Widrigkeiten abnähme. Das heißt, es mußte jemand dasein, der den fallenden Ball mit seinem Schuh parierte. Denn würde einer das Ballspiel für sich allein getrieben haben, wäre es ja möglich gewesen, es hätte den Ball, just während er durch die Lüfte schwebte, eine unergründliche Laune angewandelt, und er wäre in eine völlig unerwartete Richtung davongeflogen.

Untergangsvisionen tauchten in den Vorstellungen des Grafen am allerwenigsten auf. Nun ja, wenn nicht die Tatsache, daß die vom Kaiser abgesegnete Verlobte eines Prinzen die Leibesfrucht eines anderen Mannes trägt – was sonst sollte man in dieser Welt für eine Katastrophe halten? Indessen war wiederum auch nicht anzunehmen, daß er, der Graf, einen jeglichen Ball für immer in Händen hätte. Es würden andere kommen, an die er ihn loswerden konnte. Graf Ayakura war ein Mensch, der es einfach nicht fertigbrachte, sich selbst die Geduld zu stehlen; infolgedessen pflegte es stets darauf hinauszulaufen, daß er andere in Ungeduld versetzte.

Und tatsächlich, am Tag, nachdem ihn der Selbstmordversuch der Tadeshina aufgeschreckt, erhielt der Graf jenen Anruf von Marquis Matsugae.

Daß der Marquis von diesem geheimgehaltenen Zwischenfall bereits gewußt, war dem Grafen geradezu unbegreiflich. Andererseits hatte er zwar beschlossen, sich selbst dann nicht mehr zu verwundern, wenn der Zuträger jemand aus dem eigenen Hause gewesen sein sollte; nachdem jedoch die hierfür am ehesten in Betracht kommende Tadeshina seit dem Tag vorher ohne Bewußtsein gewesen, war ein zu rechtfertigender Verdacht wieder in Frage gestellt.

Kurz darauf hörte der Graf von seiner Frau, der Zustand der Tadeshina habe sich erheblich gebessert, sie zeige sich gesprächig, auch entwickle sie Appetit; da nahm er all seinen Mut zusammen und machte sich daran, ihr allein einen Krankenbesuch abzustatten.

»Du solltest nicht mitkommen. Wenn nur ich bei ihr erscheine, wird sie, meine ich, eher die Wahrheit sagen.«

»Aber es sieht so fürchterlich aus in ihrem Zimmer, daß ein plötzlicher Besuch von dir ihr gewiß peinlich wäre. Ich werde es ihr erst einmal ankündigen und dafür sorgen, daß sie sich ein wenig in Ordnung bringt.«

»Nun gut.«

Zwei Stunden ließ man den Grafen warten. Die Kranke, hieß es, habe begonnen, sich zurechtzumachen.

Die Tadeshina genoß den Vorzug, ein Zimmer im Haupthaus zu bewohnen; aber der Viereinhalb-Matten-Raum, in den nie die Sonne schien, war vollständig ausgefüllt, wenn sie ihr Bettzeug auslegte. Bisher hatte der Graf noch bei keiner Gelegenheit dieses Zimmer betreten. Als man ihn schließlich zu ihr geleitete, stand für ihn auf den *Tatami*-Matten ein Stuhl bereit, waren Matratzen und Decken weggepackt, und die Tadeshina, die Arme auf mehrere aufeinandergeschichtete Sitzkissen gestützt und mit einem gesteppten Überwurf bekleidet, begrüßte ihren gnädigen Herrn, indem sie zur Verbeugung die Stirn bis auf jenen Kissenstapel neigte. Um jedoch die flüssig aufgetragene, weiße Schminke zu schützen, die in einer dicken Schicht die Stirn bis an den sorgfältig gekämmten Haaransatz bedeckte, ließ die Tadeshina, wie dem Grafen auffiel, trotz ihrer großen körperlichen Schwäche einen winzigen Abstand zwischen Stirn und Kissen und brachte so das Ritual hinter sich.

»Das war mir ja eine schöne Geschichte. Immerhin bist du noch einmal davongekommen, wirklich ein Glück. Das hat uns manchen Kummer erspart«, begann der Graf, wobei er seine Position, nämlich daß er von der Höhe des Stuhls aus auf die Kranke herabsah, zwar keineswegs als unnatürlich empfand, irgendwie aber das Gefühl hatte, seine Stimme und seine Anteilnahme könnten sie so nicht erreichen.

»Ich Unwürdige, ich habe Ihre Gnade nicht verdient. Was soll ich nur zu meiner Entschuldigung sagen...«

Noch immer das Gesicht gesenkt, holte die Tadeshina ein Papiertaschentuch hervor und schien es an die Augenwinkel zu führen; doch der Graf bemerkte, wie sie auch dabei wieder ihr Make-up in acht nahm.

»Der Arzt meint: zehn Tage Schonung, so bist du wiederhergestellt. Also ruh dich nur ungeniert und in aller Gemächlichkeit aus.«

»Ich danke Ihnen vielmals... Dabei, in diesem Zustand – und habe es nicht fertiggebracht zu sterben... Ach, ich schäme mich ja so.«

Von ihrer Gestalt, wie sie in den rotbraunen, mit kleinen Chrysanthemen gemusterten Überwurf gehüllt und in sich zusammengekauert dasaß, ging irgend etwas Fremdes, das Unselige, Unheildrohende dessen aus, der, einmal schon unterwegs ins Reich der Finsternis, wieder umgekehrt ist. Dem Grafen war zumute, als haftete in diesem Zimmerchen selbst an dem Teegeräteschrank und an der kleinen Kommode etwas Unreines, und er wurde nervös. Ja, gleichzeitig, er konnte nicht sagen warum, deuchte es ihn erst recht nicht geheuer, daß der gebeugte Nacken der Tadeshina so überaus gründlich weiß geschminkt war und aus ihrem straff gekämmten Haar keine einzige lose Strähne fiel.

»Übrigens rief mich heute Marquis Matsugae an, und zu meinem Erstaunen wußte er schon davon. Da dachte ich, ich schau einmal nach dir – vielleicht daß du irgendeine Erklärung dafür hast...«, sagte der Graf wie nebenbei; aber wie es Fragen gibt, die sich, indem man sie ausspricht, von selbst beantworten, so wurde jetzt auch dem Grafen, während er dies sagte, die Antwort hierauf plötzlich klar, und zwar genau in dem Augenblick, in dem die Tadeshina ihr Gesicht hob.

Die Kyōto-Schminke auf ihrem Gesicht war noch viel dicker als üblicherweise schon. Vom Innenrand der Lippen heraus glühte das tiefe Rouge, und da das Weiß, von dem sie zur Glättung einer ersten, die Falten ausfüllenden Schicht eine zweite aufgetragen hatte, keine wirkliche Verbindung mit der vom tags zuvor erst geschluckten Gift verwüsteten Haut besaß, schwebte diese Schminke gleichsam wie eine aus ihm hervorgetriebene Schimmelschicht über dem ganzen Gesicht.

Der Graf wandte verstohlen die Augen ab und fuhr fort: »Du hast dem Marquis vorher einen Abschiedsbrief zugeschickt, nicht wahr?«

»Ja«, erwiderte, das Gesicht auch jetzt erhoben, die Tadeshina mit einer nicht im entferntesten eingeschüchterten Stimme. »Ich wollte wirklich sterben; und so schrieb ich ihm, um ihn zu

bitten, er möchte danach regeln, was noch zu regeln ist.«
»Hast du ihm etwa alles geschrieben?« fragte der Graf.
»Nein.«
»Es gibt also demnach Dinge, die du nicht erwähnt hast?«
»Ja, da ist mancherlei, das ich ausgelassen habe«, sagte die Tadeshina heiter, wie befreit.

41

Nicht daß der Graf während dieser Befragung eine deutliche Vorstellung davon besaß, was ihm denn eigentlich, wenn es der Marquis erfahren hätte, peinlich gewesen wäre; als jedoch die Tadeshina erklärte, sie hätte freilich mancherlei ausgelassen, befiel ihn eine plötzliche Unsicherheit.

»Und was zum Beispiel hast du ausgelassen?«
»Wie meinen Sie das, bitte? Sie hatten mich gefragt, ob ich dem Herrn Marquis etwa alles geschrieben hätte, und das war nicht mehr als meine Antwort darauf. Wenn Sie mir jetzt diese weitere Frage stellen, scheinen Sie selbst, gnädiger Herr, irgend etwas im Sinn zu haben, oder?«
»Nun laß doch schon das Verwirrspiel! Ich bin eigens allein hierhergekommen, weil ich hoffte, wir könnten uns ungestört und also rückhaltlos aussprechen. Du solltest wirklich konkreter werden.«
»Ja, ich habe eine Menge Dinge nicht erwähnt. Auch das nicht, was mir der gnädige Herr vor acht Jahren bei Kitazaki gesagt; ich wollte es als mein Geheimnis mit in den Tod nehmen.«
»Bei Kitazaki...?«
Dieser Name verursachte dem Grafen ein Grauen, als würde ihm ein Unglück angekündigt. Dann allmählich wurde ihm klar, worauf die Tadeshina abzielte. Aber wie klar auch immer – seine Unsicherheit wuchs, und er hätte es gern noch einmal genau gehört.

»Und was habe ich bei Kitazaki gesagt?«
»Es war an einem Abend in der Regenzeit. Ich kann mir nicht

denken, daß das Ihrem Gedächtnis entfallen sein sollte. Das gnädige Fräulein, möchte ich meinen, war schon fast eine kleine Dame, dabei eben erst dreizehn Jahre alt. An jenem Tag war, was selten geschah, Herr Marquis Matsugae zu Besuch gewesen; und nachdem der Herr Marquis gegangen, schienen Sie, gnädiger Herr, nicht gerade in der besten Stimmung, weshalb Sie sich schließlich zur Zerstreuung zum Hause Kitazakis begaben. An dem Abend haben Sie mir etwas Bestimmtes gesagt.«

Dem Grafen dämmerte, was die Tadeshina bezweckte. Sie versuchte, seine damaligen Worte als den reinigenden *Vajra*-Stößel zu benutzen und so die eigenen Verfehlungen ausnahmslos ihm selber zur Last zu legen. Da kamen ihm auf einmal Zweifel, ob sie denn, als sie das Gift genommen, tatsächlich hatte sterben wollen.

Über den Kissenstapel erhoben, wirkten ihre Augen jetzt wie zwei in die weiße Mauer des dick geschminkten Gesichts gebohrte, schwarze Schießscharten. In dem Dunkel hinter dieser Mauer wogte die Vergangenheit, und aus der Tiefe des Dunkels heraus zielten die Pfeile auf ihn, der er hier draußen dem hellen Licht des Tages ausgesetzt war.

»Wozu das nun nach all der Zeit? Es war ja nur im Scherz gesagt.«

»Aha, im Scherz? Ich verstehe.«

Sogleich wurden die Schießschartenaugen noch enger, und der Graf hatte das Gefühl, als würde ihm daraus das ätzende Dunkel entgegengespritzt.

Und wieder begann die Tadeshina: »An jenem Abend jedenfalls, bei Kitazaki...«

...Kitazaki. Kitazaki. Unaufhörlich nannten ihre Hexenlippen diesen Namen, einen Namen, verbunden mit einer Erinnerung des Grafen, die er lieber vergessen hätte.

Schließlich, und obwohl er doch in den acht Jahren nie mehr einen Fuß über seine Schwelle gesetzt, stieg ihm das Haus Kitazakis in aller Deutlichkeit und bis zum letzten Detail der Einrichtung wieder vor Augen auf. Ein Haus unterhalb eines Abhangs, ohne ein wirkliches Tor, ohne eine Eingangshalle, dafür aber der verhältnismäßig ausgedehnte Garten von einem Plankenzaun umgeben. Vier, fünf Paar schwarze Stiefel füllten den feuchten, dämmrigen, offenbar von Schnecken wimmelnden Estrich an der Haustür; im Vorübergehen sah man auf den Innenseiten der Stiefel die Stockflecken von Schweiß und Schmer im ockerfarbenen Leder, und auf den schmutzigen, kurzen Zuglaschen aus quergestreiftem Zeug, die oben heraushingen, standen die Namen der Eigentümer geschrieben. Schon hier am Eingang drang einem ein wilder, grölender Gesang entgegen. Insgesamt ein schmucklos strenger Eindruck, dazu ein gewisser Stallgeruch: man spürte sofort, welch ein sicheres Gewerbe es damals, mitten im russisch-japanischen Krieg, bedeutete, eine Absteige für das Militär zu betreiben. Als der Graf nach hinten in das Nebengebäude geführt wurde, war er, als habe er eine Quarantänestation zu passieren, ängstlich darauf bedacht gewesen, daß sein Ärmel unterwegs nur ja nicht einen Pfeiler streifte. Menschliche Ausdünstungen und dergleichen waren ihm im tiefsten zuwider.

An jenem Abend in der Regenzeit vor acht Jahren, nachdem er Marquis Matsugae, seinen Gast, hinausgeleitet, war der Graf in einer unausgeglichenen, gedrückten Stimmung zurückgeblieben. Da hatte die Tadeshina, die die gräfliche Miene sehr wohl zu deuten wußte, ihn angesprochen und gesagt: »Kitazaki hat etwas Interessantes in die Hand bekommen und möchte, daß der gnädige Herr unbedingt einmal einen Blick darauf wirft. Wollen Sie nicht heute abend zur Entspannung ein bißchen zu ihm gehen?«

Sowie Satoko im Bett lag, durfte die Tadeshina nach Belieben »Verwandtenbesuche« machen, und es war nicht weiter schwierig, sich abends außerhalb des Hauses mit dem Grafen zu treffen. Kitazaki empfing den Grafen mit höflicher Vertrautheit, traktierte ihn mit *Sake* und brachte eine alte Bilderrolle herbei, die er ehrerbietig auf den Tisch legte.

»Sie sind wieder schrecklich laut, nicht wahr? Aber es geht einer an die Front, da feiern sie diese Nacht Abschied. Vielleicht sollte ich die Regenläden vorziehen; es wird Ihnen dann zwar heiß werden...«, sagte Kitazaki, offenbar aus Furcht, die drüben im Obergeschoß des Haupthauses im Chor und unter Händeklatschen abgesungenen Soldatenlieder könnten stören.

Der Graf stimmte zu. Sobald jedoch die Läden geschlossen waren, hatte er das Gefühl, nun um so dichter eingeschlossen zu sein in das Geräusch des Regens. Die Farben der *Genji*-Schiebetüren gaben dem Raum etwas bedrängend Verführerisches, das einem den Atem benahm. Es war, als wäre dieses Zimmer selbst schon Teil einer geheimen erotischen Niederschrift.

Kitazakis runzlige, in ihren Bewegungen durchaus respektvolle, ehrliche Hände langten über den Tisch und lösten das violette Band an der Bilderrolle, um dann vor dem Grafen zunächst die eindrucksvolle Vorrede auszubreiten. Es handelte sich um ein *Kōan,* zitiert aus der chinesischen Zen-Schrift »Wumenguan«:

»Zhao Zhou ging zu einer Nonne und fragte:
›Was ist da, was ist da?‹
Die Nonne hob die geballte Faust.
›Wenn die Wasser flach sind, kann einer sein Boot unmöglich festmachen‹, sprach Zhou und begab sich
von dannen.«

Diese Schwüle dabei! Noch in der Brise, die ihm die Tadeshina von hinten her zufächelte, war eine Hitze wie vom Dampf aus dem Kochtopf, als wäre die Luft selber ins Brodeln geraten. Der *Sake* begann zu wirken, der Regen schien ihm auf den Hinterkopf zu prasseln, die äußere Welt triumphierte in einem arglosen Krieg. Und der Graf besah sich die »Frühlingsbilder« in der Rolle. Einmal ruderten Kitazakis Hände durch die Luft, um eine Mücke zu erlegen. Hierauf entschuldigte er sich dafür, daß er mit solch geräuschvoller Jagd erschreckt habe. Der Graf bemerkte an der hellen, trockenen Handfläche Kitazakis Blut und einen kleinen schwarzen Punkt von der zerquetschten Mücke; er hatte ein Gefühl wie angesichts einer Befleckung. Warum hatte die Mücke ihn, den Grafen, nicht gestochen? Durfte er annehmen, daß er vor dergleichen geschützt war?

Die Rolle begann mit der Darstellung einer Szene, in der sich vor einem Wandschirm ein älterer Priester in gelbbrauner Kutte und eine junge Witwe gegenübersaßen. Im Stil der *Haiku*-Tuschebilder mit raschem Pinsel und unkonventionell ausgeführt, erinnerte das Gesicht des Priesters in seinen karikaturhaften Zügen an einen mächtigen Phallus.

Auf dem nächsten Bild wurde der Priester plötzlich zudringlich und versuchte, die junge Witwe zu vergewaltigen, wogegen die Frau sich zwar wehrte, doch waren die Säume ihres Gewands bereits in Auflösung begriffen. Auf dem folgenden dann hatten sich beide entkleidet und umarmten einander, die junge Witwe nun mit entspanntem Gesichtsausdruck.

Der Penis des Priesters wand sich wie die Wurzel einer riesigen Kiefer; aus seinem Gesicht ragte in Wonne die braune Zunge. Die mit Muschelweiß gehöhten Zehen der Frau waren, entsprechend der traditionellen Darstellungsregel, sämtlich weit nach innen eingebogen. Von ihren hellen Hüften, die der Priester umklammert hielt, lief ein Zittern abwärts und endete in den Zehen; es schien, daß diese in ihrer gekrümmten Gespanntheit bemüht waren, die ins Unendliche davontreibende Ekstase nicht entfliehen zu lassen. Die Frau, fand der Graf, verhielt sich lobenswert.

Inzwischen waren hinter dem Wandschirm die Novizen auf Holzfisch-Gong und Sutren-Pult gestiegen oder einer dem anderen auf die Schultern geklettert; fleißig spähten sie über den Wandschirm hinweg, wobei sie auf eine komische Weise damit zu kämpfen hatten, ihre bereits hochfahrenden Sachen niederzuhalten. Plötzlich fiel der Wandschirm um. Die splitternackte Frau bedeckte von vorn ihre Blöße und versuchte davonzulaufen, doch da der Priester sich mit Schelten nicht mehr durchzusetzen vermochte, kam es jetzt zu den wüstesten Szenen.

Die Ruten der Novizen waren nahezu mannsgroß wiedergegeben. Offenbar hatte der Maler so die mit normalen Maßstäben kaum verständlich zu machende Bürde der bösen Lüste veranschaulichen wollen. Als sie daher alle gleichzeitig der Frau nachzustellen begannen, taten sie das wie taumelnd unter der Last ihrer aufgerichteten Glieder, wobei sie Gesichter von unbeschreiblich qualvoller Komik schnitten.

Am Ende der Tortur lag die Frau völlig blutleer und bleich da, und schließlich starb sie. Ihre Seele flog auf und erschien unter einer vom Wind gepeitschten Weide. Sie war zu einem Geist mit einem Gesicht geworden, das einem weiblichen Schamteil glich.

Damit verschwand aus der Bilderrolle jede Komik, und eine Stimmung düsterer Grausamkeit breitete sich aus. Nicht mehr nur einer, sondern eine ganze Meute solcher Scham-Geister, die Haare wirr, die roten Lippen geöffnet, attackierte die Männer. Diese, hierhin und dahin flüchtend, hatten gleichwohl nichts, um die wie ein Wirbelwind heranfliegenden Geister abzuwehren; und so wurde einem jeden, auch dem Priester, von den mächtigen Geistermäulern der Penis mit Stumpf und Stiel ausgerissen.

Die letzte Szene spielte am Meer. Auf dem Strand wehklagten die nackten Männer, daß sie ihre Männlichkeit verloren hatten. Ein der dunklen See zugewandtes und mit den soeben geraubten Gemächten randvoll beladenes Schiff war im Begriffe auszulaufen, an Bord mit flatternden Haaren das Heer der Scham-Geister, die bleichen Hände zu einem Winken erhoben und die jammernden Männer am Ufer verspottend. Auch der aufs offene Meer gerichtete Bug des Schiffes war in der Form der weiblichen Scheide vertieft, und an seiner Spitze wehte das Schamhaarbüschel in der salzigen Brise...

Der Graf, als er die Rolle zu Ende angeschaut, war in eine unerklärliche Melancholie versunken. Der *Sake* berauschte ihn, und so gelang es ihm noch weniger, Ordnung in seine Gefühle zu bringen; dennoch befahl er neuen und trank schweigend.

Bei alledem sah er vor seinem inneren Auge noch immer die unvergleichlich gekrümmten Zehen jener Frau aus der Bilderrolle. Dieses obszöne, kreidige Weiß.

Was dann geschah, war wohl nur erklärbar aus der bedrückenden Schwüle der Regenzeit einerseits und andererseits aus dem Ekelgefühl des Grafen.

Noch einmal vierzehn Jahre vor jenem Abend in der Regenzeit hatte der Graf, während seine Frau mit Satoko schwanger gewesen war, der Tadeshina seine Gunst zugewandt. Da sie bereits damals die Vierzig hinter sich gehabt, mochte das einer bloßen, plötzlichen Laune des Grafen entsprungen sein und war auch bald darauf wieder abgebrochen worden. Jedenfalls hatte der Graf nie im Traume daran gedacht, daß ihm vierzehn Jahre später mit der inzwischen Mittfünfzigerin dergleichen wieder hätte passieren können. Und auf den Vorfall in jener Nacht hin trat er denn auch nicht ein einziges Mal mehr über Kitazakis Schwelle.

Der Besuch des Marquis Matsugae, sein eigener verletzter Stolz, der verregnete Abend, dieses Hinterzimmer bei Kitazaki, der *Sake*, die bedrückend brutalen »Frühlingsbilder« – alles war zusammengekommen, um den Abscheu des Grafen zu erregen, hatte ihn, anders war das nicht zu begreifen, danach trachten lassen, sich selbst zu verunreinigen, und so zu einem derartigen Verhalten getrieben.

Daß aus dem Benehmen der Tadeshina nicht die winzigste Spur von Verweigerung zu erkennen war, machte seinen Abscheu zu einem endgültigen. ›Diese Frau bringt es fertig und wartet vierzehn, auch zwanzig, auch hundert Jahre. Und wird sie gerufen, ist sie jederzeit willig und gerüstet.‹ ... Im düsteren Schatten des Baumes, in den er – für ihn selbst aus reinem Zufall, aus einem tiefsitzenden Ekel – hineintaumelte, erblickte er jenen Geist aus der Bilderrolle, der ihm dort geduldig auflauerte.

Insofern zudem, als der von der Tadeshina in einem solchen Augenblick offen gezeigte Stolz, daß sie an Tadellosigkeit der Haltung, an demütiger Koketterie, überhaupt an Schlafkammerkultur keiner anderen nachstehe, auch diesmal seine zwanghafte Wirkung auf den Grafen ausübte, glich der Ablauf genau demjenigen von vierzehn Jahren zuvor.

Wie auf Verabredung hatte sich Kitazaki zurückgezogen und erschien nicht wieder. Das Geräusch des Regens umhüllte das Dunkel, in dem sie wortlos nebeneinanderlagen; nur der Gesang aus den Soldatenkehlen drang durch das Geprassel der Tropfen, und irgendwann erreichte der gesungene Text deutlicher ihre Ohren.

> »Auf dem Schlachtfeld,
> im Gebrüll von Kugeln und Granaten,
> vor Fährnis zu beschirmen des Vaterlands Geschick,
> vorwärts, tapfre Kameraden,
> vorwärts, ihr kühnen Helden, für Kaiser und Reich!«

Plötzlich war der Graf wieder ein Kind geworden. Bekam er Lust, sich den ganzen Zorn, der ihn bis zum Überlaufen erfüllte, von der Seele zu reden, und er fing an, offen und ausführlich von Dingen aus den Herrschaftskreisen zu sprechen, die das Dienstpersonal nicht zu erfahren brauchte. Dabei meinte er zu spüren, daß in seinem Zorn entfernt auch ein Zorn von seinen Vorvätern her enthalten wäre.

An jenem Tag hatte Marquis Matsugae, als er zu Besuch gekommen, der ihn begrüßenden Satoko über das lang herabfallende Haar mit den Stirnfransen gestrichen und – vielleicht, weil er ein wenig zuviel getrunken hatte – völlig unvermittelt vor dem Kind erklärt: »Oh, was ist das Komteßchen so hübsch geworden! Nicht auszudenken, wie schön du sein wirst, sobald du erst einmal groß bist. Aber keine Sorge, der Onkel wird dir dann schon auch den passenden Bräutigam heraussuchen. Wenn du nur brav alles mir überläßt, beschaffe ich dir den besten im ganzen weiten Asien. Und was das Hochzeitsgut angeht, so richte ich dir eine wahre Prozession von Sänften aus, eine jede beladen mit Goldbrokat und Seidendamast, und dein Herr Vater braucht sich um überhaupt nichts zu kümmern. Einen so langen, langen und prächtigen Zug, wie ihn das Haus Ayakura in all den Generationen bisher noch nie gehabt.«

Obwohl die Gräfin hier ein wenig die Stirn gerunzelt, hatte er selbst, der Graf, in dem Augenblick sanftmütig dazu gelächelt.

Seine Vorfahren hätten sich, statt angesichts einer Erniedrigung zu lächeln, zumindest dadurch zur Wehr gesetzt, daß sie die Autorität ihrer adligen Haltung herausgekehrt. Heutzutage jedoch, nachdem auch die *Kemari*-Tradition des Hauses erloschen, war nichts mehr geblieben, womit man vor den Ungebildeten hätte Eindruck machen können. Der wahre Adel, die wahre Vornehmheit beantwortete die unbewußte Beleidigung durch einen im Grunde wohlmeinenden und ja durchaus nicht auf Verletzung bedachten Parvenü nun eben lediglich mit einem zweideutigen unbestimmten Lächeln. Und gerade ein solches Lächeln, das dem Neuling in Macht und Reichtum auf so dunkle Weise Kultur bewies, mußte ihn ein unbekanntes Geheimnis ahnen lassen.

Nachdem er der Tadeshina dies alles berichtet hatte, schwieg der Graf für eine Weile. Tatsächlich überlegte er währenddessen, womit und wie denn, wenn die Zeit dafür gekommen, die Vornehmheit wohl Rache nehmen könnte. Nun, wie wäre es zum Beispiel mit einer Rache im Stil des unter der langärmligen Hofgesellschaft üblichen Ärmelräucherns? Sobald der feste Duftstoff, heimlich in einem *Kimono*-Ärmel versteckt, durch langsames Verglimmen, durch einen unbemerkten Prozeß, bei dem er sich fast ohne auch nur die Andeutung von Feuer in Asche verwandelt, einmal verbrannt ist, überträgt sich sein feines aromatisches Gift auf den Ärmel und bleibt für immer in dem Gewebe haften...

Jedenfalls wandte sich der Graf hierauf an die Tadeshina und sagte: »Ich habe für die Zukunft eine Bitte an dich...«

Wenn – so der Sinn seiner Worte – Satoko herangewachsen ist, könnte es schließlich doch nach dem Willen Matsugaes gehen und die Hochzeit von ihm ausgerichtet werden. Sollte das der Fall sein, so wünsche ich, der Graf, daß du Satoko vor dieser Heirat mit irgendeinem Mann, den sie mag und der den Mund halten kann, schlafen läßt. Welcher Herkunft dieser Mann ist, spielt keine Rolle. Bedingung ist lediglich, daß er Satoko gefällt. Ich möchte nämlich nicht, daß der von Matsugae beschaffte Bräutigam Satoko unberührt erhält. Und so werde ich Matsugae insgeheim eins auswischen. Aber du mußt das auf eine Weise erledigen, als ob du allein dafür verantwortlich wärst, es keinen Menschen wissen lassen, auch mit mir nicht weiter darüber reden. Doch in solchen Schlafzimmergeschichten bist du ja eine Erfahrene, und gewiß wirst du Satoko leicht die beiden gegensätzlichen Tricks beibringen, nämlich einmal einen Mann, mit dem sie, bereits keine Jungfrau mehr, schläft, in dem Glauben zu wiegen, sie sei noch unberührt, und ein andermal einem Mann, mit dem sie schläft, das Gefühl zu geben, sie sei längst keine Jungfrau mehr, obwohl sie doch in Wahrheit noch unberührt ist, nicht wahr?

Worauf die Tadeshina mit selbstbewußter Bestimmtheit erwiderte: »Das ist überhaupt keine Frage. Für beides gibt es völlig sichere Methoden, so daß ein auch noch so vergnügungsgewohnter Herr auf gar keinen Fall irgend etwas bemerkt. Ich werde das gnädige Fräulein aufs gründlichste darin unterweisen. Aber wann, meinen Sie, käme das letztere in Betracht?«

»Bei dem Mann, der ihr vor der Hochzeit die Jungfernschaft raubt. Er soll nicht allzu übermütig werden. Wüßte er, daß sie noch unberührt ist, könnte er auf eine plumpe Weise Verantwortlichkeit entwickeln, und das wäre nicht gut. Auch in diesem Punkt verlaß ich mich ganz auf dich.«

»Es wird alles nach Ihren Wünschen geschehen«, versicherte die Tadeshina korrekt und etwas steif, statt es mit einem leichten ›Wie Sie belieben‹ bewenden zu lassen.

. . . .

So also war das in jener Nacht vor nunmehr acht Jahren gewesen, und darauf hatte die Tadeshina jetzt angespielt.

Zu deutlich erkannte der Graf, worauf sie hinauswollte; indessen war ja wohl kaum anzunehmen, daß eine ihres Schlages für die so unvorhergesehene Veränderung der Situation gegenüber dem, was man acht Jahre zuvor vereinbart, blind gewesen wäre. Der Bräutigam gehörte zur kaiserlichen Familie, die Verbindung, wenngleich durch Vermittlung des Marquis Matsugae, würde den Wiederaufstieg des Hauses Ayakura bedeuten; kurzum, es war alles ganz anders gekommen, als der Graf vor acht Jahren in seinem Zorn gemutmaßt hatte. Sollte die Tadeshina dessenungeachtet entsprechend der damaligen Vereinbarung gehandelt haben, konnte es, schien ihm, nur in ganz bestimmter Absicht geschehen sein. Überdies war das Geheimnis dem Marquis Matsugae bereits bekannt geworden.

Hatte die Tadeshina, indem sie die Geschichte auf diese Weise zur Katastrophe treiben ließ, etwa den Plan gehabt, an dem Hause des Marquis beherzt die Vergeltung zu üben, zu der er selber, der Graf, in träger Unentschlossenheit nicht den Mut gefunden? Oder war es Rache nicht am Marquis, sondern an ihm, an seiner eigenen Person gewesen? Wie immer er sich dazu stellen würde, es blieb dabei, daß er verpflichtet war, es für peinlich zu halten, wenn das Bettgeflüster von vor acht Jahren dem Marquis von der Tadeshina mitgeteilt worden wäre.

Der Graf gedachte nichts mehr zu sagen. Was geschehen war, war geschehen, und soweit es dem Marquis zu Ohren gekommen, mußte er darauf gefaßt sein, daß man ihm entsprechend unangenehme Dinge an den Kopf werfen würde; dafür jedoch durfte er hoffen, der Marquis werde seinen enormen Einfluß geltend machen und irgendwelche angesichts der Lage noch möglichen Schritte einleiten. Das Ganze war in ein Stadium eingetreten, in dem man es besser anderen überließ.

Eines nur war dem Grafen klar; daß nämlich die Tadeshina, mochte sie mit dem Mund reden, was sie wollte, in ihrem Herzen nicht im geringsten geneigt war, Abbitte zu leisten. In der Art, wie diese alte Frau, die ohne auch nur eine Spur von Reue das Gift geschluckt hatte, dasaß, geschminkt wie eine in das Pudertöpfchen gefallene Grille, zusammengesunken in ihrem rotbraunen Überwurf, machte ihre Gestalt, so winzig sie war, den Eindruck, als wäre sie angefüllt mit einer die ganze Welt umfassenden Niedergeschlagenheit.

Plötzlich fiel dem Grafen auf, daß der kleine Raum genau dieselbe Zahl von *Tatami*-Matten hatte wie jenes Hinterzimmer bei Kitazaki. Auf einmal hörte er wieder tief in seinen Ohren das Rauschen des Regens, und es umfing ihn, wie um den Verfall zu beschleunigen, eine Schwüle völlig außer der Zeit. Die Tadeshina hob abermals ihr weiß getünchtes Gesicht und versuchte, etwas zu sagen. Auf der Innenseite ihrer ausgetrockneten, von Fältchen übersäten Lippen leuchtete, soweit das Licht von der elektrischen Lampe hineinfiel, tiefdunkel das Kyōto-Rouge auf, so daß man hätte glauben können, die feuchte Mundhöhle wäre mit Blut gefüllt.

Dem Grafen war, als verstünde er, was die Tadeshina hatte sagen wollen. Wie sie selber erklärt, hatte alles, was sie getan, in jener Nacht vor acht Jahren begonnen, und möglicherweise hatte sie es allein deswegen getan, um ihn, den Grafen, an diese eine Nacht zu erinnern. Ihn, der ihr seither so gar kein Interesse mehr entgegengebracht...

Unvermittelt wie einem Kind kam dem Grafen der Wunsch, eine grausame Frage zu stellen.

»Nun, die Hauptsache ist, du hast es überstanden... aber hattest du wirklich die Absicht zu sterben?«

Er meinte, sie würde wütend werden oder in Tränen ausbrechen; aber die Tadeshina lächelte nur leise.

»Ja, wie...? Wenn mir der gnädige Herr befehlen sollte, ich habe zu sterben, vielleicht daß ich dann bereit wäre, wirklich Selbstmord zu begehen. Käme Ihr Befehl in diesem Augenblick, würde ich den Versuch wiederholen. Freilich, selbst wenn Sie das jetzt von mir verlangten, könnte es ja sein, daß Sie es nach weiteren acht Jahren abermals vergessen hätten...«

42

Als Marquis Matsugae mit Graf Ayakura zusammentraf, war er zunächst darüber entsetzt, daß dieser sich so gar nicht beunruhigt zeigte; doch besserte sich seine Laune wieder, sobald der Graf allen von ihm gemachten Vorschlägen rückhaltlos zustimmte. Er schließe sich dem Gesagten in jeder Hinsicht an.

Daß die Marquise mitfahren werde, ermutige ihn sehr, und die Möglichkeit, das Ganze bei strengster Diskretion dem Doktor Mori in Ōsaka zu überlassen, empfinde er als ein Glück, auf das er nicht zu hoffen gewagt. Künftig solle – schloß der Graf seine Erwiderung – alles nach den Weisungen des Hauses Matsugae geschehen, ja, er bitte sogar darum.

Eine einzige bescheidene Bedingung wurde von seiten Ayakuras vorgebracht, und der Marquis konnte nicht anders, als sie zu akzeptieren. Es ging darum, Satoko zu gestatten, daß sie unmittelbar vor der Abreise aus Tōkyō wenigstens kurz mit Kiyoaki zusammenträfe. Selbstverständlich erwarte man nicht, sie einem Gespräch unter vier Augen zu überlassen. Wenn sie sich in Anwesenheit beider Mütter für ein paar Augenblicke sähen, wäre dem völlig Genüge getan. Zudem verspreche Satoko, daß sie, nachdem ihr dieser Wunsch gewährt, Kiyoaki hinfort nie mehr begegnen werde... Es sei dies ursprünglich eine Anregung Satokos selbst gewesen; doch hätten – wie der Graf mit einigem Zögern erklärte – auch er und seine Frau gemeint, man solle ihnen wenigstens das zugestehen.

Nun, um einem solchen Treffen den Anstrich der Zwanglosigkeit zu geben, werde man einfach den Umstand nutzen, daß die Marquise Fräulein Satoko begleite. Daß der Sohn seine Mutter bei Antritt der Reise verabschiede, sei ja durchaus natürlich, und wechsle er bei dieser Gelegenheit mit Fräulein Satoko einige Worte der Begrüßung, so werde das gewiß keinen Verdacht erregen.

Als man sich auf diese Weise geeinigt, ließ der Marquis auf Betreiben seiner Frau den vielbeschäftigten Doktor Mori insgeheim nach Tōkyō kommen. Während der einen Woche bis zur Abreise Satokos am 14. November war der Doktor Gast im Hause des Marquis, hielt unbemerkt ein Auge auf Satoko und stand bereit, sofort hinüberzueilen, wann immer die Ayakuras darum baten.

In der Tat, es bestand latent die Gefahr einer plötzlichen Fehlgeburt. In einem solchen Falle sollte der Doktor persönlich alle Maßregeln ergreifen, und zwar so, daß nichts davon nach außen dringen könnte. Auch wurde beschlossen, daß er während der nicht eben risikolosen langen Reise nach Ōsaka unauffällig und in einem anderen Wagen dabeizusein habe.

Die Summen, die der Marquis daran wandte, um eine gynäkologische Koryphäe so in ihrer Freiheit zu beschneiden und nach Belieben herumzukommandieren, waren enorm. Sollten indessen all diese Pläne vom Glück gesegnet sein, würde allein die Tatsache, daß Satoko verreiste, der Welt noch viel geschickter Sand in die Augen streuen. Denn schließlich würde keiner auch nur im Traum darauf verfallen, daß eine Frau während der Schwangerschaft das Wagnis einer Eisenbahnreise auf sich nahm.

Doktor Mori war durch und durch der tadellos elegante Gentleman, stets in Anzüge englischen Schnitts gekleidet; dabei war er klein und untersetzt von Gestalt, und seine Gesichtszüge hatten irgendwo etwas von einem Handlungsgehilfen. Bei Untersuchungen, das machte einen Teil seines Rufes aus, pflegte er einen Bogen besten Dokumentenpapiers über das Kopfkissen zu breiten, den er nach jeder Patientin nachlässig zusammenknüllte und wegwarf, um einen neuen Bogen aufzulegen. Außerordentlich liebenswürdig und höflich, verfehlte er es nie, ein Lächeln zur Schau zu tragen. Er zählte viele Damen aus den oberen Kreisen zu seinen Patientinnen, besaß überragende fachliche Qualitäten und war verschwiegen wie eine Auster.

Er liebte es, über das Wetter zu sprechen, und das noch nicht einmal im Stil einer regelrechten Unterhaltung; doch waren die Damen auch dann schon zur Genüge von ihm entzückt, wenn er bemerkte, es sei heute ja wieder wahnsinnig schwül, oder mit jedem Regenguß werde es wärmer. Man sagte, er schreibe ausgezeichnete chinesische Gedichte und habe seine Londoner Eindrücke in zwanzig Vierzeiler, jede Zeile zu sieben Schriftzeichen, gefaßt und sie als Privatdruck unter dem Titel »Ausgewählte London-Gedichte« publiziert. An der Hand trug er einen großen, dreikarätigen Diamantring; diesen pflegte er vor einer Untersuchung mit auffälliger Gebärde, und dabei jedesmal das Gesicht verzerrend, als hätte er damit Schwierigkeiten, vom Finger zu ziehen und rücksichtslos auf den nächsten Tisch zu werfen; doch hatte man noch nie gehört, daß er den Ring danach vergessen und liegengelassen hätte. Sein zu den Mundwinkeln abfallendes Schnurrbärtchen hatte stets einen dunklen Glanz wie ein Farnwedel nach dem Regen.

Graf und Gräfin Ayakura waren natürlich verpflichtet, dem

prinzlichen Hause zusammen mit Satoko vor der Abreise einen Besuch abzustatten. Da ein Ausflug in der Pferdekutsche die Risiken noch vergrößert hätte, war vom Marquis ein Automobil beschafft worden, und Doktor Mori, mit Hilfe eines alten Anzugs von Yamada als Angestellter des Hauses verkleidet, fuhr auf dem Beifahrersitz mit. Zum Glück war der junge Prinz zu einer Übung unterwegs und also nicht zu Hause. So konnte Satoko Ihrer Hoheit, der Prinzessin, in der Eingangshalle ihre Aufwartung machen und sich hierauf zurückziehen. Auch die gefährliche Hin- und Rückfahrt verlief ohne Zwischenfall.

Zur Abreise am 14. November – hatte man wissen lassen – würde ein Beamter des prinzlichen Hauses zur Verabschiedung entsandt werden, doch baten die Ayakuras, davon Abstand nehmen zu wollen. Damit ging alles ungestört nach dem Plan des Marquis, und die Ayakuras und Marquise Matsugae mit Sohn würden sich am Bahnhof Shimbashi treffen. Doktor Mori sollte, ohne sich zu erkennen zu geben, im Winkel eines Wagens der zweiten Klasse Platz nehmen. Für seine Frau und die Ayakuras hatte der Marquis den Aussichtswagen reservieren lassen; denn wer immer auch danach fragen würde – man hatte den durchaus reputierlichen Vorwand, es handele sich um die Abschiedsreise zur Äbtissin.

Der zwischen Shimbashi und Shimonoseki verkehrende Expreßzug verließ morgens um neun Uhr dreißig Shimbashi und erreichte nach elf Stunden und fünfundfünfzig Minuten Ōsaka.

Im Licht des heiteren Novembermorgens waren an dem 1872 nach dem Entwurf des amerikanischen Architekten Bridgens errichteten Gebäude des Shimbashi-Bahnhofs, so düster sich der gefleckte Izu-Porphyr über der Holzkonstruktion auch ausnahm, die Schatten der Traufgesimse scharf auf die Fassade gezeichnet. Die Marquise, von nun an unter der Anspannung einer Reise ohne begleitendes Personal, von der sie allein zurückkehren würde, kam am Bahnhof an, nachdem sie unterwegs sowohl mit Yamada, der auf dem Notsitz der Kalesche saß und respektvoll ihren Koffer hielt, wie auch mit Kiyoaki kaum ein Wort gewechselt. Dann stiegen sie von der Auffahrt her zu dritt die hohe, steinerne Treppe hinauf.

Der Zug war noch nicht bereitgestellt. Auf den breiten Kopfbahnsteig mit den Geleisen rechts und links fielen schräg und voll die Strahlen der Morgensonne, und in ihnen tanzte ein Geflimmer von feinem Staub. Um die Abfahrt besorgt, stieß die Marquise ein um das andere Mal tiefe Seufzer aus.

»Sie sind noch nicht zu sehen. Es wird doch nicht etwas dazwischengekommen sein?« fragte sie, worauf von Yamada, indem seine Brillengläser zu ihr herunterfunkelten, mit ebensolcher Regelmäßigkeit nicht mehr erfolgte als lediglich ein unterwürfig geäußertes, völlig sinnloses: »Nun ja, ganz wie belieben...« Und obwohl sie mit keiner anderen Antwort rechnete, konnte sie nicht an sich halten, immer wieder dasselbe zu fragen.

Kiyoaki, der die Unruhe seiner Mutter wohl bemerkte und ihr dennoch kein Rettungsseil zuwarf, postierte sich in einiger Entfernung. Durch eine strenge, aufrechte Haltung hielt er seine Sinne zusammen, die ihm zu schwinden drohten. Er hatte das Gefühl, als stürzte er, aber nicht in die Horizontale, sondern nach oben, in die Lotrechte. Gleichsam als würde er, all seiner Kräfte beraubt, im Stehen in eine Form aus Luft gegossen. Kühl war es auf dem Bahnsteig, und da er den Balg seiner Uniformbrust nach vorn geschoben hatte, waren, wie ihm schien, durch die Qual des Wartens seine Eingeweide bereits vereist.

Der Zug, ein von der Sonne beschienenes, sich schlängelndes Band, kam, schwerfällig würdevoll und mit dem Plattformgeländer des Aussichtswagens prunkend, am Bahnsteig entlang rückwärts hereingefahren. In diesem Augenblick entdeckte die Marquise etwas entfernt in der Menge der Wartenden das herabhängende Schnurrbärtchen des Doktor Mori. Das beruhigte sie ein wenig. Dabei hatte sie versprechen müssen, bis Ōsaka außer in Notfällen dem Doktor gegenüber völlig unbekannt zu tun.

Yamada trug ihren Koffer in den Aussichtswagen, und während die Marquise irgendwelche Anordnungen traf, starrte Kiyoaki durch das Waggonfenster auf den Bahnsteig. Er sah, wie die Gräfin Ayakura und Satoko durch das Gedränge herankamen. Satoko hatte über den Kragen ihres *Kimono* einen regenbogenfarbigen Schal geschlungen, und wenn sie in das Licht geriet, das von der Kante des Bahnsteigdachs hereinfiel, wirkte ihr ausdrucksloses Gesicht fahlweiß wie geronnene Milch.

In Kiyoakis Brust tobten Gefühle der Trauer und der höchsten

Glückseligkeit. Als er Satoko so entgegensah, wie sie sich, von ihrer Mutter begleitet, mit den anmutigsten Schritten näherte, war ihm für einen Augenblick zumute, als würde ihm die Braut zugeführt. Und es überkäme ihn mit dem raschen Fortgang dieser Zeremonie wie von einer Tropfen um Tropfen herabfallenden und sich stauenden Erschlaffung die süße Benommenheit eines atembeklemmenden Entzückens.

Sowie die Gräfin den Aussichtswagen betrat, und ohne sich weiter um den Diener mit dem Gepäck zu kümmern, begann sie sich wortreich für die Verspätung zu entschuldigen. Kiyoakis Mutter antwortete ihr natürlich mit der größten Höflichkeit; gleichwohl blieb zwischen ihren Brauen eine Spur hochmütiger Verstimmtheit zurück.

Satoko, den regenbogenfarbigen Schal über den Mund gedeckt, versuchte sich währenddessen hinter dem Rücken ihrer Mutter zu verstecken. Mit Kiyoaki wechselte sie die üblichen Begrüßungsformeln; doch gleich darauf, von der Marquise gedrängt, ließ sie sich tief in einen der leuchtendroten Sessel fallen.

Jetzt begriff Kiyoaki, warum Satoko zu spät gekommen war. Zweifellos hatte sie sich vorgenommen, die Trennung in der wie eine Arznei so bitteren und klaren Helle dieses Novembermorgens, die Dauer der Verabschiedung, bei der sie sich nichts zu sagen wüßten, nach Möglichkeit wenigstens abzukürzen. Und auf einmal fürchtete Kiyoaki, sein Blick, mit dem er, während die beiden Mütter sich unterhielten, auf die mit gesenktem Kopf dasitzende Satoko hinabsah, könnte von einer allzu leidenschaftlichen Intensität sein. Sein Herz natürlich bestand auf solcher Intensität. Was er indessen fürchtete, war, daß er Satokos empfindsame Blässe durch eine so heftige Lichtflut versengen müßte. Die hier wirkende Kraft, das hier sich übertragende Gefühl, sie sollten etwas höchst Subtiles haben, und dabei wußte Kiyoaki, daß seine Leidenschaft viel zu rauhe Züge angenommen hatte. Er spürte einen Impuls in sich, wie er ihn früher nie gekannt; ja, es stieg der Wunsch in ihm auf, Satoko um Verzeihung zu bitten.

Satokos Körper unter dem *Kimono* war ihm bis in den letzten Winkel vertraut. Er wußte, wo zuerst ihre Haut vor Scham errötete, wo sie sich geschmeidig entspannte, wo unter ihr, als hielte sie einen Schwan gefangen, ein flatterndes Beben sichtbar wurde. Er wußte, wo sich die Freude ankündigte und wo die Trauer. Und all das, was er so genau kannte, verstrahlte einen leichten Schimmer, so daß ihm Satokos Körper durch den *Kimono* hindurch sichtbar wurde. Dort aber, in dem Teil ihres Leibes, den Satoko wie unabsichtlich mit ihren Ärmeln bedeckte, wuchs nun etwas heran, das er durchaus nicht kannte. Und sich vorzustellen, was denn das sei, ein Kind, dazu besaß der Neunzehnjährige noch nicht die Fähigkeit. Es war ihm ein in dunkles, warmes Blut und Fleisch gepacktes, metaphysisches Irgendwas.

Trotzdem blieb ihm, Kiyoaki, nichts anderes übrig, als es hilflos geschehen zu lassen, daß das einzige, das von ihm auf Satokos Inneres übergegangen, das eingeschlossen war in den Teil ihres Leibes, der den Namen »Kind« erhalten hatte – daß dies so bald und so unbarmherzig zurückgewiesen und ihrer beider Fleisch erneut und für immer getrennt würde. Das »Kind« war gewissermaßen Kiyoaki selbst. Noch immer besaß er nicht die geringste Kraft. Es schauderte ihn vor Angst und Ingrimm und Verlorenheit, ganz so, wie es einem Kind ergeht, das, während alle sich fröhlich auf einen Ausflug begeben, zur Strafe zu Haus bleiben muß.

Satoko hob die Augen und sah mit abwesenden Blicken zu dem Fenster hinüber, das auf den Bahnsteig ging. Daß in diesen Augen, ausgefüllt allein mit dem, was aus ihrem Leib entfernt werden würde, kein Platz mehr war, um seine eigene Gestalt zu spiegeln, schnitt Kiyoaki ins Herz.

Draußen vor dem Fenster erklang eine schrille Signalpfeife. Satoko stand auf. Kiyoaki schien es, als brauchte sie dazu und in äußerster Entschlossenheit ihre ganze körperliche Kraft. Bestürzt nahm die Gräfin sie beim Arm.

»Gleich wird der Zug abfahren. Es wäre besser, du gingst jetzt«, sagte Satoko mit einer Stimme, die fröhlich klang, aber ein wenig ins Schrille geriet. Unvermeidlich, daß hierauf zwischen Kiyoaki und der Marquise der zwischen jeder Mutter und jedem Sohn in einem solchen Falle hastig geführte Dialog begann, mit Ratschlägen für die Reise einerseits und andererseits mit Vermahnungen des Daheimbleibenden. Und Kiyoaki war erstaunt, wie glatt er eine solche Szene zu spielen vermochte.

Endlich riß er sich von seiner Mutter los, verabschiedete sich mit knappen Worten von der Gräfin und sagte, zu Satoko gewandt, mit der größtmöglichen Beiläufigkeit: »Also laß es dir gutgehen!«

Und hatten seine Worte etwas Leichtes, Impulsives, so übertrug sich dies nun auch auf seine Gesten, und für einen Augenblick sah es aus, als wäre er tatsächlich dazu fähig, seine Hand auf Satokos Schulter zu legen. Doch gleich darauf war sein Arm wie gelähmt, und er konnte ihn nicht bewegen. Denn plötzlich traf sich sein Blick mit dem jetzt voll auf ihn gerichteten Blick Satokos.

Ihre schönen, großen Augen waren feucht, gewiß; aber diese Feuchte unterschied sich himmelweit von den Tränen, die er bisher gefürchtet. Hier waren die Tränen, wie sie entstanden, in Stücke geborsten. Das waren Augen, die ihn mit einer Dringlichkeit bestürmten, wie ein Ertrinkender um Hilfe ruft. Unwillkürlich wich Kiyoaki zurück. Satokos herrliche, lange Wimpern schienen sich, als würden sich die Kelchblätter einer Blüte öffnen, jede einzeln nach außen zu biegen.

»Du dir auch, Kiyo... und gehab dich wohl«, sagte sie rasch und mit Anstand.

Kiyoaki sprang wie verfolgt aus dem Zug. Gerade in dem Augenblick gab der Stationsvorsteher, den Kurzsäbel am Gurt seiner fünfknöpfigen, schwarzen Uniform, durch Handaufheben das Signal, ertönte noch einmal die Pfeife des Schaffners.

Zwar scheute er sich vor Yamada, der neben ihm stand; aber in seinem Herzen rief Kiyoaki ein um das andere Mal Satokos Namen. Ein leichtes Rucken lief durch den Zug, dann setzte er sich, als würde vor einem der Faden von einem Knäuel abgerollt, in Bewegung. Und schon entfernte sich der Aussichtswagen, ohne daß Satoko und die beiden Damen auf der Plattform an seinem Ende erschienen wären. Zurück blieb die bei der Abfahrt ausgestoßene, mächtige Dampfwolke, und auf den Bahnsteig hereingetrieben, hüllte sie alles ringsum in eine unerwartete, von einem bedrückenden Geruch erfüllte Dämmerung.

43

Am Morgen des zweiten Tages, nachdem man in Ōsaka angekommen war, verließ die Marquise allein den Gasthof und begab sich zum nächstgelegenen Postamt, um ein Telegramm aufzugeben. Sie solle das unbedingt persönlich erledigen, hatte der Marquis ihr eingeschärft.

Zum ersten Mal in ihrem Leben in einem solchen Postamt und reichlich verwirrt, mußte sie an jene Fürstin denken, die vor kurzem gestorben war, ohne jemals, weil sie es für schmutzig gehalten, Geld mit ihren Händen berührt zu haben. Mit Mühe und Not schrieb sie den mit ihrem Mann vereinbarten, chiffrierten Telegrammtext nieder: »Besuch glücklich verlaufen.«

Sie meinte, es buchstäblich zu empfinden, was es heißt, wenn man von einem Gefühl spricht, als sei einem eine Bürde von den Schultern genommen. Sogleich kehrte sie zum Gasthof zurück und traf ihre Vorbereitungen, um, von der Gräfin verabschiedet, den Zug zu besteigen, mit dem sie vom Bahnhof Ōsaka aus allein die Heimreise antrat. Die Gräfin hatte sich eigens hierfür für kurze Zeit vom Krankenlager Satokos in der Klinik entfernt.

Man hatte Satoko, selbstverständlich unter falschem Namen, in die Privatklinik des Doktor Mori aufgenommen. Der Doktor hatte auf zwei, drei Tagen absoluter Ruhe bestanden. Die Gräfin war ständig um sie, bedrückt allerdings darüber, daß Satoko, wiewohl ihr Zustand tatsächlich ausgezeichnet war, seither kein Wort mehr redete.

Da die Aufnahme in die Klinik eine reine Vorsichtsmaßregel gewesen war, um nur ja die größte Sorgfalt zu gewährleisten, befand sich Satoko, als Doktor Mori ihrer Entlassung zustimmte, körperlich in einer Verfassung, in der sie eine tüchtige Bewegung bereits durchaus vertragen konnte. Nach dem Verschwinden der regelmäßig morgens aufgetretenen Übelkeit dürfte sie sich äußerlich wie innerlich erleichtert gefühlt haben; dennoch blieb sie weiter bei ihrem Schweigen.

Entsprechend dem festgelegten Reiseplan sollten Mutter und Tochter nun zum Gesshūji-Tempel fahren, um dort von der Äbtissin Abschied zu nehmen, eine Nacht bei ihr verbringen und hierauf nach Tōkyō zurückkehren. Am 18. November kurz nach Mittag verließen die beiden auf der Station Obitoke den

Zug der Sakurai-Linie. Es war ein herrlicher, strahlend heiterer Spätherbsttag, und ungeachtet der Schweigsamkeit ihrer Tochter, befand sich die Gräfin in der ausgeglichensten Stimmung.

Um die betagten Nonnen nicht in unnötige Verlegenheit zu stürzen, hatte die Gräfin von ihrer Ankunftszeit keine Mitteilung gemacht und bat jetzt den Bahnhofsbeamten, zwei Rikschas zu rufen. Doch diese wollten und wollten nicht kommen, so daß die Gräfin, neugierig, was es hier zu sehen gäbe, die Tochter solange in den Warteraum erster Klasse setzte und ihrem Grübeln überließ, während sie selber gemächlich durch die menschenleere Umgebung der Station spazierte.

Das erste, was ihr in die Augen fiel, war eine Tafel, die auf den nahen Obitokedera-Tempel verwies.

>»Obitokedera, Tempel der Niederkunftsfürbitte,
mit dem Obitoke Geburtshelfer-*Bodhisattva*.
Ältester japanischer Gebetsort für Kindersegen
und leichte Geburt.
Gestiftet von den Kaisern Montoku und Seiwa
sowie der Kaisergemahlin Somedono.«

Sofort dachte sie, Satoko sollte das besser nicht zu Gesicht bekommen. Wenn die Rikschas erschienen, müßte sie die eine bis tief unter das Stationsdach hineinziehen und Satoko dort einsteigen lassen, damit ihr Blick diese Tafel auch nicht streifte. Inmitten der vom Licht aus dem heiteren Novemberhimmel umfangenen Szenerie erschien der Gräfin der Text der Tafel plötzlich wie ein sich ausbreitender Tropfen Blut.

Die Obitoke-Station mit dem Ziegeldach über dem weißen Gemäuer und dem Brunnen daneben hatte jenseits der Straße ihr Gegenstück in einem hinter einer überdachten Lehmmauer liegenden alten Haus, zu dem ein sich drohend aufreckendes Speichergebäude gehörte. Obwohl das Weiß der Speicherwände, das Weiß auch der Lehmmauer hell erstrahlte, war es dort drüben still wie in einem Traum, der einen gefangennimmt.

Die graubraun glänzende, nach dem Frost aufgeweichte Straße entlangzugehen, war beschwerlich, doch verführt davon, daß die die Bahngeleise in langer Reihe begleitenden kahlen Bäume nach und nach höher wurden, bis an eine kleine, über die

Strecke hinweg gespannte Brücke reichten, und daß dort am Fuß der Brücke etwas wunderschön Gelbes zu erkennen war, schürzte die Gräfin den Saum ihres *Kimonos* und stieg den Hangweg hinan.

Es waren kleinblütige, zu breitfließenden Teppichen gezogene Topfchrysanthemen, die man am Brückenaufgang abgestellt hatte. Mehrere Töpfe, kunstlos unter die schon ein wenig grünen Weiden vor der Brücke verteilt. Und die Brücke selber gar – sie war nicht größer als ein Pferdesattel, und auf ihrem hölzernen Geländer hingen kariert gemusterte Steppdecken zum Lüften. Gierig sog das Bettzeug die Sonne ein; schon war es so aufgebläht, als wollte es sich jeden Augenblick davonwälzen.

Nahe bei der Brücke standen Bauernhäuser; Windeln flatterten auf der Leine, rote Tücher waren an Haken ausgespannt. An den Traufen die zum Trocknen aufgezogenen *Kaki*-Früchte hatten noch ihre feucht glänzende Farbe wie ein Sonnenuntergang. Und nirgends war jemand zu sehen.

Als die Gräfin gewahrte, wie weit hinten auf der Straße zwei schwarze Planen schaukelnd näher kamen, eilte sie rasch zur Station zurück, um Satoko zu rufen.

Da das Wetter viel zu schön war, fuhren die beiden Rikschas mit offenem Verdeck. Sie passierten die kleine Stadt, die zwei, drei Gasthöfe hatte, rollten dann eine Weile auf Wagen zwischen den Feldern dahin und hielten genau auf die jenseitigen Berge zu; dort am Fuß eines Abhangs lag der Gesshūji-Tempel.

An den Wegrändern standen *Kaki*-Bäume mit nur noch wenigem Laub, aber die Zweige voll von Früchten; jedes Feld war mit labyrinthisch aneinandergereihten Gattern dicht besetzt, auf denen das Reisstroh trocknete. Von Zeit zu Zeit wandte sich die Gräfin, die in der vorderen Riksha saß, nach ihrer Tochter um. Und als sie sah, wie Satoko, den zusammengelegten Schal auf den Knien, den Hals hin und her drehte und ganz von der Landschaft ringsum gefangen schien, war sie ein wenig erleichtert.

Je mehr der Weg auf die Berge zu anstieg, desto langsamer, bis unter normales Schrittempo schließlich, wurde die Fahrt. Die Rikscha-Männer waren beides alte Leute und ihr Gang wirkte unsicher. ›Aber wir haben es ja nicht eilig‹, dachte die Gräfin; ›im

Gegenteil, so können wir die herrliche Aussicht um so besser genießen.‹

Sie näherten sich den steinernen Torpfeilern des Gesshūji-Tempels; dahinter war außer dem weiter aufwärtsführenden Weg, dem zwischen schon völlig weißen Pampasgrasähren hindurch aufblitzenden blaßblauen Himmel und der niedrigen Bergkette in der Ferne nichts sonst zu sehen.

Endlich hielten die Männer die Rikschas doch einmal an, um sich den Schweiß abzuwischen, und über den Schwatz der beiden hinweg rief die Gräfin ihrer Tochter zu: »Ja, nun präge dir den Anblick von hier bis hinauf zum Tempel nur gut ein! Wir können herkommen, wann immer uns danach zumute ist; aber du wirst dann einen Rang innehaben, bei dem du selbst Ausflüge nicht nach Belieben machen darfst.«

Statt einer Antwort nickte Satoko leicht, während auf ihrem Gesicht ein mattes Lächeln erschien.

Die Rikschas rollten wieder an; da indessen der Weg jetzt steiler anstieg, ging es noch langsamer voran als vordem. Andererseits fuhren sie, nachdem sie das äußere Tor passiert, plötzlich in dichterem Gehölz dahin, und das Sonnenlicht nahm so weit ab, daß keine Gefahr mehr bestand, in Schweiß zu geraten.

Als die Wagen zuvor gehalten, hatte die Gräfin das Gezirp der herbstlichen Taggrillen vernommen, und eine Weile klang es ihr in den Ohren nach; aber schließlich wurden ihre Augen ganz von den zur Linken des Weges immer häufigeren *Kaki*-Bäumen, vom Leuchten der Früchte an den Zweigen bezaubert.

Lag die Sonne glänzend auf ihnen, so ließ von einem Zwillingspaar von *Kaki*-Früchten, das auf einem Ästchen gereift, die eine einen Schatten wie von Lack auf die andere fallen. Einer der Bäume war bis auf den letzten Zweig mit ihren roten Tropfen über und über besetzt; und da sie, anders als Blüten und im Gegensatz zu den noch verbliebenen, dürren Blättern, die dann leise zu schaukeln begannen, von keinem Windstoß zu erschüttern waren, standen die in unabsehbarer Fülle in den Himmel hinein verstreuten *Kaki*-Früchte auf der reglosen Bläue, als wären sie geradezu daraufgeheftet.

»Mir ist noch überhaupt kein bunter Ahorn aufgefallen. Wie mag das wohl kommen?« rief die Gräfin mit angestrengter

Stimme, so daß es wie der schrille Ruf eines Neuntöters klang, zur hinteren Rikscha hin; aber es erfolgte keine Antwort.

Selbst die Gräser am Wegrand zeigten nur spärlich ein herbstliches Rot, wohingegen auffällig viel Grün zu sehen war, nach Westen zu von Rettichäckern, nach Osten zu von einem Bambusdickicht. Durch das grellgrüne, feingezackte Rettichkraut leuchtete zudem die Sonne hindurch. Bald darauf begann auf der westlichen Seite, quer durch ein sumpfiges Gelände gezogen, eine lange Hecke aus Teepflanzen, und über die Hecke hinweg, über die sich die mit roten Früchten besteckte Schönmännerranke schlang, war ein dahinterliegender, großer Tümpel zu erkennen. Sobald sie daran vorübergefahren waren, wurde der Weg auf einmal düster, und sie rollten in einer Allee uralter Zedern dahin. Selbst das zwischen den Bäumen allenthalben hereinfallende Sonnenlicht goß sich nur über das niedrige Bambusgras aus, unter dem lediglich ein einzelner Halm von der Helle, die er aufgesogen, funkelte.

Da die unerwartete Kühle sie durchdrang, wandte sich die Gräfin, aber jetzt ohne auf eine Antwort zu rechnen, zu der hinteren Rikscha um, Satoko mit einer entsprechenden Gebärde zu bedeuten, sie möge den Schal umlegen. Beim nochmaligen halben Zurückschauen blitzte der flatternde Regenbogen des Schals in ihre Augenwinkel. Hatte sie auch nichts gesagt – Satokos Folgsamkeit befriedigte sie.

Als die beiden Rikschas zwischen den schwarzlackierten Pfeilern des Haupttors hindurchglitten, nahm die Szenerie zu beiden Seiten des Weges mehr den Charakter eines Parks an, und die Gräfin brach angesichts des ersten roten Herbstlaubs, das sie auf der Fahrt hierher erblickte, in Seufzer aus.

Gerade üppig konnte man die wenigen Ahornbäume, die hinter dem schwarzen Tor leuchteten, nicht nennen; dessenungeachtet machte hier in den Bergen dieses erlesene, tiefe Rot auf die Gräfin einen Eindruck, der an eine durch keine Reinigung tilgbare Schuld gemahnte. Unvermittelt senkte sich eine bohrende Bangigkeit in ihr Herz. Sie mußte an Satoko in der Rikscha hinter der ihren denken.

Da die schlanken Kiefern und Zedern im Rücken der Ahornbäume nicht ausreichten, den Himmel zu verstellen, ließ das rote Laub, wie es vom Gegenlicht aus dem dazwischen hervorschauenden, nur noch geräumiger wirkenden Himmel getroffen wurde, die einzelnen ausgestreckten Zweige aufschweben wie Wolken vor der Morgenröte. Der Himmel, wo er unter den Zweigen sichtbar wurde, deren tiefrote, feinziselierte Blätter sich Rand an Rand aneinanderfügten – er war gleichsam ein Himmel, zu dem man durch einen koschenillefarbigen Spitzenschleier aufblickte.

Vor dem Eingangstor im chinesischen Stil, von dem aus am Ende der ausgelegten Steinplatten die Vorhalle zu sehen war, stiegen die Gräfin und Satoko aus ihren Rikschas.

44

Noch während sie sich darüber unterhielten, daß genau ein Jahr vergangen sei, seit sie, die Gräfin und Satoko, die Äbtissin in Tōkyō begrüßt, und die sie empfangende älteste Nonne dazu meinte, nun, da werde sich Hochwürden aber gewiß sehr freuen über den heutigen Besuch, betrat die Äbtissin selber, von der zweitältesten Nonne an der Hand geführt, den Zehn-Matten-Raum, in dem sie warteten.

Sowie ihr die Gräfin Satokos bevorstehende Heirat vermeldete, sagte die Äbtissin: »Oh, meinen Glückwunsch! So wirst du, wenn du das nächste Mal hierherkommst, natürlich in der Palasthalle wohnen, nicht wahr?« Sie meinte den Teil des Tempels, der den Angehörigen der kaiserlichen Familie vorbehalten war.

Satoko, wenngleich sie nun im Tempel unmöglich weiterhin so stumm sein durfte, gab auf Fragen zwar nur einsilbige Antworten; doch wer sie dabei ansah, dem mochte ihre Schwermut als Schüchternheit erscheinen. Die außerordentlich rücksichtsvolle Äbtissin ließ sich in ihrer Miene durchaus nicht anmerken, ob sie etwa hierüber gewisse Mutmaßungen anstellte; vielmehr berichtete sie, da die Gräfin die im Hof in Reihen aufgebauten, prächtigen Topfchrysanthemen so überschwenglich pries: »Ach, wir haben da im Dorf einen Chrysanthemenzüchter; er bringt uns jedes Jahr welche und hält uns darüber die umständlichsten Vorträge.« Und auf einen Wink von ihr gab die ältere der beiden alten Nonnen genau mit den Worten des Chrysanthemenzüchters seine Erläuterungen wieder; daß dies zum Beispiel eine auf eine einzige Blüte hin gezüchtete rote Chrystantheme sei mit langgestreckten Blütenblättern, die sich nach außen wie kleine Zungen aufwölben, oder daß jene gelbe, ebenfalls einzelblütige Chrysantheme röhrenförmig gerollte Blütenblätter bekomme.

Schließlich führte die Äbtissin persönlich ihre Gäste in das *Shoin*-Zimmer. »Bei uns kommt die Ahornröte spät dieses Jahr«, sagte sie, während sie die alte Nonne die Papierschiebefenster öffnen hieß, um den Blick auf den schönen Garten mit dem gilbenden Rasen und den künstlichen Hügeln freizugeben. Dazu einige große Ahornbäume, an denen nur in den Wipfeln das Laub schon gerötet war, wohingegen nach den unteren Ästen zu noch die aprikosenfarbenen, dann gelbe und blaßgrüne Töne vorherrschten; das Rot in den Baumwipfeln jedoch war dunkel wie geronnenes Blut. Schon tat die *Sazanka*-Kamelie ihre Blüten auf, und in einem Winkel des Gartens der entlaubte Kreppmyrtenbaum mit seinen glattrindigen, gekrümmten Zweigen schien um so heller zu schimmern.

Man kehrte wieder in das Zehn-Matten-Zimmer zurück, und unter allerlei Gesprächen zwischen der Äbtissin und der Gräfin neigte sich der kurze Tag seinem Ende zu.

Zum Abendessen stellte man hübsche kleine Festtagstischchen vor jeden hin, auch gab es dazu roten Bohnenreis, den Glücksbringer; die beiden Nonnen gaben sich zwar alle Mühe, zwanglos zu sein, doch es kam keine rechte Stimmung auf.

»Oh, heute feiert man ja im alten Kaiserpalast das Fest des Feueranzündens«, meinte die Äbtissin, woraufhin die älteste Nonne, die einst während ihres Dienstes im Palast dieses Jahresfest miterlebt, sogleich aus der Erinnerung und mit entsprechenden Gebärden vorführte, wie dabei die um das Feuerbecken mit den hoch auflodernden Flammen versammelten Hofdamen die magischen Formeln rezitierten.

Es war dies ein altes Fest, das auf den 18. November fiel; vor dem Antlitz Seiner Majestät wurden die Flammen im Becken so geschürt, daß sie bis zu den Deckenbalken hinaufzüngelten, und die in weiße Gewänder gekleideten Hofdamen riefen dazu: »Zündet, zündet an, die heilige Flamme entzündet! Es verlangt die erlauchten Ahnengeister nach *Mikan* und *Manjū* aus der Flamme...« Sobald nun die *Mikan*-Mandarinen und die gefüllten *Manjū*-Knödel, die man ins Feuer getan, richtig durchgebraten waren, brachte man sie dem Kaiser dar.

Obwohl sie es gewiß für anstößig hielt, dergleichen Mysterien nachzuahmen, äußerte die Äbtissin kein Wort des Tadels; sie mochte spüren, daß die alte Nonne die Gesellschaft nur zu ermuntern versuchte.

Die Nacht begann früh im Gesshūji-Tempel; bereits um fünf Uhr wurde das Tor geschlossen. Bald nach dem Abendessen zog man sich in seine Schlafräume zurück, nachdem man die Ayakuras in die Gästehalle geleitet hatte. Bis zum Nachmittag des nächsten Tages würden Mutter und Tochter ohne Eile das Ritual des Abschieds hinter sich gebracht haben, um dann mit dem Nachtzug nach Tōkyō zurückzukehren.

Als sie allein waren, dachte die Gräfin daran, mit einer kurzen Bemerkung darauf anzuspielen, daß es von Satoko eigentlich recht unhöflich gewesen, sich diesen ganzen Tag über so der Schwermut zu überlassen; aber schließlich kam ihr die Vermutung, Satokos Stimmung könnte noch eine Folge dessen sein, was in Ōsaka geschehen war, und sie legte sich schlafen, ohne etwas gesagt zu haben.

Die nach draußen führenden Papierschiebetüren in der Gästehalle des Gesshūji-Tempels machten, noch im Dunkeln von einem feierlichen Weiß, den Eindruck, als wäre in der Kälte der Novembernacht der Reif selbst in die Textur des Papiers eingedrungen, und deutlich erkennbar schimmerten die mit sechzehnblättrigen Chrysanthemenblüten und Wolken gemusterten Papiere an jenen Stellen, die man beim Öffnen mit der Hand zu berühren pflegte. Die an den Pfeilern über die Nagelköpfe gesetzten, metallenen Zierate mit ihrem Dekor aus einer großblütigen Glockenblume, umgeben von sechs kleinen Chrysanthemen, verspannten oben die Dunkelheit von Punkt zu Punkt. Da es eine windstille Nacht war, hörte man zwar noch nicht einmal ein Rauschen von den Kiefern, und dennoch hatte man das Gefühl, draußen die tiefen Bergwälder kämen düster dräuend nähergerückt.

Nun, wie auch immer, die Gräfin konzentrierte sich ausschließlich auf die Vorstellung, es werde, nachdem die sowohl für sie selbst wie auch für ihre Tochter so bitteren Pflichten ohne jeden Rest erfüllt waren, künftig alles einen gemächlicheren und friedvollen Gang nehmen; und obwohl sie bemerkte, daß Satoko neben ihr unruhig um Schlaf rang, war sie, die Mutter, gleich darauf eingeschlummert.

Als sie erwachte, war Satoko von ihrer Seite verschwunden. Auf dem Bettzeug lag, wie sie, im morgendlichen Dunkel danach tastend, feststellte, säuberlich zusammengefaltet das Nachtgewand. Einmal in Aufregung geraten, überlegte sie dann allerdings, Satoko werde zur Toilette gegangen sein, und wartete eine Weile. Indessen wurde ihr dabei und mit einer Plötzlichkeit eiskalt ums Herz, als wäre es stehengeblieben; sie stand auf und lief zur Toilette, doch von Satoko keine Spur. Es schien sonst noch niemand auf den Beinen zu sein, der Himmel zeigte den ersten indigofarbenen Schimmer.

Da erklang aus der Ferne vom Küchenhaus her Geklapper, und als sie hinkam, fiel die Magd, früh schon geschäftig, angesichts der Erscheinung der Gräfin verwirrt auf die Knie.

»Hast du Satoko gesehen?« fragte die Gräfin.

Die Magd zitterte vor Furcht, sie schüttelte nur heftig den Kopf; hartnäckig weigerte sie sich, sie auf der Suche zu begleiten.

Die Gräfin irrte ziellos über die Gänge des Tempels, traf die zufällig schon wache zweitälteste der Nonnen und erklärte ihr, was vorgefallen. Bestürzt lief die Nonne ihr voraus.

Aus der über einen Verbindungsgang zu erreichenden Haupthalle flackerte ihnen von weitem Kerzenschein entgegen. Aber es konnte doch unmöglich so in aller Frühe jemand bereits den Ritus vollziehen. Zwei Kerzen mit dem Muster des Blütenrades waren angezündet, und vor dem Buddha saß Satoko. Die Gräfin meinte sie von hinten nicht wiederzuerkennen: Satoko hatte sich das Haar abgeschnitten. Hatte das abgeschnittene Haar als Opfer auf das Sutren-Pult gelegt, ließ den Rosenkranz durch ihre Finger gleiten und war ins Gebet vertieft.

Zunächst war die Gräfin darüber erleichtert, daß ihre Tochter lebte. Und nun erst wurde ihr klar, daß sie bis eben fest davon überzeugt gewesen, sie sei tot.

»Aber du hast dir ja das Haar abgeschnitten!« sagte sie, indem sie ihre Tochter zu umarmen versuchte.

»Etwas anderes, Mutter, blieb mir nicht übrig«, erwiderte Satoko und wandte sich endlich zu ihr um. In ihren Pupillen flackerten ganz klein die Kerzenflammen, doch in dem Weiß ihrer Augen spiegelte sich nun die Helle der Morgendämmerung. Nie zuvor hatte die Gräfin einen so schrecklichen Tagesanbruch gesehen, wie er ihr hier aus den Augen ihrer Tochter entgegenblitzte. Auch die einzelnen Bergkristallperlen des um Satokos Hände geschlungenen Rosenkranzes waren von der gleichen Helle erfüllt; ja, aus jeder dieser zahlreichen, kühlen Kügelchen drang, als wäre da ein Wille verlorengegangen an das Unendliche des Willens, zeitig und mit derselben Heftigkeit das Licht des Morgens.

Die begleitende Nonne eilte, alle die Einzelheiten der ältesten Nonne zu berichten, um sich dann, nachdem sie damit ihrer Pflicht Genüge getan, zurückzuziehen. Hierauf geleitete die älteste Nonne Mutter und Tochter Ayakura vor die Schiebetüren am Schlafgemach der Äbtissin, und von außen rief sie: »Euer Hochwürden, sind Sie schon wach?«

»Ja.«

»Wenn Sie uns bitte anhören wollten...«

Als sie die Türen zurückschob, saß die Äbtissin aufgerichtet auf dem Unterbett.

»Soeben nämlich hat sich«, sagte die Gräfin mit einigem Stocken, »Satoko in der Haupthalle drüben mit eigener Hand das Haar abgeschnitten...«

Die Äbtissin sah durch die geöffneten Schiebetüren nach draußen, ihr Blick blieb auf Satokos veränderter Erscheinung liegen, und ohne auch nur das leiseste Erstaunen auf ihrem Antlitz erwiderte sie: »Ja, nicht wahr? Ich habe es mir gedacht.« Und nach einer kleinen Pause, als fiele ihr das gerade ein, bat sie die Gräfin, sie möge doch die Güte haben, sie mit Satoko allein zu lassen, damit sie, da hierbei ja gewiß die mannigfaltigsten Umstände mitspielten, ganz so reden könne, wie ihr ums Herz sei. Also kehrten die Gräfin und die Nonne um, und nur Satoko blieb bei der Äbtissin.

Inzwischen bemühte sich die Nonne um die ihr anvertraute Gräfin; doch da sich diese so sehr ihre Besorgnis anmerken ließ, daß sie noch nicht einmal das Frühstück anrührte, wußte die Nonne nicht recht, welches Thema sie anschneiden sollte, um sie auf andere Gedanken zu bringen. Nach Verlauf einer beträchtlichen Zeit rief die Äbtissin die Gräfin wieder zu sich. Und nun vernahm sie, im Beisein ihrer Tochter, aus dem Mund der Äbtissin die ihr einfach unfaßbare Neuigkeit: Da Satoko eindeutig ihren Willen bekundet habe, der Welt zu entsagen, wolle sie sie als Novizin in den Gesshūji-Tempel aufnehmen.

Alle Überlegungen, die die Gräfin bis dahin bei sich angestellt hatte, waren darauf hinausgelaufen, wie denn der Sache abgeholfen werden könnte. Daß Satoko mit wohlbegründetem Vorsatz gehandelt, war nicht in Zweifel zu ziehen; andererseits würde es auch bis zu einem halben Jahr brauchen, bis das Haar wieder nachgewachsen wäre – wenn man ihr wenigstens die endgültige Rasur des Schädels auszureden vermöchte, ließe sich gewiß ein Aufschub der Verlobungsfeierlichkeiten um ebensoviele Monate unter dem Vorwand bewirken, sie sei auf der Reise an irgend etwas erkrankt, um gleichzeitig, gestützt auf die Überredungskünste ihres Vaters und des Marquis Matsugae, bei Satoko einen Sinneswandel herbeizuführen. Und nun, obwohl sie die Worte der Äbtissin durchaus verstand, wurden dergleichen Hoffnungen ihr nicht etwa zerstört, sondern blühten im Gegenteil nur um so heftiger auf. Da man gewöhnlich, wenn man ein Noviziat antrat, erst nach einem Jahr der Übungen mit der Eintrittsfeier den Kopf geschoren bekam, würde so oder so alles davon abhängen, daß Satokos Haar wieder eine entsprechende Länge hätte. Und sollte Satokos Sinneswandel früher eintreten – oh, der Gräfin kam eine glänzende Idee: vielleicht könnte man sich, wenn man es geschickt anstellte, bei der Verlobung sogar mit einer sorgfältig angefertigten Perücke behelfen.

Und schon war die Gräfin entschlossen, daß es am besten wäre, Satoko zunächst hierzulassen, so rasch wie möglich nach Tōkyō zurückzukehren und die Gegenmaßregeln zu erörtern. Damit wandte sie sich an die Äbtissin und sagte: »Nun ja, ich verstehe, aber schließlich kommt das, noch dazu auf der Reise, etwas plötzlich, auch ist ja die Familie des Prinzen davon mitbetroffen, so daß ich – finden Sie nicht? – wohl doch erst einmal nach Tōkyō fahre, um mit meinem Mann darüber zu sprechen, bevor ich wiederkomme. Bitte, nehmen Sie sich Satokos solange an.«

Satoko zuckte bei diesen Worten ihrer Mutter mit keiner Braue. Die Gräfin ihrerseits meinte nicht den Mut zu haben, mit ihrer Tochter noch ein Wort zu wechseln.

45

Nachdem Graf Ayakura bei der Heimkehr seiner Frau von dem so unerwarteten Ereignis gehört hatte, ließ er mehr als eine Woche untätig verstreichen, eine Tatsache, die den Zorn des Marquis Matsugae erregen sollte.

Im Hause Matsugae war man überzeugt, daß Satoko längst zurück und hierüber auch unverzüglich Nachricht an die prinzliche Familie gegeben worden sei. Es war dies ein Trugschluß, wie er so gar nicht zum Marquis passen wollte; da er jedoch, seit die Marquise wieder in Tōkyō war, aus ihrem Bericht wußte, daß man seinen Plan zu Ende geführt hatte, ohne auch nur die geringste Spur zu hinterlassen, war er hinsichtlich alles weiteren optimistisch gewesen.

Graf Ayakura übte sich einfach in Gelassenheit. Er hielt es für einen eher unfeinen Geschmack, an sogenannte Katastrophen zu glauben, und also machte ihm dergleichen keinen Eindruck. Er kompensierte eine Katastrophe durch ein Schläfchen. Schien sich der sanfte Hang in die Zukunft hinein auch unaufhörlich weiter abwärts zu neigen, für einen *Kemari*-Ball war es das übliche, daß er fiel; kein Grund, Befürchtungen zu hegen. Sich zu ärgern, zu erbittern, das wäre ihm vorgekommen wie ein Irrtum, den – nicht anders als im Falle des Besessenseins von irgendeiner Leidenschaft – ein nach Läuterung lechzendes Herz begehrt. Und der Graf war nun gewiß keiner, der nach Läuterung zu lechzen brauchte.

Nur immer aufschieben. Die Wohltat des stetig tropfenden, zarten Nektars der Zeit zu empfangen, war weit besser, als das in einer jeden Entscheidung verborgene Vulgäre hinnehmen zu müssen. Mochte es sich um eine noch so folgenschwere Angelegenheit handeln – wenn man sie auf sich beruhen ließ, erwuchsen einem Vorteile gerade aus der Tatsache, daß man sich nicht eingemischt hatte, und irgendwer kam und stand einem bei. Dies war die politische Weisheit des Grafen.

An die Seite eines solchen Mannes zurückgekehrt, erinnerte sich auch die Gräfin der im Gesshūji-Tempel empfundenen Besorgnis nur mehr schwächer von Tag zu Tag. Wie die Dinge lagen, war es ein Glück, daß die Tadeshina nicht im Hause weilte, um irgendwelche übereilten Schritte zu tun. Damit sie nach ihrem Krankenlager wieder zu Kräften käme, war sie auf Betreiben des Grafen für längere Zeit zur Badekur nach Yugawara gegangen.

Nach einer Woche jedoch kam es von seiten des Marquis zu einer Anfrage, und da konnte selbst ein Mann wie der Graf die Geschichte unmöglich länger verheimlichen. Als ihm am Telefon erklärt wurde, allerdings sei Satoko noch nicht zurückgekehrt, verschlug es Marquis Matsugae für einen Augenblick die Sprache. In seiner Brust schwärmten gleichzeitig alle nur denkbaren unheilvollen Vorahnungen.

Unverzüglich und in Begleitung seiner Frau suchte der Marquis das Haus der Ayakuras auf. Anfangs gab der Graf nur höchst unbestimmte Antworten. Als Marquis Matsugae schließlich die Wahrheit erfuhr, hieb er vor Erregung mit der Faust auf den Tisch.

In dem recht ungeschickt aus einem japanischen Zehn-Matten-Zimmer umgewandelten, einzigen westlich eingerichteten Raum im Haus der Ayakuras saßen sich die beiden Paare mit so nackten Gesichtern wie noch nie in ihrer langen Bekanntschaft gegenüber.

Genauer gesagt, die Damen vermieden es, einander anzusehen und warfen lediglich ihren Ehemännern verstohlene Blicke zu. Diese wiederum verhielten sich sozusagen reziprok: der Graf mit gesenktem Kopf, die auf das Tischtuch gelegten Hände bleich und klein wie Hühnerpfoten; wohingegen der Marquis, fehlte es dahinter auch an der tatsächlichen Vitalität, ein wildes, gerötetes Gesicht zur Schau trug, das an die *Nō*-Maske des bittermäuligen Ōbeshimi mit den zwischen den Brauen aufgeschwollenen Zornesadern erinnerte. Selbst den beiden Frauen erschien die Lage des Grafen völlig aussichtslos.

Nun, in Wahrheit hatte zwar der Marquis zunächst losgebrüllt; indessen war bei ihm bereits während seines Tobens eine gewisse Beschämung darüber eingetreten, daß er, dessen Position in jeder Hinsicht die stärkere war, sich überhaupt erregte. Nie hatte er einen so hinfälligen, so schwachen Gegner gehabt wie den, der jetzt vor ihm saß. Schweigend, die vom Teint her kränklichen, wie aus gelblichem Elfenbein geschnittenen, ein wenig eckigen gräflichen Gesichtszüge mit einem Ausdruck, der weder Kummer meinte noch Verlegenheit. Um so mehr betonten die tiefen Doppelfalten der Lider die Melancholie und Einsamkeit in seinen zumeist niedergeschlagenen Augen, und erst jetzt fiel es dem Marquis auf, daß dies Frauenaugen waren.

Aus der schlaffen, widerwilligen Art des Grafen, und wie er sich schräg auf den Stuhl gelehnt hatte, sprach deutlich jene alte und so geschmeidige, nun zutiefst verletzte Eleganz, der in der Ahnenreihe des Marquis nirgends zu begegnen war. Irgendwie glich sein Aussehen demjenigen eines toten Vogels, die weißen Schwingen über und über beschmutzt. Eines Vogels, der vielleicht eine herrliche Stimme gehabt, dessen Fleisch aber geschmacklos, ja, überhaupt nicht verzehrbar war.

»Ich kann das nur beklagen. Eine wirklich miserable Situation. Man wagt ja vor dem Kaiser, vor dem Reich das Gesicht nicht mehr zu erheben«, reihte der Marquis hastig die gewaltigsten Worte aneinander, um seinen Zorn zusammenzuhalten, wobei er allerdings spürte, daß das Netz dieses Zorns bereits gefährlich nahe am Zerreißen war. Denn gegenüber dem Grafen, der so absolut keine Logik kannte und so absolut zu keiner Initiative zu bewegen war, taugte aller Zorn nichts. Ja, damit nicht genug. Allmählich entdeckte der Marquis, daß seine Erregung, je wütender er wurde, desto unfehlbarer allein auf ihn selber zurückschlagen mußte.

Daß der Graf dies von Anfang an so geplant hätte, wollte er freilich nicht für möglich halten. Hingegen deuchte es ihn wahrscheinlich, daß er, einfach indem er unbeweglich blieb, eine Position hatte verteidigen können, von der aus – und wenn es auf eine noch so fürchterliche Katastrophe hinausliefe – die Schuld daran immer dem anderen zufiele.

Und allerdings war es der Marquis selber gewesen, der ihn darum gebeten hatte, seinem Sohn die feinere Bildung anzuerziehen. Oder: so gewiß die gegenwärtige Kalamität mit Kiyoakis fleischlichen Begierden ihren Anfang genommen – auch in diesem Falle, nämlich insofern, als Kiyoakis Seele seit Kindertagen im Hause Ayakura vergiftet worden war, lag die letzte und eigentliche Ursache, die den Anlaß zu solcher Vergiftung erst geschaffen hatte, bei ihm, bei dem Marquis selber. Ebenso war es jetzt wieder der Marquis selber gewesen, der, nicht voraussehend, daß es zu allem Unglück so kommen würde, darauf bestanden hatte, Satoko nach Ōsaka und Nara zu schicken... Wenn er es von dieser Seite betrachtete, war es geradezu eine Zwangsläufigkeit, daß sein eigener Zorn in voller Breite auf ihn selber zurückschlug.

Schließlich, von Unsicherheit befallen und völlig erschöpft, verstummte der Marquis.

Das Schweigen der vier in dem Zimmer hielt lange an, es war gleichsam wie bei einer Bußübung. Das mittägliche Gegacker der Hühner drang aus dem Hinterhof herüber. Draußen vor dem Fenster an der frühwinterlichen Kiefer flimmerte bei jedem Windstoß das Licht auf den nervösen Nadeln. Wie aus Rücksicht auf die ungewöhnliche Atmosphäre hier im Salon war von nirgends sonst aus dem ganzen Haus auch nur ein einziges, von Menschen verursachtes Geräusch zu hören.

Zuletzt wagte es die Gräfin Ayakura und sagte: »Es ist das alles so gekommen, weil ich nachlässig war; wirklich weiß ich nicht, Herr Matsugae, wie ich mich bei Ihnen entschuldigen soll. Nachdem es nun aber einmal geschehen ist, wäre es, finde ich, das beste, wir würden Satoko so rasch wie möglich zu einem Sinneswandel überreden und auch die Verlobung weiter so vorantreiben wie bisher.«

»Und was ist mit ihrem Haar?« fiel Marquis Matsugae prompt ein.

»Nun, in diesem Punkt – wenn wir unverzüglich eine gute Perücke bestellten und damit die Blicke der Öffentlichkeit täuschten...«

»Eine Perücke?!« rief, noch bevor sie ausgeredet, der Marquis mit einer etwas schrillen, übervergnügten Stimme. »Darauf bin ich wahrhaftig nicht gekommen.«

»Ja, in der Tat, daran haben wir mit keiner Silbe gedacht«, schloß sich die Marquise sogleich ihrem Mann an.

Damit wurde, indem sich alle von der Begeisterung des

Marquis mitreißen ließen, die Sache mit der Perücke zum Gesprächsgegenstand. Zum ersten Mal erhob sich Gelächter im Salon, und die vier stürzten sich wetteifernd auf diese glänzende Idee, als hätte man ihnen einen winzigen Fleischbrocken vorgeworfen.

Jedoch war es keineswegs so, daß die vier im gleichen Maße dem Vorschlag getraut hätten. Zumindest Graf Ayakura glaubte nicht im geringsten an einen entsprechenden Effekt. Und mit Marquis Matsugae verhielt es sich vermutlich nicht anders, nur wußte er sich, würdevoll genug, den Anschein zu geben, als wäre er völlig überzeugt davon. Woraufhin der Graf sich beeilte, die gleiche Haltung anzunehmen.

»Selbst der junge Prinz wird doch wohl kaum Satokos Haar betasten. Mögen ihm auch gewisse Zweifel kommen«, erklärte der Marquis, lachend zwar, aber mit unnatürlich gedämpfter Stimme.

Wenn auch nur vorübergehend, herrschte doch zwischen den vieren, solange sie sich um diese Fiktion scharten, eitel Eintracht. Wie sie nach alledem begriffen, war es in einem solchen Falle das Wichtigste, eine Fiktion dieser Art überhaupt zu haben. Satokos Gefühle brauchten keinen zu beschäftigen, ihr Haar allein hatte mit der Staatsaffäre zu tun.

Der Vater des Marquis Matsugae hatte seine gewaltige Kraft und Passion darangesetzt, dem Aufbau der Meiji-Administration zu dienen; wie enttäuscht wäre er gewesen, wenn er gewußt hätte, daß der gute Name des von ihm errungenen Marquisats nun von der Perücke einer Frau abhing. Solche delikaten, verstohlenen Taschenspielertricks gehörten nicht zu den Fertigkeiten eines Hauses Matsugae. Dergleichen stand eher dem Hause Ayakura an. Nur deshalb, weil man sich innerlich von dem Reiz einer leblosen Fiktion von Eleganz und Schönheit, wie sie das Haus Ayakura zu haben vorgab, hatte blenden lassen, war das Haus Matsugae jetzt in die Verlegenheit geraten, wohl oder übel deren Last mittragen zu müssen.

Obendrein war es eine Perücke, die faktisch noch längst nicht existierte, eine erträumte Perücke nur, ohne irgendwelche Beziehungen zu dem, was Satoko wollte. Falls es ihnen jedoch gelänge, die Perücke erfolgreich einzusetzen, würde es möglich sein, das einmal durcheinandergeworfene Puzzlespiel zu einem lückenlosen, strahlend-heiteren Bild zu vollenden. Überzeugt daher, daß es lediglich von diesem einen Stück, dieser Perücke also, abhinge, verbiß sich der Marquis mit Eifer in solche Vorstellungen.

Sie alle diskutierten die unsichtbare Perücke mit regelrechter Selbstvergessenheit. Für die Verlobungszeremonie werde man eine Perücke im Hofstil, vorn breit aufgesteckt, hinten aus einem Nackenknoten lang herabfallend, beschaffen müssen, und für normale Tage eine moderne, ondulierte. Da man zudem nicht wissen könne, wo fremde Augen lauerten, dürfe Satoko die Perücke selbst im Bad nicht abnehmen.

Jeder malte sich in Gedanken für die Perücke, mit der Satoko zu krönen bereits beschlossene Sache war, eine Haarflut aus, schöner und schimmernder noch als ihr natürliches Haar und von einem Schwarz wie die Früchte der Fächer-Iris. Fürstliche Würde, der Betroffenen aufgepreßt auch gegen ihren Willen. Hochaufragende, bauschig toupierte Wolke und von einem Seidenglanz wie eine Blüte. Im hellen Licht des Tages heraufschwebende Tiefe der Nacht ... Und obzwar keiner der vier dem Gedanken auszuweichen vermochte, wie schwierig es wäre, das bei aller Schönheit so unglückliche Gesicht darunter einzupassen, versuchte doch jeder, sich nach Möglichkeit nicht dabei aufzuhalten.

»Diesmal möchte ich aber, daß Sie, lieber Graf, persönlich hinfahren und Ihre Tochter durch ein entschlossenes Auftreten zur Umkehr überreden. Und wenn ich die Gnädige ebenfalls wieder bitten dürfte, sich zu bemühen – meine Frau wird Sie jedenfalls begleiten. Eigentlich sollte ich natürlich auch...«, sagte der Marquis, wie um den Schein zu wahren. »Indessen, wenn ich mitführe, was würden die Leute denken? Nein, ich lasse das wohl besser. Überhaupt wollen wir diese neue Reise als absolutes Geheimnis behandeln; die Abwesenheit meiner Frau zum Beispiel werde ich der Öffentlichkeit gegenüber einfach damit erklären, daß ich sage, sie sei krank. Inzwischen kümmere ich mich hier in Tōkyō darum, einen geschickten Mann zu finden, der uns bei größter Diskretion die vorzüglichsten Perücken anfertigt. Sollten die Zeitungsschreiber Wind davon bekommen, wäre es allerdings furchtbar; doch in dem Punkt verlassen Sie sich nur bitte ganz auf mich.«

46

Kiyoaki war erstaunt, als seine Mutter erneut Reisevorbereitungen traf; indessen fuhr sie ab, ohne Ziel und Zweck genannt zu haben, und verbot ihm lediglich, mit anderen darüber zu reden. Er ahnte, daß sich mit Satoko etwas Unerwartetes ereignet haben mußte, konnte sich jedoch, von Yamada ständig überwacht, keinerlei Eigenmächtigkeiten erlauben.

Als Graf und Gräfin Ayakura mit der Marquise Matsugae im Gesshūji-Tempel eintrafen, fanden sie eine überraschende Situation vor. Satokos Kopf war bereits kahlgeschoren.

Daß es so plötzlich dazu gekommen war, hatte sich im einzelnen wie folgt zugetragen.

Nachdem sie an jenem Morgen Satoko zu Ende angehört, war der Äbtissin augenblicklich klar gewesen, daß es keinen anderen Weg gab, als Satoko in den Konvent aufzunehmen. Da sie als Verantwortliche für einen traditionell von Prinzessinnen geleiteten Tempel dem Kaiser gegenüber die höchste Achtung empfand, war sie zu der Einsicht gelangt, daß selbst ein vorübergehendes Zuwiderhandeln gegen seinen Willen die einzige Möglichkeit darstellte, dem Kaiser die Treue zu bewahren; und geradezu notwendigerweise hatte sie Satokos Noviziat zugestimmt.

Die Äbtissin hatte von einem auf Täuschung des Kaisers gerichteten Vorhaben erfahren; sie durfte das nicht auf sich beruhen lassen. Sie hatte von einem hübsch ausgeschmückten Treuebruch erfahren; sie durfte davor nicht die Augen verschließen.

Auf diese Weise hatte sich in der sonst so zurückhaltenden und nachsichtigen alten Äbtissin ein Entschluß gefestigt, den weder Autorität noch Macht zu brechen imstande war. Und würde sich alle Welt gegen sie stellen – sie war bereit, selbst dem Befehl des Kaisers zu trotzen, um schweigend die Heiligkeit des Kaisers zu schützen.

Diesen Entschluß der Äbtissin vor Augen, wurde Satoko in ihrem Gelübde, der Welt zu entsagen, nur immer sicherer. Sie hatte von Anfang an die Absicht gehabt, doch bis dahin nicht zu hoffen gewagt, die Äbtissin würde ihr den Wunsch gewähren.

Satoko war Buddha begegnet. Und die Äbtissin ihrerseits hatte wie der Kranich mit einem einzigen Blick die Festigkeit ihres Willens erkannt.

Bis zur Eintrittsfeier sollte ein Jahr der Übungen absolviert werden; nun nach alledem aber wollten beide, die Äbtissin wie Satoko, die Zeremonie des Kopfscherens vorverlegen. Die Äbtissin freilich mochte es nicht tun, bevor die Gräfin Ayakura aus Tōkyō zurück wäre. Auch meinte sie bei sich, es dürfte richtiger sein, Kiyoaki Abschied nehmen zu lassen, solange wenigstens noch ein Rest des Haars vorhanden wäre.

Satoko hatte es eilig. Jeden Tag, wie ein Kind um Kuchen bettelt, drängte sie darauf, man möge ihr den Kopf scheren.

Schließlich gab die Äbtissin nach und sagte: »Danach kannst du Kiyoaki nie mehr sehen. Wärest du damit einverstanden?«

»Ja.«

»Sobald du fest entschlossen bist, ihn in dieser Welt nicht mehr zu sehen, werde ich die Zeremonie an dir vollziehen; jedes nachträgliche Bedauern ist von Übel.«

»Ich habe nichts zu bedauern. Ich werde ihm in dieser Welt gewiß nicht noch einmal begegnen. Ich habe mich völlig losgesagt von ihm. Darum, Hochwürden, bitte...«, erwiderte Satoko mit klarer und entschiedener Stimme.

»Du bist dir ganz sicher, nicht wahr? Gut denn, so will ich dir morgen früh den Kopf scheren«, erklärte die Äbtissin und legte noch einmal einen Tag dazwischen.

Die Gräfin Ayakura kam nicht.

All die Zeit seither schon hatte sich Satoko aus eigenem Antrieb in das fromme Leben im Tempel eingefügt.

Der Hossō-Buddhismus, als eine auf Erziehung und Gelehrsamkeit bedachte Richtung, die das Wissen stärker betonte als die Bußübung, hatte, zumal in jenen zur Fürbitte für Kaiser und Reich errichteten Tempeln, keinerlei Unterstützung durch gebefreudige Gönner. »Für uns«, pflegte die Äbtissin gelegentlich im Scherz zu sagen, »gibt es nichts zu danken.« Womit sie darauf anspielte, daß bis zum Aufkommen der Schule vom Reinen Land, in der die bloße Anrufung des Amithaba genügt, die unter dankerfüllten »Gelobt!«-Rufen quellende Freudenträne unbekannt gewesen war.

Im übrigen befolgte man in dem Nonnenkonvent, da der

Buddhismus des Großen Fahrzeugs ursprünglich keine eigentlichen Regeln besessen, zwar wie auch anderswo die dem Kleinen Fahrzeug entlehnten Vorschriften für das Leben im Tempel, hatte sich jedoch die achtundvierzig *Bodhisattva*-Gebote aus dem Brahamajala-Sutra, angefangen mit den Vorschriften, kein Leben zu vernichten, nicht zu stehlen, sich jeder fleischlichen Begierde zu enthalten und keine Lüge zu reden, bis hin zu dem Gelübde, nicht gegen die Lehre zu verstoßen, zur allgemeinen Richtschnur genommen.

Eher härter noch als die Gebote waren die Einübungen in die Sutren. In diesen wenigen Tagen hatte Satoko bereits die »Dreißig Gesänge vom Nur-Bewußtsein« und die »Lehrrede vom Herzen der vollkommenen Weisheit«, die Grundtexte der Hossō-Schule, auswendig gelernt. Morgens erhob sie sich in aller Frühe, fegte, bevor die Äbtissin ihr Amt versah, die Buddha-Halle, um sich dann bei der Sutrenrezitation Wort für Wort einzuprägen. Schon behandelte man sie nicht mehr als Gast, und die von der Äbtissin mit ihrer Führung beauftragte älteste der Nonnen entwickelte eine Strenge, als wäre sie eine andere als zuvor.

Am Morgen der Eintrittsfeier reinigte Satoko ihren Körper, bekleidete sich mit der schwarz eingefärbten Kutte und ließ sich so, die Hände mit dem Rosenkranz aneinandergelegt, in der Buddha-Halle nieder. Nachdem zunächst die Äbtissin mit dem Schermesser den ersten Strich getan, setzte hierauf die älteste Nonne mit geschickter Hand die Rasur fort, wobei nun die Äbtissin die »Lehrrede vom Herzen der vollkommenen Weisheit« zu rezitieren begann und die zweitälteste Nonne einfiel.

»Und es begab sich, daß der Kannon-*Bodhisattva,*
als er tiefer eingedrungen in das Herz der vollkommenen
  Weisheit,
klar die Nichtigkeit alles fünffach Verursachten erschaute
und mit einem Schlage Leiden und Übel überwand...«

Auch Satoko stimmte ein, und während sie die Augen schloß, war ihr zumute, als würde nach und nach der Ballast vom Schiff ihres Fleisches genommen, als würde der Anker gelichtet und sie triebe auf den Wogen dieser schweren, vollen Stimmen davon.

Sie behielt die Augen geschlossen. Die Kälte in der morgendlichen Buddha-Halle glich derjenigen in einem Eiskeller. So trieb sie zwar dahin, doch rings um sie war alles überfroren von kristallklarem Eis. Auf einmal erklang vom Garten her das schrille Geschrei des Neuntöters, und wie Blitze zuckten Risse durch dieses Eis, um sich gleich darauf wieder zu schließen, so daß die Fläche makellos dalag wie zuvor.

Bedächtig glitt das Schermesser über Satokos Kopf. Bald wie mit den spitzen, weißen Nagezähnchen eines winzigen Tieres, bald wie mit den braven Mahlzähnen eines sanften Wiederkäuers.

Gleichzeitig damit, daß ein Haarbüschel um das andere fiel, drang auf ihren Kopf eine klare Kühle ein, wie sie sie noch nie in ihrem Leben gekannt. Ja, damit, daß man ihr dieses warme, von der Melancholie der Begierden erfüllte, schwarze Haar abrasierte, das sich zwischen sie und das Universum geschoben hatte, öffnete sich um ihren Schädel eine Welt frischer, kalter Lauterkeit, die noch nirgends berührt worden war von irgend jemandes Finger. Die bereits rasierte Haut nahm an Umfang zu und im selben Maße die gleichsam wie mit Menthol getränkte Zone durchdringender Kälte.

Sie meinte, in der Kühle auf ihrem Kopf jenes Gefühl zu haben, mit dem ein toter Himmelskörper wie etwa der Mond unmittelbar das unermeßlich weite, unermeßlich leuchtende All berührt. Ihr Haar glitt von ihr ab mit jedem Schnitt, als wäre es diese irdische Welt selbst gewesen. Glitt ab und entfernte sich ins Unendliche.

Für irgend etwas war ihr Haar die Ernte. Das bis zum Ersticken von der Helle des Sommers erfüllte Schwarzhaar wurde abgemäht und fiel weit fort von ihr. Aber es war eine Ernte ohne Frucht. Die einst so üppige, dunkle Pracht, nun von ihrem Körper abgetrennt, verwandelte sich in ein Häßliches, ein Totes. Ohne einen Rest fiel von ihr fort, was ehedem Teil ihres Fleisches, schöne Zutat ihres Inneren gewesen; wie ein Mensch seine Hand, seinen Fuß verliert, so wurde das Irdische von Satoko abgeschabt...

Als es soweit war, daß ihr ganzer Schädel bläulich schimmerte, sagte mitleidvoll die Äbtissin: »Wichtig ist die Entsagung nach der Entsagung. Aufrichtig bewundere ich deine jetzige

Gefaßtheit. Und wenn du künftig dein Herz läuterst und fortschreitest auf dem Weg, wirst du gewiß eines Tages der Glanz unseres Konvents sein.«

Dies also waren die Vorgänge, die dazu geführt hatten, daß Satoko so plötzlich schon kahlgeschoren war. Doch bei aller Überraschung angesichts der Verwandlung – noch gedachten das gräfliche Paar und die Marquise nicht aufzugeben. Denn der Ausweg mit der Perücke, der war geblieben.

47

Von den drei Besuchern war es Graf Ayakura, der, unter Wahrung eines stets freundlichen Gesichts, mit Satoko wie auch mit der Äbtissin gemächlich und mit der scheinbar größten Selbstverständlichkeit plauderte und durch keine Andeutung zu erkennen gab, daß er bei Satoko einen Sinneswandel hätte bewirken wollen.

Täglich traf von Marquis Matsugae ein Telegramm ein, in dem er sich erkundigte, ob man zu einem Erfolg gelangt sei. Schließlich brach die Gräfin Ayakura in Tränen aus und bestürmte Satoko flehentlich; aber es war vergebens.

Am dritten Tag, und indem sie dem Grafen allein die Aufgabe überließen, reisten Gräfin Ayakura und Marquise Matsugae nach Tōkyō zurück. Die Gräfin war am Ende mit ihren Kräften, unmittelbar nach der Heimkehr wurde sie bettlägerig.

Der Graf blieb danach eine weitere Woche, allerdings völlig untätig, im Gesshūji-Tempel. Er fürchtete sich, nach Tōkyō zu fahren.

Da er mit keiner Silbe davon sprach, Satoko ins weltliche Leben zurückzuholen, lockerte die Äbtissin ihre Vorsichtsmaßregeln und sorgte für Gelegenheiten, daß Satoko und der Graf allein gelassen wurden. Freilich hatte die älteste Nonne dennoch ein Auge auf die beiden.

Auf der Veranda, wo sich die wärmende Wintersonne fing, saßen sich Vater und Tochter lange schweigend gegenüber. Zwischen den entlaubten Zweigen hingen mit dem blauen

Himmel einige kleine Wolken, ein Fliegenschnäpper flog in das Geäst des Kreppmyrtenbaums und schnarrte leise.

Eine schier endlose Zeit, die sie so saßen, verging, ohne daß ein Wort fiel. Endlich meinte der Graf, während ein einschmeichelndes Lächeln über sein Gesicht spielte: »Nun werde ich deinetwegen auch nicht mehr so oft unter Leute gehen können.«

»Verzeih mir, bitte«, erwiderte Satoko gleichmütig, ohne eine Spur von Erregung.

Und nach einer Weile wieder der Graf: »Es kommen allerlei Vögel in diesen Garten, wie?«

»Ja, ganz verschiedene.«

»Als ich heute morgen spazierenging, fiel mir auf: auch an den *Kaki*-Früchten picken nur die Vögel, doch wenn sie reif sind, fallen sie ab. Es pflückt sie wohl keiner.«

»So ist es.«

»Allmählich Zeit für den ersten Schnee«, sagte der Graf, aber es kam keine Antwort darauf. Wieder schwiegen Vater und Tochter, indessen ihre Blicke durch den Garten wanderten.

Am folgenden Morgen reiste der Graf schließlich ab. Marquis Matsugae, der ihn, wie er so mit leeren Händen zurückkehrte, willkommen hieß, wurde nun schon nicht mehr wütend.

Es war bereits der 4. Dezember, nur eine Woche noch bis zur angesetzten Verlobungszeremonie. Marquis Matsugae ließ insgeheim den Polizeipräfekten zu sich rufen. Er plante, Satoko mit Unterstützung der Polizei herauszuholen.

Der Präfekt schickte eine vertrauliche Anweisung an die Polizei von Nara; dort jedoch befürchtete man, es könne, wenn man den traditionell von einer Prinzessin als Äbtissin geleiteten Tempel beträte, Auseinandersetzungen mit dem kaiserlichen Hofministerium zur Folge haben, ja, es war undenkbar, daß man auch nur einen Finger gegen einen Tempel rührte, der – obzwar mit nicht mehr als eben tausend Yen im Jahre – aus der kaiserlichen Schatulle bedacht wurde. Also begab sich der Polizeipräfekt selbst außerdienstlich nach dem Westen, begleitet von einem zuverlässigen Untergebenen in Zivilkleidung, und suchte den Gesshūji-Tempel auf. Die Äbtissin betrachtete seine Visitenkarte, die ihr die älteste Nonne überbrachte, zuckte indessen noch nicht einmal mit der Braue.

Sie ließ ihm Tee servieren, und nachdem der Präfekt knapp

eine Stunde lang den Worten der Äbtissin gelauscht, trat er, von ihrer Würde überwältigt, den Rückzug an.

Marquis Matsugae hatte all sein Pulver verschossen. Mit dem Resultat, daß er keinen anderen Weg mehr sah, als sich mit der Bitte, einem Rücktritt zustimmen zu wollen, zu Prinz Tōin-no-miya zu begeben. Aus dem Hause des Prinzen war gelegentlich ein Beamter zu den Ayakuras entsandt worden, und man war einigermaßen verwirrt über die seltsame Art, mit der man diesen dort empfangen hatte.

Marquis Matsugae bat den Grafen Ayakura zu sich und stellte ihm die Notwendigkeit dar, dem von ihm entwickelten Plan beizutreten, wonach man dem prinzlichen Hause das Attest eines medizinischen Experten über eine ›hochgradige Nervenschwäche‹ Satokos vorlegen werde; indem man dies als Geheimsache zwischen dem Prinzen einerseits und den beiden Häusern Matsugae und Ayakura andererseits behandele, könne man so, nämlich im Vertrauen auf das gemeinsam zu hütende Geheimnis, den Zorn des Prinzen Tōin-no-miya am ehesten besänftigen. Und der Öffentlichkeit gegenüber werde man, zur Verschleierung, am besten das Gerücht ausstreuen, infolge eines von seiten des prinzlichen Hauses plötzlich und ohne eindeutige Begründung vorgebrachten Antrags auf Auflösung der Verlobung sei Satoko der Welt überdrüssig geworden und habe die Kutte genommen. So Ursache und Wirkung vertauschend, werde es möglich sein, daß das prinzliche Haus, wenngleich es eine etwas unpopuläre Rolle zu spielen habe, dennoch Gesicht und Würde wahre, während umgekehrt das Haus Ayakura zwar an Ruf einbüße, dafür des Mitleids der Welt sicher sein dürfe.

Allerdings müsse das nicht übertrieben werden. Denn unter diesen Umständen, wenn also die Sympathie sich allzusehr dem Hause Ayakura zuwende, würde für das prinzliche Haus eine Lage entstehen, in der man dort, angesichts einer als unbillig empfundenen allgemeinen Verachtung zu einer Erläuterung gedrängt, Veranlassung sehen könnte, jenes Attest zu veröffentlichen. Den Zeitungsschreibern gegenüber komme es darauf an, die Auflösung der Verlobung durch das prinzliche Haus und Satokos Eintritt in den Konvent nicht allzu deutlich als Ursache und Wirkung miteinander zu verknüpfen; es genüge, wenn man die beiden Ereignisse in eine zeitliche Abfolge stelle. Doch würden die Reporter natürlich der Wahrheit auf den Grund gehen wollen. In diesem Falle werde man, als ob peinlich berührt, einen gewissen Kausalzusammenhang andeutend erkennen lassen, zugleich jedoch darum bitten, davon nichts zu erwähnen.

Sobald sie sich hierüber einig waren, telefonierte Marquis Matsugae unverzüglich mit Doktor Ozu vom Ozu-Nervenklinikum und ersuchte ihn, so rasch wie möglich heraus zum Matsugae-Anwesen zu kommen, um hier bei äußerster Diskretion eine Untersuchung vorzunehmen. Im Ozu-Nervenklinikum pflegte man bei dergleichen plötzlichen Aufforderungen, die von Männern von Rang ausgingen, unbedingte Verschwiegenheit zu wahren. Die Ankunft des Doktors verzögerte sich einigermaßen, und wenngleich der Marquis vor dem solange zum Dableiben bewogenen Grafen seine Nervosität nicht verheimlichte, so blieb ihm doch, da er in einem solchen Falle keinen Wagen zum Abholen entgegenschicken konnte, nichts anderes übrig, als mit Fassung zu warten.

Als der Doktor eintraf, wurde er in den kleinen Salon im Obergeschoß der Villa im westlichen Stil geführt. Hell loderte das Kaminfeuer, und nachdem der Marquis sich selbst bekannt gemacht und den Grafen vorgestellt hatte, bot er Zigarren an.

»Und wo ist der Patient?« fragte Doktor Ozu.

Der Marquis und der Graf wechselten einen kurzen Blick miteinander.

»Um ehrlich zu sein, der Patient ist nicht da«, erwiderte der Marquis.

Doktor Ozu begriff, daß er ein Gutachten über einen Patienten abgeben sollte, dem er nie begegnet war, und augenblicklich lief er rot an. Was den Doktor mehr als die Geschichte selbst in Wut versetzte, war die Tatsache, daß er in den Augen des Marquis die Erwartung meinte aufblitzen zu sehen: ›Aber natürlich wird er uns das Ding schreiben.‹

»Was bezwecken Sie eigentlich mit einem so unziemlichen Ansinnen? Halten Sie mich etwa für einen jener Gefälligkeitsmediziner, die durch Geld zu beeinflussen sind?« rief der Doktor aus.

»Aber, lieber Herr Doktor, keineswegs gedenken wir Sie dazu zu rechnen«, sagte der Marquis mit feierlicher, besänftigender Stimme, während er die Zigarre aus dem Mund nahm und für eine Weile durch den Raum auf und ab ging, von ferne das Gesicht des Doktors beobachtend, dessen fleischige Wangen im Schein des Feuers zu beben schienen. »Dieses Attest ist erforderlich, um Seiner Majestät Gemüt zu beruhigen.«

Sowie Marquis Matsugae das Attest in der Hand hatte, bat er bei Prinz Tōin-no-miya um eine Audienz, und nach Einbruch der Dunkelheit begab er sich zum Palais.

Der junge Prinz war zum Glück auf Regimentsübung und nicht zu Hause. Und da der Marquis ersucht hatte, Prinz Tōin-no-miya persönlich zu sprechen, erschien die Prinzessin ebenfalls nicht.

Der Prinz ließ einen erlesenen französischen Wein auftragen, und in der angenehmsten Laune sprach er davon, wie vergnüglich doch das diesjährige Kirschblütenfest auf dem Anwesen des Marquis gewesen war. Es war lange her, daß sie zuletzt so zwanglos zusammengesessen hatten, so daß der Marquis wieder einmal die alten Geschichten aus Paris damals während der Olympischen Spiele 1900 ausgrub: von besagtem ›Haus mit der Champagnerfontäne‹ und von allerlei Episoden, die sich dort ereignet. Man hätte glauben können, es gäbe nicht die geringsten Sorgen in dieser Welt.

Indessen wußte der Marquis sehr wohl, daß Prinz Tōin-no-miya, ungeachtet er sich ein so imponierend würdevolles Wesen gab, insgeheim mit Unruhe und Furcht auf das wartete, was er, der Marquis, ihm zu sagen hätte. Der Prinz von sich aus machte keine Anstalten, der bis auf wenige Tage nähergerückten Verlobungsfeier irgendwie Erwähnung zu tun. Sein stattlicher, halb ergrauter Bart, vom Licht der Lampe beschienen wie ein in der Sonne liegendes, lockeres Wäldchen, ließ die Schatten einer Verlegenheit durchschimmern, die von Zeit zu Zeit um seine Mundwinkel spielten.

»Nun, warum ich Sie so spät noch aufgesucht habe...«, kam der Marquis, gleichsam als flöge ein bis dahin behaglich umhergeflattertes Vögelchen jetzt in gerader Linie zum Nest, mit einer Leichtigkeit, ja, einem absichtlich lockeren Tonfall auf das eigentliche Thema zu sprechen. »Ich weiß nicht, wie ich es am besten sage – jedenfalls bringe ich Ihnen eine wenig erfreuliche

Nachricht. Die Tochter der Ayakuras ist an einem Nervenleiden erkrankt.«

»Wie bitte?« riß Prinz Tōin-no-miya erschrocken die Augen auf.

»Typisch Ayakura, hat er das vollkommen verheimlicht, hat er noch nicht einmal mit mir darüber gesprochen, sondern den Schein dadurch zu wahren versucht, daß er Satoko in ein Nonnenkloster gesteckt hat. Und selbst heute fand er nicht den Mut, Eurer Hoheit den wahren Sachverhalt einzugestehen.«

»Das ist ja unglaublich! Und damit bis zu diesem Augenblick zu warten!«

Der Prinz biß sich auf die Unterlippe, sein Bart fiel über den so verkniffenen Mund; unbeweglich starrte er auf die Spitzen seiner zum Kamin hin ausgestreckten Schuhe.

»Ich habe hier ein Attest des Doktor Ozu. Es ist übrigens, wie aus dem Datum zu ersehen, bereits vor einem Monat ausgestellt; Ayakura hat es selbst vor mir geheimgehalten. Und zu alledem ist es gekommen, weil ich nicht sorgfältiger darauf geachtet habe; nein, wie soll ich mich nur vor Ihnen entschuldigen...«

»Wenn es sich um eine Krankheit handelt – nun, so ist nichts dagegen zu tun; aber warum konnte er mir das nicht früher sagen? Da ging es also wohl bei der Reise nach dem Westen ebenfalls darum, nicht wahr? Richtig, die Prinzessin war besorgt, sie hätte gar nicht gut ausgesehen, als sie sich verabschieden kam.«

»Ja, ich erfahre das auch eben erst. Daß die geistige Verwirrung bereits seit September andauert und daß sie sich gelegentlich recht exzentrisch aufgeführt hat.«

»Wie die Dinge liegen, werde ich nicht umhinkönnen, morgen früh sogleich zum Palast zu gehen und Abbitte zu leisten. Möchte wissen, was ich da von der Majestät zu hören bekomme. Dabei müßte ich am besten dieses Attest vorweisen; Sie überlassen es mir doch solange, nicht wahr?«

Daß Prinz Tōin-no-miya mit keiner Silbe von dem jungen Prinzen Harunori sprach, darin erwies sich seine edle Gesinnung. Der Marquis, wie bei ihm nicht anders zu erwarten, hatte die ganze Zeit über aufmerksam das Mienenspiel auf dem Gesicht der kaiserlichen Hoheit verfolgt. Da war ein um das andere Mal eine düstere Woge herangerollt, war wie in scheinbarer Besänftigung in sich zusammengebrochen, nur um von neuem heraufzuwachsen. Schließlich aber fand der Marquis, er dürfe sich beruhigen. Die Augenblicke, die er am meisten gefürchtet hatte, waren vorüber.

An diesem Abend wurde, unter Hinzuziehung auch der Prinzessin, bis Mitternacht über die zweckmäßigsten Maßregeln diskutiert, bevor sich der Marquis von den Hoheiten verabschiedete.

Den Morgen darauf, gerade als sich sein Vater auf den Gang zum Palast vorbereitete, kam, zur Unzeit, der junge Prinz von der Übung zurück. Prinz Tōin-no-miya führte den Sohn in ein Nebenzimmer und erklärte ihm ganz offen die Situation; doch auf dem jungen, männlichen Gesicht war nicht die geringste Erschütterung zu bemerken. Er erwiderte lediglich, er überlasse dies alles ihm, seinem Vater, und zeigte nicht im geringsten irgendwelchen Zorn, geschweige denn Abscheu.

Von der Nachtübung erschöpft, begab er sich, nachdem er seinen Vater hinausbegleitet hatte, sofort in sein Schlafzimmer; doch die Prinzessin, die ahnen mochte, daß ihm jetzt nicht nach Schlaf zumute war, kam, um nach ihm zu schauen.

»Da hat also Marquis Matsugae gestern abend diese Nachricht gebracht«, sagte der junge Prinz zu seiner Mutter, indem er die von der Nachtübung zwar einigermaßen geröteten, aber wie sonst festen und vor nichts zurückschreckenden Augen öffnete.

»Ja, so ist es.«

»Irgendwie muß ich an etwas denken, das sich einmal vor langer Zeit, als ich Leutnant war, im Palast zugetragen hat. Ich habe es dir sicher damals erzählt, oder? In dem Augenblick, in dem ich den Palast betrat, begegnete ich auf dem Korridor zufällig dem Marschall Yamagata. Ich werde das nie vergessen; es war auf dem Gang vor dem Thronsaal. Vermutlich war der Marschall auf dem Rückweg von einer soeben beendeten Audienz. Wie stets trug er über der einfachen Armeeuniform den Übermantel mit dem breiten Kragen; die Augen von der Armeemütze tief beschattet, beide Hände unbekümmert in die Taschen gestopft, den Säbel hinter sich herschleifend, so kam er mir auf dem langen, düsteren Korridor entgegen. Ich trat sofort aus dem Wege, und in strammer, unbeweglicher Haltung salutierte ich dem Marschall. Seine durchdringenden, todernsten Augen starrten, unter dem Mützenschirm hervor, kurz zu mir herüber. Nun war es gewiß nicht so, daß er nicht gewußt hätte, wer da vor ihm stand; aber sofort und mißmutig hatte der Marschall sein Gesicht wieder abgewandt und ging, ohne den Gruß zu erwidern, mit hochmütig unter dem Mantel gereckten Schultern an mir vorbei weiter den Korridor hinunter... Ich weiß nicht, warum mir das jetzt plötzlich einfällt.«

Die Zeitungen meldeten, die Verlobung sei »in Rücksicht auf Wünsche des Hauses Tōin-no-miya« aufgelöst worden; eine Nachricht also, die besagte, daß die von der Öffentlichkeit als ein glückverheißendes Ereignis erwarteten Feierlichkeiten nicht stattfinden würden. Kiyoaki, den man über das, was sich im eigenen Hause ereignet hatte, mit keinem Wort informierte, erfuhr davon erst auf diesem Wege.

48

Nachdem dies bekanntgeworden war, wurde die Überwachung Kiyoakis durch seine Familie nur noch strenger, ja, selbst auf dem Schulweg befand er sich jetzt in Begleitung und unter Aufsicht des Haushofmeisters Yamada. Die Schulkameraden, die von den Dingen keine Ahnung hatten, rissen angesichts einer solchen auffälligen Eskorte, wie sie sonst nur bei den Grundschülern üblich war, verwundert die Augen auf. Im übrigen kamen Marquis und Marquise, wenn sie gelegentlich mit Kiyoaki zusammensaßen, nie mehr, auch andeutungsweise nicht, auf den Fall zu sprechen. Ein jeder im Hause Matsugae betrug sich so, als hätte sich überhaupt nichts ereignet.

Die Gesellschaft hatte ihren Skandal. Und Kiyoaki erschrak nicht wenig, wenn im Gakushū-in selbst Söhne aus den besten Familien ihm gegenüber, als hätte er nichts damit zu tun und natürlich ohne der Wahrheit auch nur im geringsten näherzukommen, die Frage aufwarfen, was man wohl davon halten sollte.

»Die meisten Leute bemitleiden zwar die Ayakuras, aber ich,

weißt du, glaube nämlich, daß hier das Ansehen von Mitgliedern der kaiserlichen Familie verletzt wurde. Hinterher plötzlich heißt es, dieses Fräulein Satoko sei nicht ganz richtig im Kopf. Wieso hat man das denn nicht vorher gemerkt?«

Wußte Kiyoaki dann nicht, was er antworten sollte, pflegte Honda ihm zu Hilfe zu kommen und etwa zu sagen: »Eine Krankheit erkennt man erst, wenn sich die Symptome zeigen – das ist doch klar, nicht wahr? Also laß gefälligst dieses Schulmädchengequatsche.«

Aber sein ›männliches‹ Gehabe zog im Gakushū-in nicht. Vor allem reichte der Rang von Hondas Familie nicht aus, um ihn als den Eingeweihten zu legitimieren, der Gespräche wie diese mit derartigen Argumenten hätte erledigen können.

Wer sich nicht mit Bemerkungen wie »Nun ja, sie ist meine Cousine« oder »Er ist schließlich der Sohn der Geliebten meines Onkels« mehr oder minder enger Blutsbande zu Verbrechen und Skandal zu rühmen vermochte, während er jedoch gleichzeitig mit Stolz seine eigene, davon in keiner Weise berührte, aristokratische Gleichgültigkeit hervorkehrte und mit eiskaltem Gesicht auf gewisse Interna anspielte, die freilich völlig anders lägen, als die in der ordinären Menge umlaufenden Gerüchte es darstellten – wer dazu nicht imstande war, der konnte nicht darauf hoffen, hier als Kenner akzeptiert zu werden.

An dieser Schule geschah es nicht selten, daß Fünfzehn-, Sechzehnjährige Dinge äußerten wie: »Der Großsiegelbewahrer macht sich rechte Kopfschmerzen deswegen, also hat er gestern abend meinen Alten angerufen und ihn um Rat gefragt«, oder: »Es heißt zwar, der Innenminister hätte sich erkältet, aber in Wahrheit ist er, als er zur Audienz wollte, vor lauter Hast vom Kutschentrittbrett gerutscht und hat sich den Fuß verstaucht.«

Seltsamerweise indessen gab es im vorliegenden Falle – wohl ein Erfolg von Kiyoakis Art der Verschwiegenheit über all die Jahre – keinen unter den Schulkameraden, der etwas von dem Verhältnis zwischen Kiyoaki und Satoko gewußt hätte, keinen auch, dem bekannt gewesen wäre, wie weit Marquis Matsugae damit zu tun gehabt hatte. Nur einer kam aus einer Hofadelsfamilie, die zu den Verwandten der Ayakuras zählte. Dieser behauptete steif und fest, es sei einfach unmöglich, daß die schöne und kluge Satoko verrückt geworden sein sollte; doch wurde das lediglich als Versuch gewertet, die Sippe zu verteidigen und entsprechend ironisch belächelt.

Dies alles mußte Kiyoakis Gefühle wieder und wieder verletzen. Verglichen allerdings mit der öffentlichen Erniedrigung, die Satoko auf sich genommen hatte, litt er, selbst ohne daß man mit Fingern auf ihn wies, zwar insgeheim und privat darunter; doch waren das nicht mehr als die Kümmernisse dessen, der sozusagen aus Feigheit kapituliert hatte. Kamen die Kameraden auf den Fall und auf Satoko zu sprechen, und es leuchtete der Schnee auf den jetzt tief winterlichen Bergen in der Ferne im dunstfreien, klaren Morgen zu den Fenstern des im ersten Stock gelegenen Klassenzimmers herein, so war ihm jedesmal zumute, als sähe er, hoch droben und unerreichbar, wie Satoko dieses funkelnd-unschuldige Weiß schweigend ausbreitete vor aller Welt.

Das auf den fernen Gipfeln leuchtende Weiß spiegelte sich allein in Kiyoakis Augen, bohrte sich allein in Kiyoakis Herz. Sie, indem sie Schuld, Schande und Wahnsinn auf sich genommen hatte, war bereits geläutert. Aber er?

Manchmal überkam Kiyoaki ein Gefühl, daß er das Eingeständnis seines Verbrechens mit lauter Stimme hätte hinausschreien mögen. Andererseits, gerade dadurch hätte er Satokos so bewußt gebrachtes Opfer zunichte gemacht. War es wirklicher Mut, sich auf solche Weise die Last vom Gewissen zu schaffen? Oder war es wahrhafte Geduld, wie ein Gefangener das jetzige Leben schweigend zu ertragen? Eine klare Unterscheidung zu treffen, war schwer. Nur, sich still zu verhalten und nichts zu tun, während die Qualen in seinem Inneren wuchsen, mit anderen Worten: die Hoffnungen seines Vaters und seiner ganzen Familie zu erfüllen – das erschien ihm ein schwer erträglicher Zustand.

Dabei waren doch einst Müßiggang und Melancholie die Kiyoaki am ehesten vertrauten Lebenselemente gewesen. Die Fähigkeit, sich daran zu ergötzen, darin unterzutauchen, ohne dessen überdrüssig zu werden – wo denn war sie ihm abhanden gekommen, unvermerkt, wie man in einem fremden Haus seinen Schirm vergißt?

Was er jetzt brauchte, war die Hoffnung, um mit ihrer Hilfe Melancholie und Müßiggang ertragen zu können. Und da er nirgends dergleichen spürte, begann er sich eine Hoffnung zu konstruieren.

›Das Gerücht, sie sei geisteskrank, ist natürlich eine völlig indiskutable Fiktion. Absolut unglaubhaft. Demnach wäre es denkbar, daß es sich bei ihrer Weltflucht, bei ihrer Annahme der Tonsur möglicherweise nur um eine vorübergehende Maskerade handelt. Ja, wahrscheinlich hat Satoko diese kühne Komödie veranstaltet, um für eine Zeit zu verschwinden und so der Heirat mit dem Prinzen zu entgehen – um meinetwillen also. Trifft dies aber zu, ist es allerdings besser, getrennt auch an verschiedenen Orten zu leben, still in der heimlichsten Verschwörung, bis das öffentliche Gerede sich gelegt hat. Daß sie mir noch nicht einmal eine Karte schreibt – nun, dieses Schweigen spricht ja deutlich dafür.‹

Wäre Kiyoaki sich Satokos Charakter wirklich sicher gewesen, hätte ihm sofort einleuchten müssen, daß dies ganz gewiß nicht der Fall sein konnte. So freilich, eben da es lediglich eine Vision war, die, auf Satokos Unbeugsamkeit bauend, seine eigene Verzagtheit ihm ausgemalt, wurde Satoko dadurch nicht greifbarer, als in seinen Armen geschmolzener Schnee. Nur auf ein einziges Stück Wahrheit starrend, war Kiyoaki so leichtgläubig zu meinen, sein Gedankenspiel, das bisher diese Wahrheit einigermaßen eingefangen hatte, ließe sich auf immer fortführen. Er hatte sich mit der in der Hoffnung liegenden Täuschung verbündet.

Damit war eine Spur Ordinäres in seine Hoffnung geraten. Denn hätte er versucht, sich Satoko in all ihrer Schönheit auszumalen, wäre daneben für Hoffnung kein Raum geblieben.

Ohne daß er sich dessen bewußt war, begann eine Abendsonne aus Sanftmut und Mitleid sein hartes Kristallherz zu verfärben. Er hätte gern jemandem seine Zärtlichkeit zugewandt. Und er sah sich in seiner Umgebung um.

Da war ein Mitschüler, Sohn eines Marquis aus einem uralten Geschlecht, den sie das Gespenst zu nennen pflegten. Gerüchte wollten wissen, er sei leprakrank; da man aber einen Aussätzigen wohl kaum die Schule besuchen lassen würde, dürfte es sich eher um irgendeine andere, jedenfalls um keine ansteckende Krankheit gehandelt haben. Sein Kopfhaar war ihm zur Hälfte ausgefallen, sein Gesicht war aschgrau und glanzlos, sein Rücken gekrümmt, und da er mit einer Sondererlaubnis selbst im Klassenzimmer die Schülermütze tief heruntergezogen trug, gab es keinen, der je gesehen, was er eigentlich für Augen hatte. Er schniefte in einem fort mit einem Geräusch, als ob es in seiner Nase brodelte, und ohne mit jemandem ein Wort zu wechseln, nahm er, wenn sie eine sogenannte Freistunde hatten, ein Buch und ging hinaus in den Schulhof, wo er sich am äußersten Rand auf ein Rasenstück setzte.

Natürlich hatte auch Kiyoaki mit ihm, der ursprünglich in einer anderen Abteilung gewesen, noch niemals gesprochen. Wenn Kiyoaki sozusagen der Wortführer des Schönen unter der derzeitigen Schülerschaft war, konnte der andere, wiewohl ebenfalls Sohn eines Marquis, als Vertreter des Häßlichen, Dunklen, Entsetzlichen gelten.

Das Rasenstück, auf dem das Gespenst zu sitzen pflegte, war zwar mit seinen von der ruhig scheinenden Wintersonne aufgeheizten, trockenen Halmen ein hübscher, warmer Platz; aber alle machten einen Bogen darum.

Als nun Kiyoaki herankam und sich dazusetzte, schloß das Gespenst das Buch, straffte sich und richtete sich halb auf, wie um jeden Augenblick davonlaufen zu können. Nur sein beständiges Schniefen, das sich anhörte, als würde eine schlaffe Kette herumgezerrt, unterbrach das Schweigen.

»Was liest du eigentlich immerzu?« fragte der schöne Sohn eines Marquis.

»Ich? Oh, nichts weiter...«

Damit verbarg der häßliche Sohn eines Marquis sein Buch rasch hinter dem Rücken; doch hatte Kiyoaki auf dem Einband den Namen Leopardi ausgemacht. Beim plötzlichen Verstecken hatte die in Blattgold ausgelegte Aufschrift für einen Augenblick einen schwachen Schimmer zwischen die trockenen Gräser gespiegelt.

Da das Gespenst nicht zum Reden zu bewegen war, rutschte Kiyoaki ein Stück von ihm weg, und ohne die vielen Hälmchen abzustreifen, die sich auf dem Wollstoff seiner Uniform festgesetzt hatten, stemmte er den einen Ellbogen auf den Erdboden und streckte die Beine aus. Ihm unmittelbar gegenüber das Gespenst, vor lauter Unbehagen in sich zusammengekauert, das Buch bald öffnend, bald wieder schließend. Kiyoaki hatte das

Gefühl, als sähe er eine unglückliche Karikatur seiner selbst vor sich, und statt aller Zärtlichkeit überkam ihn innerlich eine leichte Wut. Die warme Wintersonne war von einem geradezu aufdringlichen Wohlwollen erfüllt. Auf einmal geschah mit der Gestalt des häßlichen Marquis-Sohnes eine Verwandlung, so als ob sie sich allmählich auflösen wollte. Zaghaft streckten sich seine eingeknickten Beine aus, er stemmte den einen Ellbogen auf, und zwar gerade den, den Kiyoaki nicht aufgestemmt; schließlich hatte er die Kopfneigung, die angezogenen Schultern, den Körperwinkel genau wie Kiyoaki, so daß sie beide zusammen wie ein Paar Wächterlöwen wirkten. Die Lippen des anderen unter dem tief herabgezogenen Schirm der Schülermütze sahen zwar nicht gerade nach einem Lächeln aus; doch war deutlich, daß er zumindest einen Scherz zu machen versuchte.

Der schöne Marquis-Sohn und der häßliche Marquis-Sohn, sie waren zu einem Gespann geworden. Kiyoakis plötzlicher Laune, seinem Sanftmut und Mitleid trotzend, hatte das Gespenst, statt Zorn oder Dankbarkeit zu bezeigen, das Vorhandensein eines tatsächlich spiegelbildlichen Selbstbewußtseins herausgekehrt, jedenfalls eine Position wie von gleich zu gleich vorgeführt. Von den Gesichtern einmal abgesehen, bildeten die beiden auf dem hellen, trockenen Rasen, angefangen von den Litzen auf ihren Uniformröcken bis hinunter zu den Hosensäumen, ein herrliches Stück Symmetrie.

Freundlicher hätte die vollkommene Zurückweisung von Kiyoakis Annäherungsversuch nicht ausfallen können. Indessen hatte auch Kiyoaki, indem er auf diese Weise zurückgewiesen wurde, noch nie eine so anschmiegsam auf ihn zutreibende Zärtlichkeit empfunden.

Vom nahen Bogenschießplatz war das irgendwie an das steife Klirren eines winterlichen Sturmes erinnernde Schnellen der Bogensehnen zu hören, dann das vergleichsweise dumpfe Einschlagen in die trommelähnliche Zielscheibe. Kiyoaki war zumute, als hätte sein Herz die spitzen, weißen Pfeilfedern längst verloren.

49

Als an der Schule die Winterferien begannen, stürzten sich die Fleißigen sofort auf die Vorbereitungen für die Abschlußprüfung; Kiyoaki jedoch war unlustig, die Bücher überhaupt anzurühren.

Nur ein Drittel der Klasse, darunter Honda, würde sich nach der Schul-Abschlußprüfung im nächsten Frühjahr zu den im Sommer stattfindenen Universitäts-Aufnahmeexamen melden, die meisten hingegen hatten die Absicht, sich unter Ausnutzung des erworbenen Privilegs ohne Examen in den weniger besuchten Fakultäten der Kaiserlichen Universität Tōkyō oder an einer anderen Kaiserlichen Universität wie etwa in Kyōto oder in Sendai immatrikulieren zu lassen. Auch Kiyoaki wollte, unabhängig von den Vorstellungen seines Vaters, den durch kein Examen erschwerten Weg wählen. Träte er zum Beispiel in die Kaiserliche Universität Kyōto ein, wäre er dem Tempel, in dem Satoko lebte, um so näher.

So gesehen konnte er sich vorderhand einem rechtschaffenen Nichtstun ergeben. Den Dezember über war zweimal Schnee gefallen und liegengeblieben; aber selbst ein Schneemorgen vermochte ihn nicht mit jenem kindlichen Vergnügen zu erfüllen, vielmehr starrte er, nachdem er den Fenstervorhang beiseite gezogen, teilnahmslos auf die verschneite Mittelinsel und rührte sich lange nicht aus dem Bett. Dann verfiel er darauf, es Yamada, der ihn sogar auf seinen Spaziergängen auf dem Gelände des Anwesens stets scharf im Auge behielt, einmal heimzuzahlen, und nachts, wenn ausgerechnet der Nordwind heulte, stieg er, nein, rannte er schon fast in wildem Sturmschritt auf den Ahornberg hinauf, das Kinn im Mantelkragen vergraben und neben sich den stolpernden Yamada mit der Taschenlampe. So beim nächtlichen Rauschen der Bäume, beim Schrei der Eulen den unter den Füßen unsicheren Weg wie eine schwankende Flamme aufwärtszuklettern, das machte ihm Vergnügen. Mit jedem Schritt trat er auf die Dunkelheit wie auf ein formlos weiches Lebewesen, und es kam ihm vor, als zertrampelte er es. Hell glitzernd spannte sich über der Anhöhe des Ahornbergs der winterliche Sternhimmel.

Gegen Jahresende ließ jemand eine Zeitung in die Hände des

Marquis gelangen, in der ein von Iinuma verfaßter Artikel abgedruckt war. Die Undankbarkeit Iinumas versetzte den Marquis in wütende Erregung.

Es handelte sich um eine in geringer Auflage von einer rechtsgerichteten Gruppe herausgegebene Zeitung, um eine von denen, die, dem Marquis zufolge, davon lebten, daß sie mit geradezu erpresserischen Methoden Skandale aus der höheren Gesellschaft ans Licht zerrten. Etwas anderes wäre es noch gewesen, wenn Iinuma sich so weit erniedrigt hätte, vorher zu kommen und sich Geld geben zu lassen – aber ohne jede Ankündigung dergleichen zu schreiben, das konnte man nur als eine auf Undankbarkeit beruhende öffentliche Provokation bezeichnen.

Der Artikel, außerordentlich patriotisch gehalten, war mit der Überschrift »Treubruch und Pflichtverletzung des Marquis Matsugae« versehen. Im Mittelpunkt der jüngsten Affäre um die Verlobung eines Angehörigen der kaiserlichen Familie stehe, so hieß es, in Wahrheit Marquis Matsugae; andererseits seien Heiraten innerhalb der kaiserlichen Familie deshalb durch das Gesetz über das Kaiserhaus bis in die letzte Einzelheit geregelt, weil schließlich, zu einem wie geringen Grad auch immer, die Möglichkeit bestehe, daß hiervon die Thronfolge berührt werde. Daß nun der Marquis die angeblich erst später als geisteskrank erkannte Tochter eines Hofadligen vorgeschlagen und ihr die kaiserliche Einwilligung bewirkt, um es kurz vor der schon angesetzten Verlobungszeremonie durch Aufdecken der Geschichte zum Debakel kommen zu lassen, und es dabei geschickt verstanden habe, seinen eigenen Namen vor der Öffentlichkeit geheimzuhalten – dies alles zeuge von einer kaltblütigen Schamlosigkeit, die nicht allein einen ungeheuerlichen Treubruch gegenüber dem Kaiser darstelle, sondern zugleich den Gipfel der Pflichtverletzung gegenüber dem vorigen Marquis Matsugae, seinem Vater, der sich um die Meiji-Restauration verdient gemacht.

Ungeachtet des väterlichen Zorns beschlichen Kiyoaki, als er das las, zunächst einmal gewisse Zweifel, etwa angesichts der Tatsache, daß Iinuma mit vollem Namen gezeichnet, oder daß er sich den Anschein gab, als glaubte er an Satokos Geisteskrankheit, obwohl er doch genau wußte, was zwischen ihm und

Satoko vorgefallen. Ja, Kiyoaki gewann den Eindruck, Iinuma, von dem er keine Ahnung hatte, wo er derzeit eigentlich lebte, habe ihm unter Verstoß selbst gegen die Dankbarkeitspflicht auf diese Weise insgeheim zu verstehen gegeben, wie er zu erreichen wäre, habe das möglicherweise überhaupt nur geschrieben, damit es ihm, Kiyoaki, unter die Augen käme. Zumindest, so wollte ihm scheinen, enthielt dieser Artikel die versteckte Ermahnung, er möge nicht werden wie sein Vater, der Marquis.

Plötzlich sehnte er sich nach Iinuma. Hatte er das Gefühl, wenn er wieder seine unbeholfene Zuneigung spüren und ihn dafür necken könnte, wäre das für ihn selbst im Augenblick der beste Trost. Würde er allerdings, während sein Vater eben jetzt so wütend auf ihn war, Iinuma zu treffen versuchen, müßte das die Situation nur verschlimmern, und so stark, daß er ihn unbedingt sehen wollte, war seine Sehnsucht nun auch wieder nicht.

Eher hätte er vielleicht mit der Tadeshina reden können; doch seit ihrem Selbstmordversuch empfand Kiyoaki eine unerklärliche Abscheu vor dieser alten Frau. Nachdem sie ihn mit ihrem Abschiedsbrief an seinen Vater bloßgestellt hatte, war er sicher, daß sie sich bei ihrer Veranlagung ein Vergnügen daraus machte, diejenigen, die sie selbst zusammengebracht, ebenso rückhaltlos zu verraten. Von ihr hatte Kiyoaki gelernt, daß es Menschen gab, die eine Blume mit aller Sorgfalt hegen, nur um ihr, sobald sie geblüht, die Blütenblätter auszureißen.

Andererseits wechselte der Marquis weiterhin so gut wie kein Wort mit seinem Sohn. Und die Marquise, indem sie sich dieser Haltung anschloß, war ebenfalls bemüht, sich nicht um Kiyoaki zu kümmern.

Der wütende Marquis hatte in Wahrheit Furcht. Der ihm zugestandene Polizeischutz am vorderen Tor wurde um einen Mann verstärkt, und auch das hintere Tor war neuerdings von zwei Polizisten bewacht. Indessen ging das Jahr zu Ende, ohne daß es zu weiteren Drohungen oder Mißfallenskundgebungen gegen das Haus Matsugae gekommen wäre, und selbst Iinumas Äußerungen blieben ohne Wirkung auf breitere Kreise.

Es war üblich, daß auf den Weihnachtsabend Einladungen von den Ausländern kamen, die die beiden vermieteten Häuser bewohnten. Da es nun, welche Einladung man auch annähme, auf jeden Fall den anderen gegenüber parteiisch gewesen wäre, pflegte man sich im Hause des Marquis so zu verhalten, daß man keiner von beiden Folge leistete und statt dessen den Kindern Geschenke schickte. In diesem Jahr plötzlich verspürte Kiyoaki Lust, sich bei den Ausländern in gemütlicher Runde zu entspannen, und er bat seine Mutter um Vermittlung, doch sein Vater lehnte ab.

Als Begründung nannte er nicht die Gefahr der Parteilichkeit, vielmehr konstatierte er, es verletze die Würde eines Marquis-Sohnes, auf Einladungen von Mietern zu reagieren. Womit er andeutungsweise zu verstehen gab, daß er an der Fähigkeit seines Sohnes, die Würde zu wahren, noch immer Zweifel hegte.

Vor Jahresende, da das Großreinemachen mit einem, nämlich dem Silvestertag nicht zu erledigen war, sondern sich abschnittsweise über mehrere Tage hinzog, erreichte die Geschäftigkeit im Hause des Marquis ihren Höhepunkt. Für Kiyoaki war dabei nichts zu tun. Nur nagte der schmerzliche Gedanke in seiner Brust, daß so dieses Jahr zu Ende ging, und die Vorstellung, es wäre gerade das ein Gipfeljahr gewesen, wie es sich nie in seinem Leben wiederholen würde, bedrängte ihn stärker von Tag zu Tag.

Er verließ das Haus, in dem ein jeder mit seiner Arbeit beschäftigt war, und ging allein hinunter zum Teich, um ein wenig mit dem Boot zu rudern. Yamada folgte ihm und bestand darauf, ihn zu begleiten, aber Kiyoaki wies ihn brüsk zurück.

Als er das Boot, die dürren Schilfstengel und umgeklappten Lotosblätter beiseite schiebend, in Fahrt zu bringen versuchte, flog ein Schwarm Wildenten auf. Ihre kleinen flachen Bäuche, die gleichzeitig mit dem überlauten Flügelgeknatter für einen Augenblick deutlich erkennbar vor dem klaren Winterhimmel schwebten, zeigten sich im seidenen Glanz eines zarten, von keinem einzigen Tropfen benetzten Gefieders. Verzerrt sprangen ihre Schatten über das Schilfgestrüpp und verschwanden.

Der blaue Himmel und die Wolken, die sich auf der Oberfläche des Teiches spiegelten, wirkten kalt. Und es erschien Kiyoaki geheimnisvoll, wie sich auf dem Wasser, wo seine Ruder die Glätte zerstörten, schwerfällige, dicke Wellenmuster auszubreiten begannen. Etwas so Beredtes wie diese feierlichdüstere Flut gab es nirgends in der kristallischen Winterluft oder in den Wolken.

Er ließ die Ruder treiben und sah zur großen Halle des Haupthauses zurück. Die Gestalten der dort eifrig beschäftigten Leute nahmen sich wie Schauspieler auf einer weit entfernten Bühne aus. Der Wasserfall, zwar noch nicht vereist, doch mit einem Rauschen, das sich scharf und spitz anhörte, lag, dem Auge unsichtbar, jenseits der Mittelinsel; dafür waren weiter drüben auf der Nordseite des Ahornberges Flecken schmutzigen Restschnees zu erkennen, die durch die dürren Äste blinkten.

Endlich machte Kiyoaki das Boot am Pfahl in der kleinen Inselbucht fest und stieg auf die Anhöhe mit den ausgeblichenen Kiefern hinauf. Von den drei eisernen Kranichen sahen die beiden, die ihre Hälse aufwärts reckten, nicht anders aus, als hätte man angeschärfte Eisenpfeile auf den Winterhimmel gerichtet.

Sogleich hate Kiyoaki einen warmen, durchsonnten Fleck im trockenen Gras entdeckt und streckte sich dort hin, das Gesicht nach oben. Damit war ihm gelungen, für niemandes Blicke erreichbar, völlig und absolut allein zu sein. Er spürte, wie in den Fingern seiner beiden, unter dem Hinterkopf gekreuzten Hände noch die kalte Taubheit vom Rudern war, und da auf einmal schoß in seiner Brust all das an Schmerz und Elend herauf, das er sich vor anderen nie hätte anmerken lassen. Er schrie innerlich.

›O... dieses Jahr, mein Jahr! Jetzt geht es dahin... geht dahin und vorbei... mit der Wolke, die verblaßt...‹

Als wollten sie mit Peitschenhieben noch einschlagen auf seinen augenblicklichen Zustand, spülte es in ihm Worte hoch, die auch vor den grausamsten Übertreibungen nicht zurückschreckten.

›Also endet alles in Bitternissen. Das Gefäß meines Entzükkens habe ich verloren. Und eine entsetzliche Klarheit beherrscht die Welt, eine Klarheit von solcher Brutalität, daß ich nur mit dem Fingernagel zu schnippen brauche, und von dem Echo erzittert das ganze Firmament bis in die feinsten Kristalle hinein... Dazu die Einsamkeit, und die ist so heiß. Wie eine ewig heiße Suppe, die man nur in den Mund hineinbekommt, wenn man wieder und wieder drüberhin bläst. Aber sie verschwindet nicht vor meinen Augen. Immer vor mir, dick und stumpf und schmutzig wie ein Bettkissen, dieser schwere, weisse Suppenteller! Wer eigentlich hat eine solche Suppe für mich bestellt...? Man hat mich verlassen, man hat mich ausgesetzt. Ich dürste nach Leidenschaft. Ich fluche dem Schicksal. Mein Herz irrt ziellos umher. Mein Herz sehnt sich und weiss nicht wohin... Ein wenig Selbstberauschung. Ein wenig Selbstverteidigung. Ein wenig Selbsttäuschung... Das wie Flammen mich versengende Verlangen nach der verlorenen Zeit, den verlorenen Dingen. Das sinnlose Verdämmern der Jahre. Das erbärmliche Vergeuden der Jugend. Diese Gereiztheit darüber, dass vom Leben keine Ernte zu erwarten ist... Allein in meinem Zimmer. Allein Nacht für Nacht... Diese Kluft der Verzweiflung zwischen mir und den anderen, zwischen mir und der Welt... Und dann meine Schreie. Meine Schreie, die keiner hört... Gleissende Fassade... Vornehme Leere... Das mir!!‹

Die im dürren Geäst auf dem Ahornberg versammelten, unzähligen Krähen erhoben ein Geschrei wie ein nicht zu unterdrückendes Gähnen; dann hörte er über seinem Kopf ihr Geflatter, mit dem sie in Richtung auf den sanften Hügel des *Omiyasama* davonflogen.

50

Kurz nach Jahreswechsel wurde im Kaiserpalast der alljährliche *Waka*-Wettstreit ausgetragen, und gemäss einem seit Kiyoakis fünfzehntem Lebensjahr in Übung gekommenen Brauch pflegte ihm Graf Ayakura, eine jährlich einmalige Erinnerung sozusagen an die dem Knaben einst vermittelte Ausbildung in den vornehmen Künsten, eine Einladung dazu zu erwirken. Obwohl nun zu befürchten stand, dass in diesem Jahr ein solcher Bescheid ausbleiben würde, wurde die Genehmigung zum Besuch der Veranstaltung, diesmal durch das Kaiserliche Hofministerium, doch erteilt. Der Graf, ohne sich im geringsten gedemütigt zu fühlen, amtierte auch in diesem Jahr als Poesiemeister, und es war offensichtlich, dass die Einladung auf seine Fürsprache hin erfolgt war.

Marquis Matsugae, als ihm sein Sohn das Genehmigungsschreiben vorwies, bemerkte unter den vier unterzeichnenden Poesiemeistern den Namen des Grafen und runzelte die Brauen. Er meinte zu begreifen, wie sich vornehme Zurückhaltung in eine vornehme Impertinenz verwandelt.

»Da es jedes Jahr so gehalten wurde, solltest du wohl besser hingehen. Würdest du ausgerechnet diesmal nicht erscheinen, könnte man annehmen, zwischen uns und den Ayakuras wäre es zu einem Zerwürfnis gekommen, und schließlich wollen wir ja wegen jener Geschichte nicht prinzipiell jeden Verkehr mit ihnen abbrechen«, sagte der Marquis.

Kiyoaki, so sehr hatte er sich an diese jährlich wiederkehrende Veranstaltung gewöhnt, freute sich geradezu darauf. Bei keiner anderen Gelegenheit machte der Graf einen vergleichbar würdevollen, aber auch natürlichen Eindruck. Ihm jetzt so zuzuschauen, würde zwar möglicherweise eine Folter bedeuten; doch wünschte sich Kiyoaki insgeheim, bei diesem Anblick um so eher der Ruinen einer Poesie überdrüssig zu werden, die sich einst selbst in ihm eingewurzelt hatte. Auch hoffte er, wenn er hinginge, werde ihm das helfen, sich Satokos zu erinnern.

Kiyoaki hatte längst aufgehört, sich etwa einzubilden, er wäre der ›Dorn der Vornehmheit‹, der sich in die knochige Hand einer Familie namens Matsugae eingebohrt. Das hieß jedoch durchaus nicht, daß er so weit umgedacht hätte, um sich selbst für einen Finger an dieser knochigen Hand zu halten. Die Vornehmheit, die er einst in sich geglaubt, war verwelkt, seine Seele war verödet, nirgends besaß er mehr die elegante Trauer, das Grundelement der Poesie, und durch seinen Leib heulte hohl der Wind. So fern von aller Vornehmheit, so fern von aller Schönheit wie jetzt hatte er sich noch nie gefühlt.

Indessen war es vielleicht gerade dies, was seine wahre Schönheit ausmachte. So bar jeder Empfindung, jeder Leidenschaft zu sein, noch die seinem Auge deutlich sichtbaren Qualen nicht als die eigenen Qualen zu begreifen, noch den Schmerz nicht als wirklichen Schmerz zu spüren. Zustände eines Schönen dies alles, die am ehesten mit demjenigen eines Leprakranken vergleichbar waren.

Da Kiyoaki die Gewohnheit, in den Spiegel zu schauen, aufgegeben hatte, ahnte er nicht, daß ihn das Hagere, das

Melancholische, das sich in sein Gesicht eingegraben, buchstäblich zum Abbild des »von der Liebe ausgezehrten Jünglings« hatte werden lassen.

Eines Abends, allein beim Abendessen, bekam er ein kleines geschliffenes Glas serviert, das eine ein wenig ins Schwärzliche spielende, rote Flüssigkeit enthielt. Das Mädchen zu fragen, was denn das sei, war ihm lästig, und so trank er es, indem er mutmaßte, es werde sich um Wein handeln, in einem Zuge leer. Dabei hatte er ein seltsames Gefühl auf der Zunge, und ein fremder, schlieriger Nachgeschmack blieb zurück.

»Was war das eigentlich?«

»Frisches Blut von Alligatorschildkröten«, erwiderte das Mädchen. »Ich sollte es, wurde mir eingeschärft, nicht sagen, wenn Sie nicht danach fragen. Der Koch meinte, das täte dem jungen Herrn gut; da hat er im Teich welche gefangen und zurechtgemacht.«

Während er wartete, bis das unangenehm Schlierige hinab in den Magen gewandert war, sah er, wie er es sich, von den Dienern damit geschreckt, in seiner Kinderzeit gelegentlich ausgemalt, wieder die aus dem dunklen Teich mit vorgereckten Köpfen zu ihm herüberstarrenden, abscheulichen Schildkröten vor sich. Sie hatten sich eingegraben im lauwarmen Schlamm auf dem Grund des Teiches und waren dann und wann, indem sie das die Zeit zerfressende Algengeschling der Träume und bösen Gedanken zerteilt, durch das halb durchsichtige Wasser heraufgeschwommen, um all die Jahre seither mit reglosen Blicken den heranwachsenden Kiyoaki zu verfolgen; aber jetzt plötzlich war der Bann gebrochen, hatte man die Schildkröten umgebracht und er, ohne es zu wissen, ihr Blut getrunken. Damit war, ebenso plötzlich, irgend etwas zu Ende gegangen. Fügsam begann in Kiyoakis Magen durch eine unbekannte, ja, unbegreifliche Kraft das schiere Entsetzen seine Gestalt zu verwandeln.

Beim *Waka*-Wettstreit war es die Regel, daß man beim Verlesen der ausgewählten Gedichte mit den Verfassern aus den unteren Rängen begann, um dann Stufe um Stufe zu denen der rangmäßig höheren überzugehen. Die ersten allein verlas man einschließlich der Vorrede, Rang und Name folgten danach; bei den weiteren blieb die Vorrede weg, und nachdem man sofort Rang und Name genannt, wurde der eigentliche Text des Gedichts rezitiert.

Graf Ayakura versah das ehrenvolle Amt des Vorlesers. Den Platz an der Seite beider Kaiserlicher Majestäten hatte Seine Kaiserliche Hoheit, der Kronprinz, eingenommen; gemeinsam geruhte man der geschmeidig-schönen und klaren Stimme des Grafen zu lauschen. Da klang kein Schuldbewußtsein nach, vielmehr war dies eine Stimme von einer fast schon schmerzlichen Helle, und die Gelassenheit, mit der sie Gedicht um Gedicht rezitierte, erinnerte gleichsam an das Klopfen Schritt um Schritt der schwarzgelackten Schuhe des Shintō-Priesters die von der Wintersonne herrlich übergossene, steinerne Treppe hinauf. Eine Stimme ohne jeden Geschlechtsgeruch. Das heißt, all die Zeit über, in der nichts als die Stimme des Grafen die von keinem Hüsteln unterbrochene Stille in diesem einen Saal des Palastes beherrschte, überschritt die Stimme doch nie die Grenze des Wortes, um die Lauschenden physisch zu betören. Eine von elegischer Klarheit durchzogene Vornehmheit, die gewissermaßen die Scham nicht kannte, stieg unmittelbar aus der Kehle des Grafen und breitete sich wie die Dunststreifen auf einer Bilderrolle über die Szene.

Die von den Hofleuten verfaßten Gedichte wurden lediglich einmal gelesen; als jedoch der Graf das Gedicht des Kronprinzen rezitiert hatte, schloß er mit den Worten: ». . . lautet das *Waka* des Himmlischen Thronerben, das vorzutragen ich die Ehre habe«, worauf er das Gedicht wiederholte.

Das Gedicht der Kaiserin wurde dreimal gelesen, und zwar las die erste Zeile jeweils der Graf allein, während von der zweiten Zeile an die ganze Gruppe der Rezitatoren den Text im Chore vortrug. Daß sich dabei zusammen mit der ferneren kaiserlichen Familie sämtliche Anwesenden erhoben, war selbstverständlich, doch stand auch der Kronprinz auf, um das Gedicht zu vernehmen.

Das in diesem Jahr von der Kaiserin für den *Waka*-Wettstreit verfaßte Gedicht war ein ungewöhnlich schönes und edles Werk. Während er es stehend anhörte, bemerkte Kiyoaki mit einem verstohlenen Blick von ferne das auf eine *Torinoko*-Unterlage aufgezogene Gedichtpapier in der blassen und kleinen, weiblichen Hand des Grafen; es war von der Farbe der roten Pflaumenblüte.

Daß in der Stimme des Grafen, ungeachtet er eine so die Öffentlichkeit erregende Affäre hinter sich hatte, nicht das leiseste Zittern oder Zaudern, ja, noch nicht einmal der väterliche Schmerz darüber zu erkennen war, daß er die Tochter durch ihre Abkehr von dieser Welt verloren, verwunderte Kiyoaki durchaus nicht mehr. Schließlich versah die schöne, unangestrengte, klare Stimme ihren Dienst gegenüber einem Höchsten. Und wahrscheinlich würde der Graf so für weitere tausend Jahre wie ein Vogel mit goldener Kehle seine Pflicht erfüllen.

Der *Waka*-Wettstreit trat in seine letzte und feierlichste Phase. Die Dichtung des Kaisers selbst kam zum Vortrag.

Ehrfurchtsvoll begab sich der Poesiemeister vor den Erhabenen, nahm das auf dem Deckel des kaiserlichen *Suzuri*-Kastens liegende Gedicht entgegen und rezitierte es fünfmal nacheinander.

Und jedesmal, wenn er mit seiner klaren Stimme geendet, fügte der Graf hinzu: »... so der Wortlaut des erlauchten *Wakas* Seiner Kaiserlichen Majestät, das vorzutragen ich die Ehre habe.«

Währenddessen hatte Kiyoaki seine Augen in tiefster Ehrfurcht auf das Antlitz des Erhabenen gerichtet, wobei ihn die Erinnerung daran bedrängte, daß ihm, als er ein Kind gewesen war, die vorige Majestät den Kopf gestreichelt; und plötzlich, aus der Tatsache, daß die jetzige Majestät, von bemerklich schwächerer Konstitution als der kaiserliche Vater, dem Vortrag des eigenen Gedichts zwar lauschte, dabei jedoch keinerlei Befriedigung zeigte, sondern vielmehr eine eisige Ruhe bewahrte, meinte Kiyoaki den Eindruck zu gewinnen, als verberge sich darin – so unwahrscheinlich das war – ein gegen ihn gerichteter Unwille, und Furcht befiel ihn.

›Ich habe an Eurer Majestät Verrat geübt. Ich muß sterben.‹

Ein Gedanke, bei dem er, in der unbestimmten Vorstellung, er werde im nächsten Augenblick inmitten des ringsum aufsteigenden Dufts von Räucherwerk zu Boden stürzen, etwas durch seine Brust zucken fühlte, von dem er nicht wußte, ob es Lust war oder Entsetzen.

51

Als es in den Februar ging und die Abschlußprüfung in greifbare Nähe rückte, blieb unter den sich fleißig gebenden Klassenkameraden allein Kiyoaki, der jedes Interesse verloren hatte, unberührt davon und isoliert. Honda war zwar durchaus nicht abgeneigt, Kiyoaki in dieser Situation bei seinen Arbeiten zu helfen; doch irgendwie fürchtete er, er könnte zurückgewiesen werden, und so unterließ er es. Er wußte, daß Kiyoaki eine aufdringliche Freundschaft mehr als alles andere verabscheute.

In dieser Zeit schlug der Marquis seinem Sohn plötzlich vor, nach Oxford auf das Merton College zu gehen; die Aufnahme in das traditionsreiche, im 13. Jahrhundert gegründete Institut werde sich bei Vermittlung durch den leitenden Professor leicht bewerkstelligen lassen, lediglich müsse er am Gakushū-in das Abschlußexamen bestanden haben. Tatsächlich begann der Marquis, die von Tag zu Tag blassere und ausgemergeltere Gestalt seines demnächst gewiß in die Juniorstufe des Fünften Hofrangs aufrückenden Sohnes vor Augen, allmählich auf Maßnahmen zu sinnen, wie ihm zu helfen wäre. Dieser Rettungsversuch nun schien Kiyoaki allzusehr am Ziel vorbeizuschießen, doch um so mehr erregte er ein Gefühl der Anteilnahme in ihm. Deshalb beschloß er, sich über den Vorschlag riesig erfreut zu zeigen.

Früher hatte er wie ein jeder gelegentlich schon einmal Sehnsucht nach dem Westen gehabt; aber jetzt, da sich sein Herz Japan zugewendet, wo es am subtilsten, am schönsten ist, machte ihm, wenn er die Weltkarte aufschlug, der Anblick der so ausgedehnten fremden Länder, ja, selbst dieses wie ein winziger, rotgefärbter Krebs daliegenden Japans einen eher erbärmlichen Eindruck. Das Japan, das er kannte, war ein weit bleicheres, ein gestaltloses Land, eingehüllt in eine dem Nebel ähnliche Trauer.

Sein Vater, der Marquis, hatte im Billardzimmer auf die eine Wand zusätzlich eine große Weltkarte aufkleben lassen. Er hoffte, dies müßte Kiyoaki mit übermächtigen Gefühlen beseelen. Jedoch die kalten, flachen Ozeane auf der Karte vermochten ihn nicht zu bewegen; was ihm statt dessen wieder lebendig wurde, war ein nächtliches Meer, das wie ein riesiges, schwarzes

Tier eine eigene Körperwärme besaß und einen eigenen Pulsschlag hatte und Blut und Schreie – jenes Meer in den Sommernächten von Kamakura, das, wann immer es gebrüllt, voll Schwermut gewesen war.

Er hatte mit niemandem darüber gesprochen, aber manchmal befiel ihn ein Schwindel, und es kam vor, daß ihn ein leichter Kopfschmerz erschreckte. Die Schlaflosigkeit nahm immer bedenklichere Formen an. Nachts, wenn er auf seinem Bett lag, malte er sich in allen Einzelheiten aus, wie am nächsten Tag bestimmt ein Brief von Satoko käme, in dem sie Zeit und Treffpunkt für die gemeinsame Flucht vorschlüge, und wie er dann in irgendeiner Provinzstadt, wo niemand etwas von ihnen wüßte, an einer Straßenecke vor einer im Speicherstil errichteten Bank der auf ihn zulaufenden Satoko entgegenginge, um sie endlich nach Herzenslust in seine Arme zu schließen. Indessen waren dergleichen Visionen mit etwas Kaltem, leicht Zerbrechlichem hinterklebt wie mit einer Zinnfolie, und manchmal schimmerte diese Rückseite bleich und düster daraus hervor. Kiyoakis Tränen netzten das Kopfkissen, und ungezählte Male rief er Satokos Namen in die tiefe Nacht.

Dabei konnte es geschehen, daß ihm an der Grenze von Traum und Wirklichkeit plötzlich Satokos Gestalt zum Greifen deutlich vor Augen erschien. Seine eigentlichen Träume erzählten längst keine erfaßbaren Fabeln mehr, die sich im Traumtagebuch hätten notieren lassen. Hoffnungen nur und Verzweiflungen tauchten wechselweise auf, Geträumtes und Reales löschten einander immer wieder aus, zeichneten gleichsam eine so wenig festliegende Linie wie am Meeresstrand die Brandung, und dann auf einmal spiegelte sich auf der glatten Fläche des über den glitschigen Sand zurücklaufenden Wassers Satokos Gesicht. Ein so schönes, ein so trauriges Gesicht wie nie zuvor. Ein Gesicht, so würdevoll schimmernd wie der Abendstern, das, wenn Kiyoaki ihm seine Lippen näherte, augenblicklich zerfloß.

Mit jedem Tag gewann der Gedanke, einfach davonzulaufen, immer unwiderstehlicher Gewalt über sein Inneres. Obwohl alles, obwohl jede Stunde, jeder Morgen, jeder Mittag, jeder Abend, obwohl auch der Himmel, die Bäume, die Wolken und der Nordwind nichts ansagten als Verzicht – ihn peinigten um so unbestimmtere Qualen, und er wünschte sich, ein wenig Bestimmteres mit den Händen zu greifen, wollte, und wäre es mit einem einzigen Wort, eine Erwiderung aus Satokos Mund, die über allen Zweifeln stünde. Und wäre das zuviel verlangt, würde ihm auch schon ein Blick auf ihr Gesicht genügen. Er war dicht daran, den Verstand zu verlieren.

Andererseits hatte sich das Gerede in der Öffentlichkeit rasch beruhigt. Der unerhörte Skandal, daß eine durch das kaiserliche Einverständnis bereits abgesegnete Verlobung unmittelbar vor den Feierlichkeiten aufgelöst worden war, geriet allmählich in Vergessenheit, und der allgemeine Zorn verlagerte sich auf einen neuerdings aufgekommenen Korruptionsfall in der Kriegsmarine.

Kiyoaki beschloß, das Elternhaus zu verlassen. Da man ihn jedoch streng überwachte und nicht mit dem geringsten Taschengeld ausgestattet hatte, besaß er keinen einzigen Sen zu seiner freien Verfügung.

Als Kiyoaki Honda bat, ihm einiges zu leihen, war dieser bestürzt. Und da man ihm, entsprechend den Prinzipien seines Vaters, mit einer gewissen Summe ein Bankkonto eingerichtet hatte, mit dem er nach Belieben umspringen durfte, hob er den gesamten Betrag ab und stellte ihn Kiyoaki zur Verfügung. Nach dem Zweck fragte er mit keiner Silbe.

Honda brachte das Geld in die Schule mit, wo er es Kiyoaki übergab; das war am Morgen des 21. Februar. Einem heiteren, aber bitterkalten Morgen.

»Bis zum Unterrichtsbeginn hast du ja noch zwanzig Minuten Zeit. Begleite mich doch ein Stück«, sagte, als er das Geld in Empfang nahm, Kiyoaki mit einer merklichen Scheu in der Stimme.

»Und wohin?« fragte Honda erschrocken; schließlich wußte er, daß das Schultor von Yamada besetzt war.

»Da hinüber«, erwiderte Kiyoaki lächelnd und wies auf das Wäldchen.

Daß seit langem endlich wieder Lebhaftigkeit auf dem Gesicht des Freundes zu erkennen war, fand Honda zwar beruhigend; andererseits jedoch, und statt davon in gesunder Röte zu glänzen, machten seine im Gegenteil angespannt blassen, mageren Züge einen Eindruck, als wären sie von dem dünnen Eis des Frühlings überdeckt.

»Du fühlst dich wohl, oder?«
»Es wird eine kleine Erkältung werden. Sonst bin ich in Ordnung«, meinte Kiyoaki, während er auf dem Weg durch das Wäldchen munter vorausging. Honda hatte den Freund lange nicht mehr so kräftig ausschreiten sehen, und er ahnte bereits, auf welches Ziel diese Schritte gerichtet waren, doch sagte er nichts.

Die Streifen der Morgensonne fielen bis tief herein, und während die beiden wahrnahmen, wie davon der Teich unter ihren Augen mit seiner hier und da offensichtlich von Treibholz regellos unterbrochenen Eisfläche düster aufzuleuchten begann, durchquerten sie das vom eifrigen Geschrei der Vögel erfüllte Wäldchen und kamen am östlichen Rand des Schulgeländes heraus. Von dort aus senkten sich die sanften Hänge abwärts bis hinüber zu den Fabrikvierteln des Ostends. Hier hinten war an Stelle eines Zauns ein unordentliches Drahtverhau gespannt, durch dessen Lücken sich häufig die Kinder aus der Nachbarschaft hereinstahlen. Jenseits des Verhaus setzte sich eine vergraste Böschung noch ein Stück fort, und vor der niedrigen Steinmauer unmittelbar an der Straße erhob sich ein ebenfalls niedriger Plankenzaun.

Als die beiden bis dorthin gekommen waren, blieben sie stehen.

Nach rechts zu sahen sie auf die Geleise der elektrischen Staatsbahn; direkt unter ihnen aber das vom vollen Glanz der Morgensonne überflutete Fabrikviertel mit den blitzenden Schiefern auf den sägeförmigen Pultdachreihen lärmte bereits wie ein Meer von dem sich gegenseitig übertönenden Geratter der verschiedenen Maschinen. Elegisch ragten die Schornsteine auf, und der Schatten der Rauchwolken verdunkelte die Wäscheplätze in den zwischen die Fabriken gedrängten Proletariersiedlungen. Auch gab es Häuser, die streckten kleine, mit zahllosen *Bonsai*-Zwergbäumen geschmückte Veranden über die Dächer heraus. Immer wieder leuchtete irgendwo irgend etwas auf, nur um ebenso rasch zu verlöschen. Jetzt von einem Leitungsmast her die Zange am Gürtel eines Monteurs, jetzt im Fenster einer chemischen Fabrik das Phantom einer Flamme... Und glaubte man, an dem einen Platz habe das Lärmen aufgehört, setzte gleich darauf die ohrenbetäubende Lärmkette von

Hämmern ein, die wie toll auf stählerne Platten niedersausten.

Jenseits von alledem stand eine klare Sonne. Vorn im Vordergrund verlief parallel zur Schule die weiße Straße, über die im nächsten Augenblick Kiyoaki davongehen würde; scharf und deutlich zeichneten sich hier die Schatten der flachen Dächer ab, und man konnte beobachten, wie einige Kinder mit kleinen Steinen »Himmel und Hölle« spielten. An ihnen fuhr ein Mann auf einem so verrosteten Fahrrad vorbei, daß aber auch gar nichts daran glänzte.

»Ja, also werde ich gehen«, sagte Kiyoaki.

Das meinte eindeutig »Aufbruch«. Wie der Freund es so heiter aussprach und genau in dem Tonfall, den man von einem jungen Mann erwartet, das prägte sich tief in Hondas Gedächtnis ein. Kiyoaki, der die Schulmappe im Klassenzimmer zurückgelassen hatte, war nur im Überrock über der Uniform, hatte jedoch den Kragen dieses mit goldenen Kirschblüten-Knöpfen besetzten Mantels elegant aufgeschlagen nach rechts und links, so daß darunter der nach Art der Kriegsmarine geschnittene Stehkragen des Rocks und von der blendendweißen Kragenbinde ein schmaler Streifen um den die zarte Haut hervorpressenden, jungen Adamsapfel sichtbar wurden. Während er unter dem Schatten des Mützenschirms hervor lächelte, bog Kiyoaki mit der einen lederbehandschuhten Hand ein Stück abgebrochenen Stacheldrahts zusammen, um hierauf mit einer Neigung zur Seite über den Plankenzaun zu steigen...

Kiyoakis Verschwinden wurde unverzüglich der Familie gemeldet; Marquis und Marquise waren völlig fassungslos. Aber wieder einmal bewahrte der Rat der Großmutter die Szene vor dem totalen Chaos.

»Ja, versteht ihr das nicht? Ihr braucht euch keine Sorgen machen; er freut sich eben viel zu sehr darauf, daß er im Ausland studieren wird. Und gerade weil er auf jeden Fall ins Ausland gehen möchte, fährt er vorher zu Satoko, um von ihr Abschied zu nehmen. Da ihr ihn freilich – wie er überzeugt ist – festgehalten hättet, wenn er euch sein Reiseziel würde genannt haben, ist er heimlich und ohne ein Wort auf und davon. Anders läßt sich das doch gar nicht denken, nicht wahr?«

»Allerdings glaube ich nicht, daß Satoko ihn sehen will.«

»Wenn dem so ist, nun, so wird er sich damit abfinden und wieder nach Hause kommen. Einen jungen Menschen wie ihn muß man gewähren lassen, bis er sich von selbst beruhigt. Weil ihr ihn allzu streng angebunden habt, deshalb ist das passiert.«

»Aber, Mutter, das war doch durchaus notwendig – nachdem das passiert war.«

»Dann ist auch das jetzt durchaus notwendig.«

»Wie wäre denn folgendes: Um das Schlimmste zu verhüten, nämlich daß die Sache publik wird, sage ich unverzüglich dem Polizeipräfekten Bescheid und lasse diskrete Nachforschungen nach ihm anstellen.«

»Was sollen da Nachforschungen?! Wir wissen ja, wo er ist.«

»Damit man ihn sofort ergreift und zurückbringt...«

»Nein, das wäre falsch«, rief die alte Dame laut und mit zornigen Blicken, »das wäre unbesonnen. Wenn wir das tun – vielleicht unternimmt er dann etwas, das nicht wiedergutzumachen ist. Natürlich fände ich es schon richtig, die Polizei würde, mit aller gebotenen Vorsicht, insgeheim nach ihm Ausschau halten. Richtig auch, daß sie uns, sobald sie seinen Aufenthalt kennt, darüber informiert. Da wir jedoch wissen, was seine Absicht ist und was sein Ziel, genügt es, wenn ihn die Beamten von ferne beobachten, so daß er es nicht merkt. Wenn sie von weitem ein Auge auf ihn haben, ohne allerdings sein Vorhaben im mindesten zu stören. Völlig vertraulich, versteht ihr? Es gibt keinen anderen Weg, die Geschichte so beizulegen, daß sie nicht mit einem Drama endet. Und sollte uns jetzt ein Fehler unterlaufen – es wäre furchtbar. Das laßt euch in aller Deutlichkeit gesagt sein.«

Kiyoaki blieb am Abend des 21. Februar in einem Hotel in Ōsaka; am nächsten Morgen verließ er so früh wie möglich das Hotel, fuhr mit einem Zug der Sakurai-Linie bis zur Station Obitoke und mietete sich in der Stadt im »Kuzunoya«, einem vorwiegend von Händlern frequentierten Gasthof, ein. Sobald er sein Zimmer hatte, befahl er eine Riksha und ließ sich zum Gesshūji-Tempel bringen. Hinter dem äußeren Tor den steilen Weg aufwärts trieb er den Riksha-Mann zur Eile an, und kaum vorgefahren am Chinesischen Tor, sprang er heraus.

Vor den abweisend verschlossenen, weißen Papierschiebetüren an der Eingangshalle rief er so lange, bis der Tempelbesorger erschien, nach Name und Anliegen fragte und ihn aufforderte, sich eine Weile zu gedulden, bis schließlich die älteste Nonne herauskam. Doch ohne ihn auch nur in die Eingangshalle zu bitten, fertigte sie ihn mit der barschen Erklärung ab, die Äbtissin wünsche ihn nicht zu sehen, geschweige denn sei es einer Novizin erlaubt, mit jemandem zu sprechen, und schickte ihn fort. Da er von vornherein auf eine solche Behandlung mehr oder weniger gefaßt gewesen, drängte Kiyoaki nicht weiter und kehrte fürs erste in den Gasthof zurück.

Er setzte seine Hoffnung auf den nächsten Tag. Als er allein war und die Sache gründlich überdachte, schien ihm, dieser anfängliche Mißerfolg habe seine Ursache in der Bedenkenlosigkeit gehabt, mit der er sich in der Riksha bis vor die Eingangshalle hatte fahren lassen. Dies war natürlich aus seiner inneren Hast gekommen, nur ja keine Zeit zu verlieren; aber Satoko sehen zu wollen, bedeutete schließlich eine Art Bittgang, und ob es nun jemand beobachtete oder nicht, so wäre es doch wohl richtiger, er würde wenigstens die Riksha am äußeren Tor lassen und zu Fuß weitergehen. Er müßte sozusagen als büßender Pilger kommen.

Das Zimmer im Gasthof war schmutzig, das Essen miserabel, die Nacht eisig kalt; die Vorstellung indessen, daß ihm hier, anders als in Tōkyō, Satoko so nahe war, gewährte ihm innerlich eine beträchtliche Beruhigung. In dieser Nacht schlief er so tief wie seit langem nicht.

Am nächsten Tag, dem Dreiundzwanzigsten, kam er sich vor wie von ungeheurer Tatkraft erfüllt, und zweimal, am Vormittag und am Nachmittag, machte er, indem er die Riksha am äußeren Tor warten ließ und den langen Zugangsweg zu Fuß hinaufstieg, seinen Besuch im Tempel, wo sich freilich an dem kalten Empfang nichts geändert hatte. Auf der Rückfahrt befiel ihn ein Husten, und tief in der Brust spürte er ein leichtes Stechen, so daß er, wieder im Gasthof, selbst auf das heiße Bad verzichtete.

Von diesem Abend an war das Essen, jedenfalls für einen Provinzgasthof, geradezu unmäßig üppig; man behandelte ihn deutlich anders als zuvor. Ohne es zu wollen, wurde er in das beste Zimmer des Hauses umquartiert. Kiyoaki begann die Magd auszufragen, erhielt aber keine Antwort. Erst als er nicht aufhörte, sie hartnäckig zu bedrängen, löste sich schließlich das Rätsel. Erfuhr er aus der Erzählung des Mädchens, daß tagsüber in seiner Abwesenheit der Ortsgendarm gekommen sei und sich nach ihm erkundigt habe; er, Kiyoaki, wäre nämlich der junge Herr aus einer furchtbar vornehmen Familie, also sollten sie ihn ja recht höflich behandeln und es auf jeden Fall vor ihm geheimhalten, daß die Polizei nach ihm gefragt, möchten aber – so habe er vor seinem Weggehen gebeten – unauffällig und rasch Meldung erstatten, wenn der junge Herr abzureisen gedächte. Kiyoaki begriff, er mußte sich beeilen; sein Herz raste vor Ungeduld.

Tags darauf, am Morgen des Vierundzwanzigsten, war ihm beim Aufstehen entsetzlich unwohl; er hatte einen schweren Kopf und fühlte eine dumpfe Mattigkeit in den Gliedern. Überzeugt jedoch, daß ihm, wollte er Satoko sehen, keine andere Möglichkeit übrigblieb, als seine Bußfertigkeit zu verstärken und nur immer noch größere Strapazen auf sich zu nehmen, ließ er diesmal auch keine Rikscha rufen, sondern marschierte die knapp vier Kilometer vom Gasthof bis zum Tempel zu Fuß. Es war zwar zum Glück ein herrlicher, heiterer Tag, aber der Fußmarsch strengte an, der Husten wurde schlimmer, so daß er von den Schmerzen in der Brust manchmal den Eindruck hatte, als hätte sich dort aus dem Geröll ausgewaschener Goldstaub niedergeschlagen. Als er vor der Eingangshalle des Gesshūji-Tempels stand, überkam ihn ein neuer, heftiger Hustenanfall; indessen wiederholte die an der Tür erschienene älteste Nonne mit unverändertem Gesichtsausdruck die schon übliche Abweisungslitanei.

Am folgenden Fünfundzwanzigsten fröstelte ihn, und Fieber brach aus. Er überlegte, ob er es für diesen Tag nicht überhaupt aufgeben sollte; doch dann ließ er eine Rikscha rufen und machte sich wenigstens so auf den Weg, freilich nur um auf dieselbe Weise abgewiesen zurückzukommen. Kiyoakis Hoffnung begann zu erlöschen. Mit fieberndem Kopf sann er hin und her, verfiel aber auf keine Lösung. Am Ende bat er einen Angestellten des Gasthofs, für ihn ein Telegramm an Honda aufzugeben.

»Komme bitte sofort. Wohne im Kuzunoya in Obitoke,

Sakurai-Linie. Kein Wort davon zu meinen Eltern. Matsugae Kiyoaki.«

Hierauf brach, nach einer unruhigen Nacht, der Morgen des Sechsundzwanzigsten an.

52

Über das fahle Pampasgrasgestrüpp in der Yamato-Ebene wirbelte es an diesem Tag winzige Flocken wie Blüten im Wind. Das hatte – allzu schwach selbst für einen Schnee im Frühling – eine Art zu fallen, wie geflügelte Ameisen fliegen; solange der Himmel bedeckt war, ging es im Grau der Wolken auf, und erst wenn die schwache Sonne ein wenig durchbrach, vermochte man zu erkennen, daß es tatsächlich die feinsten, flimmernden Schneekristalle waren. Dabei war die Kälte um vieles strenger als an Tagen, an denen es so richtig schneit.

Kiyoaki, den Kopf auf dem Kissen, dachte darüber nach, wie er Satoko seine unbedingte Wahrhaftigkeit zeigen könnte. Da er am Abend zuvor schließlich doch Honda um Beistand ersucht hatte, würde dieser zweifellos noch heute angereist kommen. Mit seiner Freundschaft dürfte das Herz der Äbtissin möglicherweise zu erweichen sein. Trotzdem, es gab etwas, das mußte er vorher tun. Mußte es wenigstens versuchen. Er mußte, und ohne irgend jemandes Hilfe, seine bis zum Letzten reichende Wahrhaftigkeit beweisen. Genau besehen hatte er noch nie die Gelegenheit gehabt, Satoko in dieser seiner ganzen Wahrhaftigkeit gegenüberzutreten. Oder aber er war aus Feigheit einer solchen Gelegenheit bisher ausgewichen.

Nur zu diesem einen noch war er jetzt fähig. Darauf zu hoffen, daß es einen Sinn und zugleich eine Wirkung haben würde, wenn er, je gefährlicher die Krankheit, sie desto mehr verachtend, ein letztes Mal zu seinem Bußgang aufbräche. Vielleicht würde Satoko auf solche Wahrhaftigkeit mitleidvoll reagieren, vielleicht auch nicht. Aber selbst einmal angenommen, er dürfte nun auf Satokos Mitleid nicht mehr rechnen – er war an einem Punkt angelangt, daß er, ohne diese Buße zu tun, vor seinem eigenen Ich keine Ruhe mehr fand. Anfangs hatte das Verlangen, einen einzigen Blick wenigstens auf Satokos Gesicht zu werfen, seine Seele bis in all ihre Fasern beherrscht; mittlerweile jedoch, so schien ihm, hatte seine Seele von sich aus eine eigene Richtung eingeschlagen und war über jene Wünsche und Absichten hinausgegangen.

Sein Körper indessen richtete sich auf und stemmte sich der schweifenden Seele entgegen. Fieber und dumpfer Schmerz durchdrangen ihn, als würden ihm dicke Goldfäden eingenäht, und Kiyoaki hatte das Gefühl, sein Körper sollte zu einem gestickten Brokat verarbeitet werden. Aber wie schwach waren doch seine Glieder; ja, wenn er einmal versuchte, den Arm zu heben, überzog sogleich eine Gänsehaut die bloßen Stellen, und der Arm selbst war schwerer als ein randvoll mit Wasser gefüllter Brunneneimer. Der Husten grub sich tiefer und tiefer in die Brust hinein, wo er unaufhörlich grollte wie am fernen, von einem Tuscheschwarz überflossenen Himmel ein Gewitter. Selbst aus seinen Fingern war die Kraft geschwunden; nichts zuckte mehr in ihm, als einzig das Fieber der Krankheit.

Wieder und wieder rief er innerlich Satokos Namen. Unausgefüllt verstrichen die Stunden. An diesem Tag zum ersten Mal begriffen die Leute im Gasthof, daß er krank war; sie heizten das Zimmer, sie brannten darauf, ihm irgendwie zu helfen, aber hartnäckig lehnte er jede Pflege ab und daß sie etwa einen Arzt riefen.

Als er, es war bereits Nachmittag, eine Rikscha befahl, zögerte die Magd und verständigte den Wirt. Um dem Mann, der ihm das auszureden versuchte, seine Gesundheit zu beweisen, mußte sich Kiyoaki erheben und ohne fremde Hilfe seine Schuluniform und den Mantel anziehen. Die Rikscha kam. Auf den Knien eine Wolldecke, die man ihm im Gasthof aufgedrängt hatte, fuhr er ab. Da er sonst nicht weiter eingepackt war, fror er entsetzlich.

Er sah, wie durch einen Schlitz im schwarzen Verdeck die winzigen Schneeflocken hereintanzten, und indem dies die unvergeßliche Erinnerung daran heraufbeschwor, wie er mit Satoko im Jahr zuvor in der Rikscha durch das Schneetreiben gefahren, hatte er das Gefühl, als schnürte ihm etwas die Brust zusammen. In Wahrheit knirschte es in seiner Brust vor Schmerzen.

Er haßte sich selber, daß er so in der schaukelnden Düsternis hockte und mit dem Kopfweh kämpfte. Er schlug vorn das Verdeck herunter und verhüllte mit dem Schal Mund und Nase; lieber wollte er mit fiebrig tränenden Augen das rasche Vorbei der Landschaft draußen verfolgen. Er haßte jetzt alles, was ihn überhaupt an die peinigenden Qualen in seinem Inneren gemahnte.

Schon war die Rikscha aus dem engen Gewinkel des Städtchens Obitoke heraus, und auf alles längs der ebenen Wege, die sich nun zwischen Äckern flach hinzogen bis zum Gesshūji-Tempel am dunstigen Abhang der Berge drüben, auf die Stoppelfelder mit den Reisstrohgattern, auf die Maulbeerplantagen mit ihrem kahlen Geäst und dazwischen die auffällig grünen Wintergemüsebeete, auf die rötlichbraunen Schilfwedel und die Rohrkolben in den Teichen fiel lautlos der feine Schnee, zu dünn jedoch, um liegenzubleiben. Und die Flocken, die sich auf die Decke über Kiyoakis Knien niederließen, waren, ohne zu sichtbaren Tröpfchen zusammenzulaufen, augenblicklich verschwunden.

Dann schien es, als nähme der Himmel eine wasserklare Helle an, und eine blasse Sonne drang durch. In ihrem Licht wurde der Schnee noch leichter, begann wie Flugasche zu schweben.

Wo immer sie auch vorbeikamen, wogten die Halme des Pampasgrases leise im Wind. Von der schwachen Sonne lag ein matter Schimmer auf dem Gefieder ihrer geschmeidigen Ähren. Die niedrigeren Berge am Rande der Ebene waren zwar in Dunst gehüllt; da aber weiter in der Ferne der Himmel ein Stück Bläue hatte, leuchtete von dort her der Schnee auf den Gipfeln herüber.

Vor dieser Landschaft und mit seinem vom Fieber dröhnenden Kopf meinte Kiyoaki zum ersten Male seit wie vielen Monaten wieder die Außenwelt zu erkennen. Und wie still es hier war. Das Rikscha-Geschaukel und seine schweren Lider mochten, was er erblickte, verzerrt und ineinandergezogen erscheinen lassen; dennoch war ihm, als hätte er, nachdem er all die Tage unsicher schwankend zwischen Leid und Trauer verbracht, etwas von ähnlicher Klarheit und Entschiedenheit lange nicht angetroffen. Zudem war hier nirgends ein Mensch zu sehen.

Inzwischen näherte sich die Rikscha dem von Bambusdikkicht überzogenen Berghang, in den der Gesshūji-Tempel eingebettet lag. Die Kiefernreihen zu beiden Seiten des hinter dem äußeren Tor ansteigenden Weges kamen in Sicht. Als er das Tor selbst, das lediglich aus zwei Steinpfosten bestand, jenseits einer Kurve hinter den Feldern bemerkte, wurde Kiyoaki von einer entsetzlichen Unruhe gepackt.

›Würde ich jetzt in der Rikscha durch das Tor fahren und auch die drei- oder vierhundert Meter bis zur Eingangshalle im Wagen sitzen bleiben – ich fürchte, ich bekäme Satoko heute auf keinen Fall zu sehen. Möglich ja, daß diesmal die Situation im Tempel ein klein wenig anders ist. Vielleicht überredet die alte Nonne die Äbtissin, und die Äbtissin läßt sich endlich erweichen, so daß sie, wenn ich heute durch den Schnee zu Fuß gelaufen komme, wenigstens eine kurze Begegnung mit Satoko erlaubt. Fahre ich hingegen in der Rikscha vor, so könnte das ihre Bereitschaft beeinträchtigen; es träte abermals eine kleine Wende ein, und man würde beschließen, daß ich Satoko nicht zu sehen bekomme. Ja, es könnte sich als Erfolg meiner letzten, äußersten Anstrengung in ihren Herzen etwas zu rühren beginnen. Wirklich bin ich dabei, aus einer Vielzahl unsichtbar dünner Teile einen durchscheinenden Fächer zusammenzustellen. Nur, würde jetzt aus einer noch so geringen Unvorsichtigkeit der Stift herausrutschen, wäre der Fächer in alle vier Winde zerstreut... Noch einmal also: Wenn ich in der Rikscha vorfahre und ich bekomme auch heute Satoko nicht zu sehen, so hätte ich zweifellos mir selbst die Schuld zuzuschreiben. Müßte ich mir sagen: Deine Wahrhaftigkeit war nicht groß genug. Hättest du, wie schwer es dir auch immer gefallen, die Rikscha verlassen und wärest zu Fuß gegangen, vielleicht hätte eine solche unerhörte Wahrhaftigkeit überzeugt, und sie hätten eine Begegnung gestattet... Nein, nie will ich zu bereuen haben, daß meine Wahrhaftigkeit nicht ausgereicht haben sollte. Die Vorstellung, sie nur zu sehen, wenn ich dafür mein Leben wage, wird sie hinaufheben auf den höchsten Gipfel der Schönheit. Und um das zu bewirken, bin ich schließlich hier.‹

Ob dies auf Vernunft gegründete Überlegungen waren, oder aber vom Fieber heraufgespülte Phantasien, vermochte er nicht mehr zu unterscheiden.

Er stieg aus, und nachdem er den Rikscha-Mann gebeten hatte, er möge hier unten warten, ging er hinter dem äußeren Tor den steilen Weg bergauf.

Abermals riß der Himmel ein wenig auf, in der fahlen Sonne tanzte der Schnee, seitwärts aus dem Dickicht war ein Zwitschern wie von Lerchen zu hören. An den winterlichen Stämmen der in die Kiefernreihen gemischten Kirschbäume wuchs grünes Moos, ein einzelner Pflaumenbaum inmitten des Dikkichts hatte weiße Blüten aufgesteckt.

Da es sein sechster Besuch innerhalb von fünf Tagen war, wäre zwar anzunehmen gewesen, daß nichts mehr seine Augen hätte verwundern können; doch als er jetzt von der Rikscha herunter mit unsicheren Füßen, als liefe er auf Watte, die ersten Schritte auf dem Erdboden getan und sich mit fiebrig wirren Blicken umsah, war alles auf eine sonderbare Weise fremd und klar, erstand die in den Tagen bisher vertraut gewordene Szenerie in einer fast unheimlichen Frische vor ihm, als sähe er sie heute zum ersten Mal. Unterdessen ließ die bittere Kälte nicht etwa nach, sondern traf ihn wie mit spitzen Silberpfeilen in den Rücken.

Am Wegrand die Farne, die roten Früchte der Spitzblume, die vom Wind klirrenden Nadeln der Kiefern, der Bambushain mit den blaßgrün schimmernden Stämmen und dem gelblichen Laub, die vielen Pampasgrashalme und dazwischen der helle Weg mit den vereisten Radspuren – alles verlor sich bergaufwärts in die tiefe Dunkelheit des Zedernwalds. Und hinter dieser vollkommenen Stille, im Mittelpunkt einer bis in den letzten Winkel lichten, aber auf eine unsagbare Weise von Trauer bestimmten, geläuterten Welt, weit weit weg in der Tiefe, atmete ruhig wie eine reingoldene Statue Satokos durch nichts gestörtes Dasein. Indessen, war denn eine so überaus klare, so ungewohnte Welt überhaupt von der dem Lebenden vertrauten, von »dieser Welt«?

Als ihm vom Laufen das Atmen beschwerlich wurde, setzte sich Kiyoaki am Wegrand auf einen Stein. Er hatte das unbestimmte Gefühl, daß die Kälte des Steins, obwohl allerlei Kleidung dazwischen war, unmittelbar seine Haut erfaßte. Er hustete schwer, und je mehr er hustete, desto rostiger wurde, wie er bemerkte, der Auswurf in seinem Taschentuch.

Nachdem sich der Husten schließlich gelegt hatte, hob er den Kopf, um den Blick auf die verschneiten Berge zu richten, die in der Ferne über dem Wald aufragten. Da ihm vom Husten Tränen in den Augen standen, verschwamm ihm der Schnee, glitzerte aber um so mehr. Da auf einmal wurde ihm eine Erinnerung aus seinem dreizehnten Jahr wieder lebendig, sah er – damals die Schleppe der Prinzessin Kasuga tragend – deutlich vor sich das blendende Weiß des Nackens unter dem lackschwarzen Haar. So früh schon war das Verlangen nach weiblicher Schönheit, die die Augen schwindeln macht, in sein Leben getreten.

Erneut verbarg sich die Sonne hinter Wolken, der Schnee begann dichter zu fallen. Er zog seine ledernen Handschuhe ab, um die Flocken auf dem Handteller aufzufangen. Seine Haut glühte, und kaum darauf niedergegangen, zerschmolz der Schnee. Nie waren seine schönen Finger schmutzig gewesen, nie hatte er an ihnen eine Blase gehabt. Unwillkürlich kam es Kiyoaki in den Sinn, wie er sein Leben lang diese eleganten Hände davor geschützt hatte, daß irgend Erde oder Blut oder Schweiß sie besudelte. Hände, benutzt allein, um der Leidenschaft zu dienen.

Mühsam erhob er sich.

Ihm wurde zweifelhaft, ob er so und bei diesem Schneetreiben den Tempel überhaupt erreichen würde.

Als er bald darauf in den Zedernwald kam, wurde der Wind nur noch eisiger, heulte ihm um die Ohren. Unter dem wie Wasser zwischen die Zedernstämme gespannten Winterhimmel kam der von kaltem Wellengekräusel überflogene Teich in Sicht, und ein Stück daran vorbei, wo die uralten Zedern noch dichter und mächtiger standen, begann der Schnee in Flecken auf seinem Mantel zu haften.

Kiyoaki dachte an nichts anderes mehr, als den nächsten Schritt vorwärts zu tun. Alle seine Erinnerungen waren zerfallen; er konzentrierte sich ausschließlich darauf, die Membran der allmählich näherrückenden Zukunft Fetzen um Fetzen herunterzureißen.

Das schwarze Lacktor passierte er, ohne es zu bemerken; schon hatte er das Chinesische Tor vor Augen, an dessen Traufrändern die Schmuckziegel mit dem Chrysanthemenwappen weiß angeflogen waren vom Schnee.

Als er vor den Schiebetüren der Eingangshalle zusammensank, brach er in ein heftiges Husten aus, so daß es nicht nötig war zu rufen. Die älteste Nonne erschien und strich ihm über den Rücken. Wie im Traum und in einem unbeschreiblichen Glücksgefühl bildete Kiyoaki sich ein, es wäre Satoko, die ihre Hand liebkosend auf ihn gelegt.

Die Nonne, ohne ihn wie bisher sofort abzuweisen, ließ Kiyoaki, wo er war, und verschwand hinein. Lange, es schien ihm eine Ewigkeit, wartete Kiyoaki. Währenddessen legte sich ihm so etwas wie ein Nebel über die Augen, verschmolzen die Empfindungen von Schmerz und Glück undeutlich in eines.

Einmal hörte er den aufgeregten Disput mehrerer Frauenstimmen. Danach wieder Stille. Und abermals verging eine Zeit. Schließlich kam die alte Nonne zurück, allein.

»Es wird nun einmal nicht erlaubt, daß Sie sie sehen. Sie mögen darum bitten, sooft Sie wollen. Also gehen Sie jetzt; es wird Sie jemand aus dem Tempel begleiten.«

Hierauf kehrte Kiyoaki, von dem kräftigen Tempelbesorger gestützt, durch das Schneetreiben zur Riksha zurück.

53

Als Honda spätabends am 26. Februar im Gasthof »Kuzunoya« in Obitoke ankam und sah, in welch besorgniserregendem Zustand sich Kiyoaki befand, war er entschlossen, ihn unverzüglich nach Tōkyō zurückzubringen; der Kranke jedoch weigerte sich. Der Landarzt, den man gegen Abend gerufen, habe auf Grund einer Untersuchung Anzeichen für eine Lungenentzündung festgestellt.

Tatsächlich wünschte sich Kiyoaki, Honda würde am folgenden Tag den Gesshūji-Tempel besuchen und mit der Äbtissin selber sprechen, um sie anzuflehen, ihre Ansicht zu ändern. Möglich ja, daß sie die Worte eines Dritten doch annähme. Und sollte sie zustimmen, so möchte, bat Kiyoaki, Honda ihn zum Tempel begleiten.

Honda meldete Bedenken an; schließlich jedoch gab er dem Drängen des Kranken nach und verschob die Abreise auf den nächsten Tag; er werde alles daransetzen, die Äbtissin zu treffen und Kiyoakis Wunsch zu unterstützen, nur müsse er ihm dafür fest versprechen, daß sie, falls auch er nichts erreiche, sofort zusammen nach Tōkyō zurückkehrten. Diese ganze Nacht hindurch blieb Honda wach, um die feuchten Umschläge auf Kiyoakis Brust regelmäßig zu erneuern. Im düsteren Licht der Lampe im Gasthofzimmer noch fiel ihm auf, daß Kiyoakis so helle Haut von den Tüchern über und über gerötet war.

Bis zur Abschlußprüfung waren es jetzt nur noch drei Tage. Er hatte erwartet, seine Eltern würden natürlich gegen eine Reise zu diesem Zeitpunkt sein; aber sein Vater, als er ihm Kiyoakis Telegramm gezeigt, hatte sofort, ohne nach Einzelheiten zu fragen, erklärt, er solle fahren, und zu Hondas Überraschung war seine Mutter derselben Meinung gewesen.

Oberster Richter Honda, der einst, wenngleich erfolglos, den Versuch gewagt, sich mit seinen bei der Abschaffung des Richteramts auf Lebenszeit plötzlich entlassenen Kollegen zu solidarisieren und freiwillig zurückzutreten, hatte seinen Sohn auf diese Weise darüber belehren wollen, ein wie hohes Gut die Freundschaft sei. Und der junge Honda seinerseits, schon unterwegs im Zug mit Eifer über seine Prüfungsvorbereitungen gebeugt, hatte auch jetzt, als er hier in diesem Gasthofzimmer nächtliche Krankenwache hielt, neben sich die Logik-Kladde aufgeschlagen.

In dem gelblich-dunstigen Lichtkegel der Lampe hoben sich wie als Schlagschatten die antipodischen Welten, in denen die beiden jungen Männer befangen waren, deutlich voneinander ab. Den einen hatte die Liebe aufs Krankenlager geworfen, der andere präparierte sich für die solide Realität. Kiyoaki zwischen Schlaf und Wachen durchschwamm, die Beine im Tanggeschling verstrickt, das chaotische Meer der Liebe; Honda auf dem festen Land träumte von den systematischen, durch nichts zu erschütternden Gebäuden der Vernunft. Ein fiebernder junger Kopf und ein kühler junger Kopf, dicht beieinander in dem verwohnten Gasthofzimmer diese eisige Vorfrühlingsnacht hindurch. Und doch jeder fixiert auf das Anbrechen der Endzeit seiner Welt.

Nie zuvor hatte es Honda so schmerzlich empfunden, daß er außerstande war, sich das zu eigen zu machen, was in Kiyoakis

Kopf vorging. Der Körper des Freundes lag da vor seinen Augen, doch die Seele war auf wilder Wanderschaft. Das von Röte übergossene Gesicht, das im Halbschlaf nach Satoko zu rufen schien, wirkte keineswegs ausgezehrt; ja, eher lebhafter als sonst, war es von einer Schönheit, als hätte man in ein Elfenbeingefäß ein Licht gestellt. Indessen wußte Honda, daß er ein solches Innen mit keinem seiner Finger zu berühren vermochte. Es war dies das Wesen einer Leidenschaft, in der er sich nie würde inkarnieren können. Ach, war er nicht überhaupt völlig unfähig, die Inkarnation irgendeiner Leidenschaft zu sein? Seiner Natur mangelte es an der Eigenschaft, dergleichen in sich eindringen zu lassen. So reich an freundschaftlichen Gefühlen, hoffte er durchaus, ihm wären auch Tränen nicht fremd; aber um wirklich »ergriffen« zu sein, dazu fehlte ihm irgend etwas. Warum nur war er so sehr darauf konzentriert, innerlich und äußerlich die systematische Ordnung zu wahren? Warum nur brachte er es nicht fertig, wie Kiyoaki Feuer, Wind, Wasser, Erde, diese gestaltlos unbestimmten Vier Großen Elemente, in sich einzulassen?

Seine Augen kehrten wieder auf die eng mit winzigen, peinlich korrekten Schriftzeichen beschriebenen Seiten seiner Kladde zurück: »Die formale Logik des Aristoteles beherrscht bis Ende Mittelalter die europäische Wissenschaft. Zeitlich in zwei Phasen unterteilt, gründet sich die ›Frühscholastik‹ auf die dem ›Organon‹ entnommenen Schriften ›Über die Kategorien‹ und ›Über den Satz‹, während man die ›Hochscholastik‹ mit Fertigstellung der vollständigen Latein-Übertragung des ›Organon‹ in der zweiten Hälfte des 12. Jahrhunderts beginnen lassen kann...«

Ob er wollte oder nicht, er kam von dem Eindruck nicht los, als blätterten diese Schriftzeichen eines um das andere wie verwitterter Stein von seiner Hirnrinde ab.

54

Da er gehört hatte, daß ein Tempeltag in aller Frühe beginne, nahm Honda, als er im ersten Morgengrauen aus einem kurzen Schlummer erwachte, rasch etwas zu sich, bestellte eine Rikscha und machte sich zum Ausgehen fertig.

Kiyoaki sah vom Bett aus mit feuchten Augen zu ihm auf. Den Kopf auf dem Kissen, nur stumme, bittende Blicke, aber sie schnitten Honda ins Herz. Bis dahin war er innerlich eher geneigt gewesen, im Tempel nur eben ganz allgemein seinen Auftrag zu erledigen, um dann so schnell wie möglich den schwerkranken Kiyoaki nach Tōkyō zurückzutransportieren; nachdem er jedoch diese Augen gesehen, wurde ihm klar, daß er sich mit all seinen Kräften für eine Begegnung Kiyoakis mit Satoko einsetzen mußte.

Zum Glück war es an diesem Morgen frühlingsmäßig warm. Als Honda am Gesshūji-Tempel ankam, bemerkte er, wie der Tempelbesorger, der gerade beim Fegen war, schon beim ersten, noch fernen Anblick seiner Gestalt ins Innere lief, und er wurde sich bewußt, daß die gleiche Schuluniform, wie sie auch Kiyoaki trug, den Mann zu einer Vorwarnung veranlaßt hatte. Ehe er sich überhaupt vorgestellt, stand auf dem Gesicht der am Eingang erscheinenden Nonne bereits eine auf Distanz bedachte Härte.

»Mein Name ist Honda. Ich bin ein Freund von Matsugae und komme seinetwegen aus Tōkyō. Dürfte ich wohl Ihre Hochwürden, die Äbtissin, sprechen?«

»Warten Sie, bitte, einen Augenblick.«

Während man ihn beträchtlich lange an der Schwelle in der Eingangshalle stehenließ, begann Honda sich schon in Gedanken zurechtzulegen, wie und womit er antworten könnte, falls man ihn abweisen würde, als schließlich dieselbe Nonne wiederkam und er, zu seiner Überraschung, in das Empfangszimmer geführt wurde. Wie schwach auch immer, die Hoffnung wuchs.

Auch hier im Empfangszimmer ließ man ihn lange Zeit warten. Vom Garten her, der, weil man die Schiebetüren geschlossen hatte, unsichtbar blieb, war die Stimme des Buschsängers zu hören. Schwach schimmerten an den Griffstellen der Schiebetüren die feinen Chrysanthemen- und Wolkenmuster im

Papier. In der *Tokonoma*-Nische standen in einer Vase Rapsblüten und Pfirsichknospen, wobei das Gelb der Rapsblüten etwas ländlich Kräftiges hatte, während sich die im Aufgehen begriffenen Knospen der Pfirsichblüten vom dunklen Zweig und von den zartgrünen Blättern elegant abhoben. Die inneren Schiebetüren waren sämtlich unbemalt und weiß; aber es stand da ein Wandschirm, ein offenbar altes Stück, so daß Honda näher rutschte, um sich die Art der Darstellung – es handelte sich um einen Jahreszeitenschirm im Stil der Kanō-Schule, bereichert um die im *Yamato-e* übliche Farbigkeit – in allen Einzelheiten anzuschauen.

Der Ablauf der Jahreszeiten begann auf der rechten Seite mit einem Frühlingsgarten, in dem sich unter weißblühenden Pflaumen und Kiefern die Höflinge vergnügten; hinter einer Zypressenhecke sah aus goldenen Wolken ein Teil einer Palasthalle hervor. Nach links fortschreitend, schloß sich der muntere Frühlingsauftrieb der verschiedenfarbigen Pferde an, ging der Palastteich irgendwo in ein Naßfeld über, in dem junge Mädchen beim Reispflanzen waren. Aus fernen Goldwolken stürzte ein kleiner, zweistufiger Wasserfall herab und kündigte, zusammen mit dem Grün der Gräser am Ufersaum, den Sommer an. Höflinge gruppierten sich am Teich, während sie zur Reinigungszeremonie des 6. Monats, des »Wasserlosen«, *Gohei*-Streifen aus weißem Papier aufspießten und Beamte und rotgewandete Diener ihnen aufwarteten. Aus dem Garten eines Shintō-Schreins, wo unter einem roten *Torii* die Hirsche sprangen, wurde ein Schimmelhengst geführt, waren Männer aus dem Kriegeradel, den Bogen über die Schulter gehängt, eifrig mit den Vorbereitungen eines Festes beschäftigt, und dazwischen deutete ein Teich, in dem sich das bunte Herbstlaub spiegelte, bereits die Nähe des Winters an, begann gleich darauf im goldgesprenkelten Schnee die Falkenbeize. Hinter den lichten Stämmen eines verschneiten Bambushains funkelte der goldgrundierte Himmel hervor. Aus dem dürren Schilf bellten weiße Hunde einem einzelnen Fasan nach, der sich, das Rot seines Halsgefieders wie ein Pfeil, in die winterlichen Lüfte erhob. Mit würdevollem Blick verfolgte der Falke auf der Jägerfaust den davonfliegenden Vogel...

Er hatte den Jahreszeitenschirm betrachtet, er war wieder auf seinen Platz zurückgerutscht, doch noch immer war die Äbtissin nicht erschienen. Die Nonne von zuvor brachte ihm, indem sie sich niederkniete, kleine Kuchen und Tee, meldete, Ihre Hochwürden werde in wenigen Minuten kommen, und sagte: »Machen Sie es sich nur bequem!«

Auf dem Tisch stand ein mit einer *Oshie*-Applikation geschmücktes Kästchen. Offenbar von den Nonnen hier selbstgefertigt, vielleicht sogar, wie die einigermaßen ungeduldige Arbeit vermuten ließ, von Satokos wenig erfahrener Hand. Die vier Seiten des Kästchens waren mit verschiedenen, bunten *Chiyogami*-Papieren beklebt, auf dem Deckel wölbte sich das *Oshie*; doch seine Farbigkeit war, so ganz im höfischen Stil, von einer eher überladenen Pracht. In dem *Oshie* war ein Knabe dargestellt, der einem Schmetterling nachjagte; das nach dem Falter mit den purpurvioletten und roten Schwingen haschende, nackte Kerlchen, nach Gesichtszügen und körperlicher Fülle die klassische *Gosho*-Puppe, platzte schon nahezu aus seiner weißen, kreppseidenen Haut heraus. Da war nun Honda an den einsamen Vorfrühlingsfeldern vorübergefahren und den verlorenen Bergweg zwischen den winterlichen Bäumen heraufgekommen, um hier in dem etwas düsteren Empfangszimmer des Gesshūji-Tempels zum ersten Male, wie er meinte, dieser weiblichen Süße zu begegnen, zuckrig und schwer wie eingedicktes Reisgelee.

Ein Rascheln von Gewändern, und auf das Papier der Schiebetür fiel von außen der Schatten der von der alten Nonne an der Hand geführten Äbtissin. Honda wechselte in die korrekte Sitzhaltung, sein Herz schlug heftig.

Die Äbtissin mußte längst hoch in den Jahren stehen; aber ihr kleines Gesicht, das jetzt schimmernd aus dem violetten Nonnengewand aufstieg, war von einer Klarheit wie aus Buchsbaum geschnitten, und nirgends haftete auf ihm der Staub des Alters. Lächelnd ließ sie sich nieder, die Nonne hielt sich nahe bei ihr.

»Sie kommen also aus Tōkyō?«

»Ja.«

Als er so der Äbtissin gegenübersaß, versagte ihm die Zunge.

»Er hat mir erklärt, er sei ein Freund des Herrn Matsugae«, ergänzte die alte Nonne.

»Wirklich, er tut mir so leid, der junge Herr Matsugae...«

»Er hat schreckliches Fieber und liegt im Gasthof zu Bett. Und ich bekam ein Telegramm von ihm; da bin ich schnell hergefahren. So möchte ich Ihnen heute an seiner Stelle eine Bitte vortragen«, begann Honda endlich ohne Stocken den Zweck seines Besuchs zu erläutern.

Dabei hatte er das Gefühl: so würde ein junger Anwalt vor dem Gerichtshof sprechen. Ohne Rücksicht auf die Empfindungen des Richters einfach seine Meinung vertreten, seine Begründung vortragen, die Unschuld seines Klienten beweisen. Er ging von einer Darlegung seiner Freundschaft mit Kiyoaki aus, sprach vom gegenwärtigen Zustand des Kranken und davon, wie Kiyoaki sein Leben aufs Spiel gesetzt habe, um mit Satoko ein paar Blicke zu wechseln, und meinte schließlich, falls sich das ereignen sollte, was niemand wünsche, werde man es auf seiten des Gesshūji-Tempels nur noch bereuen können. Honda wurde es heiß, wie seine Worte voll Feuer waren. So kalt diese Tempelhalle, war ihm doch zumute, als schlügen Flammen aus seinen Ohren, als loderte sein Kopf.

Aber wie sehr er auch mit dieser Rede die Äbtissin und die alte Nonne gerührt haben mochte, sie verharrten beide in Schweigen.

»Und stellen Sie sich, bitte, meine Situation vor. Da klagt mir Matsugae seine Misere, da leihe ich ihm Geld, und mit diesem Geld unternimmt er die Reise. Wenn er nun hier so schwer erkrankt ist, fühle ich mich natürlich seinen Eltern gegenüber dafür verantwortlich; außerdem werden sie es für selbstverständlich halten, daß der Kranke so rasch wie möglich nach Tōkyō zurückgebracht wird. Auch mir erscheint dies das Vernünftigste. Und dennoch, darauf gefaßt, daß ich durch einen Aufschub den ganzen Groll seiner Eltern auf mich ziehe, bin ich zunächst einmal hierhergekommen und bitte Sie, daß Sie ihm seinen Wunsch gewähren. Denn ich möchte ihm erfüllen, was seine Augen so verzweifelt von mir erwarten; und hätten Sie diese Blicke gesehen, ich bin sicher, sie würden auch Ihr Herz gerührt haben. Mir jedenfalls ist völlig klar, daß es – wichtiger noch, als Matsugaes Krankheit zu behandeln – jetzt darauf ankommt, ihm sein Verlangen nicht abzuschlagen. Irgendwie, ich kann mir nicht helfen, habe ich das Gefühl, Matsugae wird, so wie es steht, nicht mehr genesen. Nachdem ich Ihnen also hiermit den letzten seiner Wünsche übermittle, werden Sie, hoffe ich, um Buddhas Barmherzigkeit willen Ihre Zustimmung dazu, daß er Fräulein Satoko noch einmal sehen darf, nicht verweigern wollen.«

Die Äbtissin schwieg wie zuvor.

Aus Furcht, jedes Wort mehr würde einen Sinneswandel der Äbtissin im Gegenteil nur behindern, verstummte auch Honda, während in seinem Inneren die Wogen um so heftiger tobten.

Es war vollkommen still in dem durchkühlten Raum. Die schneeweißen Papierschiebetüren ließen wie einen Nebel das Licht eindringen.

In diesem Augenblick, nicht so nahe wie aus dem angrenzenden Raum, aber von einer Stelle her, die so weit wiederum nicht entfernt schien, vielleicht also aus einem Winkel des Ganges oder aus dem übernächsten Zimmer, glaubte Honda ein unterdrücktes Lachen zu hören, undeutlich nur, wie wenn die Pflaumenblüten sich öffnen. Gleich darauf jedoch wechselte der Eindruck; und was sich wie das leise Lachen einer jungen Frau angehört, mußte in Wahrheit, falls sich Hondas Ohren nicht täuschten, ein heimliches Weinen sein, das die kalte Frühlingsluft zu ihm herüberwehte. Undeutlicher Nachhall nur eines kurzen Schluchzens, das, als würde eine Saite durchgeschnitten, schon wieder abbrach, noch bevor es über die Lippen gekommen. Honda wollte es deshalb für möglich halten, daß alles nur seine Einbildung gewesen war.

»Es klingt sehr streng, wenn ich das sage«, begann die Äbtissin schließlich, »und Sie werden vielleicht denken, es ginge mir darum, eine Begegnung zwischen beiden zu verhindern; aber in Wahrheit handelt es sich hier um etwas, das menschliche Kraft gar nicht aufzuhalten vermag. Sehen Sie, von Anfang an tat Satoko dies Gelübde vor dem Angesicht Buddhas. Und ich bin überzeugt, eben weil sie gelobte, sie werde ihn in dieser Welt nie wiedersehen, bewirkt Buddha den Gang der Dinge so, daß sie ihm nicht mehr begegnet. Um den jungen Herrn freilich ist es mir ehrlich leid.«

»Heißt das, Sie lehnen es endgültig ab, Ihre Erlaubnis zu geben?«

»Ja.«

Die Antwort der Äbtissin besaß eine unbeschreibliche Würde,

sie ließ keine Möglichkeit zur Erwiderung. Es war ein Ja von einer Gewalt, daß es mühelos das Himmelsgewölbe wie ein Stück Seide hätte zerreißen können.

Während Honda hierauf in schmerzliches Nachdenken versank, hielt ihm die Äbtissin mit ihrer schönen Stimme mancherlei kostbare Rede; doch er, der er benommen zauderte fortzugehen, nur weil er jetzt Kiyoakis Verzweiflung nicht sehen wollte, hörte nicht so zu, daß er viel davon begriffen hätte.

Die Äbtissin sprach vom Netz des Indra. Indra sei eine indische Gottheit, und sobald dieser Gott einmal sein Netz geworfen, seien alle Menschen, überhaupt jegliches, das Leben habe in dieser Welt, in dem Netz gefangen und zu keiner Flucht mehr imstande. Was also geboren werde und was lebe, befinde sich ohne Unterschied eingehüllt in Indras Netz.

Dem Gesetz von der Kausalität entsprechend, werde alles, was entstehe, als das »verursacht Entstandene« bezeichnet; eben dies aber meine das Netz des Indra.

Was nun die Lehre vom »Nur-Bewußtsein« betreffe, niedergeschrieben in den »Dreißig Gesängen vom Nur-Bewußtsein« des Patriarchen Vasubandhu, diesem für den zur Hossō-Schule gehörenden Gesshūji-Tempel kanonischen Text, so werde dort zum »verursacht Entstandenen« die Erklärung gegeben, daß dies die Transformation aller Phänomene von ihrem Anfang an bedeute, und zwar einsetzend vom *Alaya*-Bewußtsein her. Das Sanskritwort *Alaya* heiße sinngemäß »Speicher«; in diesem Bewußtsein also seien jene Samen gespeichert, die sozusagen die Früchte jeglichen früheren Handelns darstellten.

Unterhalb der ersten sechs unserer Bewußtseinsformen, nämlich dem Sehen, Hören, Riechen, Schmecken, Tasten, Denken, liege als siebente das *Mana*-Bewußtsein, mit dem wir über das Bewußtsein unseres Selbst verfügen; und noch tiefer darunter befinde sich das *Alaya*-Bewußtsein, das in den »Dreißig Gesängen vom Nur-Bewußtsein« als »gleichsam der fortwährend sich wandelnde, wütende Strom« beschrieben werde, ein wild strudelnder Wasserlauf also, in welchem die Kette des Entstehens aus Überkommenem nie aufhöre, wirksam zu sein. Dieses Bewußtsein sei eben die unausweichliche Folge, die Frucht der Vergeltung aus aller Existenz.

In seinem »Kommentar zum Großen Fahrzeug« habe der Patriarch Asanga, ausgehend von den unausgesetzten Wandlungen im *Alaya*-Bewußtsein, eine besondere Lehre vom Entstehenden entwickelt, indem er einen Bezug zur Zeit hergestellt. Man nenne diese die Lehre von der simultan-reziproken Kausalität zwischen *Alaya*-Bewußtsein und dem Angebundensein an Schmerz und Leiden. Nach dem Verständnis vom »Nur-Bewußtsein« nehme man an, daß alles verursacht Entstandene lediglich in dem einen gegenwärtigen Augenblick existiere (mithin also nichts anderes sei als eine Häufung von Bewußtseinsformen), um bereits im nächsten Augenblick wieder zu zerfallen. Mit der kausalen Gleichzeitigkeit werde ausgedrückt, daß *Alaya*-Bewußtsein und Angebundensein an Schmerz und Leiden gleichzeitig in dem einen gegenwärtigen Augenblick zur Existenz gelangen und, ist dieser eine Augenblick vorüber, beide wieder vergehen, um jedoch im folgenden Augenblick erneut existent zu werden, und zwar indem sie wechselweise bald Ursache seien, bald Wirkung. Die Tatsache, daß das Existierende (nämlich aus *Alaya*-Bewußtsein und Angebundensein an Schmerz und Leiden) in jedem Augenblick zerfalle, führe zur Entstehung von Zeit. Auf welche Weise aber durch ein dauerndes Zerfallen von Augenblick zu Augenblick ein Fortlaufendes, nämlich die Zeit, entstehe, das lasse sich sehr gut an der Beziehung zwischen Punkt und Linie veranschaulichen...

Zwar hatte Honda den Eindruck, allmählich beginne ihn die abgrundtiefe Lehre, die ihm die Äbtissin vortrug, mehr und mehr zu fesseln; die Schwierigkeit der buddhistischen Begriffe indessen, die ihn, während sein analytisch veranlagter Kopf so völlig inaktiv war, an manchen Stellen wie plötzliche Regenschauer überschütteten, aber auch Darlegungen wie jene, nach welcher Ursache und Wirkung, die ja von ewig her und ohne Anfang ganz natürlicherweise, wie er meinte, den zeitlichen Ablauf einschlossen, im Gegenteil erst die Elemente wären, die die Zeit als solche konstituierten, und zwar auf Grund der zunächst recht widersprüchlich erscheinenden Vorstellung von einer simultan-reziproken Kausalität – all dies machte, daß er nicht ohne weiteres zu folgen vermochte und an gewissen Gedankengängen seine Zweifel hatte, die innere Gelassenheit jedenfalls nicht aufbrachte, um den Lernbegierigen zu spielen.

Außerdem irritierte ihn die alte Nonne, die nach jedem Satz der Äbtissin aufdringlich bekräftigend ein »Ja, so ist es«, »Wie wahr!« oder »Daran ist nicht zu rütteln« dazwischenschob; und schließlich hielt er es für besser, wenn er sich die von der Äbtissin eben genannten Bücher wie »Die dreißig Gesänge vom Nur-Bewußtsein« und »Kommentar zum Großen Fahrzeug« merkte, sie ein andermal in aller Ruhe durchstudierte und erst dann seine Zweifel vorbrächte. Diese an sich nur sehr allgemeinen Erörterungen, wie sie die Äbtissin vorgetragen, schienen Honda das gegenwärtige Geschick Kiyoakis und seiner selbst auf irgendeine ihm noch nicht recht begreifliche Weise von ferne zwar, dabei wohlüberlegt zu beleuchten, gleichsam wie der Mond im Zenit, wenn er einen Teich auffunkeln läßt.

Nachdem er sich höflich bedankt hatte, verließ Honda eilends den Gesshūji-Tempel.

55

Im Zug zurück nach Tōkyō hielt Kiyoakis qualvoller Zustand Honda in ständiger Unruhe. Er hatte keinen anderen Wunsch, als daß sie möglichst bald ankämen, und nicht einmal seine Schulhefte nahm er zur Hand. Bei jedem Blick auf Kiyoaki, der nun also, ohne die so heiß ersehnte Begegnung erreicht zu haben, dafür von schwerer Krankheit gezeichnet, im Schlafwagen liegend nach Tōkyō transportiert wurde, regte sich in Hondas Brust schmerzhaft das Gewissen. War es wirklich eine Freundestat gewesen, daß er ihn unterstützt hatte bei seiner Flucht?

Als Kiyoaki für eine Weile in einen Halbschlaf fiel, überließ sich Honda, mit übermüdetem Kopf zwar, der jedoch um so wacher war, dem Hin und Her der verschiedensten Erinnerungen. So wurde ihm jetzt klar, daß er die beiden Male, die er die Äbtissin des Gesshūji-Tempels gehört, einen jeweils völlig anderen Eindruck von ihren Reden gehabt. Die erste, damals im Herbst des vorvergangenen Jahres, hatte von der Parabel gehandelt, wie einer das Wasser aus einem Totenschädel getrunken; Honda hatte daraus ein Gleichnis auf die Liebe lesen wollen und gemeint, es wäre doch herrlich, wenn es gelänge, das eigene innerste Wesen und das der äußeren Welt innewohnende Wesen ebenso fest miteinander zu verbinden, ja, etwas später war er von seinen juristischen Interessen her in den Gesetzbüchern des Manu sogar bis zur Vorstellung von der Wiedergeburt vorgedrungen. Von der zweiten, der Rede an diesem Morgen hingegen, hatte er den Eindruck, als ließe man zwar den einzigen Schlüssel zu dem darin verborgenen, schwer lösbaren Rätsel dicht vor seinen Augen hin und her pendeln, als machte aber der Schlüssel dabei derart komplizierte Schwingungen, daß das Rätsel nur um so unergründlicher wurde.

Der Zug sollte am folgenden Morgen um sechs Uhr Shimbashi erreichen. Es war bereits spät in der Nacht, die Pausen im Geratter des Zuges waren vom Schnarchen der Passagiere erfüllt. Honda, er hatte für Kiyoaki das untere Bett gegenüber ausgesucht, wollte auf seinem Bett die Nacht durchwachen, um immer für den Freund dazusein. Den Vorhang ließ er offen, und in jedem Augenblick bereit, auf die geringste Veränderung bei Kiyoaki zu reagieren, starrte er durch die Scheibe des Fensters auf die nächtliche Ebene hinaus.

Die Dunkelheit draußen war tief und schwer, der Himmel bewölkt, und da auch die Silhouetten der Berge nicht auszumachen waren, blieb es, obwohl sich der Zug natürlich fortbewegte, durchaus unsicher, ob sich in dieser Dunkelheit die Landschaft veränderte. Von Zeit zu Zeit erschien wie eine aufreißende Naht in der Schwärze irgendeine kleine Flamme, irgendein kleines Licht, doch ließen sich daraus keinerlei Hinweise für die Orientierung ablesen. Das Geratter, so schien es, war nicht das Geratter des Zuges; es war das Rattern der unendlich weiten Finsternis, die diesen kleinen, ziellos über die Geleise gleitenden Zug umhüllte.

Als sie mit ihrem Gepäck schließlich aus dem Gasthof abgereist waren, hatte Kiyoaki Honda einen Brief gegeben, hastige Zeilen auf einem groben Schreibpapier, das er sich vermutlich vom Wirt hatte geben lassen. Er möchte dies doch seiner Mutter, der Marquise, überreichen. Und Honda hatte das ihm anvertraute Blatt sorgfältig in die Innentasche seines Uniformrocks geschoben. Jetzt aus Langeweile holte er es hervor und las im trüben Schein der Lampe. Die mit Bleistift geschriebenen

Schriftzeichen waren zittrig, das war nicht mehr Kiyoakis Schrift wie sonst. Er hatte nie eine flüssige Hand gehabt, aber immer war sie recht kräftig gewesen.

»Liebe Mutter! Da ist etwas, das gib bitte Honda. Nämlich aus meinem Schreibtisch das Traumtagebuch. Honda mag dergleichen. Für andere ist es ja völlig uninteressant, deshalb laß es also ihm zukommen. Dein Kiyoaki.«

Deutlich sah Honda: das war mit schon kraftlosen Fingern geschrieben, als wäre damit ein Testament gemeint. Allerdings, hätte es sich wirklich um ein solches gehandelt, würde er wohl seiner Mutter wenigstens Grüße gesagt haben; so war es lediglich ein rein geschäftsmäßiger Auftrag.

Als er den Kranken vor Schmerzen stöhnen hörte, verbarg Honda rasch das Blatt, sprang hinüber zu Kiyoakis Bett und sah ihm ins Gesicht: »Was ist?«

»Mir tut die Brust so weh. Als ob mir jemand eine Klinge hineinstößt«, sagte Kiyoaki, indem er Wort für Wort mühsam herauspreßte.

Da er sich anders nicht zu helfen wußte, begann Honda seine Brust nach links unten zu, wo der Schmerz, wie er sagte, saß, leicht zu massieren; Kiyoakis Gesicht, das der fahle Lichtkegel nur eben mit seinem Rand erreichte, war verzerrt vor Qualen.

Und dennoch, es war ein schönes Gesicht. Die Schmerzen hatten ihm etwas Durchgeistigtes aufgeprägt, das es sonst nie gehabt, hatten diesen Zügen das Strenge, Kantige wie das einer Bronze verliehen. In den schönen Augen standen Tränen; und die Art, wie sie zu der finster gerunzelten Nasenwurzel hin zusammengezogen waren, ließ die aufgebogenen Brauen um so männlicher erscheinen, so daß das schwarze, tragische Gefunkel der Tränen noch stärker wirkte. Die wohlgeformten Nasenflügel flatterten, als versuchten sie irgend etwas aus der Luft zu haschen, und hinter den fiebertrockenen Lippen hervor verstrahlten die Zähne den Schimmer einer Perlmuschel.

Endlich hatten die Schmerzen nachgelassen.

»Du bist müde, nicht wahr? Es ist besser, du schläfst«, sagte Honda. Es wollte ihm vorkommen, als wäre der in diesem Augenblick auf Kiyoakis Gesicht erschienene schmerzliche Ausdruck vielmehr der Ausdruck eines Jubels darüber gewesen, daß er am Rande dieser Welt etwas gesehen, das keiner zu sehen bekommen sollte. Der Neid dem Freund gegenüber, der es gesehen, versickerte in einer feinfühligen Scham und Selbstanklage. Leise schüttelte Honda den Kopf. Trauer lähmte ihm die Gedanken, und allmählich begann wie der Faden der Seidenraupe ein Gefühl aus ihm herauszutreiben, das er selber nicht begriff, so daß ihn Unruhe befiel.

Kiyoaki war offenbar für eine winzige Spanne Zeit eingesunken gewesen in den Schlaf; plötzlich schlug er die Augen auf und suchte Hondas Hand. Und während er sie fest ergriff und drückte, sagte er: »Ich habe eben geträumt. Wir sehen uns wieder. Bestimmt. Unter dem Wasserfall.«

Honda überlegte: Kiyoakis Traum mochte durch den Park daheim gewandert sein; da hatte er ihm zweifellos den neunstufigen Wasserfall ausgemalt, der auf dem weiten Anwesen des Marquis an jener einen Stelle herabstürzte.

Zwei Tage nach der Rückkehr nach Tōkyō starb Matsugae Kiyoaki in seinem zwanzigsten Jahr.